BELICE
HONDURAS
NICARAGUA
Lago de Nicaragua
EL SALVADOR
PANAMÁ
GUATEMALA
COSTA RICA

MAR CARIBE

OCÉANO ATLÁNTICO

10°

Barranquilla
Cartagena
Maracaibo
Lago de Maracaibo
Caracas
San Cristóbal
Río Orinoco
VENEZUELA
Medellín
Río Magdalena
Bogotá
Cali
COLOMBIA

Georgetown
Paramaribo
Cayena
GUAYANA
Boa Vista
SURINAM
GUAYANA FRANCESA

ECUADOR
0°

Quito
Guayaquil   Cuenca
Iquitos
Río Amazonas

ISLAS GALÁPAGOS
(Ecuador)

PERÚ
A M A Z O N A S

BRASIL

10°

Machu Picchu
Lima   Cuzco
Ayacucho
BOLIVIA
La Paz
Santa Cruz
Lago Titicaca
Sucre
Brasilia

OCÉANO PACÍFICO

LOS ANDES

Potosí
PARAGUAY
Río Paraná

20°

São Paulo
Río de Janeiro

Asunción

TRÓPICO DE CAPRICORNIO

CHILE
Iguazú
Río Uruguay

OCÉANO ATLÁNTICO

LOS ANDES

Córdoba
URUGUAY
30°

Viña del Mar
Valparaíso
Santiago
Buenos Aires
Montevideo
Río de la Plata

Concepción
ARGENTINA
Bahía Blanca

Viedma

Elevación en metros
4.000+
2.000–4.000
500–2.000
200–500
Nivel del mar   0–200

0   250   500   750 MILLAS
0   500   1.000 KILÓMETROS

AMÉRICA
DEL SUR

ISLAS MALVINAS (Br.)
Estrecho de Magallanes
TIERRA DEL FUEGO

ÁFRICA
NIGERIA
CAMERÚN
Malabo
GUINEA ECUATORIAL
GABÓN
ÁFRICA
0°
10°
0   MILLAS   250
0   KILÓMETROS   500

110°   100°   90°   80°   70°   60°   50°   40°   30°   20°

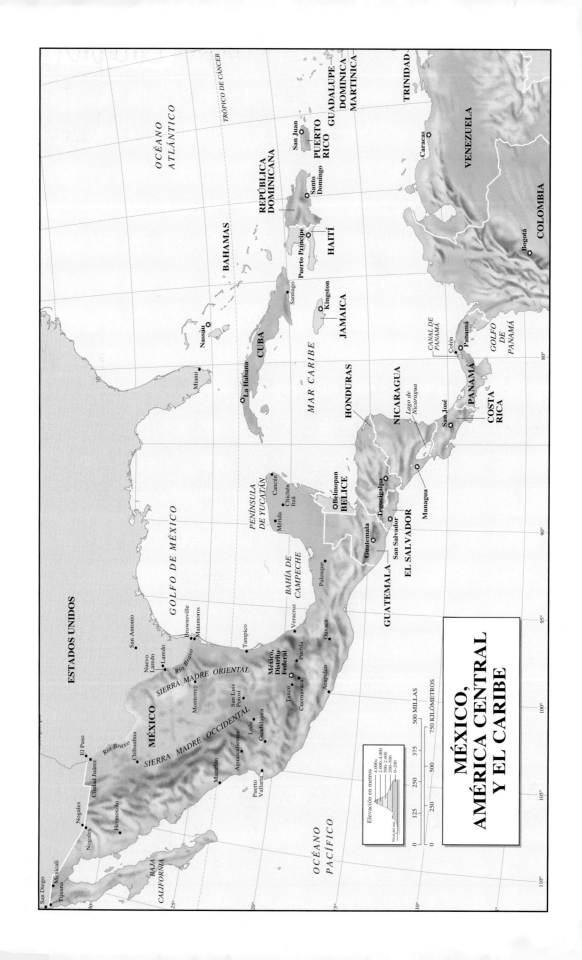

MÉXICO, AMÉRICA CENTRAL Y EL CARIBE

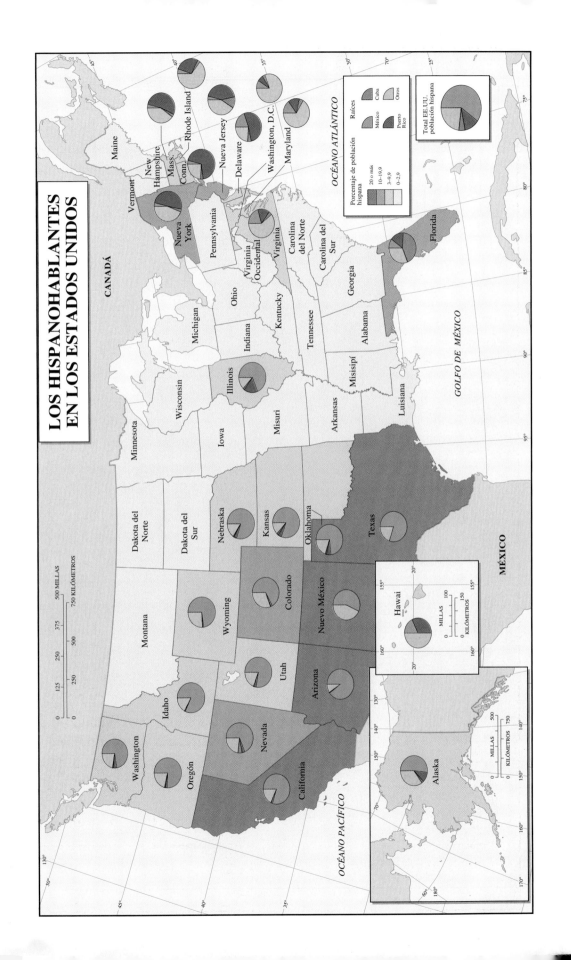

LOS HISPANOHABLANTES
EN LOS ESTADOS UNIDOS

CANADÁ

MÉXICO

OCÉANO ATLÁNTICO

GOLFO DE MÉXICO

OCÉANO PACÍFICO

Porcentaje de población
hispana

20 o más
10–19,9
3–9,9
0–2,9

Raíces

México
Puerto Rico
Cuba
Otros

Total EE.UU.
población hispana

Hawái

MILLAS
KILÓMETROS

Alaska

MILLAS
KILÓMETROS

500 MILLAS
750 KILÓMETROS

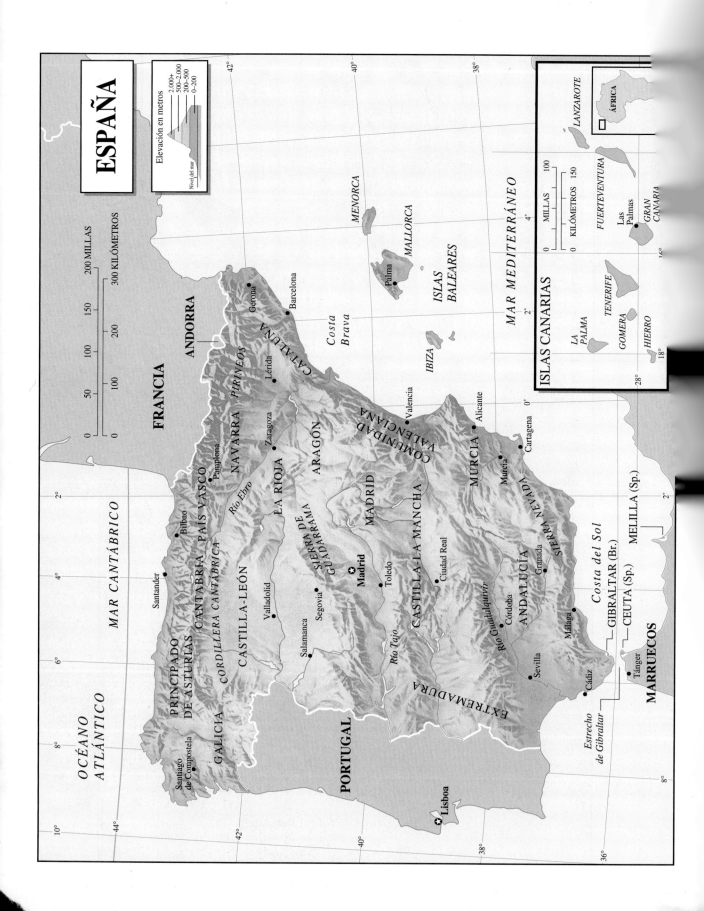

INTERACCIONES

FIFTH EDITION

Emily Spinelli
University of Michigan–Dearborn

Carmen García
Arizona State University

Carol E. Galvin Flood
Bloomfield Hills (Michigan) Schools

THOMSON

HEINLE

Australia   Canada   Mexico   Singapore   Spain   United Kingdom   United States

THOMSON

HEINLE

Interacciones, Fifth Edition
Spinelli, García, Galvin Flood

Acquisitions Editor: Helen Richardson
Senior Development Editor: Joan Flaherty
Development Editor: Marisa Garman
Editorial Assistant: Caitlin McIntyre
Marketing Manager: Lindsey Richardson
Marketing Assistant: Rachel Bairstow
Advertising Project Manager: Stacey Purviance
Project Manager, Editorial Production: Esther Marshall, Annette Pagliaro
Manufacturing Manager: Marcia Locke

Production Service: Pre-Press Company, Inc.
Text Designer: Jean Hammond
Photo Manager: Sheri Blaney
Photo Researcher: Lauretta Surprenant
Cover Designer: Diane Levy, DFL Publications
Cover Printer: Coral Graphics
Compositor: Pre-Press Company, Inc.
Printer: R. R. Donnelley & Sons Company

Cover Art: Karen Deicas DePodesta (20th C. Mexican), Acrylic on canvas, Private Collection, © *Art for After Hours/SuperStock*

Thomson Higher Education
25 Thomson Place
Boston, MA 02210-1202
USA

Asia (including India)
Thomson Learning
5 Shenton Way
#01-01 UIC Building
Singapore 068808

Australia/New Zealand
Thomson Learning Australia
102 Dodds Street
Southbank, Victoria 3006
Australia

Canada
Thomson Nelson
1120 Birchmount Road
Toronto, Ontario M1K 5G4
Canada

UK/Europe/Middle East/Africa
Thomson Learning
High Holborn House
50–51 Bedford Road
London WC1R 4LR
United Kingdom

For more information about our products, contact us at:
Thomson Learning Academic Resource Center
1-800-423-0563
For permission to use material from this text or product, submit a request online at http://www.thomsonrights.com.

Any additional questions about permissions can be submitted by email to thomsonrights@thomson.com.

Library of Congress Control Number: 2004116549

Student Edition: ISBN 1-4130-0873-9
Annotated Instructor's Edition: ISBN 1-4130-0871-2

For the many wonderful students who have used *Interacciones* over the years and who share our love of the Spanish language and Hispanic culture.

Emily Spinelli   *Carmen García*   *Carol E. Galvin Flood*

Contents

CAPÍTULO 4

En el restaurante 124

CAPÍTULO 10

En la empresa multinacional 366

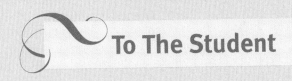

To The Student

¡Bienvenidos!

Welcome to the *Interacciones* program and the world of the Spanish language and Hispanic culture. With the *Interacciones* program you will develop your Spanish-language proficiency as you explore the 21 countries where Spanish is spoken and become acquainted with the variety and diversity of Hispanic culture. As authors of the *Interacciones* program, we hope that these *interacciones* with the Spanish language and Hispanic culture will be interesting and personally rewarding for you.

Becoming a Successful Language Learner

As you continue your study of Spanish, here is a list of general hints and pointers for helping you study and become a successful language learner.

- Keep in mind that you are developing a skill—communicating in another language. As a result, your language class will be very different from classes where the focus is on content such as history, psychology, or economics. In your intermediate Spanish class the focus is on skill development; you will learn to listen, speak, read, and write in Spanish with greater accuracy and in more situations. To develop those skills, you will engage in many different types of exercises, activities, and role plays in your language class; you will need to be actively involved. Learning another language is like learning to play a musical instrument or sport—the more you practice, the better you become.

- Set aside time to study Spanish on a regular, preferably daily, basis. It is far more effective to study for shorter, frequent periods of time than it is to study for one marathon session.

- To develop the speaking skill, practice aloud and preferably with a partner, such as a classmate, a friend who speaks or studies Spanish, or a family member.

- We know that successful language learners have a common personality trait—they are risk takers. They actively participate in class, they volunteer for classroom exercises and activities, and they take advantage of every opportunity to speak and practice. They make intelligent guesses about what words or phrases mean. Most importantly, they are not afraid of making mistakes—even in front of people. People who become proficient in another language make lots of errors but, nonetheless, they communicate and that, after all, is the goal.

- Remember that vocabulary and grammar structures are the building blocks of language. Learn the vocabulary and grammar as soon as they are presented in class and practice them in the context of exercises and activities.

- As you develop the reading and listening skills, focus on the general meaning. Don't panic or shut down mentally if you don't understand a particular word or phrase. Continue listening or reading and attempt to understand the main idea. If you understand the main idea, the details will fall into place.

- Find opportunities outside the classroom to speak and use Spanish. Read Spanish-language newspapers on the Internet, listen to radio and TV broadcasts in Spanish, watch Spanish-language videos and films, listen to music in Spanish, or speak Spanish with a native speaker. Even if you do not understand every word, the exposure to the language is important and over time it will help improve your pronunciation and build vocabulary.

- Get to know the textbook and its various components. Every chapter in *Interacciones* will have different sections, each designed for a specific purpose or to develop a specific skill. Become familiar with the various sections and keep the purpose of the section in mind as you do the exercises.

- The *Interacciones* textbook will provide you with many additional strategies or tips on how and what to study. Pay particular attention to the following sections of *Interacciones*.

  Así se habla provides strategies for developing the speaking skill in Spanish.
  ¿Qué oyó Ud.? provides strategies for developing the listening skill in Spanish.
  Para leer bien provides strategies for developing the reading skill in Spanish.
  Para escribir bien provides strategies for developing the writing skill in Spanish.

- Remember that the principal goal of your Spanish instruction is for you to be able to communicate with Spanish speakers and to function in Spanish-speaking culture. Learning vocabulary and grammar is not the end goal; it is a means to develop your ability to communicate. Keeping the goal in mind will help you see the purpose behind the exercises you do and will ultimately help make you a successful language learner.

- Last, and perhaps most important, enjoy your language learning experience and use your developing Spanish language and culture skills for personal satisfaction. Interact with a Spanish-speaking community for entertainment—eat in a Mexican, Spanish, or Latin American restaurant, listen to Latin music or go dancing, attend festivals or concerts. Have fun!

¡Buena suerte!

Acknowledgments

The publication of this fifth edition of *Interacciones* could not have been accomplished without the contributions of many people. We would first like to thank Heinle Publishers and Janet Dracksdorf, Publisher, for the continued support of the *Interacciones* program. We would also like to acknowledge Helen Alejandra Richardson, Acquisitions Editor, for her guidance and vision that led to the conceptualization of this fifth edition. We are especially grateful to our wonderful and hard-working Developmental Editor, Marisa Garman. Marisa has been extremely supportive and patient throughout this project. We thank her for her creativity, attention to detail, and most importantly, for her ability to listen and negotiate solutions. Thanks also go to Heather Bradley and Sacha Laustsen for their tireless efforts on developing the ancillary program. Special thanks to Esther Marshall, Senior Production Project Manager, Jean Hammond, Designer, and Sheri Blaney, Photo Manager.

Last, we would like to acknowledge the work of the many reviewers who provided us with insightful comments and constructive criticism for improving our text:

Linda W. Ables, *Samford University*
Luz-María Acosta-Knutson, *Waubonsee Community College*
Carlos C. Amaya, *Eastern Illinois University*
Bárbara Ávila-Shah, *State University of New York–Buffalo*
Carol E. Bueno-O'Donnel, *Mott Community College*
Francie Cate-Arries, *College of William & Mary*
J. Clancy Clements, *Indiana University*
Heather L. Colburn, *Northwestern University*
Xuchitl N. Coso, *Georgia Perimeter College*
Ana Hansen, *Pellissipi State Technical Community College*
Josef Hellebrandt, *Santa Clara University*
Enrique Manchon, *University of British Columbia*
Patrice Gouveia Marks, *Clark Atlanta University*
Ellen Mayock, *Washington and Lee University*
Eva Mendieta, *Indiana University Northwest*
Annie Mendoza, *University of Miami*
Frank A. Morris, *University of Miami*
James J. Park, *Muhlenberg College*
Salvatore J. Poeta, *Villanova University*
Nohelia Rojas-Miesse, *Miami University*
Fernando Rubio, *University of Utah*
Jonita Stepp-Greany, *Florida State University*
Susan Turner, *College of Charleston*
Ana Urrutia-Jordana, *University of San Francisco*
Keith E. Watts, *Grand Valley State University*
M. Stanley Whitley, *Wake Forest University*
Jonnie Wilhite, *Kalamazoo Valley Community College*

INTERACCIONES

Un autorretrato

Unos amigos en un café al aire libre

CULTURAL THEME

The Spanish-speaking World

COMMUNICATIVE GOALS

Finding out about others
Expressing small quantities
Discussing when things happen
Discussing activities

PRESENTACIÓN

¿Quién soy yo?

Práctica y conversación

P.1 ¿Qué se ve en el dibujo? *(What do you see in the drawing?)* Utilizando el **Vocabulario** a continuación, describa a las personas que se ven en el dibujo.

P.2 Su documento de identidad, por favor. Explique qué documento de identidad Ud. necesita en las siguientes situaciones.

1. Ud. acaba de llegar al aeropuerto de Barajas en Madrid después de un vuelo largo de Nueva York.
2. Un policía lo (la) detiene porque Ud. está conduciendo demasiado rápido.
3. Ud. necesita sacar un libro de la biblioteca de la universidad.
4. Ud. compra un traje de baño y quiere pagar con cheque.
5. Ud. compra entradas para el concierto con descuento estudiantil.
6. Ud. entra en un bar en Miami para tomar algo con sus amigos.

P.3 Un autorretrato *(self-portrait).* Conteste las siguientes preguntas describiéndose a sí mismo(-a).

1. ¿Cómo es Ud.?
2. ¿Cuál es su fecha de nacimiento? ¿Su lugar de nacimiento?
3. ¿Cuál es su estado civil?
4. ¿Cuál es su profesión?
5. ¿Cuáles son sus pasatiempos favoritos?

P.4 La conocí ayer *(I met her yesterday).* Utilice el siguiente anuncio *(advertisement)* para contestar. ¿Quién es este hombre? ¿Cómo es la nueva mujer en su vida? ¿Quién es ella? ¿Qué edad tiene? ¿Cuándo y cómo la conoció?

"La conocí ayer. Se llama Maribel. Pelo negro, ojos claros, chinitos...No me habló una palabra pero su sola presencia me aceleró el corazón. Es la nueva mujer en mi vida...es mi hija.
Ayer la conocí por teléfono. Por fin mañana la abrazaré."
En larga distancia, nadie le da la ayuda, calidad y años de experiencia de AT&T.

AT&T
La mejor decisión.

P.5 Creación. En una narración cuente lo que pasa en el dibujo de la **Presentación**, contestando las siguientes preguntas. ¿Cómo son las personas del dibujo? ¿Cómo se llaman? ¿Cuáles son sus pasatiempos favoritos? ¿Adónde van? ¿Cómo sabe Ud. eso? Use su imaginación.

VOCABULARIO

Los documentos de identidad	Identification
el apellido	last name
el carnet estudiantil	student I.D. card
la dirección	address
el domicilio	residence
la edad	age
el estado civil	marital status
la fecha de nacimiento	date of birth
el lugar de nacimiento	birthplace
la nacionalidad	nationality
el nombre	name
el pasaporte	passport
el permiso de conducir	driver's license
la profesión	profession, job
la tarjeta de identidad	I.D. card
estar casado(-a)	to be married
divorciado(-a)	divorced
separado(-a)	separated
quedar viudo(-a)	to be widowed
ser soltero(-a)	to be single

La descripción física	Physical description
llevar anteojos	to wear glasses
lentes (m.) de contacto	contact lenses
ser alto(-a)	to be tall
bajo(-a)	short
de talla media	of average height
ser atlético(-a)	to be athletic
delgado(-a)	thin
gordo(-a)	fat
ser calvo(-a)	to be bald
ser moreno(-a)	to be brunette
pelirrojo(-a)	red-haired
rubio(-a)	blond
tener los ojos azules	to have blue eyes
de color café	brown eyes

tener el pelo castaño	to have chestnut hair
negro	black hair
rubio	blond hair
tener el pelo corto	to have short hair
largo	long hair
tener barba	to have a beard
bigote (m.)	a moustache
una cicatriz	a scar
un lunar	a beauty mark
pecas	freckles

Los pasatiempos	Leisure time activities
bailar	to dance
charlar con amigos(-as)	to chat with friends
contar (ue) chistes	to tell jokes
dar un paseo	to take a walk
escribir cartas	to write letters
hacer crucigramas	to solve crossword puzzles
hacer ejercicios	to exercise
ir a bailar	to go dancing
ir a un concierto	to go to a concert
ir de compras	to go shopping
jugar (ue)	to play
al fútbol	soccer
al golf	golf
al tenis	tennis
leer una novela	to read a novel
el periódico	the newspaper
una revista	a magazine
mirar (ver) la televisión	to watch television
practicar deportes	to participate in sports
tocar la guitarra	to play the guitar
el piano	the piano

Vocabulario regional. In Spain the word for *eyeglasses* = **las gafas;** in the Americas *eyeglasses* = **los anteojos, los lentes.**

Vocabulario suplementario. ser débil / esbelto / flaco / fuerte = *to be weak / slender / skinny / strong;* **tener los ojos negros / los ojos verdes / el pelo rojizo / el pelo canoso / el pelo liso / el pelo ondulado / el pelo rizado =** *to have dark brown eyes / green eyes / reddish hair / gray hair / smooth hair / wavy hair / curly hair.*

ASÍ SE HABLA

Finding Out About Others

YOLANDA: Oye, Maribel, uno de mis compañeros de la universidad va a venir esta noche a la casa. Vamos a escuchar música y conversar un rato. Quiero presentártelo. Es muy inteligente, guapo y simpático. Te va a gustar.

MARIBEL: ¿Ah, sí? ¿Cómo se llama?

YOLANDA: Javier Salas. Es alto, delgado, tiene el pelo castaño y los ojos negros.

MARIBEL: ¡Umm! ¿Y cuántos años tiene?

YOLANDA: Calculo que debe tener veinte o veintiún años.

MARIBEL: ¿Sabes a qué hora va a venir?

YOLANDA: Entre las siete y las siete y media, más o menos. Va a venir con un amigo, o sea que tienes que venir.

MARIBEL: ¡Oye, qué bien! Vengo como a las ocho, ¿te parece?

YOLANDA: ¡Perfecto! Nos vemos entonces.

If you want to get someone's attention, you can use the following phrases:

Oiga (Oye)...	*Listen . . .*
Mire (Mira)...	*Look . . .*
Dígame (Dime), por favor...	*Please, tell me . . .*
Quisiera saber...	*I would like to know . . .*
¿Quiere(-s) decirme(-nos), por favor...?	*Would you please tell me (us) . . . ?*

If you want to find out personal information about someone, you can ask the following questions:

¿Cuál es su (tu) nombre?⎱
¿Cómo se (te) llama(-s)?⎰   *What is your name?*

¿Dónde vive Ud. (vives)?   *Where do you live?*

¿De dónde es Ud. (eres)?   *Where are you from?*

¿Dónde nació Ud. (naciste)?   *Where were you born?*

¿Cuál es su (tu) nacionalidad?   *What is your nationality?*

¿Cuántos años tiene Ud. (tienes)?   *How old are you?*

¿Cuándo es su (tu) cumpleaños ?   *When is your birthday?*

¿Dónde estudia Ud. (estudias)?   *Where do you study?*

¿Dónde trabaja Ud. (trabajas)?   *Where do you work?*

¿Qué estudia Ud. (estudias)?   *What are you studying? / What do you study?*

¿Cuál es su (tu) pasatiempo favorito?   *What is your favorite hobby?*

¿Cuál es su (tu) profesión?   *What is your profession?*

Fórmulas

Después de encuestar a hombres y mujeres en 50 bares de solteros, el sociólogo Thomas Murray publicó sus conclusiones en un artículo titulado "El lenguaje de los bares de solteros", publicado en la revista American Speech. Según Murray, las cuatro fórmulas más habituales de iniciar una conversación, son las siguientes:

1. Mi nombre es...
2. Me gusta tu (referencia a algún elemento de vestimenta)
3. ¿Viene seguido?
4. Veo que estamos tomando la misma cosa.

¿En qué lugar o situación se puede usar estas preguntas? ¿Qué otras preguntas se puede usar en esta situación?

Práctica y conversación

P.6 En una reunión social. Ud. está en una fiesta y como no conoce a nadie, comienza a hablar con otra persona que también está sola.

Modelo   Disculpe (Disculpa), me llamo... ¿Cómo se llama Ud.? (¿Cómo te llamas?)

Temas de conversación: profesión / nacionalidad / lugar de trabajo / deporte favorito / lugar de residencia

P.7 Su nuevo(-a) compañero(-a). Es su primer año de la universidad y antes de llegar allí, Ud. habla por teléfono con la persona que va a ser su compañero(-a) de cuarto para conocerlo(-la). Uds. intercambian información personal.

Modelo   Yo soy de Detroit. Tengo 19 años. ¿Y tú?

Temas de conversación: lugar de nacimiento / cumpleaños / estatura / color del pelo / color de los ojos / pasatiempo favorito / especialización

ESTRUCTURAS

Expressing Small Quantities

Numbers

Numbers are the basic vocabulary for many important situations and functions such as counting, expressing ages, telling time, discussing dates, expressing addresses and phone numbers, and requesting and giving prices.

0	cero	10	diez	20	veinte	30	treinta
1	uno	11	once	21	veintiuno	40	cuarenta
2	dos	12	doce	22	veintidós	50	cincuenta
3	tres	13	trece	23	veintitrés	60	sesenta
4	cuatro	14	catorce	24	veinticuatro	70	setenta
5	cinco	15	quince	25	veinticinco	80	ochenta
6	seis	16	dieciséis	26	veintiséis	90	noventa
7	siete	17	diecisiete	27	veintisiete	100	cien, ciento
8	ocho	18	dieciocho	28	veintiocho		
9	nueve	19	diecinueve	29	veintinueve		

a. The numbers 16–19 have an optional spelling: 16 = **diez y seis**; 17 = **diez y siete**; 18 = **diez y ocho**; 19 = **diez y nueve.**

b. The numbers 21–29 may also be written as three separate words: 21 = **veinte y uno**; 22 = **veinte y dos**, etc.

c. The numbers beginning with 31 must be written as three separate words: 31 = **treinta y uno**; 46 = **cuarenta y seis.**

d. When **uno** occurs in a compound number (21, 31, 41, 51, etc.), it becomes **un** before a masculine noun and **una** before a feminine noun.

21 libros = **veintiún** libros   51 novelas = **cincuenta y una** novelas

e. 1. The word **ciento** is used with numbers 101–199: 117 = **ciento diecisiete**; 193 = **ciento noventa y tres.**

　2. The word **cien** is used before any noun: **cien libros; cien novelas. Cien** is also used before **mil** and **millones**: 100.000 = **cien mil**; 100.000.000 = **cien millones.**

Práctica y conversación

Antes de empezar los siguientes ejercicios, busque ejemplos de las formas gramaticales de esta sección en el diálogo escrito de **Así se habla.**

P.8 ¡A contar! En grupos, cuenten de 30 a 50 / de 60 a 80 / de 0 a 100 de diez en diez / de 0 a 100 de cinco en cinco.

P.9 Unos números de teléfono. Ud. trabaja de telefonista para el servicio de información en Bogotá, Colombia. Deles a los clientes los números que piden.

Modelo	**Ramón Gutiérrez / 428-63-11**
Cliente:	**Quisiera el número de Ramón Gutiérrez, por favor.**
Telefonista:	**Es cuatro, veintiocho, sesenta y tres, once.**
Cliente:	**¿Cuatro, veintiocho, sesenta y tres, once?**
Telefonista:	**Exacto.**
Cliente:	**Muchas gracias.**

1. Manolita Reyes / 639-75-15
2. Hotel Colón / 263-11-48
3. Federico González / 584-07-29
4. Clínica Ramírez / 458-92-17
5. Restaurante Cali / 721-56-13
6. Sofía Cano Pereda / 396-31-22
7. Cine Estrella / 885-04-36
8. José Luis Gallegos / 977-61-12

P.10 Datos personales. You are involved in a minor car accident with a classmate. Exchange relevant information such as your name, home / work / school address and phone number, your license plate number, make and year of your car. Write down the information that your classmate gives you and then have your classmate check it for accuracy.

Discussing When Things Happen

Telling Time

When you want to know what time it is, you ask: **¿Qué hora es?**

¿Qué hora es?

Es la una.

Son las tres y cuarto.

Son las seis y veintidós.

Son las ocho y media.

Son las diez menos veinte.

Son las once menos cinco.

a. From half past to the hour, time can also be expressed in the following manner: 2:35 = **Son las dos y treinta y cinco;** 8:42 = **Son las ocho y cuarenta y dos;** 10:55 = **Son las diez y cincuenta y cinco.** With the increasing use of digital clocks and watches, this method is becoming more common.

b. The following variations for **cuarto** and **media** are often used: 3:15 = Son las tres **y quince;** 8:30 = Son las ocho **y treinta;** 9:45 = Son las diez **menos quince.**

c. Other expressions of time include the following:

Son las dos en punto.	*It's two o'clock sharp (on the dot).*
Es mediodía / medianoche.	*It's noon / midnight.*
Es temprano / tarde.	*It's early / late.*
a tiempo	*on time*
tarde	*late*

d. **De la mañana / tarde / noche** follow a specific time and express A.M. and P.M.

Son las nueve y cuarto **de la noche.**   *It's 9:15 P.M.*

Por la mañana / tarde / noche mean *in the morning / afternoon / evening* and are used without specific times.

Me gusta ir a la discoteca **por la noche.**   *I like to go to the discotheque in the evening.*

e. When you want to know at what time things are taking place, you ask **¿A qué hora...?**

¿A qué hora sales para el concierto?   *(At) What time are you leaving for the concert?*
A las siete y cuarto.   *At 7:15.*

f. In the Spanish-speaking world the 24-hour system is frequently used, especially for expressing time in official schedules. The system begins at midnight and the hours are numbered 0–24.

El concierto empieza **a las 20:30** (veinte y treinta).   *The concert begins at 8:30 P.M.*

Práctica y conversación

Antes de empezar los siguientes ejercicios, busque ejemplos de las formas gramaticales de esta sección en el diálogo escrito de **Así se habla.**

P.11 ¿Qué hora es? Exprese la hora y explique lo que hacen las personas.

> **Modelo**   8:30: Federico / mirar la televisión
> **Son las ocho y media. Federico mira la televisión.**

1. 10:00: María / tocar el piano
2. 10:45: tú / hacer ejercicios
3. 1:20: Miguel / jugar al golf
4. 3:27: mi abuelo / leer
5. 7:30: los Ruiz / bailar
6. 8:50: yo / ir al concierto
7. 9:22: Uds. / escribir cartas
8. 11:00: Tomás y yo / charlar

P.12 ¿A qué hora? Pregúntele a un(-a) compañero(-a) de clase a qué hora hace las siguientes actividades. Su compañero(-a) debe contestar en una manera lógica. (*A ¿? symbol following the last item of an exercise means that you are free to add items of your own. Try to use as many new vocabulary words and structures as you can. This is your opportunity to be imaginative and say what you would like to say.*)

llegar a la universidad / asistir a sus clases / salir de la universidad / comer por la noche / charlar con amigos / trabajar / ¿?

Providing Basic Information

Present Tense of Regular Verbs

In order to discuss activities and provide basic information about yourself and other people, you need to be able to conjugate and use many verbs in the present tense. The following shows the conjugation of regular **-ar, -er,** and **-ir** verbs in the present tense.

	Verbos en -AR TRABAJAR	Verbos en -ER APRENDER	Verbos en -IR ESCRIBIR
yo	trabajo	aprendo	escribo
tú	trabajas	aprendes	escribes
él ella Ud.	trabaja	aprende	escribe
nosotros nosotras	trabajamos	aprendemos	escribimos
vosotros vosotras	trabajáis	aprendéis	escribís
ellos ellas Uds.	trabajan	aprenden	escriben

a. To conjugate a regular verb in the present tense, first obtain the stem by dropping the **-ar, -er,** or **-ir** from the infinitive. The endings that correspond to the subject noun or pronoun are then added to this stem.

b. When the verb ending corresponds to only one subject pronoun, that pronoun is usually omitted: **trabajo** = *I work*; **trabajas** = *you work*; **trabajamos** = *we work*. **Yo, tú,** and **nosotros** are not used because the verb ending indicates the subject. When the pronouns **yo, tú,** or **nosotros** are used with the verb, the pronoun subject is given extra emphasis.

Yo estudio muchísimo, pero mi compañero de cuarto no.

I study a lot but my roommate doesn't.

c. It is often necessary to use the third-person pronouns for clarification since the third-person verb endings refer to three different subject pronouns.

d. Spanish verbs in the present tense may be translated in three different ways: **escribo** = *I write, I am writing, I do write.*

e. Verbs are made negative by placing **no** directly before the verb. In such cases **no** = *not.*

—¿Tocas la guitarra?   *Do you play the guitar?*
—Sí, pero **no toco** bien   *Yes, but I don't play well because I don't*
  porque **no practico** mucho.   *practice a lot.*

Práctica y conversación

Antes de empezar los siguientes ejercicios, busque ejemplos de las formas gramaticales de esta sección en el diálogo escrito de **Así se habla.**

P.13 Unas actividades estudiantiles. Cuando un(-a) compañero(-a) le dice lo que hace, explíquele si Ud. y sus amigos hacen las mismas cosas o no.

Modelo COMPAÑERO(-A): Estudio en la biblioteca.
             USTED: **Mis amigos y yo estudiamos en la biblioteca también.**
                     Mis amigos y yo no estudiamos en la biblioteca.

1. Aprendo español y lo practico mucho.
2. Regreso a casa los fines de semana.
3. Por la noche bailo en una discoteca.
4. Después de clase tomo café con amigos.
5. Vivo en una residencia estudiantil.

P.14 Sus pasatiempos. Usando la lista de los pasatiempos del **Vocabulario** de la **Presentación**, explíquele a un(-a) compañero(-a) de clase lo que Ud. hace (o no hace) y con quién lo hace.

Modelo **Escucho música rock / clásica / popular con mi novio(-a) / mis amigos / mi familia.**

P.15 Entrevista. Pregúntele a un(-a) compañero(-a) de clase lo siguiente. Su compañero(-a) debe contestar de una manera lógica.

Pregúntele...

1. a qué hora llega a la universidad. ¿Y a la clase de español?
2. si vive en una casa / una residencia / un apartamento.
3. a qué hora regresa a su cuarto / casa / apartamento.
4. si trabaja. ¿Dónde? ¿Gana mucho dinero?
5. lo que estudia este semestre.
6. qué deportes practica.
7. si viaja mucho. ¿Adónde?

¿QUÉ OYÓ UD.?

Para escuchar bien
Using Background Knowledge

Madrid: Unos jóvenes en un autobús

When you are talking with someone in English or are listening to a narration or description, you anticipate or predict what you are going to hear because of previous experiences you have had in similar situations. For example, when you arrive at the airport, you don't expect the airline ticket agent to ask you about your hobbies or your parents' health. Instead, you expect the person to ask you for your ticket, your seat preference, and so on. This is because your knowledge of the world and your previous experiences in similar situations help you to predict what you are going to hear. Similarly, you should use your knowledge of the world to anticipate what is going to be said when listening in Spanish.

Antes de escuchar

P.16 La foto. Con un(-a) compañero(-a) de clase, mire la foto que se presenta en la página anterior y conteste las siguientes preguntas.

1. ¿Qué están haciendo los muchachos en el autobús? ¿Por qué cree Ud. que están haciendo esto?
2. ¿Tiene Ud. que tomar un autobús u otra forma de transporte para ir a la universidad o al trabajo? ¿Por qué?
3. ¿Qué hace Ud. cuando no sabe qué autobús tomar?

A escuchar

P.17 Los apuntes. Mientras escucha la conversación entre José Manuel y Santiago, tome los apuntes que considere necesarios y complete las siguientes oraciones con la información correcta.

1. El nombre completo de Santiago es _____.
2. Él es de _____.
3. Santiago estudia en _____ y no sabe por dónde pasa _____.
4. José Manuel también es estudiante. Él está en el _____ año de
   _____.

Después de escuchar

P.18 Resumen. Con un(-a) compañero(-a) de clase, resuma la conversación entre José Manuel y Santiago.

P.19 Análisis. Conteste las siguientes preguntas.

1. ¿Son corteses o descorteses José Manuel y Santiago? Mencione una frase que ellos usan que apoye su opinión.
2. ¿Qué clase de personas cree Ud. que son Santiago y José Manuel? De las siguientes opciones, escoja las que según Ud. los describen mejor: tímido / temeroso / sociable / amigable / difícil

Mencione una frase que ellos usan para justificar su opinión.

PERSPECTIVAS

Addressing Other People in the Spanish-Speaking World

The selection of the words and phrases you use to address other persons depends upon the level of formality of the relationship between you and the person(-s) you are addressing. In English in formal situations, you would use a title followed by a last name: *Good morning, Dr. Russell / Ms. Montgomery*. When you address a family member or a friend, you would use a first name: *Hi, Bill / Carol*. The greeting *Good morning* used in a formal situation would change to *Hi* in an informal situation.

In English there is only one pronoun used to address other people: *you*. In the Spanish-speaking world, however, there are several words used as an equivalent for the word *you*. The selection of the correct form of *you* depends upon the level of formality of the relationship between you and the person(-s) you are addressing as well as the area of the Hispanic world in which you live. Each form of *you* has specific corresponding verb endings.

a. **Tú** is the familiar, singular form of *you* used to address one person that you would call by a first name, such as a relative, friend, or child. It is also used with pets.

b. **Usted** is the formal, singular form used to address one person that you do not know well or to whom you would show respect. In general, **usted** is used with a person with whom you would use a title such as **profesora, señor,** or **doctor.** When addressing a native speaker, it is better to use **usted;** he or she will tell you if it is appropriate to use the **tú** form. In writing, **usted** is generally abbreviated **Ud.**

c. In Hispanic America and the United States, **ustedes** is the plural of both **tú** and **usted.** It is used to address two or more persons regardless of your relationship to them. In Spain, **ustedes** serves only as the plural of **usted** and thus is a formal, plural form. In writing, **ustedes** is generally abbreviated **Uds.**

d. In Spain the familiar, plural forms **vosotros** and **vosotras** are used as the plural of **tú.**

e. In Argentina, Uruguay, and other parts of Hispanic America, the pronoun **vos** replaces **tú** as a familiar, singular pronoun.

f. In this textbook, only the forms **tú, Ud.,** and **Uds.** will be practiced in exercises and activities since they are the most widely used forms. However, when living in areas where **vos** or **vosotros** forms are used, it is relatively easy to understand the forms you hear other people using.

Práctica

P.20 ¿Qué forma usaría Ud.? Escoja **tú, Ud., Uds., vosotros(-as),** o **vos** según la situación.

1. Ud. vive en Madrid y habla con sus dos compañeros(-as) de cuarto en la residencia estudiantil.
2. Ud. vive en la Ciudad de México y habla con sus dos compañeros(-as) de cuarto en la residencia estudiantil.
3. Ud. vive en Buenos Aires y quiere hablar con su mejor amigo(-a).
4. Ud. vive en el Perú y necesita hablar con los padres de un amigo.
5. Ud. vive en Panamá y habla con un niño de cinco años.
6. Ud. vive en Colombia y necesita darle de comer a su gato.
7. Ud. vive en Venezuela y necesita hablarle a su dentista.

P.21 Mafalda. Mafalda es el personaje *(character)* principal en una tira cómica popular. Una de sus características es que no le gusta la sopa. En la siguiente tira, ¿a quién le habla Mafalda? ¿Usa ella la forma familiar o la formal? En su opinión, ¿de dónde es Mafalda? Justifique su respuesta.

INTERACCIONES

P.22 Un autorretrato. You are an exchange student and will be spending your next semester in Quito, Ecuador. You must provide your host family with an audio tape describing yourself and some of your interests and activities. Be accurate in your self-portrait so they will recognize you when they meet you at the airport.

P.23 Jugar a la Berlina. You and your classmates will divide into groups of four to play this popular Latin American game. One person will leave the group for a moment while the others decide to be a famous person such as a movie or TV star, a political personality, or a sports figure. The person re-enters the group and asks *yes* or *no* questions until he / she guesses the identity of the person in question.

P.24 Una entrevista. You are looking for a job and you go to a department store that has an opening for a sales manager. The director of personnel (played by a classmate) interviews you and asks you a series of typical questions such as your name, address, phone number, age, marital status, number of children, names and addresses of previous employers, your education, and so on.

Para saber más: http://interacciones.heinle.com

Bienvenidos a España

Introducción geográfica

Conteste las siguientes preguntas usando un mapa de España.

1. ¿Cuáles son las ciudades principales de España?

2. ¿Cuáles son los rasgos *(characteristics)* geográficos más importantes?

3. ¿Qué ventajas y desventajas ofrece la geografia de España?

Una playa en el Mediterráneo

YO ♥ ESPAÑA

Geografía y clima

- En extensión, el tercer país de Europa
- País montañoso; es el segundo país europeo en altitud media después de Suiza.
- País marítimo; ocupa con Portugal la Península Ibérica, casi totalmente rodeado de mares
- Clima muy variado según la región

Población

40.000.000 de habitantes

Las Ramblas; Barcelona, España

Lenguas

El castellano (el español); el catalán (7.000.000 de hablantes); el gallego (3.000.000 de h.); el vascuence *(Basque)* (800.000 h.)

Ciudades principales

Madrid (la capital) 3.300.000 habitantes; Barcelona 1.826.000; Valencia 800.000; Sevilla 720.000

Moneda

el euro

Gobierno

Monarquía constitucional; Juan Carlos I, el rey actual

Economía

Turismo, productos agrícolas (vino, fruta y verdura); la pesca; fabricación de acero, barcos, productos de cuero, ropa, textiles y vehículos

Fechas importantes

Además de las fiestas religiosas que se celebran en todos los países católicos (6 de enero, Jueves y Viernes Santos, Pascua, Navidad), hay otras fiestas religiosas y nacionales. 19 de marzo = San José; 1 de mayo = Día del Trabajo; 24 de junio = San Juan; 25 de julio = Santiago, santo patrón de España; 15 de agosto = la Asunción; 12 de octubre = Día Nacional

Capítulo 1

La vida de todos los días

El metro es un medio de transporte popular para llegar a la universidad.

CULTURAL THEMES

Spain

The Hispanic schedule

COMMUNICATIVE GOALS

Discussing daily activities

Expressing frequency and sequence of actions

Describing daily routine

Expressing lack of comprehension

Asking questions

PRIMERA SITUACIÓN

PRESENTACIÓN

Un día típico

Práctica y conversación

1.1 ¿Qué ve Ud. en el dibujo? Utilizando el **Vocabulario** al final de esta sección, nombre los sitios comerciales que se ven en el dibujo. ¿Cuáles son algunas diligencias que lo(-a) llevan a Ud. a estos sitios?

1.2 Hay que trabajar. ¿Qué habilidades profesionales necesita Ud. para conseguir empleo en los siguientes lugares?

un banco / una tienda / una escuela primaria / una oficina / una estación de servicio / un supermercado / una biblioteca / una agencia de viajes

1.3 ¡Qué día! En el dibujo de la **Presentación,** hay una chica cansada que está sentada sola en el café al aire libre. Ud. quiere saber lo que ella hace en un día típico. Su compañero(-a) va a mirar otro dibujo que tiene la información que Ud. necesita. Pregúntele a su compañero(-a) lo que hace la chica en primer lugar, en segundo lugar, más tarde, finalmente, etc. Su compañero(-a) va a contestar utilizando el segundo dibujo de este ejercicio que está en el **Apéndice A.**

1.4 El lunes. Usando la información a continuación, conteste las siguientes preguntas. ¿Qué hace esta persona primero? ¿Después? ¿Y por último? ¿Es un día típico para un(-a) estudiante? ¿Es un día típico para Ud.?

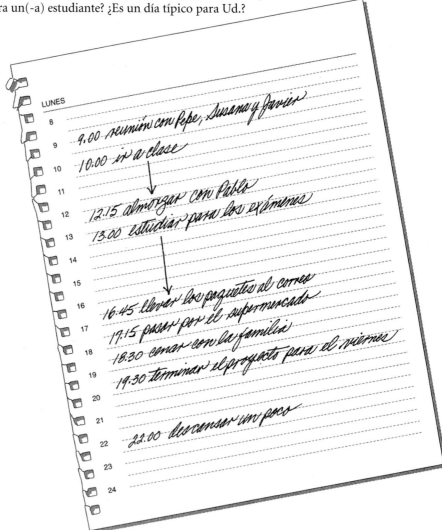

LUNES

9.00 reunión con Pepe, Susana y Javier
10.00 ir a clase
12.15 almorzar con Pablo
13.00 estudiar para los exámenes
16.45 llevar los paquetes al correo
17.15 pasar por el supermercado
18.30 cenar con la familia
19.30 terminar el proyecto para el viernes
22.00 descansar un poco

1.5 Entrevista personal. Pregúntele a un(-a) compañero(-a) de clase lo que hace en un día típico.

Pregúntele lo que hace...

1. a las 7:30 de la mañana.
2. a las 9:00 de la mañana.
3. a las 10:15 de la mañana.
4. al mediodía.
5. a las 2:00 de la tarde.
6. a las 4:45 de la tarde.
7. a las 8:00 de la noche.
8. a las 11:05 de la noche.

1.6 Creación. En una narración, cuente lo que pasa en el dibujo de la **Presentación** contestando todas las siguientes preguntas. ¿Qué día de la semana es? ¿Cómo lo sabe Ud.? ¿Por qué está cansada la chica? ¿Qué acaba de hacer? ¿Qué va a hacer ahora?

VOCABULARIO

Descansar	**To relax**	recoger ropa limpia	to pick up cleaning
echar una siesta	to take a nap	revisar el aceite	to check the oil
mirar	to watch	**Trabajar**	**To work**
una telenovela	a soap opera	escribir a máquina	to type
las noticias	the news		
los deportes	sports	llevarse bien con los clientes	to get along well with customers
reunirse con amigos	to get together with friends	tener empleo en	to have a job in
Estudiar	**To study**	una agencia	an agency
hacer la tarea	to do homework	un banco	a bank
prepararse para los exámenes	to prepare for exams	una compañía	a company
		una fábrica	a factory
tomar apuntes	to take notes	una oficina	an office
Hacer diligencias	**To run errands**	tener habilidades profesionales	to have job skills
comprar estampillas	to buy stamps	trabajar	to work
enviar (mandar)	to send	horas extra	overtime
una carta	a letter	medio tiempo	part-time
un paquete	a package	tiempo completo	full-time
hacer compras en	to shop in the	usar una computadora	to use a computer
el gran almacén	department store		
el supermercado	supermarket	un escáner	a scanner
la tienda	store, shop	una fotocopiadora	a copier
ir al centro comercial	to go to the shopping center / mall	una impresora	a printer
al correo	to the post office	una máquina de fax	a fax machine
a la estación de servicio	to the gas station	el correo electrónico	e-mail
a la tintorería	to the dry cleaner		
llenar el tanque	to fill the (gas) tank		
llevar ropa sucia	to drop off clothing		

Vocabulario regional. In Spain the word for *stamps* = **los sellos**; in the Americas *stamps* = **las estampillas.**

Vocabulario suplementario. Un consultorio *(doctor's, dentist's, lawyer's office)*, **una escuela** *(school)*, **una peluquería** *(beauty shop, barber shop)*, **un taller** *(garage, repair shop, workshop).*

Vocabulario regional. In Spain the word for *computer* = **el ordenador**; in the Americas *computer* = **la computadora.**

SER ESPAÑOL UN ORGULLO MADRILEÑO UN TITULO

Vocabulario. el orgullo = *pride;* **un título** = *title (of nobility).*

¿De qué país y de qué ciudad es la persona que va a usar esta pegatina *(sticker)*? ¿Dónde va a ponerla?

ASÍ SE HABLA

Expressing Frequency and Sequence of Actions

PATRICIA: Hola, Raquel, ¿cómo estás? ¡Tienes una cara de cansada! ¿Qué te pasa?

RAQUEL: No, nada. Lo único es que tengo a mi mamá enferma y, como comprenderás, todas las mañanas tengo que hacer un montón de cosas en la casa. En las noches tengo que cuidar a mis hermanitos, cocinar y todo eso. Encima de eso estoy en época de exámenes. ¡Imagínate! ¡Como si fuera poco!

PATRICIA: ¡Ay, dios! Pero mira, ¿estás durmiendo bien por lo menos? Porque si no, te vas a enfermar. Nadie puede trabajar del amanecer al anochecer sin un descanso.

RAQUEL: Sí, lo sé. A veces no tengo tiempo ni de comer. Generalmente como algo mientras estudio y todos los días me acuesto tardísimo, a medianoche, más o menos.

PATRICIA: ¡Pero, Raquel, es que te vas a enfermar si sigues así!

RAQUEL: No te preocupes, que ya termino los exámenes esta semana.

PATRICIA: ¡Menos mal! ¡Pero bueno, amiga, cuídate, por favor!

RAQUEL: Sí, sí, no te preocupes.

PATRICIA: Mira, dale un beso a tu mamá y dile que espero que se mejore pronto.

RAQUEL: Gracias. Nos vemos.

If you need to express frequency of actions, you can use the following phrases. They answer the questions **¿Cuántas veces?** = *How many times?, How often?* or **¿Cuándo?** = *When?*

a veces / a menudo / algunas veces	*sometimes / often*
siempre	*always*
nunca / jamás	*never*
ya	*already*
(casi) todos los días / todas las mañanas / las noches	*(almost) every day / morning / night*
una vez / dos veces al día / al mes / al año / a la semana	*once / twice a day / month / year / week*
cada dos días	*every other day*
cada / todos los lunes / martes	*every Monday / Tuesday*
frecuentemente	*frequently / often*
de vez en cuando	*from time to time*
del amanecer al anochecer	*from dawn to dusk*
la mayor parte de las veces	*most of the time*
generalmente / por lo general	*generally*

If you want to describe when actions take place in relation to other actions, you can use the following phrases.

primero	*first*
luego / después	*then / afterward(s)*
más tarde	*later*
finalmente / por último	*finally*
en primer / segundo / tercer lugar	*in the first / second / third place*

Práctica y conversación

1.7 Vidas diferentes. Ud. es un(-a) atleta en el equipo universitario de natación. Su hermano(-a) está casado(-a) y tiene tres hijos. Uds. hablan de sus actividades diarias, la frecuencia con la que hacen las diferentes cosas, cómo se sienten, etc.

Modelo		
	USTED:	Todas las mañanas me levanto muy temprano, voy a la piscina y nado durante hora y media. Luego, voy a clase, a la biblioteca y...
	HERMANO(-A):	Yo también me levanto temprano pero me voy a trabajar. Voy al supermercado una vez a la semana, algunas veces cocino,...

1.8 Hablando de su horario. Ud. está muy cansado(-a) porque tiene muchas responsabilidades con sus estudios, su trabajo, etc. Hable con un(-a) compañero(-a) de clase y cuéntele su horario.

Modelo	COMPAÑERO(-A):	¿Qué te pasa...?
	USTED:	¡Estoy muy cansado(-a)! ¡Tengo mucho que hacer! Todos los días tengo que... Dos veces por semana tengo que...
	COMPAÑERO(-A):	Te comprendo. ¡Yo también tengo que... dos veces por semana y...!

Temas de conversación: preparar un informe / hacer diligencias / asistir a conferencias / prepararse para los exámenes / reunirse con amigos / ¿?

ESTRUCTURAS

Discussing Daily Activities
Present Tense of Irregular Verbs

Many of the verbs that you need in order to talk about daily activities are irregular verbs in the present tense. These irregular verbs can be divided into two main groups: verbs that are irregular only in the first person singular (**yo**) form and those that show irregularities in many forms.

Common Verbs with Irregular *yo* Forms			
hacer *(to do, make)*	**hago**	**traer** *(to bring)*	**traigo**
poner *(to put, place)*	**pongo**	**saber** *(to know)*	**sé**
salir *(to leave)*	**salgo**	**ver** *(to see)*	**veo**

Verbs ending in **-cer** like **conocer** *(to know):* **conozco**
Verbs ending in **-cir** like **conducir** *(to drive):* **conduzco**

Common Irregular Verbs						
dar *(to give)*	doy	das	da	damos	dais	dan
decir *(to say, tell)*	digo	dices	dice	decimos	decís	dicen
estar *(to be)*	estoy	estás	está	estamos	estáis	están
ir *(to go)*	voy	vas	va	vamos	vais	van
oír *(to hear)*	oigo	oyes	oye	oímos	oís	oyen
ser *(to be)*	soy	eres	es	somos	sois	son
tener *(to have)*	tengo	tienes	tiene	tenemos	tenéis	tienen
venir *(to come)*	vengo	vienes	viene	venimos	venís	vienen

Verbs ending in **-uir** like **destruir** *(to destroy):*
destruyo, destruyes, destruye, destruimos, destruís, destruyen

a. Common verbs ending in **-cer** include **aparecer** = *to appear;* **conocer** = *to know, be acquainted with;* **merecer** = *to merit, deserve;* **obedecer** = *to obey;* **ofrecer** = *to offer;* **parecer** = *to seem;* **reconocer** = *to recognize.*

b. Common verbs ending in **-cir** include **conducir** = *to drive;* **producir** = *to produce;* **traducir** = *to translate.*

c. Common verbs ending in **-uir** include **construir** = *to construct;* **contribuir** = *to contribute;* **destruir** = *to destroy.*

Práctica y conversación

Antes de empezar los siguientes ejercicios, busque ejemplos de las formas gramaticales de esta sección en el diálogo escrito de **Así se habla.**

1.9 Un día típico. Compare las actividades de un día típico en la vida de Manuel con un día típico de Ud. y sus amigos.

> **Modelo** MANUEL: **Conduzco a clase.**
> USTED: **Mis amigos y yo conducimos a clase también.**
> **Mis amigos y yo no conducimos a clase.**

1. Soy estudiante y tengo mucho que hacer.
2. Hago compras en el centro comercial.
3. Voy al correo y a la tintorería.
4. Traduzco ejercicios en mi clase de español.
5. Pongo la televisión y oigo las noticias.
6. Veo a los niños y les damos dinero.

1.10 ¿Con qué frecuencia? Complete las oraciones siguientes con una de las frases dadas, explicando con qué frecuencia Ud. hace las siguientes actividades.

decir la verdad
venir a clase
hacer la tarea
ir al cine
conducir rápidamente

salir de casa a tiempo
poner la radio / televisión
ver a mis amigos
traer libros a clase
obedecer a mis padres

1. _____ a menudo.
2. Nunca _____.
3. _____ (casi) todos los días.
4. Una vez al mes _____.
5. _____ frecuentemente.
6. Siempre _____.
7. Del amanecer al anochecer _____.
8. La mayor parte de las veces _____.

1.11 Entrevista. Usando las frases de la **Práctica 1.10,** pregúntele a un(-a) compañero(-a) de clase cuándo o con qué frecuencia hace diferentes actividades. Su compañero(-a) debe contestar de una manera lógica.

> **Modelo** USTED: **¿Con qué frecuencia ves a tus amigos?**
> COMPAÑERO(-A): **Veo a mis amigos a menudo.**

Talking About Other Activities
Present Tense of Stem-Changing Verbs

To discuss other daily activities such as sleeping or having lunch and activities such as requesting, recommending, preferring, wanting, and remembering, you will need to learn to conjugate and use stem-changing verbs. There are three categories of stem-changing verbs.

e → ie **querer** *to wish, want*	o → ue **almorzar** *to have lunch*	e → i **pedir** *to ask for, request*
quiero	almuerzo	pido
quieres	almuerzas	pides
quiere	almuerza	pide
queremos	almorzamos	pedimos
queréis	almorzáis	pedís
quieren	almuerzan	piden

a. Certain Spanish verbs change the last vowel of the stem from **e → ie, o → ue,** or **e → i** when that vowel is stressed. These verbs may have infinitives ending in **-ar, -er,** or **-ir.** There is no way to predict which verbs are stem-changing; these verbs must be learned through practice. In many vocabulary lists or dictionaries the stem-changing verbs may be listed in the following manner: **querer (ie); volver (ue); servir (i).**

b. Some common stem-changing verbs **e → ie** are:

cerrar	*to close*	perder	*to lose, waste (time),*
comenzar	*to begin*		*miss (bus)*
empezar	*to begin*	preferir	*to prefer*
entender	*to understand*	querer	*to want, wish*
pensar	*to think*	recomendar	*to recommend*

c. Some common stem-changing verbs **o → ue** are:

almorzar	*to eat lunch, have lunch*	poder	*to be able*
contar	*to count*	probar	*to try, taste*
dormir	*to sleep*	recordar	*to remember*
encontrar	*to find, meet*	soñar	*to dream*
morir	*to die*	soler	*to be accustomed to*
mostrar	*to show*	volver	*to return*

d. Some common stem-changing verbs **e → i** are:

pedir	*to ask for, request*	seguir	*to follow*
repetir	*to repeat*	servir	*to serve*

Práctica y conversación

Antes de empezar los siguientes ejercicios, busque ejemplos de las formas gramaticales de esta sección en el diálogo escrito de **Así se habla.**

1.12 Preferencias. Las siguientes personas no quieren hacer ciertas cosas; prefieren hacer otras. Dígale a un(-a) compañero(-a) de clase lo que prefieren hacer.

> **Modelo**   Miguel: prepararse para los exámenes / practicar deportes
> **Miguel no quiere prepararse para los exámenes.**
> **Prefiere practicar deportes.**

1. tú: trabajar / echar una siesta
2. nosotros: mirar una telenovela / reunirnos con amigos
3. María: hacer la tarea / hacer compras
4. yo: ir a la tintorería / ir a la tienda
5. José y yo: trabajar horas extra / estar de vacaciones
6. Uds.: trabajar en un banco / tener empleo en una oficina

1.13 ¡Hay mucho que hacer! Dígale a un(-a) compañero(-a) de clase lo que Paco hace hoy. Luego, dígale si Ud. y sus amigos hacen las mismas cosas.

> **Modelo**   comenzar a estudiar
> **Paco comienza a estudiar.**
> **Mis amigos y yo (no) comenzamos a estudiar.**

despertarse a las seis / encontrar los libros en la biblioteca / empezar a leer una novela / pedirle ayuda a José / almorzar con amigos / jugar al tenis / volver a casa temprano / acostarse antes de la medianoche / soler trabajar los fines de semana

1.14 Entrevista personal. Hágale preguntas a un(-a) compañero(-a) de clase sobre los planes que tienen él (ella) y sus amigos(-as).

Pregúntele...

1. dónde almuerzan.
2. qué piensan hacer esta noche.
3. si recomiendan una buena película.
4. cuándo vuelven a casa.
5. si quieren jugar al tenis.
6. ¿?

 Interacciones CD-ROM: **Capítulo 1, Primera situación**

 Para saber más: http://interacciones.heinle.com

PRESENTACIÓN

La rutina diaria

Práctica y conversación

1.15 ¿Qué ve Ud. en el dibujo? Utilizando el vocabulario al final de esta sección, nombre los ejemplos de actividades de arreglo personal que se ven en el dibujo.

1.16 Mi arreglo personal. ¿Qué productos usa Ud. para hacer lo siguiente?

despertarse a tiempo / bañarse / lavarse el pelo / lavarse los dientes / afeitarse / rizarse el pelo / maquillarse / perfumarse

1.17 Las rutinas diarias. Dígale a su compañero(-a) de clase lo que Ud. hace para arreglarse en un día típico. Él (Ella) escribirá lo que Ud. dice. Luego, le toca a Ud. *(it's your turn)* escribir lo que su compañero(-a) dice. Cuando terminen, le dirán a su profesor(-a) lo que cada uno(-a) hace para arreglarse.

1.18 Creación. Cuente en una narración lo que pasa en el dibujo de la **Presentación,** contestando las siguientes preguntas: ¿Está de buen humor el hombre que Ud. ve en el dibujo? ¿Por qué se levanta tan temprano? ¿Para qué se arreglan los chicos? ¿Y las chicas? ¿Qué hace la mujer?

¿Qué tipo de productos llevan la marca *(brand name)* "Naturaleza y Vida"? ¿Quiénes pueden usar estos productos? ¿Usaría Ud. estos productos?

VOCABULARIO

El arreglo personal	Personal care		
		cepillarse el pelo	*to brush one's hair*
la afeitadora eléctrica	*electric shaver*	despertarse (ie)	*to wake up*
el agua *(f)* caliente	*hot water*	desvestirse (i, i)	*to get undressed*
el cepillo de dientes	*toothbrush*	ducharse	*to shower*
la crema de afeitar	*shaving cream*	lavarse los dientes	*to brush one's teeth*
el champú	*shampoo*	lavarse el pelo	*to wash one's hair*
el desodorante	*deodorant*	levantarse temprano	*to get up early*
el espejo	*mirror*	tarde	*late*
el jabón	*soap*	maquillarse	*to put on make-up*
la laca	*hair spray*	peinarse	*to comb one's hair*
el lápiz de labios	*lipstick*	perfumarse	*to put on perfume*
el maquillaje	*make-up*	poner el despertador	*to set the alarm clock*
la pasta de dientes	*toothpaste*	ponerse la camisa	*to put on one's shirt*
el peine	*comb*	los pantalones	*pants*
el rímel	*mascara*	el vestido	*dress*
el secador	*hair dryer*	quitarse la camisa	*to take off one's shirt*
la sombra de ojos	*eye shadow*	rizarse el pelo	*to curl one's hair*
las tenacillas de rizar	*curling iron*	secarse	*to dry off*
la toalla	*towel*	secarse el pelo	*to dry one's hair*
afeitarse	*to shave*	ser madrugador(-a)	*to be an early riser*
arreglarse	*to get ready*	dormilón(-ona)	*a heavy sleeper*
bañarse	*to bathe, take a bath*	vestirse (i, i)	*to get dressed*
cambiarse de ropa	*to change clothes*		

Vocabulario regional. In Spain the word for *toothpaste* = **el dentífrico**; in the Americas *toothpaste* = **la pasta de dientes, la crema dental, la pasta dental.**

ASÍ SE HABLA

Expressing Lack of Comprehension

SARA: Ana, ¿qué pasa con Linda que no se levanta? Ya son las once de la mañana y tiene que ir a clases. Incluso, creo que tiene un examen hoy.

ANA: ¿Qué dices? ¿Puedes repetir, por favor? No puedo oír nada con este secador de pelo.

SARA: Te preguntaba qué pasaba con Linda que sigue en cama. Ya es tarde.

ANA: ¡Ay, hija! Francamente no tengo la menor idea. Hace ya más de una semana que se acuesta como a las cinco de la madrugada y se levanta a las once o doce del día. No se viste, no se peina, no se arregla, ni siquiera se baña. No sé lo que le está pasando. Desde que peleó con Jorge, sólo llora, duerme y no quiere hacer nada.

SARA: No comprendo, no comprendo nada. ¿Y por qué han peleado?

ANA: No sé. Yo tampoco comprendo nada pero no quiero preguntarle. Tú sabes cómo es ella.

SARA: Sí, pero estoy preocupada.

ANA: Yo también.

If you do not understand what is being said to you, you can use the following phrases.

¿Cómo dijo / dijiste?	*What did you say?*
¿Puede(-s) repetir, por favor?	*Can you repeat, please?*
No comprendo / entiendo nada (de nada).	*I don't understand anything.*
¡No entiendo ni pizca!	*I don't understand one bit!*
¡Estoy perdido(-a)!	*I'm lost!*
¡Ya me confundí!	*I'm confused!*
No sé si comprendo bien...	*I don't know if I understand correctly . . .*
A ver si comprendo bien...	*Let's see if I understand . . .*
¿Quiere(-s) decir que...?	*Do you mean that . . . ?*
¿Mande? (*México*)	*What?*

Práctica y conversación

1.19 No comprendo. ¿Qué diría Ud. en las siguientes situaciones?

1. Su profesor(-a) le explica un tema de cálculo pero Ud. no entiende nada.
2. Su novio(-a) le está hablando pero hay mucho ruido y Ud. no puede oír bien.
3. Ud. estudió muchas horas pero no sabe nada. Su compañero(-a) le pregunta si está preparado(-a) para el examen.
4. Su profesor(-a) de español le hace una pregunta que Ud. no entiende.
5. Su jefe le dice que Ud. está despedido(-a) y Ud. no sabe por qué.
6. Su compañero(-a) de cuarto le hace una pregunta pero Ud. no estaba prestando atención.

1.20 ¿Por qué necesitas tanto tiempo? Su compañero(-a) de cuarto ocupa el baño dos horas todas las mañanas antes de ir a clases. Ud. no entiende por qué tiene que tomar tanto tiempo. Hable con él (ella).

Modelo	USTED:	**¿Qué haces tanto tiempo en el baño? ¡No entiendo por qué te demoras tanto!**
	COMPAÑERA:	**Es que me tengo que poner el maquillaje y además tengo que rizarme el pelo y...**

ESTRUCTURAS

Describing Daily Routine

Reflexive Verbs

Many of the Spanish verbs used to describe and discuss daily routine are reflexive verbs, that is, verbs that use a reflexive pronoun throughout the conjugation. The reflexive pronouns indicate that the subject does the action to or for himself or herself; **me levanto** = *I get (myself) up;* **nos arreglamos** = *we get (ourselves) ready.* In Spanish these reflexive verbs can be identified by the infinitive form, which has the reflexive pronoun **se** attached to it: **levantarse** = *to get up.*

Present Indicative Reflexive Verbs		Reflexive Pronouns	
me arreglo	I get ready	**me**	myself
te arreglas	you get ready	**te**	yourself
se arregla	he gets ready / she gets ready / you get ready	**se**	himself / herself / yourself
nos arreglamos	we get ready	**nos**	ourselves
os arregláis	you get ready	**os**	yourselves
se arreglan	they get ready / you get ready	**se**	themselves / yourselves

a. In English the reflexive pronouns end in *-self / -selves.* However, the reflexive pronoun will not always appear in the English translation, for it is often understood that the subject is doing the action to himself or herself.

Silvia siempre **se ducha** y **se lava** el pelo por la mañana.

Silvia always takes a shower and washes her hair in the morning.

Note that with reflexive verbs, the definite article (rather than a possessive pronoun) is used with parts of the body or with clothing.

b. The reflexive pronoun precedes an affirmative or negative conjugated verb.

Eduardo **se dedica** a sus estudios y **no se queja** nunca.

Eduardo devotes himself to his studies and never complains.

c. Reflexive pronouns attach to the end of an infinitive. When both a conjugated verb and an infinitive are used, the reflexive pronoun may precede the conjugated verb or attach to the end of the infinitive. Note that the reflexive pronoun always agrees with the subject even when attached to the infinitive.

¿Cuándo vas a **acostarte?**
¿Cuándo **te** vas a **acostar?**

When are you going to bed?

d. The following list contains common reflexive verbs; others are listed in the **Presentación.**

acordarse (ue) de	*to remember*	hacerse	*to become*
acostarse (ue)	*to go to bed*	irse	*to go away, leave*
dedicarse a	*to devote oneself to*	llamarse	*to be called*
despedirse (i) de	*to say good-bye to*	preocuparse (por)	*to worry (about)*
divertirse (ie)	*to have a good time (about)*	quejarse (de)	*to complain*
dormirse (ue)	*to go to sleep*	sentirse (ie)	*to feel*

Práctica y conversación

Antes de empezar los siguientes ejercicios, busque ejemplos de las formas gramaticales de esta sección en el diálogo escrito de **Así se habla.**

1.21 Su rutina diaria. Usando las frases dadas, describa su rutina diaria en orden lógico.

Modelo **Primero me despierto.**

primero / en segundo lugar / en tercer lugar / más tarde / después / finalmente

1.22 Consejos. Explique por lo menos tres cosas que estas personas hacen para arreglarse.

1. Ud. toma un examen de matemáticas.
2. Manolo y Pepe van a la escuela primaria.
3. Isabel sale con su novio.
4. Tú vas a una fiesta.
5. Nosotros jugamos al tenis.
6. La Sra. Ruiz habla con unos clientes importantes.

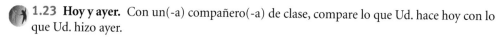

1.23 Hoy y ayer. Con un(-a) compañero(-a) de clase, compare lo que Ud. hace hoy con lo que Ud. hizo ayer.

despertarse / levantarse / vestirse / sentirse / preocuparse / quejarse / acostarse / ¿?

Asking Questions

Question Formation

Since most conversation consists of a series of questions and answers, it is important to learn to form questions in a variety of ways.

Questions requiring a yes / no answer

a. A statement can become a question by adding the tag words **¿no?** or **¿verdad?** to the end of that statement.

Raúl se levanta temprano, **¿no?**	*Raúl gets up early, doesn't he?*
Se divierten en clase, **¿verdad?**	*You have a good time in class, don't you?*

b. A statement can also become a question by inversion, that is, placing the subject after the verb. When using inversion to form a question that contains more than just a subject and verb, the word order is generally:

VERB   +   REMAINDER   +   SUBJECT
¿Se levantan   temprano   Uds.?

However, when the remainder of the sentence contains more words than the subject, then the word order is generally:

VERB   +   SUBJECT   +   REMAINDER
¿Se levantan   Uds.   temprano todos los días?

Questions requesting information

a. Questions requesting information contain an interrogative word such as those in the following list.

¿cómo?	*how?*
¿cuál(-es)?	*which?*
¿cuándo?	*when?*
¿cuánto(-a)?	*how much?*
¿cuántos(-as)?	*how many?*
¿dónde?	*where?*
¿qué?	*what?*
¿quién(-es)?	*who?*
¿por qué?	*why?*

Note that the question word **dónde** has the form **adónde** when used with **ir, viajar,** and other verbs of motion. The form **de dónde** is used with **ser** to express origin.

Jorge, **¿adónde** vas?	*Jorge, where are you going?*
¿De dónde son Uds.?	*Where are you from?*

b. Most information questions are formed by inverting the subject and verb. Note that the interrogative word is generally the first word of the question.

¿Qué se ponen los estudiantes para ir a clase?	*What do the students put on in order to go to class?*

c. **Por qué,** meaning *why,* is written as two words. The word **porque** means *because* and is often used in answers.

—**¿Por qué** te quitas la chaqueta?	*Why are you taking off your jacket?*
—**Porque** hace calor.	*Because it's hot.*

Práctica y conversación

Antes de hacer los siguientes ejercicios, busque ejemplos de las formas gramaticales de esta sección en el diálogo escrito de **Así se habla**.

1.24 Barcelona. Haga preguntas para las siguientes respuestas.

1. Barcelona es la capital de Cataluña, la región más próspera de España.
2. Esta gran ciudad cosmopolita tiene importancia comercial e industrial.
3. Está situada entre dos montañas: el Tibidabo y Montjuïc.
4. Hay playas a pocos kilómetros de la ciudad.
5. Las Ramblas es un paseo que va desde el centro de la ciudad hasta el mar Mediterráneo.
6. Al final de Las Ramblas está el monumento a Colón, uno de los monumentos más conocidos de la ciudad.

1.25 Las fiestas de Pamplona. En parejas, hagan todas las preguntas necesarias para informarse sobre estas fiestas españolas.

1. Todos los años en el mes de julio se celebran fiestas regionales en Pamplona.
2. Estas fiestas duran varios días.
3. Se celebran en honor a San Fermín.
4. Hay muchas actividades todos los días de las fiestas.
5. La actividad más famosa es el encierro.

¿Qué colores predominan en el sello *(seal)* de Pamplona? ¿Qué animal se ve?

1.26 Entrevista personal. Pregúntele a un(-a) compañero(-a) de clase acerca de su rutina diaria. Su compañero(-a) debe contestar.

Temas de conversación: la hora de levantarse / acostarse; la hora de desayunar / almorzar / cenar; el lugar donde vive / trabaja / estudia; la frecuencia de cambiarse de ropa / lavarse el pelo / peinarse; con quién(-es) vive / estudia / va al cine; las cosas y las personas de las que se queja.

¿QUÉ OYÓ UD.?

Track 3

Para escuchar bien

Listening for the gist

When you are talking to someone in English or are listening to a narration or description, you can often understand what is being said by paying attention to a person's intonation or gestures, the topic being discussed, and the situation in which it occurs. Even when you don't understand every word being said, you can still get the gist or the general idea of what the speaker is saying.

La Universidad de Madrid

Antes de escuchar

 1.27 La foto. Con un(-a) compañero(-a) de clase, mire la foto que se presenta en esta página y haga las siguientes actividades.

1. Describa a las personas en la foto y el lugar donde se encuentran.
2. Según su opinión, ¿de qué están hablando estas personas?
3. Cuando Ud. se reúne con sus amigos de la universidad, ¿de qué hablan Uds. generalmente?

A escuchar

1.28 Los apuntes. Mientras escucha la conversación entre Tania y Ada, tome los apuntes que considere necesarios y luego complete el siguiente cuadro con la información correcta.

	Tania	Ada
Estilo de vida		
Responsabilidades estudiantiles		
Otras responsabilidades		Va a la Univ.
Distracciones		

Después de escuchar

1.29 Resumen. Con un(-a) compañero(-a) de clase, resuma la conversación entre Tania y Ada.

1.30 Análisis. Ahora conteste las siguientes preguntas.

1. ¿Qué tipo de relación tienen estas dos personas? Justifique su respuesta.
2. Dentro de la cultura americana, ¿es aceptable criticar el estilo de vida de un(-a) compañero(-a) y decirle cómo debe cambiar? ¿Y dentro de la cultura hispana? Justifique su opinión.

Interacciones CD-ROM: **Capítulo 1, Segunda situación**

Para saber más: http://interacciones.heinle.com

TERCERA SITUACIÓN

PERSPECTIVAS

El horario hispano

El horario *(schedule)* español es muy distinto del horario estadounidense. Por lo general los españoles trabajan ocho horas al día pero dividen el día en dos partes. En España la mayoría de las oficinas, de las tiendas y de los negocios se abren a las diez de la mañana y se cierran a las dos de la tarde. Pero se abren de nuevo entre las cuatro y las ocho. Entre las dos y las cuatro de la tarde los españoles comen su comida principal en casa y después de comer se quedan un rato allá hablando con la familia o descansando. Este descanso entre las dos y las cuatro se llama **la siesta.** Se

Madrid: Palacio Real

nota que esta tradición de la siesta está desapareciendo en las ciudades y hay muchas tiendas, museos y negocios que no se cierran para la siesta. Al cerrar los negocios alrededor de las ocho de la noche muchos españoles se pasean *(stroll)* por el centro de la ciudad; finalmente vuelven a casa para cenar entre las diez y las once de la noche.

En los países de las Américas el horario tiene muchas variaciones, pero generalmente se come entre el mediodía y las dos de la tarde y otra vez entre las siete y las nueve de la noche.

Práctica

1.31 Una visita a Madrid. Ud. y su familia están en Madrid por dos días y medio. Durante estos días quieren ver lo máximo posible pero también necesitan comer, descansar y cambiar dinero. Prepare un horario con la información dada abajo.

- **Banco Nacional**
  10,00-13,30
- **Cine Madrileño**
  16,00; 18,30; 21,00; 23,30; 1,30
- **Club Elegante**
  Espectáculos a las 23,30; 1,30
- **Corrida de Toros**
  17,00

Museo del Prado

- **Excursión al Escorial**
  Palacio y monasterio real a unos 35 kilómetros de Madrid. Martes a domingo: 10,00-18,00; Días festivos: Cerrado
- **Piscina Municipal**
  10,00-13,30; 16,00-20,30
- **El Palacio Real**
  Lunes a sábado; 9,00-18,00; Domingos y días festivos: 9,00-14,00
- **El Prado**
  Museo de arte de fama internacional Martes a sábado: 9,00-19,00; Domingos y dias festivos: 9,00-14,00 Lunes: Cerrado

Los cibercafés

Antes de mirar

1.32 Café América Online. Con un(-a) compañero(-a) de clase, utilice la foto a continuación y describa al joven en el cibercafé. En su opinión, ¿qué va a hacer él en el Café América Online?

A mirar

1.33 Las actividades. Identifique todas las actividades mencionadas en el vídeo que se puede hacer en un cibercafé.

comprar una computadora	escanear fotos	escuchar música
estudiar programación	imprimir fotos	leer el correo electrónico
mirar una película	navegar Internet	reparar una computadora
revisar el aceite	tomar un cafecito	trabajar en Word

1.34 Los cibercafés. Complete las siguientes oraciones con información del vídeo acerca del uso de las computadoras y los cibercafés.

1. La _____ e Internet son cada vez más necesarios en la _____ de muchos latinoamericanos, pero para un gran porcentaje de la población, esta _____ cuesta muy cara para mantenerla en los hogares.
2. Hoy día en muchos _____ el cibercafé aparece por todas las esquinas, en _____ grandes y pueblos _____.
3. Hay gente muy _____ que conoce muy bien _____. Hay gente de edad más avanzada que no _____ mucho.
4. Algunas personas dicen: «Es que _____ a una cita con una _____ que acabo de _____ en el chat».
5. Otras personas tambien reciben ofrecimientos de _____ a través del chat.

1.35 Las ventajas. Con un(-a) compañero(-a) de clase, conteste las siguientes preguntas. Según el vídeo, ¿cuáles son las ventajas de un cibercafé? ¿Por qué va la gente al cibercafé en vez de navegar el Internet en casa?

Después de mirar

1.36 Semejanzas *(Similarities)* y diferencias. Con un(-a) compañero(-a) de clase, comparen el uso de las computadoras y el Internet entre Uds. y sus amigos y las personas del vídeo. ¿Cuáles son las semejanzas y diferencias?

1.37 En defensa de una opinión. ¿Qué evidencia oral y/o visual hay en el vídeo que confirma la siguiente idea? Las computadoras e Internet son una parte importante de la vida en el mundo hispano.

Para leer bien

Predicting and Guessing Content

To make your reading more efficient and pleasurable, it is a good technique to try to predict an author's main idea prior to actually reading. This technique will help you locate and remember key ideas within the reading passage. The title as well as photographs, drawings, and charts accompanying the passage provide many hints that will help you form a hypothesis about the content. As you read, you will confirm or discard this original hypothesis. First, look at the title of the reading and ask yourself: Given this title, what topics might be covered in the reading? Then, look at the drawings or photos and decide what further ideas come to mind.

Antes de leer

1.38 El título. Mire el título de la **Lectura cultural** que sigue: «España está de moda». **La moda** = *style, fashion.* ¿Qué quiere decir el título?

1.39 Las fotos. Ahora, mire las fotos en la página 45. ¿Por qué hay flamenco español en los EE.UU. y una corrida de toros en Francia?

1.40 La idea principal. En su opinión, ¿cuál es la idea principal de la lectura que sigue? Invente una hipótesis utilizando el título y las fotos.

A leer

1.41 Su hipótesis. Al leer «España está de moda», trate de confirmar o rechazar *(to reject)* la hipótesis sobre la idea principal que Ud. inventó en la **Práctica 1.40**.

España está de moda

centuries

ago / conquers

designers / have become

displace

España está de moda por primera vez quizás en los últimos cuatro siglos°. Unos meses atrás° la revista francesa *Paris Match* decía: «España arrasa en° Francia y en Europa. Sus diseñadores° de moda, su música, su pintura, su cine, se han puesto° de moda en el Continente y es difícil que alguien los desbanque° de esa posición».

everywhere

Es que la cultura española viaja y es bienvenida y aplaudida en los lugares más distantes. Una exposición de Salvador Dalí ocupó el Museo Pushkin de Moscú, el Ballet Nacional de España se presentó en el Metropolitan de Nueva York y la literatura española se lee por todas partes°. El cine español también es muy popular en todo el mundo y a muchas personas les encantan las películas de Pedro Almodóvar.

fever / reached its peak

bullfights / Spanish wine punch /

tons / Spanish omelette

En Francia hay una españomanía en forma de exposiciones de arte y de películas. La fiebre° española alcanzó de lleno° en la ciudad de Nîmes en el sur de Francia, donde un millón de personas vieron corridas de toros°, bebieron sangría° y comieron toneladas° de tortillas de patatas° en un festival de lo español.

the same / department stores

display windows

made

En Londres es igual°. Harrods, el más exclusivo de los grandes almacenes° londinenses, dedicó un mes a España con los escaparates° llenos de todo tipo de productos hechos° en España. También hay mucho entusiasmo por el teatro y la pintura española.

Flamenco español en Nueva York

A los italianos les encanta España. En los últimos cinco años el número de visitantes de Italia se ha duplicado°; hace un par de años 1.200.000 visitantes italianos se esparcieron° por tierras españolas. En Roma se han abierto dos escuelas de baile flamenco. Pero lo más importante es que la demanda del producto cultural español también se extiende° a los centros urbanos menores. Es cierto que España es un país en movimiento° y la economía española sigue creciendo°.

doubled

spread across

Una corrida de toros en Francia

extends
on the move / continues growing

Españolear° está de moda, y España atrae° y seduce en el mundo por su vitalidad, su capacidad creativa y su prosperidad.

Doing it the Spanish way / attracts

"Nos Encanta el Ambiente Nocturno"

No es la primera vez que visitan España. En esta ocasión, esta pareja va de camino a México y han decidido hacer escala en Madrid. Les encanta el carácter de los españoles, el ambiente nocturno y hacer compras. «La ropa es infinitamente más barata que en Italia», comenta Silvia. Confiesan que son conscientes de la simpatía que despiertan aquí los italianos y se sienten como en casa. ∎

SILVIA Y ENRICO

Después de leer

1.42 La idea principal. Escoja entre las siguientes posibilidades la idea principal de la lectura.

1. La gente española lleva ropa moderna.
2. La cultura española es popular en todo el mundo.
3. Las tiendas españolas venden artículos muy de moda.

1.43 ¿Ciertas o falsas? Lea las siguientes oraciones y decida si son ciertas o falsas. Si son falsas, corríjalas.

1. España se ha puesto de moda en Europa recientemente.
2. España exporta solamente sus productos agrícolas.
3. En Francia recientemente un millón de personas vieron corridas de toros.
4. En Inglaterra no hay interés por los productos españoles.
5. Los italianos tienen miedo de España y no viajan allá.
6. La demanda de la cultura española se extiende a los pueblos italianos.
7. La economía española sufre bastante ahora.

1.44 La defensa de una opinión. ¿Qué evidencia puede Ud. encontrar en el artículo que confirma la siguiente idea? «España y lo español atraen por su vitalidad, su capacidad creativa y su prosperidad».

ASÍ SE ESCRIBE

Para escribir bien

Writing Personal Letters and E-Mail Messages

In Spanish, there is a great deal of difference in the salutations and closings in a personal letter and a business letter. Business letters tend to be formal and respectful, but personal letters are warm and loving. Here are some ways to begin and end a personal letter or an e-mail message.

Salutations

Querido(-a) Ricardo / Anita:	*Dear Ricardo / Anita,*
Queridos amigos / padres / tíos:	*Dear friends / parents / aunts and uncles,*
Mi querido(-a) Luis(-a):	*Dear Luis(-a),*
Mis queridas primas:	*My dear cousins,*

Pre-closings

¡Hasta pronto / la próxima semana!	*Until soon / next week.*
Bueno, te / los / las dejo. Prometo escribirte/(-les) pronto.	*Well, I've got to go. I promise to write you soon.*
Bueno, es la hora de comer, así que tengo que dejarte(-los / -las).	*Well, it's time to eat so I have to go.*
Voy a escribirte(-les) de nuevo mañana / la semana próxima.	*I'm going to write you again tomorrow / next week.*

Closings

Un abrazo,	*A hug,*
Abrazos,	*Hugs,*
Un saludo afectuoso de...	*A warm greeting from . . .*
Cariños,	*Much love,*
Tu amigo(-a), Juan / María	*Your friend, Juan / María*

Antes de escribir

1.45 El formato de una carta. Ud. piensa escribirle una carta a un(-a) amigo(-a). Prepare el formato o el diseño *(layout)* de la carta. Incluya la fecha, el saludo *(salutation)*, la pre-despedida *(pre-closing)* y la despedida *(closing)*. Deje el espacio para el texto *(body)* de la carta pero no lo escriba en este momento.

1.46 El texto de una carta. Ud. piensa en el contenido o el texto de la carta para su amigo(-a). Haga una lista de nueve o diez actividades de su rutina diaria en la universidad que quiere describir en el texto de su carta.

A escribir

Primero, escoja uno de los dos temas dados a continuación. Después, escriba su composición, utilizando sus respuestas para los ejercicios de **Antes de escribir.** Trate de incorporar el nuevo vocabulario y las nuevas estructuras gramaticales de este capítulo.

1.47 Su rutina diaria. Como es un nuevo semestre, escríbale una carta o un mensaje de correo electrónico a un(-a) amigo(-a) hispano(-a) explicándole su rutina diaria.

1.48 Sus actividades. Su mejor amigo(-a) asiste a otra universidad. Escríbale una carta o un mensaje de correo electrónico, describiendo sus actividades del fin de semana en su universidad.

1.47 and **1.48:**
Grammar: verbs: reflexives; *Phrases/Functions:* sequencing events, talking about the present, writing a letter (informal); *Vocabulary:* days of the week, leisure, time of day, toilette, university

Después de escribir

Antes de entregarle *(hand in)* su composición a su profesor(-a), Ud. debe leerla de nuevo y corregir los errores. Al revisarla *(As you review it)*, preste atención al formato. ¿Tiene su composición el formato de una carta o un mensaje de correo electrónico? También preste atención al contenido. ¿Contiene su composición toda la información que Ud. quiere incluir? Revise el vocabulario de las actividades y las frases para poner en orden cronológico las actividades. Al final, revise las terminaciones *(endings)* de los verbos reflexivos. ¿Están correctas todas las terminaciones?

INTERACCIONES

1.49 Los pasatiempos. You are a reporter for a Hispanic radio station in Miami, Florida, and are preparing a feature on leisure-time activities in your city. Prepare at least five questions about the frecuency of typical leisure-time activities; then interview four of your classmates. Report your general findings to the class.

1.50 ¿Quién soy yo? In groups of three or four, each person will pretend to be a famous person. Do not tell each other your identity. Describe your daily routine, including details about your job and leisure activities, so the group can guess who you are. If necessary, you can include a brief description of your person.

1.51 Así son las otras culturas. You are the host of a Spanish TV talk show that examines the lifestyle of other cultures; the show is entitled *Así son las otras culturas.* Today's topic is daily routine in the U.S. compared with the Hispanic daily routine. Your classmates will play the roles of two guests on the show—Antonio(-a) Guzmán, a Spanish university student, and Julio(-a) Rivera, a Spanish-speaking resident of Los Angeles. Ask each guest about his/her daily routine and the advantages and disadvantages of it so that you can compare the two lifestyles.

1.52 Las diligencias. Make a mental list of six errands you must do in the next few days. Your partner must then guess four errands on your list by asking you questions. You must then guess four of the items on your partner's list.

Interacciones CD-ROM: **Capítulo 1, Tercera situación**

Para saber más: http://interacciones.heinle.com

Capítulo 2

De vacaciones

Sevilla, España: Unas vacaciones en familia

CULTURAL THEMES

Spain
Leisure time and vacations

COMMUNICATIVE GOALS

Making a personal phone call
Talking about past activities
Circumlocuting
Avoiding repetition of nouns

PRIMERA SITUACIÓN

PRESENTACIÓN

En el complejo turístico

Práctica y conversación

2.1 Definiciones. A Pablo le gusta hacer crucigramas, pero a veces tiene problemas con las definiciones. Ayúdelo con las palabras que faltan.

1. el movimiento del agua en el mar
2. unos zapatos que se llevan cuando hace calor
3. lo que se pone uno para nadar
4. un producto que ayuda a broncearse
5. algo que protege los ojos del sol
6. un barco de lujo
7. algo que cubre y protege la cabeza
8. pasarlo bien

2.2 ¡Me divertí! Ud. acaba de regresar de un fin de semana maravilloso en Marbella, una de las playas famosas de la Costa del Sol en el sur de España. Se quedó en el complejo «Costa del Sol» y disfrutó de todas las actividades. Diga lo que hizo para divertirse.

Modelo   **Jugué al tenis.**

2.3 Vacaciones en el Hotel Don Miguel de Marbella. En grupos, hagan planes para pasar unas vacaciones en el Hotel Don Miguel de Marbella. ¿Cuánto tiempo pasan Uds. allí? ¿En qué actividades participan Uds.?

El Hotel
"Exclusivo
Todo
Incluido"
de Marbella

Marbella

Piscinas
Restaurantes
Bares
Salas de Conferencias
Gimnasios y Fitness Club
Equipo de Animación
Mini Club y
Club de Aventuras Infantil
Pistas de Tenis
Campos de Golf
Campos de Fútbol
Escuelas de Golf, de Idiomas, de Cocina y de Baile
Beach Club en Atalaya Park Golf Hotel & Resort
"Concepto Deportes Incluidos" (58 actividades sin cargo)

Don Miguel
Golf & Sport Hotel

Avenida del Trapiche s/n.
Marbella (Costa del Sol) 29600 (E)
RESERVAS:
Tel. 34 - 951 05 90 04
Fax 34 - 951 05 90 03
www.don-miguel.net

2.4 Creación. Cuente en una narración lo que pasa en el dibujo de la **Presentación**, contestando las siguientes preguntas. Imagínese que el dibujo de esta **Presentación** es una foto que Ud. sacó durante sus últimas vacaciones. ¿Cómo se llaman las chicas que están tomando el sol? ¿De qué hablan? ¿De dónde viene el yate que se ve cerca de la costa?

VOCABULARIO

En la playa	At the beach	practicar esquí acuático	to water-ski
la arena	sand	quemarse	to burn
el castillo	castle	tomar el sol	to sunbathe
el colchón neumático	air mattress	**En el complejo turístico**	**In the tourist resort**
la concha	shell	el campo de golf	golf course
el esquí acuático	waterskiing	la cancha de tenis	tennis court
las gafas de sol	sunglasses	las vacaciones	vacation
la lancha	motorboat	correr	to run
la loción solar	sunscreen	estar de vacaciones	to be on vacation
el mar	sea		
la ola	wave	montar a caballo	to ride horseback
las sandalias	sandals	montar en bicicleta	to ride a bicycle
el sombrero	hat		
la sombrilla	beach umbrella	**En el hotel**	**In the hotel**
la tabla de windsurf	windsurfing board	el gimnasio	gymnasium
el traje de baño	bathing suit	la piscina	swimming pool
el yate	yacht	disfrutar de	to enjoy
broncearse	to tan	divertirse (ie,i)	to have a good time
nadar	to swim	gozar de	to enjoy
navegar en un velero	to sail in a sailboat	levantar pesas	to lift weights
pescar	to fish	pasarlo bien	to have a good time

Las vacaciones is generally plural in Spanish while *vacation* is singular in English.

ESPAÑA
TODO BAJO EL SOL · EVERYTHING UNDER THE SUN

¿Cuáles son los colores de este logo del turismo español? ¿Cuáles son los dos sentidos *(meanings)* del lema *(slogan)* ESPAÑA: TODO BAJO EL SOL? En su opinión, ¿representa bien el país de España?

Track 5

ASÍ SE HABLA

Making a Personal Phone Call

700-178332 © Kevin Dodge / Masterfile www.masterfile.com

MAITE: ¿Diga?

NORMA: Hola. Por favor, ¿está Silvana?

MAITE: ¿De parte de quién?

NORMA: De Norma, por favor.

MAITE: Un momentito. Voy a ver si está.

NORMA: Muchas gracias.

Después de un momento.

MAITE: Lo siento, pero Silvana no está. Salió hace media hora.

NORMA: Por favor, dile que me llame.

MAITE: Muy bien. Se lo diré.

NORMA: Muchas gracias.

Maite is the shortened form or nickname for **María Teresa**.

Phrases to answer the telephone

Diga / Dígame. *(Spain)*	*Hello.*
Bueno. *(Mexico)*	*Hello.*
¿Aló? *(Most other countries)*	*Hello.*

Phrases to initiate a conversation

Por favor, ¿está...?	*Is . . . home, please?*
¿Hablo con...?	*Is this . . . ?*
¿De parte de quién, por favor?	*May I ask who is calling, please?*
Lo siento, pero no está.	*I'm sorry but he / she is not home.*
Un momentito, por favor. **Voy a ver si está.**	*One moment, please. I'll see if he / she is in.*
Está equivocado.	*You have the wrong number.*

Phrases to leave a message

Quisiera dejar un recado / mensaje.	*I would like to leave a message.*
Por favor, dígale (dile) que me llame / que lo (la) volveré a llamar.	*Please, tell him / her to call me / that I'll call him / her back.*
Si fuera(-s) tan amable de decirle que me llame.	*If you would be kind enough to tell him / her to call me.*

Phrases to explain problems with the connection

La línea / el teléfono está ocupada(-o).	*The line / the phone is busy.*
No se oye bien.	*I can't hear very well.*
Hay mucha interferencia.	*There's a lot of interference.*
Tiene que colgar.	*You have to hang up.*

Phrases to close the conversation

Disculpe(-a), pero me tengo que ir / tengo que colgar.	*Excuse me, but I have to go / I have to hang up.*

Phrases to say good-bye

Chao.	*Bye.*
Nos hablamos.	*I'll talk to you later.*
Lo / la / te llamo.	*I'll call you.*

Práctica y conversación

2.5 ¿Qué dirían Uds.? Con un(-a) compañero(-a), dramatice la siguiente situación. Ud. llama a su amiga Josefina por teléfono. La mamá de Josefina contesta y dice que no sabe si Josefina está en casa o no. Josefina no está en casa. Ud. quiere dejar un recado: La fiesta del sábado es a las nueve de la noche. La mamá de Josefina toma apuntes. Ud. se despide.

2.6 ¿Como estás? En grupos, dos personas hablan por teléfono y la tercera toma apuntes de las expresiones utilizadas y el tema de la conversación.

Temas de conversación: actividades diarias / estudios / fiestas / nuevos amigos / padres / novios(-as) / planes para el fin de semana / ¿?

ESTRUCTURAS

Talking About Past Activities
Preterite of Regular Verbs

Spanish, like English, has several past tenses that are used to talk about past activities. The Spanish preterite tense corresponds to the simple past tense in English: *El verano pasado lo pasé muy bien; tomé el sol, nadé y jugué al golf. = Last summer I had a good time; I sunbathed, swam, and played golf.*

The preterite tense will often translate as the simple past in English: **hablé** = *I talked.* In English the simple past tense is generally identified by the *-ed* ending, but there are many irregular forms as well.

Regular preterite forms in Spanish will often translate as irregular verbs in English: **tomé** = *I took* (not *I taked*); **corrí** = *I ran* (not *I runned*); **salí** = *I left* (not *I leaved*). Some students have the idea that the verbs will be regular in both languages or irregular in both languages.

Preterite of Regular Verbs					
Verbos en -AR		**Verbos en -ER**		**Verbos en -IR**	
tomé	*I took*	corrí	*I ran*	salí	*I left*
tomaste	*you took*	corriste	*you ran*	saliste	*you left*
tomó	*he took* / *she took* / *you took*	corrió	*he ran* / *she ran* / *you ran*	salió	*he left* / *she left* / *you left*
tomamos	*we took*	corrimos	*we ran*	salimos	*we left*
tomasteis	*you took*	corristeis	*you ran*	salisteis	*you left*
tomaron	*they took* / *you took*	corrieron	*they ran* / *you ran*	salieron	*they left* / *you left*

a. Some verbs like **salir** that are irregular in the present tense follow a regular pattern in the preterite.

b. Most **-ar** and **-er** verbs that stem-change in the present tense follow a regular pattern in the preterite.

Siempre me acuesto a las once, pero anoche bailé mucho y **me acosté** a las 3 de la manaña.	*I always go to bed at 11:00, but last night I danced a lot and went to bed at 3:00 A.M.*

c. Certain **-ar** verbs have spelling changes in the first-person singular of the preterites. The other forms follow a regular pattern.

1. Verbs whose infinivitives end in **-car** change the **c** to **qu** in the first-person singular: **pescar → pesqué.** Some common verbs of this type are **buscar, explicar, pescar, practicar, sacar, tocar.**
2. Verbs whose infinitives end in **-gar** change the **g** to **gu** in the first-person singular: **jugar → jugué.** Some common verbs of this type are **llegar, jugar, navegar, pagar.**
3. Verbs whose infinitives end in **-zar** change the **z** to **c** in the first-person singular: **gozar → gocé.** Some common verbs of this type are **almorzar, comenzar, empezar, gozar.**

d. The following words and expressions are often used with the preterite to indicate past time.

ayer	*yesterday*	en 1990 / en el 90	*in 1990 / in '90*
anteayer	*day before yesterday*	en abril	*in April*
anoche	*last night*	hace un minuto / mes / año	*a minute /*
el mes / año pasado	*last month / year*		*month / year ago*
la semana / Navidad pasada	*last week /*	hace una hora / semana	*an hour / a*
	Christmas		*week ago*
el jueves / verano pasado	*last Thursday /*	hace un rato	*a while ago*
	summer		

Práctica y conversación

Antes de empezar los siguientes ejercicios, busque ejemplos de las formas gramaticales de esta sección en el diálogo de **Así se habla.**

2.7 El verano pasado. Explique si Ud. hizo o no hizo las siguientes actividades el verano pasado.

> **Modelo**   caminar en la playa
> **(No) Caminé en la playa.**

jugar al tenis / descubrir lugares interesantes / broncearse / tomar un curso / comer muchas frutas / pasarlo bien / pescar / gozar de las vacaciones

2.8 En el complejo turístico. ¿Qué hicieron estas personas ayer en el complejo turístico?

> **Modelo**   los García / nadar
> **Los García nadaron ayer.**

1. los Valero / jugar al golf
2. Elena y yo / navegar
3. yo / almorzar en el café
4. Mariana / aprender a pescar
5. tú / quemarse
6. Uds. / sacar fotos

> The article **los + García** *(a last name)* = *Mr. and Mrs. García* or *the Garcías*. Last names in Spanish cannot become plural by adding the letter *-s* as they can in English: *the Smiths* / **los García.**

2.9 ¿Qué hiciste ayer? Un(-a) estudiante llama a un(-a) amigo(-a) y ambos(-as) hablan de lo que hicieron la noche anterior. Con un(-a) compañero(-a), complete el siguiente diálogo.

Estudiante 1

1. ¿Aló?
3. Sí, habla _____ . ¿_____?
   ¿Cómo estás?
5. Muy bien, también. ¿Qué cuentas?
7. ¡Ay, sí! Anoche salí con _____
   y fuimos a _____
9. Sí, muchísimo. Regresé a
   medianoche cansado(-a) de
   bailar tanto. Y tú ¿_____?
11. ¡No me digas! ¡Qué suerte!
    ¿Cuándo vas a _____ otra vez?
13. Por supuesto.
15. Nos vemos.

Estudiante 2

2. ¿Aló? ¿_____?

4. Muy bien, ¿y tú? _____

6. Te llamé anoche pero no te encontré
   en tu casa.
8. ¿_____?

10. Yo _____

12. Mañana. ¿Quieres ir?
14. Muy bien. _____ .

2.10 ¡Un fin de semana estupendo! Ud. llama por teléfono a unos amigos a quienes no ve desde el jueves pasado. Pregúnteles qué hicieron el fin de semana pasado y luego cuénteles lo que Ud. hizo.

Discussing Other Past Activities
Preterite of Irregular Verbs

Many common verbs used to discuss activities have irregular preterite forms; these irregular forms can be grouped into several categories to help you learn them.

Irregular Verbs in the Preterite Tense			
VERBS WITH -U- STEM			
andar	anduv-		
estar	estuv-	tuve	tuvimos
poder	pud-	tuviste	tuvisteis
poner	pus-	tuvo	tuvieron
saber	sup-		
tener	tuv-		
VERBS WITH -I- STEM			
querer	quis-	vine	vinimos
venir	vin-	viniste	vinisteis
		vino	vinieron
VERBS WITH -J- STEM			
decir	dij-	dije	dijimos
traer	traj-	dijiste	dijisteis
Verbs ending in -**cir** like **traducir**		dijo	dijeron
VERBS WITH STEMS ENDING IN A VOWEL (-Y- STEM)			
oír		oí	oímos
Verbs ending in -**eer** like **leer** oíste		oíste	oísteis
Verbs ending in -**uir** like **construir**		oyó	oyeron

Other Irregular Verbs					
dar		**ir/ser**		**hacer**	
di	dimos	fui	fuimos	hice	hicimos
diste	disteis	fuiste	fuisteis	hiciste	hicisteis
dio	dieron	fue	fueron	hizo	hicieron

a. In the preterite, these verbs use a special set of endings.

1. **-u-** and **-i-** stem endings: **-e, -iste, -o, -imos, -isteis, -ieron**
2. **-j-** stem endings: **-e, -iste, -o, -imos, -isteis, -eron**
3. **-y-** stem endings: **-í, -íste, -yó, -ímos, -ísteis, -yeron**

b. There is no written accent on these irregular preterite forms except for **-y-** stem verbs.

NOTE: Verbs ending in **-uir** like **construir** have an accent only in the first-person and third-person singular.

c. The irregular preterite of **hay** (**haber**) is **hubo.**

Ayer **hubo** un accidente muy grave en la playa.	*Yesterday there was a very serious accident at the beach.*

d. In the preterite, **saber** = *to find out.*

Esta mañana **supimos** que hay una piscina en este hotel.	*This morning we found out that there's a swimming pool in this hotel.*

e. Since the forms of **ir** and **ser** are the same in the preterite, context will determine the meaning.

IR: Ayer **fue** a la playa.	*Yesterday he went to the beach.*
SER: Fue muy interesante.	*It was very interesting.*

Práctica y conversación

2.11 En la playa. ¿Qué hizo Ud. la última vez que pasó un día en la playa?

Modelo leer una novela
Leí una novela.

andar por la playa / estar todo el día al sol / ponerse loción / hacer esquí acuático / oír música / construir un castillo de arena / ¿?

2.12 Y tú, ¿qué hiciste? Al regresar de sus vacaciones Ud. se encuentra con un(-a) amigo(-a). Salúdelo(-la) y pregúntele acerca de sus vacaciones. Cuéntele también acerca de las vacaciones suyas.

Modelo
USTED: **¡Hola! ¿Cómo estás?**
AMIGO(-A): **Muy bien, ¿y tú?**
USTED: **¡Bien, también! Y dime por fin, ¿adónde fuiste de vacaciones?**
AMIGO(-A): **A la playa. Fui a...**
USTED: **¡Qué maravilla! ¿Y esquiaste mucho?**

Actividades	Lugares
ir a la playa	la playa
andar por la playa	el campo
tomar el sol	las montañas
nadar	un campamento
esquiar	en casa
montar a caballo	¿?
jugar al golf	
navegar en un velero	
correr	
¿?	

2.13 Una anécdota. Cuéntele a un(-a) compañero(-a) una anécdota de algo especial que le pasó durante sus vacaciones. Su compañero(-a) va a reaccionar según lo que Ud. diga y narrará algo que le pasó a él (ella).

> **Modelo** **El verano pasado fui de vacaciones a Cancún y ahí conocí a un(-a) muchacho(-a) muy guapo(-a). Un día...**

Temas de conversación: tener un accidente / perder el pasaporte / quedarse sin dinero / perderse en la ciudad / ¿?

Discussing When Things Happened

Expressing Dates

In order to explain when an action took place or will take place, you will need to be able to express dates in Spanish.

a. To inquire about the date, the following questions are used.

> ¿Cuál es la fecha? }
> ¿A cuánto estamos? } *What is the date?*

b. The date is expressed using the following formula:

ARTICLE	+	DATE	+	**de**	+	MONTH	+	**de**	+	YEAR
el		doce		de		octubre		de		1492

The first day of the month is called **el primero;** the other days use cardinal numbers.

> Hoy es **el treinta y uno** de enero; mañana es **el primero** de febrero.   *Today is January 31; tomorrow is February 1.*

c. When the day of the week is mentioned along with the date, the following formula is used:

ARTICLE	+	DAY OF WEEK	+	DATE	+	**de**	+	MONTH
el		jueves		catorce		de		abril

d. The article **el** + *date* = *on* + *date.*

> —¿Cuándo llegó tu hermano de Caracas?   *When did your brother arrive from Caracas?*
> —Llegó **el viernes 4 de agosto.**   *He arrived on Friday, August 4.*

e. When talking about the year of an event, the expression is **en** + *year.*

> Construyeron la catedral **en 1659.**   *The cathedral was built in 1659.*

The formulas for expressing dates in Spanish are fixed and cannot be varied. In general the Spanish formulas are not the equivalent of the English formulas.

*In the Spanish formula for expressing dates, the day is the first item mentioned while in English the month is the first item mentioned. As a result, the abbreviation for dates using numbers is different in Spanish than in English: 4 / 6 / 09 = **el cuatro de junio de 2009** (not April 6, 2009, as in English).*

Práctica y conversación

2.14 El árbol genealógico. ¿En qué fecha nacieron estas personas?

su padre / su madre / su mejor amigo(-a) / Ud. / su hermano(-a)

 2.15 Un poco de historia. Dígale a un(-a) compañero(-a) cuándo ocurrieron los siguientes hechos de la historia contemporánea de España.

1. la Guerra Civil española / empezar / 1936
2. Francisco Franco / hacerse dictador de España / 1939
3. el general Franco / morir / 1975
4. Juan Carlos I / llegar a ser rey de España / 1975
5. el pueblo español / aprobar la nueva Constitución / 1978
6. España / entrar en la Unión Europea / 1986
7. los españoles / comenzar a usar el euro / 2002

 2.16 Entrevista personal. Pregúntele a un(-a) compañero(-a) de clase algunas fechas de su vida personal.

Pregúntele...

1. cuándo nació.
2. cuándo recibió su permiso de conducir.
3. cuándo se graduó de la escuela secundaria.
4. cuándo empezó sus estudios universitarios.
5. cuándo piensa graduarse de la universidad.
6. ¿?

Interacciones CD-ROM: **Capítulo 2, Primera situación**

Para saber más: http://interacciones.heinle.com

SEGUNDA SITUACIÓN

PRESENTACIÓN

Diversiones nocturnas

Práctica y conversación

2.17 Recomendaciones. Sus amigos quieren disfrutar de las diversiones nocturnas. ¿Adónde les recomienda Ud. que vayan para hacer lo siguiente?

escuchar música rock / ver una película policíaca / tomar una copa / bailar / ver un drama / escuchar música clásica / ver un espectáculo / pasarlo bien

2.18 Entrevista personal. Cada estudiante les hace preguntas a seis de sus compañeros de clase sobre lo que hicieron para divertirse el sábado por la noche. Comparen las respuestas para ver qué actividad es la más popular y cuál es la menos popular.

2.19 ¡Diviértanse! Ud. y un(-a) compañero(-a) de clase están en Madrid y buscan un club adonde ir para divertirse el fin de semana que viene. Lean los anuncios a continuación y contesten las siguientes preguntas.

¿A qué club, bar, o discoteca se va para...

1. comer comida mexicana?
2. ver a gente guapa?
3. mirar un partido de fútbol?
4. escuchar música soul y funky?
5. ver auténticas obras de arte?
6. jugar a dardos?
7. ver un espectáculo?
8. ver una fiesta flamenca?
9. tomar una copa a las 6 de la mañana?
10. encontrar un ambiente cosmopolita?

Después de contestar las preguntas, Ud. y su compañero(-a) necesitan escoger uno o dos lugares donde quieren pasar un rato este fin de semana.

Noche

Palacio de Gaviria. Arenal, 9 **6-C1** Todos los días de 23 a mad. Domingos, de 21:30 a 02 mad.: Discoteca, bailes de salón, portero. Desde 25 años. Metro: Sol.

Polana. Barbieri, 10 **4-D3** Bar de copas en lo que fuera un antiguo local "tanguero". Divertido. Ambiente plural y mixto. Metro: Chueca.

Quick. Galileo, 7. **4-B2** Discobar. Desde las 23 horas a 05. Gente guapa. Portero. Aparcacoches. Metro: San Bernardo

Satush. Eduardo Dato, 8 **4-D1** Bar club. Copas de nivel. Abierto de martes a sábado hasta la madrugada. Metro: Rubén Darío

Scala Meliá. Rosario Pino, 7 (Hotel Meliá Castilla). **1-C2** Todos los días. Cenas con espectáculo desde las 21 horas. Sábados segundo pase a las 0:30 horas. Desde 30 años. Metro: Cuzco.

Siglo XXI. Marqués de la Ensenada, 16. **4-D2** Antiguo Bocaccio. Discoteca y restaurante mexicano (Mamá Carlota) Música para todos los gustos. Decoración original. Metro: Colón.

Stars Café Dance. Marqués de Valdeiglesias, 5. **4-D3** Café restaurante discobar. Ambiente cosmopolita. De 10 de la mañana a madrugada. Metro: Chueca

Sugar Hill. Mesonero Romanos, 13. **4-C3** Sábados de 00:30 a 05:30 de la madrugada. Música Funky, Soul y R&B. Metro: Callao

Tábata. Vergara, 12 **4-B3** Discobar. Ambiente mixto. Divertido. De miércoles a sábado de 22 hs a madrugada. De moda. Música para todos los gustos. Metro: Opera

Torero. Cruz, 26. **6-C1** De 23 h. a 5 mad. Vier. y sáb. hasta 6 mad. Cerrado domingos y lunes. Discobar con espectáculo. Jueves, música soul, funky, reggae. Desde 25 años. Metro: Sol.

Tosca La Petite boite. Claudio Coello, 145, **3-A3** semiesq. María de Molina, 22. Boite - Sala de fiestas abierto de 20 hs a 04 mad. Dom de 22 a 04 hs. Aparcacoches. Selecto. Mayores de 25 años.

Valmont. General Martínez Campos, 17. **2-D3** Desde las 22 h. a mad. De Mierc. a sáb. Bar de Copas. Fiestas los jueves. Portero. Ambiente selecto. Metro: Iglesia.

Vanitas Vanitatis. Velázquez, 128 **3-A3** Abierto de Lunes a Sábado a partir de las 21:00 hs. Lunes a Jueves hasta las 04:00 hs. Viernes y Sábados hasta las 05:30 hs. Metro: Nuñez de Balboa

Vanity. Miguel Angel, 3 **2-D3** Discoteca. Abierta hasta madrugada. Ambiente elegante. Fiestas flamencas. Metro: Rubén Darío

Velada. Atocha, 107 **6-D2** Bar Club de moda. Estupenda música. Mucha gente guapa y modeleo. Abierto hasta madrugada. Metro: Atocha.

Villa Rosa. Plaza de Santa Ana, 15. **6-C1** Desde las 23 a las 6 mad. Cerrado dom. De moda. Lunes y martes: salsa. Portero. Parking cerca. Desde 23 años. Metro: Sevilla.

Why Not. San Bartolomé, 6 **4-D3** Disco-bar. Abierto todos los días de la semana. Horario de 22 horas a madrugada. Música divertida. Portero. Metro: Chueca

Xpress. Fernando, VI. (esquina Barquillo) **4-D2** Café-bar-restaurante. Ideal para cenar, picar algo o tomar una copa. Metro: Alonso Martínez

Menú del día y cenas ligeras
Dardos.
Deportes en pantalla gigante

C/. Manuela Malasaña, 11
28004 Madrid
Tel: 91 594 12 01

TOSCA LA PETITE BOITE
(Claudio Coello, 145) Tel: 91 561 41 72 Abierto desde las 20 horas a madrugada. Ambiente selecto en un marco incomparable con auténticas obras de arte. Mayores de 25 años. Aparcacoches.

2.20 Creación. Cuente en una narración lo que pasa en el dibujo de la **Presentación,** contestando las siguientes preguntas. Ud. está sentado(-a) en una de las mesas en el café. ¿Qué puede decir Ud. de las personas que están en el café? Describa la personalidad, la profesión y el modo de vivir de estas personas. ¿Adónde piensa Ud. que van a ir después?

VOCABULARIO

Ir al cine	To go to the movies	Otras actividades	Other activities
ver una película	to see a film	una comedia	a comedy
cómica	funny	un drama	a drama
trágica	sad	la música clásica	classical music
romántica	romantic	la orquesta	orchestra
policíaca	mystery	ir a la ópera	to go to the opera
de aventuras	adventure	al teatro	to the theater
		a un café al aire libre	to an outdoor cafe
Ir a un club	**To go to a club**	a un concierto	to a concert
el bar	bar	pasearse	to take a walk
emborracharse	to get drunk		
estar borracho(-a)	to be drunk		
tomar una copa	to have a drink		
un refresco	a soft drink		
un vino	wine		
un whisky	whiskey		
un ron	rum		
una gaseosa	a mineral (soda) water		
ver un espectáculo	to see a show, floorshow		
Ir a una discoteca	**To go to a discotheque**		
el conjunto	band, musical group		
escuchar música	to listen to		
rock	rock music		
popular	popular music		
folklórica	folk music		
En el hotel	**In the hotel**		
chismear	to gossip		
jugar (ue) a las cartas (A) / los naipes	to play cards		

ASÍ SE HABLA

Circumlocuting

En un restaurante de mariscos en Madrid

JOAQUÍN:	Hola, Mauricio, ¿qué hubo?
MAURICIO:	Ahí, pasándola.
JOAQUÍN:	¿Has visto a Manolo? Necesito hablar con él.
MAURICIO:	Lo vi esta mañana en la cancha de tenis. Se veía muy mal. Según me dijo, anoche no durmió nada. Parece que fue a ese restaurante nuevo que abrieron cerca de su casa y comió este... ¿cómo se llama? Es un tipo de marisco... este...
JOAQUÍN:	¿Cangrejos? ¿Langosta? ¿Camarones?
MAURICIO:	Eso, camarones, y parece que tuvo una reacción alérgica y lo tuvieron que llevar al hospital.

If you don't know how to express an idea or you don't know the name of an object, place, or activity, you can use the following phrases to make yourself understood.

Es un tipo de bedida / alimento / animal / vehículo.	*It's a kind of beverage / food / animal / vehicle.*
Se usa para jugar al tenis / cortar la carne / servir el café.	*It's used for playing tennis / cutting meat / serving coffee.*
Es un lugar donde se baila / se nada / se estudia.	*It's a place where one dances / one swims / one studies.*
Es como una silla / un lápiz / una mesa.	*It's like a chair / a pencil / a table.*
Se parece a un perro / una bicicleta.	*It's like a dog / a bicycle.*
Es parte de una casa / un carro.	*It's part of a house / a car.*
Es algo redondo / cuadrado / duro / blando / áspero.	*It's something round / square / hard / soft / rough.*
Es un artículo de ropa / de cocina / de oficina / de metal / de madera / de vidrio.	*It's a clothing / kitchen / office / metal / wooden / glass object.*
Es algo así como un(-a)...	*It's something like a . . .*
Es uno de esos sitios donde...	*It's one of those places where . . .*
Suena / Huele / Sabe como...	*It sounds / smells / tastes like . . .*

Práctica y conversación

2.21 Circunlocuciones. Mientras su compañero(-a) tiene el libro cerrado, Ud. lee las siguientes descripciones. Su compañero(-a) le dirá la palabra que falta.

1. Necesito un líquido para protegerme del sol. No quiero quemarme cuando vaya a la playa la próxima vez. ¿Sabes lo que necesito?
2. Es un lugar de forma rectangular, generalmente lleno de agua. La gente va allí a nadar. No recuerdo bien la palabra. ¿Cuál es?
3. Es un artículo de ropa que nos ponemos cuando queremos nadar. Es de una pieza para los hombres y a veces de dos para las mujeres. ¿Cómo se dice?
4. Es un lugar adonde la gente va a hacer ejercicio o a levantar pesas. ¿Cómo se llama?
5. Es un objeto redondo y pequeño. Batimos este objeto con una raqueta cuando jugamos al tenis. ¿Sabes a qué me refiero?
6. Es un ave que se parece a un pollo pero es más grande y generalmente se come en las Navidades o en la fiesta de Acción de Gracias. ¿Cómo se llama?

2.22 De compras en España. Ud. está en España estudiando en la Universidad de Madrid y necesita algunas cosas, pero no sabe su nombre en español. Vaya a la tienda y descríbale estos objetos al (a la) vendedor(-a), y éste (ésta) tratará de ayudarlo(-la). (No es necesario que sepa la palabra exacta.)

Modelo   nail polish remover

USTED: **Señor(ita), por favor, ¿tiene eso que sirve para quitar la pintura de las uñas?**

VENDEDOR(-A): **¡Ah sí! ¡Cómo no! Aquí tiene acetona.**

Temas de conversación: headband / running shoes / watch band / bedspread / posters / reading lamp / detergent / envelopes / paper clips / ¿?

ESTRUCTURAS

Discussing Past Actions
Preterite of Stem-Changing Verbs

Many verbs that are needed to talk about past actions and activities are stem-changing verbs. You have already learned that **-ar** and **-er** verbs that stem change in the present tense follow a normal pattern in the preterite. However, **-ir** verbs that stem-change in the present tense also stem-change in the preterite but in a different way.

Preterite of Stem-Changing Verbs			
e → i **pedir**		**o → u** **dormir**	
pedí	pedimos	dormí	dormimos
pediste	pedisteis	dormiste	dormisteis
pidió	pidieron	durmió	durmieron

a. In the preterite there are two types of stem changes: **e → i** and **o → u.** These stem changes occur only in the third-person singular and plural forms. These stem changes are often indicated in parentheses next to the infinitive: **pedir (i, i); divertirse (ie, i); dormir (ue, u).** The first set of vowels refers to stem changes in the present tense; the second set of vowels refers to stem changes in the preterite.

b. Only **-ir** verbs that are stem-changing in the present tense are also stem-changing in the preterite. Here are some common verbs of this type:

1. **ie, i** verbs: **divertirse, preferir, sentirse**
2. **i, i** verbs: **despedirse, pedir, repetir, seguir, servir, vestirse**
3. **ue, u** verbs: **dormir, dormirse, morir**

Práctica y conversación

2.23 En la discoteca. Explique lo que pasó anoche en la discoteca.

1. el conjunto / seguir tocando música rock
2. Julio / pedir un whisky
3. tú / preferir tomar vino
4. el camarero / servir rápidamente
5. Paco y María / despedirse temprano
6. yo / divertirme
7. nosotros / dormirnos muy tarde

2.24 ¡Qué aburrido! Un(-a) estudiante le pregunta a su compañero(-a) qué hizo el fin de semana. Él (Ella) le responde.

aburrirse mucho / dormirse temprano / divertirse / sentirse enfermo(-a) / preferir ver televisión / ¿?

2.25 Y tú, ¿te divertiste? En grupos, dos estudiantes intercambian información acerca de sus actividades durante las últimas vacaciones. El (La) tercer(-a) estudiante toma apuntes y luego informa al resto de la clase sobre lo que dijeron sus dos compañeros(-as).

Distinguishing Between People and Things

Personal *a*

In Spanish it is necessary to distinguish between direct objects referring to people and direct objects referring to things.

a. In Spanish the word **a** is placed before a direct object noun that refers to a person or persons. It is not translated into English. Compare the following.

Anoche vi **a Ramón** en el hotel.	*Last night I saw Ramón in the hotel.*
Anoche vi una película en el hotel.	*Last night I saw a movie in the hotel.*

b. The personal **a** is used whenever the direct object noun refers to specific human beings and is generally repeated when they appear in a series.

Vimos **a Luis, a Miguel y a Pepe** en la discoteca.	*We saw Luis, Miguel and Pepe in the discotheque.*

c. The personal **a** is not generally used after the verb **tener.**

Tengo una amiga que vive en Madrid.	*I have a friend who lives in Madrid.*

d. Often the personal **a** is also used before nouns referring to family in general or to pets.

Visito mucho **a mi familia.**	*I visit my family a lot.*
José busca **a su perro.**	*José is looking for his dog.*

Práctica y conversación

2.26 ¿Qué vieron en Madrid? Explique lo que Raúl y Federico vieron en Madrid durante sus vacaciones.

Modelo   mucha gente
Raúl y Federico vieron a mucha gente.

el Museo del Prado / turistas italianos / un espectáculo / una bailarina de flamenco / una corrida de toros / un concierto rock / sus abuelos / el Palacio Nacional

2.27 ¿Adónde fuiste en el verano? Pregúntele a su compañero(-a) adónde fue en el verano y a qué personas o qué cosas vio.

Avoiding Repetition of Nouns

Direct Object Pronouns

Direct object pronouns are frequently used to replace direct object nouns as in the following exchange:

NOUN:	¿Viste **a Silvia** en la discoteca?	*Did you see Silvia in the discotheque?*
PRONOUN:	Sí, **la** vi.	*Yes, I saw her.*

Direct Object Pronouns Referring to Things

Al llegar a la playa, la madre de Pepe quiere saber si tienen todas las cosas que necesitan.

¿El traje de baño?	Sí, **lo** traje.	*Yes, I brought it.*
¿La loción?	Sí, **la** traje.	*Yes, I brought it.*
¿Los sombreros?	Sí, **los** traje.	*Yes, I brought them.*
¿Las toallas?	Sí, **las** traje.	*Yes, I brought them.*

Direct Objects Referring to People

Jorge vio a muchas personas en el club nocturno anoche.

Jorge	**me**	vio.	*Jorge saw me.*
Jorge	**te**	vio.	*Jorge saw you* (fam. sing.).
Jorge	**lo**	vio.	*Jorge saw him / you* (form. masc. sing.).
Jorge	**la**	vio.	*Jorge saw her / you* (form. fem. sing.).
Jorge	**nos**	vio.	*Jorge saw us.*
Jorge	**os**	vio.	*Jorge saw you* (fam. pl.).
Jorge	**los**	vio.	*Jorge saw them / you* (form. masc. pl.).
Jorge	**las**	vio.	*Jorge saw them / you* (form. fem. pl.).

a. Direct object pronouns have the same gender, number, and person as the nouns they replace.

—¿Oíste mis nuevos discos?   *Did you listen to my new CDs?*
—Sí, **los** oí anoche.   *Yes, I heard them last night.*

> In English the direct object pronoun generally follows a conjugated verb, while in Spanish the direct object pronoun generally precedes a conjugated verb.

b. The direct object pronoun is placed directly before a conjugated verb.

—¿Por fin viste la nueva película de Almodóvar?   *Did you finally see the new Almodóvar film?*
—No, no **la** vi.   *No, I didn't see it.*

> In negative sentences the direct object pronoun is placed immediately before the conjugated verb and the negative word (**no**) is placed before the direct object pronoun: **No la vi.**

c. When a conjugated verb is followed by an infinitive, the direct object pronoun can precede the conjugated verb or be attached to the end of an infinitive.

—¿Quieres ver el espectáculo esta noche?   *Do you want to see the show tonight?*
—No, **lo** voy a ver mañana. ⎫
—No, voy a ver**lo** mañana. ⎬   *No, I'm going to see it tomorrow.*

d. Direct object pronouns must be attached to the end of affirmative commands. If the affirmative command has more than one syllable, an accent mark is placed over the stressed vowel. Direct object pronouns must be placed directly before negative commands.

—¿Quieres probar la sangría?   *Do you want to taste the sangría?*
—Sí, **tráela** a la fiesta. ¡Y **no la olvides!**   *Yes, bring it to the party. And don't forget it.*

Práctica y conversación

2.28 ¿Y trajiste...? Ud. y su compañero(-a) de cuarto están en un complejo turístico. Su compañero(-a) preparó todo pero Ud. no está seguro(-a) si él (ella) trajo algunas cosas que Ud. necesita. Pregúntele a ver qué le dice.

Modelo USTED: **¿Y trajiste jabón?**
COMPAÑERO(-A):   **Sí, lo traje.**
No, lo olvidé.

sombrero / loción de broncear / gafas de sol / dinero / sandalias / desodorante / pasta de dientes / despertador / sombrilla / trajes de baño / ¿?

2.29 ¿Dónde pusiste mi...? Ud. le prestó algunas cosas a su compañero(-a) de cuarto y las necesita. Pregúntele dónde están.

Modelo USTED: **¿Dónde están mis libros?**
COMPAÑERO(-A):   **No, sé. No los tengo.**
Los perdí.

máquina de afeitar / loción de afeitar / cuadernos / lápices / cintas / secador / ¿?

2.30 ¿Qué película viste? Pregúntele a su compañero(-a) qué películas, programas de televisión u obras de teatro ha visto úlitmamente.

Modelo USTED: **¿Viste las noticias anoche?**
COMPAÑERO(-A):   **Sí, las vi.**
No, no las vi.

2.31 De regreso a casa. Su compañero(-a) acaba de regresar de su viaje por toda Europa. Ud. quiere saber qué hizo, con quién fue, a quién(-es) vio, qué lugares visitó, qué comida exótica comió, qué compró, etc. Él (Ella) le contesta con todos los detalles posibles.

¿QUÉ OYÓ UD.?

Para escuchar bien

Using Visual Aids

You can use visual aids to help you understand what is being said. These visual aids can be concrete objects you see around you or mental images formed from previous experiences. When you hear someone speak about a particular object, person, or activity, your mind conjures up an image of that object, person, or activity. If your friend, for example, tells you she went swimming, your mind immediately supplies the image of a swimming pool or the ocean and the activity of swimming itself.

Antes de escuchar

2.32 Los dibujos. Con un(-a) compañero(-a) de clase, mire los dibujos que se presentan en esta página y haga las siguientes actividades.

1. Describa a las personas en los dibujos, el lugar donde se encuentran y las actividades que hacen.
2. Cuando Ud. se va de vacaciones, ¿adónde va? ¿con quién? ¿qué hace?

A escuchar

2.33 Los apuntes. Escuche la conversación entre Luisa y Susana. Tome los apuntes que considere necesarios. Luego, decida quiénes son las personas en cada ilustración: Miguel, Susana, Luisa y Pepe.

Ilustración 1 _____   Ilustración 3 _____

Ilustración 2 _____   Ilustración 4 _____

Después de escuchar

 2.34 Resumen. Con un(-a) compañero(-a) de clase, resuma la conversación entre Luisa y Susana.

2.35 Algunos detalles. Escoja la respuesta correcta entre las alternativas que se presentan.

1. La persona que contestó primero el teléfono fue...

   a. Luisa.
   b. la madre de Luisa.
   c. la hermana de Luisa.

2. Según la conversación, parece que Susana estuvo...

   a. divirtiéndose todo el día.
   b. sola y muy aburrida.
   c. tomando el sol y hablando por teléfono.

3. Miguel y Susana...

   a. tomaron el sol y levantaron pesas en la mañana.
   b. no hicieron nada juntos.
   c. almorzaron en la playa y practicaron windsurf.

4. Al día siguiente las amigas van a...

   a. ir de compras.
   b. navegar en velero.
   c. nadar en el mar.

Interacciones CD-ROM: **Capítulo 2, Segunda situación**

Para saber más: http://interacciones.heinle.com

PERSPECTIVAS

Celebrando las fiestas de verano

A mediados de agosto muchos pueblos y ciudades españoles tienen sus fiestas de verano. Algunas de estas fiestas coinciden con el Día de la Asunción (15 de agosto), fecha en que los españoles celebran el ascenso al cielo de la Virgen María. Durante estas fiestas hay diversas actividades para gente de todas las edades. Estas actividades incluyen desfiles y pasacalles *(parades)*, concursos y competiciones *(contests)* de toda categoría, carreras *(races)*, bailes, exposiciones, fuegos artificiales *(fireworks)* y corridas de toros o de vaquillas *(amateur bullfights with young and small cows)*.

El siguiente programa es de las fiestas de verano de Benicasim, un pueblo en la Costa del Azahar cerca de Valencia, en el Mediterráneo.

Vocabulario suplementario.
fireworks = **los fuegos artificiales;** *freedom* = **la libertad;** *independence* = **la independencia;** *parade* = **el desfile;** *patriotic* = **patriótico(-a);** *picnic* = **el picnic;** *to go on a picnic* = **hacer un picnic.**

BENICASIM
PROGRAMA FIESTAS DE VERANO
DEL 19 AL 26 DE AGOSTO

XIII CERTAMEN INTERNACIONAL DE GUITARRA
"FRANCISCO TARREGA"

benicasim
costa de azahar (españa)
DEL 21 AL 24 AGOSTO

ESPAÑA

Lunes, 20		**Martes, 21**	
A las 16 horas.	Campeonato de fútbol en el campo del Pedrol, entre equipos Santa Agueda y Roda.	**A las 11 horas.**	Competición de natación en la Piscina Municipal.
A las 16,30.	Concursos y competiciones infantiles de Hulla-Hoop, castillos en la arena, etc., con premios a los vencedores.	**A las 18.**	Exhibición de vaquillas en la Plaza de Toros.
A las 19,30.	Maratón popular con salida de la Plaza del Ayuntamiento.	**A las 20,30.**	Certamen Internacional de Guitarra en el Hotel Orange.
A las 22,30.	Gran espectáculo en la Plaza de Toros con la actuación de Victoria Abril y su famoso ballet de programas de Televisión Española.	**A las 21.**	Bailes populares gratis en la Plaza de Toros.
		A las 24.	Gran castillo de fuegos artificiales por la famosa Pirotecnia Caballer.

Práctica y conversación

2.36 Diversiones apropiadas. Escoja del programa de la fiesta de Benicasim una actividad para las siguientes personas. Indique también cuándo tiene lugar la actividad.

1. una niña de cuatro años
2. un joven de catorce años a quien le encanta nadar
3. un muchacho de siete años a quien le gusta la playa
4. una guitarrista profesional
5. una mujer de treinta años a quien le gusta correr
6. unos novios a quienes les gusta bailar
7. un aficionado al fútbol
8. toda la familia

2.37 Sus preferencias. Usted y un(-a) amigo(-a) están en Benicasim durante las fiestas de verano. Con un(-a) compañero(-a) de clase, escoja sus actividades preferidas. Escoja por lo menos una actividad en la que pueden participar y una para observar.

El baile flamenco
Antes de mirar

2.38 Las castañuelas. Con un(-a) compañero(-a) de clase, preparen una lista de las actividades que los turistas típicos quieren ver o hacer durante sus vacaciones en España. Después, miren la siguiente foto y contesten las preguntas. ¿Con qué actividad se asocian las castañuelas? ¿Para qué se usan?

Se asocian las castañuelas con el flamenco.

2.39 Andalucía. La compañía de baile flamenco del vídeo es de Andalucía. Con un(-a) compañero(-a) de clase, busque la región de Andalucía en un mapa de España. Después contesten las siguientes preguntas sobre la región.

1. ¿En qué parte de España está Andalucía?
2. ¿Cuáles son las ciudades más grandes?
3. ¿Cuáles son los rasgos geográficos predominantes?
4. ¿Cómo es el clima de la región?
5. ¿Cuáles son unos sitios turísticos interesantes de la región?

A mirar

2.40 El baile flamenco. Al mirar el vídeo, haga una lista de las palabras que María Rosa usa para describir el baile flamenco.

Después de mirar

2.41 La compañía de María Rosa. Con un(-a) compañero(-a) de clase, describa a María Rosa y su compañía. Después explique el tipo de danzas que ella y su compañía hacen.

2.42 Semejanzas y diferencias. Ud. y un(-a) compañero(-a) de clase van a comparar el baile flamenco con otro tipo de baile que Uds. conocen. ¿Cuáles son las semejanzas y diferencias en los bailarines, la música, el ritmo y los instrumentos?

2.43 La defensa de una opinión. ¿Qué evidencia oral y/o visual hay en el vídeo que confirme la siguiente idea? «Para entender mejor la cultura del pueblo andaluz es importante ver una presentación del baile flamenco.»

Para leer bien

Using the Subtitles of a Reading to Predict and Understand Content

Often subtitles are used to divide lengthy magazine and newspaper articles into smaller, more manageable sections. These subtitles generally provide a summary of the content of each section in a clear and succinct manner and help the reader predict, understand, and remember content. Together the subtitles form an outline of the article. Before reading such an article, look at the subtitles and try to make predictions about the possible content of the article. As you read, keep these subtitles in mind to help you clarify and simplify the material. You will find that you remember much more content if you use the subtitles to their full advantage.

Antes de leer

2.44 Benidorm. Para comprender el título del siguiente artículo: «24 Horas: De vacaciones en Benidorm» es necesario saber algo de Benidorm. Use un mapa de España y las fotos del artículo para contestar las siguientes preguntas. ¿Dónde está situada la ciudad de Benidorm? Con esta situación, ¿qué tipo de ciudad es? ¿Es un buen lugar para las vacaciones? ¿Cuál es la idea general del artículo?

2.45 El horario español. Para comprender el artículo, también es necesario saber algo del horario español. ¿A qué hora comen la comida principal los españoles? ¿A qué hora abren las tiendas y las oficinas? ¿Qué hacen los españoles por la noche? ¿A qué hora se acuestan?

2.46 Los subtítulos. ¿A que se refieren los números en los subtítulos? ¿Cómo está organizado el artículo? ¿En su opinión, ¿de qué tratan las secciones del artículo con los siguientes subtítulos?

> 7.30 Todo en orden / 10.00 Uniforme playero / 11.00 Arriba el telón *(The curtain rises)* / 14.00 Ensalada, paella y sangría / 21.00 ¡A la calle!

A leer

2.47 Usando los subtítulos. Al leer «24 horas: De vacaciones en Benidorm», haga una pausa al llegar a cada subtítulo. Lea el subtítulo y haga una hipótesis acerca del contenido de la sección antes de continuar. Después de leer la sección, afirme o rechace su hipótesis acerca del subtítulo.

Benidorm, España: La playa

24 Horas: De vacaciones en Benidorm

The distances, sizes, and temperatures mentioned in the article are expressed using metric units. The metric system is explained in **Appendix C: Metric Units of Measurement.**

7.30   Todo en orden

Sale el sol y Benidorm se despierta de una noche que no ha tenido fin. Las playas están tranquilas, ordenadas y con sombrillas de personas que ya han bajado hasta la orilla° del mar para obtener sitio°, que al mediodía será imposible encontrar. Es uno de los centros turísticos más importantes. «Está a dos horas del resto de Europa, es cosmopolita y segura en todos los aspectos», señala° Andrés Guerrero, presidente de la asociación de agencias de viajes. La población de Benidorm, 50.176 personas, se multiplica por seis en estos meses de verano, hasta superar las 370.000 personas. Es una fábrica° de ocio° que recibe unos cinco millones de turistas anuales. Es la cuarta ciudad europea en plazas° hoteleras (34.000) tras Madrid, París y Londres.

shore
place

points out

factory / leisure time
spaces, rooms

10.00   Uniforme playero°

La mayoría de los veraneantes° se marchan a la playa con su uniforme playero: en bañador°, sin camiseta, con riñonera°, sandalias, colchón acuático, gorrita° y toalla.

beach (adj.)
vacationers
traje de baño /
money pouch / cap

11.00   Arriba el telón

Todo está prácticamente listo para comenzar una larga y agotadora° jornada° de playa. La temperatura ronda los 30 grados, luce el sol, la humedad relativa es del 65 por ciento, la temperatura del agua es de 24 grados y una suave y refrescante brisa eriza° las olas que rompen en la playa.

exhausting / día

raises up

12.00   Siempre fieles

Los 5,3 kilómetros de playa están de bote en bote°. Según datos del ayuntamiento°, a esta hora punta° puede haber en la playa de Levante unas 35.000 personas. Lo del espacio no es problema para Gabriel, un madrileño de 55 años que lleva veraneando en la ciudad desde hace 20 años. «Me gusta, me gusta. Es una ciudad con alegría, juerga°, música... Me gustan las orquestinas de los bares, la arquitectura, los edificios.»

packed / municipal government
peak

festivity

14.00 Ensalada, paella y sangría

Ensalada, paella y sangría, dieta mediterránea a la orilla del mar. Extranjeros y nacionales se desviven por° pedir la paella en sus más variadas formas. En Benidorm hay casi 350 restaurantes. Muchos se encuentran en primera línea de la playa; otros están en el barrio antiguo.

are very eager to

19.00 Como langostas°

Cuando el sol empieza a declinar, la actividad playera decae considerablemente. Es una hora en la que se está a gusto tumbado° en la arena. Eso es lo que hace un grupo de 13 jóvenes holandeses que toman su enésima° cerveza. Están rojos como langostas pero contentos de estar en España.

lobsters

lying down

umpteenth

21.00 ¡A la calle!

Las luces del paseo se encienden lentamente y la calle empieza a bullir°. Las más de 230 cafeterías y 920 bares comienzan a llenarse de una diversidad de gente. Las tiendas continúan abiertas. En la ciudad hay más de mil establecimientos que son visitados por los ávidos° de «comprar algún recuerdo° para la familia».

to bustle about

eager / souvenir

24.00 El karaoke

El reloj da la medianoche. El karaoke causa furor; niños y mayores se emboban con° los aspirantes a Julio Iglesias. También pequeños grupos musicales y shows alegran la noche.

are amazed by

3.00 ¡A trabajar!

Mientras muchos se divierten, Tomás Antón trajina por° la playa de Levante con su tractor. Su trabajo es importante: dejar la playa limpia. El Ayuntamiento de Benidorm considera sus playas «como la niña de sus ojos». Las cuidan al máximo.

moves around

5.00 Sin freno°

El que llega hasta esta hora va a dormir muy poco; mejor dicho, nada. Es la hora de cerrar para los pubs y disco-bares que hay en la zona de la playa. Algunos regresan al hotel mientras otros van a desayunar en un café en la playa. La actividad terminará sólo cuando el sol vuelva a salir sobre la playa.

restraint

Después de leer

2.48 Las actividades. Indique la hora cuando tienen lugar las siguientes actividades. Después ponga las actividades en orden cronológico.

21:00	todos salen a la calle para divertirse	⑥
3.00	limpian las playas	⑦
19.00	la actividad playera decae	⑤
10.00	los turistas van a la playa	②
24.00	las playas están tranquilas 7:30	①
14.00	los turistas comen la comida principal	④
5.00	cierran los bares	⑧
12.00	las playas están de bote en bote	③

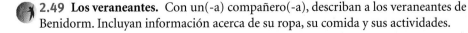 **2.49 Los veraneantes.** Con un(-a) compañero(-a), describan a los veraneantes de Benidorm. Incluyan información acerca de su ropa, su comida y sus actividades.

2.50 En defensa de una opinión. ¿Qué evidencia puede Ud. encontrar en el artículo que confirma la siguiente idea? Benidorm es un lugar muy popular para las vacaciones del verano.

Para escribir bien

Sequencing Events

When writing about events that took place in the past, you often need to tell in what order or when the various activities took place. The following expressions can be used to indicate the proper sequence of activities.

primero	*first*	luego / después	*then, later, afterward(s), next*
el primer día / mes / año	*the first day / month / year*	más tarde	*later*
la primera semana	*the first week*	a la(-s)...	*at . . . o'clock*
la segunda semana	*the second week*	era(-n) la(-s)... cuando	*it was . . . o'clock when*
el tercer día / mes / año	*the third day / month / year*	por fin / finalmente	*finally*
entonces	*then, at that time*		

Antes de escribir

2.51 Unas actividades. Escriba una lista de actividades que le gusta hacer los fines de semana o durante las vacaciones. Incluya por lo menos diez actividades. Empiece su lista con la siguiente frase: *Los fines de semana / Durante las vacaciones me gusta...*

2.52 Unas vacaciones estupendas. Utilizando Su lista de **Práctica 2.51**, escriba una lista de lo que Ud. hizo durante unas estupendas vacaciones imaginarias o reales. Ponga las actividades en orden cronológico, usando las frases de **Para escribir bien.** Empiece su lista con la siguiente frase: *El primer día de mis vacaciones... (nadé en el mar / tomé sol en la playa).*

A escribir

Primero, escoja una de las composiciones de la lista a continuación. Después, escriba su composición utilizando las listas que Ud. hizo para los ejercicios de **Antes de escribir.** Trate de incorporar el nuevo vocabulario y las nuevas estructuras gramaticales de este capítulo.

Atajo

2.53 through 2.55: *Grammar:* verbs: preterite, verbs: irregular preterite; *Phrases/Functions:* talking about past events, sequencing events; *Vocabulary:* beach, camping, leisure, traveling; **2.54:** *Phrases/Functions:* writing a letter (informal)

2.53 Mis vacaciones. Escriba una composición breve sobre unas vacaciones reales o imaginarias que Ud. tomó.

2.54 Unas tarjetas postales. Ud. acaba de terminar el quinto día de una semana de vacaciones en Benidorm. Sacando información de la lectura «24 horas: De vacaciones en Benidorm», escríbales una tarjeta postal a sus padres explicándoles lo que Ud. hizo durante los primeros días allí. También escríbale una tarjeta a su mejor amigo(-a) explicándole lo que hizo por la noche.

2.55 Las vacaciones norteamericanas. Escriba un artículo breve, explicando lo que hicieron unas familias típicas durante sus vacaciones de verano en los EE.UU.

Después de escribir

Antes de entregarle su composición a su profesor(-a), Ud. debe leerla de nuevo y corregir los errores. Al revisarla, preste atención al contenido. ¿Contiene su composición toda la información que Ud. quiere incluir? Revise el vocabulario de la playa, las vacaciones y las actividades nocturnas. También revise las frases para poner en orden cronológico las actividades. Por fin, revise las terminaciones de los verbos del pretérito.

2.56 Las fiestas de Benicasim. Part of your week-long vacation in Benicasim last August coincided with the summer festival. Using the program in **Perspectivas** as well as your imagination, explain to a classmate what you did each day. Include activities you watched and those in which you participated.

2.57 El fin de semana pasado. You and a partner will each think of seven activities you participated in last weekend, but do not tell each other what you did. Then, ask each other questions to find out what the other person did. After learning about each other's activities, tell your instructor what your partner did last weekend.

2.58 Mis vacaciones favoritas. Tell your classmates about a real or imagined vacation trip you once took. Explain where and with whom you went, how you traveled, where you stayed, what you ate, saw, and did.

2.59 Una encuesta *(A survey).* In groups of five or six students, take a survey about the summer vacations of your families. Find out the following information: how many days the vacation lasted; where they went; how they traveled; who made the arrangements; where they stayed; what they did. Compare your group's results with those of the other groups.

Para saber más: http://interacciones.heinle.com

Herencia cultural: España

Personalidades

De ayer

Rodrigo Díaz de Vivar (¿1043?–1099), conocido *(known)* como **El Cid Campeador,** es una personalidad histórica y legendaria. Es un gran héroe nacional y representa los valores españoles más importantes: amor a la familia, devoción a Dios y fidelidad al rey *(king).*

El matrimonio de **Fernando de Aragón** e **Isabel de Castilla** en 1469 produjo la unidad política de España. Fernando e Isabel, conocidos como los Reyes Católicos, hicieron de España la primera nación de la Europa moderna.

De hoy

Pedro Almodóvar es uno de los directores de cine más reconocidos de este siglo. Entre sus películas más importantes están *Mujeres al borde de un ataque de nervios* y *Todo sobre mi madre.*

Antonio Banderas (1960–), actor español de éxito internacional, ganó su fama trabajando bajo la dirección de Pedro Almodóvar en películas como *Mujeres al borde de un ataque de nervios* y *Átame.* En 1992 se fue a Hollywood, donde ganó la atención en *Los reyes del mambo tocan canciones de amor.* Hoy en día sigue trabajando en las películas de Hollywood como actor y director.

La familia real española incluye al rey, **Juan Carlos I,** la reina **Sofía** y sus hijos **Felipe, Elena** y **Cristina.** Elena y Cristina están casadas y también son madres. Felipe es el heredero del trono; se casó en 2004 con Letizia Ortiz.

El popular golfista **Sergio García** es conocido como «El niño» por ser uno de los jugadores más jóvenes del mundo en competir en torneos profesionales. Empezó a jugar al golf a los tres años de edad y ganó su primer torneo de profesionales a los 17 años. Durante su corta carrera ha obtenido una infinidad de premios y trofeos.

 Para saber más: http://interacciones.heinle.com

Arte y arquitectura

El Greco, *El entierro del Conde de Orgaz.* Toledo: Iglesia de Santo Tomé

Los grandes maestros del Prado: El Greco, Velázquez, Goya

El Prado, uno de los grandes museos de arte del mundo, se encuentra en el centro de Madrid. Allí se puede ver cuadros *(paintings),* dibujos *(drawings)* y esculturas *(sculptures)* desde la época clásica de los griegos y romanos hasta la época contemporánea. Pero sobre todo se puede ver las obras *(works)* de los grandes artistas españoles: El Greco, Velázquez y Goya.

Doménico Theotocópuli (1542–1614), llamado **El Greco,** nació en la isla de Creta (Grecia). En 1575 viajó a España y pasó la mayor parte de su vida en Toledo. Muchas de sus obras son religiosas o espirituales; pintó muchos retratos *(portraits)* de santos.

Aunque hay muchos cuadros de El Greco en el Prado, su obra más famosa, *El entierro* (burial) *del Conde de Orgaz* (1586–1588), está en la Iglesia de Santo Tomé en Toledo. El Conde de Orgaz fue un hombre muy rico y generoso que durante su vida contribuyó con mucho dinero a la Iglesia de Santo Tomé. Según una leyenda *(legend),* San Agustín y San Esteban presenciaron el entierro del Conde a causa de su generosidad.

Diego Rodríguez de Silva y Velázquez (1599–1660) fue el pintor de la corte de Felipe IV y muchas de sus obras son retratos de la familia real o de otras personas de la corte. Su obra maestra *(masterpiece)* es *Las Meninas (Ladies-in-waiting),* que según los críticos es uno de los mejores cuadros del mundo.

Diego Rodríguez de Silva y Velázquez, *Las Meninas.* Madrid: Museo del Prado

Las Meninas (1656) representa una escena en el taller *(workshop)* del palacio real. Velázquez está pintando al rey Felipe IV y a la reina Mariana, quienes se reflejan en el espejo *(mirror).* La hija de los reyes es la infanta Margarita, y ella y sus meninas miran la escena.

Francisco de Goya y Lucientes (1746–1828) fue pintor de gran originalidad y de muchos estilos. Generalmente sus obras reflejan las costumbres típicas o los hechos *(happenings)* históricos de España. *El tres de mayo* representa una escena de la guerra *(war)* entre España y la Francia de Napoleón. El dos de mayo de 1808 hubo una batalla muy sangrienta *(bloody)* en Madrid. A pesar de que lucharon valientemente, los españoles perdieron la batalla. Al día siguiente, el tres de mayo, las tropas francesas ejecutaron *(executed)* a muchos soldados españoles.

Francisco de Goya y Lucientes, *El tres de mayo*.
Madrid:Museo del Prado

Comprensión

A Unos detalles *(details)*. Complete el siguiente cuadro con información acerca de las obras de El Greco, Velázquez y Goya.

	El Greco *El entierro del Conde de Orgaz*	Velázquez *Las Meninas*	Goya *El tres de mayo*
Escena representada			
Personas representadas			
Descripción de las personas más importantes			
Colores predominantes			
Emociones predominantes			
Objetos y artículos			

 B La historia. Con un(-a) compañero(-a) de clase, cuenten lo que pasa en cada cuadro.

 Para saber más: http://interacciones.heinle.com

Para leer bien
Reading Literature

You have learned to predict the content of a reading by using the title and accompanying information and to guess meaning during your reading by using cognates. These same strategies can be applied to the reading of literature. In addition, there are other techniques that can also be used. Authors often do not express their ideas directly, but rather suggest them through the use of symbols or vocabulary that evoke many ideas and feelings. As a result, literature can generally be read on two levels: one level is the presentation of concrete ideas and the other is a higher, more abstract level that uses figurative language and symbols.

A **symbol** is a word or object that can be used to signify or represent something else. For example, a star is a heavenly body appearing in the sky at night. However, a star can be used to represent a variety of things according to its use and location. On an assignment returned to a first-grader, a star means a job well done; on a door inside a theater, it signifies the dressing room of the leading actress; on a holiday card, it symbolizes the birth of Jesus Christ. Many symbols are universal; others are culturally specific. Authors use symbols to suggest multiple meanings or to present a point of view in a more subtle manner.

Práctica

C Algunos símbolos. Con un(-a) compañero(-a) de clase, expliquen lo que las siguientes palabras pueden simbolizar o representar.

1. las estaciones: la primavera / el otoño / el invierno
2. los animales: un león / un águila *(eagle)* / una serpiente
3. los colores: el blanco / el negro / el rojo / el verde / el amarillo
4. el agua: el mar / un río / un lago

D Las obras de Matute y Bécquer. Al leer las siguientes selecciones de Matute y Bécquer, utilice las estrategias para leer bien y trate de identificar los símbolos.

Matute

Nacida en Barcelona, **Ana María Matute** (1926–) es una de las mejores escritoras españolas contemporáneas. Sus novelas, entre ellas *Fiesta al noroeste, Los hijos muertos* y *Primera memoria,* han ganado varios premios literarios. También es autora de colecciones de cuentos *(short stories)*. Su tema principal es el mundo infantil, que Matute describe con muchísima sensibilidad; otros temas suyos son la soledad *(loneliness)* y la muerte. El siguiente cuento, «El niño al que se le murió el amigo» *("The Child Whose Friend Passed Away")* es de su colección *Los niños tontos* (1956).

Antes de leer: El niño al que se le murió el amigo

E La autora. Conteste las siguientes preguntas acerca de la autora de «El niño al que se le murió el amigo».

1. ¿Quién es la autora de «El niño al que se le murió el amigo»?
2. ¿Qué tipo de obras escribe?
3. ¿Cuáles son sus temas principales?

F Unos juguetes *(toys)*. Con un(-a) compañero(-a) de clase, hagan una lista de los juguetes típicos de los niños. ¿Cuáles fueron sus juguetes favoritos en su infancia?

G El escenario *(scene)*. Utilizando el siguiente dibujo del escenario del cuento, describa al niño y sus juguetes.

El niño al que se le murió el amigo

Una mañana se levantó y fue a buscar al amigo, al otro lado de la valla. Pero el amigo no estaba, y, cuando volvió, le dijo la madre: «El amigo se murió. Niño, no pienses más en él y busca otros para jugar.» El niño se sentó en el quicio de la puerta, con la cara entre las manos y los codos en las rodillas. «Él volverá», pensó. Porque no podía ser que allí estuviesen° las canicas, el camión y la pistola de hojalata, y el reloj aquel que ya no andaba°, y el amigo no viniese° a buscarlos.

Vino la noche, con una estrella muy grande, y el niño no quería entrar a cenar. «Entra niño, que llega el frío», dijo la madre. Pero, en lugar de entrar,

were

no longer worked / wouldn't come

el codo
la valla
la rodilla
el camión
el reloj
el quicio
la pistola de hojalata
la canica

el niño se levantó del quicio y se fue en busca del amigo, con las canicas, el camión, la pistola de hojalata y el reloj que no andaba. Al llegar a la cerca°, la voz del amigo no lo llamó, ni lo oyó en el árbol, ni en el pozo°. Pasó buscándolo toda la noche. Y fue una larga noche casi blanca, que le llenó de polvo° el traje y los zapatos. Cuando llegó el sol, el niño, que tenía sueño y sed, estiró° los brazos, y pensó: «Qué tontos y pequeños son estos juguetes. Y ese reloj que no anda, no sirve para nada°». Lo tiró° todo al pozo, y volvió a la casa, con mucha hambre. La madre le abrió la puerta, y dijo: «Cuánto ha crecido° este niño, Dios mío, cuánto ha crecido». Y le compró un traje de hombre°, porque el que llevaba le venía muy corto°.

fence
well
dust
stretched

it's good for anything / threw

has grown
man's suit
was too short for him

Después de leer

H La acción. Con un(-a) compañero(-a) de clase, digan lo que pasa en el cuento. Después, preséntenle su resumen *(summary)* de la acción a la clase.

I Los símbolos. ¿Que representan los siguientes símbolos del cuento?

los juguetes / el traje de hombre / el pozo / la noche

J De la infancia a la madurez *(maturity).* Explíquele a un(-a) compañero(-a) cuándo y cómo pasó Ud. de la infancia a la madurez. ¿Qué suceso *(event)* en su vida causó este cambio? Compare este suceso en su vida con lo que pasó en el cuento.

Bécquer

Bécquer nació en Sevilla y luego se trasladó a Madrid, donde murió pobre y solo a los treinta y cuatro años. A pesar de que escribió muy poco, es reconocido como uno de los grandes poetas líricos de la literatura española. Sus *Rimas* (una colección de 76 poemas) reflejan su sensibilidad romántica y su angustia *(anguish).*

K El autor. Conteste las siguientes preguntas acerca del autor de *Rimas*.

1. ¿Quién es el autor de *Rimas* y dónde nació?
2. ¿Qué escribió?
3. ¿Cómo es reconocido?

Gustavo Adolfo Bécquer
(1836–1870)

Antes de leer: *Rimas*

The new vocabulary items for **L** include **el amor correspondido** = *reciprocated love;* **la ruptura** = *the break-up;* **el encuentro** = *meeting;* **el (la) amado(-a)** = the loved one.

L Las etapas *(stages)* **del amor.** Ponga en orden cronológico las siguientes cinco etapas de una relación amorosa.

_____ el amor correspondido
_____ falta de comprensión mutua
_____ la ruptura
_____ el primer encuentro
_____ el (la) amado(-a) como fuente *(source)* de alegría

M El orden de las palabras. En la lengua hablada, el orden de las palabras de una oración es generalmente el sujeto + el verbo + los objetos. Pero dentro de la poesía, el orden tradicional cambia y el poeta puede empezar con cualquier parte de la oración. Por eso es difícil encontrar el sujeto de la oración poética. Para comprender mejor la poesía de Bécquer, identifique el sujeto de las siguientes frases y póngalo enfrente de las frases.

SUJETOS: yo / tú / él / ella / el sol / mi alma / el fondo / un diccionario / el amor

_____ la he visto
_____ me ha mirado
_____ dices mientras clavas en mí
_____ hoy llega al fondo de mi alma el sol
_____ (Es) Lástima que el amor un diccionario no tenga

Rimas

Rima XVII

Hoy la tierra y los cielos me sonríen°   *smile*
hoy llega al fondo° de mi alma° el sol;   *bottom / soul*
hoy la he visto°..., la he visto y me ha mirado   *saw*
¡Hoy creo en Dios!

Rima XXI

«¿Qué es poesía»? dices mientras clavas
en° mí tu pupila azul.   *gaze at*
«¿Qué es poesía? ¿Y tú me lo preguntas?
Poesía eres tú.»

Rima XXXIII

Es cuestión de palabras y, no obstante,
ni tú ni yo jamás°   *never*
después de lo pasado, convendremos°   *will agree*
en quién la culpa° está.   *blame*
¡Lástima que el amor un diccionario
no tenga dónde hallar°   *to find*
cuándo el orgullo° es simplemente orgullo   *pride*
y cuándo es dignidad!

Después de leer

N Los temas. Utilice la lista de las etapas de una relación amorosa en **Práctica L** de **Antes de leer.** Busque las etapas que correspondan a estas *Rimas*.

Rima XVII   _____
Rima XXI   _____
Rima XXXIII   _____

O Las circunstancias. Conteste las siguientes preguntas acerca de las tres *Rimas.*

Rima XVII: ¿Cómo se siente Bécquer en este poema? ¿Por qué dice Bécquer que hoy cree en Dios?

Rima XXI: ¿Qué quiere decir Bécquer cuándo dice: «poesía eres tú»? ¿Qué representa la mujer en este poema?

Rima XXXIII: ¿Cuál es el problema entre Bécquer y su amada? ¿Cómo se siente Bécquer en este poema? ¿Por qué necesita Bécquer un diccionario? ¿Cuál es la diferencia entre el orgullo y la dignidad?

Para saber más: http://interacciones.heinle.com

Bienvenidos a México

Introducción geográfica

Conteste las siguientes preguntas, usando un mapa de México.

1. ¿Cuáles son las ciudades principales de México?

2. ¿Cuáles son los rasgos *(characteristics)* geográficos más importantes?

3. ¿Qué ventajas y desventajas ofrece la geografía de México?

México, D.F.: Monumento a la Independencia

Geografía y clima

En extensión, el tercer país de la América Latina. Se divide en varias regiones; el altiplano (tierras altas entre las montañas) ocupa el 40% del territorio y tiene la mayor parte de la población. El clima varía según la altitud.

Población

105.000.000 de habitantes; 60% mestizos (personas con una mezcla de sangre europea e indígena), 30% amerindios y 10% europeos y otros.

Lenguas

El español (92%) y varios idiomas indígenas (8%).

Taxco: Parroquia de Santa Prisca

Ciudades principales

La Ciudad de México = el Distrito Federal = México, D.F. = la capital con 20.000.000 de habitantes; Guadalajara 4.000.000; Monterrey 3.500.000; Puebla 2.000.000; Cancún 1.300.000; Tijuana 1.275.000; Ciudad Juárez 1.200.000.

Moneda

El peso, cuyo símbolo es N$.

Gobierno

Los Estados Unidos Mexicanos es una república federal compuesta de 31 estados. Se elige un nuevo presidente cada seis años.

Economía

Turismo; petróleo; productos agrícolas; fabricación de vehículos, piezas de recambio y maquinaria; materias primas; artesanía.

Fechas importantes

Además de las fiestas hispanas tradicionales, se celebran otras fiestas nacionales y religiosas; 5 de mayo = Día de la Victoria (Batalla de Puebla); 16 de septiembre = Día de la Independencia; 2 de noviembre = Día de los Muertos; 12 de diciembre = Día de Nuestra Señora de Guadalupe (la santa patrona de México).

Capítulo 3

En familia

Toda la familia se reúne para celebrar un cumpleaños.

CULTURAL THEMES

Mexico

Family life in the Hispanic world

COMMUNICATIVE GOALS

Greetings and leave-takings

Describing what life used to be like

Describing people

Expressing endearment

Extending, accepting, and declining invitations

Discussing conditions, characteristics, and existence

Indicating ownership

PRIMERA SITUACIÓN

PRESENTACIÓN

Los domingos en familia

Práctica y conversación

3.1 El árbol genealógico. ¿Quiénes son estos parientes suyos?

1. El hermano de mi madre es mi _____.
2. Soy el (la) _____ de mis abuelos.
3. La esposa del padre de mi padre es mi _____.
4. La madre de mi padre es mi _____.
5. El hijo del hermano de mi madre es el _____ de mi padre.
6. La hija de la hermana de mi padre es mi _____.
7. El hijo de mi padre es mi _____.

3.2 Una reunión familiar. Cada estudiante les hace preguntas a tres de sus compañeros(-as) de clase sobre lo que hacen cuando se reúnen con sus parientes. Luego, le dirá a su profesor(-a) lo que escuchó.

3.3 Diversiones familiares. Con un(-a) compañero(-a) de clase, contesten las siguientes preguntas. ¿Qué productos se venden en estos anuncios? ¿Cómo acercan a la familia los productos?

3.4 Creación. En una narración cuente lo que pasa en el dibujo de la **Presentación.** ¿Qué consejos le da la abuela a su nieta? ¿Por qué riñen los dos chicos? ¿De qué hablan las personas que están sentadas en la mesa? ¿?

¡Productos que acercan a la familia!

¡Ahorre en equipos para actividades recreativas al aire libre!

A. ¡La piscina Playground tiene 4 juegos acuáticos en uno! *Playground Pool.* Esta "divertida" piscina tiene un tobogán acuático integrado, un chapoteadero, una palmera con rociador de agua y una canasta para baloncesto acuático, todo en un solo fantástico diseño. Incluye 4 pelotas plásticas para jugar al baloncesto acuático y un parche. Fácil de inflar. Resistente construcción de vinilo calibre 8 y 10. Hecha en USA.
1K60R $49.99* **7.00** por mes▽

¡Más de 200 piezas!

I. Gabinete de juegos monogramado. Con más de 200 piezas para 7 juegos diferentes: backgammon, dominó, ajedrez, dardos, damas chinas y cartas. Incluye fichas y juego de barajas. Sírvase especificar la inicial del monograma para la puerta del gabinete. Tiene pizarra, tiza y ganchos para colgarlo en la pared. Importado.
R1037 $39.99* **4.79** por mes*

VOCABULARIO

La familia	The family
el abuelo	*grandfather*
la abuela	*grandmother*
los abuelos	*grandparents*
el bisabuelo	*great-grandfather*
la bisabuela	*great-grandmother*
los bisabuelos	*great-grandparents*
los (las) gemelos(-as)	*twins*
el hermano	*brother*
la hermana	*sister*
el hijo	*son*
la hija	*daughter*
los hijos	*children*
la madre	*mother*
la madrina	*godmother*
el muchacho	*boy*
la muchacha	*girl*
el nieto	*grandson*
la nieta	*granddaughter*
el padre	*father*
los padres	*parents*
el padrino	*godfather*
los padrinos	*godparents*
los parientes	*relatives*
el(la) primo(-a)	*cousin*
el sobrino	*nephew*
la sobrina	*niece*
el tío	*uncle*
la tía	*aunt*
los tíos	*uncle(-s) and aunt(-s)*

Las costumbres del domingo	Sunday customs
aconsejar	*to advise, to give advice*
almorzar (ue)	*to eat lunch*
cenar	*to eat dinner*
dar consejos	*to give advice*
hacer la sobremesa	*to hold after-dinner conversation*
ir a misa	*to attend Mass*

ir de excursión	*to go on an outing*
al campo	*to the country*
al museo	*to the museum*
a la playa	*to the beach*
jugar (ue)	*to play*
al ajedrez	*chess*
a las damas	*checkers*
al dominó	*dominoes*
jugar (ue) con juguetes	*to play with toys*
una muñeca	*a doll*
visitar a los parientes	*to visit relatives*

El trato familiar	Family relations
amar	*to love*
comportarse bien (mal)	*to behave well (poorly)*
confiar en	*to trust, to confide in*
estar bien (mal) educado	*to be well (poorly) brought up*
llevar una vida feliz	*to lead a happy life*
llorar	*to cry*
querer	*to love*
regañar	*to scold*
reír (i)	*to laugh*
reñir (i)	*to quarrel*
respetar	*to respect*
sonreír (i)	*to smile*
tener cariño a	*to be fond of*

Las descripciones	Descriptions
alegre / feliz	*happy, cheerful*
cariñoso(-a)	*affectionate*
enojado(-a)	*angry*
infeliz	*unhappy*
íntimo(-a)	*close*
joven	*young*
mimado(-a)	*spoiled*
molesto(-a)	*annoyed*
mono(-a)	*cute*
travieso(-a)	*naughty, mischievous*
triste	*sad*
unido(-a)	*close-knit, united*
viejo(-a)	*old*

Vocabulario regional. In Spain the word for *kid, youngster* = **el (la) chaval(-a)**; in México *kid, youngster* = **el (la) chamaco(-a).**

Vocabulario suplementario. La **casa de muñecas** *(dollhouse)*, **el (la) compañero(-a) de juegos** *(playmate)*, **los cubos de letras** *(blocks).*

Vocabulario suplementario. Some popular children´s games are: **jugar al escondite** *(to play hide and seek)*, **jugar a ladrones y policías** *(to play cops and robbers)*, **jugar a la casita / a la mamá** *(to play house)*, **jugar a las visitas** *(to have a tea party).*

Vocabulario. In Spanish the prepositional phrase **de juguete** is equivalent to using *toy* as an adjective in English: **el camión de juguete** *(toy truck)*, **la pistola de juguete** *(toy gun)*, **el soldadito de juguete** *(toy soldier).*

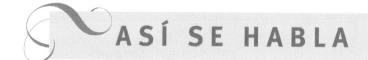

ASÍ SE HABLA

Greetings and Leave-takings

México: Dos mujeres se saludan.

SONIA: Hola, Teresita, ¿qué onda? ¿Dónde has estado? ¡Tanto tiempo sin verte!

TERESITA: Sí, tienes razón. Sabes que con los niños tan pequeños no tengo tiempo para nada.

SONIA: Comprendo, todo cambia. Antes, cuando tú y yo vivíamos cerca, nos veíamos siempre, pero ahora sólo nos vemos muy de vez en cuando.

TERESITA: Así es. Me acuerdo que nos visitábamos y salíamos juntas, pero ahora mi vida se ha complicado un poquito más, tú sabes.

SONIA: Y la mía también. Antes de que nacieran mis hijos, mi esposo y yo salíamos con amigos, nos visitábamos, nos reuníamos en la noche, jugábamos a las cartas, íbamos a bailar. En fin, esos tiempos se han acabado.

TERESITA: Bueno, pero tenemos que hacer algo y reunirnos otra vez. No podemos dejar de vernos tanto tiempo. ¿Qué te parece si salimos uno de estos fines de semana?

SONIA: ¡Eso! Llámame para concretar los planes.

If you want to greet someone, the following expressions can be used after «¡Hola!» with persons you call by their first name, such as family members, friends, and classmates.

¿Qué hay / tal / hubo?	
¿Cómo andan las cosas?	*How are things?*
¿Qué hay de nuevo?	*What's new?*
¿Qué me cuentas?	
¿Cómo estás?	*How are you?*
¿Cómo te va?	*How's it going?*

¿Cómo están por tu casa?	*How are things at home?*
¡Encantado(-a)!	*Glad to meet you.*
¡Cuánto gusto (en) verte!	*How nice to see you!*

If you want to greet a person you would address with the pronoun **Ud.,** you can use the following expressions.

Buenos días.	*Good morning.*
Buenas tardes / noches.	*Good afternoon / evening.*
¿Cómo está Ud.?	*How are you?*
¡Qué / Cuánto gusto (en) verlo(-la)!	*How nice (What a pleasure) to see you!*
¡Tanto tiempo sin verlo(-la)!	*It's been so long since I saw you!*

If you want to say good-bye to someone, you can use the following expressions.

¡Chao!	*Bye!*
Hasta luego / pronto.	*See you later / soon.*
Nos vemos.	*See you.*
Nos hablamos / llamamos.	*We'll talk / call each other.*
Que le (te) vaya bien.	*(I) Hope all goes well.*
Saludos a todos por su (tu) casa.	*Say hello to your family.*

Práctica y conversación

3.5 ¿Cómo los saluda? Ud. se encuentra con las siguientes personas en la calle. ¿Qué les dice?

1. una tía a quien no ha visto hace mucho tiempo
2. un(-a) compañero(-a) de clase a quien ve todos los días
3. su profesor de economía
4. la madre de uno(-a) de sus compañeros(-as)
5. su abuelo
6. la secretaria del departamento de español

3.6 ¡Nos vemos pronto! En grupos, tres estudiantes hacen el papel de diversos familiares y otro(-a) hace el papel de la persona que se despide.

Situación: Ud. pasó todo el día en la casa de sus abuelos pero ahora tiene que irse porque tiene que estudiar. Despídase de todos.

ESTRUCTURAS

Describing What Life Used to Be Like
Imperfect Tense

The preterite and the imperfect are the two simple past tenses in Spanish. The imperfect is used to talk about repetitive past action and to describe how life used to be. The imperfect tense has two forms; there is one set of endings for regular -ar verbs and another set for regular -er and -ir verbs.

Verbos en -AR	Verbos en -ER	Verbos en -IR
visitar	**comer**	**asistir**
visitaba	comía	asistía
visitabas	comías	asistías
visitaba	comía	asistía
visitábamos	comíamos	asistíamos
visitabais	comíais	asistíais
visitaban	comían	asistían

a. To form the imperfect tense of a regular -ar verb, obtain the stem by dropping the infinitive ending: **visitar → visit-.** To this stem add the endings that correspond to the subject: **-aba, -abas, -aba, -ábamos, -abais, -aban.**

b. To form the imperfect tense of a regular -er or -ir verb, obtain the stem by dropping the infinitive ending: **asistir → asist-.** To this stem add the endings that correspond to the subject: **-ía, -ías, -ía, -íamos, -íais, -ían.** Note the use of a written accent mark on these endings.

c. The first- and third-person singular forms use the same endings: **-aba / -ía.** It will frequently be necessary to include a noun or pronoun to clarify the subject of the verb.

Los domingos mamá siempre
   preparaba la comida
   mientras yo **leía**
   el periódico.

On Sundays Mom always
   prepared dinner while
   I read the paper.

d. There are no stem-changing verbs in the imperfect. Verbs that stem-change in the present or preterite tenses are regular in the imperfect.

De niña **jugaba** en el parque. Allí
   me divertía mucho.

As a little girl, I used to play in the park.
   I always had a good time there.

e. There are only three verbs that are irregular in the imperfect tense: **ir, ser,** and **ver.**

IR: iba, ibas, iba, íbamos, ibais, iban
SER: era, eras, era, éramos, erais, eran
VER: veía, veías, veía, veíamos, veíais, veían

f. There are several possible English equivalents for the imperfect. Context will determine the best translation.

Luis trabajaba.
$\begin{cases} \textit{Luis was working.} \\ \textit{Luis used to work.} \\ \textit{Luis worked.} \end{cases}$

g. The preterite is used to express an action or state of being that took place in a definite, limited time period in the past. In contrast, the imperfect is used to express an ongoing or repetitive past action or state of being that has no specific beginning and/or ending.

h. The imperfect tense is used:

1. as an equivalent of the English *used to, was / were* + present participle (*-ing* form), as well as simple English past (*-ed* form).
2. to describe how life used to be in the past.
3. to express interrupted action in the past.

   Cenábamos cuando llegó   *We were eating dinner when*
      mi prima.   *my cousin arrived.*

4. to express habitual or repeated past action. The words and phrases of the following list are often associated with the imperfect because they indicate habitual or repeated past actions.

cada día / semana / mes /año	*every day / week / month / year*
todos los días / meses / años	*every day / month / year*
todas las horas / semanas	*every hour / week*
todos los (domingos)	*every* + day of week (*every Sunday*)
los (domingos)	*on* + day of week (*on Sundays*)
generalmente / por lo general	*generally*
frecuentemente	*frequently*
siempre	*always*
a veces / algunas veces	*sometimes*
a menudo / muchas veces	*often*

Práctica y conversación

3.7 Durante el verano pasado. Explique lo que hacían las siguientes personas cada día, cada semana y cada mes del verano pasado: yo / mi mejor amigo(-a) / mi hermano(-a) / mis padres.

   Modelo   yo
         Cada día yo nadaba en nuestra piscina. / Cada semana iba al cine.
         Cada mes visitaba a mis primos.

3.8 ¿Cómo era Ud.? Explique cómo era Ud. cuando estaba en su primer año de la escuela secundaria. ¿Qué estudiaba? ¿En qué actividades o deportes participaba? ¿Qué hacía después de las clases? ¿Qué hacía los fines de semana? ¿Cómo eran sus amigos(-as)? ¿?

3.9 Antes y hoy en día. Lea la siguiente información acerca del papel *(role)* de los abuelos y los padres en la crianza *(raising)* de los niños. Después trabaje con un(-a) compañero(-a) de clase y contesten las preguntas. ¿Quiénes ayudaban a los padres a criar a los niños? ¿Dónde vivían los abuelos? ¿Cuál era el papel de los abuelos? Hoy en día, ¿cómo aprenden los padres a criar a los niños? ¿Qué requiere ser madre o padre?

Reproduced from "Sobre las habilidades de ser madre o padre," with permission. © 1986; Channing L. Bete Co., Inc., South Deerfield, MA 01373.

3.10 De niño(-a). Explíquele a un(-a) compañero(-a) de clase lo que Ud. y su familia hacían los fines de semana cuando Ud. era niño(-a). Después compare su lista con la lista de un(-a) compañero(-a) de clase. ¿Qué actividades tienen Uds. en común?

Describing People

Formation and Agreement of Adjectives

In order to describe family members and friends as well as their belongings, you need to use a wide variety of adjectives.

In Spanish, adjectives change form in order to agree in gender and number with the person or thing being described. There are four basic categories of descriptive adjectives.

a. Adjectives ending in **-o** have four forms: **viejo, vieja, viejos, viejas.**

b. Adjectives ending in a vowel other than **-o** have two forms and add **-s** to become plural: **alegre, alegres.**

c. Adjectives ending in a consonant have two forms and add **-es** to become plural: **azul, azules.**

d. Adjectives of nationality have four forms and have special endings:

1. Adjectives of nationality ending in a consonant such as **español: español, española, españoles, españolas.**
2. Adjectives of nationality ending in **-és** such as **francés: francés, francesa, franceses, francesas.** Note that the accent mark is used on the masculine singular form only.

3. Adjectives of nationality ending in **-án** such as **alemán: alemán, alemana, alemanes, alemanas.** Note that the accent mark is used on the masculine singular form only.

e. Descriptive adjectives may follow a form of **ser** or **estar.** In general, adjectives denoting a characteristic are used with **ser** while adjectives of condition are used with **estar.**

Generalmente mi prima Antonia
`es muy alegre y divertida,
pero hoy **está** muy cansada
y deprimida.

Generally my cousin Antonia
is cheerful and fun-loving,
but today she's very tired
and depressed.

f. Descriptive adjectives usually follow the nouns they modify.

Mi familia vive en una
casa **grande y vieja.**

My family lives in a big,
old house.

Práctica y conversación

3.11 La familia Aguilar. Los Aguilar acaban de comer y ahora están en la sala haciendo diferentes actividades. Describa a los miembros de la familia con diversos adjetivos.

3.12 Actividades familiares. En el dibujo de **Práctica 3.11**, Ud. ve algunas de las actividades de la familia Aguilar. Su compañero(-a) va a mirar otro dibujo de esta familia que muestra otras actividades. Hablen sobre las actividades de cada persona hasta que describan todas las actividades de la familia Aguilar. Su compañero(-a) va a utilizar el segundo dibujo de este ejercicio que está en el **Apéndice A.**

3.13 Lo ideal. Utilizando por lo menos tres adjetivos, exprese cuál es para Ud. la versión ideal de las siguientes cosas y personas. Después, compare sus respuestas con las de su compañero(-a) de clase. ¿Están Uds. de acuerdo? ¿Por qué sí or por qué no?

las vacaciones / el coche / el (la) novio(-a) / el empleo / el (la) profesor(-a)

3.14 Quién es? Trabajen en grupos de tres. Piense en alguien que está en la clase, pero no les diga a sus compañeros(-as) quién es. Para adivinar quién es, ellos(-as) deben hacerle a Ud. siete preguntas sobre su descripción física.

Expressing Endearment

Diminutives

To express endearment, smallness, or cuteness in English you frequently add the suffix -y or -ie to the ends of proper names and nouns: *Billy, Jackie, sonny, birdie*. Spanish uses a similar suffix to express endearment.

To make a nickname of endearment or to indicate smallness or cuteness, the suffix **-ito(-a)** can be attached to many words, but especially to nouns and adjectives. The gender of the noun generally remains the same.

a. Feminine nouns ending in **-a** drop the **-a** ending and add **-ita: Ana → Anita; casa → casita.** Masculine nouns ending in **-o** drop the **-o** ending and add **-ito: Pedro → Pedrito; libro → librito.**

b. Most nouns ending in a consonant add the suffix onto the end of the noun: **Juan → Juanito; papel → papelito.**

c. Some words will undergo minor spelling changes before the suffix **-ito(-a)** is added.

   1. Words ending in **-co / -ca** change the **c** to **qu: Paco → Paquito; chica → chiquita.**
   2. Words ending in **-go / -ga** change the **g** to **gu: amiga → amiguita; lago → laguito.**
   3. Stem of words ending in **-z** change the **z** to **c: lápiz → lapicito; taza → tacita.**

d. Alternate forms of this suffix are **-cito** and **-ecito: café → cafecito; mujer → mujercita; nuevo → nuevecito.**

e. Certain regions of the Spanish-speaking world prefer their own diminutive suffixes such as the suffix **-ico(-a)** used in Costa Rica.

Práctica y conversación

3.15 Unos nombres populares. Dé el diminutivo de estos nombres.

Juan / Juana / Ana / Pepe / Paco / Luis / Marta / Manolo / Teresa

3.16 ¿Qué es esto? Dé una definición o una descripción de cada palabra.

un regalito / una casita / un librito / una jovencita / un perrito / un papelito / una abuelita / un chiquito / una cosita / un gatito

---

 Interacciones CD-ROM: **Capítulo 3, Primera situación**

 Para saber más: http://interacciones.heinle.com

SEGUNDA SITUACIÓN

PRESENTACIÓN

La boda de Luisa María

Práctica y conversación

3.17 Más parientes. ¿Quiénes son los siguientes parientes políticos?

1. Susana se casó con Marcos; por eso, ella es la _____ de Marcos.
2. El padre de Marcos es el _____ de Susana.
3. La hermana de Susana es la _____ de Marcos.
4. Susana es la _____ de los padres de Marcos.
5. La madre de Susana es la _____ de Marcos.
6. El hijo de un matrimonio anterior de Marcos es el _____ de Susana.
7. Marcos es el _____ de los padres de Susana.
8. Susana es la _____ del hijo del matrimonio anterior de Marcos.

3.18 El hombre (La mujer) de mis sueños. Haga una lista de siete cualidades que debe tener su hombre (mujer) ideal. Sin mirar esta lista, su compañero(-a) de clase le va a hacer preguntas hasta que adivine cinco de las cualidades que Ud. puso en su lista. Luego le toca a Ud. adivinar cinco cualidades que tiene el hombre (la mujer) ideal de su compañero(-a).

3.19 Un día especial. Con un(-a) compañero(-a) de clase, contesten las siguientes preguntas. ¿Para qué día especial es este anuncio? ¿A quiénes está dirigido el anuncio? ¿Qué comidas y bebidas hay en el anuncio? ¿Qué servicios ofrece Publix para este día?

...Y PARA TODA LA VIDA.

Hoy te unes a tu ser más querido para toda la vida. Es el día de tu boda.

Y para que esta ocasión tan especial quede como la has soñado, Publix te complace con deliciosos platos preparados. Bellos arreglos florales. Finas champañas y vinos de cosecha. Hermosos cakes confeccionados a tu gusto. Y fotografías que captan para siempre la emoción de este gran momento. En un día como hoy, confía en el buen gusto y la esmerada atención de Publix. Tu boda será un sueño.

Publix

Donde comprar es un placer.

3.20 Creación. En una narración cuente lo que pasa en el dibujo de la **Presentación**.

VOCABULARIO

Los novios	Engaged couple
el anillo de boda de compromiso	*wedding ring engagement ring*
el cariño	*affection*
los esponsales	*engagement*
el (la) novio(-a)	*fiancé(e)*
el noviazgo	*engagement period*
la pareja	*couple*
la petición de mano	*marriage proposal*
comprometerse con	*to become engaged to*
enamorarse de	*to fall in love with*
salir con	*to date*
tener celos	*to be jealous*

La boda	Wedding
la ceremonia de enlace	*wedding ceremony*
la cena	*wedding reception*
el cura el padre	*priest*
la dama de honor	*bridesmaid*
el día de la boda	*wedding day*
el esposo la esposa	*husband wife*
la iglesia	*church*
el (la) invitado(-a)	*guest*
la luna de miel	*honeymoon*
la madrina	*godmother / maid of honor*
el marido	*husband*
el novio la novia	*groom bride*
el padrino	*godfather / best man*
el regalo de bodas	*wedding gift*
los recién casados	*newlyweds*
la torta de bodas	*wedding cake*
el traje de novia	*wedding gown*
casarse con	*to marry*

Los parientes políticos	In-laws
el cuñado la cuñada	*brother-in-law sister-in-law*
el hermanastro la hermanastra	*stepbrother stepsister*
el hijastro la hijastra	*stepson stepdaughter*
la nuera	*daughter-in-law*
el padrastro la madrastra	*stepfather stepmother*
el suegro la suegra	*father-in-law mother-in-law*
el yerno	*son-in-law*

Vocabulario regional. In México the word for *fiancé(e)* = **el (la) prometido(-a)**.

Vocabulario suplementario. La boda, el casamiento, la ceremonia de enlace matrimonial = *wedding ceremony;* **echarles flores y arroz** = *to throw flowers and rice;* **lucir traje de novia y velo** = *to wear a wedding gown and veil.*

ASÍ SE HABLA

Extending, Accepting, and Declining an Invitation

La celebración de un aniversario

CRISTINA: Hola, Ana María, ¡qué gusto de verte!

ANA MARÍA: ¡Hola! ¡Qué milagro es éste!

CRISTINA: Así es. Mira, aprovecho que te veo para decirte que la próxima semana, el sábado, vamos a tener una reunión en la casa y quiero que vayas con Ramiro. Tú sabes que Juancho estuvo muy enfermo.

ANA MARÍA: ¡No me digas! ¡Cuánto lo siento! ¡Yo no sabía nada!

CRISTINA: Sí, fue muy feo. Tuvo un virus y no sabían qué era. Hemos pasado unas semanas..., pero bueno... ahora ya está bien. Por eso queremos reunirnos con los amigos. No es nada formal, ni mucho menos, sino sólo para estar juntos y pasar un rato agradable, nada más.

ANA MARÍA: Oye, con mucho gusto. ¿A qué hora quieres que vayamos?

CRISTINA: Como a las siete u ocho, ¿te parece?

ANA MARÍA: Perfecto. Ahí estaremos. Muchas gracias y me alegro mucho que Juancho esté bien ya. Dale un saludo de mi parte.

CRISTINA: Ay sí, francamente... Gracias. ¡Estoy feliz!

If you want to invite someone to do something, you might use the following expressions.

¿Cree(-s) que podría(-s) venir a... este...?	*Do you think you could come to . . . this . . . ?*
Estoy preparando un(-a)..., y me gustaría que Ud. (tú) viniera(-s).	*I am preparing a (an) . . . , and I'd like you to come.*
El próximo viernes / sábado vamos a tener una reunión en casa.	*Next Friday / Saturday we are going to have a party at home.*

If you want to accept an invitation, you might say:

Con mucho gusto. ¿A qué hora?	*I'd be glad to. At what time?*
Ahí estaré / estaremos.	*I / we will be there.*
Muchísimas gracias. Ud. es (Tú eres) muy amable.	*Thank you very much. You are very kind.*
Será un placer.	*It'll be a pleasure.*

If you want to decline an invitation, you can use the following phrases.

Me encantaría, pero...	*I'd love to, but . . .*
Qué lástima, pero...	*What a shame (pity), but . . .*
Cuánto lo lamento / lo siento, pero...	*I'm sorry but . . .*
En otra ocasión será.	*Some other time.*
Quizás la próxima vez.	*Maybe next time.*

If you are having a party and one of the persons you invited declines your invitation, you may want to reply with one of the following expressions.

¡Qué pena que no pueda(-s) venir!	*What a shame that you can't come!*
Lo (La) / Te voy a echar de menos.	*I am going to miss you.*

Práctica y conversación

3.21 ¿Quieres venir? Trabajando en parejas, dramaticen estas situaciones.

1. Este sábado hay un almuerzo familiar en casa de su abuela y Ud. quiere llevar a su novio(-a). Invítelo(-la). Él (Ella) no puede ir.
2. La próxima semana es el aniversario de sus padres y Ud. está preparando una fiesta para ellos. Llame a su tío(-a) e invítelo(-la) con toda su familia. Él (Ella) acepta.
3. Ud. está haciendo los preparativos para su fiesta de graduación. Llame a su abuelo(-a) e invítelo(-la). Él (Ella) acepta.
4. Ud. está preparando una fiesta en su casa e invita a su profesor(-a) de español. Él (Ella) no acepta.

3.22 Lo siento, pero... Con un compañero(-a) de clase, sostenga la siguiente conversación.

Estudiante 1
1. Invite your friend to your birthday party.
3. Say you are disappointed.
5. Agree

7. Thank your friend and say goodbye.

Estudiante 2
2. Say you would like to go, but have a family gathering that same day.
4. Make arrangements for a future date.
6. Congratulate your friend on his / her birthday.
8. Respond.

ESTRUCTURAS

Discussing Conditions, Characteristics, and Existence

Uses of *ser*, *estar*, and *haber*

In English the verb *to be* is used for a variety of functions and situations. In Spanish there are several words that are used as the equivalent of *to be*. You will need to learn to distinguish and use **ser, estar,** and **haber** in order to discuss and describe characteristics and conditions.

Compare the uses of **ser** and **estar** in the following chart.

Uses of ESTAR

1. With adjectives to express conditions or health:
   ¿Cómo **está...** ?
   Anita **está** enojada.
   Estoy muy bien pero mi esposo **está** enfermo.

2. To express location:
   ¿Dónde **está...** ?
   Taxco **está** en México.
   Mis suegros **están** en una fiesta hoy.

3. With **de** in certain idiomatic expressions denoting a condition or state of being:
   estar de acuerdo
   estar de buen / mal humor
   estar de huelga
   estar de pie
   estar de vacaciones
   estar de + *profession*
   Manolo **está** de vacaciones.
   Está de camarero en un café en la playa.

4. With the present participle in progressive tenses:
   ¿Qué **estás** haciendo?
   Estoy hablando con mi nuera.

Uses of SER

1. With adjectives to express traits or characteristics:
   ¿Cómo **es...** ?
   Anita **es** linda y muy coqueta.
   Soy baja pero mi esposo **es** alto.

2. To express time and location of an event:
   ¿Dónde y cuándo **será** la boda?
   Será en la Iglesia San Vicente a las dos.

3. With **de** to express origin:
   ¿De dónde **es...** ?
   Felipe **es** de Guadalajara.

4. With **de** to show possession:
   ¿De quién **es** esa casa?
   Es de mi madrastra.

5. With nouns to express who or what someone is:
   ¿Quién **es...** ?
   Es mi prima Carolina. **Es** abogada.

6. To express time and season:
   ¿Qué hora **es**?
   Son las cuatro en punto.
   Era verano.

7. To express nationality:
   Manuel **es** mexicano.

Supplemental grammar. Sometimes there is a complete change in the meaning of a sentence depending on whether **ser** or **estar** is used with the adjective or adverb: **Carlos es aburrido.** = *Carlos is boring.* **Carlos está aburrido.** = *Carlos is bored.* **María es mala.** = *María is bad (evil).* **María está mala.** = *María is sick (in poor health).* **José es listo.** = *José is clever (smart).* **José está listo.** = *José is ready.* **La manzana es verde.** = *The apple is green (its natural color).* **La manzana está verde.** = *The apple is green (unripe).* **Ana es viva.** = *Ana is lively (alert).* **Ana está viva.** = *Ana is alive.*

a. Normal speech patterns favor the use of certain adjectives with **ser** or with **estar.**

estar casado(-a)	*to be married*	ser alegre	*to be happy*
estar contento(-a)	*to be happy*	ser feliz	*to be happy*
estar muerto(-a)	*to be dead*	ser soltero(-a)	*to be single, unmarried*

b. Hay and its equivalent in other tenses, such as **había, hubo,** or **habrá,** are used to indicate existence. **Hay** means both *there is* and *there are.*

Este año **hay** muchos novios en nuestra familia y por eso **habrá** dos bodas este verano.	*This year there are many engaged people in our family and for that reason there will be two weddings this summer.*

Hay stresses the existence of people and things; it will be followed by a singular or plural noun or an indefinite article, number, or adjective indicating quantity such as **muchos, varios, otros** + *noun*.

¿**Hay** un restaurante mexicano por aquí?	*Is there a Mexican restaurant around here?*
¿**Hay** (muchos) restaurantes mexicanos por aquí?	*Are there (many) Mexican restaurants around here?*

Estar stresses location and will be followed by a *definite article + noun.*

¿Dónde **está** el restaurante mexicano?	*Where is the Mexican restaurant?*

Práctica y conversación

3.23 La boda de Luisa María. Haga oraciones con la forma adecuada de **ser** o **estar** para describir la boda de Luisa María.

> **Modelo** la boda / a las siete
> **La boda es a las siete.**

1. los padres / contentos
2. las madres / un poco tristes
3. la ceremonia / en la iglesia nueva
4. el novio / abogado

5. Luisa María / linda y coqueta
6. la madrina / cubana
7. el padrino / de vacaciones
8. los novios / nerviosos

3.24 Un autorretrato. Descríbase a sí mismo(-a), usando las siguientes palabras.

> **Modelo** triste / de Nueva York
> **(No) Estoy triste.**
> **(No) Soy de Nueva York.**

joven / casado(-a) / estudiante / preocupado(-a) / en casa / inteligente / en Acapulco / cubano(-a) / ¿?

3.25 Así era. Complete las oraciones de una manera lógica para describir su juventud.

1. Mis amigos(-as) eran / estaban_____.
2. Mi novio(-a) era / estaba_____.
3. Mi familia era / estaba_____.
4. Mis profesores(-as) eran / estaban_____.
5. Yo era / estaba_____.
6. Mi casa / apartamento era / estaba_____.

3.26 Su boda. Es el día de su boda. Explique qué y cuántas cosas hay en la iglesia y en la recepción. Después explique dónde están y cómo son.

la torta de bodas / el cura / las sillas / los invitados / los regalos / las flores / los parientes políticos / la música

3.27 Entrevista. Pregúntele a un(-a) compañero(-a) de clase qué cosas tiene en los siguientes lugares, dónde están estas cosas y cómo son. Su compañero(-a) debe contestar en una manera lógica.

en su coche / en su dormitorio / en su mochila / en su casa o apartamento / en su clase de español

Indicating Ownership
Possessive Adjectives and Pronouns

Possessive adjectives and pronouns are used in order to avoid repeating the name of the person who owns the item in question.

Is that *Ricardo's* fiancée?
No, *his* fiancée couldn't come to the party.

Spanish has two sets of possessive adjectives: the simple, unstressed forms and the longer, stressed forms.

Possessive Adjectives		
Unstressed Forms		**Stressed Forms**
my	mi(-s)	mío(-a, -os, -as)
your	tu(-s)	tuyo(-a, -os, -as)
his, her, your	su(-s)	suyo(-a, -os, -as)
our	nuestro(-a, -os, -as)	nuestro(-a, -os, -as)
your	vuestro(-a, -os, -as)	vuestro(-a, -os, -as)
their, your	su(-s)	suyo(-a, -os, -as)

a. The possessive adjective refers to the owner / possessor while the ending agrees with the person or thing possessed: *his brothers* = **sus hermanos / los hermanos suyos**; *our wedding* = **nuestra boda / la boda nuestra**.

b. Unstressed possessive adjectives precede the noun they modify.

Mañana es **mi** cumpleaños.   *Tomorrow is my birthday.*

c. Stressed possessive adjectives are used less frequently than the unstressed forms. They follow the noun they modify, and the noun is usually preceded by the definite article, indefinite article, or a demonstrative adjective.

$$\left.\begin{array}{l}\text{un}\\\text{el}\\\text{este}\end{array}\right\}\text{primo nuestro}\qquad\left.\begin{array}{l}a\\the\\this\end{array}\right\}\text{cousin of ours}$$

d. Since **su / sus** and **suyo / suyos** have a variety of meanings, the phrase *article + noun + de + pronoun* is often used to avoid ambiguity. While **su regalo** could have several meanings, **el regalo de Ud.** can only mean *your gift*. Likewise, **el regalo de ellos** can only mean *their gift*.

e. Possessive pronouns preceded by the definite article are used in place of the *stressed possessive adjective + noun:* **la hija mía** → **la mía** = *my daughter* → *mine*. Both the article and the possessive pronoun ending agree in number and gender with the item possessed.

¿Cuándo es la boda
  de Tomás?   *When is Tomas' wedding?*
No sé, pero **la mía** es
  el 27.   *I don't know, but mine is
      the 27th.*

f. The possessive pronoun is always preceded by the definite article. The stressed possessive without the article is used after forms of **ser**.

¿De quién es este coche?   *Whose car is this?*
No es **mío. El mío** es rojo.   *It isn't mine. Mine is red.*

Práctica y conversación

3.28 ¿Dónde está...? Ud. no puede encontrar varias cosas suyas. Pregúntele a su compañero(-a) si él (ella) las tiene.

Modelo   USTED: **¿Tienes mi lápiz?**
          COMPAÑERO(-A):   **¿El tuyo? No, no lo tengo.**

libros / cartas / cuaderno / invitación / apuntes / revista / ¿?

3.29 Después de la recepción. Después de la recepción varias personas han olvidado algunas cosas. Pregúntele a un(-a) compañero(-a) de clase de quién son las cosas olvidadas.

Modelo   **suéter / Martín / nuevo**
          USTED: **¿De quién es este suéter? ¿De Martín?**
          COMPAÑERO(-A):   **No, no es suyo. El suyo es nuevo.**

1. chaqueta / Federico / azul
2. sombrero / Héctor / gris
3. discos / Gloria / mexicanos
4. vídeo / Elena / de Francia
5. zapatos / Ernesto / más viejos
6. abrigo / Rita / negro

3.30 Una boda ideal. Ud. y su compañero(-a) de clase hablan de cómo quieren que sean sus bodas y comparan sus planes con las bodas de sus padres. Comparen los anillos de compromiso y de matrimonio, la ceremonia de enlace, la cena, la torta, los padrinos, los invitados, la luna de miel y otras cosas. Luego, informen a la clase sus planes.

¿QUÉ OYÓ UD.?

Para escuchar bien

Focusing on Specific Information

When you listen to a passage, conversation, or announcement, you do not always need to understand every single word that is being said. Sometimes you just focus on certain details or specific information. For example, if you are at the airport and you want to know what gate your flight leaves from, you do not listen attentively to everything the announcer has to say. Instead, you just focus on your flight number and gate number.

Antes de escuchar

 3.31 Los dibujos. Con un(-a) compañero(-a) de clase, miren el dibujo que se presenta en esta página y hagan las siguientes actividades.

1. Describan a las personas en el dibujo, el lugar donde se encuentran y lo que hacen.
2. ¿Qué ceremonia piensan Uds. que se está llevando a cabo? Justifique su respuesta.

A escuchar

3.32 Los apuntes. Escuche la conversación entre Teresa y Leonor. Tome los apuntes que considere necesarios en el siguiente cuadro.

Motivo de la reunión	
Tipo de reunión	
Día de la reunión	
Hora de la reunión	
Nombres de los invitados	

Después de escuchar

 3.33 Resumen. Con un(-a) compañero(-a) de clase, resuma la conversación entre Leonor y Teresa.

3.34 Algunos detalles. Escoja la respuesta correcta entre las alternativas que se presentan.

1. La ceremonia de compromiso se va a llevar a cabo en una reunión...
   a. grande y con una gran fiesta.
   b. íntima con sólo las amigas de Teresa.
   c. de familia y unos cuantos amigos.
2. Según la conversación, parece que Leonor...
   a. no tiene novio.
   b. quiere casarse pronto también.
   c. tiene envidia de su amiga.
3. Teresa y Pepe...
   a. han estado saliendo juntos varios años.
   b. no están de acuerdo en formalizar la relación.
   c. se van a casar muy pronto.
4. Leonor va a ir a la ceremonia de compromiso con...
   a. sus padres y con su novio.
   b. sus amigas María Elena, Irma y Diana
   c. su novio, Miguel.

 Interacciones CD-ROM: **Capítulo 3, Segunda situación**

Para saber más: http://interacciones.heinle.com

PERSPECTIVAS

Los apellidos en el mundo hispano

Los hispanos acostumbran llevar tanto el apellido paterno, como el apellido materno, en ese orden. Por ejemplo, en el nombre Luis Felipe Loyola Chávez, Loyola es el apellido paterno y Chávez, el materno. Sin embargo, es necesario destacar que normalmente la persona será identificada por el apellido paterno.

Algunos apellidos (paternos o maternos) son compuestos y se utiliza un guión *(hyphen)* para unirlos; por ejemplo, Ruiz-Fernández. Las personas que llevan un apellido compuesto también llevan el otro apellido; por ejemplo, Mariano Ruiz-Fernández Salas. En este caso, Ruiz-Fernández es el apellido paterno y Salas el apellido materno. En el caso de María Cecilia Chocano Pérez-Sosa, Chocano es el apellido paterno y Pérez-Sosa, el apellido materno.

Al casarse, la mujer añade el apellido paterno de su esposo a su apellido de soltera, utilizando la partícula **de**. Por ejemplo, si Carmela Vásquez Mendoza se casa con Francisco Ortega Reyes, su nombre de casada será Carmela Vásquez de Ortega y sus hijos se apellidarán Ortega Vásquez.

Eduardo García Olmos   Javier Figueroa Meléndez
Ana Estrada de García   Irma Lado de Figueroa

tienen el agrado de participar a usted
al próximo matrimonio de sus hijos

Luisa María   y   José Alberto

e invitarlo a la ceremonia religiosa que se realizará
el miércoles 2 de marzo, a las siete horas de la noche
en la Iglesia San José de Miraflores
(Avenida Dos de Mayo, 259)

Después de la ceremonia sírvase pasar a
los salones de la iglesia

Práctica

3.35 Una invitación de boda. Busque en la invitación presentada aquí los siguientes datos.

1. el nombre de los padres de la novia
2. el nombre de los padres del novio
3. el nombre del novio
4. el nombre de la novia antes de casarse
5. el nombre de la novia después de casarse
6. los apellidos que tendrá su futuro hijo, Carlos

La vida de una familia

Antes de mirar

3.36 La familia Cruz Barahona. La familia Cruz Barahona maneja la Hostería San Jorge, un complejo turístico cerca de Quito, Ecuador. Con un(-a) compañero(a) de clase, describa a Jorge Cruz Barahona, la persona de la siguiente foto. En su opinión, ¿quién es él? ¿Qué papel tiene dentro de la familia y qué hace en la hostería? ¿Quiénes son los otros miembros de la familia y qué hacen ellos en el complejo turístico?

A mirar

3.37 El trabajo familiar. Utilizando la información del vídeo, empareje el trabajo con el miembro de la familia que lo realiza. En su opinión, ¿es ésta una familia tradicional o contemporánea? Justifique su respuesta.

la abuela   el abuelo   la esposa / la madre

el esposo / el padre   la hija / la nieta

1. maneja la cocina
2. se dedica a las labores de floricultura
3. realiza la animación musical
4. administra la propiedad
5. realiza las relaciones públicas
6. organiza la hostería
7. ayuda en los jardines

3.38 El restaurante. Con un(-a) compañero(-a) de clase, describan el restaurante en la Hostería San Jorge. Incluyan detalles sobre el servicio y el ambiente. Mencionen unos de los platos que sirven.

3.39 La Hostería San Jorge. Ud. y un(-a) compañero(-a) de clase son reporteros para un programa de televisión que se llama «Viajes exóticos». Haga una presentación para el programa, describiendo la Hostería San Jorge. Incluya información sobre el hotel, los trabajadores, el restaurante, el ambiente y las actividades.

Después de mirar

3.40 Semejanzas y diferencias. Compare la Hostería San Jorge con un complejo turístico o con un hotel que Ud. conoce. ¿Cuáles son las semejanzas y diferencias en cuanto a los servicios, la comida, las actividades, el tamaño y el ambiente?

3.41 La defensa de una opinión. Utilizando evidencia oral y/o visual del vídeo, explique por qué la Hostería San Jorge es un buen lugar para pasar unas vacaciones.

Para leer bien

Scanning and Skimming

Scanning and skimming are techniques that good readers use automatically and frequently in their native language. These techniques can be even more valuable in a foreign language.

Scanning is the process used to discover the general content of a reading selection. People frequently scan books, magazines, and newspapers to choose the selections they wish to read. When scanning you run your eyes quickly over the written material. You look at its layout, that is, the design of the material on the page, the title and subtitles, any accompanying photos, drawings, or charts, and even the typeface used. Together these elements combine to provide general clues as to the content and purpose of the written material.

Skimming is the technique used to locate specific or detailed information within a reading passage. Skimming is similar to scanning in that your eyes move quickly over the material. However, skimming differs from scanning in that the purpose is to notice a particular word, phrase, or piece of information. You often apply this technique to the reading of schedules or menus. Skimming can also follow a close reading when you wish to recall particular details or review the information quickly.

When approaching a reading selection for the first time, you frequently scan the material to determine what type of information it contains. You then skim the reading to locate items or details of particular interest.

Antes de leer

3.42 Los elementos generales. Dé un vistazo a *(Scan)* los siguientes elementos de la lectura que sigue: la composición *(layout)* general, el título y las fotos. ¿De qué trata la lectura? ¿Cuál es el tema general?

3.43 El metro de D.F. Examine superficialmente *(Skim)* la siguiente información sobre el metro de México, D.F. y conteste las siguientes preguntas.

1. ¿Cuáles son las horas de servicio los días laborales? ¿los sábados? ¿los domingos y días festivos?
2. ¿Cuántas líneas hay en el metro de México, D.F.?
3. ¿Qué línea y estación se usan para llegar a los siguientes lugares en el D.F.? Castillo de Chapultepec / Estadio Olímpico México 68 / Basílica de Guadalupe / Museo Nacional de Antropología / Parque de Béisbol / Museo del Palacio de Bellas Artes / Ángel de la Independencia

TRAMITES

SECRETARIA DE SALUD
Estación Chapultepec — Linea 1
SECRETARIA DE GOBERNACION
Estación Cuauhtémoc — Linea 1
OFICINA CENTRAL DEL REGISTRO CIVIL
PROCURADURIA FEDERAL DE LA DEFENSA DEL TRABAJO
Estación Salto del Agua — Linea 1
SECRETARIA GENERAL DE PROTECCION Y VIALIDAD
Estación Insurgentes — Linea 1
PALACIO NACIONAL
SUPREMA CORTE DE JUSTICIA DE LA NACION
DEPARTAMENTO DEL DISTRITO FEDERAL
Estación Zócalo — Linea 2
SECRETARIA DE EDUCACION PUBLICA
Estación Allende — Linea 2
PROCURADURIA GENERAL DE LA REPUBLICA
Estación Hidalgo — Linea 3
UNIVERSIDAD NACIONAL AUTONOMA DE MEXICO
(Circuito Escolar)
Estación Copilco — Linea 3
SECRETARIA DE RELACIONES EXTERIORES
Estación Tlatelolco — Linea 3
INSTITUTO POLITECNICO NACIONAL
Estación Politécnico — Linea 5
PROCURADURIA FEDERAL DEL CONSUMIDOR
Estación Cuauhtémoc — Linea 1
PROCURADURIA DE JUSTICIA DEL DISTRITO FEDERAL Y SERVICIO MEDICO FORENSE
Estación Niños Héroes — Linea 3
SECRETARIA DE COMERCIO Y FOMENTO INDUSTRIAL
Estación Juanacatlán — Linea 1
SECRETARIA DE HACIENDA
Estación Zócalo — Linea 2

PASEOS

CENTRO HISTORICO DE LA CIUDAD DE MEXICO
Estaciones Balderas, Salto del Agua, Isabel La Católica, Pino Suárez, Merced y Candelaria — Linea 1
Estaciones Pino Suárez, Zócalo, Allende, Bellas Artes é Hidalgo — Linea 2
Estaciones Balderas, Juárez, Hidalgo y Guerrero. — Linea 3
CASTILLO DE CHAPULTEPEC Y MONUMENTO A LOS NIÑOS HEROES
Estación Chapultepec — Linea 1
ANGEL DE LA INDEPENDENCIA Y ZONA ROSA
Estaciones Insurgentes y Sevilla — Linea 1
MONUMENTO A LA REVOLUCION
Estación Revolución — Linea 2
MONUMENTO A LA RAZA
Estación La Raza — Linea 3
MONUMENTO A ALVARO OBREGON
Estación Miguel A. de Quevedo — Linea 3
COYOACAN
Estaciones Coyoacán y Viveros — Linea 3
BASILICA DE GUADALUPE
Estación La Villa — Linea 6

TELEFONOS DEL S.T.C.

?		
CONMUTADOR	TEL. 709 11 33	
MODULO DE ORIENTACION Y QUEJAS	EXTENS. 5009-5010	
RELACIONES PUBLICAS	EXTENS. 5051-5052	
OBJETOS EXTRAVIADOS.	EXTENS. 1018-1019	

MUSEOS

MUSEO DE ARTE MODERNO
Estación Chapultepec — Linea 1
MUSEO NACIONAL DE ANTROPOLOGIA
Estación Chapultepec — Linea 1
MUSEO NACIONAL DE HISTORIA
Estación Chapultepec — Linea 1
MUSEO DE LA CIUDAD DE MEXICO
Estación Pino Suárez — Lineas 1 - 2
MUSEO DEL PALACIO DE BELLAS ARTES
Estación Bellas Artes — Linea 2
MUSEO DE SAN CARLOS
Estación Revolución — Linea 2
MUSEO NACIONAL DE LAS CULTURAS
Estación Zócalo — Linea 2
MUSEO NACIONAL DE LAS INTERVENCIONES
Estación General Anaya — Linea 2
PINACOTECA VIRREINAL DE SAN DIEGO
Estación Hidalgo — Lineas 2 - 3
ARCHIVO GENERAL DE LA NACION
Estación Morelos — Linea 4
MUSEO NACIONAL DE ARTE
Estación Allende — Linea 2

HORARIO DE SERVICIO

DIAS	LINEAS 1-2-3	LINEAS 4-5-6-7-9
DIAS LABORALES	5:00-0:30 HRS	6:00-0:30 HRS.
SABADOS	6:00-1:30 HRS.	6:00-1:30 HRS.
DOMINGOS	7:00-0:30 HRS.	7:00-0:30 HRS.
Y DIAS FESTIVOS	7:00-0:30 HRS.	7:00-0:30 HRS.

DIVERSIONES Y DEPORTES

BOSQUE DE CHAPULTEPEC
Estación Chapultepec — Linea 1
DEPORTIVO PLAN SEXENAL
Estación Popotla — Linea 2
TOREO DE CUATRO CAMINOS
Estación Cuatro Caminos — Linea 2
ESTADIO OLIMPICO MEXICO 68
Estación Copilco — Linea 3
PARQUE DE BEISBOL
Estación Centro Medico — Linea 3
ARENA MEXICO
Estación Balderas — Lineas 1 - 3
BOSQUE DE ARAGON
Estación Aragón — Linea 5
CIUDAD DEPORTIVA MAGDALENA MIXIHUCA
Estación Velódromo — Linea 5
CENTRO DE CONVIVENCIA, ZOOLOGICO INFANTIL AUDITORIO NACIONAL
Estación Auditorio — Linea 7
CIUDAD DE LOS DEPORTES
Estación San Antonio — Linea 7

✚ URGENCIAS

• CRUZ ROJA	• BOMBEROS	• SECRETARIA GRAL. DE PROTECCION Y VIALIDAD
557 57 57	768 37 00	06
557 57 58	768 36 33	• LOCATEL
557 57 59	768 37 22	658 11 11
557 57 60	768 34 33	

A leer

3.44 Un examen superficial. Después de leer cada párrafo de la siguiente lectura, haga una pausa para examinar superficialmente los detalles del párrafo. Marque los detalles más importantes para encontrarlos fácilmente más tarde.

El estupendo metro de México

Los grandes sistemas de trenes metropolitanos son tan particulares como las ciudades donde se encuentran. El metro de la Ciudad de México también tiene sus características singulares. Es uno de los más modernos y avanzados del mundo desde el punto de vista° tecnológico. El fuerte terremoto° de 1985 apenas° lo afectó. Por la tarde del día del desastre, la mayoría de las líneas funcionaban normalmente. Lo que parecía un milagro° era, según los ingenieros, el resultado de un diseño° que tuvo muy en cuenta° la posibilidad de terremotos. Los trenes que estaban transitando durante el sismo° continuaron funcionando con energía suministrada° por baterías de emergencia hasta llegar a estaciones donde pudieron descargar a los pasajeros.

México, D.F.: Una estación del metro

La finalidad° de este metro, como la de todos los demás del mundo, es brindar° transporte rápido y económico a los residentes. Y es indiscutible° que lo logra° admirablemente. El metro hacía mucha falta° en una ciudad que, según se calcula, tiene unos 20.000.000 de habitantes. Entre semana montan° en él unos 4.000.000 de personas al día, casi el 20% de la población. Los trenes del metro se mueven a una velocidad promedio° de 35 kilómetros por hora, contando las paradas° en las estaciones, y pueden llegar a 88 kilómetros por hora. El sistema siempre ha mantenido un barato precio de pasaje, y aunque es posible que la inflación lo haga subir, seguirá siendo el más barato del mundo.

El metro es un medio de transporte fácil para los empleados, visitantes y los enfermos que van a las consultas del Centro Médico y el Hospital General. También se ven hombres de negocios, bien vestidos y con su portafolio en la mano, entre los estudiantes y los trabajadores. Hasta los campesinos analfabetos° lo usan sin dificultad, guiados° por los símbolos de las estaciones que se hallan° en los terminales y en los vagones°. Por ejemplo, el símbolo de la estación del Zócalo, la plaza principal de la ciudad, es el águila° en un cacto con una serpiente en la boca. Este mismo emblema, que se encuentra también en la bandera° mexicana, es el símbolo del México antiguo y moderno.

Glosses (left margin):
point of view — *punto de vista*
earthquake — *terremoto*
scarcely — *apenas*
miracle — *milagro*
design — *diseño*
took into account — *tuvo muy en cuenta*
terremoto — *sismo*
furnished — *suministrada*
purpose — *finalidad*
to offer — *brindar*
unquestionable / succeeds — *indiscutible / logra*
was sorely lacking — *hacía mucha falta*
ride — *montan*
average — *promedio*
stops — *paradas*
illiterate / guided — *analfabetos / guiados*
se encuentran / coaches — *se hallan / vagones*
eagle — *águila*
flag — *bandera*

El orgullo° que los residentes de la capital sienten por el metro se refleja en su limpieza y orden. Un estudio reciente sobre delitos° cometidos en los sistemas de trenes metropolitanos del mundo reveló que el metro de México es uno de los más seguros.

El metro es un mundo subterráneo, una ciudad debajo de otra. Los planificadores° han construido un metro con más de 100 estaciones brillantes, alegres y, en muchos casos, impresionantes. En ningún momento hay sensación de oscuridad ni de estar bajo tierra. Todo es vida y color. En las estaciones más concurridas° a veces hay zonas comerciales. Entre la estación del Zócalo y la de Pino Suárez hay un túnel largo, muy iluminado, donde uno puede comprar comida, ropa, libros y chucherías°. Por allí también se ven individuos que entretienen° a los pasajeros con suertes de prestidigitación° y malabarismos°.

Todas las estaciones están decoradas con mucho gusto°. La estación de Bellas Artes está adornada con reproducciones de murales mayas y tiene el piso de mármol°, mientras la estación del Zócalo tiene vitrinas° donde se reproduce la gran plaza en tiempos aztecas y coloniales.

Hasta la persona más agotada° debe sentirse contenta al viajar por este mundo subterráneo tan ameno°. Para el que visita la ciudad, el metro no es sólo un medio rápido y conveniente de trasladarse° a cualquier parte de la capital, sino que también le brinda la oportunidad de conocer a los que viven en ella. Y como la tercera parte de las líneas no son subterráneas, el metro es una buena manera de ver la ciudad.

pride
crimes

planners

crowded

trinkets
entertain / magic tricks
juggling
taste
marble
display windows

cansada
pleasant
to move

Después de leer

3.45 Información básica. Examine superficialmente el artículo para obtener la siguiente información.

1. el número de personas que el metro del D.F. transporta diariamente y el porcentaje de la población que transporta diariamente
2. la velocidad promedio del tren y la velocidad máxima
3. el número de estaciones
4. el tipo de gente que usa el metro
5. lo que hay en el túnel entre la estación del Zócalo y la de Pino Suárez
6. la decoración de algunas estaciones

3.46 Unas explicaciones. Conteste las siguientes preguntas para explicar cómo funciona el sistema.

1. ¿Cómo usan los campesinos analfabetos el metro?
2. ¿Por qué se dice que el metro es un mundo subterráneo?
3. ¿Cómo continuó funcionando el metro durante el terremoto de 1985?
4. ¿Por qué debe sentirse contenta una persona que está agotada al viajar en el metro mexicano?

3.47 La defensa de una opinión. ¿Qué evidencia hay en el artículo que confirma la siguiente idea? «Los planificadores del metro de la Ciudad de México tuvieron en cuenta lo estético y lo funcional al crear su sistema de trenes metropolitanos.»

ASÍ SE ESCRIBE

Para escribir bien

Extending and Replying to a Written Invitation

You have already learned to extend, accept, and decline an oral invitation. The major difference in performing these functions in written form is that the person(-s) involved is (are) not present to ask questions or to offer an immediate reply to your invitation. When extending a written invitation, you will need to include all the details such as date, time, location, and purpose of the invitation. When replying, you will need to thank the person for the invitation and then graciously accept or decline. While in conversation a simple **"Con mucho gusto"** might be an appropriate acceptance, it sounds abrupt in written form. It is usually better to add more information in written invitations and replies. You can use phrases similar to those below or adapt the phrases of the previous **Así se habla** section.

To Extend a Written Invitation

Mi familia / novio(-a) / amigo(-a) y yo vamos a tener una fiesta para el cumpleaños de... Te (Lo / La) invitamos (a Ud.) a celebrar con nosotros el sábado 21 de julio a las ocho de la noche en nuestra casa.

To Accept a Written Invitation

Muchas gracias por su invitación a la fiesta / cena / comida. Me (Nos) encantaría ir y acepto (aceptamos) con mucho gusto.

To Decline a Written Invitation

Muchas gracias por su invitación para cenar con Uds. Desgraciadamente no me es posible ir el viernes 16 porque tengo que trabajar. Lo siento mucho. Posiblemente podamos reunirnos otro día.

Antes de escribir

3.48 Una fiesta. Ud. piensa dar una fiesta para unos amigos. Escriba una lista de los detalles acerca de la fiesta incluyendo el motivo de la fiesta, el tipo de fiesta, el día, la hora, el lugar y los invitados. Después, escriba una oración *(sentence)* para invitar a alguien a su fiesta.

3.49 Las invitaciones. Haga el formato de una carta, incluyendo el saludo, la pre-despedida y la despedida. Después, escriba unas oraciones para aceptar y no aceptar una invitación a una fiesta estudiantil.

A escribir

Escoja **una** de las composiciones de la lista a continuación. Después, escriba su composición, utilizando sus respuestas para las **Prácticas 3.48** y **3.49.** Trate de incluir el nuevo vocabulario y las nuevas estructuras gramaticales de este capítulo.

3.50 **Un(-a) antiguo(-a) profesor(-a).** Un(-a) antiguo(-a) profesor(-a) suyo(-a) le escribió a Ud. para invitarlo(-la) a comer con él (ella) el jueves a las siete. Desgraciadamente Ud. tiene una clase a las siete de la noche. Escríbale una carta explicándole que le gustaría ir pero no puede. También mencione algo sobre su vida y sus estudios actuales.

3.51 **Su tío(-a) favorito(-a).** Su tío(-a) favorito(-a) vive muy lejos del resto de la familia. Escríbale una carta diciéndole que su hermano mayor va a casarse en junio. Como su tío(-a) no conoce ni a la novia de su hermano ni a la familia de ella, descríbaselas a su tío(-a). Cuéntele cómo está la familia y añada algunos detalles de la boda. Invítelo(-la) a alojarse con Uds. el fin de semana de la boda.

3.52 **Una reunión escolar.** Ud. era el (la) presidente de su clase de la escuela secundaria. Su clase va a celebrar el décimo aniversario de su graduación. Escríbales una carta a los miembros de su clase invitándolos a la fiesta; déles todos los detalles. Para que ellos recuerden su vida de entonces y para que tengan ganas de asistir a la fiesta, describa cómo era un día típico en su escuela. También describa cómo eran algunos estudiantes y lo que hacían los fines de semana.

Después de escribir

Antes de entregarle su composición a su profesor(-a), Ud. debe leerla de nuevo y corregir los errores. Al revisarla, preste atención al contenido. ¿Contiene su composición todos los detalles que Ud. necesita incluir? Revise el vocabulario de la universidad y clases o de la familia y una boda. También revise las expresiones para ofrecer, aceptar o no aceptar una invitación. Por fin, revise el uso de los verbos *ser* y *estar*.

3.50: *Grammar:* verbs **ser** & **estar**, possessive adjectives: **mi(s), tu(s)**; *Phrases/Functions:* inviting, accepting & declining, writing a letter (informal); *Vocabulary:* leisure, studies; university; **3.51:** *Grammar:* verbs **ser** & **estar**, possessive adjectives: **mi(s), tu(s)**, adjective agreement, adjective position; *Phrases/Functions:* inviting, accepting & declining, writing a letter (informal), describing people; *Vocabulary:* family members, personality; **3.52:** *Grammar:* verbs **ser** & **estar**, possessive adjectives: **mi(s), tu(s)**, adjective agreement, adjective position; *Phrases/Functions:* inviting, accepting & declining , writing a letter (informal); *Vocabulary:* family members, personality, studies, university

3.53 Una fiesta. Call a classmate to invite him / her to a party you are giving this weekend. Chat for a few minutes and then extend your invitation. Your classmate should inquire about the details of the party—who will be there, when it will start, where your house is located, if he / she can bring something to eat or drink. After your friend accepts your invitation, repeat the time, date, place, and address.

3.54 Celebraciones familiares. As a grandparent you often remember your youth with great nostalgia. Tell your grandchildren (played by your classmates) what a typical family celebration was like in your family. Explain what family members were present and what you used to do. Describe what various family members used to be like as well.

3.55 Un crucero *(cruise).* You are the mother / father of a fifteen-year-old daughter and you have decided to celebrate her **quinceañera** *(special fifteenth-birthday party)* with a cruise. Use the following ad to explain the celebration to the other members of your family and invite them to come along as well.

3.56 La boda del año. You are a reporter for a local radio station and have been assigned to cover the wedding of the only daughter of a wealthy and prominent local citizen. As the guests and wedding party approach the church, describe them for your radio audience. Tell what the bride, groom, parents, and other relatives are like and how they look or are feeling today. Explain how many people are present, who they are, etc. As the bride and groom approach, ask them how they feel on this important day.

 Para saber más: http://interacciones.heinle.com

Capítulo 4

En el restaurante

Un lindo restaurante mexicano

CULTURAL THEMES

México

Eating in Hispanic cafés and restaurants

COMMUNICATIVE GOALS

Reading a menu and ordering in a restaurant

Indicating to whom and for whom actions are done

Expressing likes and dislikes

Refusing, finding out, and meeting

Making introductions

Narrating in the past

Talking about people and events in a series

PRIMERA SITUACIÓN

 **PRESENTACIÓN**

Me encantan las enchiladas

Casa Lupita

Aperitivos	**Appetizers**
Botana	A plate of tortilla chips, tomatoes, avocados, chilies and salsa
Ceviche	Marinated fish and seafood
Cóctel de camarones	Shrimp cocktail
Cóctel de mariscos	Seafood cocktail
Chile con queso	Chili cheese dip
Ensalada de jícama	Jicama salad
Ensalada mixta	Tossed salad
Guacamole	Avocado dip
Nachos	Cheese and tortilla chips

Sopas	**Soups**
Caldo de pollo con fideos	Chicken noodle soup
Gazpacho	Chilled vegetable soup
Menudo	Tripe Soup
Sopa de aguacate	Avocado soup
Sopa de albóndigas	Meatball soup

Platos Principales	**Entrées**
Arroz con pollo	Chicken with rice
Chiles rellenos	Stuffed peppers
Enchiladas de pollo	Chicken enchiladas
Enchiladas suizas	Enchiladas with a sour cream sauce
Tacos de res o de pollo	Beef or chicken tacos
Huachinango	Red snapper
Mole poblano	Chicken in sauce
Tamales	Tamales

Postres	**Desserts**
Almendrado	Almond pudding with custard sauce
Buñuelo	Deep-fried sugar tortillas
Empanadas de dulce	Turnovers with sweet fillings
Flan	Caramel custard
Fruta del tiempo	Seasonal fruit
Helados	Ice cream

Bebidas	**Beverages**
Agua mineral	Mineral water
Café	Coffee
Cerveza	Beer
Chocolate	Hot chocolate
Margarita	Tequila with lime juice
Té	Tea
Vino blanco	White wine
Vino tinto	Red wine

Servicio 15%   *Gratuity 15%*

Los nachos are tortilla chips covered with melted cheese and chili peppers cut into strips.

Las enchiladas suizas are enchiladas prepared with a sour cream and swiss cheese sauce with many typical Mexican spices.

El mole is a sauce prepared with chili peppers and various spices. Bitter chocolate is generally one of the ingredients.

El tamal is made from corn dough which is spread in cornhusks. It is usually filled with meat and sauce and then steamed.

El almendrado is a molded almond pudding that is served with a custard sauce.

Práctica y conversación

4.1 ¿Qué pide Ud.? En el restaurante Casa Lupita, ¿qué va a pedir Ud... de aperitivo / de sopa / de plato principal / de postre / de bebida?

4.2 El restaurante Casa Lupita. Pregúntele a un(-a) compañero(-a) de clase lo que va a pedir en el restaurante Casa Lupita.

Pregúntele...

1. si va a pedir un aperitivo. ¿Cuál?
2. si quiere una ensalada. ¿Cuál?
3. qué sopa quiere.
4. qué quiere de plato principal.
5. qué quiere beber con el plato principal.
6. si va a pedir un postre. ¿Cuál?

4.3 ¡Tengo mucha hambre! Diga a qué categoría pertenecen los platos a continuación: bebida / carne / postre / plato principal / aperitivo / ¿? ¿Cuáles son los ingredientes principales de estos platos? ¿Qué plato(-s) preferiría pedir? ¿Por qué?

Ceviche

Enchiladas

El gazpacho is a soup made with tomatoes, cucumbers, green peppers, onions, garlic, and olive oil. The ingredients are blended into a thick liquid and chilled before serving.

Gazpacho

Flan

4.4 Creación. Trabajen en grupos de tres. Un(-a) compañero(-a) de clase va a hacer el papel de mesero(-a) *(waiter, waitress)* del restaurante Casa Lupita y los otros dos son los clientes. Antes de pedir, los clientes deben hacerle preguntas al (a la) mesero(-a) sobre los platos. Luego, pidan lo que quieren comer y beber.

Los platos	**Courses**
el aperitivo	*appetizer*
la bebida	*beverage*
la carne	*meat*
el plato principal	*entrée, main course*
los mariscos	*seafood*
el pescado	*fish*
el postre	*dessert*
la sopa	*soup*

La comida	**Food**
el aguacate	*avocado*
la albóndiga	*meatball*
la almeja	*clam*
el arroz	*rice*
el atún	*tuna*
el caldo	*soup, broth*
el camarón	*shrimp*
la carne de cerdo	*pork*
el ceviche	*marinated fish and seafood*
el chile	*red or green pepper*
el cóctel	*cocktail*
la empanada	*turnover*
la enchilada	*cheese or meat filled tortilla*
la ensalada	*salad*
el fideo	*noodle*
el flan	*caramel custard*
la fruta	*fruit*
el gazpacho	*chilled vegetable soup*
el guacamole	*avocado dip*
el helado	*ice cream*
el huachinango	*red snapper*
la jícama	*jicama*
el lenguado	*sole*
el lomo de res	*beef tenderloin*
el mejillón	*mussel*
el menudo	*tripe soup*
el pollo	*chicken*
el taco	*crisp tortilla filled with meat, lettuce, tomatoes, cheese*

Las bebidas	**Beverages**
el café	*coffee*
la cerveza	*beer*
el chocolate	*hot chocolate*
el té	*tea*

Vocabulario regional. In several countries of South America **la palta** = *avocado*. In Spain **la gamba** = *shrimp*.

La jícama is a root vegetable which is usually peeled and eaten raw. It is sometimes called the *Mexican potato*.

Track 9

ASÍ SE HABLA

Ordering in a Restaurant

Un restaurante en el patio de un hotel

MESERO:	Buenas tardes, ¿les puedo ofrecer algo para beber?
MANUEL:	¿Qué quisieras tomar, María Luisa?
MARÍA LUISA:	Un agua mineral bien helada, por favor.
MANUEL:	*(Dirigiéndose al mesero)*: Y yo una cerveza bien fría, por supuesto.
MESERO:	Muy bien, señor. Ahora mismo se las traigo.
	[*Al poco rato*]
MESERO:	¿Están listos para pedir?
MANUEL:	¿Qué dices, María Luisa?
MARÍA LUISA:	Sí. Yo quisiera un ceviche y un arroz con pollo, pero una porción pequeña, por favor.
MESERO:	Muy bien, ¿y para el señor?
MANUEL:	Yo quiero un cóctel de mariscos y un lomo de res. Espero que la comida esté tan deliciosa hoy como la semana pasada.
MESERO:	No se preocupe, señor. Le aseguro que le gustará mucho. Nuestros cocineros son de primera.

If you are in a restaurant your waiter or waitress may use the following expressions:

¿Cuántas personas son?	*How many are in your party?*
¿Qué desearía(-n) comer / tomar hoy?	*What would you like to eat / drink today?*
¿Le(-s) apetecería un(-a)... ?	*Would you like a . . . ?*
¿Desearía(-n) probar... ?	*Would you like to try . . . ?*
Le(-s) recomiendo...	*I recommend . . .*
¿Qué le(-s) parecería... ?	*How would you like . . . ?*

If you are in a restaurant or cafeteria and you want to place your order, you can use the following phrases:

Tráigame(-nos) el menú, por favor.	*Bring me (us) the menu, please.*
De aperitivo / plato principal / postre, quisiera / me gustaría...	*For an appetizer / entrée / dessert, I would like . . .*
No sé qué pedir / comer / tomar.	*I don't know what to order / eat / drink.*
¿Qué me / nos recomienda?	*What do you recommend (to me / us)?*
¿Podría regresar dentro de un momento, por favor?	*Could you come back in a minute, please?*
¿Cuál es la especialidad de la casa?	*What's the restaurant's speciality?*
¿Es picante / muy condimentado(-a) / pesado(-a)?	*Is it hot / very spicy / heavy?*

Práctica y conversación

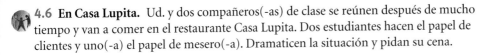

4.5 ¡Hoy no estoy a dieta! Con un(-a) compañero(-a), dramaticen la siguiente situación. Una persona hará el papel de cliente y la otra el de mesero(-a).

Cliente

2. Pide algo para beber.
4. No sabe qué pedir y pide ayuda al (a la) mesero(-a).
6. Quiere saber cómo es uno de los platos del día.
8. Ordena lo que quiere.

Mesero(-a)

1. Se acerca y ofrece su ayuda.
3. Responde.
5. Da información acerca de los platos del día, la especialidad de la casa, etc.
7. Explica.
9. Responde.

4.6 En Casa Lupita. Ud. y dos compañeros(-as) de clase se reúnen después de mucho tiempo y van a comer en el restaurante Casa Lupita. Dos estudiantes hacen el papel de clientes y uno(-a) el papel de mesero(-a). Dramaticen la situación y pidan su cena.

ESTRUCTURAS

Indicating To Whom and For Whom Actions Are Done
Indirect Object Pronouns

Indirect object nouns and pronouns indicate to whom or for whom actions are done: *Elena sent **us** a wedding invitation so we sent **her** a gift.*

Supplemental grammar.
Sometimes indirect objects in English are preceded by the preposition *to* and sometimes the word *to* is omitted: *We sent her a gift = We sent a gift to her.* Even though the phrase "to her" is a prepositional phrase, phrases like "to her" are referred to as indirect objects since that is how they function in Spanish.

—¿A quiénes **les** vas a dar esos regalos?
—**Le** doy este suéter **a mi papá** y **les** doy el juego **a mis hermanitos.**

Indirect Object Pronouns	
Luis **me** dio un regalo.	*Luis gave a gift to me.*
Luis **te** dio un regalo.	*Luis gave a gift to you.* (fam. s.)
Luis **le** dio un regalo.	*Luis gave a gift to him, her, you.* (form. s.)
Luis **nos** dio un regalo.	*Luis gave a gift to us.*
Luis **os** dio un regalo.	*Luis gave a gift to you.* (fam. pl.)
Luis **les** dio un regalo.	*Luis gave a gift to them, you.* (form. pl.)

a. Indirect object pronouns are placed before a conjugated verb.

Les traigo las ensaladas ahora mismo.   *I'll bring you the salads right away.*

b. When a conjugated verb and an infinitive or present participle are used together, the object pronoun may attach to the end of an infinitive or present participle or precede the conjugated verb.

Luis va a explicar**me** el menú. ⎱
Luis **me** va a explicar el menú. ⎰   *Luis is going to explain the menu to me.*

c. The indirect object pronoun must be attached to the end of an affirmative command and must precede a negative command.

Cómpra**le** un lindo regalo a Laura   *Buy a nice gift for Laura but don't give the*
   pero no **le** des el regalo todavía.   *gift to her yet.*

d. Indirect object pronouns can be clarified or emphasized by using **a** + *prepositonal pronouns.*

Le doy el café **a él** y **a ti** te doy   *I'm giving the coffee to him and I'm*
   el vino.   *giving the wine to you.*

e. In Spanish, sentences that contain an indirect object noun must also contain the corresponding indirect object pronoun.

Le regalé un suéter **a mi papá.**   *I gave a sweater to my dad.*

Once the identity of the indirect object noun has been made clear, the indirect object pronoun can be used alone.

Le preparé un sándwich **a Miguel**   *I prepared a sandwich for Miguel and*
   y después **le** di una cerveza.   *then I gave him a beer.*

Práctica y conversación

4.7 Comida para llevar. Ud. va a llevarles comida del restaurante Casa Lupita a sus amigos que no quieren salir a comer. Explique lo que Ud. escoge para cada persona. Use pronombres de complemento indirecto en sus respuestas.

Modelo   una botana / a Susana
            Le llevo una botana a Susana.

a Juan / a los gemelos Sánchez / a ti / a Juana y a Lupe / a Isabel

4.8 Entrevista. Pídale favores a su compañero(-a) de clase. Su compañero(-a) va a contestar.

Modelo   mandar una tarjeta postal
        Usted: **Mándame una tarjeta postal, por favor.**
     Compañero: **Sí, te mando una tarjeta postal esta tarde.**

prestar el coche / mostrar las fotos / dar los apuntes de la clase de historia / decir el número de teléfono / prestar cincuenta dólares / explicar los verbos / ¿?

4.9 ¡Qué trabajo! Ud. hace el papel de secretario(-a) en una oficina y un(-a) compañero(-a) hace el papel de jefe(-a). Explíquele a su jefe(-a) lo que Ud. hizo esta mañana para ayudarlo(-la) con el trabajo. Incluya actividades como las siguientes: comprarle flores a su esposo(-a); hacerle reservaciones en su restaurante favorito; escribirle una carta a un nuevo cliente; hablarles a las otras secretarias; sacar fotocopias.

Expressing Likes and Dislikes
Verbs like *gustar*

To express likes, dislikes and interests, Spanish uses a group of verbs that function very differently from their English equivalents. The verb **gustar,** meaning *to like* or *to be pleasing,* is one of a number of common English verbs that use an indirect object where English uses a subject.

Me gustan estas empanadas.		*I like these empanadas.*	
↓	↓	↓	↓
Indirect Object	Subject	Subject	Direct Object

a. With verbs like **gustar** the subject generally follows the verb; it is this subject that determines a singular or plural verb.

Me **gusta** esta ensalada pero no me **gustan** estos tacos.	*I like this salad, but I don't like these tacos.*

b. The use of **a** + *prepositional pronoun* is often necessary to clarify or emphasize the indirect object.

A mí no me gusta este restaurante pero **a ellos** les gusta muchísimo.	*I don't like this restaurant but they like it a lot.*

c. The phrase **a** + *noun* can also be used with the indirect object pronouns **le/les.**

A Rita le gustan los postres.	*Rita likes desserts.*
A mis padres no **les** gusta el pescado.	*My parents don't like fish.*

d. The following verbs function like **gustar.**

caer bien / mal	*to suit / to not suit*
disgustar	*to annoy, upset, displease*
encantar	*to adore, love, delight*
faltar	*to be missing, lacking; to need*
fascinar	*to fascinate*
importar	*to be important, to matter*
interesar	*to be interesting; to interest*
molestar	*to bother*
parecer	*to seem*
quedar	*to remain, have left*

Práctica y conversación

4.10 Los gustos. Ponga las siguientes cosas en la categoría apropiada de la tabla a continuación para indicar sus preferencias. ¿Puede explicar por qué pone Ud. cada cosa en esa categoría?

la comida mexicana / el arte moderno / las fiestas / la política / la música rock / los exámenes / las vacaciones

Me gusta(-n)	Me fascina(-n)	Me molesta(-n)

4.11 Entrevista. Pregúnteles a tres compañeros(-as) de la clase sobre sus gustos y preferencias con respecto a las cosas de la **Práctica 4.10.** ¿Tienen Uds. los mismos gustos y preferencias?

Modelo
las fiestas
USTED: **¿Te gustan las fiestas?**
COMPAÑERO(-A): **Me gustan muchísimo.**

4.12 ¿Te gusta? Ud. quiere saber si su compañero(-a) tiene los mismos gustos que Ud. tiene con respecto a la comida y otras cosas. Pregúntele y vea cuál es su reacción a lo siguiente. Después dígale a la clase si Ud. y su compañero(-a) son compatibles o no y explique por qué.

Modelo
los frijoles / el arroz con pollo
USTED: **¿Te gustan los frijoles?**
COMPAÑERO(-A): **No, no me gustan. ¿Y a ti?**
USTED: **A mí me encantan. ¿Te gusta el arroz con pollo?**
COMPAÑERO(-A): **¡Me encanta el arroz con pollo!**

los pasteles / el flan / los chiles / las sopas / los postres / las ensaladas / la cerveza / el café / el chocolate / el vino blanco / la comida mexicana / ¿?

4.13 Me acuerdo que... Con un(-a) compañero(-a) de clase, discutan lo que a Uds. les gustaba o no les gustaba cuando eran niños(-as).

Modelo
USTED: **Cuando era niño(-a) a mí me gustaba ir al parque con mis amigos todos los fines de semana. ¿Y a ti?**
COMPAÑERO(-A): **A mí me gustaba montar en bicicleta por mi barrio. Yo salía todos los días...**

jugar con mis amigos / practicar deportes / tocar el piano / sacar a pasear a mi perro / conversar con los amigos de mis padres / comer muchos vegetales / comer helados

Refusing, Finding Out, and Meeting

Verbs That Change English Meaning in the Preterite

Several common Spanish verbs have an English meaning in the preterite that is different from the meaning of the infinitive or the imperfect. These changes in English meaning reflect the fact that the Spanish preterite focuses on the completion of the action while the imperfect stresses continuing or habitual action.

a. conocer = *to know, be acquainted with*
   Imperfect = *knew, was accquainted with*
   Preterite = *met*

Conocemos bien al señor Ochoa.	*We know Sr. Ochoa well.*
Lo **conocimos** en un restaurante el año pasado.	*We met him in a restaurant last year.*

b. poder = *to be able*
   Imperfect = *was able*
   Preterite Affirmative = *managed*
   Preterite Negative = *failed*

Aunque **no pudimos** obtener reservaciones en Casa Lupita para el sábado, **pudimos** conseguir reservaciones para el viernes. Así **podemos** comer allí este fin de semana.	*Although we failed to get reservations at Casa Lupita for Saturday, we managed to get reservations for Friday. So we are able to eat there this weekend.*

c. querer = *to want, wish*
   Imperfect = *wanted, wished*
   Preterite Affirmative = *tried*
   Preterite Negative = *refused*

¡Pobre Ángela! **Quería** hacerse cocinera. **Quiso** trabajar en un restaurante famoso pero el gerente **no quiso** darle un puesto.	*Poor Angela! She wanted to become a chef. She tried to work in a famous restaurant but the manager refused to give her a job.*

d. saber = *to know information; to know how to*
   Imperfect = *knew*
   Preterite = *found out*

Anoche **supimos** que Carlos es cocinero. Finalmente **sabemos** lo que hace.	*Last night we found out that Carlos is a chef. We finally know what he does.*

e. tener = *to have*
   Imperfect = *had*
   Preterite = *received, got*

Ayer Silvia me dijo que **tuvo** un buen puesto como gerente de un restaurante de lujo.	*Yesterday Silvia told me that she got a good job as a manager of a luxury restaurant.*

Práctica y conversación

4.14 ¿Qué pasó ayer? Explique lo que les pasó a las siguientes personas en el restaurante ayer. Use el imperfecto o el préterito de los verbos según el caso.

1. Paco / conocer a María
2. yo / saber que unos amigos iban a ir a Acapulco durante las vacaciones
3. nosotros / tener una buena noticia de nuestra compañera de cuarto
4. el mesero / no querer servirnos a causa de problemas con su jefe
5. tú / querer pedir las enchiladas suizas pero el restaurante no las tenía
6. Uds. / no poder comer todo el plato principal porque les sirvieron demasiado

4.15 ¿Qué sucede? Describa el siguiente dibujo utilizando los verbos **conocer, poder, querer, saber** y **tener** en el pretérito o el imperfecto, según el caso.

1. En la escuela secundaria Elena siempre _____.
2. Ayer Marianela _____.
3. La semana pasada Roberto _____.
4. Antes de la clase Eduardo _____.
5. Teresa _____.

Interacciones CD-ROM: **Capítulo 4, Primera situación**

Para saber más: http://interacciones.heinle.com

SEGUNDA SITUACIÓN

PRESENTACIÓN

Fuimos a un buen restaurante

Práctica y conversación

4.16 Tengo hambre. ¿A qué restaurante va Ud. si quiere...?

el almuerzo / la cena / la comida completa / la comida ligera / el desayuno / la merienda / la comida mexicana

4.17 Consejos. ¿Qué debe comer o beber una persona que...?

quiere engordar / está a dieta / quiere una comida sabrosa / está muriéndose de hambre / tiene mucha sed / no tiene mucha hambre

4.18 Vamos a McDonald's. Hágale preguntas a un(-a) compañero(-a) de clase sobre lo que va a pedir en McDonald's.

Pregúntele...

1. qué va a tomar para el desayuno.
2. qué quiere para el almuerzo.
3. qué pide si no tiene mucha hambre.
4. qué va a beber.
5. qué quiere de postre.

¿Qué semejanzas *(similarities)* y diferencias hay entre el menú en español y el menú del McDonald's donde Ud. come?

4.19 Creación. En una narración cuente lo que pasa en el dibujo de la **Presentación.**

VOCABULARIO

Las preferencias	Preferences	El menú	Menu
estar loco por	to be crazy about	la lista de vinos	wine list
soportar	to tolerate	el menú del día	special menu of the day
Las comidas	**Meals**	turístico	tourist menu
el almuerzo	lunch	el plato principal	main course, entrée
la cena	dinner	pedir (i, i)	to order
la comida completa	complete meal	recomendar (ie)	to recommend
criolla	native or regional food	sugerir (ie, i)	to suggest
ligera	light meal	**El cubierto**	**Place setting**
típica	typical meal	la copa	goblet, glass with a stem
el desayuno	breakfast	la cuchara	soup spoon
la merienda	snack	la cucharita	teaspoon
El apetito	**Appetite**	el cuchillo	knife
rico / sabroso	delicious	el platillo	saucer
engordar	to gain weight	el plato	plate
estar a dieta	to be on a diet	el pimentero	pepper shaker
morirse (ue, u) de hambre	to be starving	el salero	salt shaker
tener hambre	to be hungry	la servilleta	napkin
En el restaurante	**In the restaurant**	la taza	cup
el (la) camarero(-a) el (la) mesero(-a)	waiter (waitress)	el tenedor	fork
una mesa afuera	a table outside	el vaso	glass
cerca de la ventana	near the window		
en el patio	on the patio		
en el rincón	in the corner		
un restaurante caro	an expensive restaurant		
económico	an inexpensive restaurant		
de lujo	a first-class restaurant		
tener una reservación a nombre de___	to have a reservation in the name of___		

The word **la comida** can mean *meal* or *food;* context will determine the meaning: **la comida mexicana** = *Mexican food;* **una comida ligera** = *a light meal.* In some contexts, **la comida** = *main meal.*

Vocabulario regional: In Spain the word for *waiter, waitress* = **el (la) camarero(-a)**; in Mexico and many Latin American countries *waiter, waitress* = **el (la) mesero(-a), el (la) mozo(-a)**.

In Spain, **la reserva** = *reservation.*

 ASÍ SE HABLA

Making Introductions

SR. ROBLES:	¿Cómo está Ud., doctora Cabrera? ¡Qué gusto verla después de tanto tiempo!
DRA. CABRERA:	Sí, hacía tiempo que no lo veía. No me diga que también le gusta la comida criolla.
SR. ROBLES:	¡Por supuesto! ¡Siempre!
DRA. CABRERA:	*(Dirigiéndose a su esposo.)* Esteban, mi amor, te presento al señor Robles. Él trabajó en la Oficina de Personal el año pasado pero ahora trabaja en el gobierno local, ¿verdad?
SR. ROBLES:	Sí, así es.
DR. CABRERA:	¡Ah, qué bien! Es un placer conocerlo.
SR. ROBLES:	El gusto es mío.
DR. CABRERA:	¿Viene Ud. aquí seguido?
SR. ROBLES:	La verdad es que es la segunda vez que vengo. Vine hace un año más o menos cuando trabajaba con su esposa.
DR. CABRERA:	Nosotros veníamos antes muy seguido, pero la última vez que vinimos fue hace como cuatro meses. La verdad es que la comida es deliciosa aunque algo cara.
SR. ROBLES:	Sí, lo es. Bueno, los dejo. ¡Que disfruten!
DR. Y DRA. CABRERA:	De igual manera.

If you want to introduce someone, you can use the following phrases.

Sr. Llosa, le presento al Sr. Paniagua.	*Mr. Llosa, this is Mr. Paniagua.*
Valentín, te presento / quiero que conozcas a Alberto.	*Valentín, this is / I want you to meet Alberto.*
Ramón, ésta es Mariela, de quien tanto te he hablado.	*Ramón, this is Mariela, whom I've told you so much about.*

If you want to introduce yourself, you can use the following phrases.

Permítame / Permíteme que me presente. Yo soy Mónica Belaúnde.	*Let me introduce myself. I'm Mónica Belaúnde.*

If you are responding to an introduction, you can use the following phrases.

Mucho / Cuánto gusto.	*Nice to meet you.*
Es un placer.	*It's a pleasure.*
Encantado(-a) de conocerlo(-a).	*Delighted to meet you.*
El gusto es mío.	*My pleasure.*

Práctica y conversación

4.20 Quiero presentarte a... En grupos de tres, un(-a) estudiante presenta a los(-as) otros(-as) dos. Éstos(-as) se saludan e intercambian información personal (ciudad / país de origen, ocupación / lugar de estudios, pasatiempo favorito, etc.).

4.21 En una fiesta familiar. En grupos, dramaticen la siguiente situación. Ud. ha invitado a su novio(-a) a una fiesta familiar. Preséntelo(-a) a sus padres, a su hermano(-a) mayor, a su abuelo(-a), a sus padrinos.

BCC

Alberto Robles Podestá
Director de Personal
Banco del Centro Consolidado

Av. Independencia 167   Tel. (3) 658-1648
Guadalajara, Jalisco   Fax (3) 825-1368
México

¿De quién es esta tarjeta? ¿En qué lugar trabaja él? ¿Qué puesto *(position)* ocupa?

ESTRUCTURAS

Narrating in the Past

Imperfect versus Preterite

You have studied the formation and general uses of the imperfect and preterite, but you need to learn to distinguish between the two tenses so you can discuss, relate, and narrate past events.

In past narration the preterite is generally used to relate what happened; it tells the story or provides the plot. The imperfect gives background information and describes conditions or continuing events.

The following sentences form a brief narration. Note the use of the imperfect for describing conditions or continuing events and the preterite for relating what happened.

IMPERFECT	**Estaba** nerviosa porque **tenía** que organizar una fiesta para unos clientes y mi jefe. **Era** una comida para celebrar un contrato importante.
PRETERITE	La semana pasada **llamé** al restaurante Brisamar para hacer las reservaciones. También le **hablé** al cocinero para decirle el menú. Anoche todos **fueron** al restaurante para comer. **Me alegré** mucho porque todos **comieron** muy bien y **se divirtieron** mucho.

The following is a list of the uses of the preterite and imperfect.

The Preterite . . .

1. expresses an action or state of being that took place in a definite limited time period.

   La semana pasada **fuimos** a un famoso restaurante mexicano.

   Last week we went to a famous Mexican restaurant.

2. is used when the beginning and/or end of the action is stated or implied.

   Llegamos a las ocho y **pedimos** unos aperitivos inmediatamente.

   We arrived at 8:00 and ordered some appetizers immediately.

3. expresses a series of successive actions or events in the past.

   Nos **sirvieron** un arroz con pollo excelente. **Comimos** bien y **nos divertimos** mucho.

   They served us an excellent chicken with rice. We ate well and had a very good time.

4. expresses a past fact.

   Tenochtitlán **fue** la capital del imperio azteca.

   Tenochtitlán was the capital of the Aztec empire.

5. is generally translated as the simple past in English: **llamó** = *he called, he did call.*

The Imperfect . . .

1. expressses an ongoing past action or state of being with an indefinite beginning and/or ending.

   Rosa **era** la segunda hija en una familia grande.

   Rosa was the second daughter in a large family.

2. describes how life used to be.

| Cuando Rosa **era** pequeña, **vivía** en Guadalajara. | *When Rosa was little, she lived in Guadalajara.* |

3. expresses habitual or repetitive past actions.

| Su madre **preparaba** tacos y enchiladas a menudo. | *Her mother frequently prepared tacos and enchiladas.* |

4. describes emotional or mental activity.

| **Creía** que su madre era la mejor cocinera del mundo. | *She thought that her mother was the best cook in the whole world.* |

5. expresses conditions or states of being.

| Cuando supo que la familia iba a vivir en los EE.UU., **estaba** nerviosa y **se sentía** triste. | *When she found out that the family was going to move to the U.S., she was nervous and felt sad.* |

6. expresses time in the past

| **Eran** las cinco de la mañana cuando Rosa salió de Guadalajara. | *It was 5:00 AM when Rosa left Guadalajara.* |

7. has several English equivalents: **llamaba** = *he was calling, he used to call, he called.*

a. Sometimes the preterite and the imperfect will occur together within the same sentence.

| Cuando Enrique y yo **entramos** en el restaurante, nuestros amigos **comían**. | *When Enrique and I entered the the restaurant, our friends were eating.* |

Here the imperfect is used to express the ongoing action: **comían**. The preterite is used to express the action that interrupts the other one: **entramos**.

b. The imperfect is also used to express two simultaneous past actions.

| Mientras la cocinera **preparaba** el postre, los meseros **servían** la entrada. | *While the chef was preparing dessert, the waiters were serving the main course.* |

c. You may have learned that certain words and phrases are generally associated with a particular tense; however, these phrases do not automatically determine which tense is used. The use of the imperfect or preterite is determined by the entire sentence, not by one word or phrase. Study the following examples.

| Ayer **almorcé** en mi restaurante favorito. | *Yesterday I had lunch in my favorite restaurant.* |
| Ayer **almorzaba** en mi restaurante favorito, cuando me llamó mi mamá. | *Yesterday I was having lunch in my favorite restaurant when my mother called.* |

In these sentences the use of the imperfect with **ayer** stresses an action in progress while the use of the preterite with **ayer** emphasizes a completed event.

d. It is the speaker's intended meaning that determines the tense. When the speaker wants to emphasize a time-limited action or call attention to the beginning or end of an action, the preterite is used. When the speaker wants to emphasize an ongoing or habitual condition or an action in progress, the imperfect is used.

Anoche Marcos **estuvo** enfermo.	*Marcos was sick last night.* (But he is no longer sick.)
Anoche Marcos **estaba** enfermo.	*Marcos was sick last night.* (He may or may not still be sick.)

The preterite emphasizes a change in thoughts, emotions or conditions; the imperfect describes thoughts, emotions, or conditions without emphasizing their beginning or ending.

Práctica y conversación

4.22 Esta mañana. Cuente lo que le pasó a Ud. esta mañana y cómo se sentía. Use las siguientes frases en una forma afirmativa o negativa.

levantarme temprano / querer dormir más / hacer mal tiempo / estar muy cansado(a) / desayunar en un restaurante / llegar tarde a clase / tener buenas noticias / salir muy bien en el examen de ayer / sentirme muy contento(-a) / ¿?

4.23 Siempre a dieta. Complete las siguientes oraciones de una manera lógica, usando el pretérito o el imperfecto.

—Cuando yo era más joven nunca (estar a dieta) _____. Yo (comer) _____ muchísmo más de lo que como ahora y no (engordar) _____. Sin embargo, ahora todo es diferente. Ayer, por ejemplo, (ir) _____ a cenar con una amiga en un restaurante muy lindo pero caro. Como yo (tener) _____ hambre pero no (querer) _____ engordar, (pedir) _____ una ensalada pequeña y agua mineral aunque (estar) _____ loca por pedir un gazpacho, arroz con pollo y una copa de vino. Mi amiga, que es más joven que yo, (pedir) _____ una enchilada de queso, menudo, arroz con pollo, y de postre, un flan.

—Sí, te comprendo. Sé exactamente lo que dices, yo tampoco como mucho y hago ejercicio todo el tiempo. Antes no (ir) _____ al gimnasio, pero ahora sí. Ayer en la noche, por ejemplo, (morirse) _____ de hambre y (comer) _____ muy poco, solamente una empanada de queso, un huachinango a la parrilla con arroz, una cerveza y una ensalada de fruta con helado.

—¡Qué! ¿Tú (comer) _____ todo eso en la noche?

—¡Sí! La comida (estar) _____ muy sabrosa. ¿Quieres ir a cenar conmigo esta noche?

4.24 Un restaurante excelente. Ud. y un(-a) compañero(-a) comieron en El Miztón el fin de semana pasado. Lea el anuncio *(ad)* a continuación y describa su experiencia en este típico restaurante mexicano. Explique lo que Uds. comieron y bebieron, qué les gustó y cómo era el restaurante.

Restaurante-Bar
Café Literario Musical

EL MIZTÓN

Diferente, original y auténtico.
Lo mejor de la comida zacatecana y mexicana.

Pida las tradicionales Enjococadas, el asado de Boda Estilo Jerez o las Enchiladas Miztón.

El Miztón es un restaurante en Zacatecas, la capital del estado de Zacatecas, México. Zacatecas es una ciudad colonial con una población de 120.000 habitantes.

Las tradicionales enjococadas son frijoles cocinados en una salsa de jocoque *(sour cream),* tomates, cebollas y chiles y servidos con tortillas. Es un típico plato de Zacatecas.

Disfrútelas con su bebida predilecta en medio de un agradable ambiente musical.

Un lugar para ti, para dos y para toda la familia.

Música en Vivo
Viernes y Sábado por la noche
GRUPO OLLINKA

Te esperamos en Av. Hidalgo número 632-A y 634.
En el Centro Histórico de la ciudad.

4.25 ¡Qué comida tan deliciosa! Ud. fue a cenar anoche con sus padres y hermanos a un restaurante de lujo y comió mucho. Ahora Ud. se siente muy mal. Su compañero(-a) de cuarto no sabe qué le pasa y está preocupado(-a). Dígale dónde y con quién fue, cómo era el lugar (descríbalo en detalle), qué comieron y bebieron, cómo estaba la comida, si le gustó o no. Su compañero(-a) le escucha con interés y le cuenta una experiencia similar. Luego, le da algo para que Ud. se sienta mejor.

4.26 Recuerdo que... Cuente una anécdota de algo desagradable que le haya pasado al cenar en un restaurante o en casa de un amigo o familiar.

Sugerencias: la comida estaba mala / Ud. pidió algo y no le gustó / Ud. no tenía dinero para pagar / Ud. estaba enfermo y no tenía hambre

Talking About People and Events in a Series
Ordinal Numbers

Ordinal numbers such as *first, second, third* are used to discuss people, things, or events in a series.

Ordinal Numbers			
primer(-o)	*first*	**sexto**	*sixth*
segundo	*second*	**séptimo**	*seventh*
tercer(-o)	*third*	**octavo**	*eighth*
cuarto	*fourth*	**noveno**	*ninth*
quinto	*fifth*	**décimo**	*tenth*

a. Ordinal numbers generally precede the noun they modify or replace and agree with that noun in number and gender. They may also be used as nouns.

Carolina es **la quinta** mesera que contrataron; Rita es **la sexta.**

Carolina is the fifth waitress they hired; Rita is the sixth.

El primer plato fue excelente; también **el segundo.** Pero **el tercero** fue absolutamente estupendo.

The first dish was excellent; so was the second. But the third dish was absolutely stupendous.

Note that **primero** and **tercero** drop the **-o** before a masculine, singular noun.

b. When ordinal numbers refer to sovereigns, the ordinal number follows the noun.

Carlos V (Quinto)
Isabel II (Segunda)

Charles the Fifth
Isabel the Second

c. Cardinal numbers are generally used to express numbers higher than ten: **el siglo XVIII (dieciocho)** = *the eighteenth century*; **Luis XIV (Catorce)** = *Louis the Fourteenth.*

Práctica y conversación

4.27 ¿Qué hay? Describa lo que hay en cada piso del edificio.

4.28 Una comida estupenda. Con un(-a) compañero(-a) de clase, describan una comida estupenda que Uds. comieron en un restaurante lujoso recientemente. Digan lo que les sirvieron de primer plato, de segundo plato, etc.

¿QUÉ OYÓ UD.?

Para escuchar bien
Remembering Key Details and Paraphrasing

When you listen to a conversation, lecture, announcement, or any other type of speech, sometimes you don't need to remember the exact words that were spoken. Instead you can paraphrase, that is, use different words or phrases to report what you heard. Other times, however, you do need to remember factual information, so you filter out what you don't need, and select only the important points the speaker is making. If you take notes, written or mental, you will be able to recall the valuable information you need.

Antes de escuchar

4.29 Los dibujos. Con un(-a) compañero(-a) de clase, mire la fotografía que se presenta en esta página y haga las siguientes actividades.

1. Describa a las personas en los dibujos, el lugar donde se encuentran y lo que hacen.
2. ¿Ha estado Ud. en un lugar similar en su vida? ¿Con quién fue y qué hizo? ¿Era un lugar agradable y con mucho ambiente?

A escuchar

4.30 Los apuntes. Escuche la conversación entre Mariela, Javier y Fernando. Tome los apuntes que considere necesarios en el siguiente cuadro.

Nombre del restaurante	
Menú del día	
Lo que van a beber	Mariela
	Fernando
	Javier
Lo que van a comer	Mariela
	Fernando
	Javier

Después de escuchar

4.31 Resumen. Con un(-a) compañero(-a) de clase, resuma la conversación entre Mariela, Fernando y Javier.

4.32 Algunos detalles. Marque SÍ si las oraciones a continuación resumen apropiadamente lo que Ud. oyó, o NO si no lo hacen.

SÍ   NO   1. El camarero es muy amable pero no sabe cuál es el menú del día.

SÍ   NO   2. El camarero les sugirió a todos lo que debían comer.

SÍ   NO   3. Javier y Fernando tienen mucho apetito.

SÍ   NO   4. Mariela prefiere comer arroz con pollo.

SÍ   NO   5. Fernando comió mucho el día anterior y se enfermó.

 Interacciones CD-ROM: **Capítulo 4, Segunda situación**

 Para saber más: http://interacciones.heinle.com

TERCERA SITUACIÓN

PERSPECTIVAS

Los menús en el mundo hispano

Existen muchas diferencias en las comidas típicas de los países hispanos y no es raro que un peruano o un chileno no entienda el menú de un restaurante mexicano, por ejemplo, y viceversa. En el menú de un restaurante peruano, Ud. puede encontrar los siguientes platos.

RESTAURANTE EL RAYMONDI

Menú Turístico

Ceviche
(Marinated fish or seafood)

Escabeche
(Fried fish with onions)

Papas a la huancaína
(Potatoes with cheese and hot pepper sauce)

Ají de gallina
(Shredded chicken with hot sauce)

Arroz con pato
(Duck with rice)

Lomo a la chorrillana
(Tenderloin with onions and hot peppers)

Miraflores, Perú

Restaurante La Estancia

Parrillada mixta
(Grilled meats)

Pabellón criollo
(Shredded beef served with
black beans, baked plantain, and rice)

Parrillada a la criolla
(Grilled beef and sausages)

Arroz con coco
(Rice with coconut sauce)

Canasta de arepas
(Basket of cornmeal bread)

Caracas, Venezuela
Menú Turístico

En el menú de un restaurante venezolano no encontrará ninguno de los platos peruanos. En su lugar, Ud. podrá encontrar los siguientes platos.

A continuación se presenta el menú de un restaurante español donde no verá ninguno de los platos anteriores.

Los postres varían mucho también de país a país, pero generalmente Ud. podrá pedir helado o flan en cualquier restaurante del mundo hispano. Con respecto a las bebidas, también hay mayor uniformidad y Ud. podrá pedir agua mineral, jugo de frutas, vino, cerveza, café o té.

Práctica y conversación

4.33 ¿Qué voy a comer? Ud. y un(-a) compañero(-a) de clase están en un restaurante español. Otro(-a) compañero(-a) hace el papel de camarero(-a). Pidan una comida completa incluyendo un entremés, un plato principal, un postre y una bebida.

4.34 Comparaciones. Con un(-a) compañero(-a), comparen los platos principales en un menú típico de España, México, Perú y Venezuela. ¿Qué ingredientes son más comunes en cada país? ¿Cuáles son las semejanzas y las diferencias?

El Rincón Viejo

Toledo, España · Menú Turístico

Entremeses
(Appetizers)

Jamón serrano
(Cured Mountain Ham)

Tortilla a la española
(Egg and Potato Omelette)

Calamares en su tinta
(Squid in its own Liquid)

Entradas
(Main Dishes)

Cocido a la madrileña
(Stewed Chicken, Meat,
Potatoes, and Beans)

Cordero lechal asado
(Roast Lamb)

Paella a la valenciana
(Rice, Seafood, Chicken
and Vegetable Casserole)

Cochinillo asado
(Roast Suckling Pig)

El chocolate en la cocina mexicana

Antes de mirar

4.35 El chocolate. Con un(-a) compañero(-a) de clase, haga una lista de las maneras en que usamos el chocolate; incluyan apertivos, platos principales, dulces, postres y bebidas. ¿Cuál es su favorito? Después, miren la siguiente foto y descríbanla. En su opinión, ¿qué está preparando Patricia Quintana?

4.36 Patricia Quintana. Trabaje con un(-a) compañero(-a) de clase para preparar un informe oral sobre Patricia Quintana. Utilicen la foto de ella para describirla y la información escrita para hablar de su carrera.

*La mujer entrevistada en "El chocolate en la cocina mexicana" es **Patricia Quintana,** una cocinera mexicana bien conocida, no solamente en México sino en los EE.UU., Europa y China. Sus estudios de la cocina mexicana han resultado en una serie de libros publicados en varios idiomas, incluyendo el español, el inglés y el alemán. Sus artículos sobre la cocina mexicana aparecen en varios periódicos y revistas en todo el mundo.*

A mirar

4.37 El mole poblano. Utilizando la información del vídeo, identifique los ingredientes que se usaron en la preparación del mole poblano.

almendras	chiles	mariscos	pescado
cacahuates	especias	naranja	piña
café	helado	pasas	pollo
chocolate	lechuga	pavo	tortillas

Según Patricia Quintana, ¿cuántos ingredientes hay en el mole poblano clásico?

4.38 El chocolate. Complete las siguientes oraciones con información del vídeo para aprender más sobre el chocolate.

1. El cacao es el grano divino de los dioses. Es el confort del _____, es el vigor, la _____. Nutre el alma y el _____.
2. La _____ que tomamos se puede hacer con _____ o se puede hacer con _____.
3. La palabra «chocolate» es de los aztecas: «atl» es _____ y «xoco» es _____.
4. La _____ utiliza mucho _____. Casi todos _____ se ocupa.
5. _____ es un ingrediente _____ de los moles.

Después de mirar

4.39 Semejanzas y diferencias. Con un(-a) compañero(-a) de clase, expliquen el uso del chocolate en la cocina mexicana y en la cocina estadounidense. ¿Cuáles son las semejanzas y diferencias principales?

4.40 La defensa de una opinión. Utilizando evidencia oral y/o visual del vídeo y su propia opinión, explique la importancia del chocolate en la cocina mexicana.

LECTURA CULTURAL

Para leer bien

Recognizing Cognates

Cognates are words that have the same or similar spellings and meanings in two different languages. Recognizing cognates will facilitate your reading and will allow you to guess and predict the meaning of words without resorting to a dictionary. Knowledge of word formation will greatly improve your ability to recognize cognates.

1. The easiest kind of *cognates* to recognize are those that are exactly alike in Spanish and English, such as the nouns **el animal / la crisis** or the adjectives **popular / general.**
2. Words that are very similar in both English and Spanish are also easy to recognize; often the only difference is the addition of an accent mark in Spanish: **la región / el área.**
3. Many cognates are based on an English word + **-a, -e,** or **-o: económica / importante / contento.**
4. The prefix **esp-** = *sp-:* **espléndido** = *splendid;* the prefix **est-** = *st-:* **el estilo** = *style.*
5. The suffix **-ción** = *-tion:* **la composición** = *composition.* Nouns ending in **-ción** are always feminine: **la investigación.**
6. The suffix **-dad** = *-ty:* **la sociedad** = *society.* Nouns ending in **-dad** are always feminine: **la universidad.**
7. The suffix **-ia** = *-e* or *-y:* **la provincia** = *province;* **la familia** = *family.*

It is important to learn to recognize cognates even when endings are embedded within a word, such as **-ción** embedded within **generaciones** or **-dad** embedded in **sociedades.**

Antes de leer

4.41 Unos cognados. ¿Qué quieren decir las siguientes palabras en inglés? Todas las palabras aparecen en la lectura «México y su riqueza culinaria».

1. Cognates exactly like the English word: **cultural / colonial / central / el aroma / la capital**
2. Cognates similar to the English word: **típico / deliciosos / excelentes / la región / una fusión**
3. Cognates composed of an English word + **-a, -e,** or **-o: azteca / el mapa / el ingrediente / la parte / el resto / los expertos**
4. Cognates with the prefix **esp-: las especias**
   Cognates with the prefix **est-: el estado**
5. Cognates with the suffix **-ción: la preparación**
6. Cognates with the suffix **-dad: una infinidad / una variedad / las festivadades**
7. Cognates with the suffix **-ia: culinaria / la historia / extraordinaria**

4.42 El título. Considere el título «México y su riqueza culinaria». ¿Qué quiere decir? En su opinión, ¿de qué trata el artículo?

A leer

4.43 Los cognados. Mientras Ud. lee, busque los cognados y trate de adivinar lo que quieren decir sin consultar un diccionario.

México y su riqueza culinaria

dawn
priest

revolt / cry
urged
Proclamation of Dolores / unleashed

is situated
has little to do with

is strengthened by

brick / handfuls

kid, young goat
grill

ruling class

smell

turkey

chili peppers

contributed
clove
cinnamon

 ra la alborada° del 16 de septiembre de 1810, en el pueblo de Dolores, México, cuando el sacerdote° Miguel Hidalgo y Costilla tomó una decisión que cambiaría el curso de la historia mexicana. En pocas horas ordenó el arresto de los españoles del pueblo y anunció la revuelta° de los mexicanos contra el dominio colonial. Al grito° de «¡Mexicanos, viva México!» instó° al pueblo a rebelarse. Este hecho, conocido como el Grito de Dolores°, desencadenó° el proceso de la lucha independentista del país vecino, dueño de una de las culturas más extraordinarias de las Américas.

Parte de esa riqueza cultural radica° en su gastronomía, con una infinidad de platos e ingredientes típicos de cada región, que poco tienen que ver con° lo que en los Estados Unidos se conoce como «comida mexicana».

La culinaria del país azteca se nutre de° fragantes y frescos ingredientes que se pueden admirar en cualquier mercado de una ciudad mexicana: tomates muy rojos, chiles frescos de color verde oscuro —o tan rojos como un ladrillo—°, manojos° de hierbas frescas, pescados y mariscos frescos, una gran variedad de deliciosos vegetales y frutas, pollos, cerdo, cabrito° y carne de vaca. Y el aroma inconfundible de alimentos asados sobre una parrilla°, uno de los métodos de preparación favoritos en ese país.

La mayoría de los expertos dividen la culinaria mexicana en seis regiones, diferentes unas de otras en geografía, clima e historia colonial. La región central, donde se sitúa la capital, es el núcleo de la comida más refinada y complicada, ya que fue allí, al igual que en otras capitales, adonde llegaban los mejores ingredientes y cocineros, para adaptar las recetas e incorporarlas a la gastronomía de la clase gobernante°. Una comida en alguno de los múltiples excelentes restaurantes de la capital mexicana es un regalo para la vista y el olfato°, con excepcionales platos que de este lado del mapa ni siquiera se conocen.

El famoso plato para las festividades, pavo° en mole poblano (el mole es una salsa hecha con chocolate, ajíes° y especias), es una fusión de las cocinas azteca y española y un excelente ejemplo de la gastronomía del área. Los aztecas pusieron los chiles, el pavo y el chocolate; el Viejo Mundo aportó° especias como el clavo de olor°, la canela°, el ajo y los granos de pimienta. Otros platos de la región se preparan de manera más sencilla, asándolos a la parrilla.

El mole poblano: un famoso plato mexicano

En el sur están Oaxaca, Chiapas y Guerrero, un paraíso° culinario. Oaxaca, uno de los sitios más autóctonos° de México, es famoso por sus siete moles y por sus fajitas de carne al estilo oaxaqueño, con tiras° de cerdo marinadas en un adobo° de chile rojo y servidas con pimientos asados y salsa de tomatillo.

Los estados de Jalisco y Michoacán, en la región centro-occidental, han hecho grandes aportes a la culinaria nacional. Su comida es sencilla y con sabor hogareño° —carnitas de cerdo, salsas de chile rojo, pozole de maíz (un guisado° con cerdo, ají y mucho caldo). A los habitantes de la región les gusta también asar pollos con cítricos, ajo e hierbas.

Uno de los platos más famosos de la cocina mexicana es el pescado entero cocinado lentamente al estilo de Veracruz, con tomates, aceitunas°, alcaparras°, especias dulces y hasta pasas de uva°. La culinaria del Golfo de México no sólo está muy ligada° a la herencia colonial española sino que también tiene gran similitud° con las cocinas del Caribe: mariscos, plátanos y cocos° se ven mucho en los platos de la zona.

La más original de las cocinas mexicanas es la de Yucatán, con fuertes raíces en la comida de sus ancestros mayas. El cerdo pibil°, donde la carne y sus condimentos se envuelven en hojas° de banana y se cocinan lentamente, es de allí. La pasta° de achiote (hecha con semillas de achiote molido°, especias, ajo y vinagre) y el recado° (hecho de ajo, pimienta inglesa, comino° y clavo de olor) son ambos muy usados.

El norte mexicano es la capital de la parrilla; los norteños cocinan mucho, usando este método y para ahí van el pescado, langosta°, camarones, cabrito, pollo y filetes de res. A diferencia del resto del país, donde el cerdo es más popular, en el norte la carne de res tiene muchísimos adeptos°.

Y las tortillas ¿qué? La mayor parte de los mexicanos prefieren las de maíz, pero en el norte se quedan con las de harina.

paradise
authentic
strips / sauce

home-cooked
stew

olives / capers
raisins / tied to
similarity
coconuts

barbecued pig
leaves / seasoning base
made from the ground seeds of the annatto tree / seasoning paste
cumin

lobster

followers

Después de leer

4.44 Los estados mexicanos. Utilizando un mapa de México, busque los siguientes estados mexicanos mencionados en el artículo. Después, dígale a la clase en que parte del país se encuentran: el norte / el este / el oeste / el sur / el centro.

1. Yucatán
2. Jalisco y Michoacán
3. México, D.F.
4. Oaxaca, Chiapas y Guerrero
5. Veracruz
6. Chihuahua y Sonora

4.45 La comida regional. Explique con qué estado mencionado en la **Práctica 4.43** se asocia la siguiente comida.

1. el pozole de maíz
2. la comida más refinada y complicada
3. el cerdo pibil
4. la carne de res a la parrilla
5. los siete moles
6. el pescado entero cocinado lentamente
7. la comida sencilla con sabor hogareño

4.46 ¿Ciertas o falsas? Lea las siguientes oraciones y decida si son ciertas o falsas. Corrija las oraciones falsas.

1. Se usan pocas especias en la preparación de la comida mexicana.
2. En la cocina de Yucatán se nota una influencia de sus ancestros mayas.
3. El mole poblano es un postre semejante al flan.
4. La carne de res es la carne que se come con más frecuencia en México.
5. El pescado al estilo de Veracruz es un plato con tomates, aceitunas, alcaparras y especias dulces.
6. Cocinan el cerdo pibil en hojas de banana.

4.47 La defensa de una opinion. ¿Qué evidencia hay en el artículo que confirma la siguiente idea? La gastronomía de México tiene poco que ver «con lo que en los EE.UU. se conoce como "comida mexicana"».

ASÍ SE ESCRIBE

Para escribir bien

Improving Accuracy

Writing is different from speaking in that the writer has more time to think about word choice, sentence and paragraph construction, and the general message than does a speaker. As a result, the writer is expected to produce material that is more error-free than normal speech. In addition, as an intermediate language student you will need to improve your accuracy so that your language becomes more and more comprehensible and acceptable to native speakers. The following techniques should help you.

A. Plan your written compositions.

1. Choose a topic consistent with your ability level. A topic that is too difficult will produce frustrations and errors. A topic that is too easy will not allow you to be judged in the most favorable manner since you will use overly simplified constructions and vocabulary.
2. Prior to writing make a mental or written outline of what you plan to say.

B. As you write the first draft, try to avoid errors.

1. Check spelling and meaning of vocabulary items you are unsure of.
2. Check the agreement of each subject and verb.
3. Check the tense and form of each verb.
4. Check for agreement of all nouns and their articles or adjectives.
5. Be extra cautious with items such as **ser / estar, por / para, saber / conocer.**

C. Re-read your composition for accuracy.

1. Upon completing your first draft, put it aside for some time.
2. Later, re-read your first draft for content. Ask yourself if it says what you want it to.
3. Re-read it again for accuracy using the "checks" of item **B.**

D. Revise your composition.

1. Pay attention to capitalization, punctuation, and over-all layout.
2. Proofread your composition, correcting any errors.

Antes de escribir

4.48 Composiciones. Lea las descripciones de las composiciones dadas en la sección **A escribir.** ¿Cuál es más compatible con sus intereses y habilidades?

4.49 Ideas generales. Después de escoger una de las composiciones, haga una lista de las ideas generales que Ud. quiere incluir. Si Ud. ha escogido una composición en forma de una carta o mensaje por correo electrónico, cree el formato.

4.50: *Grammar:* verbs: preterite & imperfect, *Phrases/Functions:* talking about past events, describing people, describing weather; *Vocabulary:* leisure, studies, university; **4.51:** *Grammar:* verbs: preterite & imperfect, personal pronouns indirect; *Phrases/Functions:* appreciating food, expressing an opinion, stating a preference; *Vocabulary:* food, food: restaurant; **4.52:** *Grammar:* comparisons: equality, inequality, irregular; *Phrases/Functions:* appreciating food, expressing an opinion; comparing and contrasting; *Vocabulary:* food, food: restaurant

A escribir

Escriba su composición utilizando la lista de ideas y el formato que Ud. hizo en **Práctica 4.49.** Preste atención particular a las recomendaciones dadas en **B** de **Para escribir bien.**

4.50 La semana pasada. Escríbale un mensaje por correo electrónico o una carta a un(-a) amigo(-a) de otra universidad para describirle la semana pasada. Incluya información sobre el tiempo, sus sentimientos y emociones, sus actividades y sus clases.

4.51 El (La) crítico(-a) culinario(-a). Ud. es el (la) crítico(-a) culinario(-a) de un periódico local. Escriba un artículo sobre una cena que tuvo recientemente en un restaurante. Describa el restaurante, la comida y el servicio. Explique lo que le gustó y no le gustó.

4.52 La comida universitaria. Escríbale un mensaje por correo electrónico o una carta a Julio(-a) Montoya, un(-a) estudiante de intercambio que va a venir a estudiar en su universidad. Dígale dónde, cuándo y qué se come en la universidad; también dígale cómo es la comida. Compare la comida norteamericana con la comida de un país hispano, para prepararlo(-la) para su visita aquí.

Después de escribir

Antes de entregarle su composición a su profesor(-a), Ud. debe leerla de nuevo y corregir los errores. Preste atención a las recomendaciones de **C** y **D** de *Para escribir bien.*

INTERACCIONES

4.53 Un restaurante estupendo. Tell your classmates about the best restaurant meal you ever ate. Provide the name of the restaurant, its location, and a description of it. Explain who you went with and what you ate and drank. Explain why this restaurant meal was so special.

4.54 Preferencias. You must work in a group of three or four people to plan the menu for a party for the International Club. Introduce the members of the group to one another. Then interview each member of your group to find out what food or drink they adore, like, or dislike in each category. Then, with the aid of your survey, prepare a menu with two or three items in each category.

	Me encanta(-n)	Me gusta(-n)	Me disgusta(-n)
Entremeses / Ensaladas			
Platos principales			
Postres			
Bebidas			

4.55 El Restaurante Pacífico. You are the waiter (waitress) in El Restaurante Pacífico. Two American tourists (played by your classmates) come to your restaurant for dinner. They are not familiar with the food and they ask you many questions about the food items. You answer their questions and make recommendations. Finally, you take their order for a complete meal with beverages.

4.56 Un experimento. The psychology department is conducting a series of experiments on dormitory living conditions. You and a classmate have been assigned to spend a week together in quarters resembling a college dormitory room. You will be constantly observed by the experiment team. You will be allowed to bring with you food, books, music, videos, games, and clothing for the week-long experiment. Prior to packing, get together with your classmate. Ask and answer questions about what kinds of games, movies, music, and books interest you; what foods you love and hate, and what items are important to you. Establish a list of at least two items per category to bring with you for the week.

Para saber más: http://interacciones.heinle.com

Herencia cultural II: México

Personalidades

De ayer

Cuauhtémoc fue el último emperador de los aztecas. Aunque luchó valientemente contra los españoles para defender Tenochtitlán, la capital azteca, los españoles lo capturaron en abril de 1521 y más tarde lo ahorcaron *(hanged)*, en 1525. Cuauhtémoc es el símbolo de la resistencia de los indígenas contra los españoles.

Sor Juana Inés de la Cruz (1648–1695) es una de las personalidades literarias más famosas de México. A la edad de 16 años, esta joven hermosa e inteligente decidió entrar en un convento para dedicarse a estudiar y escribir. Entre sus obras hay dramas, ensayos y poesía.

De hoy

Salma Hayek (1966–) empezó su carrera en la televisión mexicana en el papel *(role)* principal de la telenovela *Teresa*. Después se trasladó a Hollywood, aprendió inglés y ganó la atención en la película *Desperado* con Antonio Banderas. Otras películas suyas incluyen *Frida* y *En el tiempo de las mariposas*. Es la primera actriz de Latinoamérica nombrada candidata para un premio Óscar.

A los nueve años de edad **Gael García Bernal** (1978–) debutó en la televisión mexicana en la telenovela *Teresa* al lado de Salma Hayek. En 2000 ganó su primer papel estelar en *Amores perros*, que fue nombrada a Óscar como mejor película extranjera. Actualmente es un actor de fama mundial por sus películas *La mala educaíon* de Pedro Almodóvar y su interpretación de Che Guevara en *Motorcycle Diaries*.

Carlos Fuentes (1928–), novelista, ensayista y guionista de cine *(scriptwriter)*, es uno de los más conocidos autores contemporáneos de México. La historia de México es un tema central en sus obras, que han sido traducidas a casi todos los idiomas. Fuentes ha ganado muchos premios literarios y ha sido profesor en las universidades de Cambridge, Columbia, Harvard, Pennsylvania y Princeton.

La popular cantante **Thalía** (1971–) entró en el mundo de la actuación y la música como niña. Empezó su carrera como actriz a los quince años, trabajando en telenovelas mexicanas, pero ganó la fama en 1990 cuando salió su primer álbum, *Thalía*. Desde entonces ha grabado muchos otros discos populares y ha dado conciertos en todo el mundo. Es una naciente *(newfound)* leyenda de la música pop latina.

Arte y arquitectura

Algunos artistas mexicanos del siglo XX:
Rivera, Orozco, Siqueiros y Kahlo

Entre los artistas mexicanos más famosos del siglo XX están los muralistas Diego Rivera, José Clemente Orozco y David Alfaro Siqueiros. Los tres crearon pinturas y murales enormes que representan temas universales como la dignidad de las razas minoritarias o la justicia social y temas nacionales como la historia de México. Se puede encontrar este arte del pueblo (como lo llaman muchos) en los edificios públicos de muchas ciudades mexicanas. De esa manera aun la gente más humilde y pobre puede verlo y apreciarlo.

Diego Rivera (1886–1957) Fue activista político y en muchas de sus obras trata de mostrar la importancia de los indígenas (*native peoples*) en el desarrollo (*development*) de México. En el Palacio Nacional de la capital pintó una serie de murales representando la historia de México, entre ellos una representación de Tenochtitlán, la antigua capital de los aztecas. También hay obras suyas en los EE.UU., en San Francisco y Detroit.

Diego Rivera, detalle de *Tenochtitlán*. México, D.F.: Palacio Nacional

José Clemente Orozco (1883–1949) Aunque no fue muy activo políticamente, sus obras reflejan las mismas ideas y actitudes de los otros muralistas. Sus obras están en edificios públicos en Guadalajara y en otras ciudades de México. También viajó por los EE.UU. y pintó murales en varias universidades, entre ellas Dartmouth. El mural *Hidalgo* está en el Palacio del Gobernador en Guadalajara. El padre Hidalgo fue el líder de la Guerra de la Independencia de 1810.

José Clemente Orozco, detalle de *Hidalgo*. Guadalajara: Palacio del Gobernador

David Alfaro Siqueiros (1898–1974) Del grupo de muralistas famosos, fue el más activo políticamente. Siempre trató de crear un arte del pueblo y para el pueblo. Sus murales más importantes son los del Instituto Nacional de Bellas Artes y los del Polyforum Cultural Siqueiros, en México, D.F. También tiene frescos en la Universidad Nacional Autónoma de México, como éste que representa a los estudiantes devolviendo su sabiduría *(knowledge)* a la patria.

David Alfaro Siqueiros, mural. México, D.F.: Universidad Autónoma de México

Frida Kahlo (1907–1954) Esta artista de fama internacional tuvo una vida llena de enfermedades y dolores. En 1925 sufrió un accidente de autobús que la dejó semi-inválida; pasó mucho tiempo en el hospital y allí empezó su interés en la pintura. En 1929 se casó con Diego Rivera y juntos participaron en la vida política de su país. Es conocida por sus autorretratos *(self-portraits)* que muestran su sufrimiento físico y su gran amor por su esposo.

Frida Kahlo, Autorretrato *Pensando en Diego*.

Comprensión

A Las obras. Complete la siguiente tabla con información acerca de las obras de Rivera, Orozco, Siqueiros y Kahlo.

	Rivera	Orozco	Siqueiros	Kahlo
Escena representada				
Colores predominantes				
¿Abstracta o realista?				
El tema o la idea central				

B Los artistas. Llene el espacio en blanco con la letra que representa el nombre del artista.

A = **Diego Rivera**　　　　　　　　　C = **David Alfaro Siqueiros**
B = **José Clemente Orozco**　　　　　D = **Frida Kahlo**

_____ Viajó por los EE.UU. y pintó murales en varias universidades.
_____ Fue el más activo políticamente.
_____ Sus obras reflejan su sufrimiento físico.
_____ Pintó una serie de murales en el Palacio Nacional de México.
_____ Pintó un mural del padre Hidalgo.
_____ Pintó un mural de la capital de los aztecas.
_____ Pintó muchos autorretratos.
_____ Siempre trató de mostrar la importancia de los indígenas en el desarrollo de México.
_____ Muchas de sus obras están en edificios públicos de Guadalajara.
_____ Muchas de sus obras están en el Instituto Nacional de Bellas Artes.

Para saber más: http://interacciones.heinle.com

LECTURA LITERARIA

Para leer bien
Elements of a Short Story

Prior to reading a literary selection, it is necessary to determine its genre, that is, the literary category to which it belongs. The major genres include **la novela, el drama, la poesía** *(poetry)*, **el cuento** *(short story)*, and **el ensayo** *(essay)*. A quick glance at the following selection will show that it is a prose narration of relatively short length. It could be an essay or a short story. However, by skimming the first paragraph it can be quickly determined that the author is not attempting to analyze or interpret a particular topic as in an essay. Rather, the author takes care to introduce characters and describe a setting, elements typically found in short stories.

As you read the following short story, you should attempt to analyze the following elements of the story.

Los personajes = *characters*. The characters can include human beings, animals, and even things and objects. Sometimes the characters play an important role throughout the entire story; sometimes the characters are not even present but are simply talked about or alluded to.

El escenario = *setting*. The setting includes the geography, weather, environment, and living conditions, as well as the year and time in which the story takes place. The setting can be real or virtual; often the setting exists only in the mind of a character.

La estructura = *structure*. A traditional short story or novel is generally structured chronologically, that is, the author begins with the earliest incident in the plot and proceeds to tell the story as the events happened. However, in more modern fiction the structure often breaks with tradition. Chronological order may not be important and at times there is no tale or plot. Many short stories simply paint a moment in time, describe an emotion or feeling, or portray a scene. **La estructura** can also refer to the form of a short story. The forms for a short story can include a narration, a dialogue, a letter, a diary entry, or journal, or a combination of several forms.

El punto de vista = *point of view*. Each literary selection has a particular point of view. We, the readers, see the characters and the action of the story through the eyes of someone else, generally a character in the story or possibly the author. Thus, we read and react to the story based on the mentality and personality of that other person. Sometimes the point of view is very biased and we must try to find the truth in the situation.

El tema = *theme*. The theme of a literary work is its main idea. The theme frequently represents an author's philosophy or view of life.

El tono = *tone*. The tone is the emotional state of the literary work. The tone is generally expressed using adjectives such as *happy, sad, melancholy, angry, mysterious* or *satirical*.

Práctica

C Los elementos de un cuento. Llene el espacio en blanco con la letra del elemento de un cuento que pertenece a las siguientes frases.

1. _____ un hombre de 50 años
2. _____ la biblioteca de la universidad
3. _____ triste y misterioso
4. _____ Hace frío y nieva.
5. _____ La vida es breve y difícil.
6. _____ una carta
7. _____ una chica alta y rubia
8. _____ un parque

a. el personaje
b. el escenario
c. la estructura
d. el tema
e. el tono

D «El recado» de Poniatowska. Al leer la siguiente selección de Poniatowska, utilice las estrategias para leer bien y trate de identificar los elementos del cuento.

Antes de leer: El recado

Elena Poniatowska (1933–) está considerada entre los mejores escritores mexicanos. Se inició como periodista y fue la primera mujer en recibir el Premio Nacional de Periodismo (1978). Sus obras incluyen ensayos, crónicas, cuentos y novelas. Sus temas principales son los problemas de México y la nueva mujer mexicana que examina y a veces desconfía de los valores del pasado, como el machismo y el papel tradicional de la mujer.

E La autora. Conteste las siguientes preguntas acerca de la autora de «El recado».

1. ¿Quién es la autora de «El recado»?
2. ¿Cómo empezó su carrera?
3. ¿Qué premio recibió?
4. ¿Qué tipo de obras escribe?
5. ¿Cuáles son sus temas principales?

F El título. Dé un vistazo al título de la siguiente lectura: **El recado = el mensaje.** ¿En qué situaciones escribe Ud. recados? ¿A quién(-es) le(-s) escribe Ud. recados a menudo? ¿Escribe Ud. recados por correo electrónico?

G El escenario. Utilizando el dibujo del escenario del cuento, describa a la joven y el ambiente. En su opinión, ¿qué está escribiendo la joven? ¿Por qué?

H La estructura. Este cuento no tiene una estructura tradicional. Es una narración acerca de una joven enamorada que espera a su novio afuera de la casa de él, en México, D.F. Mientras espera le escribe un recado a su novio y también revela sus pensamientos *(thoughts)* y sentimientos hacia él. Así, el recado de la joven es el cuento que leemos. En su opinión, ¿qué le va a escribir a su novio?

I Los personajes. Lea las dos primeras oraciones del cuento.

> Vine Martín, y no estás. Me he sentado en el peldaño *(step of a stairway)* de tu casa, recargada en *(leaning against)* tu puerta y pienso que en algún lugar de la ciudad, por una onda *(wave)* que cruza el aire, debes intuir *(guess)* que aquí estoy.

Según estas dos oraciones, ¿quiénes son los dos personajes principales del cuento? ¿Están presentes los dos? ¿Dónde están los dos? ¿Quién narra el cuento?

El recado

Vine Martín, y no estás. Me he sentado en el peldaño de tu casa, recargada en tu puerta y pienso que en algún lugar de la ciudad, por una onda que cruza el aire, debes intuir que aquí estoy. Es éste tu pedacito° de jardín; tu mimosa° se inclina hacia afuera y los niños al pasar le arrancan° las ramas más accesibles... En la tierra, sembradas° alrededor del muro°, muy muy rectilíneas y serias veo unas flores que tienen hojas° como espadas°. Son azul marino, parecen

°small piece
°un tipo de árbol

°quitan

°sown

°wall

°leaves / swords

soldados. Son muy graves, muy honestas. Tú también eres un soldado. Marchas por la vida, uno, dos, uno, dos... Todo tu jardín es sólido, es como tú, tiene una reciedumbre° que inspira confianza.

Aquí estoy contra el muro de tu casa, así como estoy a veces contra el muro de tu espalda. El sol da también contra el vidrio° de tus ventanas y poco a poco se debilita porque ya es tarde. El cielo enrojecido ha calentado tu madreselva° y su olor se vuelve aún más penetrante. Es el atardecer. El día va a decaer. Tu vecina pasa. No sé si me habrá visto. Va a regar° su pedazo de jardín. Recuerdo que ella te trae una sopa de pasta cuando estás enfermo y que su hija te pone inyecciones... Pienso en ti muy despacito, como si te dibujara° dentro de mí y quedaras allí grabado. Quisiera tener la certeza de que te voy a ver mañana y pasado mañana y siempre en una cadena ininterrumpida de días; que podré mirarte lentamente aunque ya me sé cada rinconcito° de tu rostro°; que nada entre nosotros ha sido provisional o un accidente.

°strength

°glass
°honeysuckle

°to water
°were drawing

°little corner / cara

sheet — Estoy inclinada ante una hoja° de papel y te escribo todo esto y pienso que ahora, en
city block — alguna cuadra° donde camines apresurado, decidido como sueles hacerlo, en alguna de
esas calles por donde te imagino siempre: Donceles y Cinco de Febrero o Venustiano
names of streets in D.F. / sidewalks — Carranza°, en alguna de esas banquetas° grises y monocordes rotas sólo por el remolino
crowd / autobús — de gente° que va a tomar el camión°, has de saber dentro de ti que te espero. Vine nada más
a decirte que te quiero y como no estás te lo escribo. Ya casi no puedo escribir porque ya se
fue el sol y no sé bien a bien lo que te pongo. Afuera pasan más niños, corriendo. Y una
kettle / shake — señora con una olla° advierte irritada: «No me sacudas° la mano porque voy a tirar la
lined — leche...» Y dejo este lápiz, Martín, y dejo la hoja rayada° y dejo que mis brazos cuelguen
inútilmente a lo largo de mi cuerpo y te espero. Pienso que te hubiera querido abrazar. A
veces quisiera ser más vieja porque la juventud lleva en sí, la imperiosa, la implacable
necesidad de relacionarlo todo al amor.

barks — Ladra° un perro; ladra agresivamente. Creo que es hora de irme. Dentro de poco vendrá
poner la luz / la lámpara / — la vecina a prender la luz° de tu casa; ella tiene llave y encenderá el foco° de la recámara° que
dormitorio / barrio — da afuera porque en esta colonia° asaltan mucho, roban mucho. A los pobres les roban
mucho; los pobres se roban entre sí... Sabes, desde mi infancia me he sentado así a esperar,
siempre fui dócil, porque te esperaba. Te esperaba a ti. Sé que todas las mujeres aguardan°.
wait — Aguardan la vida futura, todas esas imágenes forjadas° en la soledad, todo ese bosque° que
forged / forest (of men) — camina hacia ellas; toda esa inmensa promesa que es el hombre; una granada° que de
pomegranate — pronto se abre y muestra sus granos rojos, lustrosos; una granada como una boca pulposa de
mil gajos°. Más tarde esas horas vividas en la imaginación, hechas horas reales, tendrán que
sections of fruit — cobrar peso y tamaño y crudeza. Todos estamos—oh mi amor—tan llenos de retratos
interiores, tan llenos de paisajes no vividos.

escribiendo — Ha caído la noche y ya casi no veo lo que estoy borroneando° en la hoja rayada. Ya no
percibo las letras. Allí donde no le entiendas en los espacios blancos, en los huecos, pon: "Te
quiero" ... No sé si voy a echar esta hoja debajo de la puerta, no sé. Me has dado un tal
respeto de ti mismo... Quizás ahora que me vaya, sólo pase a pedirle a la vecina que te dé el
recado; que te diga que vine.

Después de leer

J Martín. Haga una lista de las palabras y frases que la joven usa para describir a Martín.
¿Con qué compara la joven a Martín? ¿Cómo es él?

K Un tema. Uno de los temas del cuento es el papel de la mujer. Lea las siguientes
oraciones del cuento que hablan del papel de la mujer.

> Sé que todas las mujeres aguardan. Aguardan la vida futura, todas esas imágenes
> forjadas en la soledad...

¿Qué esperan las mujeres tradicionales? ¿Y las mujeres más feministas? En su opinión,
¿cuáles son algunas de «esas imágenes forjadas en la soledad»? ¿Qué espera la joven del
cuento? ¿Es tradicional o feminista ella?

L El final. El final del cuento es un poco ambiguo; no sabemos lo que va a hacer la joven. ¿Cuáles son las posibilidades mencionadas por la joven? En su opinión, ¿qué va a hacer ella al final?

M Otro punto de vista. El cuento «El recado» está escrito desde el punto de vista de la joven.

Con un(-a) compañero(-a) de clase, escriba un párrafo acerca de la relación entre la joven y Martín. Pero, escriba su párrafo desde el punto de vista del novio Martín.

Bienvenidos a Centroamérica, Colombia

Introducción geográfica

Conteste las siguientes preguntas, usando mapas de Centroamérica, Colombia y Venezuela.

1. ¿Cuáles son los países de Centroamérica donde el español es la lengua oficial? ¿Cuáles son las capitales de estos países?

2. ¿Cuáles son las capitales y otras ciudades importantes de Colombia y Venezuela?

Guatemala: Lago Atitlán

3. ¿Qué rasgos geográficos tienen en común Colombia, Venezuela y los países de Centroamérica?

4. ¿Qué ventajas y desventajas ofrece la geografía de estos países?

y Venezuela

Geografía y clima

Centroamérica es el puente entre la América del Norte y la América del Sur. *Colombia* y *Venezuela* son dos países de la América del Sur. Tienen una geografía muy similar: la costa tropical y la región templada de las montañas. *Venezuela* también tiene llanos *(plains)* cerca del río Orinoco. La temperatura varía según la altitud.

Bogotá, Colombia

Población

Centroamérica: 39.000.000 habitantes; *Colombia:* 41.600.000 habitantes; *Venezuela:* 24.600.000 habitantes

Lenguas

El español y varios idiomas indígenas

Gobierno

Centroamérica es como una América Latina en miniatura; hay gran diversidad en los gobiernos y la política. *Colombia y Venezuela:* Democracia

Economía

Centroamérica: Productos agrícolas: frutas tropicales, verduras, café; turismo; *Colombia:* café, flores, petróleo; *Venezuela:* petróleo

Capítulo 5

En la universidad

Algunos estudiantes en la Ciudad de Guatemala

CULTURAL THEMES

Central America

Universities in the Hispanic world

COMMUNICATIVE GOALS

Functioning in the classroom

Indicating location, purpose, and time

Indicating the recipient of something

Talking about the weather

Expressing hopes, desires, and requests

Making comparisons

PRIMERA SITUACIÓN

PRESENTACIÓN

¿Dónde está la Facultad de Ingeniería?

Práctica y conversación

5.1 Situaciones. ¿Adónde va Ud. en las siguientes ocasiones?

1. Necesita comprar libros para su clase de historia.
2. Quiere pagar la matrícula.
3. Tiene un examen oral de español y necesita practicar.
4. Va a encontrarse con su compañero(-a) de cuarto para jugar al tenis.
5. Acaba de tomar un examen de matemáticas y tiene sueño.
6. La librería no tiene la novela que Ud. tiene que leer para su clase de literatura.
7. Tiene hambre.

5.2 La Universidad Tecnológica. Hágale a un(-a) compañero(-a) de clase preguntas sobre la Universidad Tecnológica.

Pregúntele...

1. si uno puede especializarse en administración de empresas.
2. si se puede estudiar periodismo.
3. si se puede tomar cursos de filosofía y letras.
4. si hay cursos posgrados. ¿En qué campos?
5. si hay universidades tecnológicas en los Estados Unidos. ¿Cómo son?

5.3 Creación. Cuente en una narración lo que pasa en el dibujo de la **Presentación.**

VOCABULARIO

El ingreso	**Admission**
la beca	scholarship
el examen de ingreso	entrance exam
la matrícula	tuition
el requisito	requirement
estar en el primer año	to be a freshman
estar en la universidad	to be at the university
inscribirse	to enroll in a class
matricularse	to register
La ciudad universitaria	**Campus**
la biblioteca	library
el campo deportivo	sports field
el centro estudiantil	student center
el estadio	stadium
el gimnasio	gymnasium
el laboratorio de lenguas	language lab
la librería	bookstore
las oficinas administrativas	administrative offices
la residencia estudiantil	dormitory
el teatro	theater
Los cursos	**Courses**
la apertura de clases	beginning of the term
el campo de estudio	field of study
el (la) catedrático(-a)	university professor
el curso electivo obligatorio	elective class required class
la Facultad de Administración de empresas	School of Business and Management
Arquitectura	Architecture
Bellas artes	Fine Arts
Ciencias de la educación	Education
Ciencias económicas	Economics

Ciencias políticas	Political Science
Derecho	Law
Farmacia	Pharmacy
Filosofía y letras	Liberal Arts (Philosophy and Literature)
Ingeniería	Engineering
Medicina	Medicine
Periodismo	Journalism
la materia	subject matter
el profesorado	faculty
especializarse en	to major in
seguir (i, i) un curso tomar un curso	to take a course
ser oyente	to audit a course
Los títulos	**Degrees**
el bachillerato	high school diploma
el doctorado	doctorate
la licenciatura	bachelor's degree
la maestría	master's degree
graduarse	to graduate
licenciarse en	to receive a bachelor's degree in

ASÍ SE HABLA

Classroom Expressions

PROFESORA: Muy bien, Miguel. Tu presentación acerca de las universidades en el mundo hispano estuvo muy interesante. Por favor, toma asiento. Ahora, por favor, todos Uds. saquen lápiz y papel y escriban un resumen de la presentación oral de su compañero.

MARIO: Profesora, ¿de cuántas páginas tiene que ser el resumen?

PROFESORA: Una página como mínimo.

MARIO: ¿Y para cuándo es?

PROFESORA: Para mañana por la mañana.

MARIO: *(Murmurando)*: ¡Y yo que no presté atención! ¡Ahora sí que estoy metido en un lío! ¡Eso me pasa por distraído! Oye, José, ¿puedo trabajar contigo?

JOSÉ: ¿Qué? ¡Ni hablar!

If you are in a classroom, these are some of the expressions that your instructor will use. (Remember it is more polite to use **por favor** when giving a command.)

Escuchen.	*Listen.*
Abran / Cierren sus libros.	*Open / Close your books.*
Saquen un lápiz y una hoja de papel.	*Take out a pencil and a sheet of paper.*
Guarden todas sus cosas.	*Put all your things away.*
Contesten, por favor.	*Please answer.*
Escriban una composición de (500) palabras / (tres) páginas.	*Write a composition of (500) words / (three) pages.*
Trabajen con su compañero(-a).	*Work with your partner.*

Lean en voz alta / en silencio.	*Read out loud / silently.*
Hablen más alto.	*Speak louder.*

As the student, these are some of the expressions you can use.

No comprendo.	*I don't understand.*
No sé.	*I don't know.*
¿Puede repetir, por favor?	*Could you repeat (it), please?*
Tengo una pregunta.	*I have a question.*
¿Cómo se dice... ?	*How do you say . . . ?*
¿Podría hablar más despacio?	*Could you speak more slowly?*
¿Podría explicar... otra vez?	*Could you explain . . . again?*
¿Para cuándo es?	*When is it due?*
¿De cuántas páginas?	*How many pages long?*

Práctica y conversación

5.4 Situaciones. ¿Qué dice un profesor cuando...

1. le hace una pregunta a un estudiante?
2. un estudiante responde y nadie lo oye?
3. los estudiantes van a tomar un examen?
4. los estudiantes tienen que leer en clase?

¿Qué dicen los estudiantes cuando...

5. no entienden lo que el profesor dice?
6. no saben una palabra?
7. no saben una respuesta?
8. el profesor habla muy rápido?

5.5 ¡Presten atención! En grupos de tres, una persona hará el papel del (de la) profesor(-a) de español y las otras dos harán el papel de los estudiantes. El (La) profesor(-a) les dirá a los estudiantes lo siguiente:

Put everything away. / Take out paper and pencil, please. / Ask your classmate what he (she) did last weekend. / Speak louder, please. / Now, write a composition describing what your classmate just told you.

Los estudiantes le pedirán al (a la) profesor(-a) la siguiente información: How many pages long? When is it due?

ESTRUCTURAS

Indicating Location, Purpose, and Time
Some Prepositions; *por* versus *para*

In order to indicate purpose, destination, location, direction, and time, you will need to learn to use prepositions and to distinguish the prepositions **por** and **para.**

Some Common Prepositions			
a	*to, at*	**hasta**	*until, as far as*
con	*with*	**menos**	*except*
de	*of, from, about*	**para**	*for, in order to*
desde	*from, since*	**por**	*for, by, in, through*
durante	*during*	**según**	*according to*
en	*in, on, at*	**sin**	*without*

Some Prepositions of Location			
al lado de	*beside, next to*	**detrás de**	*behind, in back of*
alrededor de	*around*	**encima de**	*on top of, over*
cerca de	*near*	**enfrente de**	*in front of*
contra	*against*	**entre**	*between, among*
debajo de	*under, underneath*	**lejos de**	*far (from)*
delante de	*in front of*	**sobre**	*on top of, over*
dentro de	*in, inside of*		

Supplemental Grammar.
Contractions in English are usually optional. However, the Spanish contraction **al** must be used whenever **a** is followed by the masculine singular article **el. A + él** (meaning *he*) does not contract. **¿Le das este libro al profesor García? Sí, le doy el libro a él.**

Contractions in English are usually optional. However, the Spanish contraction **del** must be used whenever **de** is followed by the masculine singular article **el. De + él** (meaning *he*) does not contract. **¿De quién es este libro? ¿Es del señor Lado? Sí, es de él.**

a. When the masculine singular article **el** follows the preposition **a,** the contraction **al** is used.

Joaquín va **al** laboratorio de química; no va a la oficina.

Joaquín is going to the chemistry lab; he's not going to the office.

b. When the masculine singular article **el** follows the preposition **de** or a compound preposition containing **de,** the contraction **del** is used.

La Facultad de Farmacia está al lado **del** edificio de química.

The School of Pharmacy is next to the chemistry building.

c. The prepositions containing **de** can be used as adverbs when **de** is eliminated. Note that prepositions are followed by an object but adverbs are not. Compare the following examples.

La Facultad de Derecho está **lejos de** la biblioteca, ¿verdad?
Sí, está muy **lejos.**

The Law School is far from the library, isn't it?
Yes, it's very far.

d. Even though both **por** and **para** can mean *for,* these two prepositions have separate uses. Study the following explanation.

PARA is used to indicate:

1. destination

   Salgo **para mis clases** a las ocho.
   Esta carta es **para mi compañero
   de cuarto.**

   I leave for my classes at 8:00.
   This letter is for my roommate.

2. purpose

   Ricardo estudia **para ser abogado.**
   Tomo seis cursos este semestre
   para graduarme pronto.

   Ricardo is studying to be a lawyer.
   *I am taking six courses this semester
   in order to graduate soon.*

3. deadline

   Tengo que escribir un informe
   para el jueves.

   I have to write a paper by Thursday.

4. comparison

   Para un estudiante nuevo, Raúl
   sabe mucho de medicina.

   *For a new student, Raúl knows a lot
   about medicine.*

POR is used to express:

1. length of time

   Ayer practiqué en el laboratorio
   por dos horas.

   *Yesterday I practiced in the
   laboratory for two hours.*

2. *for, in exchange for* to express sales or gratitude

   Pagué $100.00 **por este libro
   de física.**
   Muchas gracias **por toda tu
   ayuda.**

   *I paid $100.00 for this physics
   book.*
   *Thank you very much for all
   your help.*

3. means of transportation or communication

   Francisca me llamó **por
   teléfono** anoche para
   decirme que vamos a
   Managua **por avión.**

   *Francisca called me on the phone
   last night to tell me that we're
   going to Managua by plane.*

4. cause or reason

   No podemos ir al partido de
   fútbol **por el mal tiempo.**

   *We can't go to the soccer game
   because of the bad weather.*

   > **Reminder.** ¿**Por qué** = *why* is
   > used in questions; **porque** =
   > *because* is used in answers.

5. *through, along, by*

   Anoche caminamos **por el
   parque.**

   *Last night we walked through
   the park.*

6. **Por** is also used in many common expressions such as the following:

por aquí / allí	*around here / there*	**por favor**	*please*
por desgracia	*unfortunately*	**por fin**	*finally*
por ejemplo	*for example*	**¿por qué?**	*why?*
por eso	*therefore, for that reason*	**por supuesto**	*of course*

Práctica y conversación

5.6 ¡Por favor, ayúdame! Ud. es un(-a) nuevo(-a) estudiante en su universidad y está totalmente perdido(-a). Complete las oraciones con **por** o **para** para pedirle ayuda a un(-a) compañero(-a).

Usted

1. Disculpa, pero me podrías decir, _____ favor, ¿adónde tengo que ir _____ matricularme en un curso de ruso?

3. ¿Y cómo llego? ¿Están _____ aquí?

5. No, en realidad, no. ¿Queda _____ el Centro Estudiantil?

7. Mi especialidad es ruso. ¿_____ qué me preguntas?

9. Tienes razón. Muchas gracias _____ todo y disculpa la molestia.

Compañero(-a)

2. _____ desgracia, también soy nuevo(-a), pero creo que tienes que ir _____ las oficinas administrativas.

4. No, están _____ el otro lado de la universidad. Tienes que pasar _____ el edificio de Educación. ¿Sabes dónde queda?

6. No, no está _____ ahí. Pero, ¿_____ qué tienes que matricularte en ese curso?

8. Es una lengua muy difícil. _____ ser un(-a) estudiante nuevo(-a) sabes lo que estás haciendo, ¿no? Pienso que debes hablar con tu consejero _____ que te ayude.

10. No, ¡qué ocurrencia!

5.7 ¿Qué clases vas a tomar? Hable con un(-a) compañero(-a) de las clases que piensan tomar y los deportes que piensan practicar el próximo semestre o trimestre.

1. ¿En qué edificios van a tener clases? ¿Dónde van a practicar deportes?
2. ¿Dónde quedan esos sitios? ¿Quedan cerca o lejos de su residencia estudiantil? Expliquen.
3. ¿Cuándo van a tener clases? ¿Cuándo van a practicar deportes?
4. ¿A qué hora van a salir de su residencia para llegar a clase?
5. ¿Por qué prefieren esas clases? ¿Esos deportes?
6. ¿?

5.8 ¿Dónde está...? Un(-a) compañero(-a) de clase hace el papel de su madre / padre. Lo (la) llama a Ud. por teléfono y le hace preguntas acerca de su universidad. Dígale dónde queda su residencia estudiantil, el centro estudiantil, la librería, el laboratorio de lenguas, la biblioteca, el hospital universitario, ¿?

Indicating the Recipient of Something
Prepositional Pronouns

To indicate the recipient of an action, the donor of a gift, or to express with whom you are doing certain activities, you use a preposition followed by a noun or a prepositional pronoun. These prepositional pronouns replace nouns and agree with the nouns in gender and number.

ALICIA: ¡Qué bonitas flores! ¿Para quién son?
JUANA: Son para ti.
ALICIA: ¡Qué bien! ¿Son de Eduardo?
JUANA: Por supuesto que son de él.

Prepositional Pronouns			
¿Para quién son las flores?			
Son para **mí**.	*They're for me.*	Son para **nosotros(-as)**.	*They're for us.*
Son para **ti**.	*They're for you.*	Son para **vosotros(-as)**.	*They're for you.*
Son para **él**.	*They're for him.*	Son para **ellos**.	*They're for them.*
Son para **ella**.	*They're for her.*	Son para **ellas**.	*They're for them.*
Son para **Ud**.	*They're for you.*	Son para **Uds**.	*They're for you.*

a. Prepositional pronouns have the same form as subject pronouns except for the first- and second-person singular forms: **mí / ti.**

b. The first- and second-person singular pronouns combine with the preposition **con** to form **conmigo** *(with me)* and **contigo** *(with you)*. The forms **conmigo** and **contigo** are both masculine and feminine.

Práctica y conversación

5.9 ¿Qué es esto? Ud. tuvo una pequeña fiesta en su cuarto de la residencia estudiantil y ahora hay mucho desorden. Su compañero(-a) de cuarto entra y le hace algunas preguntas.

Modelo   cuaderno / José
COMPAÑERO(-A): **¿De quién es este cuaderno? ¿De José?**
USTED: **Sí, es de él.**

1. chocolates / tus amigos
2. regalo / Ángela y Elena
3. discos compactos / los hermanos Gómez

4. fotos / Jacinto
5. libros / tu novio(-a)
6. radio / Eduardo

5.10 ¡Llegó el correo! En grupos, un(-a) estudiante está encargado(-a) de repartirles el correo a los otros estudiantes de su residencia. Después, uno(-a) de los estudiantes le informará a la clase quién recibió cartas de quién(-es).

Modelo	Cartero(-a):	**¡Dos cartas para Elena!**
	Estudiante 1	**¡Ay! Una carta para mí de José y otra de mis padres.**
	Estudiante 2	**¿De José?**
	Estudiante 1	**¡Sí, de él!**

5.11 Adivina a quién vi hoy. Usando el dibujo, explíquele a un(-a) compañero(-a) a quiénes vio en la biblioteca hoy y qué estaban haciendo. Él (Ella) querrá saber todos los detalles.

Interacciones CD-ROM: **Capítulo 5, Primera situación**

Para saber más: http://interacciones.heinle.com

SEGUNDA SITUACIÓN

PRESENTACIÓN

Mis clases del semestre pasado

5.12 Las asignaturas. ¿Qué cursos debe escoger un(-a) estudiante si se prepara para ser...?

periodista / arquitecto(-a) / científico(-a) / farmacéutico(-a) / sicólogo(-a) / maestro(-a) / hombre (mujer) de negocios

5.13 Entrevista personal. Hágale preguntas a un(-a) compañero(-a) de clase sobre sus estudios; su compañero (-a) debe contestar.

Pregúntele...

1. lo que hace cuando falta a clase.
2. cómo se puede sacar prestado un libro.
3. lo que debe hacer si sale mal en un examen.
4. cómo se puede dejar una clase.
5. lo que tiene que hacer para sacar buenas notas.
6. cuándo es necesario aprender de memoria.
7. lo que hace para aprobar un examen.

5.14 ¡Sobresaliente! Mire la hoja de evaluación que recibió Richard Lotero y conteste las siguientes preguntas.

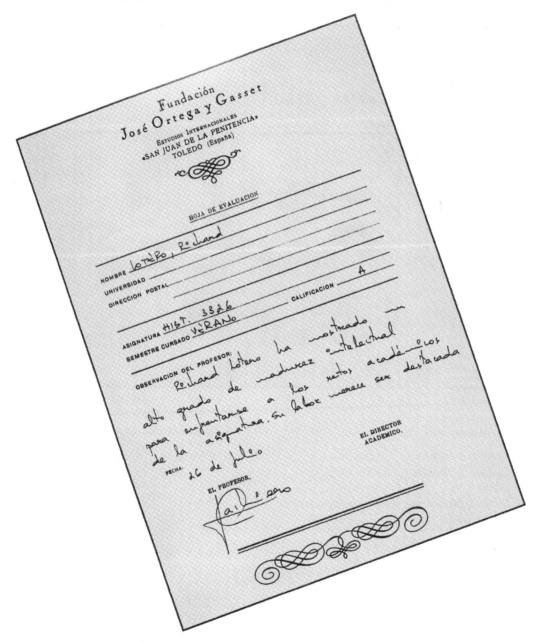

1. ¿Dónde estudió Richard?
2. ¿Qué estudió? ¿Cuándo?
3. ¿Cómo salió en el curso?
4. ¿Qué opinión tiene el profesor del trabajo de Richard?
5. ¿Dónde está la Fundación José Ortega y Gasset?
6. ¿Qué tipo de estudios ofrece la Fundación José Ortega y Gasset?

5.15 Los cursos obligatorios. En parejas, preparen una lista de las asignaturas que deben ser obligatorias para todos los estudiantes y expliquen por qué.

5.16 Creación. En una narración cuente lo que pasa en el dibujo de la **Presentación.**

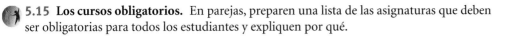

VOCABULARIO

Las asignaturas	Subjects
el arte	art
la biología	biology
las ciencias exactas sociales	natural science social sciences
la contabilidad	accounting
la física	physics
la historia	history
el idioma extranjero	foreign language
las matemáticas	mathematics
la música	music
la programación de computadoras	computer science
la química	chemistry
la sicología	psychology
la sociología	sociology

En la clase	In class
la enseñanza	teaching
el horario	schedule
la investigación	research
el libro de texto	textbook
el semestre	semester
aplicado(-a)	studious
flojo(-a)	lax, weak
perezoso(-a)	lazy
sobresaliente	outstanding
trabajador(-a)	hard-working
asistir a clase una conferencia	to attend class a lecture

cumplir con los requisitos	to fulfill requirements
dar una conferencia	to give a lecture
dejar una clase	to drop a class
elegir (i, i)	to elect
entregar la tarea	to hand in the homework
esforzarse (ue)	to make an effort
estar flojo(-a) en fuerte en	to be weak in good at
faltar a clase	to miss class
pasar lista	to take attendance
prestar atención	to pay attention
requerir (ie, i)	to require
sacar prestado un libro	to check out a book

La temporada de exámenes	Examination period
aprender de memoria	to memorize
aprobar (ue) un examen	to pass an exam
repasar	to review
sacar buenas (malas) notas	to get good (bad) grades
salir mal en un examen	to fail an exam
sobresalir	to excel
tomar un examen	to take an exam

ASÍ SE HABLA

Talking About the Weather

RENATA: ¿Cómo estás, Hilda?

HILDA: ¡Ay! hija, aquí un poco resfriada. Tú sabes que ayer tuve que salir muy temprano de la casa porque tenía que hacer una serie de diligencias y como estaba apurada, me olvidé de llevar el paraguas.

RENATA: ¡Ay, dios mío! ¡Y con el aguacero que cayó ayer!

HILDA: Sí, ¡imagínate! Y además hizo más frío que nunca. Ahora me siento un poco mal.

RENATA: Cuídate mucho, Hilda, espero que no te enfermes más y te pongas peor.

HILDA: Ni me digas que ya me están doliendo todos los huesos.

RENATA: Es necesario que te quedes en casa y no te enfríes. La temporada de lluvias recién está empezando y parece que este año va a llover más que de costumbre.

HILDA: Eso oí. Pero bueno, ¡qué se va a hacer!

If you want to talk about the weather, you can use the following expressions.

¿Qué tiempo hace? **¿Cómo está el día?**	*What's the weather like?*
¿Hace sol / viento / frío / calor?	*Is it sunny / windy / cold / hot?*
¿Está lloviendo / nevando?	*Is it raining / snowing?*
Está nublado / húmedo.	*It's cloudy / humid.*
Hay neblina.	*It's foggy.*
¡Qué día tan bonito / feo! **¡Qué bonito / feo está el día!**	*What a pretty / an ugly day!*

Parece que va a llover / nevar.
¡Va a caer un aguacero!
Espera a que despeje.
¡Me muero de frío / calor!

It seems it's going to rain / snow.
It's going to rain cats and dogs!
Wait till it clears up.
I'm freezing / burning up!

Práctica y conversación

5.17 ¿Qué le parece este clima? Mire el termómetro. ¿Qué dice Ud. cuando...

1. hace una temperatura de 10 grados (centígrados) y hay un 100% de humedad?
2. la temperatura está a 20 grados (centígrados) y hay un 70% de humedad?
3. llueve mucho?
4. hace una temperatura de 41 grados (centígrados)?
5. el sol brilla mucho y la temperatura está a 34 grados (centígrados)?
6. hay mucha neblina?

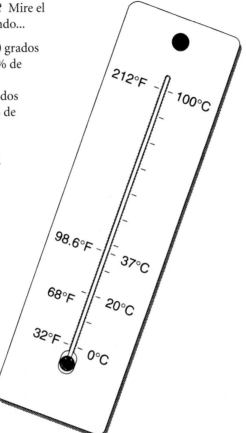

5.18 Nos vamos de viaje. Trabajen en parejas. Ud. y un(-a) compañero(-a) de clase están planificando un viaje para las próximas vacaciones. El lugar adonde irán dependerá del clima. A Ud. le gusta el clima cálido pero él (ella) prefiere el clima frío. Escojan un sitio que les guste a los (las) dos.

ESTRUCTURAS

Expressing Hopes, Desires, and Requests

Present Subjunctive After Verbs of Wishing, Hoping, Commanding, and Requesting

Verbs in the indicative mood express statements or questions that are objective or factual.

Carolina **estudia** para su examen
de química.

*Carolina is studying for the exam in
her chemistry class.*

Verbs in the subjunctive mood are used for subjective or doubtful statements or questions.

Espero que Carolina **estudie** para
su examen de química.

*I hope that Carolina is studying for
the exam in her chemistry class.*

My hope that Carolina is studying for the exam does not mean that she will do it; this action is not an observable fact and therefore the subjunctive is used.

Formation of the Present Subjunctive

a. To form the present subjunctive:

1. Obtain the stem by dropping the **-o** from the first-person singular of the present tense.
2. To the stem, add **-er** endings to **-ar** verbs and **-ar** endings to **-er** and **-ir** verbs.

Verbos en -AR repasar	Verbos en -ER aprender	Verbos en -IR escribir
repase	aprenda	escriba
repases	aprendas	escribas
repase	aprenda	escriba
repasemos	aprendamos	escribamos
repaséis	aprendáis	escribáis
repasen	aprendan	escriban

b. Verbs that are irregular in the first-person singular of the present indicative will show the same irregularity in all forms of the present subjunctive.

HACER   haga, hagas, haga, hagamos, hagáis, hagan
CONOCER   conozca, conozcas, conozca, conozcamos, conozcáis, conozcan

c. Certain verbs will show spelling changes in the present subjunctive:

Verbs ending in . . .

1. **-car** change the **c → qu**: buscar   **busque**
2. **-gar** change the **g → gu**: pagar   **pague**
3. **-zar** change the **z → c**:   organizar   **organice**
4. **-ger** change the **g → j**:   escoger   **escoja**

Supplemental grammar.
Common verbs ending in **-car** include **buscar, dedicar, explicar, practicar, sacar, tocar;** common verbs ending in **-gar** include **jugar (ue), llegar, pagar;** common verbs ending in **-zar** include **comenzar (ie), cruzar, empezar (ie);** common verbs ending in **-ger** include **coger, escoger.**

d. Stem-changing **-ar** and **-er** verbs follow the pattern of change of the present indicative: all forms stem-change except **nosotros** and **vosotros**.

Supplemental grammar. Some common -ar and -er verbs that stem-change **e → ie** include cerrar, empezar, pensar, querer, recomendar; o → ue include almorzar, aprobar, contar, esforzarse, poder, probar, volver.

Some common -ir verbs that stem-change e → ie include **divertirse, sentirse, preferir, requerir;** o → ue include **dormir(se), morir(se);** e → i include **conseguir, despedirse, elegir, pedir, repetir, servir, vestirse.**

e → ie recomendar	o → ue mostrar	e → ie perder	o → ue devolver
recomiende	muestre	pierda	devuelva
recomiendes	muestres	pierdas	devuelvas
recomiende	muestre	pierda	devuelva
recomendemos	mostremos	perdamos	devolvamos
recomendéis	mostréis	perdáis	devolváis
recomienden	muestren	pierdan	devuelvan

e. Stem-changing **-ir** verbs follow the pattern of change of the present indicative and show an additional stem change in the **nosotros** and **vosotros** forms.

e → ie, i divertirse	e → i, i pedir	o → ue, u dormir
me divierta	pida	duerma
te diviertas	pidas	duermas
se divierta	pida	duerma
nos divirtamos	pidamos	durmamos
os divirtáis	pidáis	durmáis
se diviertan	pidan	duerman

f. Verbs whose present indicative **yo** form does not end in **-o** have irregular subjunctive stems. The endings of such verbs are regular.

DAR	dé, des, dé, demos, deis, den
ESTAR	esté, estés, esté, estemos, estéis, estén
IR	vaya, vayas, vaya, vayamos, vayáis, vayan
SABER	sepa, sepas, sepa, sepamos, sepáis, sepan
SER	sea, seas, sea, seamos, seáis, sean

The present subjunctive of **hay** = **haya**.

Uses of the Subjunctive

a. The subjunctive in Spanish is used to express subjectivity or that which is unknown. Expressions of desire, hope, command, or request are among many Spanish verbs and phrases that create a doubtful or unknown situation and require the use of the subjunctive.

DESIRE	desear, querer
HOPE	esperar, ojalá (que)
COMMAND	decir, dejar, es necesario, es preciso, exigir, insistir en, mandar, ordenar, permitir, prohibir
ADVICE/REQUEST	aconsejar, pedir, proponer, recomendar, rogar, sugerir

b. Decir is followed by the subjunctive when someone is told or ordered to do something. **Decir** is followed by the indicative when information is given.

La profesora les **dice** a los estudiantes que **entreguen** la tarea.	*The professor tells her students to hand in the homework.*
La profesora **dice** que los estudiantes **entregan** la tarea.	*The professor says that the students are handing in the homework.*

c. Many of the expressions of command or advice/request will use indirect objects. In such cases the indirect object pronoun and the subjunctive verb ending refer to the same person.

Te aconsejo que **asistas** a todas las clases.	*I advise you to attend every class.*

d. Generally the subjunctive occurs in sentences with two clauses. The main or independent clause contains an expression that will require the use of the subjunctive in the second or subordinate clause when the subject is different from that of the main clause. If there is no change of subject, the infinitive is used.

Change of Subject: Subjunctive

Bárbara quiere que **salgamos** para la universidad a las ocho.	*Bárbara wants us to leave for the university at 8:00.*

Same Subject: Infinitive

Bárbara quiere salir para la universidad a las ocho.	*Bárbara wants to leave for the university at 8:00.*

e. There is little direct correspondence between the use of the subjunctive in Spanish and English. As a result, the Spanish subjunctive may translate into English with a subjunctive but will more likely translate with the present or future indicative or an infinitive. Compare the following translations of similar Spanish sentences.

Espero que estudien para el examen.	*I hope (that) they study for the exam.*
Ojalá que estudien para el examen.	*Hopefully they will study for the exam.*
Quiero que estudien para el examen.	*I want them to study for the exam.*
Insisto en que estudien para el examen.	*I insist (that) they study for the exam.*

Práctica y conversación

5.19 Para sobresalir. Explique lo que es preciso hacer para sobresalir en sus estudios. Ponga sus actividades en la categoría apropiada.

Es preciso que...
No recomiendo que...

5.20 La temporada de los exámenes. Es la temporada de los exámenes. Exprese su opinión sobre lo que los estudiantes necesitan hacer para sobresalir. Empiece cada oración con una de las siguientes expresiones.

No quiero que... / Espero que... / Ojalá... / Insisto en que... / Es necesario que... / Recomiendo que...

1. duerma   Espero que estudie

Ojalá

5.21 Un examen muy difícil. Ud. tiene un examen de español la próxima semana y está muy preocupado(-a). Hable con su compañero(-a) y dígale qué es lo que Ud. quiere y espera. Luego, complete las siguientes oraciones y compare sus respuestas con las de su compañero(-a).

1. Ojalá que _este en Spain_
2. Es necesario que _estudien Por tres horas todos los dias._
3. Mis padres insisten en que yo _vaya a la_.
4. Mi amigo(-a) recomienda que _____.
5. Quiero que _____.
6. Yo les aconsejo a mis amigos(-as) que _____.

5.22 ¿Adónde vamos a estudiar? Ud. y un(-a) compañero(-a) tratan de decidir adónde van a ir a estudiar esta noche porque hay mucho ruido en la residencia estudiantil. Discutan varias opciones, sus ventajas/desventajas y qué esperan encontrar en cada lugar.

Making Comparisons

Comparisons of Inequality

In conversation, we frequently compare persons or things that are not equal in certain qualities or characteristics such as age, size, or appearance.

a. When comparing the qualities of two or more unequal persons or things the following structure is used:

$$\left.\begin{array}{c} \textbf{más} \\ \textbf{menos} \end{array}\right\} + \begin{array}{c} \text{ADJECTIVE} \\ \text{ADVERB} \\ \text{NOUN} \end{array} + \textbf{que}$$

Adjective

Las clases de sicología son **más grandes que** las clases de matemáticas.

Psychology classes are larger than math classes.

Adverb

Antonio hace la tarea **más rápidamente que** Juan.

Antonio does his homework more rapidly than Juan.

Noun

La residencia nueva tiene **más cuartos que** la residencia vieja.

The new dorm has more rooms than the old dorm.

b. When comparing the unequal manner in which persons or things act or function, the following structure is used:

VERB + **más / menos que** + PERSON or THING

Manolo siempre **estudia más que** tú.

Manolo always studies more than you.

c. A few adjectives do not follow the regular pattern of **más** + *adjective* + **que** but use a special comparative form + **que**.

Adjectives		Comparative Forms	
bueno	*good*	mejor(-es)	*better*
malo	*bad*	peor(-es)	*worse*
joven	*young*	menor(-es)	*younger*
viejo	*old*	mayor(-es)	*older*
mucho	*many, much*	más	*more*
poco	*few, little*	menos	*less*

Esta composición es buena pero la tuya es **mejor**.	*This composition is good but yours is better.*
¡Pobre Julio! Sus notas este semestre son **peores que** las del semestre pasado.	*Poor Julio! His grades this semester are worse than last semester.*

d. The age of persons is compared with **mayor / menor**.

Todos mis primos son **menores que** yo.	*All of my cousins are younger than I.*

The age of things is compared with **más / menos nuevo** and **más / menos viejo.**

La biblioteca es **más vieja que** el centro estudiantil.	*The library is older than the student center.*

e. Some adverbs also have irregular comparative forms.

Adverbs		Comparative Forms	
bien	*well*	mejor	*better*
mal	*bad, sick*	peor	*worse*
mucho	*a lot*	más	*more*
poco	*a little*	menos	*less*

Antonio estuvo mal ayer pero hoy está mucho **mejor.**	*Antonio was sick yesterday but today he's much better.*

g. When comparisons are followed by numbers, the form is **más de** + *number*.

Hay **más de cien** estudiantes en la clase.	*There are more than one hundred students in the class.*

Práctica y conversación

5.23 ¿Qué es mejor? Trabaje con un(-a) compañero(-a) de clase. Cada persona debe indicar sus preferencias según el modelo.

> **Modelo**   salir mal en un examen / aprobar un examen
> **¿Qué es mejor, salir mal en un examen o aprobar un examen?**
> **En mi opinión, es mejor aprobar un examen.**

1. asistir a clase / faltar a clase
2. comprar un libro / sacar prestado un libro
3. ser aplicado / ser perezoso
4. aprender de memoria / repasar sin aprender de memoria
5. dejar una clase / esforzarse

5.24 ¿Qué piensas de...? Con un(-a) compañero(-a), decidan cuál de las siguientes personas parece estar en mejor situación económica. Comparen también sus características físicas.

Datos personales					
	Edad	Estatura	Peso	Sueldo mensual	Propiedades
Víctor	37	1,78 m	78 kg	$2850	1 apartamento
Jesús	34	1,90 m	93 kg	$4200	2 apartamentos
Violeta	36	1,67 m	54 kg	$5800	1 casa y 2 apartamentos
Gustavo	28	1,82 m	82 kg	$6800	2 casas y 1 apartamento
Federico	43	1,76 m	87 kg	$3600	1 casa
Ángela	55	1,56 m	50 kg	$1815	_____

5.25 ¡Tengo menos dinero que nunca! Ud. y su compañero(-a) tienen sólo 100 pesos cada uno(-a) y van a la librería de la universidad a comprar algunas cosas que necesitan para sus clases. Miren y comparen los precios de los distintos artículos y luego elijan lo que van a comprar.

Reminder:
The abbreviation c/u = **cada uno/-a.**

Librería Cervantes	
Lápices Faber	0.50 centavos c/u
Lápices Mongol	5.00 pesos la docena
Bolígrafos Castell	6.00 pesos c/u
Bolígrafos Faber	7.50 pesos c/u
Cuadernos sencillos	4.50 pesos c/u
Cuadernos con espiral	5.25 pesos c/u
Agenda de plástico	8.80 pesos c/u
Agenda de cuero	20.00 pesos c/u
Papel económico para impresora	10.00 pesos el ciento
Papel para impresora láser	18.00 pesos el ciento
Lámpara de mesa	25.00 pesos
Lámpara de pie	38.00 pesos

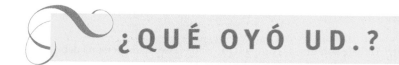

¿QUÉ OYÓ UD.?

Para escuchar bien
The Setting of a Conversation

The setting of a conversation includes not only the physical place, but also the time of day. Knowing where and when a given conversation or announcement takes place will help you understand the speaker. For example, in a history class you would expect to hear a professor lecturing on famous historical personalities or events. In the registrar's office of a university, you would expect to hear people talking about schedules and the classes they want to take. In other words, the setting helps you to anticipate what the speaker will say.

Antes de escuchar

5.26 El dibujo. Con un(-a) compañero(-a) de clase, mire el dibujo que se presenta en esta página y haga las siguientes actividades.

1. Describa a las personas en los dibujos, el lugar donde se encuentran, el clima y la ropa que llevan.
2. ¿Sobre qué cree Ud. que hablan estas dos personas? Justifique su respuesta.

A escuchar

5.27 Los apuntes. Escuche la conversación entre Guillermo y Fernando. Tome los apuntes que considere necesarios y complete las siguientes oraciones.

1. El día está _____ y se ve _____.
2. Guillermo está preocupado porque _____.
3. Guillermo quiere saber _____ porque _____.

Después de escuchar

5.28 Resumen. Con un(-a) compañero(-a) de clase, resuma la conversación entre Guillermo y Gerardo.

5.29 Algunos detalles. Complete las siguientes oraciones con la mejor respuesta.

1. Guillermo y Gerardo conversan...

   a. por teléfono desde sus casas.
   b. en la calle camino a la universidad.
   c. en el autobús cuando van a la biblioteca.

2. Sabemos que Guillermo...

   a. conoce el clima de esta ciudad.
   b. no está acostumbrado al clima de Caracas.
   c. prefiere el frío y la lluvia.

3. Según la conversación, se sabe que Guillermo y Gerardo...

   a. no se ven todos los días.
   b. no son muy amigables.
   c. son personas muy pesimistas.

4. El dicho «Al mal tiempo, buena cara» quiere decir que hay que...

   a. arreglarse cuando el clima está malo.
   b. tener paciencia con el clima.
   c. ser optimista aun cuando las cosas no van bien.

Interacciones CD-ROM: **Capítulo 5, Segunda situación**

Para saber más: http://interacciones.heinle.com

TERCERA SITUACIÓN

PERSPECTIVAS

La vida estudiantil

Es difícil describir el sistema de enseñanza en el mundo hispano porque hay mucha diversidad de un país a otro. Pero dentro de esta diversidad hay características básicas que todos los países tienen en común. Al igual que en los EE.UU., hay tres niveles de enseñanza: el primario, el secundario y el universitario. La primera etapa obligatoria es el nivel primario, donde los estudiantes de seis a doce años aprenden materias básicas como aritmética, lenguaje, estudios sociales y ciencias naturales. Al salir de la escuela primaria, reciben un certificado de sexto grado.

Los estudiantes que pueden continuar pasan al nivel secundario y asisten al colegio, al instituto o al liceo, según el país. Por lo general, esta etapa consiste en cinco o seis años de estudios divididos en dos partes. El primer ciclo termina en el bachillerato elemental y el segundo en el bachillerato clásico. Solamente los estudiantes que quieren asistir a la universidad completan los dos ciclos. En el colegio o liceo los estudiantes no pueden escoger ni sus clases ni su horario. El Ministerio de Educación de cada país determina qué materias deben estudiar en cada año. Así, todos los estudiantes de primer año de secundaria estudian exactamente las mismas materias.

Las universidades están divididas en facultades, como la Facultad de Administración de Empresas, la Facultad de Filosofía y Letras o la Facultad de Farmacia. Los estudiantes empiezan a especializarse en cuanto entran en la universidad. Por ejemplo, una estudiante que quiere hacerse médica entra directamente en la Facultad de Medicina en su primer año de universidad. Generalmente, la licenciatura lleva cinco o seis años de estudio. Al graduarse los estudiantes reciben la licenciatura y los llaman licenciados. Los que se gradúan de las facultades profesionales reciben un título profesional cuyo nombre varía según la facultad; por ejemplo, los que se gradúan de la Facultad de Medicina son médicos, mientras que los de la Facultad de Farmacia son farmacéuticos.

Las relaciones entre los estudiantes y los profesores son mucho más formales en la cultura hispana que en los EE.UU. Los profesores son corteses y amables con los estudiantes pero mantienen cierta distancia emocional. Los estudiantes tratan a los profesores con respeto; generalmente emplean Ud. y un título seguido por el apellido. En clase los profesores son una autoridad que no se cuestiona mucho. Los profesores dictan una conferencia y los estudiantes toman apuntes; no hay mucha interacción o discusión de la materia. Tampoco hay mucha oportunidad o tiempo para la atención individual porque las clases son grandes. Después de clase no es normal pasar tiempo con un(-a) profesor(-a) en su oficina o en una situación social.

Algunos estudiantes universitarios en un salón de clase

Práctica

5.30 Los títulos. Ponga al lado de cada título la letra correspondiente al nivel de enseñanza o la facutad.

_____ una licenciatura	a. la Facultad de Ingeniería
_____ un ingeniero	b. la escuela primaria
_____ un certificado	c. la Facultad de Farmacia
_____ un médico	d. el liceo
_____ un abogado	e. la Facultad de Medicina
_____ un bachillerato	f. la universidad
_____ un farmacéutico	g. la Facultad de Derecho

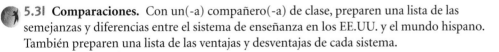

5.31 Comparaciones. Con un(-a) compañero(-a) de clase, preparen una lista de las semejanzas y diferencias entre el sistema de enseñanza en los EE.UU. y el mundo hispano. También preparen una lista de las ventajas y desventajas de cada sistema.

PANORAMA CULTURAL

El sistema educativo español

Antes de mirar

5.32 El sistema educativo. Con un(-a) compañero(-a) de clase, describan el sistema educativo de los EE.UU. para los cuatro niveles básicos. Para cada nivel incluyan información sobre la edad de los estudiantes, el lugar donde estudian y el currículo. Después miren el edificio de la siguiente foto y descríbanlo. En su opinión, ¿qué es este edificio? ¿A qué nivel educativo pertenece?

A mirar

5.33 La educación infantil. Con un(-a) compañero(-a) de clase, completen el siguiente gráfico con información acerca de la educación infantil en España.

Edades de los estudiantes
Propósito *(purpose)* **del nivel**
Manera de enseñar

5.34 El currículo base. Marque con un círculo todas las materias mencionadas en el vídeo que son parte del currículo base en España.

la educación musical
la educación física
las danzas de la sociedad
los valores de la sociedad
la educación social

la educación técnica
el comportamiento en la sociedad
la educación para una buena convivencia
   con las razas
la educación sexual
la educación artística

La Universidad de Alcalá de Henares

5.35 La Universidad de Alcalá de Henares. Utilizando la información del vídeo sobre la Universidad, complete las siguientes oraciones.

1. Antes de entrar en la ___*univer*___, cada alumno tiene que estudiar el bachillerato. El bachillerato son ___*4*___ años de cursos. El _____ año se llama COU.
2. La Universidad de Alcalá de Henares es una de las universidades más ___*antiguas*___ de ___*España*___. ___*cervantes*___ nació en la ciudad de Alcalá de Henares. Muchos _____ importantes estudiaron en esta Universidad.
3. En la Universidad no se suelen ___*comprar*___ muchos libros porque los estudiantes utilizan los libros de ___*biblio*___. Entre clases los estudiantes suelen estar en ___*cafetería*___.

Después de mirar

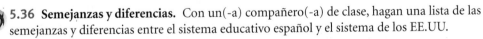

5.36 Semejanzas y diferencias. Con un(-a) compañero(-a) de clase, hagan una lista de las semejanzas y diferencias entre el sistema educativo español y el sistema de los EE.UU.

5.37 La defensa de una opinión. ¿Qué evidencia oral y/o visual hay en el vídeo que confirma la siguiente idea? El sistema educativo español prepara bien a todos los estudiantes.

Para leer bien

Locating Main Ideas and Supporting Elements

Every reading selection is composed of a main idea and the details or supporting elements that help develop this main idea. In order to understand a reading passage, it is important to locate the main idea quickly and to separate it from the supporting details. In articles such as those found in newspapers and magazines, the main idea is often expressed in the title and again in the first paragraph. The paragraphs that follow develop the main idea by providing details and examples. A similar structure exists within each paragraph. The topic sentence or main idea of the paragraph is frequently the first sentence of the paragraph and the succeeding sentences further develop and support the topic sentence.

Antes de leer

5.38 El título. Dé un vistazo *(Scan)* al título de la siguiente lectura «De una torre de radar a un albergue ecológico» *("From a Radar Tower to an Ecological Inn")*. En su opinión, ¿cuál es la idea central del artículo?

5.39 El primer párrafo. Lea el primer párrafo del siguiente artículo. ¿Qué otra información hay en este párrafo que contribuye a su primera idea? ¿Dónde está el albergue ecológico? ¿Qué construcción atraviesa este país? ¿Es un buen lugar para este tipo de hotel? Revise la información geográfica sobre este país en un mapa de la región y en *Bienvenidos a Centroamérica, Colombia y Venezuela* para encontrar más información.

5.40 Arias de Para. Lea el primer párrafo del siguiente artículo para encontrar información sobre Raúl Arias de Para. ¿Quién es y qué ha hecho?

A leer

5.41 La idea principal y los detalles. Ud. ya ha encontrado la idea principal del artículo «De una torre de radar a un albergue ecológico». Mientras que Ud. lee el resto del artículo, haga una pausa después de leer cada párrafo para encontrar su idea principal y los detalles que apoyan la idea principal.

De una torre de radar a un albergue ecológico

¿Qué se hace con una torre de radar abandonada en medio de la selva° panameña? Para el hombre de negocios, conservacionista y ávido observador de pájaros, Raúl Arias de Para, la respuesta era simple: convertirla en un singular albergue ecológico y puesto de observación de la cubierta° de la selva tropical.

«Me gusta la selva, cuanto más salvaje y virgen mejor», explica Arias de Para. Arias de Para atribuye su amor por la selva a las

jungle

canopy

El Parque Nacional Soberanía, una selva tropical

temporadas que pasaba en la finca familiar° cerca del Valle de Antón, un pintoresco pueblo ubicado en el cráter de un volcán extinguido a 123 kilómetros de la ciudad de Panamá. «Pasábamos las vacaciones escolares —tres meses todos los años— andando a caballo, nadando en los arroyos°, coleccionanado bichos°, haciendo paseos y acampando en la montaña. Observaba los pájaros sin saber que lo estaba haciendo. Era algo natural».

family farm

streams / bugs

Arias de Para dice que después, «Tenía un sueño convencional... un albergue ecológico con un arroyo cerca, rodeado° de bosques° y con abundante vida silvestre°. Nunca me imaginé que terminaría en una torre de radar de la Fuerza Aérea de los Estados Unidos. Ni siquiera había visto una torre de radar en mi vida».

surrounded / forests / rustic

La Fuerza Aérea de los EE.UU. había construido la torre de radar durante los años sesenta para ayudar a defender el canal de Panamá. En 1988 pasó a formar parte de la Red de Radares de la Cuenca° del Caribe y fue utilizada por el gobierno estadounidense para vigilar a los traficantes de drogas. La antigua torre fue abandonada y entregada a Panamá en 1995, en cumplimiento de los tratados firmados en 1977.

Basin

Actualmente se llama «Canopy Tower», y es un cilindro de quince metros de altura, de brillantes colores amarillo y aguamarina, situado en la cima° del Cerro Semáforo°, que se eleva 275 metros sobre el Parque Nacional Soberanía, una reserva natural de 22.104 hectáreas que bordea el canal. El parque es la reserva de vida silvestre más accesible de Panamá. La zona está habitada por cientos de especies de aves°, mamíferos y reptiles.

peak / Semaphore Hill

birds

Arias de Para estaba buscando un lugar para construir su albergue ecológico cuando conoció a un empleado de la Comisión del Canal que le contó sobre la torre abandonada. Visitó la antigua estructura y se enamoró de ella: «Inmediatamente me gustó el lugar. No sabía qué iba a hacer con la torre, pero me gustó desde un primer momento. Fue un verdadero amor a primera vista».

Pero primero tuvo que convencer a las autoridades de que su proyecto sería favorable y no perjudicaría° el medio ambiente°. «Los funcionarios se mostraron reacios a° permitir la presencia de un albergue dentro de los límites del parque», explica Arias de Para. «Tuve que realizar un gran trabajo de persuasión para demostrar que mi proyecto no era contrario a la conservación.»

harm / environment / unwilling to

Finalmente sus esfuerzos rindieron su fruto°. Después de dos años de negociaciones, en 1997 Arias de Para firmó una concesión a largo plazo° que le permitía llevar a cabo actividades de ecoturismo y observación de la copa de los árboles° en la torre y las catorce hectáreas de bosques tropicales que la rodean. Se necesitó otro año para renovar el edificio.

bore fruit
long term
tree tops

La torre de metal estaba muy manchada y corroída°, era virtualmetne hueca°, sin ventanas y tenía una angosta escalera°. Después de que un ingeniero inspeccionó el edificio y lo declaró estructuralmente sólido, el equipo de Arias de Para comenzó a

stained and corroded / empty
narrow stairway

instalar escaleras adecuadas, agregar° grandes ventanas y eliminar las numerosas capas de pintura° de la parte exterior. Esta última actividad tuvo que hacerse totalmente a mano, para evitar contaminar la zona circundante con pintura a base de plomo°. Arias de Para también se puso en contacto con una diseñadora profesional y juntos diseñaron las habitaciones interiores y un esquema de colores inspirado en los colores del pico de un tucán pico iris°.

to add

coats of paint

lead paint

Un tucán

beak of a toucan

Además, era necesario reparar el pavimento del camino de 1,6 kilómetros que atraviesa° *crosses* el bosque hasta la cima de Cerro Semáforo. Arias de Para mantuvo su compromiso de llevar a cabo° *to carry out* todas las actividades de remodelación sin cortar un solo árbol o utilizar una topadora°. *bulldozer*

Ansioso por ver° *Anxious to see* el proyecto de adaptación de Arias de Para, lo visité. En la oscuridad que precede al amanecer°, *dawn / buzzing* nos recibió el zumbido° de los insectos y el extraño estrépito° de los monos aulladores° *racket / howling monkeys* en la copa de los árboles. En el primer piso de la torre hay una exposición permanente donada por el Instituto de Investigaciones Tropicales de la Smithsonian Institution. El segundo nivel tiene seis confortables habitaciones, cuyas grandes ventanas dan al bosque circundante. El piso superior alberga una espaciosa sala común, rodeada de ventanas, con una mesa, hamacas y sillones que permiten ver la copa de los árboles. Subimos una angosta escalera hasta la zona de observación de la parte superior de la torre. Desde este punto de observación, la cubierta de la selva tropical se extiende ondulante en todas las direcciones, como un enorme mar verde. A la distancia se puede ver los angostos rascacielos de la ciudad de Panamá.

Con su poderoso telescopio, Arias de Para pronto enfoca algunos de los habitantes de la selva. Hasta ahora se han podido divisar° *to see, make out* desde la torre 250 especies de aves y la lista continúa creciendo. De vez en cuando se puede ver ocelotes en peligro de extinción, pumas y jaguares. Arias de Para espera que la presencia de la torre ayudará a desalentar° *to discourage* actividades ilegales como la caza furtiva°, *poaching* y que su proyecto contribuirá a promover la educación sobre la conservación de la vida silvestre, no sólo en Panamá, sino en el mundo entero.

Además de transformar una desnuda torre de radar en un cómodo albergue ecológico, Raúl Arias de Para ha apoyado° *supported* la investigación científica y los programas de conservación en sus instalaciones. La torre, que fue visitada por 2.400 turistas desde que se inauguró en enero de 1999, se ha convertido en un popular punto de observación para los conservacionistas, biólogos y observadores de pájaros, así como en una atracción para los turistas que tienen un interés más general en los bosques húmedos tropicales.

Ahora que Panamá tiene soberanía sobre los bosques de la antigua Zona del Canal, Arias de Para considera que el ecoturismo desempeñará un importante papel° *will play an important role* en el desarrollo económico de su país. «La zona es muy rica en fauna y flora, y está muy cerca de las principales ciudades de Panamá y Colón. El ecoturismo es una forma sostenible de utilizar estos bosques para generar oportunidades de empleo.» Sin duda, la singular torre de radar de Arias de Para será uno de los hitos° *milestones* que marcarán ese camino.

Después de leer

5.42 Los temas principales. Con un(-a) compañero(-a) de clase, hagan una lista de por lo menos cinco temas tratados en el artículo.

5.43 Unos detalles de la selva. Complete el siguiente cuadro con el nombre de los animales, aves y otras cosas relacionadas con la naturaleza de la selva panameña que se mencionan en el artículo.

Animales y aves
Naturaleza

5.44 El albergue ecológico. Con un(-a) compañero(-a) de clase, preparen una presentación oral del albergue ecológico del artículo. Incluyan una descripción del albergue, lo que hay en cada piso, el número de turistas que lo han visitado y su papel como un centro de conservación. Después presenten su descripción a la clase.

5.45 En defensa de una opinión. ¿Qué evidencia hay en el artículo que confirma la siguiente idea? Es posible convertir una instalación militar en un edificio ecológico sin perjudicar el medio ambiente.

ASÍ SE ESCRIBE

Para escribir bien

Summarizing

In the academic as well as the business world, summarizing is an important skill. People frequently need to summarize what they have read or listened to in order to use the information in the future. A summary is a brief version of a reading selection or oral presentation. A good summary is basically a re-statement of the main idea of the reading or oral passage followed and supported by the topic sentences of major paragraphs.

The first step in preparing a summary is to identify the main idea and supporting elements. The second step is to arrange the main idea and supporting elements into a cohesive unit. During this step you may need to re-arrange supporting elements so they follow each other more logically. The final step is to write the summary. During the actual writing you will probably need to add words and phrases that will join the ideas together in a cohesive manner.

You may need to re-read the Para leer bien section of this chapter to review this step.

Antes de escribir

5.46 Los temas principales. Utilizando sus respuestas para la **Práctica 5.42** sobre los temas de la lectura «De una torre de radar a un albergue ecológico». Después escriba una lista en un orden lógico. Después un detalle para cada tema.

5.47 Las universidades de los EE.UU. Escriba una lista de los principales conceptos e ideas acerca de las universidades de los EE.UU. Incluya información sobre las clases, las facultades, los edificios, los profesores, el clima y la vida estudiantil. Después, añada unos detalles para cada concepto.

 5.48: *Grammar:* verbs: preterite & imperfect; *Phrases/Functions:* describing objects, writing a news item; *Vocabulary:* animals: birds, animals: wild, plants: trees, traveling; **5.49:** *Grammar:* comparisons: equality, comparisons: inequality, comparisons: irregular; *Phrases/Functions:* comparing and contrasting, describing objects, describing weather, persuading; *Vocabulary:* classroom, university; **5.50:** *Grammar:* prepositions **a**, prepositions **para**, prepositions **por**, verbs: subjunctive with a relative, subjunctive with *ojalá*; *Phrases/Functions:* comparing and contrasting, comparing and distinguishing, describing objects, persuading, requesting or ordering; *Vocabulary:* classroom, leisure, university.

A escribir

Escoja una de las composiciones de la lista a continuación. Después, escriba su composición, utilizando sus respuestas para los ejercicios de **Antes de escribir.** Trate de incorporar el nuevo vocabulario y las nuevas estructuras gramaticales de este capítulo.

5.48 Un resumen. Escriba un resumen de «De una torre de radar a un albergue ecológico».

5.49 Mi universidad. Describa su universidad para un folleto dirigido a futuros estudiantes. Describa las facultades y los programas, los edificios, las actividades y el clima que hay normalmente. Compare su universidad con otras que Ud. conoce. Su descripción debe ser agradable para atraer a un gran número de estudiantes.

5.50 Unos consejos. El director de una escuela secundaria en Costa Rica le pide a Ud. que escriba un artículo en español para los estudiantes que asistirán a su universidad el año próximo. Como ellos no conocen bien el sistema educativo de los EE.UU., Ud. tiene que describir la vida universitaria. Déles consejos y recomendaciones a los estudiantes para que tengan éxito en la universidad.

Después de escribir

Antes de entregarle su composición a su profesor(-a), Ud. debe leerla de nuevo y corregir los errores. Preste atención a las ideas principales y los detalles. ¿Hay una ideal principal en cada párrafo? ¿Hay suficientes detalles para apoyar las ideas principales? Revise el vocabulario y las frases para comparar y los verbos en el subjuntivo.

INTERACCIONES

5.51 El Programa de Orientación. You are a student guide for Orientation Week at your university. Prepare a brief introductory speech about your school including its history, number and type of students, outstanding features and programs, a description of the campus, where important buildings are located, and other information you think would interest new Hispanic students.

5.52 El (La) meteorólogo(-a). You are the weather announcer for the morning news show on a Hispanic network. Each fall one of your most popular features is to provide the weather forecast for football weekends at universities around the U.S. In addition to the weather forecast, provide your audience with comparisons of the football teams and other features of the universities.

5.53 «Temas de actualidad». You are the moderator of «**Temas de actualidad»,** a popular Los Angeles radio show that examines contemporary and often controversial issues. The topic for this week's show is «**Las universidades: ¿buenas o malas?**» The guests (played by classmates) are three typical university students. As moderator you must ask each university student about his/her university experience including information on classes, assignments, exams, instructors, and social life. The student guests should explain what they hope and want the university to be like and offer advice and recommendations for improving the campus.

5.54 El primer año de universidad. You are the parent of an eighteen-year-old son/daughter who is leaving home for his/her first year in the university. Explain what you want and hope that your son/daughter will do during the freshman year. Offer advice and recommendations so that he/she will be successful. Specify any activities that you insist that they should or should not engage in.

Para saber más: http://interacciones.heinle.com

Capítulo 6

En casa

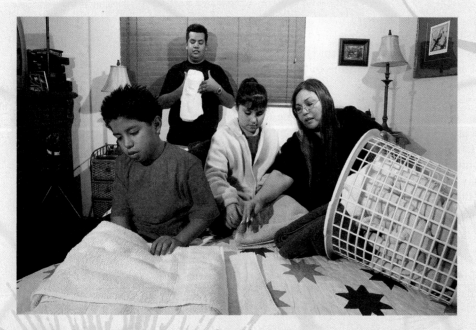

Esta familia comparte los que haceres domésticos.

CULTURAL THEMES

Colombia and Venezuela

Hispanic home life

COMMUNICATIVE GOALS

Enlisting help

Telling others what to do

Comparing people and things with equal qualities

Pointing out people and things

Expressing polite dismissal

Expressing judgments, doubt, and uncertainty

Talking about things and people

PRIMERA SITUACIÓN

PRESENTACIÓN

Lava los platos y saca la basura

Práctica y conversación

6.1 ¡Manos a la obra! ¿Con qué frecuencia necesita Ud. hacer estos que haceres domésticos?

1. sacudir los muebles
2. lavar los platos
3. barrer el piso

4. planchar la ropa
5. cortar el césped
6. lavar la ropa

6.2 Le toca a Ud. Explíquele a su compañero(-a) de clase lo que él (ella) debe hacer para ayudar a arreglar la casa. Dígale por lo menos tres que haceres para cada lugar.

en la sala / en la cocina / en la lavandería / en el comedor / en el dormitorio / en el jardín

6.3 Tareas que los hombres no realizan. Según un sondeo *(survey)* hecho en España, hay ciertos que haceres domésticos que los hombres españoles no hacen nunca. Utilizando el gráfico, conteste las preguntas a continuación. **Vocabulario:** fregar = lavar / limpiar; hacer chapuzas = *to do odd jobs around the house;* tender la ropa = *to hang clothes out to dry.*

POR AHI NO PASO
Tareas que los hombres no realizan

%

Hacer las camas	40
Limpiar el polvo	56
Cocinar	40
Lavar la ropa	77
Tender la ropa	47
Fregar el suelo	57
Recoger la casa	45
Hacer chapuzas	14
Fregar los platos	45
Planchar	87
Ir de compras	34
Cuidar a los niños	40
Fregar el cuarto de baño	66
Regar las plantas	44
Sacar la basura	16
Limpiar ventanas	72

Teoría y práctica del macho. Arriba, la opinión «progre» de los hombres españoles, según una encuesta del CIS. A la izquierda, las actividades domésticas que los varones no realizan «nunca», según un sondeo del Instituto de la Mujer.

1. ¿Cuáles son los dos que haceres domésticos que los hombres españoles hacen con más frecuencia?
2. ¿Cuáles son los cuatro que haceres domésticos que los hombres españoles hacen con menos frecuencia?
3. ¿Qué tareas hacen los hombres españoles en la cocina?
4. ¿Qué porcentaje de los hombres españoles hace las siguientes tareas?

    hacer las camas / recoger la casa / lavar los platos / cuidar a los niños / regar las plantas

6.4 Un sondeo. Haga un sondeo en su clase de español para determinar qué porcentaje de sus compañeros(-as) de clase nunca hace las tareas en la lista del gráfico de la **Práctica 6.3**.

6.5 Creación. En una narración cuente lo que pasa en el dibujo de la **Presentación**.

VOCABULARIO

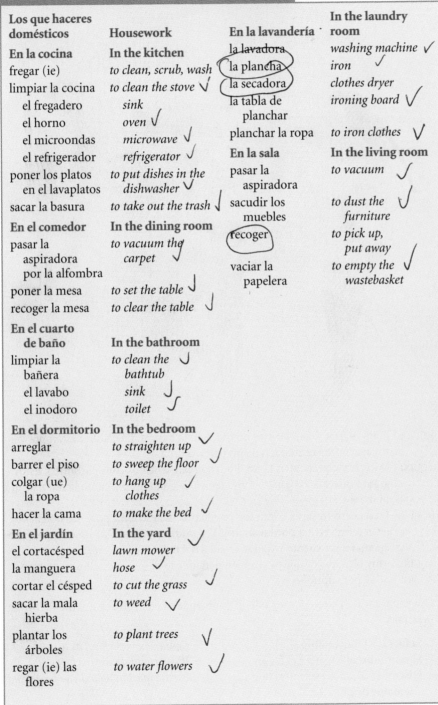

Los que haceres domésticos — **Housework**

En la cocina — **In the kitchen**
fregar (ie) — to clean, scrub, wash
limpiar la cocina — to clean the stove ✓
   el fregadero — sink ✓
   el horno — oven ✓
   el microondas — microwave ✓
   el refrigerador — refrigerator ✓
poner los platos en el lavaplatos — to put dishes in the dishwasher ✓
sacar la basura — to take out the trash ✓

En el comedor — **In the dining room**
pasar la aspiradora por la alfombra — to vacuum the carpet ✓
poner la mesa — to set the table ✓
recoger la mesa — to clear the table ✓

En el cuarto de baño — **In the bathroom**
limpiar la bañera — to clean the bathtub ✓
   el lavabo — sink ✓
   el inodoro — toilet ✓

En el dormitorio — **In the bedroom**
arreglar — to straighten up ✓
barrer el piso — to sweep the floor ✓
colgar (ue) la ropa — to hang up clothes ✓
hacer la cama — to make the bed ✓

En el jardín — **In the yard**
el cortacésped — lawn mower ✓
la manguera — hose ✓
cortar el césped — to cut the grass ✓
sacar la mala hierba — to weed ✓
plantar los árboles — to plant trees ✓
regar (ie) las flores — to water flowers ✓

En la lavandería — **In the laundry room**
la lavadora — washing machine ✓
la plancha — iron ✓
la secadora — clothes dryer ✓
la tabla de planchar — ironing board ✓
planchar la ropa — to iron clothes ✓

En la sala — **In the living room**
pasar la aspiradora — to vacuum ✓
sacudir los muebles — to dust the furniture ✓
recoger — to pick up, put away ✓
vaciar la papelera — to empty the wastebasket ✓

Vocabulario suplementario. el cubo (bucket, pail), el desinfectante (disinfectant), el detergente (detergent), la escoba (broom), la esponja (sponge), el producto de limpieza (cleanser, cleaning product), el trapeador, la fregona (mop), trapear el suelo, pasarle la fregona al suelo (to mop), el trapo (rag)

Vocabulario suplementario. el carro cortacésped (riding lawn mower), el cortacésped de motor (power lawn motor), el rastrillo (lawn rake), la regadera (watering can), el regador giratorio (sprinkler)

ASÍ SE HABLA

Enlisting Help

Rocío is a female name even though it ends in **-o**.

ROCÍO: Joaquín, por favor, no seas malito, saca la basura. Los Núñez están por venir y yo todavía no he terminado de preparar la cena.

JOAQUÍN: Mira, no te preocupes tanto. Ellos son tan sencillos como nosotros. Estoy seguro que su casa está siempre tan sucia o tan limpia como la nuestra, ni más ni menos.

ROCÍO: Lo sé, pero tú sabes cómo soy yo. Guarda esa escoba y pon esas botellas de vino en el refrigerador, por favor. ¡Ah! Y si pudieras, diles a los niños que se acuesten, cuéntales un cuento y que se vayan a dormir.

JOAQUÍN: Muy bien, pero sube tú también para que te despidas de ellos.

ROCÍO: Sí, sí, por supuesto.

When you want to request a favor or enlist someone's help, you can use the following expressions:

Si fuera(-s) tan amable...	*Could you be so kind as to . . . ?*
Si me pudiera(-s) hacer el favor...	*If you could do me the favor of . . .*
Disculpe(-a), ¿pero sería(-s) tan amable de...?	*Excuse me, but would you be so kind as to . . . ?*

Disculpe(-a) la molestia, pero ¿podría(-s)...?	Excuse me for disturbing you, but could you . . . ?
Quiero pedirle(-te) un favor.	I want to ask you a favor.
¿Cree(-s) que sería posible...?	Do you think it would be possible to . . . ?

Accepting a request

¡Cómo no!	
¡Por supuesto!	Of course!
¡No faltaba más!	
¡Con mucho gusto!	My pleasure!
¡Qué ocurrencia!	No problem!
Está bien.	Fine.

Refusing a request

¡Ay, qué pena! Pero...	Oh, what a shame! But . . .
Creo que me va a ser difícil porque...	I think it's going to be difficult because . . .
Cuánto lo lamento, pero creo que no voy a poder... porque...	I'm very sorry, but I think I won't be able to . . . because . . .
A ver si puedo.	I'll see if I can.

Práctica y conversación

6.6 En la residencia estudiantil. ¿Qué dice Ud. en las siguientes situaciones?

Estudiante 1

1. Ud. quiere que su compañero(-a) de cuarto limpie la habitación.
3. Ud. quiere que su compañero(-a) de cuarto baje el volumen de la música.
5. Ud. no acepta.

Estudiante 2

2. Ud. no quiere limpiar la habitación.

4. Ud. acepta, pero le pide a su compañero(-a) de cuarto que no fume.
6. Ud. se queja.

6.7 ¡Vamos a tener una fiesta! Con algunos compañeros, dramaticen la siguiente situación. Ud. está organizando una fiesta sorpresa para el aniversario de sus padres y necesita la cooperación de muchas personas: de su hermano(-a) mayor para que mueva los muebles y pase la aspiradora, de sus dos hermanos(-as) menores para que limpien los baños y la cocina, de sus primos(-as) para que compren los adornos para la fiesta, de su tío(-a) para que compre la comida y cocine. Algunas personas no quieren cooperar.

Exterior e interior de una casa hispana

ESTRUCTURAS

Telling Others What to Do
Familiar Commands

When telling others what to do, the familiar commands are used with relatives, friends, small children, pets, or persons with whom you use a first name or the **tú** form.

Regular Familiar Commands			
	Verbos en -AR	Verbos en -ER	Verbos en -IR
Affirmative	limpia	barre	sacude
Negative	no limpies	no barras	no sacudas

a. The affirmative familiar command of regular and stem-changing verbs has the same form as the third-person singular of the present indicative tense.

b. The negative familiar command has the same form as the second-person singular (**tú**) form of the present subjunctive.

> **Arregla** tu cuarto pero **no arregles** el de Ramón; él debe hacerlo.

> *Straighten up your room but don't straighten up Ramón's; he ought to do it.*

c. The affirmative familiar command of several common Spanish verbs is irregular. However, the corresponding negative **tú** command is regular. Compare the following:

Irregular Familiar Commands		
Infinitive	Affirmative Command	Negative Command
decir	di	no digas
hacer	haz	no hagas
ir	ve	no vayas
poner	pon	no pongas
salir	sal	no salgas
ser	sé	no seas
tener	ten	no tengas
venir	ven	no vengas

d. As is the case with all commands, reflexive and object pronouns are attached to the end of affirmative familiar commands and precede the negative forms.

—Mamá, ¿tengo que lavar el vestido de Teresa?	*Mom, do I have to wash Teresa's dress?*
—Claro. Láva**lo** y séca**lo** ahora mismo pero **no lo planches.** Yo lo plancharé mañana.	*Of course. Wash it and dry it right now but don't iron it. I'll iron it tomorrow.*

Práctica y conversación

6.8 Los que haceres. Su compañero(-a) le pregunta qué puede hacer para ayudarlo(-la) a Ud. a arreglar el apartamento. Dígale lo que debe hacer.

Modelo   ¿Debo pasar la aspiradora?
Sí, pásala.

1. ¿Debo recoger la mesa?
2. ¿Debo fregar los platos?
3. ¿Debo hacer la cama?
4. ¿Debo limpiar el cuarto de baño?
5. ¿Debo colgar la ropa?
6. ¿Debo sacudir los muebles?
7. ¿Debo sacar la basura?

6.9 Consejos. Déle consejos a su hermano(-a) menor.

Modelo   llegar a clase a tiempo / llegar tarde
Llega a clase a tiempo. No llegues tarde.

1. decir la verdad / decir mentiras
2. ser amable / ser antipático(-a)
3. venir a casa temprano / venir a casa tarde
4. salir con amigos / salir con personas desconocidas
5. tener cuidado / ser distraído(-a)
6. ir al parque / ir al centro solo(-a)
7. hacer la tarea / hacer otras cosas
8. ponerse los zapatos / ponerse las pantuflas

6.10 Ayúdame, por favor. Esta noche Ud. y su compañero(-a) de cuarto van a dar una fiesta y los (las) dos están muy nerviosos(-as) y preocupados(-as). Ud. le dice a su compañero(-a) por lo menos tres cosas que él (ella) debe hacer y dos cosas que no necesita hacer. Él (Ella) hace lo mismo con Ud.

6.11 ¿Quién va a hacer esto? Ud., su compañero(-a) de clase y Paco van a hacer los siguientes quehaceres.

limpiar el horno / sacar los platos del lavaplatos / pasar la aspiradora por la alfombra de la sala / limpiar la bañera y el lavabo / hacer las camas / colgar la ropa / cortar el césped / sacudir los muebles de la sala / planchar la ropa / regar las flores / sacar la basura

Es la hora de empezar pero a Paco se le perdió la lista. A continuación está su lista, y la de su compañero(-a) de clase está en el **Apéndice A**. Hablen de los quehaceres que Uds. dos tienen, para hacer de nuevo la lista perdida de Paco.

> *fregar el horno*
> *sacudir los muebles*
> *hacer las camas*
> *colgar la ropa*

Comparing People and Things with Equal Qualities
Comparisons of Equality

Spanish uses a slightly different construction from that of English to compare people or things with equal qualities.

a. For making comparisons of equality with adjectives or adverbs, the following formula is used.

| **tan** + | ADJECTIVE ADVERB | + **como** | = | *as* + | ADJECTIVE ADVERB | + | *as* |

—Este cuarto no está **tan limpio como** el tuyo.

This room isn't as clean as yours.

—Sí, porque Eduardo no lo barre **tan regularmente como** yo.

Yes, because Eduardo doesn't sweep it as regularly as I.

Note that the subject pronouns are used after **como**.

b. For making comparisons of equality with nouns, the following formula is used. Note that **tanto** agrees with the noun in number and gender.

(no) + **tanto(-a, -os, -as)** + NOUN + **como** = *(not)* + *as much / many . . . as*

Mamá, no es justo. Roberto no tiene que lavar **tantos platos como** yo.

Mom, it's not fair. Roberto doesn't have to wash as many dishes as I.

c. For making comparisons with verbs, the phrase **tanto como** is used.

En mi opinión, nadie limpia **tanto como** tu mamá.

In my opinion, no one cleans as much as your mother.

d. In addition to their use in expressions of equality, forms of **tan(-to)** can also be used to express quantity: **tan** = *so;* **tanto** = *so much / so many.*

No limpies **tan** despacio.   *Don't clean so slowly.*
Elena tiene **tanta** ropa.   *Elena has so many clothes.*
¡No bebas **tanto**!   *Don't drink so much!*

Práctica y conversación

6.12 Una casa nueva. Su amigo(-a) acaba de comprar su primera casa. Describa la casa nueva comparando las habitaciones.

> **Modelo**   los dormitorios / la sala / bonito
> **Los dormitorios son tan bonitos como la sala.**

1. la lavandería / la cocina / moderno
2. el comedor / la sala / elegante
3. los cuartos de baño / la cocina / pequeño
4. la sala / los dormitorios / cómodo
5. el jardín / la casa / grande

6.13 Más que haceres. Haga oraciones, indicando que Ud. trabaja tanto como su compañero(-a) de cuarto.

> **Modelo**   lavar platos
> **Yo lavo tantos platos como él (ella).**

plantar flores / lavar ropa / secar platos / planchar camisas / recoger periódicos / sacar basura / cortar el césped

6.14 Comparaciones. Complete de una manera lógica.

1. Espero tener tanto(-a) _____ como mi mejor amigo(-a).
2. En esta clase yo _____ tanto como mis compañeros(-as).
3. No debo _____ tanto.
4. Quiero ser tan _____ como mis compañeros(-as).
5. Yo _____ tanto como los otros.

6.15 ¡Tú no trabajas tanto como yo! En grupos, un(-a) estudiante hace el papel de padre/madre y dos hacen el papel de hijos(-as).

Situación: Sus hijos(-as) no hacen nada en la casa; sólo ven televisión, escuchan música, comen y duermen. Ud. los (las) llama y les dice que tienen que hacer algunas labores en la casa. Cada uno(-a) de ellos(-as) cree que trabaja mucho o por lo menos tanto como los (las) otros(-as).

Pointing Out People and Things

Demonstrative Adjectives and Pronouns

Demonstrative adjectives and pronouns are used to point out or indicate people, places, and objects that you are discussing: *this house; that apartment.*

Demonstrative Adjectives		
este cuarto	ese cuarto	aquel cuarto
esta casa	esa casa	aquella casa
estos cuartos	esos cuartos	aquellos cuartos
estas casas	esas casas	aquellas casas

a. Demonstrative adjectives are placed before the noun they modify and agree with that noun in person and number.

1. **este, esta / estos, estas** = *this / these*

   The forms of **este** are used to point out persons or objects near the speaker and are often associated with the adverb **aquí** = *here.*

   Tu libro está **aquí** en **esta** mesa. *Your book is here on this table.*

2. **ese, esa / esos, esas** = *that / those*

   The forms of **ese** are used to point out persons or objects near the person spoken to and are often associated with the adverb **ahí** = *there.*

   Tu sandwich está **ahí** en **ese** plato. *Your sandwich is there on that plate.*

3. **aquel, aquella / aquellos, aquellas** = *that / those (over there, in the distance)*

   The forms of **aquel** are used to point out persons or objects away from both the speaker and person spoken to and are often associated with the adverb **allí** = *there, over there.*

   Prefiero **aquella** casa, **allí** en la esquina. *I prefer that house over there on the corner.*

Demonstrative Pronouns					
éste } ésta }	*this (one)*	ése } ésa }	*that (one)*	aquél } aquélla }	*that (one)*
éstos } éstas }	*these*	ésos } ésa }	*those*	aquéllos } aquéllas }	*those*
esto	*this*	eso	*that*	aquello	*that*

b. Demonstrative pronouns are used to replace the indicated person(-s) or object(-s). They occur alone and agree in gender and number with the nouns they replace. Note the use of written accent marks on all but the neuter forms of demonstrative pronouns.

Ana prefiere **esta** mesa pero yo prefiero **aquélla.**

Ana prefers this table but I prefer that one.

c. The neuter demonstrative pronouns are **esto** = *this*, **eso** = *that*, and **aquello** = *that*. They exist only in the singular. The neuter forms point out an item whose identity is unknown or they replace an entire idea, situation, or previous statement.

¿Qué es **esto / eso**?
Eso no es verdad.

What is this / that?
That isn't true.

> Note that the neuter pronouns have no written accent marks.

d. The forms of **éste** can be used to express *the latter*. The forms of **aquél** can be used to express *the former*.

Colombia y Venezuela son dos países de Sudamérica; **éste** (Venezuela) produce mucho petróleo y **aquél** (Colombia) produce mucho café.

Colombia and Venezuela are two South American countries; the former (Colombia) produces a lot of coffee and the latter (Venezuela) produces a lot of oil.

Note that in Spanish *the latter* (**éste**) is expressed first, followed by *the former* (**aquél**).

Práctica y conversación

6.16 Los que haceres. Un(-a) amigo(-a) está ayudándolo(-la) a Ud. a hacer los que haceres domésticos. Indique lo que Ud. necesita.

Modelo la aspiradora que está aquí
Necesito ésta.

1. la escoba que está aquí
2. los trapos que están ahí
3. las esponjas que están allí
4. el detergente que está ahí
5. la plancha que está aquí
6. la manguera que está allí

6.17 En el supermercado. Un(-a) compañero(-a) está ayudándolo(-la) a Ud. a comprar comida para la cena. Conteste sus preguntas sobre lo que Ud. quiere comprar.

Modelo
COMPAÑERO(-A): **¿Quieres comprar estos tomates?**
USTED: **Sí, quiero comprar ésos.**

1. las almejas
2. los mariscos
3. el queso francés
4. la torta
5. la cerveza
6. el vino alemán
7. los vegetales
8. las cebollas

6.18 ¿Qué dicen? Mire los siguientes dibujos y diga qué dicen las personas. Luego diga cómo son las personas y qué cree Ud. que va a pasar.

Modelo Niño: **Mami, quiero ir a esta tienda.**
MADRE: **¿A ésa? ¡No!**

6.19 ¿Qué es esto? Ud. es el (la) vendedor(-a) en una tienda de electrodomésticos (*appliances*) muy modernos y sofisticados. Un(-a) cliente entra, ve los objetos y le hace una serie de preguntas. Conteste sus preguntas explicándole qué son.

Modelo Cliente: **¿Qué es esto?**
EMPLEADO(-A): **Ésta es una aspiradora muy moderna. Sirve para aspirar el polvo y también para lavar las alfombras.**

Interacciones CD-ROM: **Capítulo 6, Primera situación**

Para saber más: http://interacciones.heinle.com

SEGUNDA SITUACIÓN

PRESENTACIÓN

Los programas de la tele

Práctica y conversación

6.20 Definiciones. Dé las palabras que corresponden a las siguientes definiciones.

1. la persona que mata a alguien
2. una máquina que sirve para poner videocintas
3. la persona que da las noticias
4. lo que uno lee para informarse de los programas que dan en la televisión
5. la persona que lee los anuncios en la televisión
6. la persona que ve un crimen

6.21 Más definiciones. Explíquele las siguientes palabras a su compañero(-a) de clase.

la víctima / el (la) diputado(-a) / la guerra / el juez / la cárcel / la ley / el terremoto

6.22 ¿Qué van a ver? Usando la guía de televisión a continuación, escoja programas para las siguientes personas.

1. una pareja con poco dinero que necesita una casa
2. una estudiante que se especializa en cine
3. un profesor a quien le encantan las noticias
4. un joven loco por los programas de concursos
5. una mujer a quien le gustan las telenovelas
6. Ud. y sus amigos

TVE 1

VIERNES 11

07.30 Telediario matinal
09.00 Los desayunos de TVE (debate)
09.50 Luz María (serie)
11.20 Saber vivir (magazine)
12.45 Así son las cosas (magazine)
13.35 Noticias
13.45 Informativo territorial
14.30 Corazón de invierno
15.00 Telediario 1
16.05 Calle nueva (serie)
16.45 La mentira (serie)
18.35 El precio justo
19.55 Gente
21.00 Telediario 2
22.00 Estamos en directo (humor)
22.40 La casa de tus sueños (concurso)
01.00 Telediario 3
01.45 Cine de madrugada:
      Cuando llega la noche (1985). Dir:
      John Landis. Int: Jeff Goldblum,
      Michelle Pfeiffer.
03.45 Corazón de invierno (reposición)
04.15 Telediario 4
04.45 Peligrosa (serie)
05.30 Gente (reposición)

LA 2

VIERNES 11

07.30 TPH Club
09.30 Empléate a fondo
10.00 TV Educativa: La aventura del saber
11.00 La película de la mañana: El
      último explorador (1994) Dir:
      Donald Shebib. Int: Kevin Dillon.
13.00 TPH, Club
15.15 Saber y ganar (concurso)
15.45 Lo que el siglo nos dejó (serie)
16.45 Jara y sedal
17.45 Hyakutake
19.00 Locos de atar (serie)
19.30 Bullpen (serie)
20.30 Ellen (serie)
22.00 La 2. Noticias
22.30 Desafío Copa América
22.55 La noche temática: Memorias
      de África (1985). Dir:Sydney
      Pollack. Int: Robert Redford.
03.10 Cine club: Salto a la gloria (1959).
      Dir: Leon Klimovsky. Int: Adolfo
      Marsillach, Asunción Sancho.

TELE 5

VIERNES 11

05.45 Avance programación
06.30 Informativos Telecinco
10.00 Padre Dowling (serie)
11.00 Día a día (magazine)
14.00 El juego del euromillón (concurso)
14.30 Informativos Telecinco
15.25 Al salir de clase (serie)
16.15 Tarde de cine: Secuestro en el aire
      (1996). Dir: Charles Correl.
      Int: James Brolin, Michael Gross.
18.15 Médico de familia (serie)
19.45 ¿Quieres ser millonario? (concurso)
20.30 Informativos Telecinco
21.30 El informal (humor)
22.00 Cine 5 estrellas: Aprendiendo a
      vivir(1994). Dir: James L. Brooks. Int:
      Nick Nolte, Julie Kavner.
00.30 Cine: Jugando con el diablo
      (1996). Dir: Rafael Eisenman. Int:
      Joanna Pacula, Jeroen Krabbe.
02.30 Luchadores WCW
03.30 Como se hizo...
04.00 Infocomerciales

 LA CASA DE TUS SUEÑOS
✔ **VIERNES 22,40 H**

Tras el éxito de «Waku, Waku», la guapa valenciana Nuria Roca vuelve a ponerse al frente de un concurso. En «La casa de tus sueños» se pone en juego una vivienda todas las semanas. Dos parejas lucharán en ocho pruebas diferentes para conseguir el hogar de sus sueños. Los concursantes necesitan una completa preparación física y mental para lograr alzarse con el fabuloso premio.

6.23 Creación. Con un(-a) compañero(-a) de clase, prepare un noticiero breve, usando los siguientes titulares. Luego, preséntele su noticiero a la clase.

1. Terremoto en Bogotá
2. Huelga de maestras en las escuelas primarias de Barranquilla
3. Robo en el Banco Nacional de Medellín
4. Manifestación estudiantil en Caracas
5. Tres días de inundaciones en Cali

VOCABULARIO

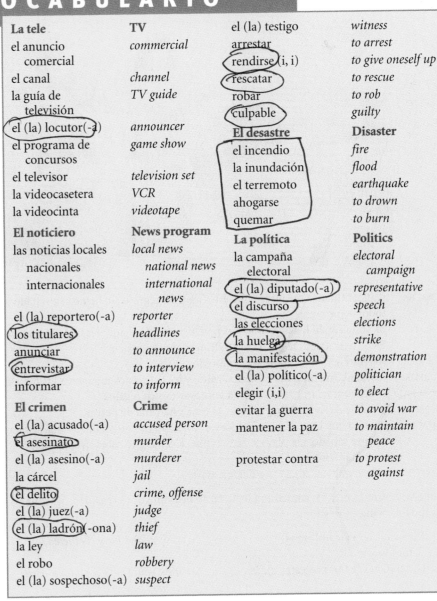

La tele	**TV**
el anuncio comercial	commercial
el canal	channel
la guía de televisión	TV guide
el (la) locutor(-a)	announcer
el programa de concursos	game show
el televisor	television set
la videocasetera	VCR
la videocinta	videotape
El noticiero	**News program**
las noticias locales	local news
nacionales	national news
internacionales	international news
el (la) reportero(-a)	reporter
los titulares	headlines
anunciar	to announce
entrevistar	to interview
informar	to inform
El crimen	**Crime**
el (la) acusado(-a)	accused person
el asesinato	murder
el (la) asesino(-a)	murderer
la cárcel	jail
el delito	crime, offense
el (la) juez(-a)	judge
el (la) ladrón(-ona)	thief
la ley	law
el robo	robbery
el (la) sospechoso(-a)	suspect

el (la) testigo	witness
arrestar	to arrest
rendirse (i, i)	to give oneself up
rescatar	to rescue
robar	to rob
culpable	guilty
El desastre	**Disaster**
el incendio	fire
la inundación	flood
el terremoto	earthquake
ahogarse	to drown
quemar	to burn
La política	**Politics**
la campaña electoral	electoral campaign
el (la) diputado(-a)	representative
el discurso	speech
las elecciones	elections
la huelga	strike
la manifestación	demonstration
el (la) político(-a)	politician
elegir (i, i)	to elect
evitar la guerra	to avoid war
mantener la paz	to maintain peace
protestar contra	to protest against

Vocabulario suplementario. La cadena (network), **el control remoto** (remote control), **emitir** (to broadcast), **el mando a distancia** (remote control in Spain), **el (la) presentador(-a)** (show host), **la telepromoción** (infomercial), **el (la) televidente** (television viewer)

ASÍ SE HABLA

Expressing Polite Dismissal

ROSAURA: ¡Chica! Cuánto me alegro que estés aquí de regreso. Te hemos extrañado mucho todos estos meses.

AURELIA: Sí, yo también los he extrañado muchísimo. Mira, aquí les traje algunas cosas. Estos cosméticos te los traje a ti. Espero que te gusten.

ROSAURA: Ay, Aurelia. No te hubieras molestado.

AURELIA: No, si no fue ninguna molestia. Mira, y les traje estos juguetes a los hijos de Ani.

ROSAURA: Muchas gracias. No has debido comprar tantos regalos.

AURELIA: ¡Qué ocurrencia! Mira, a Rafael le traje esta caña de pescar.

ROSAURA: ¡Con lo que le gusta pescar a ese hombre! No me sorprendería que se fuera este mismo sábado a la playa a usar su nueva caña. Y tú sabes, ¡yo no puedo protestar contra eso!

AURELIA: ¡Claro que no, chica! ¡No faltaba más!

When you want to dismiss something in order to be polite or to reassure someone you can use the following expressions:

No se hubiera (te hubieras) molestado.	*You shouldn't have (bothered).*
Gracias. No se (te) moleste(-s).	*Thank you. Don't trouble yourself (Don't bother).*
No es necesario, gracias.	*It's not necessary, thank you.*
No se (te) preocupe(-s) (por eso).	*Don't worry (about that).*
No ha(-s) debido hacer eso.	*You shouldn't have done that.*

Práctica y conversación

6.24 Eres muy amable. ¿Qué dice Ud. en las siguientes situaciones?

1. Un amigo le trae un ramo de rosas el día de su cumpleaños.
2. Una amiga quiere llevarlo(-a) a su trabajo porque su carro no funciona, pero Ud. no quiere causarle una molestia *(impose on him/her)*.
3. Unos amigos insisten en ayudarlo(-la) con su tarea de español, pero Ud. no quiere que lo hagan.
4. Sus padres le traen los libros y discos compactos que Ud. olvidó en casa.
5. Su madre insiste en comprarle una nueva computadora, pero Ud. no cree que sea necesario.
6. Su novio(-a) le compró sus revistas favoritas.

6.25 ¡Qué buen(-a) amigo(-a) eres! Con un(-a) compañero(-a), complete el siguiente diálogo.

USTED: Hola, _____, sabía que estabas enfermo(-a) y por eso vine a visitarte.

COMPAÑERO(-A): Ay, _____, qué bueno. Pero _____.

USTED: No, si no es ninguna molestia. Al contrario. ¿Te puedo ayudar en algo?

COMPAÑERO(-A): _____.

USTED: Quizás necesitas _____.

COMPAÑERO(-A): _____.

USTED: ¿Quieres _____?

COMPAÑERO(-A): _____.

USTED: Bueno, ya me voy. Chao. Llámame si necesitas algo.

COMPAÑERO(-A): _____.

ESTRUCTURAS

Expressing Judgment, Doubt, and Uncertainty
Subjunctive After Expressions of Emotion, Judgment, and Doubt

a. Spanish verbs and phrases that express an emotion or judgment about another action require the use of the subjunctive when the subject of the first verb is different from the second.

Reminder. Two conditions must be present in order for a subjunctive to be used in a noun clause: (1) the presence of a phrase that may require the use of the subjunctive; (2) a change of subject.

Roberto prefiere que **compremos** una casa nueva, pero es mejor que **nos quedemos** en un apartamento por el momento.

Robert prefers that we buy a new house, but it's better that we stay in an apartment for the time being.

1. Expressions of emotion or judgment include many impersonal expressions.

es bueno	es (in)útil	es preferible
es conveniente	es (una) lástima	es ridículo
es importante	es malo	es sorprendente
es (im)posible	es mejor	es terrible

Impersonal expressions that state a fact require the indicative. Such expressions include **es cierto, es evidente, es obvio, es verdad,** and **no es dudoso.**

Como no salimos esta noche, **es posible que alquilemos** un vídeo.

Since we're not going out tonight, it's possible that we will rent a video.

Mi marido ha alquilado un vídeo; **es obvio que no salimos** esta noche.

My husband rented a video; it's obvious (that) we're not going out tonight.

2. Other expressions of judgment include the following:

alegrarse de	lamentar	sorprender
enfadarse con	preferir	temer
enojarse de	sentir	tener miedo de
estar contento(-a) de		

Siento mucho que **Uds. no puedan** cenar con nosotros.

I'm very sorry that you can't have dinner with us.

b. The subjunctive is used after the following expressions of doubt or denial when the speaker expresses uncertainty or negation about the situation he/she is discussing.

dudar	acaso	es dudoso
negar	quizá(-s)	
no creer	tal vez	
no pensar		
¿creer?		
¿pensar?		

1. The subjunctive is used after **dudar, negar, no creer, no pensar,** and **es dudoso** when there is a change of subject.

No creo que esta casa **sea** muy cara.

I don't think that this house is very expensive.

2. Interrogative forms of **creer** and **pensar** require the subjunctive when the speaker is uncertain about the outcome of the action. The indicative is preferred in questions when the speaker does not express an opinion.

Subjunctive: Speaker Expresses Doubt

¿Crees que **haya** algo bueno en la tele?

Do you really think that there is something good on TV?

Indicative: Speaker Expresses No Opinion

¿Crees que **hay** algo bueno en la tele?

Do you think that there is something good on TV?

3. Verbs following the expressions **acaso, quizá(-s), tal vez,** meaning *maybe* or *perhaps,* will be in the subjunctive when the speaker doubts that the situation will take place.

Quizás nuestro candidato **gane** las elecciones, pero es dudoso.

Perhaps our candidate will win the election, but it's doubtful.

When the speaker wishes to indicate more certainty, the indicative is used with **acaso, quizá(-s), tal vez.**

Tal vez vamos a mirar las noticias.

Perhaps we will watch the news.

Práctica y conversación

6.26 La televisión. Exprese su opinión sobre la televisión, utilizando las siguientes expresiones: **(no) es conveniente / ridículo / terrible / mejor / sorprendente / verdad / posible / malo.**

1. Hay demasiada violencia en la televisión.
2. Algunos niños miran más de cuatro horas de televisión diariamente.
3. Los anuncios siempre son interesantes y divertidos.
4. Pagamos para mirar algunos deportes en la tele.
5. Muchas personas no leen el periódico; sólo ven las noticias en la tele.
6. Generalmente puedo encontrar algún programa bueno en la tele.

6.27 ¿Qué le parece? Exprese su opinión sobre los siguientes temas. Use las siguientes expresiones: **me sorprende, estoy contento(-a) de, prefiero, siento, tengo miedo de.**

los terremotos / la cafetería estudiantil / la universidad / los exámenes / las vacaciones / la política / ¿?

6.28 Mis opiniones. Complete las siguientes oraciones de una manera lógica.

1. Me sorprende que _____.
2. Tal vez el (la) profesor(-a) _____.
3. Es necesario que _____.
4. Dudo que _____.
5. Me alegro que _____.
6. Es importante que _____.

6.29 ¿Qué vamos a ver? Ud. y un(-a) compañero(-a) están leyendo la guía de televisión en la página 220. Desgraciadamente no pueden ponerse de acuerdo sobre lo que quieren ver en la televisión. Cada uno(-a) critica lo que el (la) otro(-a) dice y trata de imponer su opinión.

Modelo COMPAÑERO(-A): **Quiero ver *La noche temática* esta noche.**
USTED: **Dudo que ese programa sea muy bueno. Prefiero que miremos *Telediario*.**

Talking About Things and People
More About Gender and Number of Nouns

In order to talk about people, places, objects, and ideas you will need to know how to use nouns in Spanish. It is particularly important to be able to predict and learn the gender of nouns since that gender determines the endings of other words such as definite and indefinite articles and adjectives.

Gender of Nouns

a. Masculine nouns include

1. nouns that refer to males, regardless of ending.

el policía	*policeman*
el hombre	*man*
el abuelo	*grandfather*

2. most nouns that end in **-o.**

el piso	*floor*
el robo	*robbery*

Exceptions: la mano, la radio, la moto(cicleta), la foto(grafía)

3. some nouns that end in **-ma, -pa,** and **-ta.**

el problema	*problem*
el mapa	*map*
el cometa	*comet*

4. most nouns that end with the letters **-l, -n, -r,** and **-s.**

el canal	*channel*
el rincón	*corner*
el comedor	*dining room*
el interés	*interest*

5. days, months, and seasons.

el viernes	*Friday*
el febrero pasado	*last February*
el invierno	*winter*

Exception: la primavera

b. Feminine nouns include

1. nouns that refer to females, regardless of the ending.

la madre	*mother*
la mujer	*woman*
la enfermera	*nurse*

2. most nouns that end in **-a.**

la comida	*meal*
la cucharita	*teaspoon*

Exception: el día

3. most nouns that end in **-ión, -d, -umbre, -ie,** and **-sis.**

la reservación	*reservation*
la especialidad	*specialty*
la costumbre	*custom*
la serie	*series*
la crisis	*crisis*

Exceptions: el paréntesis, el análisis

c. Nouns ending in **-e** can be either masculine or feminine.

la clase	*class*
la gente	*people*
el diente	*tooth*
el restaurante	*restaurant*

d. Masculine nouns that refer to people and end with **-or, -n,** or **-és** become feminine by adding **-a.**

el profesor	la profesora	*professor*
el bailarín	la bailarina	*dancer*
el francés	la francesa	*French man / woman*

Note that the accents are deleted in the feminine forms.

e. The gender of some nouns that refer to people is determined by the article, not the ending.

el artista	la artista	*artist*
el estudiante	la estudiante	*student*

f. Some nouns have only one form and gender to refer to both males and females: **el ángel, el individuo, la persona, la víctima.**

Plural of Nouns

a. Nouns that end in a vowel add **-s** to become plural.

el hombre	los hombres	*men*
el plato	los platos	*plates*
la ensalada	las ensaladas	*salads*

b. Nouns that end in a consonant add **-es** to become plural. Sometimes written accent marks must be added or deleted in the plural form to maintain the original stress.

la mujer	las mujeres	*women*
la reservación	las reservaciones	*reservations*
el joven	los jóvenes	*young people*
el francés	los franceses	*French persons*

c. Nouns ending in **-z** change the **z** to **c** before adding **-es: el lápiz → los lápices; una vez → unas veces.**

d. Nouns of more than one syllable ending in an unstressed vowel + **-s** have identical singular and plural forms: **el martes → los martes; la crisis → las crisis.**

Práctica y conversación

6.30 Los que haceres. Explíquele a un(-a) compañero(-a) lo que Ud. quiere que él (ella) limpie en su casa.

Modelo   sala
   Limpia la sala, por favor.

dormitorios / cocina / muebles / comedor / jardín / mesas / ¿?

6.31 En casa. Trabaje con un(-a) compañero(-a) para completar la siguiente conversación telefónica utilizando los artículos definidos en singular o en plural, según corresponda.

MARIELA: Hola, Chela. ¿Cómo están por tu casa?

CHELA: Toda _____ familia está bien, gracias.

MARIELA: Te llamo para ver si salimos más tarde. ¿Qué vas a hacer hoy?

CHELA: Me encantaría salir contigo, pero hoy tengo que hacer muchas cosas en _____ casa. Empecé con _____ comedor y eso fue un desastre. Después limpié _____ cocina y lavé _____ platos. Ahora estoy por salir a comprar _____ comida para _____ semana pero estoy muy preocupada. _____ precios son cada día más altos. Parece que cada día _____ inflación se pone peor.

MARIELA: Sí, así es. _____ televisor de _____ sala de mi casa no funciona. Necesitamos comprar otro y no quiero ni pensar en eso.

CHELA: Ayer salí a comprar _____ pollo. ¿Sabes cuánto cuesta? Tres mil bolívares _____ kilo. ¡Imagínate!

MARIELA: Sí, es igual con _____ ropa y _____ zapatos. No sé lo que va a pasar. Pero tal vez en _____ elecciones de diciembre podamos cambiar de gobierno.

CHELA: Lo dudo, tú sabes cómo son _____ cosas aquí.

¿QUÉ OYÓ UD.?

Para escuchar bien
The Main Idea and Supporting Details

You have already learned that you don't need to understand every single word of what is being said and that you can listen for the general idea of a conversation. It is also important to learn how to listen for the main idea of what is being said and the supporting details. For example, if somebody asks you what your occupation is, you might respond, "I'm a student." That would be the main idea you want to communicate. You might also add, "I study Political Science at George Washington University." Those would be the supporting details that expand the scope of your preliminary statement and add to the listener's knowledge about you.

Antes de escuchar

 6.32 Los dibujos. Con un(-a) compañero(-a) de clase miren el dibujo que se presenta en esta página y hagan las siguientes actividades.

1. Describan a las personas en los dibujos, el lugar donde se encuentran, qué están haciendo, cómo están vestidas y cómo se sienten.
2. ¿Qué creen Uds. qué está pasando en esta situación? Justifiquen su respuesta.

A escuchar

6.33 Los apuntes. Escuche la conversación entre Rosaluz y Mariana. Tome los apuntes que considere necesarios y complete las siguientes oraciones

1. Mariana se siente _____. Tiene _____.
2. Rosaluz le trae _____ y _____.
3. Rosaluz le dice a Mariana que debe _____, tomar _____ y _____.
4. Mariana está viendo televisión, pero cuando se mejore _____.

Después de escuchar

6.34 Resumen. Con un(-a) compañero(-a) de clase, resuma la conversación entre Mariana y Rosaluz.

6.35 Algunos detalles. Complete las siguientes oraciones con la mejor respuesta.

1. Rosaluz le lleva a Mariana...
   a. muchas revistas nuevas y vitamina C.
   b. naranjas y frutas frescas.
   c. su revista favorita y jugo natural.
2. Sabemos que a Mariana le gusta...
   a. ver televisión, sobre todo los programas de acción.
   b. ir al teatro o ver una buena película en el cine.
   c. estar metida en la casa todo el tiempo.
3. Según la conversación, se sabe que Rosaluz y Mariana son...
   a. hermanas, pero no se ven mucho.
   b. vecinas que no se llevan bien.
   c. muy buenas amigas.
4. Mariana sabe que si necesita algo puede llamar a...
   a. Rosaluz.
   b. Gustavo.
   c. la farmacia.

Interacciones CD-ROM: **Capítulo 6, Segunda situación**

Para saber más: http://interacciones.heinle.com

TERCERA SITUACIÓN

PERSPECTIVAS

La vivienda° en el mundo hispano

housing

Los hispanos que viven en una ciudad generalmente prefieren tener su vivienda cerca del centro, puesto que el trabajo, las tiendas, las escuelas y las diversiones se concentran allí. Como no hay mucho espacio en el centro, la vivienda urbana más típica es el apartamento.

Hay mucha variedad en el estilo, el tamaño y el precio de los apartamentos, pero casi todos tienen los servicios y facilidades modernos, incluso los apartamentos en edificios antiguos. En la planta baja de los edificios de apartamentos muchas veces hay boutiques, farmacias o tiendas donde venden pan, leche, café y otros alimentos básicos. Mientras muchos hispanos tienen apartamento propio, otros lo alquilan.

En algunos barrios de la ciudad hay casas privadas con jardín. A causa del problema de espacio, los terrenos *(lots)* no suelen ser tan grandes como en los EE.UU. Algunas familias tienen más de una vivienda; compran un apartamento en la playa, o una casa en el campo o en las montañas, adonde van para pasar los fines de semana y las vacaciones.

Al contrario de los EE.UU., la mayoría de la gente pobre del mundo hispano vive en las afueras de las ciudades. Allí viven algunos en nuevos edificios de apartamentos construidos por el gobierno; desgraciadamente otros viven en viviendas pequeñas con pocas comodidades.

Práctica y conversación

6.36 Comparaciones. Con un(-a) compañero(-a) de clase, comparen las características de la vivienda en el mundo hispano con las de los EE.UU. Incluya información sobre la situación *(location)*, el tamaño, las comodidades y los servicios.

6.37 Busco apartamento. Con un(-a) compañero(-a) de clase, dramaticen la siguiente situación. Ud. vive en Caracas pero tiene que viajar mucho a la Florida por su trabajo. Por eso Ud. piensa comprar un apartamento cerca de Miami para su familia: Ud., su esposo(-a) y sus dos hijos. Utilizando el anuncio para *The Ocean Club* en la siguiente página, discuta con su esposo(-a) las ventajas y desventajas de comprar un apartamento en esta urbanización. Después, explíquenle a la clase su decisión.

Consideraciones: ¿Son bastante grandes los apartamentos? ¿Son demasiado costosos? ¿Hay diversiones para los niños y para los mayores?

Key Biscayne ha estado esperando
más de 15 años a que surja una nueva y hermosa
urbanización junto al mar.

Le Presentamos A
THE OCEAN CLUB
Key Biscayne

En 21 hectáreas junto al mar, se alza la más nueva urbanización residencial y recreativa de Key Biscayne. Se llama The Ocean Club.

Las actividades sociales y recreatives de The Ocean Club se reservarán exclusivamente para el disfrute de los residentes y sus visitantes:

- Mil pies de playa en el Atlántico, con cabañas privadas.
- Club de Playa, de 1,860 metros cuadrados, sólo para residentes, con un magnifico gimnasio y un acogedor restaurante al aire libre.

- Nueve piscinas.
- Centro de Tenis, con 6 canchas de arcilla.
- Estacionamento bajo techo.
- Areas de juegos y actividades para niños y adolescentes.

Las residencias varían en tamaño, desde 192 metros cuadrados hasta penthouses más de 465 metros cuadrados.

Unase a nosotros. Descubra el hogar –y el estilo de vida– con que siempre ha soñado.

The Ocean Club.
755 Crandon Boulevard
Key Biscayne, FL 33149
Tel: (305) 361-6666
Fax: (305) 361-1880

THE OCEAN CLUB
Key Biscayne

Residencias en condominios de lujo
frente al mar, empezando en $300,000.
Los corredores de bienes raíces son bienvenidos.

Horas de Oficina para The Ocean Club: Lunes a Viernes, 9 a.m. a 6 p.m. Sábados, 10 a.m. a 5 p.m. Domingos, 11 a.m. a 5 p.m.

Las declaraciones meramente verbales no pueden interpretarse como declaraciones correctas y exactas del urbanizador. Para las declaraciones correctas, favor consultar la Circular de Oferta y los documentos requeridos por la Sección 718.503 de los Estatutos de la Florida, que el urbanizador debe suministrar al comprador o arrendatario. Igualdad de Oportunidades para la Vivienda.

PANORAMA CULTURAL

Nina Pacari, una mujer indígena

Antes de mirar

6.38 Los papeles tradicionales. Con un(-a) compañero(-a) de clase, describan el papel tradicional de la mujer y del hombre. Después miren la foto de Nina Pacari y descríbanla. En su opinión, ¿qué tipo de mujer es ella? ¿Es tradicional o no? Justifiquen su opinión.

A mirar

6.39 Utilizando la información del vídeo sobre Nina Pacari, complete las siguientes oraciones.

1. Nina Pacari es diputada _____ en el Parlamento del _____. Es la _____ legisladora _____ en la historia del país.
2. Nina trabaja en el _____ Legislativo. Aunque pertenece al gobierno ecuatoriano, muchas veces se opone en su lucha por sus intereses de los grupos o sectores _____.
3. A fines de _____ anunciaron las medidas económicas, elevando el precio del _____, del combustible, el precio del _____. Eso afecta más a los sectores populares y a los _____ que están en una situación de pobreza muy profunda.
4. En la movilización de Nina están _____, _____, _____ y ancianos. En el mundo indígena de Nina hay _____ que dirigen a nivel _____, a nivel provincial, a nivel _____. Las mujeres no son solamente para _____.

6.40 Discriminación. Durante sus primeros años en Chimborazo, Ecuador, Nina Pacari sufrió discriminación en su vida profesional. Un día, un abogado le dijo: «Hijita, las cosas no son así». Con un(-a) compañero(-a) de clase, expliquen la falta de respeto que le mostró el abogado. También expliquen la respuesta de Nina Pacari.

6.41 La manifestación *(political demonstration).* Con un(-a) compañero(-a) de clase, expliquen la manifestación contra el gobierno ecuatoriano, contestando todas las siguientes preguntas. ¿Dónde hacen la manifestación Nina Pacari y los otros indígenas? ¿De qué se apoderan? ¿Qué causó la protesta? ¿Por qué participan tantos indígenas incluyendo niños, ancianos, mujeres y hombres?

Después de mirar

6.42 Semejanzas y diferencias. En grupos de tres o cuatro, comparen la vida de los indígenas ecuatorianos con la de los indígenas de los EE.UU. ¿Qué problemas tienen en común? ¿Cómo tratan de resolver los problemas?

6.43 La defensa de una opinión. ¿Qué evidencia oral y/o visual hay en el vídeo que confirma la siguiente idea? Nina Pacari es una mujer excepcional.

Para leer bien

Background Knowledge: Geographical References

As you know from your experience with your native language, it is generally easier to read a selection containing a topic with which you are familiar than one with a topic you know little about. This familiarity with a topic is called background knowledge. Activating and expanding your background knowledge can greatly facilitate your reading in a foreign language.

A glance at the title and photo of the following reading indicates that the general topic is the geography of Venezuela. The following suggestions will help you activate and expand your background knowledge of geographical terms and the geography of Venezuela.

1. Scan the opening paragraphs of the selection for the specific topic of the article.
2. Familiarize yourself with the names of towns, cities, and places in Venezuela by skimming the entire selection.
3. Be prepared to guess the meaning of cognates related to geography.
4. Review the geographical information contained in **Bienvenidos a Centroamérica, a Colombia y a Venezuela.**
5. Think about the relationship between geography and lifestyle.

Antes de leer: El techo de Venezuela

6.44 Los elementos generales. Dé un vistazo al título y al primer párrafo para determinar el tema principal del artículo.

6.45 Un examen superficial. Examine superficialmente la lectura y haga mentalmente una lista de las ciudades, los pueblos y otros lugares geográficos mencionados en la lectura. Búsquelos en un mapa de Venezuela. ¿Por qué hay tantos lugares con el nombre Bolívar?

6.46 Palabras geográficas. Mire esta lista de categorías de palabras geográficas y trate de adivinar (*guess*) lo que significan.

1. los Andes	andino	los valles
2. la tierra	el terreno	
3. el trópico	tropical	subtropical
4. alto	la altura / altitud	la elevación
5. el clima	árido	

A leer

6.47 Sitios geográficos. Mientras que Ud. lee el artículo «El techo de Venezuela», haga una lista mental o escrita de los sitios geográficos mencionados. Incluya una breve descripción o definición del lugar.

Venezuela: Mérida con el Pico Bolívar al fondo

El techo de Venezuela

Si uno les pregunta a los residentes de Caracas dónde se puede ver la Venezuela de antaño°, muchos contestan que en las montañas del estado de Mérida. Mérida es una muestra° de cómo era Venezuela antes del descubrimiento° del petróleo y antes de que el 75% de la población se concentrara en los grandes centros urbanos.

En Mérida, moderna ciudad rodeada de aldeas° andinas, se disfruta de la tranquilidad y del encanto del ayer. Éste es el techo de Venezuela, tierra de contrastes sorprendentes°, donde la caña de azúcar se cultiva en la sombra° del Pico Bolívar, de 5.002 metros de altura.

La mayoría de los visitantes va de Caracas a Mérida en avión. Es sólo una hora de vuelo. Sin embargo, es mucho más interesante hacer el viaje por carretera°, en particular el tramo° de 173 kilómetros que forma parte de la Carretera Panamericana. Este tramo está bien pavimentado pero el viaje en auto lleva mucho tiempo. Hay que hacerlo despacio a causa de la cantidad de curvas cerradas.

El camino sube abruptamente desde las llanuras° tropicales hasta el paso en la cima° del Pico del Águila°. A esta altura la temperatura es agradable en julio, aunque a los pocos kilómetros es bien diferente. En los Andes la elevación determina no sólo la temperatura, sino también la manera de vivir de la gente. Según la altitud, se cultiva café o papas, se lleva ropa de algodón o ponchos de lana gruesa°. Se dice que hasta el carácter de las personas varía con la altitud.

A medida que° el camino asciende hacia el Pico del Águila, con cada curva surgen° nuevos panoramas de las montañas y los valles. Dan ganas de parar° a cada paso y contemplar el paisaje°, pero hay muy pocos lugares donde el camino es lo bastante ancho° para estacionar° el coche. Pronto empieza el páramo°, región alta y fría a más de 3.000 metros de altitud. El paisaje es desolado. Los colores vivos han desaparecido y la tierra es oscura. Hay pocas casas, pues sólo los venezolanos más recios° pueden ganarse la vida en este ambiente. Cerca de la cima una niebla° densa y fría se cierne° como una cortina blanca frente al coche. Al atravesarla°, los viajeros se encuentran en lo alto del Pico del Águila a 4.115 metros de altitud. En este paso de la montaña hay una inmensa estatua de un águila con las alas° extendidas, símbolo del valor de Bolívar al cruzar los Andes buscando la libertad de América. El descenso del Pico del Águila se hace rápidamente.

Apartaderos, situado a 3.470 metros de altitud, es una aldea turística al estilo de las de los Alpes. Es un lugar excelente donde uno puede parar y disfrutar del paisaje andino.

long ago
un ejemplo / discovery

villages
surprising
shadow

highway
section

plains / summit
Eagle

thick

As / emerge
to stop
landscape / wide
to park / high plateau

robust
fog / hangs over
to cross

wings

Pasado Apartaderos, el camino desciende hacia Mérida y el terreno es más suave y la vegetación más exuberante. Se pasa por Mucuchíes, Mucuruba y Tobay, pueblecitos coloniales preciosos que están en el camino a Mérida. Cada uno de ellos tiene una plaza Bolívar, una iglesia antigua y bien cuidada y edificios muy juntos.

Mérida está en una mesa° baja rodeada de° altísimas montañas, entre ellas el Pico Bolívar, el más alto del país. Durante muchos años las montañas constituían un gran obstáculo al cambio, pero hoy día Mérida es una capital estatal moderna, de 125.000 habitantes. En la ciudad quedan pocos edificios históricos pero por todas partes se encuentran parques y plazas llenos de flores. La Plaza Bolívar, la más interesante de la ciudad, está rodeada de edificios gubernamentales y de la catedral. Cerca de la plaza hay varios restaurantes pequeños que sirven típica comida venezolana. También se ven artistas jóvenes pintando escenas de la vida de las aldeas andinas, uno de los temas populares de los pintores venezolanos.

La visita a Mérida no está completa si uno no se monta en el teleférico°. Éste, que es el más largo y más alto del mundo, asciende hasta la cima del Pico Espejo, a 4.765 metros de altitud. Aparte de ser un viaje emocionante para el visitante, el teleférico es un medio de transporte muy útil para los habitantes de los Andes que viven en remotas aldeas de las montañas. Para algunos el teleférico es el único medio de comunicación con Mérida.

El teleférico no funciona los lunes ni martes, y éstos son días buenos para visitar las aldeas andinas históricas de los alrededores de Mérida. Una de las más visitadas es Jají, a unos 45 kilómetros al suroeste. Los habitantes de Jají se sienten muy orgullosos° de su pueblo que fue reconstruido a fines de la década de los 60 y tiene arquitectura colonial típica.

Si uno quiere visitar una localidad menos turística, puede ir a Pueblo Nuevo del Sur, declarado monumento nacional en 1960. A las cuatro de la tarde, Pueblo Nuevo del Sur descansa. Los vecinos° están sentados indolentemente en la plaza o en el frente de sus casas conversando en voz baja. Un hombre carga° un pesado saco en un burro como lo han hecho innumerables generaciones antes que él. De las puertas abiertas de la vieja iglesia de Santa Rita salen las delicadas notas de un violín.

El que llega a Pueblo Nuevo del Sur ha viajado en el espacio y en el tiempo. Aquí no hay hoteles ni restaurantes. El paso de los siglos no ha dejado más que alguno que otro retoque°. Es lógico que Pueblo Nuevo sea un monumento histórico. Desde este apacible° lugar se puede regresar a Mérida en una hora, pero el viaje supone el transcurso de varios siglos. Al salir de Pueblo Nuevo uno se da cuenta de que ha visto lo que vino a ver en Mérida: una visión de la Venezuela de ayer.

plateau / surrounded by

cable railway

proud

los habitantes
carries

a few indications / gentle

Después de leer

6.48 Lugares venezolanos. Ponga enfrente de cada elemento de la primera columna la letra que le corresponde en la segunda columna para identificar los lugares venezolanos.

1. _____ La capital de Venezuela
2. _____ El estado que es el techo de Venezuela
3. _____ El camino largo entre México y la Argentina
4. _____ Una región fría y alta
5. _____ Un paso con una inmensa estatua que representa a Bolívar
6. _____ Una aldea turística al estilo de las de los Alpes
7. _____ El pico más alto de Venezuela
8. _____ Uno de los pueblecitos coloniales preciosos en el camino a Mérida
9. _____ Un medio de transporte para ascender una montaña
10. _____ Un popular pueblo turístico reconstruido
11. _____ Un pueblo poco turístico declarado monumento nacional en 1960

a. el Pico del Águila
b. el Pico Bolívar
c. el Pico Espejo
d. Caracas
e. Mucuruba
f. Pueblo Nuevo del Sur
g. Mérida
h. Apartaderos
i. Jají
j. un teleférico
k. un páramo
l. la Carretera Panamericana

6.49 Rasgos geográficos. Haga una lista de las diversas características geográficas que se pueden ver en el estado de Mérida.

6.50 Descripciones. Describa las siguientes cosas que se encuentran en el estado de Mérida.

las montañas / los valles / la ciudad de Mérida / Jají / Pueblo Nuevo del Sur

6.51 La defensa de una opinión. ¿Qué evidencia hay en el artículo que confirma la idea siguiente? «El estado de Mérida es una visión de la Venezuela de ayer.»

ASÍ SE ESCRIBE

Para escribir bien

Preparing to Write

Careful preparation is the most important phase of the writing process. The following suggestions should help you plan and organize beforehand so the actual writing is done more quickly and produces a more readable, interesting composition.

1. Choose a topic that interests you and one for which you have some background knowledge.
2. Brainstorm ideas that might possibly fit into the composition topic. Write down these ideas in Spanish.
3. Make a list of the best ideas obtained from your brainstorming.
4. Make a list of key vocabulary items for the composition. Look up words in the dictionary at this point.
5. Organize your key ideas into a logical sequence. These key ideas will form a basic outline for your composition.
6. Fill in your outline with the details and supporting elements for your key ideas. You are now ready to write your composition.

Antes de escribir

6.52 La selección de las ideas principales. Lea las descripciones de las tres composiciones dadas en la sección **A escribir** y escoja la composición que sea más compatible con sus intereses y habilidades. Después, haga una lista de las ideas principales que Ud. quiere incluir en su composición.

6.53 El vocabulario. Utilizando su lista de ideas de la **Práctica 6.52,** haga una lista de vocabulario útil para su composición. Si Ud. ha escogido Composición **6.55** o **6.56,** incluya frases de *Así se habla: Enlisting Help*.

A escribir

Escriba su composición, utilizando la lista de ideas y el vocabulario que Ud. hizo en los ejercicios de *Antes de escribir*.

6.54 *Criados contentos.* Ud. es el (la) dueño(-a) de una compañía de limpieza doméstica que se llama *Criados contentos*. Escriba un anuncio para un periódico local, explicando sus servicios. Incluya información sobre los que haceres domésticos que hacen, su horario y sus precios. Compare sus servicios con los de otras compañías de limpieza doméstica.

All compositions:

Vocabulary: house: bathroom, bedroom, furniture, household chores, kitchen, living room; *Grammar:* demonstrative adjectives: ***este/ese/aquel***, demonstrative pronouns: ***éste/ése/aquél;*** **6.54** *Grammar:* comparisons: equality, inequality, irregular, *Phrases/Functions:* comparing and constrasting, comparing and distinguishing, offering; **6.55:** *Grammar:* subjunctive with ***que***, with ***ojalá***; *Phrases/Functions:* asking for help, requesting and ordering, writing a letter (informal); **6.56:** *Grammar:* subjunctive with ***que*** / with ***ojalá***; *Phrases/Functions:* asking for help, requesting and ordering.

6.55 Una casa vieja. Ud. y su esposo(-a) acaban de comprar una casa vieja que tiene muchos problemas: todas las ventanas están muy sucias, una ventana está rota, las paredes están sucias y necesitan pintura, el lavabo en un cuarto de baño no funciona, el lavaplatos no funciona, no hay luz en dos de los dormitorios, no se puede cerrar fácilmente la puerta principal, la alfombra de la sala huele mal. Escríbale una nota a la persona que viene para reparar la casa. Explíquele los problemas y lo que debe hacer para resolverlos.

6.56 Los que haceres domésticos. Hay cuatro personas en su familia y en su casa hay unos veinte que haceres domésticos que alguien tiene que hacer todas las semanas. Prepare una lista de instrucciones para estos que haceres. Cada persona tiene que hacer cinco.

Después de escribir

Antes de entregarle su composición a su profesor(-a), Ud. debe leerla de nuevo y corregir los errores. Preste atención a las ideas principales y a los detalles. ¿Están en orden lógico las ideas y los detalles? Revise el vocabulario para la casa y los que haceres domésticos. También revise las frases para pedir ayuda y los verbos en el subjuntivo.

6.57 Sus compañeros de cuarto. You live in an apartment with two roommates. It's Parents' Weekend at school, and you must clean up the place before your parents arrive. Enlist your roommates' help and tell each of them what to do to prepare the apartment and some refreshments for your parents.

6.58 Un nuevo criado. As a wealthy and busy professional, you are trying to find a replacement for your live-in domestic helper, who is about to retire. Interview a candidate (played by a classmate). Find out if he/she has qualities equal to or better than your present employee. Explain what you want him/her to do on the job. You are quite demanding and the prospective employee is not certain that he/she wants the job.

6.59 Telediario. You and a classmate are the newscasters on *Telediario*, a brief news broadcast that occurs each evening from 8:58 to 9:00. Provide the highlights of the day's news for your audience. Include local, national, and international news as well as sports and a brief weather forecast.

6.60 Los candidatos. You are Víctor / Victoria Romero, the host/hostess of a Hispanic television talk show geared to 18–25 year olds. This week's guests are three candidates for president of the U.S. You hold a brief debate with the candidates, asking them questions about items of concern to the viewers of your show. Each candidate should compare himself/herself to the others and explain what he/she wants the voters and Congress to do. Each candidate should express judgment or doubt about what the other candidates say.

 Para saber más: http://interacciones.heinle.com

Herencia cultural III: Centroamérica, Colombia y Venezuela

Personalidades

De ayer

Conocido como el Libertador de América, **Simón Bolívar** (1783–1830) nació en Caracas, Venezuela. Fue el líder del movimiento de la independencia en las colonias españolas de Sudamérica. Bolívar libertó los actuales países de Bolivia, Colombia, Ecuador, Perú y Venezuela. Muchos lugares en Sudamérica llevan su nombre.

Nacido en Nicaragua, «la tierra de los poetas», **Rubén Darío** (1867–1916) fue responsable de la renovación de la poesía en la lengua española. Creó nuevas formas poéticas que los otros poetas de Latinoamérica y de España imitaron. También escribió cuentos, ensayos y crítica literaria.

De hoy

Carolina Herrera (1939–), la famosa diseñadora de alta costura, nació en Caracas, Venezuela. En 1981 se trasladó a Nueva York con su familia e inauguró su primera colección de ropa femenina. Actualmente sus elegantes diseños atraen a celebridades y a personas de alta sociedad internacional. Además de su línea de vestidos, vende vestidos de novia, perfumes, cosméticos y accesorios en sus boutiques.

El poeta nicaragüense **Ernesto Cardenal** (1925–) ha recibido muchos premios por su trabajo literario. Después de terminar sus estudios, pasó un largo tiempo en un monasterio en Kentucky y se ordenó sacerdote en 1965. Al regresar a Nicaragua fundó la abadía de Solentiname y empezó a escribir poesía con temas sociales. Entre sus obras destacan *Epigramas*, *El estrecho dudoso* y *Homenaje a los indios americanos*.

El panameño **Rubén Blades** (1948–) es un hombre de muchos talentos. Además de ser un célebre músico, compositor de salsa y actor del cine y de la televisión en los EE.UU., es abogado. En Panamá fundó un partido político y en 1994 fue candidato a la presidencia de su país.

La cantante colombiana **Shakira** (1977–) lanzó su primer álbum a los 17 años de edad y poco después se convirtió en una artista importante y popular. Ha aparecido en conciertos y en la televisión en todo el mundo. Entre sus premios más importantes están el de la Mejor Artista Latina y la Artista Colombiana del Siglo. También ha recibido más de 20 discos de oro.

Arte y arquitectura

Fernando Botero, *La familia presidencial*, 1967. Oil on canvas, 6'8 1/8" x 6'5 1/4".
Collection, The Museum of Modern Art, New York. Gift of Warren D. Benedek.

Unos artistas modernos: Botero y Soto

La mayoría de los artistas modernos de Latinoamérica forman parte de una tendencia internacional. Aunque usan temas latinos también tratan de representar temas universales del hombre contemporáneo y sus problemas como miembro de una sociedad urbana. Los artistas viajan mucho por el mundo, se conocen e intercambian ideas y técnicas. Tienen exposiciones de sus obras en sus propios países y en las grandes capitales de Europa y las Américas.

Fernando Botero (1932–) Nació en Medellín, Colombia, pero se trasladó a Bogotá donde presentó sus primeras obras. Viajó a Madrid y allá estudió los cuadros de Goya y Velázquez. De éste aprendió la técnica realista y de aquél su punto de vista crítico.

Muchas de las obras de Botero son sátiras de otras obras famosas o de la vida colombiana; sus personajes representan las instituciones del país, como la Iglesia, el gobierno, el ejército. Una de sus obras famosas es *La familia presidencial* (1967), una sátira de la familia presidencial colombiana.

Jesús Rafael Soto (1923–) Nació en Ciudad Bolívar, Venezuela. Es un escultor conocido y miembro del movimiento de arte geométrico y kinético. Sus obras están en una universidad de Caracas, en Alemania y los EE.UU., entre otros lugares. Su obra *Vibraciones* (1965) es una escultura de alambres *(wires)* y cuadradros *(squares)* suspendidos sobre una superficie rayada; el efecto es una ilusión óptica. Cree en la participación del espectador en la creación artística. Por eso creó *Penetrable* (1971), que consiste en una serie de tubos de aluminio que cambian cuando el público camina entre ellos.

Jesús Rafael Soto dentro de su obra *Penetrable,* Museum of Modern Art of Latin America, Washington, D.C. Courtesy of OAS.

Comprensión

A Fernando Botero: *La familia presidencial*

1. **Los personajes.** Conecte a cada personaje del cuadro con la institución que representa.

   _____ el sacerdote *(priest)*   a. el ejército

   _____ el general   b. la familia

   _____ el hombre con las gafas   c. el gobierno

   _____ las tres mujeres   d. la Iglesia

2. **El contenido.** Conteste las siguientes preguntas acerca de la obra. ¿Qué animales se ven en la obra? ¿Qué otras cosas se ven? ¿Quién es el hombre de bigote y barba a la izquierda y qué hace?

3. **La interpretación.** ¿De qué manera están relacionados todos los personajes de la obra? ¿Qué está diciendo el artista sobre el gobierno y las otras instituciones de su país?

B Jesús Rafael Soto: *Penetrable*

La creación artística. Según Soto, el público debe participar en la creación artística. ¿De qué manera participa el público en la creación de la escultura *Penetrable*?

 Para saber más: http://interacciones.heinle.com

LECTURA LITERARIA

Para leer bien
Applying Journalistic Reading
Techniques to Literature

In the **Para leer bien** sections of this text you have learned to apply reading strategies such as predicting and guessing content, scanning, skimming, locating the main and supporting ideas, and using background knowledge to the reading of journalistic articles and essays. These same strategies can also be effectively applied to the reading of literature. However, certain adaptations need to be made.

Prior to reading you will need to scan the overall layout of the selection to determine its genre (**el cuento, el drama, el ensayo, la novela, la poesía**). Scanning a literary title may not prove to be as helpful in establishing the main idea as scanning the title of a journalistic article. Literary titles are frequently imprecise in order to establish a tone or suggest feelings rather than provide a detailed summary of what is to follow.

Skimming the opening paragraph of a short story will often provide further clues as to content and main theme. In the opening paragraph look for the main ideas and supporting details. The tone of the first paragraph will often carry over throughout the entire story.

Using and expanding background knowledge will help in predicting and guessing content as well as decoding for deeper and more specific meaning. Identifying the verb core is particularly useful when decoding poetry, for poetic language often does not follow normal word order. You can also use your background knowledge of literary terminology taught in previous **Herencia cultural** sections.

In order to fully comprehend a literary selection, it is often necessary to read it more than one time. A second reading will often clarify the central theme and the various elements of the genre.

When approaching the following literary selection, remember to take advantage of the prereading and decoding techniques you have learned.

Antes de leer: Un día de éstos

Gabriel García Márquez (1928–) es un célebre escritor de cuentos y novelas y ganador del Premio Nóbel de Literatura en 1982. Nació en Aracataca, Colombia, una pequeña aldea en la costa del Caribe. Más tarde García Márquez transformó esta aldea en Macondo, el escenario mítico de su ficción. Su novela más famosa, *Cien años de soledad*, se publicó en 1967; probablemente es la novela más leída y más traducida del siglo XX.

Sus cuentos y novelas tratan los mismos temas: la soledad, la violencia, la corrupción, la pobreza y la injusticia. «Un día de éstos» tiene lugar en un país sin nombre en la América del Sur. Los antecedentes históricos del cuento son «la violencia», el conflicto que empezó en Colombia en 1948 y duró más de diez años. Unas 200.000 personas murieron en ese conflicto entre liberales y conservadores. «Un día de éstos» presenta la violencia en un microcosmo.

C El autor y sus obras. Conteste las siguientes preguntas acerca del autor de «Un día de éstos».

1. ¿Quién es el autor de «Un día de éstos» y de dónde es?
2. ¿Qué premio importante recibió?
3. ¿Cuáles son sus temas principales?
4. ¿Qué es «la violencia»? ¿Cuál es la relación entre «la violencia» y el cuento «Un día de éstos»?

D Un día de éstos. ¿Qué significa el título «Un día de éstos»? ¿En cuál(-es) de las siguientes situaciones se puede usar la frase *un día de éstos*?

1. Hace mucho tiempo que Ud. necesita un coche nuevo. Finalmente Ud. encuentra el coche de sus sueños a un precio muy barato.
2. Un(-a) compañero(-a) de clase lo (la) insulta a Ud. a menudo y Ud. nunca le dice nada porque tiene miedo. Ud. piensa que en el futuro va a encontrar el insulto perfecto para su compañero(-a).
3. Su profesor(-a) de matemáticas siempre les da mucha tarea a los estudiantes pero también les da muy buenas notas a todos.

E El consultorio del dentista. ¿Quiénes trabajan en un consultorio de dentista? ¿Quiénes van a ver al dentista? ¿Cuáles son algunas de las razones para ir a ver al dentista?

F El escenario. El cuento «Un día de éstos» tiene lugar *(takes place)* en el consultorio de un dentista en un lugar rural y pobre. Mire el dibujo que acompaña el cuento «Un día de éstos». Utilizando el vocabulario de los dos primeros párrafos del cuento, describa el escenario. ¿Cuáles son algunas diferencias entre el consultorio del cuento y un consultorio moderno?

G Los personajes. Hay tres personajes en el cuento: el dentista, el hijo del dentista y el paciente, que además es el alcalde *(mayor)* del pueblo y teniente *(lieutenant)* del ejército. El dentista y el alcalde / teniente representan los dos puntos de vista de la violencia en Colombia. Describa al dentista utilizando el vocabulario del primer párrafo del cuento.

Un día de éstos

El lunes amaneció tibio° y sin lluvia. Don Aurelio Escovar, dentista sin título y buen madrugador°, abrió su gabinete° a las seis. Sacó de la vidriera una dentadura postiza° montada aún en el molde de yeso° y puso sobre la mesa un puñado° de instrumentos que ordenó de mayor a menor, como en una exposición. Llevaba una camisa a rayas sin cuello, cerrada arriba con un botón dorado, y los pantalones sostenidos con cargadores° elásticos. Era rígido, enjuto°, con una mirada que raras veces correspondía a la situación, como la mirada de los sordos.

Cuando tuvo las cosas dispuestas sobre la mesa rodó la fresa° hacia el sillón de resortes° y se sentó a pulir la dentadura postiza. Parecía no pensar en lo que hacía, pero trabajaba con obstinación, pedaleando en la fresa incluso cuando no se servía de ella.

Después de las ocho hizo una pausa para mirar el cielo por la ventana y vio dos gallinazos° pensativos que se secaban al sol en el caballete° de la casa vecina. Siguió trabajando con la idea de que antes del almuerzo volvería a llover. La voz destemplada° de su hijo de once años lo sacó de su abstracción.

Estaba puliendo un diente de oro. Lo retiró a la distancia del brazo y lo examinó con los ojos a medio cerrar°. En la salita de espera volvió a gritar su hijo.

El dentista siguió examinando el diente. Sólo cuando lo puso en la mesa con los trabajos terminados, dijo:

Volvió a operar la fresa. De una cajita de cartón° donde guardaba las cosas por hacer, sacó un puente° de varias piezas y empezó a pulir el oro.

warm / early riser

office / set of false teeth

plaster / handful

suspenders / lean

he rolled the drill / dentist's chair

buzzards / ridge of roof

loud

half-closed

small cardboard box

dental bridge

Aún no había cambiado de expresión.

Sin apresurarse, con un movimiento extremadamente tranquilo, dejó de pedalear en la fresa, la retiró del sillón y abrió por completo la gaveta inferior° de la mesa. Allí estaba el revólver.

Hizo girar° el sillón hasta quedar de frente de la puerta, la mano apoyada en el borde° de la gaveta. El alcalde apareció en el umbral°. Se había afeitado la mejilla° izquierda, pero la otra, hinchada° y dolorida, tenía una barba de cinco días. El dentista vio en sus ojos marchitos° muchas noches de desesperación. Cerró la gaveta con la punta de los dedos y dijo suavemente:

Mientras hervía° los instrumentos, el alcalde apoyó el cráneo en el cabezal° de la silla y se sintió mejor. Respiraba un olor glacial. Era un gabinete pobre: una vieja silla de madera, la fresa de pedal, y una vidriera con pomos de loza°. Frente a la silla, una ventana con un cancel de tela° hasta la altura de un hombre. Cuando sintió que el dentista se acercaba, el alcalde afirmó los talones° y abrió la boca.

Don Aurelio Escovar le movió la cara hacia la luz. Después de observar la muela dañada°, ajustó la mandíbula° con una cautelosa presión de los dedos.

El alcalde lo miró en los ojos.

—Está bien —, dijo, y trató de sonreír. El dentista no le correspondió. Llevó a la mesa de trabajo la cacerola° con los instrumentos hervidos y los sacó del agua con unas pinzas frías, todavía sin apresurarse. Después rodó la escupidera° con la punta del zapato y fue a lavarse las manos en el aguamanil°. Hizo todo sin mirar al alcalde. Pero el alcalde no lo perdió de vista.

Era un cordal inferior°. El dentista abrió las piernas y apretó° la muela con el gatillo° caliente. El alcalde se aferró a las barras° de la silla, descargó toda su fuerza en los pies y sintió un vacío helado en los riñones°, pero no soltó un suspiro°. El dentista sólo movió la muñeca°. Sin rencor, más bien con una amarga ternura°, dijo:

—Aquí nos paga veinte muertos, teniente°.

El alcalde sintió un crujido° de huesos en la mandíbula y sus ojos se llenaron de lágrimas. Pero no suspiró hasta que no sintió salir la muela. Entonces la vio a través de las lágrimas. Le pareció tan extraña a su dolor, que no pudo entender la tortura de sus cinco noches anteriores. Inclinado sobre la escupidera, sudoroso°, jadeante°, se desabotonó la guerrera° y buscó a tientas° el pañuelo° en el bolsillo del pantalón. El dentista le dio un trapo° limpio.

—Séquese las lágrimas, dijo.

El alcalde lo hizo. Estaba temblando. Mientras el dentista se lavaba las manos, vio el cielo raso desfondado° y una telaraña polvorienta° con huevos de araña e insectos muertos. El dentista regresó secándose las manos.

—Acuéstese —dijo—, y haga buches° de agua de sal. El alcalde se puso de pie, se despidió con un displicente° saludo militar, y se dirigió a la puerta estirando° las piernas, sin abotonarse la guerrera.

—Me pasa la cuenta —, dijo.

—¿A usted o al municipio?

El alcalde no lo miró. Cerró la puerta, y dijo, a través de la red metálica°:

—Es la misma vaina°.

Después de leer

H El contenido. Complete el gráfico con información del cuento.

la hora	
el clima	
los objetos importantes	
las acciones importantes	

I El diálogo. Hay poco diálogo en el cuento; por eso todas las palabras son muy importantes. Conteste las siguientes preguntas acerca del diálogo del cuento.

1. ¿Es verdad lo que dice el dentista en la conversación que sigue? Justifique su respuesta.

    —Tiene que ser sin anestesia —, dijo.
    —¿Por qué?
    —Porque tiene un absceso.

    ¿Por qué hace sufrir al alcalde?

2. ¿Qué implica el dentista con la afirmación: «Aquí nos paga veinte muertos, teniente.»?
3. Explique la oración final: —Es la misma vaina.

J La interpretación. Conteste las siguientes preguntas que tienen que ver con su interpretación del cuento.

1. **La acción.** ¿Qué predomina en el cuento: la acción, el diálogo o la descripción? ¿Por qué? ¿Qué implican las acciones frías y casi mecánicas del dentista? La acción culminante es cuando el dentista le da un trapo limpio al alcalde para secarse las lágrimas. ¿Qué simboliza esta acción?
2. **El tono.** ¿Cómo es el tono del cuento? ¿Qué adjetivo(-s) mejor expresa(-n) la emoción principal del cuento?
3. **Las actitudes.** Compare las siguientes oraciones (a) del principio y (b) del final del cuento.

    a. El hijo le repite las palabras del alcalde a su papá: —Dice que si no le sacas la muela te pega un tiro.

    b. El dentista le dice al alcalde: —Séquese las lágrimas.

    ¿Quién tiene el control al principio y al final del cuento? ¿Hay un cambio en la actitud del alcalde? Explique.

 Para saber más: http://interacciones.heinle.com

249

Bienvenidos a los países andinos

Introducción geográfica

Conteste las siguientes preguntas, usando mapas de Bolivia, el Ecuador y el Perú.

1. ¿Cuáles son las capitales y otras ciudades importantes de Bolivia, el Ecuador y el Perú?

2. ¿Qué rasgos geográficos tienen en común estos tres países? ¿Cuáles son otros rasgos geográficos importantes en cada país?

3. ¿Qué ventajas y desventajas ofrece la geografía de estos países?

Una vista panorámica de Quito, Ecuador

Bolivia, Ecuador y Perú

 Para saber más: http://interacciones.heinle.com

Geografía y clima

Bolivia, el Ecuador y *el Perú* son países andinos; la cordillera de los Andes ocupa gran parte de su territorio.

Bolivia: Uno de los dos países de la América del Sur sin costa marítima. La zona de los Andes se llama el Altiplano, una región alta y árida. El lago Titicaca (compartido con el Perú) es el lago navegable más alto del mundo.

El Ecuador: Hay dos regiones distintas: el oeste, la costa; el este, las montañas. La línea del ecuador pasa al norte de la ciudad de Quito.

El Perú: En extensión, el tercer país más grande de Sudamérica. Hay tres regiones distintas: el oeste, la costa; el centro, las montañas; el este, la selva que ocupa más de la mitad del territorio y por donde cruza el río Amazonas.

El Altiplano de Bolivia y el lago Titicaca

Población

Bolivia: 8.600.000 habitantes: 55% indígenas (quechuas y aymaras), 30% mestizos, 15% europeos

El Ecuador: 13.700.000 habitantes: 65% mestizos, 25% indígenas, 7% europeos, 3% negros

El Perú: 28.400.000 habitantes: 45% indígenas, 37% mestizos, 15% europeos, 3% otros grupos étnicos

Moneda

Bolivia: el boliviano

El Ecuador: el dólar (el sucre antes de septiembre del año 2000)

El Perú: el (nuevo) sol

Economía

Bolivia: Productos agrícolas; industria minera (estaño *[tin]*, plata, plomo y otros metales)

El Ecuador: Petróleo; productos agrícolas (banana, café, cacao); pesca

El Perú: Industria minera (cobre, plata, plomo y otros metales); pesca; petróleo

Capítulo 7

De compras

Quito, Ecuador: El centro comercial Quicentro

CULTURAL THEMES

Bolivia and Ecuador

Shopping in the Hispanic world

COMMUNICATIVE GOALS

Making routine purchases

Expressing actions in progress

Making comparisons

Talking to and about people and things

Complaining

Denying and contradicting

Avoiding repetition of previously mentioned people and things

Linking ideas

PRIMERA SITUACIÓN

PRESENTACIÓN

En un centro comercial

Práctica y conversación

7.1 De compras. Ud. y su compañero(-a) de clase necesitan ir de compras, pero cada persona tiene solamente una lista parcial de los artículos que debe comprar y de las tiendas. Uds. tienen que averiguar lo que hay en las dos listas para saber qué necesitan comprar y adónde deben ir para hacer cada compra. A continuación está su lista; la de su compañero(-a) de clase está en el **Apéndice A.**

> La Boutique de Moda   los jeans
> La Joyería Orense   un vestido elegante
>   unos discos compactos
>   unas gafas de sol

7.2 En El Corte Inglés. Utilice el anuncio que sigue. ¿En qué departamento compra Ud. las siguientes cosas?

jeans / un reloj de pulsera / un sofá / un vestido elegante / un paraguas / una novela / una cadena de oro / pantuflas / toallas / un estéreo

El Corte Inglés

Un Lugar Para Comprar.
Un Lugar Para Soñar.

P
3-2
P-1

Servicios:
Aparcamiento.

Servicios:
Aparcamiento. Carta de compra. Taller de Montaje de accesorios de automóvil. Oficina postal.

Departamentos:
Librería. Papelería. Juegos. Fumador. Mercería. Supermercado de Alimentación. Limpieza.

1.er SÓTANO

Servicios:
Estanco. Patrones de moda.

Departamentos:
Complementos de Moda. Bolsos. Marroquinería. Medias. Pañuelos. Sombreros. Bisutería. Relojería. Joyería. Perfumería y Cosmética. Turismo.

PLANTA BAJA

Servicios:
Reparación de relojes y joyas. Quiosco de prensa. Óptica 2.000. Información. Servicio de intérpretes. Objetos perdidos. Empaquetado de regalos.

Departamentos:
Hogar Menaje. Artesanía. Cerámica. Cristalería. Cubertería. Accesorios automóvil. Bricolaje. Loza. Orfebrería. Porcelanas, (Lladró, Capodimonte). Platería. Regalos. Vajillas. Saneamiento. Electrodomésticos.

1.ª PLANTA

Servicios:
Listas de boda. Reparación de calzado. Plastificación de carnés. Duplicado de llaves. Grabación de objetos.

Departamentos:
Niños/as. (4 a 10 años). Confección. Boutiques. Complementos. Juguetería. **Chicos/as.** (11 a 14 años) Confección. Boutiques. **Bebés.** Confección. Carrocería. Canastillas. Regalos bebé. Zapatería de bebé. **Zapatería.** Señoras, caballeros y niños. **Futura Mamá.**

2.ª PLANTA

Servicios:
Estudio fotográfico y realización de retratos.

Departamentos:
Confección de Caballeros. Confección ante y piel. Boutiques. Ropa interior. Sastrería a medida. Artículos de viajes. Complementos de Moda. Zapatería. Tallas especiales.

3.ª PLANTA

Servicios:
Servicio al Cliente. Venta a plazos. Solicitudes de tarjetas. Devolución de I.V.A. Peluquería de caballeros. Agencia de viajes y Centro de Seguros.

Departamentos:
Señoras. Confección. Punto. Peletería. Boutiques Internacionales. Lencería y Corsetería. Tallas Especiales. Complementos de Moda. Zapatería. Pronovias.

4.ª PLANTA

Servicios:
Peluquería de señoras. Conservación de pieles. Cambio de moneda extranjera.

Departamentos:
Juventud. Confección. Territorio Vaquero. Punto. Boutiques. Complementos de moda. Marcas Internacionales. **Deportes.** Prendas deportivas. Zapatería deportiva. Armería. Complementos.

5.ª PLANTA

Departamentos:
Muebles y Decoración. Dormitorios. Salones. Lámparas. Cuadros. **Hogar textil.** Mantelerías. Toallas. Visillos. Tejidos. Muebles de cocina.

6.ª PLANTA

Servicios:
Creamos Hogar. Post-Venta. Enmarque de cuadros. Realización de retratos.

Departamentos:
Oportunidades y Promociones.

7.ª PLANTA

Servicios:
Cafetería. Autoservicio "La Rotonda". Restaurante "Las Trébedes".

ANEXOS

Preciados, 1. Tienda de la Electrónica: Imagen y Sonido. Hi-Fi. Radio. Televisión. Ordenadores. Fotografía.　　**Servicios:** Revelado rápido.

Preciados, 2 y 4. Discotienda: Compact Disc. Casetes. Discos. Películas de vídeo.　　**Servicios:** Venta de localidades.

7.3 ¡Gangas para todos! Ud. y un(-a) compañero(-a) de clase van a abrir una tienda en el centro estudiantil de la universidad. ¿Cómo será la tienda? ¿la mercancía? ¿los precios? ¿los empleados? ¿?

7.4 Creación. En una narración cuente lo que pasa en el dibujo de la **Presentación.**

VOCABULARIO

El centro comercial	Shopping mall
la boutique	boutique
el (la) cajero(-a)	cashier
el (la) dependiente(-a)	salesclerk
el escaparate	display case
la etiqueta	label
la ganga	bargain
los (grandes) almacenes	department store
la liquidación	clearance sale
la marca	brand
la mercancía	merchandise
el precio	price
la rebaja	reduction, sale
la tienda	store
de liquidaciones	discount store
de lujo	expensive store
de música	music store
de regalos	gift store
de ropa de hombres	men's clothing store
de ropa de mujeras	women's clothing store
la vitrina	store window
estar en liquidación	to be on sale

La joyería	Jewelry shop
los aretes	earrings
la cadena de oro	gold chain
el collar de brillantes	diamond necklace
la esmeralda	emerald
las joyas	jewels
la perla	pearl

la piedra preciosa	precious stone
la pulsera	bracelet
el reloj (de pulsera)	(wrist)watch
asegurar	to insure
regalar	to give (a present)
valorar	to appraise

La zapatería	Shoe store
las botas	boots
el número	size
las pantuflas	slippers
el par	pair
las sandalias	sandals
✓ el tacón	heel
los zapatos bajos	low-heeled shoes
deportivos	athletic shoes
✓ de tacón	high heels
de tenis	tennis shoes
apretarle (ie)	to pinch, be too tight
calzar	to wear shoes
quedar	to fit

Vocabulario regional. In Spain the word for *store window* = **el escaparate** and the word for *display case* = **la vitrina.**

ASÍ SE HABLA

Making Routine Purchases

VENDEDORA:	Buenas tardes, señorita. ¿En qué puedo servirle?
MANUELA:	Estoy buscando un regalo para mi novio y francamente no sé qué comprarle.
VENDEDORA:	¿Qué le parece una corbata de seda? Tenemos de toda clase. Unas son más finas que otras, por supuesto, pero en general todas son de muy buena calidad.
MANUELA:	¿Me las podría enseñar, por favor?
VENDEDORA:	Sí, cómo no. Venga por acá. Aquí están.
MANUELA:	Sí, se ven muy finas. Tiene razón. Y, ¿cuánto cuestan? Ésta me gusta mucho.
VENDEDORA:	Bueno, ésa es una de las más finas y cuesta 150 bolivianos.
MANUELA:	¡Ay, no! ¡Eso es mucho para mí! ¡No, no, no, no!
VENDEDORA:	Bueno, mire, aquí tengo las más baratas. ¿Qué le parece ésta? Sólo cuesta 100 bolivianos. Y esta otra cuesta 75.
MANUELA:	Bueno, ésta no está tan mal. Me la llevo. Espero que le guste.

When you want to purchase something, you need to know the following expressions:

Vendedor(-a):

¿Qué desearía ver?	*What would you like to see?*
¿En qué puedo servirle?	*How may I help you?*
¿Qué le parece... ?	*What do you think of . . . ?*
¿Qué número / talla necesita?	*What size do you need?*
¿Quisiera probarse / llevar / ver... ?	*Would you like to try on / take / see . . . ?*
No nos queda(-n) más.	*We don't have any left.*
¿Desearía algo más?	*Would you like anything else?*
Aquí lo (la, los, las) tiene.	*Here you are.*
Pase por la caja, por favor.	*Please step over to the cashier's.*
... está en oferta.	*. . . is on sale.*

Cliente:

Hágame el favor de mostrarme...	*Please show me . . .*
Me encanta(-n)...	*I love . . .*
No me gusta.	*I don't like it.*
No me parece mal / feo / apropiado.	*I don't think it's bad / ugly / appropriate.*
(No) Me queda bien.	*It (does not) fit(s) me.*
Lo encuentro barato / muy caro / ordinario / fino / delicado.	*I find it inexpensive / very expensive / ordinary / of good quality / delicate.*
Quisiera probarme...	*I would like to try . . . on.*
¿Cuánto cuesta, por favor?	*How much is it, please?*
¿Me lo podría dejar en... ?	*Could you lower the price to . . . ?*
¡Ay, no! Eso es mucho.	*Oh, no! That's too much.*
Quisiera algo más barato.	*I'd like something cheaper.*
Está bien.	*That's fine.*
Me lo (la, los las) llevo.	*I'll take it (them).*
¿Me lo (la, los, las) podría envolver?	*Could you wrap it (them) for me?*

Práctica y conversación

7.5 En la tienda. ¿Qué dice Ud. cuando va a la tienda y...

1. quiere saber si venden ropa deportiva?
2. no le gusta lo que el (la) vendedor(-a) le enseña?
3. quiere probarse unos pantalones?
4. los pantalones le quedan muy bien?
5. quiere saber el precio?
6. quiere comprárselos?

Quito, Ecuador: Una boutique

7.6 ¡Necesito ropa! Ud. y su amigo(-a) hablan sobre la ropa que necesitan comprar para la fiesta de este fin de semana. Primero, hagan la lista de las cosas que necesitan. Luego, vayan a la tienda y compren lo que quieren. Otro(-a) estudiante que hace el papel de vendedor(-a) los (las) ayudará.

ESTRUCTURAS

Expressing Actions in Progress
Progressive Tenses

The progressive tenses emphasize actions that are taking place at a particular moment in time. In English the present progressive tense is composed of *to be + present participle: I am buying a jacket; John is returning a sweater.*

a. In Spanish the present progressive tense is composed of **estar** + *the present participle.*

estar + Present Participle		
estoy	comprando	*I am buying*
estás	escogiendo	*you are choosing*
está	decidiendo	*he / she is, you are deciding*
estamos	leyendo	*we are reading*
estáis	pidiendo	*you are ordering*
están	durmiendo	*they, you are sleeping*

b. To form the present participle

1. add **-ando** to the stem of **-ar** verbs: **esperar** → **esper-** → **esperando.**
2. add **-iendo** to the stem of **-er** and **-ir** verbs: **comer** → **com-** → **comiendo; asistir** → **asist-** → **asistiendo.** When the stem ends in a vowel, add the ending **-yendo: oír** → **o-** → **oyendo; traer** → **tra-** → **trayendo.**
3. **-ir** verbs whose stem changes **e** → **i** or **o** → **u** in the third-person of the preterite have this stem change in the present participle also: **pedir** → **pid-** → **pidiendo; dormir** → **durm-** → **durmiendo.**

c. With verbs in the progressive tenses, direct, indirect, and reflexive pronouns may precede the conjugated verb or be attached to the end of the present participle.

> Están probándo**se** ropa nueva.
> **Se** están probando ropa nueva. } *They are trying on new clothes.*

d. The Spanish present progressive is used only to emphasize an action that is currently in progress. Contrary to English, the Spanish present progressive is not used to refer to present actions that take place over an extended period of time or to an action that will take place in the future. Compare the following.

> Este año Iliana **trabaja** en el centro comercial.
>
> *This year Iliana is working in the mall.*
>
> Ahora mismo **está trabajando** de cajera.
>
> *Right now she is working as a cashier.*
>
> Carlos **está llegando** en este momento.
>
> *Carlos is arriving at this very moment.*
>
> Sofía **llega** más tarde.
>
> *Sofía is arriving later.*

Remember: Three verbs have irregular present participles: **ir** → **yendo; poder** → **pudiendo; venir** → **viniendo.** These verbs are rarely used in progressive tenses.

Remember: With double object pronouns, both pronouns are in the same position: they both precede the conjugated verb, or they are both attached to the end of the present participle.

e. To describe or express an action that was in progress at a particular moment in the past, the imperfect of **estar** + *the present participle* is used.

Anoche a esta hora **estábamos buscando** muebles en el gran almacén.	*Last night at this time we were looking for furniture in the department store.*

f. The verbs **andar, continuar, ir, seguir,** and **venir** can also be used with the present participle to form progressive tenses.

En el centro comercial Roberto **anda probándose** ropa nueva y **mirando** a la gente.	*At the mall Roberto goes around trying on new clothes and watching people.*

Práctica y conversación

7.7 En el centro comercial. Explique lo que estas personas están haciendo ahora en el centro comercial.

> **Modelo**   Carlos / comer en un café
> **Carlos está comiendo en un café.**

1. Eduardo / probarse los zapatos
2. tú y yo / hacer compras
3. mi hija / tomar un refresco
4. Uds. / divertirse
5. Carolina / buscar rebajas
6. tú / leer las etiquetas
7. los jóvenes / oír música
8. yo / almorzar en el café

7.8 Ahora mismo. ¿Qué piensa Ud. que estas personas están haciendo ahora mismo?

mi mejor amigo(-a) / mi vecino(-a) / mi compañero(-a) de cuarto / mi profesor(-a) de español / mi abuelo(-a) / mi novio(-a)

Ahora, diga lo que ellos estaban haciendo anoche a las ocho.

7.9 ¡Estoy comprando de todo! Ud. va de compras a su centro comercial favorito con su mejor amigo(-a) y cuando está en la tienda suena su teléfono celular. Es su padre (madre) / esposo(-a) que quiere saber dónde está y qué está haciendo. Cuéntele dónde está, con quién está, qué están haciendo, qué quieren comprar, etc. Él (Ella) está muy preocupado(-a), ya que no quiere que Ud. gaste mucho dinero.

Making Comparisons

Superlative Forms of Adjectives

In certain situations such as shopping or discussion of family or friends we often want to compare objects or persons and set them apart from all others: *This is the largest mall in the state.* To make these statements that compare one item to many others in its category, the superlative form of the adjective is used. The English superlative is composed of *the most* or *the least* + adjective or the adjective + the ending *-est.*

a. In Spanish the superlative of adjectives is formed using the following construction.

$$\text{DEFINITE ARTICLE (+ NOUN)} + \begin{matrix} \textbf{más} \\ \textbf{menos} \end{matrix} + \text{ADJECTIVE} + \textbf{de}$$

Antonio compró la cadena de oro **más cara de** la joyería.	*Antonio bought the most expensive gold chain in the jewelry store.*

Note that **de** = *in* in these superlative constructions.

b. In superlative constructions the irregular forms **mejor** and **peor** usually precede the noun.

Tienen los **mejores** precios del pueblo.	*They have the best prices in town.*

The irregular forms **mayor** and **menor** follow the noun.

Carolina es la hija **mayor** de la familia.	*Carolina is the oldest daughter in the family.*

c. After forms of **ser** the noun is frequently omitted from superlative constructions.

Esta zapatería es **la más grande** de Quito, pero aquélla es **la mejor.**	*This shoe store is the largest in Quito, but that one is the best.*

Remember: The definite article agrees in number and gender with its noun.

De can also mean *on:* **La zapatería es la tienda más grande de la calle.** = *The shoe store is the largest shop on the street.*

Mejor, peor, mayor, and **menor** become plural to agree with a plural noun: **los mejores precios / las peores tiendas / mis parientes mayores / mis primos menores.**

Mayor can also mean *major, main,* or *principal:* **el problema mayor** = *the principal problem.*

Práctica y conversación

7.10 Yo sólo quiero lo mejor. Ud. va de compras a una tienda muy elegante. Explíquele al (a la) vendedor(-a) lo que quisiera comprar.

> **Modelo** vestido / elegante
> **Quisiera el vestido más elegante de la tienda.**

1. zapatos / cómodo
2. cadena de oro / hermoso
3. aretes / fino
4. perlas / caro
5. regalos / lindo
6. botas / grande
7. sandalias / bueno
8. pantuflas / barato

7.11 Lo mejor de su categoría. Describa a estas personas y cosas comparándolas con otras de la misma categoría.

> **Modelo** mi hermano
> **Mi hermano es el más alto de la familia.**

Bill Gates / Bloomingdale's / Ferrari / Julia Roberts / el presidente de los EE.UU. / mis padres / las cataratas del Niágara / Monte Everest / mi novio(-a)

7.12 ¿Adónde vamos de compras? Ud. y sus compañeros(-as) tienen que ir de compras, pero antes comparan los precios de los artículos que necesitan en los anuncios de los almacenes. Luego deciden qué van a comprar, dónde y por qué.

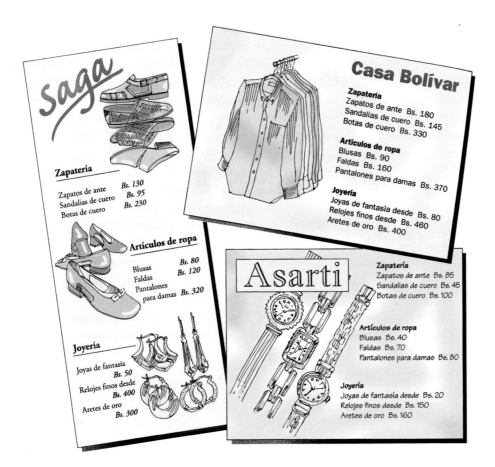

Saga

Zapatería

Zapatos de ante	Bs. 130
Sandalias de cuero	Bs. 95
Botas de cuero	Bs. 230

Artículos de ropa

Blusas	Bs. 80
Faldas	Bs. 120
Pantalones para damas	Bs. 320

Joyería

Joyas de fantasía	Bs. 50
Relojes finos desde	Bs. 400
Aretes de oro	Bs. 300

Casa Bolívar

Zapatería

Zapatos de ante	Bs. 180
Sandalias de cuero	Bs. 145
Botas de cuero	Bs. 330

Artículos de ropa

Blusas	Bs. 90
Faldas	Bs. 160
Pantalones para damas	Bs. 370

Joyería

Joyas de fantasía desde	Bs. 80
Relojes finos desde	Bs. 460
Aretes de oro	Bs. 400

Asarti

Zapatería

Zapatos de ante	Bs. 85
Sandalias de cuero	Bs. 45
Botas de cuero	Bs. 100

Artículos de ropa

Blusas	Bs. 40
Faldas	Bs. 70
Pantalones para damas	Bs. 80

Joyería

Joyas de fantasía desde	Bs. 20
Relojes finos desde	Bs. 150
Aretes de oro	Bs. 160

Talking About People and Things

Uses of the Definite Article

The definite article in English and Spanish is used to indicate a specific noun: **La zapatería está cerca de la joyería.** *The shoe store is near the jewelry store.*

a. The forms of the definite article precede the nouns they modify and agree with them in gender and number: **el precio; la perla; los zapatos; las botas.**

b. The masculine singular article **el** is used with feminine nouns that begin with a stressed **a-** or **ha-**. However, the plural forms of these nouns use **las: el agua / las aguas.**

c. In Spanish the definite article is used . . .

1. before abstract nouns and before nouns used in a general sense.

En mi opinión, **la paz** mundial es muy importante.	*In my opinion, world peace is very important.*
No me gustan **los zapatos de tacón.**	*I don't like high-heeled shoes.*

2. with the names of languages except when they follow **de, en,** or forms of **hablar.** The article is often omitted after **aprender, enseñar, escribir, estudiar, leer,** and **saber.**

Se dice que **el chino** es una lengua muy difícil.

They say that Chinese is a very difficult language.

Susana es bilingüe. Habla inglés y español y estudia japonés.

Susana is bilingual. She speaks English and Spanish and is studying Japanese.

3. before a title (except **don / doña, san[-to] / santa**) when speaking about a person, but omitted when speaking directly to the person.

—Miguel, éste es nuestro vecino, **el doctor** Casona.

Miguel, this is our neighbor, Dr. Casona.

—Mucho gusto, doctor Casona.

Pleased to meet you, Dr. Casona.

4. instead of a possessive pronoun with articles of clothing and parts of the body when preceded by a reflexive verb.

Al entrar en casa, se quitó **la chaqueta.**

When he got home, he took off his jacket.

5. with days of the week to mean *on.*

La liquidación empieza **el viernes** 25 de mayo.

The clearance sale begins on Friday, May 25.

El centro comercial no está abierto **los domingos.**

The (shopping) mall is not open on Sundays.

6. in telling time, generally meaning *o'clock.*

Se abre la Joyería Orense **a las diez** de la mañana.

The Orense Jewelry Store opens at 10:00 (ten o'clock) AM.

7. with the names of certain countries and geographical areas.

la América del Sur	la Habana
la Argentina	la India
el Brasil	el Japón
el Canadá	el Paraguay
el Ecuador	el Perú
los Estados Unidos	la República Dominicana
la Florida	el Uruguay

8. to refer to a quantity or weight.

Estas bananas cuestan tres sucres **el kilo / la libra.**

These bananas cost three sucres a kilo / a pound.

d. The neuter article **lo** + the masculine singular form of an adjective can be used to describe general qualities and characteristics: **lo bueno** = *the good thing, the good part.*

Lo bueno de este centro comercial es la variedad de tiendas.

The good thing about this shopping center is the variety of stores.

1. The words **más** or **menos** can precede the adjective.

Lo más importante es comprar zapatos nuevos.

The most important thing is to buy new shoes.

2. The following are some common expressions with **lo.**

lo bueno	*the good thing*	**lo peor**	*the worst thing*
lo malo	*the bad thing*	**lo mismo**	*the same thing*
lo mejor	*the best thing*		

Práctica y conversación

Mi hermana está leyendo el libro a Paco.

7.13 ¿Qué me pongo? ¿Qué se pone Ud. para ir a los siguientes lugares?

un centro comercial / un restaurante elegante / el cine / un partido de fútbol norteamericano / la clase de español / una fiesta

Modelo **Para ir a clase me pongo los jeans y una camiseta.**

7.14 La liquidación. Complete el siguiente diálogo con un(-a) compañero(-a) de clase, usando la forma apropiada del artículo definido cuando sea necesario.

1. Hola, [*nombre de su compañero(-a)*]. ¿Por qué no fuiste a _____ liquidación de los Almacenes Guayaquil? Te estuvimos esperando.
2. ¿Cuándo fue? ¿ _____ viernes?
3. No, _____ sábado por _____ noche; empezó a _____ siete.
4. Me olvidé por completo. Fui a _____ casa de mi hermana y ni me acordé. Pero dime, ¿fue Guillermo?
5. Desgraciadamente sí. Él me dijo que no tenía ni un centavo para comprar, pero se gastó todo _____ dinero que le mandaron sus padres _____ mes pasado para _____ matrícula.
6. ¿Y qué va a hacer para pagar _____ universidad, _____ libros y _____ alquiler?
7. No sé, pero de todas maneras quiere ir a _____ Chile y a _____ Argentina en _____ próximas vacaciones.
8. ¡Está loco! Bueno, qué se va a hacer. ¿Quién más fue de compras con Uds.?
9. _____ misma gente de siempre. Todos me preguntaron por ti y por eso les dije que te habías ido a _____ casa de tu hermana por _____ fin de semana.
10. Gracias. En realidad se me olvidó por completo.

7.15 Entrevista personal. Hágale preguntas a un(-a) compañero(-a) de clase sobre su vida. Su compañero(-a) debe contestar.

Pregúntele...

1. qué es lo bueno de sus amigos / de su familia.
2. qué es lo malo de sus estudios / de su trabajo.
3. qué es lo más interesante de su vida universitaria.
4. qué es lo mejor de ir de compras.
5. qué es lo más importante en su vida.

7.16 El centro comercial. Ud. y un(-a) compañero(-a) están hablando de un viaje reciente al centro comercial. Comenten los aspectos positivos y negativos de su experiencia. Digan qué fue lo más interesante / divertido / agradable / desagradable / ¿?

Modelo **A mí me parece que lo más agradable fue el almuerzo en el restaurante que tienen ahí.**

Interacciones CD-ROM: **Capítulo 7, Primera situación**

Para saber más: http://interacciones.heinle.com

SEGUNDA SITUACIÓN

PRESENTACIÓN

En la tienda de ropa de mujeres

Práctica y conversación

7.17 ¡De buen gusto! ¿Qué cambios deben hacer las siguientes personas para vestirse bien?

1. María lleva una falda a cuadros, una blusa estampada y unas pantuflas rosadas.
2. José lleva un traje azul marino, una camiseta anaranjada y unos zapatos deportivos grises.
3. Susana lleva un vestido de seda negro, unos zapatos de tacón negros y unos calcetines de lana rojos.
4. Tomás lleva un pijama azul, un sombrero de paja y unas botas rojas.
5. Isabel lleva un traje de baño de lunares, un abrigo de piel y unas botas de cuero.
6. Paco lleva unos pantalones azules, una camisa de seda morada y una chaqueta a rayas.

En la tienda de ropa de hombres

7.18 Entrevista. Pregúntele a un(-a) compañero(-a) de clase qué debe ponerse para las siguientes situaciones.

Pregúntele qué se pone para...

1. una entrevista importante.
2. esquiar.
3. una fiesta elegante.
4. un día en la playa.
5. lavar el coche.
6. un fin de semana en el campo.

7.19 ¡La edad no se revela! ¿Por qué usa este producto el lema *(slogan)* «La Edad No Se Revela»? ¿Qué tipo de ropa se puede lavar con este producto?

Shorts

Suéteres

Playeras

Gorras

Toallas de Cocina

Calcetines

"¡LA EDAD NO SE REVELA!"

100% algodón con salsa de espagueti

lavada una vez con detergente regular

lavada una vez con Tide

Dicen que el secreto de la vida es siempre lucir joven. Y Tide® with Bleach en polvo está totalmente de acuerdo. Su Sistema Activado de Blanqueadores es invencible asegurando que la ropa blanca se quede blanca, e ingredientes especiales le ayuda a mantener los colores vivos en la ropa de algodón, lavada tras lavada (¡aún la ropa negra!). Así que, cuando se habla de la edad, no se preocupe... su ropa la disimulará.

SI TIENE QUE ESTAR LIMPIO, TIENE QUE SER TIDE.

Aún los expertos de algodón confían en Tide with Bleach
®-El sello de Algodón es una marca de servicio registrada de Cotton Incorporated.

7.20 Creación. En una narración cuente lo que pasa en los dibujos de la **Presentación.**

VOCABULARIO

Prendas de vestir	Articles of clothing	el lino	linen
		la piel	fur
el abrigo	coat	la seda	silk
la bata	(bath)robe	**Algunos problemas**	**Some problems**
el bolso (E)	purse	acortar	to shorten
la cartera (A)		devolver (ue)	to return something
la bufanda	scarf		
los calcetines	socks	envolver (ue)	to wrap up
el calentador (A)	jogging suit,	estar de moda	to be in style
el chandal (E)	warm-up suit	estar pasado de moda	to be out of style
la camisa de noche	nightgown		
la camiseta	T-shirt	hacer juego con combinar con	to match
el chaleco	vest		
los guantes	gloves	mostrar (ue)	to show
el impermeable	raincoat	probarse (ue)	to try on
las medias	stockings	quedarle bien	to fit
el paraguas	umbrella	quedarle	to be
el pijama	pajamas	un poco ancho	a little wide
el sobretodo	overcoat	apretado	tight
el traje de baño	bathing suit	corto	short
El diseño	**Design**	chico	small
a cuadros	plaid, checkered	estrecho	narrow
a rayas	striped	flojo	loose
de flores	flowered	grande	big
de lunares	polka dot	largo	long
de un solo color	solid color	ser de buen gusto	to be in good taste
estampado(-a)	printed		
La tela	**Fabric, material**	elegante	elegant, dressy
el algodón	cotton	feo	ugly
el cuero	leather	lindo	pretty
el encaje	lace	vistoso	flashy
la lana	wool	usar talla ___	to wear size ___

Additional common articles of clothing are listed in **Appendix B: *Vocabulary at a Glance.***

Complaining

DEPENDIENTA:	¿En qué puedo servirle?
NOEMÍ:	Señorita, ayer compré este vestido aquí y hoy cuando me lo iba a poner me di cuenta que tenía esta enorme mancha. Quisiera que me lo cambiaran, por favor.
DEPENDIENTA:	Bueno, pero ¿no cree que Ud. debió examinarlo cuidadosamente antes de llevárselo?
NOEMÍ:	Bueno, sí, pero lo que pasó fue que me probé otro de otro color y después escogí este rojo sin probármelo.
DEPENDIENTA:	Desafortunadamente no podemos hacer nada, señora. No aceptamos cambios. Lo siento.
NOEMÍ:	¿Cómo dice? Y ahora, ¿qué voy a hacer? ¡Este vestido no sirve para nada!
DEPENDIENTA:	Lo siento mucho, señora, pero ésa es la orden que nosotros tenemos.
NOEMÍ:	¡Esto no puede ser! Uds. tienen que cambiármelo. Llame a su jefe, por favor.

When you want to complain, you can use the following expressions.

Siento decirle que...	*I'm sorry to tell you that . . .*
Disculpe, pero la verdad es que...	*Excuse me, but the truth is that . . .*
Me parece que aquí hay un error.	*I think there is a mistake here.*
Creo que se ha equivocado.	*I think you have made a mistake.*
¡No puedo seguir esperando!	*I can't keep waiting!*
¡Esto no puede ser!	*It can't be!*
Pero, ¡qué se ha creído!	*But who do you think you are!*
¡Por quién me ha tomado!	*Who do you think I am!*
¡Qué falta de responsabilidad!	*How irresponsible!*
Y ahora, ¿qué voy a hacer?	*And now, what am I going to do?*
¡Ya me cansé de tantos problemas!	*I'm tired of so many problems!*

Práctica y conversación

7.21 Perdón, pero... ¿Qué dice Ud. en las siguientes situaciones?

1. Ud. está en un restaurante y el mesero le sirve un helado de vainilla en vez de uno de chocolate.
2. Ud. está en el aeropuerto y le dicen que no puede viajar porque no hizo ninguna reservación.
3. Ud. tenía una cita con el dentista para las dos de la tarde. Ya son las cuatro y media y todavía no lo (la) atienden.
4. Ud. está en un restaurante y le traen la cuenta de otra persona.
5. Ud. se inscribió en la clase de español pero su nombre no aparece en la lista del (de la) profesor(-a).

7.22 Pero, ¿qué es esto? Con dos compañeros(-as) de clase, dramaticen la siguiente situación. Ud. y su amigo(-a) van de compras porque necesitan ropa. Le piden ayuda a un(-a) vendedor(-a) pero tienen muchos problemas: se demora mucho en atenderlos(-las), les da las tallas equivocadas, les cobra más de lo que cuestan las cosas y al final no les acepta ni sus cheques ni sus tarjetas de crédito.

Denying and Contradicting

Indefinite and Negative Expressions

Negative words such as *no, never, no one, nothing,* or *neither* are used to contradict previous statements or deny the existence of people, things, or ideas. These negatives are frequently contrasted with indefinite expressions such as *someone, something,* or *either* that refer to non-specific people and things.

Indefinite Expressions		Negative Expressions	
algo	*something*	nada	*nothing*
alguien	*someone*	nadie	*no one, nobody*
algún	*any, some, someone*	ningún	*no, none, no one*
alguno(-a)		ninguno(-a)	
algunos(-as)		ninguno(-as)	
alguna vez	*sometime*	nunca	*never*
siempre	*always*	jamás	
o	*or*	ni	*nor*
o... o	*either . . . or*	ni... ni	*neither . . . nor*
también	*also, too*	tampoco	*neither, not . . . either*
de algún modo	*somehow*	de ningún modo	*by no means*
de alguna manera	*some way*	de ninguna manera	*no way*

a. To negate or contradict a sentence, **no** is placed before the verb.

No vamos de compras hoy.   *We aren't (are not) going shopping today.*

b. There are two patterns for use with negative expressions:

1. NEGATIVE + VERB PHRASE

Julio **nunca** está a la moda.   *Julio is never in style.*
Nadie tiene tanta ropa como   *No one has as many clothes as Ana.*
Ana.

Spanish frequently uses a double negative where English does not. **No quiero comprar nada.** *(I don't want to buy anything.)*

2. **No** + VERB PHRASE + NEGATIVE

Julio **no está** a la moda **nunca.**   *Julio is never in style.*
No compro nada en aquella   *I don't buy anything in that store.*
tienda.

c. Indefinite expressions frequently occur in questions while negatives occur in answers.

—¿Quieres probarte el suéter **o** el   *Do you want to try on the sweater or the*
chaleco?   *vest?*
—No quiero probarme **ni** el suéter   *I don't want to try on either the sweater*
ni el chaleco.   *or the vest.*

d. Algún and **ningún** are used before masculine singular nouns.

Compraré ese vestido de **algún modo.**	*I will buy that dress somehow.*

Ninguno is generally used in the singular unless the noun it modifies is always plural.

—¿Tienes algunas camisas limpias?	*Do you have any clean shirts?*
—No, no tengo **ninguna.** Y no tengo **ningunos** pantalones limpios tampoco.	*No, I don't have any. And I don't have any clean pants either.*

e. The personal **a** is used before **alguien / nadie** and **alguno / ninguno** when used as direct objects.

—¿Viste **a alguien** en el centro comercial?	*Did you see anyone at the mall?*
—No, no vi **a nadie.**	*No, I didn't see anyone.*

f. The Spanish word **no** cannot be used as an adjective: *no problem* = **ningún problema;** *no person* = **ninguna persona.**

g. In Spanish multiple negative words in the same sentence are common, as in the examples in the following cartoon.

Supplemental grammar. Algo / nada can be used to modify adjectives. **Este traje es algo nuevo.** = *This suit is somewhat new.* **Aquel vestido no es nada bonito.** = *That dress isn't pretty at all.*

Práctica y conversación

7.23 ¡No quiero nada de nada! Su compañero(-a) le hace algunas preguntas, pero Ud. está de mal humor y le contesta negativamente a todo.

Modelo COMPAÑERO(-A): **¿Le compraste un regalo a Rodrigo?**
USTED: **No, no le compré ningún regalo.**

1. ¿Viste a alguien en la tienda?
2. ¿Te encontraste con alguien en el café?
3. ¿Comiste algo?
4. ¿Te compraste pantalones o un suéter?
5. ¿Fuiste al cine también?
6. ¿Alguna vez has estado de tan mal humor como ahora?

7.24 ¿Qué compraste? Ud. acaba de regresar de un viaje por Bolivia, el Ecuador y el Perú y como tenía muy poco dinero, compró muy pocos regalos. Cuando abre sus maletas sus hermanos(-as) están muy desilusionados(-as) y le preguntan si Ud. les compró aretes de oro, pulseras y cadenas de plata, pantuflas de alpaca, adornos de plata para la casa, alfombras de alpaca, etc. Ud. les responde.

7.25 Necesito zapatos. Con dos compañeros(-as), dramaticen la siguiente situación. Ud. habla con sus padres y les dice que necesita comprar varios tipos de zapatos para las diferentes actividades que Ud. tiene en la universidad. Sus padres, sin embargo, no están de acuerdo con Ud. y rechazan todo lo que les dice. Trate de llegar a un acuerdo con ellos.

Avoiding Repetition of Previously Mentioned People and Things

Double Object Pronouns

In conversation we avoid the repetition of previously mentioned people and things by using direct and indirect object pronouns; for example: *Did you give Charles that sweater? No, his parents gave **it to him.*** These double object pronouns are also used in Spanish.

a. When both an indirect object pronoun and a direct object pronoun are used with the same verb, the indirect object pronoun precedes the direct object pronoun.

—¿Quién te regaló esa pulsera?	*Who gave you that bracelet?*
—Mi hermano **me la** dio para mi cumpleaños.	*My brother gave it to me for my birthday.*

b. Double object pronouns follow the rules for placement of single object pronouns; that is, both pronouns must attach to the end of affirmative commands and precede negative commands.

—¿Quiere ver esta camisa?	*Do you want to see this shirt?*
—Sí, muéstre**mela,** por favor, pero no **me la** envuelva todavía.	*Yes, show it to me please, but don't wrap it for me yet.*

c. When both a conjugated verb and infinitive are used, both object pronouns can precede the conjugated verb or attach to the end of the infinitive.

—Me gustaría ver tu traje nuevo.	*I would like to see your new suit.*
—Bueno, voy a mostrár**telo.** —Bueno, **te lo** voy a mostrar.	*Okay, I'm going to show it to you.*

Note that when two pronouns are attached to an infinitive, a written accent mark is placed over the stressed vowel of that infinitive.

d. When both pronouns are in the third person, the indirect object pronoun **le / les** becomes **se.**

—¿Les enviaste el regalo a tus padres?	*Did you send the gift to your parents?*
—Sí, **se** lo envié ayer.	*Yes, I sent it to them yesterday.*

e. The pronoun **se** can be clarified by adding the phrase **a** + *prepositional pronoun.*

—¿Le diste la chaqueta a tu hermano?	*Did you give the jacket to your brother?*
—Sí, **se** la di **a él** ayer.	*Yes, I gave it to him yesterday.*

Both object pronouns will precede an affirmative or negative conjugated verb. The order is always indirect object pronoun before direct object pronoun.

When two pronouns are attached to an affirmative command, a written accent mark is placed over the stressed vowel of that command.

When two pronouns are attached to an infinitive, a written accent mark is placed over the stressed vowel of that infinitive.

Práctica y conversación

7.26 Las compras. Explique si Ud. les compró o no los siguientes regalos a estas personas.

> **Modelo** a Jaime / la camiseta
> **Sí, se la compré. / No, no se la compré.**

1. a Pepe / la corbata
2. a ti / el sombrero
3. a Silvia / el calentador
4. a nosotros / los guantes
5. a su hermana / la bufanda
6. a Ud. / las camisas
7. a Luis / los calcetines
8. a Luz y Diego / los suéteres

7.27 Y por fin, ¿compraste...? Ud. se encuentra con un(-a) amigo(-a) que quiere saber acerca de sus compras en el centro comercial. Conteste las preguntas con **Sí** o **No,** como Ud. desee.

> **Modelo** COMPAÑERO(-A): **¿Te compraste los zapatos de cuero?**
> USTED: **Sí, (No, no) me los compré.**

1. ¿Te compraste una guitarra eléctrica?
2. ¿Te mostraron las joyas?
3. ¿Te dieron crédito?
4. ¿Les compraste regalos a tus padres?
5. ¿Le compraste los juguetes a tu hermanito?
6. ¿Me compraste algo a mí?
7. ¿?

7.28 ¿Me los compraron? Ud. y uno(-a) de sus compañeros(-as) de cuarto fueron a comprar diferentes cosas que necesitaban. Su tercer(-a) compañero(-a) no quiso ir con Uds. pero sí les hizo una serie de encargos. Al regresar, él (ella) les pregunta si le compraron todo lo que él (ella) quería y quiere que Uds. se lo den.

> **Modelo** COMPAÑERO(-A): **¿Me compraron mis discos?**
> USTEDES: **No, no te los compramos.**
> COMPAÑERO(-A): **¿Por qué?**

Linking Ideas

y → e; o → u

The words **y** *(and)* and **o** *(or)* undergo changes before certain words so they will be heard distinctly and understood.

a. When the word **y,** meaning *and,* is followed by a word beginning with **i** or **hi,** the **y** changes to **e.**

suéteres **e** impermeables	*sweaters and raincoats*
padres **e** hijos	*fathers and sons*

Exceptions: words beginning with **hie** as in **hielo** o **hierro**

b. When the word **o,** meaning *or,* is followed by a word beginning with **o** or **ho,** the word **o** changes to **u.**

plata **u** oro	*silver or gold*
ayer **u** hoy	*yesterday or today*

Práctica y conversación

7.29 De moda. Complete el siguiente diálogo utilizando **y / e** u **o / u,** según corresponda.

USTED: Tengo un abrigo nuevo, muy elegante. ¡Ah! _____ además es impermeable.

AMIGO(-A): ¡Oye, qué bien! ¿Pagaste mucho _____ poco por él?

USTED: La verdad es que no me acuerdo si pagué mil _____ ochocientos soles por él. Algo así, pero sí sé que fue una verdadera ganga.

AMIGO: No está mal el precio, pero dime, ¿es pesado _____ liviano?

USTED: Es un poco pesado porque tiene un forro muy grueso, pero lo voy a usar todo el tiempo porque abriga mucho. No sé si es Joaquín _____ Óscar el que tiene uno parecido.

AMIGO(-A): No sé. ¿Y lo compraste, ayer _____ hoy? Porque sé que hoy había una rebaja.

USTED: Hoy. ¿Quieres que te lo enseñe ahora _____ tienes que irte a tu casa?

AMIGO(-A): No, no. Enséñamelo que yo también necesito comprarme _____ un abrigo _____ un impermeable uno de estos días, y si me gusta el tuyo me compro uno parecido hoy mismo. ¿Qué te parece?

USTED: Bueno... no sé qué decirte... si quieres... bueno...

¿QUÉ OYÓ UD.?

Para escuchar bien

Making Inferences

When you are participating in a conversation, there might be instances when either you or the person you are talking to does not say exactly what is meant. For example, if someone asks you if you want to eat some pizza and you say, "Uh . . . well . . . uh . . . ," the person might rightly infer that you don't want any or at least that you don't want any at that particular moment. When someone asks you something, you may not always answer the question directly. For example, someone asks you, "Do you want to go to the movies?" and you answer "I have an exam tomorrow." From your answer, the person will think that you would probably like to go to the movies, but you can't because of your exam. Thus, the person has inferred the real meaning of what you said.

Antes de escuchar

7.30 Los dibujos. Con un(-a) compañero(-a) de clase, miren el dibujo que se presenta en esta sección y hagan las siguientes actividades.

1. Describa a las personas en el dibujo y el lugar donde se encuentran. ¿Qué están haciendo estas personas?
2. ¿Qué cree Ud. que está pasando en esta situación? Justifique su respuesta.

A escuchar

7.31 Los apuntes. Escuche la conversación entre Graciela y la vendedora. Tome los apuntes que considere necesarios y complete las siguientes oraciones:

1. Graciela busca un vestido _____ porque tiene que ir a _____.
2. La vendedora quiere saber si Graciela prefiere algo _____.
3. Graciela prefiere algo _____.
4. La vendedora le enseña _____.
5. Graciela piensa que el precio es _____ y

   _____.

Después de escuchar

7.32 Resumen. Con un(-a) compañero(-a) de clase, resuman la conversación entre Graciela y la vendedora.

7.33 Algunos detalles. Complete las siguientes oraciones con la mejor respuesta.

1. Graciela...

   a. tiene una vida social muy interesante.
   b. es una mujer muy sofisticada y rica.
   c. tiene muy buen gusto y no le importa gastar mucho.

2. Sabemos que la vendedora...

   a. está muy ocupada con otros clientes.
   b. es amable y tiene paciencia.
   c. no sabe hacer su trabajo muy bien.

3. Según la conversación podemos inferir que a Graciela...

   a. no le gusta ir de compras.
   b. sólo le gustan las liquidaciones.
   c. le gustan los vestidos elegantes.

4. Probablemente Graciela...

   a. no va a poder comprar lo que quiere.
   b. va a pedir crédito en la tienda.
   c. va a conseguir una rebaja.

 Interacciones CD-ROM: **Capítulo 7, Segunda situación**

Para saber más: http://interacciones.heinle.com

TERCERA SITUACIÓN

PERSPECTIVAS

De compras en el mundo hispano

Ir de compras en el mundo hispano es una experiencia singular, ya que hay gran variedad de alternativas para todos los gustos y bolsillos, desde las tiendas pequeñas en el centro de la ciudad y lujosos centros comerciales en los suburbios hasta los vendedores ambulantes que se encuentran en todos los lugares.

En el centro de la ciudad generalmente proliferan tiendas pequeñas especializadas en un producto u otro, ya sean joyas, ropa, telas, zapatos, carteras, anteojos o libros, revistas, artículos de escritorio, muebles o artefactos eléctricos. La ventaja de estas tiendas es la atención personal que recibe el cliente de los empleados o del mismo dueño. También existen, sin embargo, los centros comerciales, grandes y pequeños, sencillos y lujosos. En Lima, por ejemplo, hay muchos centros comerciales muy populares, como el Centro Comercial Jockey Plaza, el más grande y uno de los más caros del Perú. Ahí puede encontrar no sólo tiendas de ropa sino restaurantes, tiendas por departamentos o cines. LarcoMar es otro centro comercial famoso, el más nuevo en Lima, y estando frente al mar tiene una de las vistas más espectaculares. Por último hay que mencionar los vendedores ambulantes que se sitúan en diferentes lugares de la ciudad para vender todo lo imaginable. Así, venden no sólo comida, ropa y cosméticos, sino todo tipo de artículos para el hogar, herramientas, pinturas, productos para la construcción de viviendas, etc. La calidad de sus productos varía pero sus precios son más económicos y generalmente se puede regatear.

Por otro lado, están los mercados artesanales. Si uno está interesado en comprar artesanía, puede ir a los muchos mercados artesanales que existen especialmente en los países con una población indígena grande como el Perú, Bolivia, el Ecuador o el Paraguay. En estos mercados los mismos artesanos venden sus productos a muy buenos precios. Se puede conseguir, por ejemplo, todo tipo de ropa de lana y alpaca, joyas y adornos de oro y plata, pinturas, muebles tallados de cuero y madera, cerámica, alfombras, hamacas, etc. En Bolivia y el Ecuador hay muchos mercados artesanales por todas partes, pero en el Ecuador no hay mejor lugar que el Mercado de Otavalo para comprar artículos artesanales.

En resumen, ir de compras en los países hispanos es una experiencia inolvidable.

Otavalo, Ecuador: Un mercado al aire libre

Práctica y conversación

7.34 De compras. Utilizando la información presentada anteriormente, conteste las siguientes preguntas.

1. Si Ud. quiere comprar ropa deportiva o ropa elegante, ¿qué alternativas tiene en el mundo hispano? ¿Cuál preferiría Ud. y por qué?
2. ¿A qué sitios iría Ud. si quisiera comprar productos típicos del Perú, Bolivia o el Ecuador? ¿Qué le gustaría comprar?
3. ¿Cuál cree Ud. es la ventaja / desventaja de comprar productos a los vendedores ambulantes? Justifique su respuesta.

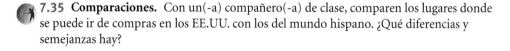 **7.35 Comparaciones.** Con un(-a) compañero(-a) de clase, comparen los lugares donde se puede ir de compras en los EE.UU. con los del mundo hispano. ¿Qué diferencias y semejanzas hay?

De compras en Madrid

Antes de mirar

7.36 El Corte Inglés. El Corte Inglés es una compañía de grandes almacenes que existe en casi todas las ciudades de España; la tienda principal se encuentra en el centro de Madrid. Con un(-a) compañero(-a) de clase, hagan una lista de los varios departamentos, de los productos o de los servicios que ofrecen los grandes almacenes como El Corte Inglés. Como ayuda, utilicen el anuncio para El Corte Inglés que se encuentra en la página 254.

7.37 El Rastro (*flea market*). Ud. y un(-a) compañero(-a) de clase necesitan utilizar la siguiente foto de El Rastro de Madrid para preparar una lista de las cosas que se puede *bought here* comprar allá. Después preparen una lista de palabras asociadas con ir de compras en El Rastro; su lista puede incluir sustantivos, verbos y adjetivos.

A mirar

7.38 De compras en El Rastro. Complete las siguientes oraciones con información del vídeo.

1. Los _____ se puede visitar el Rastro, _____ regado por varias calles de la ciudad.
2. En el Rastro se encuentra cualquier obsequio: un _____, _____ de cuero, antigüedades y _____, todo lo que se puede imaginar.
3. En el Rastro, los compradores siempre tratan de negociar una _____ de precio pues el regateo es parte de la _____ de ir de compras.
4. Los madrileños son consumidores _____ y exigentes. Muchos han elevado _____ a nivel de arte o de _____.

7.39 De compras en Madrid. Después de mirar el vídeo, empareje los sitios y tiendas con los productos que venden.

Sitios y tiendas

1. El Corte Inglés
2. la Calle del Sonido
3. los mercados tradicionales
4. La Pescadería Fernando VI
5. los Caramelos de Paco
6. El Rastro
7. El Danubio Azul

Productos

a. mariscos
b. dulces
c. ropa femenina
d. productos frescos que se venden al peso
e. equipo electrónico
f. ropa, muebles y objetos para la casa
g. cualquier obsequio a un precio negociado

Después de mirar

 7.40 Semejanzas y diferencias. En grupos de tres o cuatro, comparen la actividad de ir de compras en Madrid con la de ir de compras en una ciudad grande en los EE.UU. ¿Cuáles son las semejanzas y diferencias?

7.41 La defensa de una opinión. ¿Qué evidencia oral y/o visual hay en el vídeo que confirma la siguiente idea? En la ciudad de Madrid, ir de compras es una gran aventura.

Para leer bien
Identifying the Core of a Sentence

The reading techniques discussed to this point have been designed to help you with a process called prereading; that is, techniques that help you guess and predict content by looking for broad, general topics in the reading selection.

The process of reading for detail and deeper understanding is called "decoding." In the native language readers go through the prereading process quickly and automatically before proceeding to decoding. Beginning foreign language students often make the mistake of rushing into the decoding process before prereading.

As you learn techniques for decoding, you will need to remind yourself to preread as you have been taught; avoid the urge to decode as soon as you see a new reading selection.

In prereading you focus on the entire reading passage or on important paragraphs. In decoding, attention is focused down to the level of individual sentences, phrases, and words. It is important to identify the core of an individual sentence. The core generally consists of a main verb and the nouns or pronouns associated with it. In most sentences the identification of the verb core will be simple. The following criteria will help you identify the core of Spanish sentences that are particularly long or difficult.

1. Identify the main verb(s). Spanish sentences may contain more than one verb core. Sentences linked by **y** or **pero** will have at least two main verb cores. Sentences with clauses introduced by words such as **que, cuando,** or **mientras** will contain a main and a subordinate verb core.
2. After locating the main verb, identify its subject. Remember that subject pronouns are rarely used with first- and second-person verbs. When mentioned for the first time, third-person subjects are generally nouns; once the noun subject is established, it can be replaced with a pronoun or identified simply by the third-person verb ending.
3. Identify verb objects. Verb objects are generally located close to the verbs with which they are associated. Object nouns usually follow the verb; direct object nouns referring to persons are preceded by the personal **a**. Object pronouns **lo, los, la, las / le, les** precede conjugated verbs.
4. Note that the important or core nouns are generally those not preceded by a preposition (except the personal **a**).

Antes de leer

7.42 El título. Dé un vistazo al título, a las fotos y al primer párrafo para determinar el tema del artículo. **Una guayabera** = una camisa tradicional y típica de la América Latina.

7.43 Los verbos. Identifique el verbo principal en las oraciones del primer párrafo.

7.44 Los sujetos. Identifique el sujeto de los verbos principales del primer párrafo.

7.45 El núcleo. Identifique el núcleo (core) total de las oraciones de los dos primeros párrafos.

A leer

7.46 El núcleo de las oraciones. Mientras que Ud. lee el artículo «La guayabera: cómoda, fresca y elegante», identifique el núcleo de las oraciones como ayuda para comprender mejor.

Dos hombres en guayabera

La guayabera: cómoda, fresca y elegante

article of clothing Tal vez no haya prenda de vestir° tan universal como la guayabera, chaquetilla usada por los hombres desde hace varias generaciones en muchas de las islas del Caribe y en los países latinoamericanos.

El uso de la guayabera está muy extendido. Esta prenda, que antes era con frecuencia de lino y ahora es, por lo general, de algodón, forma parte de la cultura hemisférica hasta tal punto que no se sabe a ciencia cierta cuál fue su origen.

landowner / settled Se cuenta que en el siglo XVII, un rico terrateniente° de Granada, España, se radicó° en Cuba. Pronto empezó a quejarse de que su vestimenta acostumbrada era demasiado
mandó caluroso para el clima tropical de la isla, y encargó° que le hicieran una especie de

chaqueta ligera de tela fresca con cuatro bolsillos°. Según algunos cubanos, ésa fue la primera guayabera.

pockets

La prenda le resultó tan práctica que fue adoptada por sus vecinos de Sancti Spíritus, ciudad a unos 370 kilómetros de La Habana. Ésta era también una zona donde se daban° las guayabas° que servían de comida de animales. Algunos habitantes de la cercana ciudad de Trinidad se burlaban de° los de Sancti Spíritus llamándoles guayaberos, como si fueran ellos los que se alimentaban de° guayabas y no los animales. Fue así que la prenda que usaban los guayaberos empezó a llamarse guayabera, o por lo menos ése es el cuento.

they produced
guavas, tropical fruit
made fun of
fed on

Igual que la guayabera original, la actual es ajustada como una chaqueta de safari y se lleva por fuera del pantalón. Suele ser blanca, pero también las hay beige, azules, grises y de otros colores claros. Tiene alforcitas° que van de arriba a abajo en el frente y en la espalda, o un bordado en hilo° del mismo color de la tela en lugar de las alforzas° del frente. Las costuras° laterales quedan abiertas en la parte de abajo para dar libertad de movimiento. La guayabera tiene botoncitos en muchos lugares donde no hay nada que abotonar°; si tiene bolsillos, dos van en el pecho° y dos a la altura de la cintura°. Hay una variación deportiva de mangas° cortas, pero también las hay de seda o de lino para más vestir.

small pleats, tucks
thread / pleats
seams

to button / chest / above the waist
sleeves

Durante la guerra de independencia de Cuba en la década de 1890, José Martí y otros cubanos llevaban la guayabera por patriotismo; simbolizaba la independencia. Con este legado° esta prenda es muy importante para los cubanos que viven ahora en los EE.UU. y, desde hace años, en algunos círculos de Miami el primero de julio se celebra el Día de la Guayabera.

legacy

Muchos creen que la guayabera no es una creación de Cuba sino de México, donde la confección° de guayaberas prospera. En Yucatán hay alrededor de 80 talleres° donde las hacen. Más o menos la mitad de las guayaberas hechas en México se exportan. Los EE.UU. y las Antillas compran muchas de ellas, pero los países del Oriente Medio resultan también muy buenos mercados. Se dice que en México «la guayabera no es una moda pasajera. Es una prenda duradera».

manufacturing / shops

La guayabera es lo que se lleva corrientemente en la mayoría de los países de Centroamérica desde Guatemala hasta Panamá. Sin duda es su comodidad° la que encariña a la gente° con ella. La guayabera es perfecta para la temperatura tropical que hay el año entero, sobre todo en la costa.

comfort
makes people grow fond of

summer

Algunos bolivianos, ecuatorianos y peruanos comentan que en su país la guayabera se tiene por prenda veraniega° para los que no pueden gastar mucho en ropa. Para muchos es algo así como un uniforme.

southern

la chaqueta

En los EE.UU. el uso de la guayabera se está extendiendo, particularmente en los estados más meridionales°. Si la categoría de la guayabera varía en algunos lugares, en los EE.UU. no es así. En este país ha llegado a aceptarse de tal modo en algunas zonas, que en los restaurantes y clubes particulares es considerada un buen sustituto para el saco° y la corbata.

designers

Así y todo, la guayabera, de humilde origen, creada sólo pensando en la comodidad, es ahora casi una prenda chic. Aunque en muchos países son baratas, últimamente en algunas tiendas de los EE.UU. han empezado a aparecer guayaberas hechas por diseñadores°. Adolfo es uno de los que confecciona variaciones de guayaberas para el mercado estadounidense, y en tiendas desde Panamá hasta Puerto Rico se hallan algunas etiquetas° de Givenchy, de la Renta y Dior.

labels
competing
custom-made / futuro

Dado que algunos países del mundo están compitiendo° por el mercado de las guayaberas y que algunos ricos están dispuestos a pagar hasta 250 dólares por una guayabera de seda hecha a la medida°, el porvenir° de esta prenda parece estar asegurado.

Después de leer

7.47 **¿Ciertas o falsas?** Identifique las oraciones falsas y corríjalas.

1. La guayabera es una prenda de vestir muy rara; la usan sólo los indígenas de la península de Yucatán.
2. Antes la guayabera era de lino; ahora suele ser de algodón.
3. Un rico terrateniente de la Argentina creó la primera guayabera.
4. La llaman «guayabera» porque está hecha con el jugo de las guayabas.
5. Las guayaberas suelen ser de colores oscuros.
6. Para los cubanos la guayabera es un símbolo de la independencia.
7. Se usa mucho la guayabera en Centroamérica, especialmente en los lugares donde hace fresco todo el año.
8. En los países andinos los de la clase alta usan la guayabera.
9. En los EE.UU. no se permite llevar la guayabera en los restaurantes.
10. La guayabera siempre es una prenda barata.

7.48 **Descripciones.** Haga una lista de los adjetivos que se usan en el artículo para describir la guayabera.

7.49 **Sitios geográficos.** En el artículo se mencionan muchos lugares geográficos. Identifique o explique los términos siguientes.

Trinidad	el Oriente Medio	La Habana
Granada	Sancti Spíritus	Cuba
Miami	Guatemala	Panamá
Yucatán	Puerto Rico	

7.50 **La defensa de una opinión.** ¿Qué evidencia hay en el artículo que confirma la idea siguiente? «La guayabera es una prenda universal, cómoda y elegante y tiene un futuro asegurado.»

Para escribir bien

Letters of Complaint

If you are dissatisfied with a product or service, it is sometimes necessary to write a letter of complaint in order to resolve the problem. Letters of complaint are different from complaining directly to a person, for you cannot ask or answer questions or negotiate a settlement quickly. To complain effectively by letter you will first need to give a brief history of the problem, then state what is still unsatisfactory, and finally explain what you would like the person(s) or company to do. You can use the phrases below or adapt phrases from the previous **Así se habla** section.

Historia breve del problema

Hace dos meses / El 20 de junio / La semana pasada compré un traje nuevo en su tienda. Al llevarlo la primera vez / En casa / Más tarde descubrí algunos problemas.	*Two months ago / On June 20 / Last week I bought a new suit in your store. When I wore it for the first time / At home / Later I discovered various problems.*

El problema específico

La blusa me queda demasiado pequeña / grande / corta / larga.	*The blouse is too small / large / short / long for me.*
Los pantalones están sucios / rotos / descosidos.	*The pants are dirty / torn / unsewn.*

Remedio deseado

Quisiera cambiarlo(-a) por otro(-a).	*I would like to exchange it for another.*
Quisiera devolverlos(-las) y que me devuelvan el dinero.	*I would like to return them and get my money back.*

Note that business letters have a different salutation and closing from personal letters.

Estimado(-s) señor(-es): Atentamente,	*Dear Sir(s):* *Sincerely yours,*

Antes de escribir

7.51 Una carta comercial. Lea las descripciones de las composiciones dadas en la sección **A escribir** y escoja la composición que sea más compatible con sus intereses y habilidades. Después, cree el formato para su carta a la compañía, utilizando el saludo y la despedida de una carta comercial.

7.52 El problema. Para comenzar la carta, escriba una lista de los detalles del problema que Ud. quiere resolver. Incluya una lista de la ropa incluida en su queja, la información sobre la historia del problema y una descripción del problema específico.

A escribir

Escriba su composición, utilizando el formato de la carta que Ud. hizo en la **Práctica 7.51** y la lista de vocabulario e información que Ud. preparó en **7.52**.

7.53 Un pedido equivocado. Ud. vive en Quito, Ecuador. Hace un mes pidió un abrigo gris, talla 40 del catálogo de Almacenes Alcalá de Guayaquil, Ecuador. Ayer recibió un paquete con un abrigo azul oscuro, talla 42. Escríbale una carta a la compañía, describiendo el problema y explicando que Ud. todavía quiere el abrigo gris, talla 40.

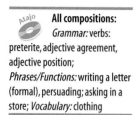

All compositions:
Grammar: verbs: preterite, adjective agreement, adjective position; *Phrases/Functions:* writing a letter (formal), persuading; asking in a store; *Vocabulary:* clothing

7.54 Una maleta perdida. En un vuelo reciente la aereolínea perdió su maleta con toda su ropa para las vacaciones. Ud. habló con el gerente en el aeropuerto pero él no pudo encontrar la maleta; tampoco le dio dinero para comprar ropa nueva. Escríbale una carta al presidente de la compañía. Explíquele el problema y pídale dinero para comprar una maleta nueva y más ropa. Incluya una lista de la ropa perdida.

7.55 Un regalo de cumpleaños. Para su cumpleaños sus padres le regalaron un vestido / traje muy caro, pero le quedó grande. Sus padres le dieron el recibo y Ud. trató de devolverlo a la tienda. La dependienta no fue muy amable y no hizo nada. Escríbale una carta al gerente de la tienda; explique el problema, pida otro vestido / traje o el dinero para comprar algo distinto.

Después de escribir

Antes de entregarle su composición a su profesor(-a), Ud. debe leerla de nuevo y corregir los errores. Preste atención a la breve historia del problema, la descripción del problema y el remedio deseado. ¿Contiene su composición todos los detalles necesarios? ¿Están en orden cronológico? Revise el vocabulario acerca de la ropa y los adjetivos para describir la ropa. También revise los verbos en el pretérito.

INTERACCIONES

7.56 Un regalo de cumpleaños. Your sister / brother asks you to buy a birthday gift for a new boy- / girlfriend. Unfortunately you don't know him / her well, but your brother / sister tells you to buy him / her clothing and that he / she is the same size as you. Go to the store, ask the salesperson (played by a classmate) for suggestions for a gift. Ask to try on the clothing items and purchase one. Have it wrapped, then pay and leave.

7.57 El (La) dependiente(-a) desagradable. You received a new sweater as a gift from your aunt. The sweater doesn't fit and you want to return it and get your money back. You go to the store. The salesperson (played by a classmate) is not at all pleasant. You can't get your money back but you can exchange the sweater for something else. Resolve the situation.

7.58 Un(-a) hijo(-a) rebelde. You are the parent of a teenager. Your son / daughter (played by a classmate) is packing for a two-week trip to Bolivia to visit friends. You tell him / her what to pack and wear at various occasions. Your son / daughter is feeling very negative and rebellious, refuses to follow your advice, and contradicts everything you say. Try to resolve the situation.

7.59 Un(-a) reportero(-a) social. You are the reporter for the social scene for a Hispanic TV station in Miami. You are covering a **quinceañera** party for the daughter of a prominent local family. As the TV camera closes in on various guests at the party, describe what they are doing at this very moment. Inform your audience who the people are and what they are wearing. Among the guests are the following people: an aunt and uncle, various cousins, and the grandparents of the girl being honored; a local businessman and his wife; several neighbors of the family; several girlfriends of the girl being honored.

Para saber más: http://interacciones. heinle.com

Capítulo 8

En la ciudad

Lima, Perú: Plaza San Martín

CULTURAL THEMES

Peru

Hispanic cities

COMMUNICATIVE GOALS

Asking for, understanding, and giving directions

Telling others what to do

Asking for and giving information

Talking about other people

Persuading

Discussing future activities

Expressing probability

Suggesting group activities

PRIMERA SITUACIÓN

PRESENTACIÓN

¿Dónde está el museo?

Práctica y conversación

8.1 Situaciones. Pregúntele a su compañero(-a) de clase adónde Ud. debe ir en las siguientes situaciones.

1. Ud. quiere información sobre los puntos de interés histórico en Cuzco.
2. Ud. necesita comprar aspirina.
3. Ud. quiere ir al centro pero está demasiado lejos para caminar.
4. Ud. se da cuenta de que perdió el pasaporte.
5. Ud. desea comprar un periódico.
6. Ud. tiene que averiguar cuándo sale el autobús para Chosica.
7. Ud. necesita cambiar cheques de viajero.

8.2 Una excursión a Lima. Las siguientes personas van a pasar un día visitando Lima. Con un(-a) compañero(-a) de clase, decidan qué puntos de interés deben visitar y por qué.

una familia con tres hijos / cuatro estudiantes norteamericanos / un matrimonio joven / un venezolano que visita Lima por primera vez / Ud. y su compañero(-a)

8.3 Calendario turístico. Con un(-a) compañero(-a) de clase, decidan cuándo van a visitar Lima y a qué actividades turísticas van a asistir. Justifiquen sus respuestas.

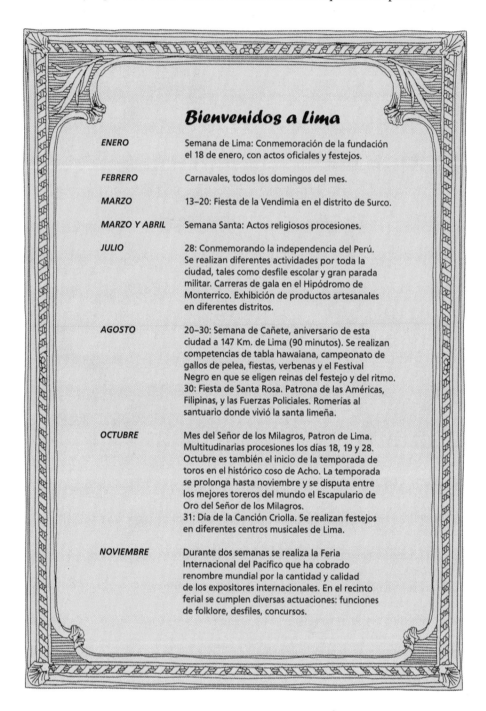

Bienvenidos a Lima

ENERO	Semana de Lima: Conmemoración de la fundación el 18 de enero, con actos oficiales y festejos.
FEBRERO	Carnavales, todos los domingos del mes.
MARZO	13–20: Fiesta de la Vendimia en el distrito de Surco.
MARZO Y ABRIL	Semana Santa: Actos religiosos procesiones.
JULIO	28: Conmemorando la independencia del Perú. Se realizan diferentes actividades por toda la ciudad, tales como desfile escolar y gran parada militar. Carreras de gala en el Hipódromo de Monterrico. Exhibición de productos artesanales en diferentes distritos.
AGOSTO	20–30: Semana de Cañete, aniversario de esta ciudad a 147 Km. de Lima (90 minutos). Se realizan competencias de tabla hawaiana, campeonato de gallos de pelea, fiestas, verbenas y el Festival Negro en que se eligen reinas del festejo y del ritmo. 30: Fiesta de Santa Rosa. Patrona de las Américas, Filipinas, y las Fuerzas Policiales. Romerías al santuario donde vivió la santa limeña.
OCTUBRE	Mes del Señor de los Milagros, Patron de Lima. Multitudinarias procesiones los días 18, 19 y 28. Octubre es también el inicio de la temporada de toros en el histórico coso de Acho. La temporada se prolonga hasta noviembre y se disputa entre los mejores toreros del mundo el Escapulario de Oro del Señor de los Milagros. 31: Día de la Canción Criolla. Se realizan festejos en diferentes centros musicales de Lima.
NOVIEMBRE	Durante dos semanas se realiza la Feria Internacional del Pacífico que ha cobrado renombre mundial por la cantidad y calidad de los expositores internacionales. En el recinto ferial se cumplen diversas actuaciones: funciones de folklore, desfiles, concursos.

8.4 Creación. Cuente en una narración lo que pasa en el dibujo de la **Presentación**.

VOCABULARIO

En la calle	On the street	Lugares	Places
la acera	sidewalk	el banco	bank
la avenida	avenue	el centro	downtown
el autobús	bus	la clínica	private hospital
la bocacalle	intersection	la comisaría	police station
el cruce		el cuartel de	
el (la) conductor (-a)	driver	policía	
la cuadra (A)	block	la estación de	
la manzana (E)		bomberos	fire station
el edificio de	building of	taxi	taxi stand
cemento	cement	trenes	train station
ladrillo	brick	la farmacia	pharmacy
madera	wood	la gasolinera	gas station
piedra	stone	el hospital	hospital
vidrio	glass	la oficina de	tourist bureau
el embotellamiento	traffic jam	turismo	
la esquina	corner	la parada de	bus stop
el estacionamiento	parking	autobuses	
la fuente	fountain	el quiosco	newsstand
el letrero	sign, billboard		
el rótulo		**Puntos de interés**	**Points of interest**
el metro	subway	el ayuntamiento	city hall
el peatón	pedestrian	el barrio colonial	colonial section
(la peatona)		histórico	historic section
el puente	bridge	la catedral	cathedral
el rascacielos	skyscraper	el jardín zoológico	zoo
el semáforo	traffic light	el museo	museum
la señal de tráfico	traffic sign	el palacio	presidential palace
el taxi	taxi	presidencial	
el tranvía	trolley	el parque	park
		la plaza mayor	main square
		la plaza de toros	bullring

ASÍ SE HABLA

Asking for, Understanding, and Giving Directions

ARNALDO: Disculpe, señor, pero quiero ir al Museo Pedro de Osma. ¿Me podría decir dónde se toma el autobús que va para allá?

SEÑOR GÓMEZ: Cómo no. Siga derecho por esta cuadra hasta llegar a la calle Piérola. Luego, doble a la derecha y camine dos cuadras. En la esquina está la parada de autobuses que pasan por el Museo. Es un autobús blanco con letras rojas.

ARNALDO: Muchas gracias, señor. Muy amable.

SEÑOR GÓMEZ: ¡Qué ocurrencia! Espero que le guste el museo. ¡Se dice que es excelente!

When you want to ask, understand, or give directions, you can use the following expressions.

Asking for directions

¿Me podría(-s) decir +
  cómo se llega / va a... ?
  dónde está... ?
  qué autobús tomo para ir a... ?
  dónde para el autobús que va
    para... ?

Could you tell me +
  how to get to . . . ?
  where . . . is?
  what bus I should take to go to . . . ?
  where the bus going to . . . stops?

Giving directions

Tome (Toma) el autobús / un taxi.	*Take the bus / a taxi.*
El autobús pasa por la otra cuadra.	*The bus goes by the other block.*
Camine (Camina) / Vaya (Ve) / Siga (Sigue) derecho.	*Go straight.*
Doble (Dobla) a la derecha / izquierda.	*Turn right / left.*
Al llegar a... siga (sigue) / doble (dobla)...	*When you get to . . . go / turn . . .*

Práctica y conversación

8.5 ¿Cómo voy a...? Ud. está en el Gran Hotel Bolívar de Lima y quiere ir a diferentes sitios de la ciudad. Pida direcciones a distintos(-as) compañeros(-as) de clase para ir a los siguientes sitios.

1. el Santuario de Santa Rosa de Lima
2. el Museo de la Inquisición
3. la Iglesia de la Merced
4. la Catedral
5. ¿?

Vocabulario regional: In Lima you might see the abbreviation **Jr.** which means **el jirón,** another word for **la calle.**

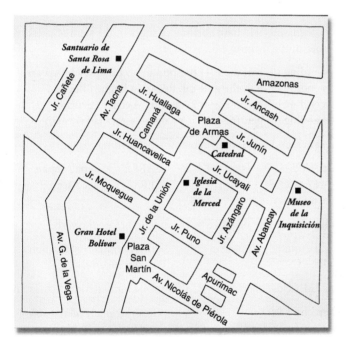

ESTRUCTURAS

Telling Others What to Do

Formal Commands

Commands are used to give orders and directions. You will need to use formal commands when giving orders to one person you address with **usted,** or more than one person you address with **ustedes.**

Verbos en -AR	Verbos en -ER	Verbos en -IR
tomar	**comer**	**abrir**
(Ud.) **tome** _take_	**coma** _eat_	**abra** _open_
(Uds.) **tomen** _take_	**coman** _eat_	**abran** _open_

a. To form the formal commands of regular verbs, obtain the stem by dropping the **-o** from the first-person singular of the present tense: **paso → pas-; hago → hag-.** To the stem, add the endings **-e / -en** for **-ar** verbs or **-a / -an** for **-er** and **-ir** verbs: **pas- → pase / pasen; hag- → haga / hagan.**

b. Some regular commands will have spelling changes in the stem to preserve the consonant sound of the infinitive.

   1. With verbs ending in **-car,** the **c → qu: buscar → busque / busquen**
   2. With verbs ending in **-gar,** the **g → gu: llegar → llegue / lleguen**
   3. With verbs ending in **-zar,** the **z → c: cruzar → cruce / crucen**
   4. With verbs ending in **-ger,** the **g → j: escoger → escoja / escojan**

c. Dar, estar, ir, saber, and **ser** have irregular formal command stems.

DAR	**dé / den**	SABER	**sepa / sepan**
ESTAR	**esté / estén**	SER	**sea / sean**
IR	**vaya / vayan**		

d. Formal commands become negative by placing **no** before the verb.

Doble Ud. en la esquina pero **no cruce** la calle.	_Turn at the corner but don't cross the street._

e. The pronouns **Ud. / Uds.** may be placed after the command form to make it more polite.

Sigan Uds. derecho y verán el museo.	_Go straight ahead and you will see the museum._

f. Direct object, indirect object, and reflexive pronouns follow and attach to affirmative commands. They precede negative commands.

—¿Cuándo debemos visitar la catedral?	_When should we visit the cathedral?_
—**Visítenla** por la mañana, pero **no la visiten** durante la misa.	_Visit it in the morning, but don't visit it during Mass._

When adding pronouns to commands of two or more syllables, a written accent mark is placed over the stressed vowel of the affirmative command.

Práctica y conversación

8.6 Dígale a un(-a) turista lo que debe hacer para disfrutar de una visita a su ciudad.

Modelo   empezar el día temprano
  Empiece el día temprano.

1. saber el nombre de su hotel
2. dar un paseo por el barrio colonial
3. tomar el metro al centro
4. ir a la Plaza Mayor
5. tener cuidado con el pasaporte
6. llegar al aeropuerto a tiempo

8.7 Más consejos. En Lima su compañero(-a) le pide algunos consejos. Contéstele.

Modelo   visitar la catedral / sí
  COMPAÑERO(-A):   **¿Debemos visitar la catedral?**
  USTED: **Sí, visítenla.**

1. comprar regalos / sí
2. quedarse en el hotel / no
3. almorzar en un café típico / sí
4. sacar fotos en el museo / no
5. mandar tarjetas postales / sí
6. llevar los pasaportes a la plaza / no
7. ver el Palacio Nacional / sí
8. ¿?

8.8 Mi pueblo. Sus compañeros(-as) de clase piensan hacer una excursión a su pueblo. Dígales tres lugares que deben visitar y tres lugares que no deben visitar. Explíqueles por qué deben o no deben visitar estos lugares.

8.9 ¡Qué ciudad! Ud. y sus compañeros piensan visitar Lima y sus alrededores. Discutan qué lugares van a visitar, qué cosas quieren hacer, qué quieren comprar, qué ropa y cuánto dinero tienen que llevar, ¿?

Sitios de interés: Plaza de Armas / el Jirón de la Unión / Plaza San Martín / Palacio de Gobierno / Parque de la Exposición / Palacio Torre Tagle / Iglesia San Pedro / Campo de Marte / Museo de Antropología y Arqueología / Museo de Oro

Asking For and Giving Information

Passive *se* and Third-Person Plural Passive

When giving information, you often use an impersonal subject such as *one, they, you,* or *people* rather than referring to a specific person. In this way, the information or action is stressed rather than the person doing the action.

People say that Lima is very interesting.
You can take a bus or a taxi downtown.

a. The Spanish equivalent of these *impersonal subjects + verb* is **se** + *third-person singular verb.*

—¿Dónde **se come** bien por aquí?

Where can you get good food (eat well) around here?

—**Se dice** que el Restaurante Miraflores es muy bueno.

They say that the Miraflores Restaurant is very good.

b. The impersonal **se** can also be used to express an action in the passive voice when no agent is expressed. In such cases the following format is used:

Se + THIRD-PERSON SINGULAR VERB + SINGULAR SUBJECT
Se + THIRD-PERSON PLURAL VERB + PLURAL SUBJECT

Se abre la oficina de turismo a las 8.30 pero no **se abren** las tiendas hasta las 10.	*The tourism bureau opens at 8:30 but the stores don't open until 10:00.*

c. The **se** passive is a very common construction and is frequently seen in signs giving information or warning.

To make these expressions negative, place **no** before **se**: **No se permite fumar.**

Se alquila.	*For rent.*
Se arreglan (relojes).	*(Watches) repaired here.*
Se habla español.	*Spanish spoken (here).*
Se necesita camarero.	*Waiter needed.*
Se prohíbe fumar.	*No smoking.*
Se ruega no tocar.	*Please don't touch.*
Se vende(-n).	*For sale.*

d. The third-person plural of a verb may also be used to express an action in the passive voice when no agent is expressed.

Venden periódicos en el quiosco.	*Newspapers are sold in the kiosk.*
Construyeron el ayuntamiento en el siglo XVIII.	*The city hall was built in the 18th century.*

Práctica y conversación

8.10 ¿En qué lugar? Conteste las siguientes preguntas de una manera lógica.

1. ¿Dónde se venden periódicos?
2. ¿Dónde se consigue información turística?
3. ¿Adónde se lleva a una persona herida?
4. ¿Dónde se deposita el dinero?
5. ¿Dónde se compran aspirinas?
6. ¿Dónde se vende gasolina?
7. ¿Dónde se espera el autobús?
8. ¿Dónde se ven muchos animales?

8.11 Diviértase. Use el **se** impersonal para indicar lo que se puede hacer para divertirse en la ciudad de Lima.

> **Modelo**   Toman el autobús al centro.
> **Se toma el autobús al centro.**

1. Piden un plano de la ciudad en la oficina de turismo.
2. Visitan el Palacio Presidencial.
3. Caminan por el parque.
4. Toman un refresco en un café al aire libre.
5. Ven la nueva exposición en el museo.
6. Admiran la arquitectura colonial.
7. Visitan el parque Las Leyendas.

8.12 Conduzca con cuidado. A veces es difícil conducir en la ciudad. Explíquele a su compañero(-a) de clase lo que se debe hacer en las siguientes situaciones.

1. Hay un accidente.
2. El semáforo está en amarillo.
3. Unos peatones cruzan la calle.
4. Hay un embotellamiento.
5. Necesita estacionar el coche.
6. Hay una escuela cerca.
7. Debe comprar gasolina.

Talking About Other People
Uses of the Indefinite Article

The indefinite article in Spanish and English is used to point out one or several nouns that are not specific.

a. The indefinite article **un / una** = *a, an;* **unos / unas** = *some, a few,* or *about.*

En **unas** ciudades de Latinoamérica hay **un** barrio histórico.	*In some Latin American cities there is a historic section.*

b. The masculine, singular form **un** is used before feminine nouns beginning with a stressed **a-** or **ha-**: **un águila** = *an eagle;* **un hacha** = *a hatchet.* The plural forms of such nouns use **unas: unas águilas.**

c. Sometimes the indefinite article is not used in Spanish as in English.

1. The indefinite article is usually required before each noun in a list.

Hay **una** catedral, **un** museo y **un** ayuntamiento en el centro de la ciudad.	*There is a cathedral, museum, and town hall in the downtown area.*

2. After forms of **ser** or **hacerse,** meaning *to become,* the indefinite article is omitted before an unmodified noun denoting profession, nationality, religion, or political beliefs.

Guadalupe y Manolo son peruanos. Ellos son católicos. Manolo es carpintero y Guadalupe es profesora en una escuela secundaria.	*Guadalupe and Manolo are Peruvian. They are Catholic. Manolo is a carpenter and Guadalupe is a teacher in a high school.*

When such nouns are modified, the indefinite article is used.

En **unos** años Manolo se hizo **un** carpintero bastante rico.	*In a few years, Manolo became a rather wealthy carpenter.*

3. The indefinite article is omitted before the words **cien(-to), mil, otro, medio,** and **cierto** even though English includes it in such cases.

—Hay más de **mil** niños en ese barrio.	*There are more than a thousand children in that neighborhood.*
—Sí, y creo que necesitan **otra** escuela.	*Yes, and I think that they need another school.*

4. The indefinite article is generally omitted after **sin, con,** and the verbs **tener** and **buscar.**

Los turistas llegaron a Lima **sin reservación** pero ya **tienen hotel.**	*The tourists arrived in Lima without a reservation but they already have a hotel.*

NOTE: **Tener** will be followed by an indefinite article when **un(-a)** refers to how many items a person has.

—¿Cuántas residencias tienen?	*How many residences do they have?*
—Tienen **un** apartamento y **una** casa.	*They have an apartment and a house.*

Práctica y conversación

8.13 ¡Qué gusto de verte! Complete el siguiente diálogo con la forma apropiada del artículo indefinido cuando sea necesario.

ELISA: Hola, Susana. ¿Cómo estás? ¡Tanto tiempo sin verte!

SUSANA: Hola. Sí, hija, ando muy ocupada todo el tiempo. Ahora vengo de ver a _____ amigos que acaban de llegar de Noruega.

ELISA: ¡No me digas! ¿Y se van a quedar mucho tiempo por aquí? ¿O sólo se van a quedar _____ días?

SUSANA: Bueno, él es _____ ingeniero y ella es _____ arquitecta, y piensan mudarse aquí a Lima. Quieren _____ clima cálido y además han recibido _____ contrato fabuloso de _____ compañía internacional para trabajar aquí.

ELISA: ¡Qué bien! ¿Cuántos hijos tienen?

SUSANA: Dos. _____ hijo y _____ hija.

ELISA: ¡Qué bien!

SUSANA: Sí. Si quieres, _____ día de éstos vienes a mi casa para que los conozcas. Son _____ personas muy agradables.

ELISA: ¡Maravilloso! Dame _____ llamada cuando quieras.

SUSANA: ¡Perfecto! Te llamo entonces.

8.14 Mi ciudad. Cuéntele a su compañero(-a) de clase acerca de su ciudad o pueblo. Dígale dónde está, cuánto tiempo hace que vive allá, qué hay en el centro, qué puntos de interés hay. Su compañero(-a) mostrará interés y le hará preguntas.

 Interacciones CD-ROM: **Capítulo 8, Primera situación**

 Para saber más: http://interacciones.heinle.com

PRESENTACIÓN

¿Qué vamos a hacer hoy?

Práctica y conversación

8.15 ¡Vamos a divertirnos! Complete Ud. las oraciones de una manera lógica.

1. Este domingo podemos ver _____.
2. Si hace buen tiempo, podemos ir _____ o _____.
3. Compramos las entradas en _____.
4. Si queremos asientos buenos, es necesario _____.
5. Si nos gusta mucho lo que vemos, al final vamos a _____.
6. Y si no nos gusta, vamos a _____.

8.16 ¿Por qué no vamos a...? Ud. y dos compañeros(-as) de clase son los tres amigos del dibujo de la **Presentación.** Escoja una actividad y trate de convencer a sus compañeros(-as) para hacer lo que Ud. quiere. Mencione las ventajas y desventajas de la actividad. Luego, sus compañeros(-as) van a tratar de convencerlo(-la) a Ud. de hacer lo que ellos (ellas) quieren.

8.17 Un día en Lima. ¿Qué lugares de interés turístico visitaría Ud. con un día libre en Lima? Utilice las fotos a continuación y también el calendario turístico de la **Presentación** de la **Primera situación.**

Palacio Torre Tagle, construido en 1735 por la familia Torre Tagle, es un edificio típico de la arquitectura colonial.

El Jirón de la Unión es una calle principal con tiendas, boutiques y restaurantes.

La Catedral con su magnífico altar es el edificio más antiguo de la Plaza de Armas de Lima. Fue destruida por un terremoto en 1746 pero la reconstruyeron después.

En el centro de la Plaza San Martín está el Monumento a José de San Martín, el general y héroe nacional que proclamó la independencia del Perú el 28 de julio de 1821.

8.18 Creación. En una narración cuente lo que pasa en el dibujo de la **Presentación.**

VOCABULARIO

El centro cultural	Cultural center
los cuadros las pinturas	*paintings, pictures*
los dibujos	*drawings*
el espectáculo de variedades	*variety show*
la exposición de arte	*art exhibit*
la galería	*art gallery*
las obras de arte	*works of art*
los retratos	*portraits*
admirar	*to admire*
aplaudir	*to applaud*
comentar sobre	*to comment on*
criticar	*to criticize*
discutir	*to discuss*
escuchar	*to listen to*
a los cantantes	*the singers*
a los músicos	*the musicians*
al grupo musical	*the musical group*
reservar los asientos	*to reserve seats*
ver una exposición	*to see an exhibit*

La corrida de toros	Bullfight
los billetes los boletos las entradas	*tickets*
el desfile	*parade*
la espada	*sword*
el matador	*bullfighter*
la taquilla	*ticket window*
la tauromaquia	*art of bullfighting*
el toro	*bull*
el traje de luces	*bullfighter's suit*
chiflar	*to boo, hiss*

El parque de atracciones	Amusement park
el algodón de azúcar	*cotton candy*
la atracción	*ride*
los caballitos el tiovivo	*carousel*
la casa de espejos fantasmas	*house of mirrors horrors*
el globo	*balloon*
la gran rueda	*Ferris wheel*
el juego de suerte	*game of chance*
la montaña rusa	*roller coaster*
las palomitas	*popcorn*
el puesto	*booth, stand*
asustado(-a)	*scared*
peligroso(-a)	*dangerous*
tímido(-a)	*shy, timid*
valiente	*brave, courageous*

ASÍ SE HABLA

Persuading

IGNACIO: Humberto, ¿qué haces estudiando un domingo? Vámonos a la playa, arréglate.

HUMBERTO: No, tengo que estudiar. No puedo.

IGNACIO: ¿No crees que sería mejor si descansaras un poco? Si vas, podrás estudiar mejor después, aprenderás más rápido y todo eso. Ya verás.

HUMBERTO: ¿A qué hora crees que regresarán?

IGNACIO: Como a las seis.

HUMBERTO: No, creo que mejor no...

IGNACIO: Haz lo que quieras, pero si no descansas te vas a enfermar. Mira, Elena, Teresa y Leonor se reunirán con nosotros a mediodía.

HUMBERTO: ¡Umm! Espérame, ya voy.

IGNACIO: ¡Así se habla, hermano!

When you are suggesting group activities, you can use the following expressions.

Quizás debería(-n) / debieras(-n) considerar...	*Perhaps you should consider . . .*
¿No crees(-n) / te (les) parece que podrías(-n)...	*Don't you think you could . . . ?*
¿No crees(-n) que sería mejor si...	*Don't you think it'd be better if . . . ?*
Haz (Hagan) lo que quieras(-n), pero...	*Do what you want, but . . .*
Tienes(-n) que ver las ventajas / desventajas de...	*You have to see the advantages / disadvantages of . . .*
Si te (se) fijas(-n) en...	*If you look at . . .*
Hay que tener en cuenta que...	*You have to take into account that . . .*

Práctica y conversación

8.19 ¡Vamos! Ud. y sus compañeros(-as) de cuarto tienen que hacer una serie de cosas pero nadie se decide. Ud. toma la iniciativa. ¿Qué les dice si tiene... ?

1. estudiar para el examen de física
2. hacer la tarea de español
3. comer temprano
4. comprar las entradas para el concierto

8.20 ¡Cuidémonos! Ud. y su compañero(-a) han empezado un régimen de dieta y ejercicio. ¿Qué dicen?

1. no comer muchos dulces
2. hacer gimnasia todos los días
3. no acostarse tarde
4. no tomar gaseosas
5. comer comida saludable
6. no darse por vencidos(-as)

ESTRUCTURAS

Discussing Future Activities

Future Tense

The English auxiliary verb *will* does not always indicate a Spanish future tense. Frequently the word *will* is used as a translation for the subjunctive. *I hope they will visit Peru.* = **Espero que visiten el Perú.**

The future tense in English is formed with the auxiliary verb *will + main verb: I will work.* Although the Spanish future tense is also used to discuss future activities, it is not formed with an auxiliary verb.

a. The future tense of regular verbs is formed by adding the endings **-é, -ás, -á, -emos, -éis, -án** to the infinitive.

Verbos en -AR	Verbos en -ER	Verbos en -IR
visitar	**leer**	**asistir**
visitaré	leeré	asistiré
visitarás	leerás	asistirás
visitará	leerá	asistirá
visitaremos	leeremos	asistiremos
visitaréis	leeréis	asistiréis
visitarán	leerán	asistirán

Mañana **visitaremos** el Palacio Torre Tagle.

Tomorrow we will visit Torre Tagle Palace.

b. A few common Spanish verbs do not use the infinitive as a stem for the future tense. These verbs fall into three categories.

Drop the infinitive vowel		Replace infinitive vowel with *-d*		Irregular form	
haber	**habr-**	poner	**pondr-**	decir	**dir-**
poder	**podr-**	salir	**saldr-**	hacer	**har-**
querer	**querr-**	tener	**tendr-**		
saber	**sabr-**	valer	**valdr-**		
		venir	**vendr-**		

The future tense of **hay** (**haber**) is **habrá** = *there will be.*

c. There are three ways to express a future idea or action in Spanish.

1. The construction **ir a** + *infinitive* corresponds to the English *to be going* + *infinitive*.

   Voy a comprar las entradas.   *I'm going to buy the tickets.*

2. The present tense can be used to express an action that will take place in the very near future.

   Esta tarde **voy** al teatro y **compro**   *This afternoon I'm going to the theater*
   las entradas.   *and I'll buy the tickets.*

3. The future tense can express actions that will take place in the near or distant future. The future tense is not used as frequently as the other two constructions. Often it implies a stronger commitment on the part of the speaker than the **ir a** + *infinitive* construction.

   Compraré las entradas si tú me   *I will buy the tickets if you give me the*
   das el dinero.   *money.*

Práctica y conversación

8.21 Las esperanzas de Charlie Brown. Lea la siguiente tira cómica y conteste las preguntas.

¿Cómo es Charlie Brown generalmente? ¿Cómo va a ser Charlie el año que viene? ¿Qué hará Charlie?

8.22 Planes de un(-a) turista. ¿Qué hará Ud. para divertirse en Lima?

   Modelo   leer la guía turística
   Leeré la guía turística.

admirar la cerámica del Museo Rafael Larco Herrera / asistir a un concierto en el Campo de Marte / ver el Jardín Japonés en el Parque de la Exposición / reservar asientos para la corrida de toros / ir al Museo de Oro / volver al Jirón de la Unión para comer

8.23 La ciudad en 2020. ¿Cómo será la ciudad en el año 2020?

   Modelo   la tecnología / resolver muchos problemas
   La tecnología resolverá muchos problemas.

1. nosotros / conducir coches eléctricos
2. las computadoras / controlar el tráfico
3. no haber crimen
4. tú / poder caminar por todas partes
5. la policía / tener poco trabajo
6. las tiendas y los restaurantes / nunca cerrarse
7. yo / estar contento(-a) de vivir en el centro de la ciudad

8.24 ¿Qué vas a hacer? Con un(-a) compañero(-a), hagan planes para el fin de semana. Discutan sus obligaciones, compromisos, fiestas y todo lo que van a hacer.

> **Modelo** USTED: **¿Qué harás este fin de semana?**
> COMPAÑERO(-A): **Creo que estudiaré todo el tiempo.**

8.25 ¡Quién sabe! En grupos, hablen de lo que piensan hacer después de su graduación. Otro(-a) estudiante reportará a la clase lo discutido.

Expressing Probability

Future of Probability

In order to express probability in Spanish, you can use the future tense.

a. The English equivalents for the future of probability include *wonder, bet, can, could, must, might,* and *probably.*

—¿Qué **será** esto?	*I wonder what this is?*
—**Será** una entrada para el concierto de mañana.	*It must be a ticket for tomorrow's concert.*
—¿Dónde **estará** Lucía?	*Where could Lucía be?*
—Pues, **llegará** tarde, como siempre.	*Well, she will probably arrive late, as usual.*

Práctica y conversación

8.26 Mi primer viaje al Perú. Ud. está pensando en su primer viaje al Perú después de graduarse. Exprese sus opiniones e ideas.

> **Modelo** visitar muchos lugares
> **Visitaré muchos lugares.**

sacar muchas fotos de las ruinas incaicas en Cajamarquilla / conseguir reservaciones para la excursión a Cuzco / ir al mercado de Huancayo / visitar Iquitos y el río Amazonas / tener tiempo para ir a Machu Picchu / viajar a Arequipa / ver las líneas de Nazca

8.27 ¿Cómo estará Cristina? Con sus compañeros(-as), hablen acerca de Cristina, su compañera de clase que ha estado ausente las dos últimas semanas.

Estudiante 1	Estudiante 2	Estudiante 3
1. ¿Qué (pasar) con Cristina?	2. Yo creo que (estar) muy enferma.	3. ¿(Estar) en el hospital?
4. Sí, seguro (estar) en el hospital.	5. ¿Cuándo (regresar)?	6. Pues, (volver) pronto, espero...
7. Probablemente la (llamar) a su casa.	8. Seguramente te (contestar) sus padres.	9. (Estar) bien muy pronto, sin duda.

Suggesting Group Activities

Nosotros Commands

When suggesting group activities, the speaker often includes himself / herself in the plans. In English these suggestions are expressed with the phrase *let's + verb: Let's go to the amusement park.* In Spanish these suggestions can be expressed using:

a. the phrase **vamos a** + *infinitive.*

Primero **vamos a comer** y
después **vamos a ir** al cine.

First, let's eat and then let's go to the movies.

b. the **nosotros** or first-person command.

Salgamos a las 7 y **regresemos** a las 10.

Let's leave at 7:00 and let's return at 10:00.

c. To form the **nosotros** command, drop the **-o** from the first-person singular of the present tense: **bailo** → **bail-; salgo** → **salg-**. To the stem add the ending **-emos** for **-ar** verbs or **-amos** for **-er** and **-ir** verbs: **bail-** → **bailemos; salg-** → **salgamos**.

1. The **nosotros** commands will show the same spelling changes as formal commands.

Verbs ending in **-car**	c → qu:	practicar → practiquemos
Verbs ending in **-gar**	g → gu:	pagar → paguemos
Verbs ending in **-zar**	z → c:	almorzar → almorcemos
Verbs ending in **-ger** or **-gir**	g → j:	escoger → escojamos
		dirigir → dirijamos

2. The following verbs have irregular stems as in the formal commands: **dar** → **demos; estar** → **estemos; saber** → **sepamos; ser** → **seamos.**

   The verb **ir** has the following forms:

   | **Affirmative** | **Vamos** a la corrida. | *Let's go to the movies.* |
   | **Negative** | **No vayamos** a la exposición. | *Let's not go to the exhibit.* |

3. Stem-changing **-ir** verbs undergo the same changes in the **nosotros** command as in the **nosotros** form of the present subjunctive, that is, **e** → **i** and **o** → **u**: **seguir** → **sigamos; dormir** → **durmamos.** However, **-ar** and **-er** stem-changing verbs follow a regular pattern and do not change the stem in the **nosotros** command: **cerrar** → **cerremos; volver** → **volvamos.**

d. Pronouns follow and attach to the end of affirmative **nosotros** commands and precede the negative forms.

—¿Quieres regalarle este disco a Antonio?

Do you want to give this CD to Antonio?

—Sí, **comprémoslo** ahora pero **no se lo demos** hasta su fiesta.

Yes, let's buy it now but let's not give it to him until his party.

1. When adding pronouns to commands of two or more syllables, a written accent mark is placed over the stressed vowel of the affirmative command.

> **Supplemental Grammar:** English has only one way to suggest group activities *(let's + verb)* while Spanish has two forms (**ir a** + *infinitive* and **nosotros** commands).
>
> **Nosotros** commands are subjunctive forms and show the same basic irregularities as the first-person plural of the present subjunctive.

2. The final **-s** is dropped from the **nosotros** command before adding the pronouns **-se** or **-nos.**

—¿Cuándo vamos a enviarle una
   tarjeta a Roberto?

*When are we going to send a card to
   Roberto?*

—**Sentémonos** con Mariana y
   escribámosela ahora.

*Let's sit down with Mariana and let's
   write it to him now.*

Práctica y conversación

8.28 ¿Qué vamos a hacer? Haga sugerencias sobre lo que Ud. y su compañero(-a) pueden hacer el sábado.

ir de compras / mirar la tele / dar un paseo / jugar al tenis / escuchar discos /
cenar en un restaurante / organizar una fiesta / ¿?

8.29 Más sugerencias. Ud. sigue haciendo sugerencias para mañana, pero su compañero(-a) no está de acuerdo. Cada vez que Ud. sugiere algo, su compañero(-a) responde con una idea diferente.

Modelo   caminar / subir al metro
              No caminemos. Mejor subamos al metro.

1. estudiar / divertirnos
2. ir al cine / ir al concierto
3. comprar las entradas más baratas / escoger buenos asientos
4. llamar a Carlos / invitar a Susana y a José
5. llevar jeans / ponernos algo más elegante
6. comer en casa / cenar en un restaurante

8.30 Vamos al concierto. Ud. y su compañero(-a) deciden ir al concierto. ¿Qué deben hacer o no hacer?

arreglarse con cuidado / reunirse temprano / olvidarse de las entradas /
sentarse en la primera fila / despedirse tarde / ¿?

8.31 Una sorpresa. Ud. y su compañero(-a) van a organizar una fiesta sorpresa para su mejor amigo(-a). Mencione por lo menos cinco actividades que pueden hacer en la fiesta.

¿QUÉ OYÓ UD.?

Para escuchar bien

Taking Notes

When you attend a class or conference or when you ask a friend for a recipe or directions, it is important to take notes about what you hear. Taking notes helps you remember what was said and improves your writing skills in Spanish.

Antes de escuchar

8.32 Los dibujos. Con un(-a) compañero(-a) de clase, miren el dibujo que se presenta en esta sección y hagan las siguientes actividades.

1. Describa a las personas en los dibujos y el lugar donde se encuentran. Explique lo que están haciendo.
2. ¿Qué problemas piensa Ud. que tienen estas personas? Justifique su respuesta.

A escuchar

8.33 Los apuntes. Escuche la conversación entre Vilma, Margarita e Iris. Tome los apuntes que considere necesarios y complete las siguientes oraciones.

1. Vilma sugiere ir o a _____ o a _____.
2. Margarita prefiere _____.
3. Iris dice que es mejor _____.
4. Vilma rechaza la sugerencia de Iris porque _____.
5. Las amigas deciden ir _____ porque _____.

Después de escuchar

 8.34 Resumen. Con un(-a) compañero(-a) de clase, resuman la conversación entre Vilma, Iris y Margarita.

8.35 Algunos detalles. Complete las siguientes oraciones con la mejor respuesta.

1. Vilma, Iris y Margarita son...

   a. un poco frívolas y egoístas.
   b. muy fáciles de complacer.
   c. admiradoras de las artes.

2. Podemos pensar que Vilma, Iris y Margarita...

   a. siempre se ponen de acuerdo fácilmente.
   b. son solteras y no tienen hijos.
   c. tienen los mismos gustos.

3. Según la conversación, podemos inferir que a las tres amigas les...

   a. interesa ver la exposición en el museo.
   b. gusta quedarse en la casa discutiendo.
   c. encanta divertirse todos los días.

4. Después de escuchar la conversación, sabemos que las tres amigas...

   a. van a disfrutar de sus actividades ese sábado.
   b. van a salir solas al día siguiente.
   c. van a tener muchos más problemas ese día.

 Interacciones CD-ROM: **Capítulo 8, Segunda situación**

 Para saber más: http://interacciones.heinle.com

TERCERA SITUACIÓN

PERSPECTIVAS

Las ciudades hispanas

Mientras la típica ciudad estadounidense está construida a lo largo de una calle principal que se llama muchas veces *Main Street*, la ciudad hispana está construida alrededor de una plaza. En muchas ciudades de España esta plaza principal está llamada la «Plaza Mayor»; en el Perú, el Ecuador y Bolivia es la «Plaza de Armas», y el «Zócalo» en México, D.F. Alrededor de la plaza se concentran los edificios del gobierno, como el palacio nacional o el ayuntamiento *(city hall)*, la catedral metropolitana, los bancos y negocios importantes y los hoteles de lujo.

La plaza es el centro geográfico y social de la ciudad. Es el lugar donde se reúnen los amigos y donde la gente conversa acerca de los acontecimientos *(happenings)* de la ciudad o de la nación. En las ciudades grandes hay varias plazas importantes y en otras partes de la ciudad se encuentran plazas menos grandes que forman el centro de los barrios residenciales.

Por lo general las ciudades en el mundo hispano son más antiguas que las ciudades de los Estados Unidos. Muchas ciudades de las Américas son del siglo XVI y algunas de España datan de la época griega o romana. Por eso es normal ver edificios muy antiguos pero bien conservados junto a otros edificios contemporáneos.

Otra diferencia entre las ciudades norteamericanas y las hispanas es el tamaño: las ciudades hispanas generalmente tienen menos extensión geográfica que las ciudades estadounidenses.

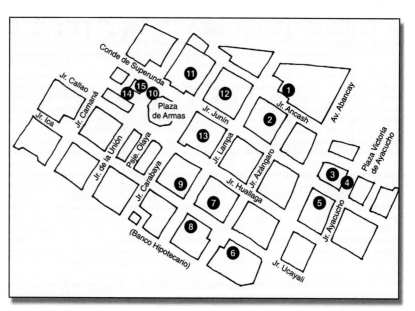

El centro de Lima

CLAVE

1 Iglesia y Convento de San Francisco	9 Museo del Banco Central de Reserva
2 Casa de Pilatos	10 Monumento a Pizarro
3 Plaza Bolívar	11 Palacio de Gobierno
4 Congreso de la República	12 Casa del Oidor
5 Museo de la Inquisición	13 Catedral
6 Iglesia y Convento de San Pedro	14 Monumento a Tauli Chusco
7 Palacio de Torre Tagle	15 Palacio Municipal
8 Casa de Goyeneche	

Vocabulario: Jr. = el jirón = la avenida

Práctica y conversación

8.36 El centro de Lima. Conteste las siguientes preguntas utilizando el mapa del centro de Lima.

1. ¿Qué edificios hay alrededor de la Plaza de Armas?
2. ¿Qué otras cosas hay alrededor de la Plaza de Armas?
3. Además de la Plaza de Armas, ¿qué otras plazas hay en el centro de Lima?
4. ¿Es grande o pequeño el centro de Lima? Justifique su respuesta.
5. Compare el centro de Lima con el centro de una ciudad norteamericana que Ud. conozca. Explique las diferencias y semejanzas entre las dos ciudades.

8.37 Una visita a Lima. Ud. y un(-a) compañero(-a) de clase visitarán Lima, Perú, y se alojarán en un hotel en el centro. Usando el mapa y la información sobre Lima de este capítulo, decidan qué lugares visitarán Uds. ¿Qué actividades pueden hacer en el centro y cerca de la Plaza de Armas?

En la ciudad de Madrid

Antes de mirar

8.38 El horario español. Con un(-a) compañero(-a) de clase, indiquen lo que pasa durante las siguientes horas en el típico horario español.

a las 8 de la mañana / de las 10 de la mañana hasta las 2 de la tarde /
de las 2 hasta las 4 de la tarde / de las 4 hasta las 8 de la tarde /
de las 9 hasta las 12 de la noche

8.39 La vida nocturna. Con un(-a) compañero(-a) de clase, hagan una lista de las actividades que se asocian con la vida nocturna de una ciudad grande. Después, utilicen la siguiente fotografía para describir El Teatro de Madrid. ¿Qué funciones tienen lugar allá? ¿Qué hace la gente adentro? ¿Qué llevan las personas cuando asisten a esas funciones?

A mirar

8.40 Lugares y edificios. Al mirar el vídeo, indique cuáles de los siguientes lugares y edificios se ven en el vídeo.

un bar	un cine	una iglesia
una biblioteca	una discoteca	un museo
un casino	una escuela	una ópera
una cervecería	un estadio de fútbol	un restaurante
una chocolatería	un gimnasio	

Luego, mencione las actividades asociadas con todos los lugares o edificios vistos en el vídeo.

8.41 Una chocolatería famosa. Complete las siguientes oraciones con información sobre una chocolatería famosa.

1. La chocolatería más famosa de Madrid es _____.
2. Allí sirven _____ y _____.
3. Se toma el chocolate _____ y espeso.
4. El churro es un tipo de _____ con _____ en polvo.

Después de mirar

8.42 Unas diversiones. Con un(-a) compañero(-a) de clase, den una definición de las siguientes diversiones explicadas en el vídeo.

el fútbol / darse una vuelta / el Carnaval / tapear

8.43 Semejanzas y diferencias. En grupos de tres o cuatro, comparen las actividades y diversiones de Madrid con las de una ciudad grande de los EE.UU. que Uds. conocen. ¿Qué actividades y diversiones tienen en común las dos ciudades? ¿Qué tradiciones tienen en común?

8.44 La defensa de una opinión. ¿Qué evidencia oral y/o visual hay en el vídeo que confirma la siguiente idea? Madrid es una ciudad alegre donde todos pueden divertirse.

Para leer bien
Background Knowledge: Historical References

You have learned to use and expand your background knowledge of geography in order to better comprehend a reading selection. Another important component of background knowledge are references to important historical dates and periods. Authors mention dates and historical periods for two reasons: to help the reader establish the chronology of events mentioned in the reading, and to help the reader evoke the characteristics of an era and mentally picture the setting and/or characters.

To take advantage of your background knowledge of historical dates and eras, scan the title and reading for clues to time references such as actual dates (1776), the names of important historical events (*Revolutionary War*) or persons (*George Washington*), or historical periods (*colonial America*). After locating the time references, review the characteristics of that period; try to mentally picture the clothing, art, architecture, modes of transportation, and types of recreation, music, and dance. Try to associate other important persons, events, and dates with the information given.

Even if you know little about a historical era in Hispanic culture, your knowledge of that same time period in your own or another society will make you aware of the period and help you find similarities and differences.

Antes de leer

8.45 La época colonial. En la lectura que sigue se mencionan el imperio español y la época colonial peruana. Con un(-a) compañero(-a) de clase, contesten las siguientes preguntas: ¿Cómo era la vida colonial en el Perú en aquella época? ¿Cómo era la arquitectura? Como ayuda, utilicen las fotos de Lima y del Perú de este capítulo y también las fotos e información de **Arte y arquitectura** en las páginas 325–326.

8.46 Las ciudades del siglo XX. Durante el siglo XX las ciudades de muchos países, incluyendo las de Latinoamérica, llegaron a ser enormes. Con un(-a) compañero(-a) de clase, contesten las siguientes preguntas: ¿Cuáles son las ventajas de vivir en una ciudad grande? ¿Cuáles son algunos de los problemas asociados con las ciudades grandes y la vida urbana?

8.47 La revitalización urbana (*urban renewal*). En la época contemporánea muchas ciudades tratan de resolver sus problemas y revitalizar el centro. Con un(-a) compañero(-a) de clase, contesten las siguientes preguntas: ¿En qué consiste la revitalización urbana? ¿Cuáles son los beneficios de la revitalización urbana?

A leer

8.48 Mientras que Ud. lee la siguiente selección, «El retorno de los balcones de Lima», haga una lista mental o escrita de los lugares y acontecimientos *(events)* mencionados e indique si pertenecen a la época colonial, a la vida urbana del siglo XX o la revitalización urbana.

El retorno de los balcones de Lima

*H*ace unos diez años, el centro histórico de Lima no era un lugar al que quisieran ir quienes valoraban el contenido de sus bolsillos. La que fuera sede del imperio español simplemente había dejado de ser el centro grandioso y elegante que había sido durante siglos. Las veredas° de toda la zona céntrica estaban cubiertas de quioscos donde los vendedores ambulantes° vendían sus productos. Los camiones obstruían° las calles del centro de la ciudad y lanzaban nubes de humo negro. Las plazas estaban cubiertas de basura y asoladas° por los rateros° y las bandas de pirañas, como se conoce en Lima a los niños de la calle que roban en masa. Con frecuencia, los turistas que llegaban al Perú desde el exterior volaban directamente al Cuzco, la principal atracción del país, y los que llegaban a través de Lima, evitaban el centro. No eran los únicos: los limeños° simplemente dejaron de visitar el centro de su propia ciudad. El centro, como muchos de sus monumentos históricos, parecía estar al borde del colapso.

      Hoy el centro histórico de Lima es un lugar muy diferente. Las calles están libres de vendedores ambulantes, las veredas no están cubiertas de basura y los parques son seguros y están impecablemente cuidados. Los domingos, el centro se llena de limeños que llegan de otras partes de la ciudad: los niños juegan en las plazas, mientras sus padres conversan sentados en los bancos. Los fieles vuelven a asistir a misa en las capillas de las iglesias coloniales del centro. Los monumentos históricos están siendo rescatados° y protegidos. El centro ha vuelto a ofrecer exposiciones y producciones de primer orden en sus teatros, y algunos de los cafés de moda de Lima están abriendo «sucursales»° en el centro. Todos los días puede verse a los turistas, solos o en grupos, tomando fotografías de los numerosos monumentos de la ciudad.

      Lima es uno de los últimos y más existosos ejemplos del movimiento de revitalización de los centros históricos de las ciudades que se observa en toda América Latina. Desde fines de los años ochenta, ciudades como Quito, México D.F. y San Juan han rescatado sus olvidados y deteriorados centros históricos. El proceso de rescatar° y preservar la herencia cultural de una ciudad contribuye a atraer el turismo y la inversión°, y también ayuda a las ciudades a enfrentar° algunos de los peligros de la globalización. «Frente a la globalización y en un mundo en el que los medios de comunicación tienen una influencia tan fuerte, la identidad cultural se ve amenazada°. Creo que los dirigentes° deben buscar formas de fortalecer° esta identidad», dice Alberto Andrade, antiguo alcalde° de Lima.

      Andrade, empezó a amar la zona céntrica desde que era pequeño. «Mi abuela materna me llevaba por todo el centro de Lima, explicándome la arquitectura histórica, visitando los museos y las zonas tradicionales. Eso no sólo me hizo identificarme con mi ciudad, sino que me enseñó a apreciarla, y ello indudablemente° ha ejercido influencia sobre los esfuerzos por recuperar esa imagen de la ciudad que conocí de niño», explica Andrade.

Glosses (margin):
- sidewalks
- street vendors
- obstructed
- devastated
- thieves
- los habitantes de Lima, Perú
- rescued
- branches
- to rescue
- investment
- to face
- threatened / leaders
- to fortify
- former mayor
- undoubtedly

La expansión de Lima y sus problemas urbanos empezaron a partir de los años cuarenta cuando el Perú comenzó a industrializarse y comenzaron a aparecer parques industriales en las afueras de la ciudad. Un gran número de campesinos pobres llegó a la ciudad en busca de mejores oportunidades de empleo. Al mismo tiempo, los residentes tradicionales del centro lo abandonaron para trasladarse a otros barrios más nuevos en las afueras, seguidos por las empresas y la actividad cultural. En los años ochenta, Lima recibió otra oleada° masiva de inmigrantes rurales que escapaba a la violencia del enfrentamiento° entre el grupo guerrillero Sendero Luminoso y las fuerzas armadas. Durante las últimas décadas, esos cambios demográficos se tradujeron en una marcada caída en el valor de la propiedad, y Lima entró en una espiral descendente de descuido° y deterioro.

wave

confrontation

negligence

Andrade cree que es esencial que los limeños aprecien y valoren el centro de Lima como la expresión de una cultura y una identidad que vale la pena preservar. Lima había tomado los primeros pasos en este sentido antes de que Andrade entrara en escena. En 1991, el Patronato° de Lima, una organización no gubernamental, logró que la UNESCO declarara al centro histórico patrimonio de la humanidad°, por la gran concentración de tesoros históricos y artísticos.

association

world heritage site

Cuando Andrade fue elegido alcalde, comenzaron a verse cambios tangibles. Casi inmediatamente el gobierno municipal abordó° uno de los principales problemas que aquejaban a° Lima, la eliminación de los veinte mil vendedores ambulantes de las calles de la ciudad. La evicción de 20.000 personas de sus lugares de trabajo era un dolor de cabeza para cualquier político pero Andrade mantuvo reuniones y negociaciones con los vendedores ambulantes, ofreciéndoles incentivos para comprar espacios en uno de los mercados remodelados situados fuera del centro histórico. En poco más de un año, casi todos los veinte mil vendedores ambulantes habían salido de los lugares públicos y todo el proceso se había cumplido° sin la inestabilidad social que muchos habían temido°.

tackled

afflicted

completed / feared

Después, el gobierno municipal empezó a limpiar y remodelar algunos de los espacios que quedaron libres y ensanchó° la Plaza de Armas, virtualmente eliminó la basura de las calles del centro histórico y también reorganizó la fuerza policial municipal, incrementando su presencia en las calles y la seguridad de la zona céntrica.

expanded

La municipalidad también ha procurado° restablecer el prestigio de la zona como centro cultural con exposiciones de arte que han atraído° a los peruanos y a los turistas a la zona céntrica. El gobierno municipal también construyó el Gran Parque de Lima, que incluye un anfiteatro con capacidad para cuatro mil personas, que atrae a artistas de primera calidad como el cantante de rock Manu Chao y la cantante afroperuana Susana Baca desde que se inauguró.

managed

have attracted

El gobierno de Andrade también ha puesto en práctica un interesante programa denominado° «Adopte un balcón». Los edificios de Lima contienen un gran número de balcones cerrados de madera de influencia española y morisca°, que son característicos de la ciudad. Estos notables balcones, que datan del siglo XVI a mediados del siglo XIX, y que aún parecen flotar sobre las calles de Lima, constituyeron en una época una especie de vínculo° entre las casas y las calles de la ciudad. Con el transcurso° de los años, el estilo varió de balcones de madera verde pintada con intrincados enrejados°, a balcones de madera de color natural finamente tallada°, hasta los de ventanas de vidrio. A mediados del siglo XIX los balcones habían pasado de moda, y muchos de ellos fueron destruidos. En la época en que Andrade asumió el cargo, la mayor parte de los balcones se hallaban seriamente deteriorados.

named

Moorish

link / passage

grill or lattice work

carved

«Estos balcones son únicos en el mundo, o si existen, tienen muy pocas variaciones», dice el arquitecto Adolfo Vargas. «Los balcones de otras ciudades son lugares abiertos, los de aquí son cerrados y le han dado a Lima la reputación de «ciudad de los balcones». Los balcones constituyen el símbolo fácilmente identificable de la ciudad, visible en el centro y presente en la memoria colectiva».

Por estas razones, el programa ha contribuido a restaurar los balcones, y a crear una conciencia e incluso un símbolo de todo el proceso de revitalización de Lima. Hasta ahora, el programa ha logrado la adopción y la restauración de más de setenta balcones por parte de embajadas° extranjeras, de empresas y de particulares. En un caso, un vasto grupo de residentes del centro organizó diversos actos con el fin de recaudar° dinero para adoptar un balcón. Se espera que el programa de los balcones habrá de continuar hasta que se hayan restaurado los cuatrocientos balcones de la ciudad y se haga justicia a la reputación que se ha ganado como «la ciudad de los balcones».

Recientemente, la municipalidad ha aprobado los planes para la remodelación del distrito financiero del centro, una zona que tiene una gran concentración de bancos, además de la bolsa de valores°. En otro proyecto clave, la municipalidad remodeló un pasaje peatonal y una plaza situados detrás del palacio municipal en la Plaza de Armas y ofreció incentivos para la instalación de negocios en la zona. Hasta ahora la plaza cuenta con una galería, una librería y dos de los restaurantes de moda de Lima que han instalado mesas al aire libre, lo que constituye una novedad en esta zona céntrica.

A pesar de estos cambios, aún queda mucho por hacerse en el centro histórico. Mientras que la nueva visión contempla que se convierta en un destino turístico y un centro cultural, también reconoce que es y siempre debería ser un barrio residencial. El problema de la vivienda° en el centro es uno de los más graves. En la actualidad, veinte mil viviendas° del centro histórico necesitan algún tipo de remodelación, y de éstas, cinco mil se hallan al borde del colapso. Con financiamiento del gobierno de los Países Bajos, la municipalidad empezará un proyecto piloto que tiene por objeto remodelar ciento sesenta viviendas en el distrito histórico. Si se consiguen fondos privados, se podrán emprender más obras de remodelación.

Otro de los grandes proyectos necesarios para completar el proceso de revitalización urbana es la creación de parques. Hasta ahora, la municipalidad ha creado un parque junto al río Rímac, que bordea el centro histórico. Este parque constituye la primera fase de un ambicioso plan destinado a convertir la ribera° del río en una serie de parques contiguos, formando una zona verde dentro del centro de la ciudad.

Otro aspecto que debe enfrentar el centro histórico es el transporte. Si bien el actual gobierno ha introducido un cierto orden en el tránsito, reglamentando° el tipo de vehículos que atraviesan° el centro, se requieren cambios mucho más ambiciosos para reducir el número de vehículos y la contaminación que producen.

Los funcionarios municipales proyectan que la totalidad del proceso de revitalización, incluidos, entre otros proyectos, el transporte, la vivienda y el proyecto de los parques sobre el río Rímac, requerirá por lo menos diez años y costará 500 millones de dólares. Para sufragar° estos gastos se necesitarán préstamos° de bancos multinacionales y grandes inversiones privadas. Aunque el programa de adopción de un balcón tuvo notable éxito atrayendo el apoyo° del sector privado, la restauración de un balcón es una gota° de agua en comparación con el tipo de inversiones que se requieren para llevar a cabo° otros proyectos de mayor envergadura°. La atracción de inversiones no es una tarea fácil, pero muchos creen que el obstáculo más importante ya ha sido superado.

«La labor de la municipalidad ha fortalecido la autoestima de la ciudad, y ha generado una nueva tendencia de apreciación del centro. Hoy la gente reconoce que el centro es hermoso, que pueden volver a visitarlo y que el centro les ha sido devuelto», dice Patricia Uribe, representante de la UNESCO en el Perú. «Por primera vez en diez años, hay muchos limeños que han regresado al centro, llevando a sus hijos. Éstos son niños que a la edad de diez o doce años jamás habían puesto un pie en el centro de la ciudad, que nunca habían visto la catedral. Han venido a ver la catedral, han venido a ver su centro. Este fenómeno de fortalecimiento° de la identidad y de apreciación de lo propio es muy importante».

embassies
to collect

stock market

housing
dwellings

bank

regulating
cross

to defray / loans

support
drop
to carry out / magnitude

strengthening

Después de leer

8.49 La revitalización de Lima. Marque con una **C** todas las acciones de la revitalización de Lima que ya se han cumplido y, con una **F** las que se van a llevar a cabo *(carry out)* en el futuro.

1. _____ iniciar el programa «Adopte un balcón»
2. _____ restaurar el distrito financiero
3. _____ eliminar 20.000 vendedores ambulantes del centro histórico
4. _____ crear una serie de parques a lo largo del río Rímac
5. _____ reorganizar la policía metropolitana
6. _____ eliminar la basura del centro
7. _____ mejorar el transporte
8. _____ remodelar 20.000 viviendas
9. _____ restablecer el prestigio del centro como zona cultural
10. _____ obtener el dinero para todos los proyectos

8.50 Referencias históricas. Con un(-a) compañero(-a) de clase, describan la ciudad de Lima a fines del siglo XX. Incluyan una descripción de los problemas urbanos del centro histórico de la ciudad.

8.51 Los balcones de Lima. Con un(-a) compañero(-a) de clase, describan el programa «Adopte un balcón» y las razones por las cuales lo han iniciado en Lima. Incluyan información sobre las características de los balcones de Lima.

8.52 En defensa de una opinión. ¿Qué evidencia hay en el artículo que confirma la siguiente idea? La iniciativa municipal de Lima, Perú, debe servir como modelo para otras ciudades para preservar la herencia cultural y revitalizar el centro.

ASÍ SE ESCRIBE

Para escribir bien

Keeping a Journal

There are many situations in both private and professional life for which journal entries are useful. In the business or professional world journals are used for logging phone calls and discussions with clients, remembering content of meetings, and recording travel expenses. In private life journals and diaries provide interesting personal records of daily events, travel experiences, special occasions, and family and school activities.

Keeping a personal journal is an effective tool for improving your writing in Spanish for it provides writing practice on a daily basis. These suggestions will help you:

1. Keep your entries in a special notebook you use only for this purpose.
2. Set aside a period each day for journal writing, such as each evening before going to bed.
3. Try to develop a natural, personal style with emphasis on content.
4. Learn to rephrase and circumlocute in order to express meaning.
5. Spanish diary entries have a format similar to that of letters, as seen in the model below.

Antes de escribir

8.53 Un apunte *(diary entry).* Lea las descripciones de las composiciones dadas en la sección **A escribir** y escoja una composición según sus intereses y habilidades. Después, haga el formato para un apunte, incluyendo la fecha, la salutación, la pre-despedida y la despedida.

8.54 Las actividades. Haga una lista de todas las actividades que Ud. quiere incluir en sus tres apuntes. Ponga las actividades en orden cronológico, utilizando la primera persona singular del pretérito.

DATE	*el 27 de abril de 1942*
SALUTATION	*Querido diario:*
PRE-CLOSINGS	*Bueno, querido diario, mi mamá/ papá, / amigo me llama*
	Como siempre, querido diario, tengo que irme / dormirme.
CLOSINGS	*Hasta mañana, Susana.* *(your name)*
	Hasta pronto, Jaime. *(your name)*

A escribir

Escriba su composición, utilizando el formato para un apunte que Ud. creó en el ejercicio **8.52** y la lista de actividades del **8.53**. Escoja **uno** de los siguientes temas.

8.55 Querido diario: En su diario personal, escriba un apunte por tres días sucesivos. Incluya información sobre su rutina diaria, su trabajo, sus estudios y sus actividades.

8.56 Un viaje. En su diario personal, escriba un apunte por tres días sucesivos sobre un viaje real o imaginario a una ciudad grande. Incluya una descripción de la ciudad, sus puntos de interés y lo que Ud. hizo en la ciudad.

8.57 Un(-a) guía turístico(-a). Como el (la) guía para un grupo de estudiantes peruanos que van a estudiar en su universidad, Ud. pasó tres días en la universidad preparándose para la visita. Escriba un apunte por estos tres días sucesivos en su universidad, explicando la vida universitaria. Incluya la información básica acerca de la universidad; explique dónde, qué y cuándo se come, dónde está la biblioteca y sus horas de operación y otra información importante.

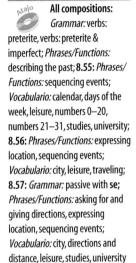

All compositions:
Grammar: verbs: preterite, verbs: preterite & imperfect; *Phrases/Functions:* describing the past; **8.55:** *Phrases/Functions:* sequencing events; *Vocabulario:* calendar, days of the week, leisure, numbers 0–20, numbers 21–31, studies, university; **8.56:** *Phrases/Functions:* expressing location, sequencing events; *Vocabulario:* city, leisure, traveling; **8.57:** *Grammar:* passive with **se;** *Phrases/Functions:* asking for and giving directions, expressing location, sequencing events; *Vocabulario:* city, directions and distance, leisure, studies, university

Después de escribir

Antes de entregarle su composición a su profesor(-a), Ud. debe leerla de nuevo y corregir los errores. Preste atención a su lista de actividades. ¿Están todas las actividades en orden cronológico? Revise el vocabulario para la ciudad y los verbos en el pretérito y en el imperfecto.

INTERACCIONES

8.58 Un sábado libre. It is late Saturday morning. You and three friends have the entire afternoon and evening free. Discuss what you will do and suggest group activities. Try to persuade others to do what you want to do. Decide where you will eat and what you will do in the afternoon and evening. After you have made your decisions, inform your classmates of your plans.

8.59 El quiosco turístico. You work in a tourist information booth located in the Plaza de Armas in Lima, Perú. Two tourists (played by your classmates) come to the booth to obtain information on how to get to various sites in Lima. Using the map of Lima on page 314, tell them how to get to **la Plaza Bolívar, el Palacio Torre Tagle, el Museo del Banco Central de Reserva, el Congreso de la República,** and **la Casa de Pilatos.**

8.60 Un viaje especial. After you graduate, you plan to take a special trip. Explain when and where you will go, with whom you will travel, what cities you will see, what special sites you will visit, and what activities you will participate in while there.

8.61 «El (La) turista alegre». As "El (La) turista alegre" you have a weekly five-minute travel segment on a morning television news show. Discuss your favorite city. Describe the famous buildings and sites and explain when they were constructed. Explain what one can see and do there; provide opening and closing hours for museums and events. Explain where one should shop, what one can buy, and where and what one can eat. Include other information you find interesting.

Para saber más: http://interacciones.heinle.com

Herencia cultural IV: Bolivia, Ecuador

Personalidades

De ayer

José de San Martín (1778–1850) luchó con Bolívar por la independencia de Sudamérica y fue el libertador de la Argentina, Chile y el Perú. Después de vencer a los españoles en varias batallas, proclamó la independencia del Perú el 28 de julio de 1821 y fue nombrado 'Protector del Perú'.

Antonio José de Sucre (1795–1830) fue uno de los líderes más respetados de la guerra de independencia de Sudamérica. Bolívar lo nombró su lugarteniente (*deputy*) y con Bolívar y San Martín libertó el Perú y el Alto Perú (Bolivia). Después, formó el gobierno de la nueva República de Bolivia y fue su primer presidente.

De hoy

La peruana **Susana Baca** (1944–) nació en Lima. Es una de las cantantes más famosas de la América del Sur y también una de las más famosas investigadoras de la música afroperuana. Fundó el Centro Experimental de Música Negro Contínuo dedicado a estudiar, conservar y enseñar la música y danza afroperuanas. En 2002, ganó el Grammy Latino al mejor álbum folclórico titulado *Lamento negro*.

Nacido en Bolivia, **Jaime Escalante** (1931–) emigró a Los Ángeles y se hizo profesor de matemáticas de una escuela secundaria. La película *Stand and Deliver* describe a este famoso profesor y los métodos que utilizó en la enseñanza de los estudiantes hispanos. Por su labor con estos alumnos ha recibido muchos premios importantes. Todavía ayuda a otros profesores de matemáticas de los EE.UU. a utilizar sus técnicas.

El peruano **Mario Vargas Llosa** (1936–) es uno de los novelistas contemporáneos más importantes de la América del Sur. Sus novelas, entre ellas *La ciudad y los perros*, describen la vida social peruana, especialmente el mundo urbano de Lima. En 1990 fue candidato a la presidencia del Perú.

Graciela Rodo Boulanger (1935–), famosa pintora boliviana, nació en La Paz pero vive en París desde 1964. Su tema principal es la infancia y los personajes de sus pinturas son niños. En 1979 fue designada como la artista oficial de UNICEF para diseñar el cartel (*poster*) del Año Internacional del Niño. Sus obras se encuentran en museos en La Paz, París, Washington D.C. y Zurich.

y Perú
Arte y arquitectura

Lima: La Catedral y el Palacio Arzobispal.

La arquitectura colonial del Perú

En la historia de Hispanoamérica, la época que va de la conquista española en el siglo XVI hasta las guerras de independencia en el siglo XIX se llama la época colonial. Durante este período España gobernó a la población y administró la economía del Nuevo Mundo. Los reyes de España dividieron la región en cuatro subdivisiones llamadas virreinatos *(vice-royalties)*. El virreinato del Perú fue la región más rica y su capital, Lima, la Ciudad de los Reyes, fue el centro político y social del territorio. Lima fue una ciudad acaudalada *(affluent)* con numerosos conventos, monasterios e iglesias y opulentos palacios y mansiones. La primera y más antigua universidad de las Américas, San Marcos, fue establecida en Lima en 1551.

El trazado *(layout)* de las ciudades y la arquitectura virreinal reflejan los estilos de España y Europa de aquella época. Los españoles siempre pusieron la plaza mayor en el centro de las ciudades en el Nuevo Mundo, y a su alrededor construyeron la catedral y edificios municipales. El estilo predominante en el Perú y en México fue el barroco, caracterizado por la profusión de adornos y decoración, la línea curva, columnas torcidas *(twisted)* y espacios grandiosos.

Lima: Interior de la Iglesia de San Pedro, consagrada en 1638

Muchas iglesias contienen magníficos ejemplos de la decoración barroca, con altares dorados, coros de madera labrada y techos embellecidos con escenas del paraíso. También se puede ver buenos ejemplos de la arquitectura colonial en el Cuzco. Allá los españoles solían construir sus iglesias y palacios sobre los restos de edificios incaicos. La Iglesia de Santo Domingo en el Cuzco fue construida sobre las ruinas del Templo del Sol.

Cuzco: Iglesia de Santo Domingo

Comprensión

A La arquitectura. Complete el gráfico con información acerca de las características de la arquitectura del Perú colonial.

LAS CARACTERÍSTICAS
Estilo barroco
Trazado de las ciudades coloniales
Interior de las iglesias barrocas
Arquitectura colonial del Cuzco

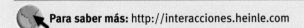 **B Lima.** Con un(-a) compañero(-a) de clase, describan la ciudad colonial de Lima, Perú. Incluyan información sobre los edificios y la arquitectura.

C La época colonial. Con un(-a) compañero(-a), comparen la época colonial de los EE.UU. con la época colonial del Perú. Incluyan las fechas de la época, el estilo de arquitectura predominante, la vida diaria y otros hechos *(facts)* históricos.

Para saber más: http://interacciones.heinle.com

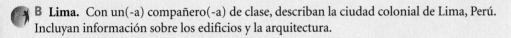

LECTURA LITERARIA

Para leer bien
Identifying Literary Themes

In order to help you comprehend journalistic articles, you have learned to locate the main ideas and supporting elements and apply background knowledge concerning geography and history. These same techniques can be used with literary readings in order to learn to identify and understand themes.

The literary theme (**el tema**) is generally defined as the central concept, the main idea, or the fundamental meaning of a literary selection. Some common general literary themes include love, death, the meaning of life, and the human condition. Often a general theme can be broken down into more specific sub-themes. For example, the general theme of love can be further described as unrequited love, maternal love, love of family, love of country, or love of a supreme being.

A literary theme can be *explicit,* expressed in a direct manner, or *implicit,* expressed in an indirect or subtle manner. While the main idea of a journalistic article is generally explicit, the main theme of a literary selection is generally implicit. The reader needs to analyze a variety of items within the text in order to establish the main theme of a work of literature. The reader should attempt to formulate the theme according to the effect created

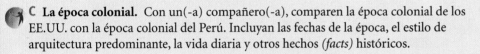

327

by items such as the actions of the characters, the relationships among the characters, the comments made by the main characters, and the comments made by the narrator or author. With a close reading, it should become clear that the author is emphasizing a particular concept or idea; the concept or idea that the author is emphasizing is the main theme of the literary work.

The following work, "La camisa de Margarita" by Ricardo Palma, takes place in eighteenth-century Peru. When approaching this reading, it is important to keep in mind the historical setting in order to establish the theme. Remember to use the reading strategies you have learned as well as the literary terminology presented in previous sections.

Antes de leer: La camisa de Margarita

Ricardo Palma (1833–1919), uno de los más célebres autores del Perú, fue escritor, lingüista y político. Nació en Lima y fue director de la Biblioteca Nacional. Pasó mucho tiempo coleccionando anécdotas y leyendas *(legends)* históricas del Perú. Publicó estos cuentos en una serie de diez volúmenes con el título de *Tradiciones peruanas*. La «tradición» es un nuevo género literario creado por Palma. Es una narración generalmente basada en una anécdota, una leyenda o un documento histórico; pero, a veces las tradiciones son pura ficción. Las tradiciones tienen elementos de un cuento y también de un «cuadro de costumbres», una descripción de las costumbres locales. Las tradiciones suelen ser divertidas; muchas son sátiras sociales.

D El autor y sus obras. Conteste las siguientes preguntas acerca del autor de «La camisa de Margarita».

1. ¿Quién es el autor de «La camisa de Margarita» y de dónde es? ¿Qué puesto ocupó en su país?
2. ¿Qué cosas coleccionó?
3. ¿Qué es «una tradición» y en qué está basada? ¿Cómo son las tradiciones?
4. Utilizando la información sobre Ricardo Palma y sus tradiciones peruanas, en su opinión, ¿cómo va a ser la tradición «La camisa de Margarita»?

E El título. Dé un vistazo al título de la siguiente lectura: (**la camisa** = *gown*). ¿Cuáles son las características de una camisa? ¿En qué ocasiones se lleva una camisa? Ahora, mire el dibujo del cuento y conteste estas preguntas: ¿Qué lleva la chica? ¿Quiénes son los dos personajes? ¿Cuál es la ocasión?

F El escenario. El cuento tiene lugar en Lima en el año 1765. ¿Cómo era Lima en aquella época? Si es necesario, repase la información de **La arquitectura colonial del Perú** en las páginas 325–326.

G Una dote *(dowry)*. El cuento que sigue es la historia de la joven Margarita, que logró contribuir una dote a pesar de las protestas del tío del novio. ¿Qué es una dote y en qué consiste generalmente? ¿Existe el concepto de la dote en nuestra sociedad? ¿Cuándo se usaban las dotes?

H Un viejo refrán. El cuento «La camisa de Margarita» está escrito en base a un refrán *(saying)* popular peruano: «¡Esto es más caro que la camisa de Margarita Pareja!» ¿En qué situación se puede usar este refrán?

La camisa de Margarita

Entre las viejas de Lima existe la tradición de quejarse del precio alto de un artículo diciendo:

—¡Qué! Si esto es° más caro que la camisa de Margarita Pareja.

Yo tenía mucha curiosidad de saber algo de esa Margarita y un día encontré un artículo en un periódico de Madrid que hablaba de la niña y su famosa camisa. Ahora Uds. van a leer su historia.

I

Margarita Pareja era (por los años de 1765) la hija más mimada° de don Raimundo Pareja, caballero y colector general° del Callao°.

La muchacha era una de esas limeñitas° que, por su belleza, cautivan al mismo diablo°. Tenía un par de ojos negros que eran como dos torpedos cargados con dinamita y que hacían explosión en el corazón de los galanes° limeños.

Llegó por entonces de España un arrogante mancebo° de Madrid, llamado don Luis Alcázar. Tenía éste en Lima un tío solterón y acaudalado°, de una familia antigua e importante, y muy orgulloso°.

Por supuesto que, mientras le llegaba la ocasión de heredar al tío, vivía nuestro don Luis tan pobre como una rata y sufriendo mucho.

Alcázar conoció a la linda Margarita en una procesión religiosa. La muchacha le llenó el ojo y le flechó° el corazón. Le echó flores°, y aunque ella no le contestó ni sí ni no, dio a entender con sonrisitas y demás armas del arsenal femenino que el galán era muy de su gusto. La verdad es que se enamoraron muchísimo.

Don Luis no creía que su pobreza sería obstáculo para casarse con Margarita. Así, fue al padre de Margarita y le pidió la mano de su hija.

A don Raimundo no le cayó en gracia la petición y cortésmente despidió al joven, diciéndole que Margarita era aún muy niña para tomar marido, pues, a pesar de sus diez y ocho años, todavía jugaba a las muñecas.

This is

pampered
tax collector / el puerto de Lima
señoritas de Lima / *captivate the*
devil himself
señores jóvenes y elegantes
joven
rico
proud

(fig.) wounded his heart / He
courted her

329

Pero no era ésta la verdadera razón. La verdad era que don Raimundo no quería ser suegro de un pobretón y les dijo eso en confianza a sus amigos, uno de los que fue con el chisme° a don Honorato, que así se llamaba el tío. Éste, que era más arrogante que el Cid°, se enojó y dijo:

—¡Cómo se entiende! ¡Desairar° a mi sobrino! A muchas les encantaría casarse con el muchacho, porque no hay mejor en todo Lima. Pero, ¿adónde ha de ir conmigo ese colectorcito°?

Margarita, pues era nerviosa como una damisela de hoy, gimoteó° y se arrancó° el pelo, y tuvo convulsiones. Perdía colores y carnes°, se desmejoraba° a vista de ojos, hablaba de meterse monja° y no hacía nada en concierto.

¡O de Luis o de Dios!° gritaba cada vez que los nervios se le sublevaban, cosa que pasaba con mucha frecuencia. Su padre se alarmó, llamó a médicos y a curanderas, y todos declararon que la única medicina salvadora no se vendía en la farmacia. O casarla con el varón de su gusto, o enterrarla°. Tal fue el ultimátum médico.

Don Raimundo se encaminó como loco a casa de don Honorato, y le dijo:

—Vengo a que consienta usted en que mañana mismo se case su sobrino con Margarita, porque si no, la muchacha se va a morir.

—No puede ser —contestó sin interés el tío —. Mi sobrino es un *pobretón* y lo que usted debe buscar para su hija es un hombre con mucha plata°.

El diálogo fue violento. Mientras más rogaba don Raimundo, más se enojaba el tío y ya aquél iba a retirarse cuando don Luis entrando en la cuestión, dijo:

—Pero, tío, no es justo que matemos a quien no tiene la culpa.

—¿Tú te das por satisfecho?

—De todo corazón, tío y señor.

—Pues bien, muchacho, consiento en darte gusto; pero con una condición, y es ésta: don Raimundo me ha de jurar ante la Hostia consagrada° que no regalará un centavo a su hija ni le dejará un real° en la herencia°.

Aquí empezó nuevo y más agitado litigio.

—Pero, hombre —arguyó don Raimundo—, mi hija tiene veinte mil duros° de dote.

—Renunciamos a la dote. La niña vendrá a casa de su marido nada más que con la ropa que lleva.

—Concédame usted entonces regalarle los muebles y el ajuar° de novia.

—Ni un alfiler°. Si no está de acuerdo, dejarlo y que se muera la chica.

—Sea usted razonable, don Honorato. Mi hija necesita llevar por lo menos una camisa para reemplazar la puesta°.

—Bien. Consiento en que le regale la camisa de novia y eso es todo.

Al día siguiente don Raimundo y don Honorato se dirigieron muy de mañana a la iglesia de San Francisco, arrodillándose° para oír misa, y, según lo pactado, en el momento en que el sacerdote elevaba la Hostia divina, dijo el padre de Margarita:

—Juro no dar a mi hija más que la camisa de novia. Así Dios me condene si perjurare°.

II

Y don Raimundo Pareja cumplió su juramento, porque ni en vida ni en muerte dio después a su hija cosa que valiera un centavo. Pero los encajes° de Flandes que adornaban la camisa de la novia costaron dos mil setecientos duros. Y en el cordoncillo° al cuello había una cadena de brillantes°, que valían aun más.

Los recién casados hicieron creer al tío que la camisa no era muy costosa porque don Honorato era tan testarudo° que habría forzado al sobrino a divorciarse.

Convengamos° en que fue muy merecida la fama que alcanzó la camisa nupcial de Margarita Pareja.

gossip / héroe nacional de España
Reject
Who does this little tax collector think he is? / gritó / *pulled out*
weight / se enfermaba
become a nun
¡Voy a ser la esposa o de Luis o de Dios!
bury her
dinero
sacred Communion Host (wafer)
moneda colonial / *inheritance*
moneda colonial
las joyas y ropa que lleva la novia en el matrimonio / *pin*
to replace the one she's wearing
kneeling down
I lie.
lace
embroidery
diamonds
stubborn
Let's agree

Después de leer

I Los personajes. Complete el siguiente gráfico con información del cuento.

	Descripción	Relación con los otros personajes
Margarita Pareja		
Don Raimundo Pareja		
Don Honorato		
Luis Alcázar		

J Ponga en orden cronológico los siguientes sucesos del cuento.

_____ Luis y Margarita se enamoran.

_____ Don Raimundo jura no darle a su hija más que la camisa de novia.

_____ Don Honorato dice que don Raimundo no puede darle dinero a su hija y rechaza la dote.

_____ Don Raimundo le pide permiso a don Honorato para que los novios se casen.

_____ Luis conoce a Margarita en una procesión.

_____ Margarita dice que quiere hacerse monja.

_____ Don Raimundo prohíbe el matrimonio entre Luis y Margarita.

_____ Llega Luis Alcázar de España.

_____ Luis le pide la mano de Margarita a don Raimundo.

_____ Los dos novios reciben dinero de don Raimundo en forma de una camisa muy costosa.

K Los temas. Con un(-a) compañero(-a) de clase, decidan cuál es el tema principal del cuento. Recuerden que el honor era uno de los valores más importantes en la sociedad colonial. ¿Cómo se ve el tema del honor en los cuatro personajes principales? Además del honor, ¿hay otros temas importantes? Explique.

Para saber más: http://interacciones.heinle.com

Bienvenidos a la comunidad

Introducción geográfica

Conteste las siguientes preguntas usando mapas de Cuba, México, Puerto Rico, la República Dominicana y los EE.UU.

1. ¿De dónde son los chicanos? ¿En qué región de los EE.UU. se encuentran principalmente? ¿Por qué?

2. ¿En qué región de los EE.UU. se encuentra la mayoría de los cubanos? ¿Por qué?

3. ¿Dónde se encuentra una gran concentración de puertorriqueños y dominicanos dentro de los EE.UU.? ¿Por qué salen del Caribe?

4. ¿Hay una presencia hispana en la ciudad o el pueblo donde Ud. vive? ¿Cómo se nota esta presencia?

Óscar de la Hoya, boxeador

Marc Anthony, cantante

Cameron Díaz, actriz

George López, cómico

hispana

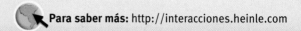

Para saber más: http://interacciones.heinle.com

Población

37.400.000 hispanos dentro de los EE.UU.: **chicanos** 66.9%; **puertorriqueños** 8.6%; **cubanos** 3.7%; **dominicanos** 2.7%; los demás países del mundo hispano 18%. Los hispanos representan la minoría más grande dentro de los EE.UU.

Concentración

Chicanos (personas en los EE.UU. de origen mexicano): de Texas a California; **puertorriqueños** y **dominicanos:** ciudad de Nueva York y la región metropolitana; **cubanos:** Miami y el sur de la Florida

Fuerza de trabajo hispano

Gran variedad de puestos en muchos sectores económicos

Hispanos famosos

Cine y televisión: Cameron Díaz, Daisy Fuentes, Andy García, George López, Jennifer López, Rita Moreno, Edward James Olmos, Jorge Ramos, Chita Rivera, María Elena Salinas, Cristina Saralegui

Deportes: Óscar de la Hoya, Nancy López, Pedro Martínez, Manny Ramírez, Alex Rodríguez, Sammy Sosa, Lee Treviño

Literatura: Julia Álvarez, Sandra Cisneros, Judith Ortiz Cofer, Esmeralda Santiago, Pedro Juan Soto

Moda: Adolfo, Narciso Rodríguez, Óscar de la Renta

Música: Marc Anthony, Gloria Estefan, Ricky Martin, Jon Secada

Política: Alberto González, Carlos Gutiérrez, Bill Richardson, Ileana Ros-Lehtinen

Gloria Estefan, cantante

Ileana Ros-Lehtinen, Representante

Capítulo 9

En la agencia de empleos

Una entrevista

CULTURAL THEMES

The Hispanic Community: Cubans and Puerto Ricans

The concept of work in the Hispanic world

COMMUNICATIVE GOALS

Changing directions in a conversation

Explaining what one would do under certain conditions

Describing how actions are done

Indicating quantity

Double-checking comprehension

Talking about unknown or nonexistent people and things

Explaining what you want others to do

Expressing exceptional qualities

PRIMERA SITUACIÓN

PRESENTACIÓN

¿Dónde trabajaría Ud.?

Práctica y conversación

9.1 Conseguir empleo. ¿Qué hay que hacer para conseguir empleo? Ordene las oraciones en forma lógica, escribiendo delante de la oración un número del 1 al 7.

_____ Se habla de las aptitudes personales.

_____ Se leen los anuncios clasificados.

_____ Se consigue una entrevista.

_____ Se toma una decisión.

_____ Se manda un currículum vitae con cartas de recomendación.

_____ Se entera de las condiciones del trabajo.

_____ Se llena una solicitud.

9.2 Más anuncios clasificados. ¿Cuáles de los siguientes empleos requieren que el (la) aspirante tenga... ?

habilidades técnicas / experiencia / licenciatura / referencias / permiso de conducir / buena personalidad

---

CABLE TV
Se solicita Linemen en construcción aerea de cable tv y personal con experiencia en construcción soterrada. Posiciones disponibles inmediatamente. Enviar Resume **PO Box 60002, Luquillo PR 00773**

CONTABLE Biningue. Ciclo contabilidad completo. 2 a 3 años experiencia en manufactura, conocimientos computadoras, exper. de oficina. Enviar resume al **731-2600**

DUNKIN DONUTS Busca Asistente Gerente para Plaza Carolina. Enviar resumé a Sonia Ramírez **PO Box 9059, Carolina PR 00988**

GUARDIA DE SEGURIDAD full time. Buen salario, plan médico, se requiere referencias y fotos. Entrevistarse **Meliyan Apartments** Alonso Torres 1404 Santiago Iglesias, Rio Piedras. LU a VI 8am-4pm

● **PANADERIA INDUSTRIAL** tiene plazas para empleo general en línea de producción. Turno nocturno $4.25 hra. Reqs: Lic. Conducir, Cert. Salud y Buena Conducta. **782-2400** Unidad: 18966

REPARADOR (A) DE COMPUTADORAS Exp. en P/C Compatible y Ensamblaje. Referencias necesarias. Area Hato Rey **763-1094**

SOLICITO GERENTE TIENDA
Conocimiento música latina y americana. Resumé fax: **720-3726**·

SOLICITO BARTENDER sin experiencia. Ofrecemos entrenamiento. $5.00 hora comenzando. Aplicar personalmente Calle Cacique 2277 Esq. Loiza. **726-2171** 8AM.-12AM.

JOVENES Modelos atractivas, dinámicas, con iniciativa y facilidad de palabra para promoción de servicios y productos de estética (No ventas) $15 p/h **Inf. 726-1436**

ESTILISTA CON EXPERIENCIA En corte y blower. $50 Diarios. **TECNICA(O) DE UÑAS** Experiencia en todo tipo de uñas **760-0523**

HOGAR DE ANCIANOS
Solicita persona con experiencia para trabajar turno nocturno. **756-8224**

SOLICITO CHOFER
Part-time, para manejar Van, trabajo laundry. Buen salario, beneficios marginales. Entrevista: Severo Quiñones 526 Esq. San Antonio Pda. 26 Bo. Obrero, Santurce.

Necesito Modista(o)
Que sepa cortar y coser. TEL. **725-4750**

9.3 El empleo ideal. En grupos, preparen una descripción del empleo ideal. Mencionen por lo menos cinco características.

9.4 El Manual de Personal. Ud. y su compañero(-a) de clase están creando un Manual de Personal en el que describen todos los puestos de su compañía. Hablen de lo que está en cada hoja de apuntes hasta que Uds. tengan una lista completa de los puestos y las características de los empleados que ocupan esos puestos. A continuación está su hoja de apuntes; la de su compañero(-a) de clase está en el **Apéndice A.**

1. Jefe ejecutivo principal
2. Recepcionista
3. Contador

* Tiene mucho talento artístico
y entiende bien a nuestros
clientes.

* Entiende todos los
reglamentos del comercio. Es
experto en cuestiones legales.

* En cuanto a la tecnología
avanzada es experto. Crea y
mantiene nuestros portales de
la Web.

* Se lleva muy bien con los
clientes y conoce bien todos
nuestros productos.

9.5 Creación. Cuente en una narración lo que pasa en el dibujo de la **Presentación.**

V O C A B U L A R I O

La solicitud de trabajo	**Job application**	la confianza	*confidence, trust*
		el currículum vitae	*résumé*
el anuncio clasificado	*classified ad*	el sueldo	*salary*
el (la) aspirante	*applicant*	conseguir (i, i) una entrevista	*to get an interview*
la compañía (Cía.) la empresa	*company (Co.)*	despedir (i, i)	*to fire (from a job)*
el desempleo	*unemployment*	emplear	*to employ, to hire*
la destreza	*skill*	ofrecer un puesto	*to offer a job*
el empleo el puesto	*job, position*	tener buen sentido para los negocios	*to have good business sense*
el personal	*personnel*		
el (la) supervisor(-a)	*supervisor*	conocimientos técnicos	*technical knowledge*
cuidadoso(-a)	*careful*	experiencia	*experience*
maduro(-a)	*mature*	iniciativa	*initiative*
responsable	*responsible*	talento artístico	*artistic talent*
encargarse de	*to be in charge of*	tomar una decisión	*to make a decision*
enterarse de	*to find out about*		
llenar una solicitud	*to fill out a job application*	**El progreso**	**Progress**
solicitar	*to apply for a job*	el robot	*robot*
La entrevista de trabajo	**Job interview**	la tecnología	*technology*
		construir	*to construct, build*
las aptitudes personales	*personal skills*	desaparecer	*to disappear*
		desarrollar	*to develop*
el ascenso	*promotion*	hacerse	*to become*
los beneficios sociales	*(fringe) benefits*	predecir (i)	*to predict*
		resolver (ue)	*to solve*
la carrera	*career*		
la carta de recomendación	*letter of recommendation*		

ASÍ SE HABLA

Changing Directions in a Conversation

SR. CÁCERES: Nuestro personal está creciendo día a día y cada vez es más especializado.

SRA. FIGUEROA: Jorge, ya que estamos en el tema de personal, no te olvides que necesitamos contratar un buen supervisor técnico para la agencia. Con treinta empleados y con todo el trabajo que tenemos, tú y yo necesitamos alguien que nos ayude.

SR. CÁCERES: Sí, lo sé, y tenemos que hacerlo inmediatamente. Voy a anunciarlo en nuestro portal de la Web y en los periódicos locales.

SRA. FIGUEROA: Perfecto, y hablando del anuncio, me gustaría que saliera rápidamente. No te descuides.

SR. CÁCERES: No se preocupe, Sra. Figueroa.

When you want to express your ideas, change topics of conversation, or interrupt a speaker, you can use the following expressions:

Introducing an idea

Tengo otra idea.	*I have another idea.*
Ya que estamos en el tema...	*Since we are on the topic . . .*
Yo propongo...	*I propose . . .*
Hablando de...	*Speaking of / about . . .*
Yo quisiera decir que...	*I would like to say that . . .*

Changing the subject

Cambiando de tema...	*Changing the subject . . .*
Pasemos a otro punto.	*Let's move on to something else.*
Por otro lado...	*On the other hand . . .*

Interrupting

Un momento.	*Wait a minute.*
Escuche(-n).	*Listen.*
Antes que me olvide...	*Before I forget . . .*
Perdón, pero yo...	*Excuse me, but I . . .*

Returning to the topic

Volviendo a...	*Going back to . . .*
Como decía...	*As I / he / she was saying . . .*

9.6 Con amigos. Ud. está hablando con unos amigos acerca de su trabajo. ¿Qué dicen Ud. y sus amigos en las siguientes situaciones?

1. Ud. tiene una idea maravillosa para obtener mejores beneficios sociales.
2. Ud. quiere proponer la idea de pedir una entrevista con el supervisor.
3. Su amigo(-a) piensa que su idea es peligrosa y presenta otra alternativa.
4. Ud. defiende su proposición.
5. Su amigo(-a) lo (la) interrumpe.
6. Ud. quiere añadir algo.

9.7 ¡Ya estoy cansado de trabajar tanto! Ud. ha estado trabajando muchísimo y está muy cansado(-a). Por eso quiere comer algo y divertirse un poco. Con un compañero(-a), completen el siguiente diálogo.

Usted	**Su compañero(-a)**
1. _____, tengo una idea. ¿Qué te parece si... ?	2. Bueno, pero... Tengo otra idea...
3. Ya que estamos en el tema...	4. Un momento...
5. Perdón, pero yo...	6. Bueno, como tú digas. ¡Vamos, pues!

9.8 ¿Cómo buscamos trabajo? Ud. y su amigo(-a) están hablando de qué van a hacer para encontrar trabajo el próximo verano ya que quieren trabajar en un país hispano. Ud. prefiere ir a los diferentes consulados o a agencias internacionales, pero su amigo(-a) prefiere consultar en Internet. Discutan qué van a hacer. Luego, informen a la clase su decisión y justifíquenla.

ESTRUCTURAS

Explaining What You Would Do Under Certain Conditions
Conditional

The conditional tense is used to explain what you would do when certain conditions are present. The English conditional tense is formed with the auxiliary verb *would + main verb: Given your low salary, I would apply for a different job.*

a. In Spanish the conditional of regular verbs is formed by adding the endings of the imperfect tense of **-er** and **-ir** verbs to the infinitive: **-ía, -ías, -ía, -íamos, -íais, -ían.**

Even though the endings used for the conditional tense are the same as the imperfect endings for **-er** and **-ir** verbs, the stems are different. For regular verbs, the stem for the conditional is the entire infinitive while the stem for the imperfect tense is the infinitive minus the **-ar, -er,** or **-ir** ending.

Verbos en -AR	Verbos en -ER	Verbos en -IR
trabajar	**ofrecer**	**conseguir**
trabajaría	ofrecería	conseguiría
trabajarías	ofrecerías	conseguirías
trabajaría	ofrecería	conseguiría
trabajaríamos	ofreceríamos	conseguiríamos
trabajaríais	ofreceríais	conseguiríais
trabajarían	ofrecerían	conseguirían

b. Irregular conditional stems are the same as irregular future stems.

Drop the infinitive vowel		Replace infinitive vowel with *-d*		Irregular form	
haber	**habr-**	poner	**pondr-**	decir	**dir-**
poder	**podr-**	salir	**saldr-**	hacer	**har-**
querer	**querr-**	tener	**tendr-**		
saber	**sabr-**	valer	**valdr-**		
		venir	**vendr-**		

The conditional of **hay (haber)** is **habría** = *there would be.*

Sometimes the word *would* does not indicate a conditional tense but, rather, *used to.* When *would = used to,* the imperfect tense is used. *When I was younger, I would (used to) go to the park a lot.*

c. The conditional is generally used to explain what someone would do in a certain situation or under certain conditions.

—Con tantos aspirantes, ¿**solicitarías** este puesto?

With so many applicants, would you apply for this job?

—Problamente sí, pero primero **trataría** de enterarme del sueldo.

Probably yes, but I would first try to find out about the salary.

d. The conditional can also be used to soften a request or criticism.

—Perdone, señor. ¿**Podría** Ud. decirme dónde se encuentra la Compañía Suárez?

Pardon me, sir. Could you tell me where Suárez Company is located?

Verbs frequently used to soften a request or criticism include **me gustaría** = *I would like;* ¿**querría Ud.?** = *would you want?;* ¿**podría Ud.?** = *could you?;* **debería** = *you should;* **sería mejor** = *it would be better.*

Práctica y conversación

9.9 Un(-a) aspirante perfecto(-a). ¿Cómo sería un(-a) aspirante perfecto(-a)?

Modelo conseguir la entrevista
Conseguiría la entrevista.

ser responsable / ofrecer recomendaciones excelentes / demostrar iniciativa / trabajar cuidadosamente / tener conocimientos técnicos / estar listo(-a) para empezar a trabajar inmediatamente

9.10 ¿Qué haría Ud.? Explique lo que Ud. haría si tuviera *(if you had)* una entrevista de trabajo.

Modelo llegar a tiempo
Llegaría a tiempo.

1. vestirse bien
2. llenar una solicitud
3. traer las cartas de referencia
4. hablar de mis aptitudes personales
5. enterarse de las responsabilidades del puesto
6. tomar una decisión pronto
7. ¿?

9.11 Haríamos muchas cosas buenas. Trabajen en grupos de tres. Supongan que Uds. tienen un puesto dentro de la universidad que les permite mejorar la vida de los estudiantes. Preparen una lista de lo que Uds. harían para mejorar su vida financiera, académica y social y un plan de cómo implementar sus sugerencias. Informen luego al resto de la clase sobre su plan de acción.

Describing How Actions Are Done

Adverb Formation

Adverbs are words that modify or describe a verb, an adjective, or another adverb such as those in the following phrases: *He always works* = Trabaja **siempre**; *rather pretty* = **bastante** bonita; *very rapidly* = **muy** rápidamente.

a. Some adverbs are formed by adding -**mente** to an adjective. The -**mente** ending corresponds to *-ly* in English: **finalmente** = *finally.*

1. The suffix -**mente** is attached to the end of an adjective having only one singular form: **final → finalmente; elegante → elegantemente**.
2. The suffix -**mente** is attached to the feminine form of adjectives that have both a masculine and feminine singular form: **rápido → rápida → rápidamente**.
3. Adjectives that have a written accent mark will retain it in the adverb form: **fácil → fácilmente**.

Point out. Adverbs ending in -**mente** explain or describe *how* something is done.

b. Adverbs are usually placed after the verb. When two or more adverbs are used to modify the same verb, only the last adverb in the series will have the suffix **-mente.**

Ricardo terminó su trabajo **rápida y eficazmente.**

Ricardo finished his work rapidly and efficiently.

c. Adverbs generally precede the adjective or adverb they modify.

Esta solicitud es **demasiado** larga.
No voy a llenarla **muy** rápidamente.

This application is long. I'm not going to fill it out very quickly.

d. The preposition **con** + *noun* are often used in place of very long adverbs: *affectionately* = **cariñosamente, con cariño;** *responsibly* = **responsablemente, con responsabilidad.**

Berta siempre trabaja **con cuidado.**

Berta always works carefully.

Práctica y conversación

9.12 Los nuevos trabajos. ¿Cómo trabajarían estas personas en un nuevo trabajo?

Modelo   Carlota / rápido
Carlota trabajaría rápidamente.

1. Juan / eficaz
2. Anita / perezoso
3. Esteban / cuidadoso
4. Mercedes / atento

5. Gerardo / paciente
6. Marcos / feliz
7. Elisa / claro y conciso
8. yo / ¿?

9.13 Yo trabajaría eficazmente. Ud. está hablando con su compañero(-a) y le cuenta acerca de sus planes de establecer un pequeño negocio. Dígale de qué se trata y por qué quiere hacerlo, cómo piensa empezarlo, cómo va a seleccionar a sus empleados, cómo va a administrarlo, etc.

Indicating Quantity
Adjectives of Quantity

In order to talk about the number or size of people, places, and things, you will need to learn to use adjectives of quantity.

alguno	*some*	numerosos	*numerous*
bastante	*enough*	otro	*other, another*
cada	*each, every*	poco	*little, few*
demasiado	*too much / many*	tanto	*so much / many*
más	*more*	todo	*all, every*
menos	*less*	todos	*all, every*
mucho	*much, many, a lot*	varios	*several, some, various*

a. Adjectives of quantity precede the nouns they modify.

Recibimos **muchas** solicitudes para el nuevo puesto.

We received a lot of applications for the new position.

b. Some of these adjectives of quantity have special forms and / or usage.

1. **Alguno** is shortened to **algún** before a masculine singular noun: **algún puesto.**
2. **Cada** is invariable; it is used with singular nouns only: **cada anuncio; cada entrevista.**

3. Forms of **todo** are followed by the corresponding article + noun: **toda la carta** = *the whole letter;* **todos los beneficios** = *all the benefits, every benefit.*

4. **Más** and **menos** are invariable.

En mi opinión, ese empleado merece **más** dinero.	*In my opinion, that employee deserves more money.*

5. **Numerosos(-as)** and **varios(-as)** are used only in the plural.

Esta compañía ofrece **varios** beneficios sociales.	*This company offers several fringe benefits.*

6. The forms of **otro** are never preceded by **un / una**.

¿Vas a **otra** entrevista esta tarde?	*Are you going to another interview this afternoon?*

Práctica y conversación

9.14 Estas entrevistas. Ud. tiene que tomar muchas decisiones antes de ofrecer varios puestos a algunos aspirantes. Diga lo que tiene que hacer primero.

1. Quiero ver todos los **anuncios** clasificados.

   solicitudes / cartas de recomendación / aspirantes

2. Tengo que hablar con mi jefe sobre algunos **puestos.**

   beneficios sociales / aptitudes personales / decisiones

3. Quiero hablar con otro **aspirante.**

   supervisor / empleada de personal / gerente

9.15 Deseos y quejas. Complete las siguientes oraciones de una manera lógica.

1. Quiero otro(-a) _____.
2. Nunca hay bastante(-s) _____.
3. Compro poco(-a) _____.
4. Tengo que hacer mucho(-a) _____.
5. Algunos(-as) _____ son interesantes.
6. Siempre hay demasiado(-a) _____ en esta universidad.

9.16 Entrevista personal. Hágale preguntas a un(-a) compañero(-a) de clase.

Pregúntele...

1. qué hace para buscar trabajo.
2. si puede recomendar una agencia de empleos.
3. si quiere trabajar en un país de habla hispana.
4. si habla catalán o portugués.
5. si quiere ganar mucho dinero.

 Interacciones CD-ROM: **Capítulo 9, Primera situación**

 Para saber más: http://interacciones.heinle.com

SEGUNDA SITUACIÓN

PRESENTACIÓN

Necesito una secretaria

Práctica y conversación

9.17 ¿Qué sección? Indique qué sección de una empresa tiene las siguientes responsabilidades.

1. Se decide dónde y cómo se venden los productos.
2. Se preocupa de la planificación y la coordinación de todas las responsabilidades.
3. Se pagan las obligaciones financieras.
4. Se compran las acciones y los bonos.
5. Se preocupa de los pedidos, los vendedores y las zonas de ventas.
6. Se controla el presupuesto.
7. Se coordina el uso de las computadoras.

9.18 Definiciones. Dé las palabras que corresponden a estas definiciones.

1. las personas que usan Internet
2. comunicarse con un enlace
3. un programa que ofrece sonido, animación, películas, música, etc.
4. la red mundial de computadoras
5. una máquina que entra las fotos, el texto, etc. en la computadora
6. lo que permite comunicarse con la computadora

9.19 La tecnología personal. ¿Cuáles de estos productos le gustaría usar? ¿Por qué?

G. Sea puntual con sus citas con este organizador personal y calculadora Royal®. Organizador fácil de usar con memoria de 2KB, calculadora de 10 dígitos, pantalla de 3 líneas, función con código de acceso para información confidencial, apagado automático, alarmas diarias, archivos de teléfonos y memos. La pantalla en ángulo facilita la lectura. Mantiene las horas, alarmas diarias, fechas y detalles de las citas. Solar, con pila auxiliar incluida. Garantía limitada. Importado.
LW369 $39.99*
4.79 por mes*

H. Mantenga su saldo al día con esta chequera y calculadora Royal®. 3 diferentes memorias para cuentas de ahorro, cheques y tarjetas de crédito. Pila auxiliar incluida. Pantalla de 8 dígitos. El protector de memoria guarda el saldo. Tiene código de acceso. Bolígrafo, portador de tarjetas/fotos. Garantía limitada. Importada.
L3972 $19.99* **4.89** por mes*

J. Sea un genio de la ortografía con el Franklin® Spelling Ace®. Corrige la ortografía de más de 80,000 palabras. La función "Confusables" le ayuda con palabras que se confunden fácilmente. Tiene juegos de palabras: Hangman, Jumble, flashcards, anagramas y Word Blaster. Solución incorporada de crucigramas y combinaciones. Pantalla de 16 caracteres. Incluye pilas y estuche. Garantía limitada. Importado.
AU239 $19.99* **4.89** por mes*

I. Guarde sus secretos con este cortador de papel y papelero Sisco® Protector™. Corta de 1 a 3 hojas de papel en tiras de ¼". Opción manual o automática y de seguridad para quitar papeles atascados. Incluye su propio papelero. Garantía limitada. Importado.
LP463 $79.99* **8.79** por mes*

9.20 Creación. Cuente en una narración lo que pasa en el dibujo de la **Presentación.**

VOCABULARIO

Las secciones	Departments	La computadora	Personal computer
la administración	*management*	el chip	*microchip*
la contabilidad	*accounting*	el disco	*disk*
las finanzas	*finance*	el disco duro	*hard drive*
la informática	*computer science,*	el documento	*file*
	information	el escáner	*scanner*
	technology	el hardware	*hardware*
el mercadeo	*marketing*	la impresora	*printer*
la publicidad	*advertising*	el lector	*drive*
las relaciones	*public relations*	CD-ROM	*CD-ROM drive*
públicas		de discos	*disk drive*
las ventas	*sales*	el monitor	*monitor*
La oficina	**Business office**	la pantalla	*screen*
comercial		el programa	*program*
el archivo	*file cabinet*	el software	*multimedia*
la calculadora	*calculator*	multimedia	*software*
la carpeta	*file folder*	la tecla	*key*
la cinta adhesiva	*tape*	el teclado	*keyboard*
la engrapadora	*stapler*		
la grapa	*staple*		
el informe	*report*		
la papelera	*wastebasket*		
el quitagrapas	*staple remover*		
el sacapuntas	*pencil sharpener*		
el teléfono celular	*cellular phone*		
La economía	**The economy**		
la acción	*stock, share of stock*		
la bolsa	*stock market*		
(de acciones)			
(de valores)			
el bono	*bond*		
los valores	*securities, assets*		
La autopista de	**Information**		
información	**superhighway**		
los cibernautas	*people who use the*		
	Internet		
los enlaces	*links*		
la página base	*Home Page*		
el portal de la Web	*Web site*		
la realidad virtual	*virtual reality*		
la red	*network*		
hacer clic	*to click*		
navegar Internet /	*to surf the Internet*		
la red			

The word **multimedia** is an adjective; it does not change form to agree with the noun it modifies: **el software multimedia, la programación multimedia, los programas multimedia, las oficinas multimedia.**

The Spanish equivalent of *the Internet* = **Internet** (used without an article) or **la red.** The equivalent of the *World Wide Web* = **la Web.**

OR "oprimir" (handwritten note pointing to "hacer clic")

Double-Checking Comprehension

SRA. SANTAMARÍA: Bueno, tenemos que encontrar el secretario o la secretaria ideal.

SR. ECHEVARRÍA: Sí, queremos que sea una persona que hable español, pero que también sepa portugués y catalán para poder comunicarse con nuestros clientes. ¿De acuerdo?

SRA. SANTAMARÍA: Sí, claro que sí, pero no se olviden que también queremos alguien que pueda usar las nuevas computadoras, todo el software multimedia que acabamos de comprar y el escáner, porque si no, vamos a tener problemas.

SRA. GUTIÉRREZ: Sí, tienes razón. También tiene que saber cómo diseñar y mantener nuestra página base. En resumen, necesitamos una persona que esté al día en los avances del mundo de la computación. ¿Les parece?

SRA. SANTAMARÍA: Claro que sí. ¿Y cuánto le vamos a pagar?

When you want to check comprehension, you can use one of the following expressions.

¿Oyó? (¿Oíste?)	*Did you hear (me)?*
¿Me ha(-s) oído bien?	*Did you hear me well?*
¿Ya?	*Okay?*
¿Comprende(-s)?	*Do you understand?*
¿Se da cuenta Ud.? (¿Te das cuenta?)	*Do you realize (it)?*
¿Está(-s) seguro(-a)?	*Are you sure?*
¿De acuerdo?	*Do you agree?*
¿Conforme?	

¿Le (Te) parece bien?	*Does it seem okay to you?*
¿Qué le (te) parece?	*What do you think?*
¿Vale? (*España*) ⎫	
¿Está bien? ⎭	*Is it okay?*

9.21 ¿Qué te parece? Ud. y su esposo(-a) tienen mucho trabajo y necesitan ayuda. ¿Qué dicen en las siguientes situaciones?

Estudiante 1

1. Ud. ha sugerido contratar una persona para que limpie la casa dos veces por semana. Su esposo(-a) no contesta.
   Ud. le dice: _____

3. Ud. tiene mucho trabajo y está muy cansado(-a). No quiere más obligaciones. Por eso insiste en contratar otra persona. Quiere saber si su esposo(-a) comprende.
   Ud. le dice: _____

Estudiante 2

2. Ud. prefiere que su esposo(-a) haga la limpieza de la casa y así no gastar dinero. Quiere saber si su esposo(-a) está de acuerdo.
   Ud. le dice: _____

4. Ud. sugiere que los dos hagan la limpieza juntos una vez por semana. Ud. quiere saber si su esposo(-a) acepta su sugerencia.
   Ud. le dice: _____

9.22 Por favor, no agarres mis cosas. Con un compañero(-a), dramaticen la siguiente situación. Ud. y su compañero(-a) son secretarios(-as) en una empresa y Ud. ha notado que él (ella) ha estado usando su computadora para navegar la red. Además ha estado revisando sus archivos y ha borrado una serie de documentos importantes en su computadora. Ud. le habla pero él (ella) parece no prestarle atención.

ESTRUCTURAS

Talking About Unknown or Nonexistent People and Things

Subjunctive in Adjective Clauses

Adjective clauses are used to describe preceding nouns or pronouns: *I need a secretary **who** speaks Spanish*. *I'm looking for a job **that pays well**.*

a. In Spanish, when the verb in the adjective clause describes something that may not exist or has not yet happened, the verb must be in the subjunctive. When the adjective clause describes a factual situation, the indicative is used. Compare the following examples.

Subjunctive: Unknown or Indefinite Antecedent

Busco una secretaria que **hable** español.	*I'm looking for a secretary who speaks Spanish.* (Such a person may not exist.)

Indicative: Existing Antecedent

Busco la secretaria que **habla** español.	*I'm looking for the secretary who speaks Spanish.* (Such a person exists.)

b. Likewise, when the verb in the adjective clause describes something that does not exist, the subjunctive is used.

Subjunctive: Negative Antecedent

—Necesitamos alguien que **comprenda** este nuevo programa de computadoras.	*We need someone who understands this new computer program.*
—Lo siento, pero en nuestra sección no hay nadie que lo **comprenda**.	*I'm sorry, but in our department there isn't anyone who understands it.*

Indicative: Existing Antecedent

—Pero en la sección de contabilidad hay dos o tres secretarias que lo **usan** y lo **comprenden** bien.	*But in the accounting department there are two or three secretaries who use it and understand it well.*

c. Remember that it is the meaning of the entire main clause and not a particular word that signals the use of the subjunctive. When the main clause indicates that a person or thing mentioned is outside the speaker's knowledge or experience, then the subjunctive is used.

1. The speaker is looking for a specific computer and knows that it exists.

Buscamos una computadora que **tiene** un teclado español.	*We are looking for a computer that has a Spanish keyboard.*

2. The speaker is not looking for a specific computer and doesn't know if such a computer exists.

Buscamos una computadora que **tenga** un teclado español.	*We are looking for a computer that has a Spanish keyboard.*

Práctica y conversación

9.23 Otro contador. Ud. es el (la) gerente del departamento de finanzas en una pequeña empresa que necesita otro contador. Explique las calificaciones necesarias de este nuevo empleado.

1. Buscamos un contador que...

   ser inteligente / conocer nuestro programa de computadoras / saber mucho de contabilidad / aprender rápidamente / resolver problemas eficazmente

2. No necesitamos ninguna persona que...

   equivocarse mucho / perder tiempo / dormirse en su oficina / siempre estar de mal humor / salir temprano

9.24 Las fantasías. Complete las oraciones de una manera lógica, explicando sus ideas.

1. Quiero un trabajo que _____.
2. Quiero un(-a) novio(-a) que _____.
3. Deseo una casa que _____.
4. Quiero comprar un coche que _____.
5. Busco un(-a) profesor(-a) que _____.

9.25 Se necesitan empleados(-as). Ud. es el (la) jefe(-a) de personal de una compañía y necesita contratar un(-a) contador(-a), un(-a) secretario(-a) y un(-a) mensajero(-a). Hable con su asistente y discuta las características que deben tener estos empleados.

Explaining What You Want Others to Do
Indirect Commands

Indirect commands are used when one person tells another person what a third person (or persons) should do. *Srta. Guzmán, have the new secretary file these documents.*

a. The subjunctive form is always used in Spanish indirect commands.

Que lo **haga** Tomás.	*Let Tomás do it.*
Que **escriba** las cartas la nueva secretaria.	*Have the new secretary write the letters.*

Word order in Spanish indirect commands is very different from the English equivalent.

				REFLEXIVE or		VERB		
Que	+	**(no)**	+	OBJECT PRONOUNS	+	(in present subjunctive)	+	SUBJECT
Que				las		escriba		la nueva secretaria.
Que		(no)		se		preocupen		los empleados.

Que seas muy feliz en tu cumpleaños y que cada nuevo cumpleaños te traiga la dulce satisfacción de nuevos logros alcanzados.

¿Qué le desean a la persona que celebra su cumpleaños?

b. The indirect command is frequently used to express good wishes directly to another person.

¡Que **te mejores** pronto!
Get well soon!

¡Que **se diviertan**!
Have a good time!

c. The introductory **que** will generally mean *let* but it can also mean *may* or *have.*

Práctica y conversación

9.26 En la oficina. Use un mandato indirecto para explicar las responsabilidades de las siguientes personas.

> **Modelo**   contestar el teléfono / la recepcionista
> **Que lo conteste la recepcionista.**

1. mandar las cartas / el secretario
2. hacer publicidad / la publicista
3. tomar decisiones importantes / el gerente
4. pagar las cuentas / el contador
5. ayudar a los clientes / el representante de ventas
6. explicar las leyes / la abogada

9.27 Que tenga suerte. Expréseles sus buenos deseos a las siguientes personas cuando digan lo que hacen o van a hacer.

> **Modelo**   Su amigo busca trabajo. / tener suerte
> COMPAÑERO(-A):   **Busco trabajo.**
> USTED: **Que tengas suerte.**

1. Su hermano llena una solicitud. / conseguir una entrevista
2. Sus amigos salen en un viaje de negocios. / tener buen viaje
3. Su jefe está enfermo. / mejorarse pronto
4. Su novio(-a) empieza un nuevo empleo. / tener éxito
5. Sus compañeros(-as) de trabajo van de vacaciones. / divertirse
6. Su amigo(-a) necesita dinero. / encontrar un empleo pronto

9.28 ¡Que haga todo esto! Ud. es el (la) jefe(-a) de personal y se va de vacaciones, pero hay un problema: un(-a) nuevo(-a) técnico(-a) de computadoras(-a) va a llegar al día siguiente y Ud. no va a poder darle las instrucciones personalmente. Llame a su asistente y dígale lo que tiene que decirle a esta nueva persona. Él (Ella) le hará una serie de preguntas sobre las órdenes que Ud. deja, dónde lo (la) puede localizar en caso que sea necesario, etc. Finalmente, Ud. se despide y él (ella) le desea unas buenas vacaciones.

Expressing Exceptional Qualities

Absolute Superlative

The absolute superlative is an adjective ending in **-ísimo**; it is used to describe exceptional qualities or to denote a high degree of the quality described. The Spanish forms have the English meaning *very, extremely,* or *exceptionally + adjective.*

To form the absolute superlative of adjectives that

> Accent marks on the adjective stem are dropped when **-ísimo** is added: **difícil → dificilísimo; rápido → rapidísimo.**
>
> Spelling changes occur in the feminine and plural forms as well: **riquísima; larguísimos.**

1. end in a consonant, add **-ísimo** to the singular form: **difícil → dificilísimo.**
2. end in a vowel, drop the final vowel and then add **-ísimo: lindo → lindísimo; grande → grandísimo.**
3. end in **-co** or **-go,** make the following spelling changes: **c → qu: rico → riquísimo; g → gu: largo → larguísimo.**

Note that the suffix changes form to agree in number and gender with the noun modified.

Se puede encontrar información **interesantísima** navegando la Red, pero requiere **muchísimo** tiempo.

You can find very, very interesting information by surfing the Internet, but it requires a lot of time.

Práctica y conversación

9.29 Una compañía moderna. Complete las siguientes oraciones utilizando el superlativo absoluto de los adjetivos presentados entre paréntesis.

1. En una compañía moderna hay (muchas) secciones con (muchos) empleados (buenos).
2. Casi todos los empleados tienen un sentido (bueno) para los negocios y son (inteligentes).
3. Trabajan (largas) horas para mejorar la compañía; a veces el trabajo es (difícil).
4. Algunos empleados que tienen una iniciativa fuerte se hacen (ricos).
5. En las compañías modernas utilizan una variedad (grande) de tecnología.

9.30 Mis amigos. Cuéntele a su compañero(-a) acerca de sus amigos(-as). Dígale quién es muy...

pobre / rico / callado / alto / simpático / antipático / inteligente / liberal / ¿?

¿QUÉ OYÓ UD.?

Summarizing

When you listen to a conversation or lecture, you may have to summarize what you heard. A summary can be written in the form of an outline, chart, or paragraph. To write an outline, chart, or paragraph you have to recall factual information and categorize it logically in the proper format.

Antes de escuchar

9.31 Los dibujos. Con un(-a) compañero(-a) de clase, miren el dibujo que se presenta arriba y hagan las siguientes actividades.

1. Describan a las personas en los dibujos, el lugar donde se encuentran y lo que están haciendo.
2. ¿Qué problemas tienen estas personas? Justifiquen su respuesta.

A escuchar

9.32 Los apuntes. Escuche la conversación entre Mario y Gerardo. Tome los apuntes que considere necesarios y complete las siguientes oraciones.

1. Mario está preocupado porque _____. Sugiere _____.
2. Para solucionar el problema Mario quiere una persona que _____.
3. Necesitan una persona que sea _____, que sepa _____ y que tenga algún conocimiento de _____.
4. La secretaria que tenían antes era _____, _____ y _____.
5. Gerardo va a _____, ofrecer _____ y luego los dos van a _____.

Después de escuchar

 9.33 Resumen. Con un(-a) compañero(-a) de clase, resuman la conversación entre Mario y Gerardo.

9.34 Algunos detalles. Complete las siguientes oraciones con la mejor respuesta.

1. Mario y Gerardo quieren...

   a. que la empresa funcione más eficientemente.
   b. tener más tiempo para usar la computadora.
   c. la secretaria que tenían antes.

2. Es necesario que la persona que trabaje con ellos sea...

   a. eficiente, seria y casada.
   b. trabajadora y responsable.
   c. especialista en contabilidad.

3. Para conseguir un(-a) buen(-a) empleado(-a), van a...

   a. llamar a la antigua secretaria.
   b. poner un aviso en el periódico.
   c. ponerse en contacto con sus amistades.

4. Podemos pensar que después de que contraten a la persona correcta...

   a. las cosas van a seguir estando atrasadas.
   b. Gerardo va a dejar su trabajo.
   c. no van a tener más problemas.

 Interacciones CD-ROM: **Capítulo 9, Segunda situación**

 Para saber más: http://interacciones.heinle.com

TERCERA SITUACIÓN

PERSPECTIVAS

Cómo se busca trabajo

Los errores más comunes al buscar trabajo

Como regla general y para no equivocarse, piense cómo reaccionaría Ud. en caso de ser el (la) futuro(-a) empleador(-a) y actúe en consecuencia. Por ejemplo, ¿qué impresión le causaría una persona que fuera a solicitar trabajo y se peinara en su despacho? ¿O lo (la) llamara para saber si ya vio su currículum vitae un viernes por la tarde a las cinco menos cuarto?

Aquí le vamos a relacionar unos cuantos de los más comunes (pero nada inocuos) de esos errores.

1. No se siente a esperar que le avisen.
2. Haga una gestión de trabajo en un buen momento. Escoja cualquier día que no sea ni lunes ni viernes.
3. No emita opiniones personales, sino sólo aquéllas que reflejen la imagen que a la empresa le interesa que Ud. proyecte.
4. No hable ni se comporte descuidadamente.
5. No pida una entrevista si no sabe qué plazas hay disponibles.
6. No se descuide cuando le parece que no tiene oportunidades.
7. No se considere definitivamente rechazado(-a) cuando le den el primer «no».
8. Apréndase el nombre de los empleados o ejecutivos que han conversado con Ud.
9. Pregunte cuándo habrá otra oportunidad en el mismo momento que lo (la) rechazan.
10. Envíe una nota de agradecimiento después de tener una entrevista de trabajo.
11. Demuestre un interés especial por trabajar en esa oficina.

Práctica y conversación

9.35 **Busco trabajo.** A continuación se presenta una serie de avisos económicos que ofrecen diferentes trabajos. Siga las recomendaciones de arriba en «Los errores más comunes al buscar trabajo» y solicite cualquier trabajo que le interese. Con un(-a) compañero(-a), dramaticen una entrevista en una oficina de personal.

9.36 **Comparaciones.** Utilice el aviso en que se busca una secretaria en la última columna a la derecha (**SECRETARIA** mecanógrafa...) para contestar las siguientes preguntas: ¿Cuáles son algunas de las diferencias en el aviso del mundo hispano y un aviso de los EE.UU.? ¿Qué se puede mencionar en el mundo hispano que no se puede mencionar o pedir en los EE.UU.?

NUEVO CENTRO medico capacita senores(ras) señoritas 30 dias para seleccionar su personal estable en laboratorio RX RRPP Instrumentacion emergencia guardia etc. Rz. Marañon 391 Altos Rimac 12 m - 4 pm., L - S.

PANADERIA necesita señoritas despachadoras. Presentarse de lunes a viernes Berlin 580 Miraflores

PARA EQUIPAR nuevo policlinico requerimos profesionales c/equipo dental RX laboratorio ecografo zona central estrategica excelentes ambientes c/telefono Raz. Marañon 391 Rimac frente a Bco. de La Nacion horas oficina.

PERSONAL de vigilancia para turnos de 12 horas diurno I/. 6,500.- nocturnos 5,900.- necesita Viconsa Lampa 879 Of. 408 atencion toda la semana en las mañanas

PERSONAL De mensajeria solicita compañia presentarse Jr. Moquegua 112 - 301 Lima

POLICLINICO requiere 1 doctora Medicina General, Serumista, honorarios mensuales 1 medico radiologo, ecografista para sus 2 sedes, contamos con pool de pacientes y movilidad una vez por semana. Presentarse asimismo 1 Oftalmólogo, 1 Otorrino, dirección Av. Alfredo Mendiola 5361, Panamericana Norte, frente Acersa Ceper.

SE NECESITA recepcionista 8 a 3 buena presencia y facilidad de palabra para centro Pre Universitario Presentarse lunes en la mañana en Av. Tacna 643 Lima.

SE NECESITA señoritas para trabajos de encuestas sueldo minimo comisiones movilidad presentarse Jr.. Chancay # 856, 10 a.m.

SE NECESITA universitario medicina y enfermeria presentarse Jirón Chancay # 850, a las 10 a.m.

SE NECESITA cortadores, compostureros, saqueros y pantaloneros para empresa de confecciones de prestigio en el mercado presentarse a Jr. Cuzco # 417 Of. 709, Lima

SE NECESITA Srta. Auxiliar Contabilidad con documentos. Presentarse el dia lunes 23 de 10 a 12 m, Manuel Segura 732, Lince

SECRETARIAS ejecutivas bilingues c. experiencia presentarse c. documentos Jose Pardo # 620 of. 214 Miraflores

SECRETARIA mecanografa señorita(ra) 18-25 años, buena presencia, educada, responsable, oficina administrativa de sólida empresa comercial Puerto Bermudez # 122, San Luis, altura Cdra. 15, Nicolas Arriola

SECRETARIA necesito estudio abogados buena presencia documetnos Huancavelica 470 Of. 308 9 am a 1 pm

PANORAMA CULTURAL

El uso del español en el trabajo

Antes de mirar

9.37 La población hispana. Con un(-a) compañero(-a) de clase, utilicen un mapa de los EE.UU. e identifiquen las regiones y los estados con alta población hispana. Después, busquen San Antonio, Texas, la ciudad del vídeo de este capítulo.

9.38 Patty Elizondo. Ud. y un(-a) compañero(-a) de clase necesitan usar la foto a continuación para describir a Patty Elizondo y su ciudad de San Antonio, Texas. Contesten todas las preguntas. ¿Cómo es Patty Elizondo? ¿Qué lleva ella en la foto? ¿Cómo es San Antonio? ¿Qué edificio se ve en la foto? ¿Cuáles son otros famosos sitios históricos y turísticos de la ciudad? ¿Quiénes fundaron la ciudad? ¿Qué lenguas utilizan en la ciudad?

A mirar

9.39 El uso del español en el trabajo. Complete las siguientes oraciones con información del vídeo acerca del uso del español en San Antonio.

1. En la época de los 40 y los 50 los padres no querían enseñarles _____ a sus _____ porque había muchísima _____ en San Antonio y porque no querían que aprendieran mal el _____.
2. Esa generación que creció sin el bilingüismo tiene una desventaja porque el _____ es muy importante en los _____ y en la _____.
3. La gente aquí (en San Antonio) habla el _____ en _____.
4. El español es _____ a nivel turístico, a nivel de _____, en todos los niveles. Todo lo que se hace en _____, tiene que hacerse en _____.
5. En San Antonio publican *La Prensa*, que es un _____ bilingüe.
6. Según Bret Gilmore el español es muy importante en su _____ porque sus _____ prefieren hablar en _____.

9.40 _La Prensa._ Complete las siguientes oraciones con información sobre _La Prensa_.

1. El Sr. Tino Durán es un _____ de _____ y él publica un _____
   llamado _____. Es un periódico _____.
2. _La Prensa_ comenzó en _____. El fundador fue _____. El Sr. _____ y
   su esposa revivieron el periódico en _____.
3. _La Prensa_ tiene _____ circulaciones. El _____ es un tabloide con una
   circulación de _____ ejemplares. El _____ tienen otra publicación grande
   con formato grande y _____.

9.41 Chris Marrous. Con un(-a) compañero(-a) de clase, expliquen por qué Chris
Marrous aprendió el español y cuáles fueron las ventajas de aprenderlo.

9.42 Brent Gilmore. Con un(-a) compañero(-a) de clase, hagan una descripción de Brent
Gilmore, contestando todas las siguientes preguntas. ¿Por qué aprendió Brent Gilmore el
español? ¿Adónde fue para aprenderlo? ¿Cómo es su español? ¿Por qué es importante que
Brent hable español? Para Brent, ¿cuáles son las ventajas de hablar español?

Después de mirar

9.43 Semejanzas y diferencias. En grupos de tres o cuatro, comparen el uso del español y
de la cultura hispana de la ciudad de San Antonio, Texas, con otra ciudad de los EE.UU.
que Uds. conocen. ¿Cuáles son las semejanzas y diferencias entre las dos ciudades?

9.44 La defensa de una opinión. ¿Qué evidencia oral y/o visual hay en el vídeo que
confirma la siguiente idea? Hablar español es una ventaja en la vida profesional.

Para leer bien

Identifying Point of View

Prereading and decoding are two steps that lead to comprehension. Comprehension is a global task and involves assigning meaning to the entire reading selection. In reading selections containing material that is simple to understand, comprehension may result merely from using prereading techniques and from decoding key words and phrases. Comprehension of more complex reading selections will involve more than just these initial two stages. One key to comprehension is the identification of point of view. The authors of articles and editorials frequently present their own ideas and try to convince the reader to accept these same ideas or point of view. You need to learn to identify these points of view in order to comprehend and interpret the selection. The following techniques will aid you in this process.

1. **Identify the main theme.** Using prereading techniques, identify the main theme of the reading. Decide if the author is merely relaying information or is trying to present an idea and convince you of his / her point of view.

2. **Identify the point of view.** If the author is trying to present a point of view and convince you of its worth, you as the reader must identify that point of view using some of the following techniques.

   a. Find out information about the author that will provide clues as to his / her beliefs. Ask yourself: Who is the author? Where is he / she from? Where and for whom does he / she work? With what political / religious / social group(s) is he / she associated?
   b. As you decode, make a mental list or outline of the main points or ideas of the article.

3. **Evaluate the point of view.** As a reader, you need to decide if the author's point of view is valid.

   a. Decide if the main points are presented logically and clearly.
   b. Decide if the author is trying to convince you through emotional appeal or logic and reasoning.
   c. Ask if the main points are supported with legitimate examples, statistics, or research.

4. **Agree or disagree with the point of view.**

   a. Does the author's point of view depend on special circumstances or cultural background?
   b. Does the author's point of view correspond to your background, experience, and beliefs?
   c. Does the article reinforce or change your opinion?

Antes de leer

9.45 El tema. Dé un vistazo al título, a las fotos y al primer párrafo para determinar el tema del artículo.

9.46 La periodista. Lea el párrafo siguiente sobre la periodista que escribió el artículo de la **Lectura cultural** de este capítulo. Decida qué información puede influir en el punto de vista de la autora.

> La persona que escribió el artículo que sigue es una periodista española llamada Ana Isabel Zarzuela. El artículo fue publicado en la revista española *Cambio 16,* que se publica cada semana y se especializa en noticias sobre política, economía, cultura y sociedad.

9.47 El punto de vista. Lea los dos primeros párrafos de la lectura a continuación. Decida si la periodista está informando al lector o si está tratando de convencerlo de algo.

9.48 Un idioma emergente. Explique lo que significa la frase «un idioma emergente». ¿Está Ud. de acuerdo con lo que dice la periodista en los dos primeros párrafos? ¿Por qué?

A leer

9.49 El punto de vista. Mientras que Ud. lee el artículo «El español: un idioma emergente», haga una lista mental o escrita de las ideas principales y trate de decidir si estas ideas son válidas según la evidencia presentada. También decida si Ud. está de acuerdo con el autor.

El español: un idioma emergente

*M*ás de 500 millones de personas hablan hoy español. Reforzada° por una rica tradición cultural, la lengua española goza de una amplia presencia internacional. El español se ha convertido en° un idioma emergente que aspira a ser la segunda lengua mundial.

El gran crecimiento° demográfico de las sociedades latinoamericanas y la pervivencia° del español en plazas° históricas, sostienen en parte esa emergencia. Pero hay otras razones.

Brasil se ha convertido en uno de los mercados más potentes para la literatura y la música hispana, con un crecimiento del 500 por ciento, en los dos últimos años. La enseñanza del español ha aumentado° tanto que 50 centros universitarios ofrecen licenciaturas° en español, y el Ministerio de Educación brasileño calcula que en los próximos años el país podría necesitar 210.000 profesores de español, sobre todo, si finalmente se aprueba° el español como materia obligatoria en la enseñanza secundaria.

En Asia Oriental la curiosidad por la cultura latina y el deseo de estrechar lazos° económicos abren las puertas al español, que es ya la segunda lengua más estudiada en las universidades japonesas.

Pero el avance más espectacular es el que esta lengua ha vivido en los EE.UU. En los EE.UU. el español prospera y no sólo entre la comunidad hispana, ya que casi 80 millones de estadounidenses lo utilizan como segunda lengua. Además, los más de 37.400.000 hispanos que viven en el país, su creciente peso° político, su potencial económico y la proliferación de medios de comunicación en español, han impulsado esa emergencia.

Reinforced

become

growth
survival / centers

increased
degree programs

is approved
tighten bonds

weight

Nuevos ciudadanos hispanos en los EE.UU.

Hoy es más fácil, que en ningún otro momento de la historia, ser hispano y vivir el español en los EE.UU. El factor de crecimiento demográfico es el principal elemento de la fuerza de los hispanos que viven en los EE.UU. Según proyecciones de la oficina del Censo, con base en Washington, D.C., los hispanos rozarán° los cien millones de habitantes en el año 2100, cuando la población de los EE.UU. alcance° los 571 millones de personas, el doble de lo que es actualmente.

Con 100 millones de personas, los hispanos pueden marcar el ritmo de la sociedad norteamericana de finales del siglo XXI, cuando la mayoría anglosajona representará menos del 50 por ciento de la población. El resto se comprondrá° de minorías étnicas, lideradas° por la hispana.

Prueba° de la vitalidad económica de los hispanos es el aumento° del poder adquisitivo° del grupo. Además de las estaciones de radio y las cadenas de televisión, en la actualidad° existen 1.300 publicaciones periódicas°, 24 diarios° y 250 semanarios° en español en este país, que, sin duda, han contribuido a mejorar la imagen de lo hispano y aumentar la lealtad de los latinos hacia su propia lengua y cultura.

La cultura es patente° en el ámbito° musical y, sobre todo, en portales de Internet. A pesar de la aparición constante de portales latinos, es muy pequeña la proporción de contenidos en español; un dos por ciento de las páginas web publicadas en el mundo, aunque el español es la segunda lengua (después del inglés) en los medios de comunicación en Internet. Además, el español es la lengua más estudiada en colegios y universidades de los EE.UU. y existen ciudades del país, como Miami, San Antonio o, incluso, Los Ángeles, Chicago y Nueva York, donde el bilingüismo es ya una cosa normal.

Sin embargo, hay algunas personas que son más pesimistas en cuanto al uso del español en el futuro en los EE.UU., y estas personas apuntan° las estadísticas. El 98,5 por ciento de los hispanos cree que hay que aprender inglés para trabajar y obtener prestigio

will touch on
reaches

will be composed of
led
Proof / increase / buying power
at the present time
periodicals/daily papers/weekly papers

evident / sphere

point out

social y sólo un 68 por ciento habla español en su casa, a excepción de algunos estados del suroeste, donde un 82 por ciento de los hispanos mayores de cinco años utiliza el español en su vida diaria. De los hogares° donde se habla español, sólo en un 23 por ciento ningún miembro de la familia habla bien el inglés.

    El español, que ya llega a los EE.UU. con raíces° variadas —sobre todo mexicanas, cubanas y centroamericanas— se diversifica aún más en su convivencia° con el inglés. El spanglish —o Spanish U.S., como otros lingüistas prefieren llamarlo—, asume construcciones gramaticales del inglés y se termina convirtiendo en un tipo de dialecto propio. **Puchar** (to push) por «empujar», **mapear** (to mop) por «pasar la fregona» o **hablar p'atrás** (to talk back) por «contestar», son expresiones que pueblan° las conversaciones entre algunos hispanos.

    El gran reto° del español en las primeras décadas del siglo XXI será su consolidación como segunda lengua internacional. Y para eso tiene tres lugares donde se la juega°: Estados Unidos, Brasil y un espacio virtual, la sociedad de la información. Sin duda, el español del futuro será más diverso e integrado.

homes

roots
coexistence

populate

challenge
is being played out

Después de leer

9.50 ¿Cierto o falso? Identifique las oraciones falsas y corríjalas.

1. No se estudia el español fuera de los países hispanos.
2. El español aspira a ser la segunda lengua mundial.
3. El idioma español no ha cambiado a causa de su convivencia con el inglés.
4. El spanglish es muy común en Brasil.
5. El español del futuro será más diverso e integrado.
6. Según las proyecciones de la oficina del Censo, a finales del siglo XXI los anglosajones representarán el 75 por ciento de la población de los EE.UU.
7. Es más difícil hoy ser hispano y vivir el español en los EE.UU.

9.51 Las estadísticas. Muchas veces las estadísticas ayudan a defender un punto de vista. Complete las siguientes oraciones con las estadísticas acerca de la información del artículo.

1. Más de _____ de personas hablan hoy español.
2. Actualmente hay más de _____ de hispanos que viven en los EE.UU.
3. Hay casi _____ de estadounidenses que utilizan el español como segunda lengua.
4. En el año 2100 habrá _____ de hispanos dentro de los EE.UU. y la población total de los EE.UU. alcanzará los _____ de personas.
5. Actualmente existen _____ publicaciones periódicas, _____ diarios y _____ semanarios en español.
6. En Brasil hay _____ centros universitarios que ofrecen especializaciones en español.
7. El Ministerio de Educación brasileño calcula que en los próximos años Brasil podría necesitar _____ profesores de español.

9.52 Otro punto de vista. Utilizando la información del artículo, explique el punto de vista de las personas que piensan que el español no va a ser importante en los EE.UU. en el futuro.

9.53 En defensa de una opinión. ¿Qué evidencia hay en el artículo que confirma la siguiente idea? El español es un idioma emergente.

Para escribir bien

Filling Out an Application

One of the most common types of writing that many persons do on a regular basis involves filling in forms and applications. While the writing of letters, reports, papers, and compositions requires connected text, the completion of forms requires only individual words and phrases. Thus, the accuracy of filling out forms is largely dependent on your ability to read the phrases requesting information. Knowledge of the following vocabulary items should help you in most forms.

Antigüedad: Número de años que ha trabajado en el mismo lugar

Apellido(-s): El nombre de familia, como Gómez, García Fernández, Smith

Código postal (C.P.): Unos números que indican la zona postal donde Ud. vive

Colonia: Un pequeño pueblo en las afueras de una ciudad mexicana

Cónyuge: El (la) esposo(-a)

Dependencia: En México es un barrio dentro de una colonia

Dirección / Direcciones / Domicilio actual: El lugar donde Ud. vive actualmente

Empresa: Una compañía

Estado civil (Edo. civil): Casado(-a), soltero(-a), viudo(-a), divorciado(-a), separado(-a)

Estado de cuenta (Edo. de cuenta): La cuenta que recibe al fin de cada mes y que tiene que pagar

Ingreso: El sueldo o el salario; el dinero que recibe de su trabajo

Núm.: Número

Solicitante: La persona que llena la solicitud

Teléfono: El número de teléfono

Antes de escribir

9.54 Una solicitud de empleo. Llene la siguiente solicitud utilizando información personal.

SOLICITUD PERSONAL PARA LA TARJETA AMERICAN EXPRESS™

Para Uso Exclusivo de American Express	Folio	Núm. de Cuenta:

DATOS GENERALES DEL SOLICITANTE

Apellidos: Paterno   Materno   Nombre

Cómo desearía que apareciera su nombre en La Tarjeta (considere espacios)

Edad   Reg. Fed. Contribuyentes   Edo. Civil

Domicilio Actual: Calle   Núm.   Colonia

Delegación   C.P.   Ciudad   Estado

Tiempo de residir ahí   Teléfono Lada

Vive en casa: Rentada ☐   Familiares ☐   Propia ☐   Pagándola ☐
Deseo recibir mi Edo. de Cuenta: Domicilio ☐   Oficina ☐
Núm. Licencia o Pasaporte   Fecha de Nacimiento

Nombre Completo del Cónyuge   Separación de Bienes ☐
      Sociedad Conyugal ☐

Número Dependientes

Domicilio Anterior (si tiene menos de 3 años en el actual)   Calle   Núm

Colonia   Delegación   C.P

Ciudad   Estado   Tiempo de residir ahí

Es o ha sido Tarjetahabiente American Express   Sí ☐ No ☐
Cuenta Núm.

EMPLEO ACTUAL Y ANTERIOR

Nombre de la Empresa Actual

Actividad de la Empresa

Puesto   Profesión   Antigüedad

Domicilio: Calle   Núm.   Colonia   Teléfono

Delegación   C.P.   Ciudad   Estado

Nombre de la Empresa Anterior

Actividad de la Empresa

Puesto   Profesión   Antigüedad

Domicilio: Calle   Núm.   Colonia   Teléfono

Delegación   C.P.   Ciudad   Estado

INGRESOS MENSUALES COMPROBABLES

Favor de especificar Ingreso Mensual $
Otros Ingresos Mensuales $
(Fuente)
Total $
Indique cualquier información adicional para facilitar la expedición de La(s) Tarjeta(s) (bienes raíces, valores, etc.)

REFERENCIAS PERSONALES

Nombre, Domicilio, Teléfono de 3 parientes o Amigos que no vivan con Ud., indicando si tienen Tarjeta American Express
1.

2
3

REFERENCIAS BANCARIAS Y/O COMERCIALES

Bancarias (Tipo de cuenta, y Sucursal)   Núm. de Cuenta
1
2
3
Comerciales (Tarjetas de Crédito)
1
2
3
Las cuotas anuales y de inscripción le serán cargadas en su Estado de Cuenta

TARJETAS COMPLEMENTARIAS

Por favor envíenme Tarjetas Complementarias (personas mayores de 18 años solamente)
Nombre completo

Sexo   Edad   Parentesco   Fecha de Nacimiento
      Día   Mes   Año

Firma del Complementario
Lugar y Fecha

Firma del Solicitante Personal Básico

Firma del Solicitante

3I00M-VIII-87

9.55 Habilidades necesarias. Lea las descripciones de las tres composiciones dadas a continuación y escoja una según sus intereses y habilidades. Después, haga una lista de las habilidades necesarias para el puesto mencionado en la composición que Ud. escogió.

A escribir

Escriba su composición, utilizando la lista de habilidades creada en la práctica **9.55.**

9.56 Un(-a) nuevo(-a) gerente de ventas *(sales manager).* Ud. trabaja en la Oficina de Personal de una compañía que fabrica y vende computadoras. Su compañía necesita un(-a) nuevo(-a) gerente de ventas y Ud. tiene que crear una solicitud para este puesto y también un aviso para el periódico local.

9.57 Una carta de solicitud. Ud. acaba de leer un aviso para un puesto ideal. Escríbale una carta a la Oficina de Personal de la empresa en la que describa sus habilidades y aptitudes para el puesto. También explique lo que Ud. haría para la empresa. Incluya la información general pedida en una solicitud.

9.58 Una carta de recomendación. Su mejor amigo(-a) solicita empleo en una compañía grande e importante. Escríbale una carta de recomendación a la Oficina de Personal para describir a su amigo(-a). Explique lo que su amigo(-a) haría para la compañía. Incluya la información general pedida en una solicitud de empleo y también una descripción de las aptitudes de su amigo(-a).

Después de escribir

Antes de entregarle su composición a su profesor(-a), Ud. debe leerla de nuevo y corregir los errores. Preste atención a la información general de una solicitud. ¿Ha incluido Ud. toda la información necesaria? Revise el vocabulario para el puesto, la oficina y la empresa. También revise los verbos.

INTERACCIONES

9.59 La agencia de empleos. Your agency has placed an ad in the paper for openings in a large corporation specializing in electronics and appliances. The openings include a sales manager, advertising director, accountant, and computer programmer. Interview four classmates for the positions. Find out if they have the necessary qualifications, experience, and personality for one of the four jobs.

9.60 El (La) nuevo(-a) supervisor(-a). You have applied for a new position as supervisor of a large department in an important company. Explain to the interview team (played by your classmates) what you would do as their new supervisor to improve the company. Explain your personal skills and exceptional qualities.

9.61 El (La) consejero(-a). You are a job counselor for undergraduates who are trying to finalize career plans. Interview a classmate and discuss the type of job he / she wants as well as the exceptional qualities he / she has that would be appropriate for the job.

9.62 El trabajo ideal. Explain what your ideal job would be like. Explain where the job would be located, what your boss and other employees would be like, what type of salary and benefits you would receive, what responsibilities you would have, and what tasks you would perform.

 Para saber más: http://interacciones.heinle.com

Capítulo 10

En la empresa multinacional

Una compañía multinacional

CULTURAL THEMES

The Hispanic community: Chicanos

Hispanic business and banking

COMMUNICATIVE GOALS

Making a business phone call

Discussing completed past actions

Explaining what you hope has happened

Discussing reciprocal actions

Doing the banking

Talking about actions completed before other actions

Explaining duration of actions

Expressing quantity

PRIMERA SITUACIÓN

PRESENTACIÓN

Quisiera hablar con el jefe

Práctica y conversación

10.1 ¿Quién lo hace? ¿Quién hace las siguientes actividades?

1. Crea los anuncios comerciales.
2. Explica los reglamentos de comercio.
3. Ejecuta los pedidos.
4. Atiende al público.
5. Trabaja con números.
6. Archiva los documentos.
7. Resuelve los problemas legales.
8. Crea los programas para la computadora.

10.2 En la oficina. En el dibujo de la **Presentación** hay varios grupos de personas. Con un(-a) compañero(-a) de clase, escojan un grupo y dramaticen su conversación a la clase.

10.3 ¿Está el Sr. Gómez? ¿Cuáles son las ventajas de usar un teléfono contestador? ¿Hay desventajas? ¿Qué diferencias hay entre un teléfono contestador y un contestador automático *(answering machine)*?

10.4 Creación. En una narración cuente lo que pasa en el dibujo de la **Presentación.**

VOCABULARIO

El personal	Personnel
el (la) abogado(-a)	*lawyer*
el (la) accionista	*stockbroker*
el (la) contador(-a)	*accountant*
el (la) ejecutivo(-a)	*executive*
el (la) especialista en computadoras	*computer specialist*
el (la) financista	*financier*
el (la) gerente	*manager*
el hombre (la mujer) de negocios	*businessman, businesswoman*
el (la) jefe(-a)	*boss*
el (la) oficinista	*office worker*
el (la) operador(-a) de computadoras	*computer operator*
el (la) programador(-a)	*programmer*
el (la) publicista	*advertising person*
el (la) recepcionista	*receptionist*
el (la) representante de ventas	*sales representative*
el (la) secretario(-a)	*secretary*

Las respon-sabilidades	Responsibilities
archivar los documentos	*to file documents*
atender (ie) al público	*to attend to the public*
cumplir pedidos	*to fill orders*
entender (ie) los reglamentos del comercio de exportación y de importación	*to understand the regulations of export and import trade*

exportar productos	*to export products*
hacer publicidad	*to advertise*
importar productos	*to import products*
ofrecer servicios	*to offer services*
pagar los derechos de aduana	*to pay duty taxes*
resolver (ue) los problemas	*to solve problems*
trabajar con números	*to work with numbers*
trabajar con tecnología avanzada	*to work with advanced technology*

ASÍ SE HABLA

Making a Business Phone Call

OPERADORA:	Petróleos del Suroeste, buenas tardes.
SR. ROBLES:	Buenas tardes. Quisiera hablar con el Sr. Gamarra, por favor.
OPERADORA:	El Sr. Gamarra está en una reunión. ¿Quisiera dejar algún mensaje?
SR. ROBLES:	Sí, por favor. Dígale que llamó el Sr. Robles y que ya he cumplido con todos sus pedidos. Me hubiera gustado hablar con él, pero si no es posible ahora, por favor dígale que me llame lo más pronto posible.
OPERADORA:	Le haré presente.
SR. ROBLES:	Muchas gracias, señorita.

To make and/or answer a business telephone call, you can use the following phrases.

Party making call:

Con el (la) señor(-a)... , por favor.	*(I'd like to talk to) Mr. / Mrs. . . . , please.*
Quisiera hacer una cita con... , por favor.	*I would like to make an appointment with . . . , please.*
¿Podría dejarle un mensaje?	*Could I leave him / her a message?*
Dígale por favor que...	*Please tell him / her that . . .*
Llamaré más tarde.	*I'll call later.*
Se lo agradezco.	*I appreciate it.*

Party answering call:

El (La) señor(-a) no se encuentra / está en la otra línea / en una reunión.	*Mr. / Mrs. . . . is not in / is on the other line / is in a meeting.*
¿Quisiera dejar algún mensaje?	*Would you like to leave a message?*
Muy bien, le daré su mensaje.	*Very well, I'll leave him / her your message.*
¿Para cuándo quisiera la cita?	*When would you like your appointment for?*
¿El... a las... estaría bien?	*Would . . . at . . . be convenient for you?*

Práctica y conversación

10.5 Por favor con... Con un(-a) compañero(-a), dramaticen la siguiente situación.

Recepcionista	Cliente
1. ¡Riiiin! ¡Riiiin! Ud. responde.	2. Ud. quiere hablar con el Sr. Retes.
3. El Sr. Retes está ocupado.	4. Ud. quiere dejar un mensaje.
5. Ud. responde.	6. Ud. agradece y se despide.

10.6 ¿Con la Dra. Astete, por favor? En grupos, un(-a) estudiante hace el papel de recepcionista, otro(-a) el papel de la Dra. Astete y otro(-a) el papel de paciente. **Situación:** Ud. quiere pedir una cita con la Dra. Astete, pero sólo puede ir el lunes, miércoles o viernes por la tarde, después de las tres. La doctora está muy ocupada y la recepcionista no puede conseguirle nada que le convenga. Ud. pide hablar con la doctora y le presenta su problema. Llegan a un acuerdo.

ESTRUCTURAS

Discussing Completed Past Actions
Present Perfect Tense

The present perfect tense is used to express a completed action in the past in both Spanish and English. In English this tense is formed with the present tense of the auxiliary verb *to have* + *the past participle: I **have** already **solved** the problem and Enrique **has filled** the order.*

Present Perfect Tense		
haber	**+**	**past participle**
he		-AR
has		pagado
ha		-ER
hemos		vendido
habéis		-IR
han		decidido

Tener = *to have, possess;* **haber** = *to have* and is used only as an auxiliary verb: **Hemos comprado un nuevo edificio. El edificio tiene seis pisos.**

The past participle is invariable. **Raúl ha trabajado. Susana ha trabajado.**

a. In Spanish the present perfect indicative is formed with the present tense of the auxiliary verb **haber** followed by the past participle of the main verb. The past participle used in a perfect tense is invariable; it never changes form regardless of the gender or number of the subject.

b. The past participle of regular **-ar** verbs is formed by adding **-ado** to the stem: **trabajar → trabaj- → trabajado.** The past participle of regular **-er** and **-ir** verbs is formed by adding **-ido** to the stem: **comprender → comprend- → comprendido; cumplir → cumpl- → cumplido.**

c. Some common verbs have irregular past participles.

abrir	**abierto**	poner	**puesto**
cubrir	**cubierto**	resolver	**resuelto**
decir	**dicho**	romper	**roto**
escribir	**escrito**	ver	**visto**
hacer	**hecho**	volver	**vuelto**
morir	**muerto**		

Note that compound verbs formed from the verbs in the above chart will show the same irregularities in the past participle: **envolver → envuelto** = *wrapped;* **descubrir → descubierto** = *discovered.*

d. Past participles of **-er** and **-ir** verbs whose stem ends with **-a, -e,** or **-o** use a written accent over the **i** of the participle ending: **traer → traído; leer → leído; oír → oído.**

e. Reflexive and object pronouns must precede the conjugated verb **haber.**

—¿**Le has hablado** al Sr. Ruiz
esta mañana?

—No, no **le he hablado** pero
le he escrito una carta.

Have you spoken to Mr. Ruiz this
morning?

No, I haven't spoken to him but I
have written him a letter.

f. The present perfect is often used to express an action that was very recently completed
or an event that is still affecting the present. In Spain this tense is often used as a
substitute for the preterite.

—¿**Has resuelto** el problema con
la aduana?

—Todavía no. Pero **he hablado**
con el agente muchas veces.

Have you solved the problem with
customs?

Not yet. But I have talked with the
agent many times.

Práctica y conversación

10.7 Mi último empleo. Su compañero(-a) de clase hace el papel de jefe y quiere saber lo
que Ud. ha hecho en su último empleo. Conteste sus preguntas.

Modelo   trabajar con números
    Compañero(-a):   **¿Ha trabajado Ud. con números?**
      Usted: **Sí, he trabajado con números.**

archivar los documentos / hacer publicidad / resolver problemas / trabajar con
tecnología avanzada / tomar decisiones / escribir informes / usar una computadora

10.8 Antes de llegar. Diga seis cosas que Ud. ha hecho hoy antes de llegar a la universidad.

10.9 Entrevista. Hágale preguntas a su compañero(-a) de clase sobre sus experiencias.

Pregúntele...

1. dónde ha tenido empleo.
2. si ha atendido al público.
3. si se ha llevado bien con los clientes.
4. si ha usado un procesador de textos.
5. si ha trabajado horas extras.
6. si ha sido despedido(-a) por alguna compañía.
7. ¿?

Explaining What You Hope Has Happened
Present Perfect Subjunctive

When you explain what you hope or doubt has already happened, you will need to use the present perfect subjunctive.

Present Perfect Subjunctive		
haber	**+**	**past participle**
haya		-AR
hayas		pagado
haya		-ER
hayamos		vendido
hayáis		-IR
hayan		decidido

a. The present perfect subjunctive is formed with the present subjunctive of the auxiliary verb **haber** followed by the past participle.

b. The same expressions that require the use of the present subjunctive can also require the use of the present perfect subjunctive.

Me alegro / Espero / Dudo / Es mejor que **hayan pagado** los derechos de aduana.

I'm happy / I hope / I doubt / It's better that they have paid the duty taxes.

You can review the expressions that require the subjunctive as follows: expressions of hope, desire, command, and request: **Capítulo 5, Segunda situación;** expressions of judgment, doubt, and uncertainty: **Capítulo 6, Segunda situación.**

c. The present perfect subjunctive is used instead of the present subjunctive when the action of the subjunctive clause occurred before the action of the main clause. Compare the following examples.

Espero que **archives** los documentos.

I hope that you (will) file the documents.

Espero que ya **hayas archivado** los documentos.

I hope that you have already filed the documents.

No creo que **tengan** problemas con la computadora —es nueva.

I don't think that they are having problems with the computer— it's new.

No creo que **hayan tenido** problemas con la computadora —sólo con la fotocopiadora.

I don't think that they have had problems with the computer— only with the photocopier.

Práctica y conversación

10.10 En la oficina. Las siguientes personas están trabajando en un proyecto importantísimo. Diga lo que Ud. espera que ellos ya hayan hecho.

Modelo   el abogado / resolver los problemas legales
Espero que el abogado haya resuelto los problemas legales.

1. el programador / crear el software multimedia
2. la financista / trabajar con el presupuesto
3. el publicista / terminar los anuncios
4. la ejecutiva / tomar decisiones importantes
5. el oficinista / archivar todos los documentos
6. la representante de ventas / cumplir los pedidos

10.11 Espero... Ud. acaba de salir de una entrevista de trabajo y ahora está pensando en el puesto. Complete las siguientes frases usando el presente perfecto del subjuntivo de los verbos que se presentan a continuación.

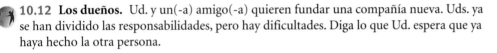

dar   decidir   demostrar   hablar   hacer   leer

1. Espero que _____ las cartas de recomendación.
2. Ojalá que yo _____ bastante confianza.
3. Dudo que yo _____ demasiadas preguntas.
4. Ojalá que _____ con mi último supervisor.
5. No creo que le _____ el puesto a otro aspirante.
6. Espero que _____ ofrecerme el puesto.

10.12 Los dueños. Ud. y un(-a) amigo(-a) quieren fundar una compañía nueva. Uds. ya se han dividido las responsabilidades, pero hay dificultades. Diga lo que Ud. espera que ya haya hecho la otra persona.

10.13 Los hombres y las mujeres de negocios. Ud. es un(-a) ejecutivo(-a) de una empresa multinacional y dos de sus empleados(-as) han ido en viaje de negocios a Latinoamérica. Uno(-a) de ellos (ellas) tenía que resolver los problemas de aduana y el (la) otro(-a) tenía que entrevistarse con los financistas de los diferentes países. Ud. los (las) llama por teléfono para saber qué han hecho y para decirles qué Ud. espera que ya hayan hecho.

Discussing Reciprocal Actions

Reciprocal *nos* and *se*

English uses the phrases *each other* or *one another* to express reciprocal actions. *The couple met each other while working in a firm in Los Angeles.*

a. Spanish uses the plural reflexive pronouns **nos, os, se** to express reciprocal or mutual actions.

1. **nos** + *1st-person plural verb*: **nos escribimos** = *we write to each other.*
2. **os** + *2nd-person plural verb*: **os escribís** = *you write to each other.*
3. **se** + *3rd-person plural verb*: **se escriben** = *they write to each other.*

Armando y Dolores **se conocieron** en la oficina. Ahora **se ven** a menudo.	*Armando and Dolores met at the office. Now they see each other frequently.*

b. Because the reflexive and reciprocal forms are identical, confusions can arise. Compare the following examples.

Armando y Dolores **se conocen** bien.	*Armando and Dolores know themselves well.* *Armando and Dolores know each other well.*

c. The forms **el uno al otro, la una a la otra, los unos a los otros, las unas a las otras** are used to clarify or emphasize a reciprocal action. Note that the masculine forms are used unless both persons are female.

Armando y Dolores se conocen bien **el uno al otro.**	*Armando and Dolores know each other well.*
Cada semana Anita y Marta se escriben **la una a la otra.**	*Anita and Marta write each other every week.*

Práctica y conversación

10.14 Las amigas. Ana y Bernarda son secretarias de una oficina muy grande. Explique lo que hacen y cuándo lo hacen.

> **Modelo**   escribir notas
> **Ana y Bernarda se escriben notas a menudo.**

hablar / ver / ayudar / llamar por teléfono / entender / reunir / ¿?

10.15 ¡Mis compañeros son terribles! Ud. está en un hotel en Texas en un viaje de negocios con dos compañeros(-as) de trabajo. Desafortunadamente, ellos (ellas) tienen un carácter terrible y se han peleado todo el tiempo. Ud. habla con ellos (ellas) y les reclama. Ellos (Ellas) niegan todo.

> **Modelo**   USTED: ¡Jorge, Esteban, no aguanto más! Uds. se pelean todo el tiempo.
> ELLOS: ¡Eso es falso! Nosotros no nos gritamos.

gritar / mirar con desdén / mentir / ignorar / insultar / ¿?

10.16 En la empresa. Ud. es un(-a) empleado(-a) en una empresa y su amigo(-a) quiere saber cómo es la relación que tiene Ud. con sus compañeros(-as) de trabajo. Ud. le explica.

Interacciones CD-ROM: **Capítulo 10, Primera situación**

Para saber más: http://interacciones.heinle.com

SEGUNDA SITUACIÓN

PRESENTACIÓN

En el banco

Práctica y conversación

10.17 Situaciones. ¿Qué debe hacer Ud. en las siguientes situaciones?

1. Ud. quiere pagar con cheques pero sólo tiene cuenta de ahorros.
2. Necesita comprar una casa pero no tiene suficiente dinero.
3. Gasta más dinero de lo que gana.

4. No quiere pagar con dinero en efectivo.
5. Tiene muchos documentos importantes que deben estar en un lugar seguro.
6. Necesita suelto pero sólo tiene billetes.
7. Necesita pesos pero sólo tiene dólares.

10.18 Préstamos a la mano. Utilizando el anuncio a continuación, diga qué tipo de préstamo van a pedir los siguientes clientes en NationsBank.

1. La cocina de la casa de los Hernández es muy vieja y necesitan renovarla.
2. Celia Prieto necesita un coche nuevo para ir a su trabajo.
3. José Roque va a casarse y necesita dinero para la luna de miel.
4. Manuel Castellanos y su esposa viven en un apartamento pero quieren comprar una casa.
5. Fernando y Marta Torres necesitan dinero para pagar la matrícula universitaria de sus hijos. No tienen dinero en una cuenta de ahorros pero sí tienen una casa.

Préstamos A La Mano.

Un carro nuevo, un cuarto para el bebé que viene en camino, o una buena educación. En NationsBank nos dedicamos a ayudarle hacer sus sueños realidad con los productos y servicios de préstamo que ofrecen las tasas de interés y flexibilidad que usted necesita.

Hipotecas: Abra las puertas al hogar de sus sueños (o refinancié la suya).

Mejoras Al Hogar: Dele la nueva cara que su hogar merece y que esté a su alcance.

Préstamos Para Automóviles: Siéntese al timón del carro de sus sueños sin dar vueltas.

Líneas De Crédito: Dese el lujo de unas vacaciones bién merecidas.

Préstamos Sobre El Valor Neto De La Vivienda: Ha trabajado por su casa, póngala a trabajar por usted y descubra posibles ahorros en sus impuestos.*

NationsBank

Como Tener Un Banquero En La Familia.

Visite su sucursal NationsBank más cercana, o llame gratis al 1-800-688-6086 y pregunte acerca de los préstamos que le ayudarán hacer sus sueños realidad.

El crédito está sujeto a aprobción. Consulte a su asesor de impuestos o contador para determinar si las limitaciones sobre deducciones le aplican a usted. NationsBank, N.A. (del Sur). Miembro FDIC. ☎ Ofreciendo Igualdad en Oportunidades de Préstamo Hipotecario. ©1996 NationsBank Corporation.

 10.19 En el banco. Con un(-a) compañero(-a) de clase, dramaticen la conversación entre la cajera y el cliente en el dibujo de la **Presentación.**

10.20 Creación. En una narración cuente lo que pasa en el dibujo de la **Presentación.**

VOCABULARIO

El dinero	Money
el billete	bill
la chequera (A) el talonario (E)	checkbook
la cuenta corriente	checking account
de ahorros	savings account
el dinero en efectivo	cash
el giro al extranjero	foreign draft
la moneda	coin
el sencillo el suelto	loose change
la tarjeta de crédito	credit card
el vuelto	change returned

El préstamo	Loan
la fecha de vencimiento	due date
el pago inicial	down payment
mensual	monthly payment
la tasa de interés	interest rate
pagar a plazos	to pay in installments
pedir (i, i) prestado	to borrow

Actividades bancarias	Banking activities
ahorrar	to save
alquilar una caja de seguridad	to rent a safety deposit box
cambiar dinero	to exchange currency
cobrar un cheque	to cash a check
depositar ingresar	to deposit
invertir (ie, i)	to invest
pedir (i, i) consejo financiero	to ask for financial advice

retirar dinero sacar dinero	to withdraw money
saber la tasa de cambio	to find out the rate of exchange
solicitar una hipoteca	to apply for a mortgage
verificar el saldo de la cuenta bancaria	to verify the bank account balance

La economía	Economy
la balanza de pagos	balance of payments
el consumo	consumption
el costo de vida	cost of living
el desarrollo	development
la evasión fiscal	tax evasion
la inflación	inflation
el presupuesto	budget
el reajuste de salarios	salary adjustment
la reforma fiscal	tax reform
la renta	income
el subdesarrollo	underdevelopment

ASÍ SE HABLA

Doing the Banking

ALEXANDRA: No lo puedo creer. Había encontrado mi chequera pero la he vuelto a perder.

MARIO: ¿Otra vez? Pero, ¿dónde tienes la cabeza? Tú pierdes la chequera quinientas veces al día. ¿Qué te pasa, Alexandra? Voy a tener que cancelar nuestra cuenta mancomunada y abrir una personal.

ALEXANDRA: No sé, no sé, no sé. No me atormentes. Hace dos horas que la busco pero no la encuentro.

MARIO: Bueno, cálmate, pues. A ver, dime ¿cuándo fue la última vez que la viste?

ALEXANDRA: Ayer. Yo había planeado ir al banco esta tarde y sacar dinero para pagarle a Marianita. ¡Ay, Dios mío, me voy a morir!

MARIO: No te vas a morir. A ver piensa, piensa.

ALEXANDRA: A ver, a ver...

When doing the banking, you can use the following expressions.

Quisiera abrir una cuenta corriente / de ahorros.	*I would like to open a checking / savings account.*
Quisiera cerrar mi cuenta corriente / de ahorros.	*I would like to close my checking / savings account.*
¿Qué interés paga una cuenta a plazo fijo?	*What is the interest rate on a fixed account?*
He perdido mi libreta / chequera.	*I have lost my savings book / checkbook.*
Quisiera retirar... de mi cuenta.	*I would like to withdraw . . . from my account.*

Quisiera depositar... en mi cuenta.	*I would like to deposit . . . in my account.*
¿Me podría dar mi estado de cuenta?	*Could you give me my bank statement?*
Quiero una cuenta personal / mancomunada.	*I want a personal / joint account.*
¿Me van a dar una chequera provisional?	*Are you going to give me a temporary checkbook?*

Práctica y conversación

10.21 En el banco. Ud. va al banco a hacer varias cosas. ¿Qué le dice al (a la) empleado(-a) si Ud. quiere... ?

1. saber cuánto dinero tiene en su cuenta de ahorros
2. retirar $5.000 dólares de su cuenta de ahorros
3. abrir una cuenta corriente nueva a nombre suyo y de su hermano
4. depositar $5.000 dólares en esa cuenta
5. una chequera provisional
6. saber cuánto interés gana una cuenta de ahorros a plazo fijo

10.22 Banco «La Seguridad». Trabajen en parejas. Ud. se va a casar y necesita mucho dinero. Por eso, va al banco La Seguridad para pedir información acerca de los préstamos que dan (tasa de interés, fecha de vencimiento, pago mensual, etc.) y para abrir una nueva cuenta de ahorros. Hable con un(-a) empleado(-a). Él (Ella) le ayudará en todo.

ESTRUCTURAS

Talking About Actions Completed Before Other Actions

Past Perfect Tense

The perfect tenses describe actions that are already completed. The past perfect tense (sometimes called the pluperfect tense) is used to describe or discuss actions completed before another action. *I **had** already **gone** to the bank when Sr. Fonseca called.*

Past Perfect Tense		
haber	**+**	**past participle**
había		-AR
habías		prestado
había		-ER
habíamos		aprendido
habíais		-IR
habían		invertido

a. In Spanish the past perfect indicative is formed with the imperfect of **haber** + *past participle* of the main verb.

b. The past perfect is used in a similar manner in both English and Spanish. It expresses an action that was completed before another action, event, or time in the past. The expressions **antes, nunca, todavía,** and **ya** may help indicate that one action was completed prior to others.

Todavía no habíamos depositado todos los cheques.	*We still had not deposited all the checks.*
Mario **ya había sacado** el dinero cuando llegó el jefe.	*Mario had already withdrawn the money when the boss arrived.*

Práctica y conversación

10.23 En el banco. ¿Qué habían hecho ya estas personas en el banco ayer a las cinco?

1. la Sra. Gómez / alquilar una caja de seguridad
2. nosotros / cobrar un cheque
3. el Sr. Ochoa / solicitar una hipoteca
4. María / sacar dinero en efectivo
5. Uds. / verificar el saldo de la cuenta corriente
6. Tomás / pedir consejo financiero
7. yo / depositar dinero en la cuenta de ahorros

10.24 Actividades bancarias. Ud. tiene mucho cuidado con los asuntos financieros. Explique cuándo había hecho las siguientes actividades.

> **Modelo**   Verifiqué el saldo de la cuenta de ahorros. Retiré dinero.
> **Ya había verificado el saldo de la cuenta de ahorros cuando retiré dinero.**

1. Averigüé la tasa de interés. Pedí un préstamo.
2. Deposité el dinero. Cobré un cheque.
3. Pedí consejo financiero. Invertí mucho dinero.
4. Averigüé la tasa de cambio. Cambié dinero.
5. Verifiqué el saldo de la cuenta corriente. Cobré un cheque.

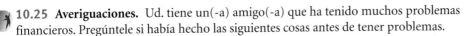 **10.25 Averiguaciones.** Ud. tiene un(-a) amigo(-a) que ha tenido muchos problemas financieros. Pregúntele si había hecho las siguientes cosas antes de tener problemas.

> solicitar una hipoteca / pedir dinero prestado / alquilar una caja de seguridad / pedir una tarjeta de crédito / pedir consejo financiero / ¿?

Explaining Duration of Actions

Hace and *llevar* in Time Expressions

In Spanish there are two basic constructions to discuss the duration of actions or situations. These constructions are very different from their English equivalents.

a. Hace + *expressions of time*

Note. In the Spanish expressions the verb is in the present tense, while in the English expression the verb is in the present perfect progressive. **Hace dos años que Roberto trabaja en el banco** = *Roberto **has been working** in the bank for two years.*

Question

¿Cuánto tiempo hace que... (**no**) + *present tense verb?*	*(For) How long* + *has / have* + *subject* + *been* + *-ing* form of verb?
¿Cuánto tiempo hace que tu hijo ahorra para un coche?	*How long has your son been saving for a car?*

Answer

1. **Hace** + *unit of time* + **que** + *subject* + (**no**) + *present tense of verb*
   Hace dos años que Jorge ahorra y todavía no tiene suficiente dinero.

   Subject + *has / have* + *been* + *-ing* form of verb + *for* + *unit of time*

   Jorge has been saving for two years and he still doesn't have enough money.

2. *Subject* + (**no**) + *present tense* + **desde hace** + *unit of time*
   Jorge ahorra **desde hace** dos años.

   Subject + *has / have* + *been* + *-ing* form of verb + *for* + *unit of time*
   Jorge has been saving for two years.

Note that either variation of the Spanish answer has the same English equivalent.

b. Llevar + *expression of time*

Question

¿Cuánto tiempo + *present tense of* **llevar** + (*subject*) + *gerund?*	*(For) How long* + *has / have* + *subject* + *been* + *-ing* form of verb?
¿Cuánto tiempo llevas trabajando en este banco?	*How long have you been working in this bank?*

Affirmative answer

(Subject) + **Llevar** *in present tense + unit of time + gerund*
Llevo seis meses trabajando aquí.

Subject + *has / have + been + -ing* form of verb + unit of time
I have been working here for six months.

Negative answer

Llevar *in present tense + unit of time +* **sin** *+ infinitive*
Llevo tres años **sin** ahorrar dinero.

Subject + *has / have + not +* past participle + *for* + unit of time
I haven't saved money for three years.

Práctica y conversación

10.26 ¿Cuánto tiempo? Su compañero(-a) de clase quiere saber cuánto tiempo hace que Ud. hace las siguientes actividades. Conteste sus preguntas.

> **Modelo**   recibir los pagos mensuales / 10 meses
> COMPAÑERO(-A): **¿Cuánto tiempo hace que recibes los pagos mensuales?**
> USTED: **Hace 10 meses que recibo los pagos mensuales.**

1. esperar para hablar con el cajero / media hora
2. pagar a plazos / 8 meses
3. tener una cuenta corriente / 2 años
4. trabajar en este banco / 5 años
5. invertir en las acciones / 3 meses
6. depositar dinero en este banco / 8 semanas
7. ahorrar dinero / 6 meses

10.27 Mucho tiempo. ¿Cuánto tiempo llevan las siguientes personas en las actividades mencionadas?

> **Modelo**   el Sr. Rojas / 1 año / trabajar en este banco
> **El Sr. Rojas lleva un año trabajando en este banco.**

1. los empleados / 2 años / no recibir un reajuste de salarios
2. Raúl / 3 meses / buscar otro empleo
3. mis padres / 5 años / pedir consejo financiero
4. nosotros / muchos años / pagar impuestos sobre la renta
5. tú / 3 años / alquilar una caja de seguridad
6. la compañía / 6 meses / resolver los problemas financieros

10.28 Entrevista. Ud. es un(-a) empleado(-a) bancario(-a) y necesita información acerca de un(-a) cliente que solicita un préstamo.

Pregúntele cuánto tiempo hace que...

1. vive en la ciudad.
2. está casado(-a).
3. trabaja en la compañía Petróleos Sudamericanos.
4. tiene cuenta en el banco.
5. solicitó una hipoteca.

Expressing Quantity

Using Numbers

Numbers are used for many important situations and functions such as counting, expressing age, time, dates, addresses and phone numbers as well as in making purchases and doing the banking.

100	cien, ciento	1.000	mil
200	doscientos	1.001	mil uno
300	trescientos	1992	mil novecientos noventa y dos
400	cuatrocientos	100.000	cien mil
500	quinientos	1.000.000	un millón
600	seiscientos	2.000.000	dos millones
700	setecientos	100.000.000	cien millones
800	ochocientos		
900	novecientos		

a. **Cien** is used instead of **ciento**

1. before any noun.
   cien pesos   cien cajas
2. before **mil** and **millones.**
   100.000 = cien mil   100.000.000 = cien millones

b. The word **ciento** is used with the numbers 101–199.

   101 = ciento uno   175 = ciento setenta y cinco

c. The masculine forms of the numbers 200–999 are used in counting and before masculine nouns. The feminine forms are used before feminine nouns.

   361 pesos = trescient**os** sesenta y **un** pesos
   741 cajas = setecient**as** cuarenta y **una** cajas

d. The word **mil** = *one thousand* or *a thousand*: 20.000 = **veinte mil. Mil** becomes **miles** only when it is used as a noun; in such cases, it is usually followed by **de.**

   En el banco hay **miles de** monedas.   *In the bank there are thousands of coins.*

> **Note:** In some Spanish-speaking countries a decimal point is used in numbers where English uses a comma and vice versa.

e. The Spanish equivalent of *one million* is **un millón;** the plural form is **millones.** *One billion* is **mil millones. Millón** and **millones** are followed by **de** when they immediately precede a noun.

   $1.000.000 = un millón **de** dólares
   $2.100.000 = dos millones cien mil dólares
   $25.000.000 = veinticinco millones **de** dólares

Práctica y conversación

10.29 Vamos a contar. Cuente en español de 100 a 1.000, de cien en cien. Ahora, cuente de 1.000 a 10.000, de mil en mil.

10.30 En el banco. Ud. trabaja en el departamento internacional de un banco. ¿Cuánto dinero recibe el banco hoy?

1. 5.000.000 (euros)
2. 17.000.000 (dólares)
3. 23.000.000 (pesos)
4. 47.000.000 (bolívares)
5. 61.000.000 (sucres)
6. 83.000.000 (soles)

10.31 El inventario. Cada año hay que contar lo que hay en la oficina. Telefonee a su colega en la oficina de Caracas y léale su inventario.

1. 867 sillas
2. 571 documentos
3. 1.727 engrapadoras
4. 2.253 carpetas
5. 441 calculadoras
6. 381 impresoras
7. 137 computadoras
8. 690 escritorios

10.32 Inversiones. Ud. es asesor(-a) financiero(-a) y está hablando con uno de los gerentes de una compañía multinacional. Dígale cómo, dónde y qué cantidades de dinero debe invertir. Él (Ella) tendrá sus propias ideas.

Modelo   USTED: **Definitivamente con los intereses que está pagando le aconsejo que invierta dos millones en una cuenta a plazo fijo en el Banco La Nación.**

GERENTE: **Dos millones es mucho. Quizás sólo cien mil dólares.**

¿QUÉ OYÓ UD.?

Reporting What Was Said

Un banco multinacional

*Sometimes when you listen to a conversation or message, you have to report what you have heard to another person. You do this by retelling what happened or by reporting what was said in the third-person singular and plural. For example, "John said he would come to the meeting." If you are telling one person what a second person must do in Spanish, you will generally use **que** + subjunctive as in an indirect command. For example: **Que lo haga María.***

Antes de escuchar

 10.33 La fotografía. Con un(-a) compañero(-a) de clase, miren la fotografía que se presenta en esta página y hagan las siguientes actividades.

1. Describan a las personas en la foto, el lugar donde se encuentran y lo que están haciendo.
2. En su opinión, ¿qué tipo de relación existe entre estas personas? Justifique su respuesta.

A escuchar

10.34 Los apuntes. Escuche la conversación entre Nerio y el empleado del banco. Tome los apuntes que considere necesarios y complete las siguientes oraciones.

1. Nerio va al banco porque quiere _____.
2. Él vive en Miami _____.
3. Nerio trabaja para _____ y lleva ahí _____.
4. Nerio necesita depositar _____ dólares.
5. El número de su cuenta es _____.

Después de escuchar

 10.35 Resumen. Con un(-a) compañero(-a) de clase, resuman la conversación entre Nerio y el empleado del banco.

10.36 Algunos detalles. Escoja entre las alternativas que se presentan a continuación las que mejor recuenten lo que ocurrió.

1. Nerio quería que...

   a. el empleado lo ayudara a abrir una cuenta corriente.
   b. le dieran un préstamo personal y una hipoteca.
   c. el banco le prestara $345,789.00.

2. El empleado le dijo a Nerio que...

   a. presentara muchos documentos de identidad.
   b. le diera algunos datos personales.
   c. el proceso era muy complicado.

3. Nerio pensaba que el proceso iba a ser...

   a. imposible de realizar.
   b. mucho más sencillo.
   c. más complicado de lo que fue.

4. Podemos pensar que después de que Nerio termine su conversación con el empleado del banco...

   a. él se va a mudar a otra ciudad.
   b. él va a seguir depositando dinero en ese banco.
   c. va a conseguir un mejor trabajo.

 Interacciones CD-ROM: **Capítulo 10, Segunda situación**

 Para saber más: http://interacciones.heinle.com

PERSPECTIVAS

Las comunidades hispanas

En muchas ciudades de los EE.UU. existen comunidades hispanas donde vive gente de diversos lugares de la América Latina, pero principalmente de México, Cuba y Puerto Rico. Es muy interesante visitar estas

comunidades ya que se encuentran mercados, restaurantes, periódicos y agencias de servicios sociales, todo para el público latino.

Además de revistas en español, los mercados latinos venden discos de música latina y también una serie de productos alimenticios típicos que las amas de casa compran para su dieta diaria. Los restaurantes sirven comidas y bebidas típicas de distintos países y son muy visitados por la población latina. Muchas comunidades tienen también periódicos locales donde los profesionales anuncian sus servicios y donde se publican las noticias de la comunidad. Las comunidades más grandes cuentan con una estación de radio que toca preferentemente música latina y que anuncia las noticias locales y mundiales en español. Visite una comunidad latina si tiene la oportunidad de hacerlo. No sólo podrá practicar su español con personas de distintos países hispanos, sino que podrá disfrutar de su cultura desde muy cerca.

Práctica y conversación

10.37 Vamos al barrio latino. Con un(-a), compañero(-a), hagan planes para visitar un barrio latino. Usando los anuncios de arriba, digan qué piensa hacer, qué van a comprar, si van a comer en un restaurante. Luego, explíquenle sus planes a la clase.

10.38 De compras. Ud. va de compras en el barrio latino. Compre algo que sólo se puede encontrar allá. Un(-a) estudiante hace el papel de vendedor(-a) de una tienda latina y otro(-a) el papel de cliente. Utilicen los anuncios para escoger una tienda.

Volkswagen de México

Antes de mirar

10.39 De México para el mundo... Utilizando el mapa a continuación, Ud. y un(-a) compañero(-a) de clase necesitan explicar a qué regiones del mundo Volkswagen de México exporta coches. ¿De qué manera es Volkswagen una empresa multinacional?

A mirar

10.40 Volkswagen de México. Utilizando la información del vídeo, complete las siguientes oraciones para describir la empresa de Volkswagen de México.

Volkswagen de México está localizada entre _____ y _____. Es una gran empresa que tiene _____ hectáreas de extensión territorial; es una fuente de _____. En ese lugar fabrican _____ autos en tres turnos utilizando _____ técnicos y _____ empleados. El personal trabaja _____ días a la semana y descansa _____. Su punto número uno en este momento es fabricar autos con la _____ calidad, una calidad _____.

10.41 Volkswagen de México. Con un(-a) compañero(-a) de clase, describan el uso de los automóviles Volkswagen en México.

10.42 Gonzalo. Con un(-a) compañero(-a) de clase, completen las siguientes oraciones para describir a Gonzalo.

1. Gonzalo es _____. Estudió en el _____ de _____.
2. Vino muy _____ a _____ a esa ciudad. Después que terminó su carrera como _____, Volkswagen de México le dio la oportunidad de tener un _____ en esa _____. Ha trabajado allí durante _____.
3. Gonzalo es el responsable de la _____ del _____.

Después de mirar

10.43 Semejanzas y diferencias. En grupos de tres o cuatro, comparen Volkswagen de México con una empresa de los EE.UU. que Uds. conocen. ¿Son multinacionales las dos empresas? ¿Cuáles son las semejanzas y diferencias en el personal, las horas del trabajo y otros aspectos de las dos empresas?

10.44 La defensa de una opinión. ¿Qué evidencia oral y/o visual hay en el vídeo que confirma la siguiente idea? Volkswagen de México es una empresa multinacional.

Para leer bien

Using the Dictionary

You have been learning many techniques to help you guess the meaning of individual words and phrases. There are times, however, when identifying cognates, root words, and prefixes and suffixes or clarifying meaning through context simply do not offer you any clues as to meaning. In those instances, it is appropriate to consult a bilingual Spanish-English dictionary.

There are certain techniques that can make dictionary use more effective.

1. Remember to try to understand as much as you can before looking up unfamiliar items.
2. Look up only those words that are essential to understanding the passage. Such words would include words in the title, frequently repeated words, and words at the core of a sentence such as verbs, nouns, and adjectives.

The most difficult task facing you when using the dictionary is to select the best English equivalent from the many possible entries. This task is made easier if you know the part of speech of the word in question. Examine the following two examples.

Paso por ti a las ocho.
Tuvo dificultades a cada **paso.**

In the first example, **paso** is a verb and its meaning would be located under **pasar.** The second example would be located under the noun **el paso.**

When an entry provides multiple translations, read the entire entry before trying to decide on the proper equivalent. In that way you will have a more general idea as to the global meaning of the vocabulary item in question.

Be aware of the context of the word in question. Both the expression **el paso del tiempo** and **a cada paso** are located under the noun **el paso.** The context of the first phrase leads you to the meaning of **el paso** = *passing* while in **a cada paso, el paso** = *step.*

Cross-checking entries can also help you determine the best English equivalent. After selecting one English equivalent from the several provided, look up that word in the English-Spanish section of the dictionary. Use that entry to help you judge the appropriateness of your selection. While cross-checking is particularly valuable when writing and trying to find the exact Spanish equivalent for an English word, it is also a valuable reading technique.

Antes de leer

10.45 El tema. Dé un vistazo al título, a las fotos y al primer párrafo de la siguiente lectura para determinar el tema del artículo.

10.46 Los cognados. Con un(-a) compañero(-a) de clase, busquen los cognados en los dos primeros párrafos de la lectura que sigue.

10.47 Unas definiciones. Busque las siguientes palabras en un diccionario para saber lo que significan. Algunas de las palabras son cognados falsos o palabras con varios sentidos; todas las palabras aparecen en la lectura que sigue.

creciente / el (la) empresario(-a) / el éxito / la jornada / el premio / soñar (el sueño) / el terreno / el tiempo / triunfar

A leer

10.48 Palabras desconocidas *(unknown)*. En algunos párrafos de la siguiente lectura «Homenaje al triunfo de la mujer hispana», no hay glosas o equivalentes en inglés. Mientras que Ud. lee la selección, utilice varios métodos incluyendo su lista de cognados de la Práctica 10.46 y el diccionario para decidir lo que significan las palabras desconocidas.

Homenaje *(tribute)* al triunfo de la mujer hispana

*E*n una época bastante reciente la mujer hispana tenía un papel tradicional. Tenía pocas oportunidades para la educación o una carrera profesional. Las mujeres que trabajaban fuera de casa para mantener a su familia, solían trabajar en el sector de los servicios como criada, camarera u oficinista. Hoy en día este papel tradicional de la mujer hispana está cambiando y hay un número creciente de mujeres que han triunfado trabajando en puestos profesionales.

Las mujeres hispanas más reconocidas son las que trabajan en el cine, la televisión o la música. Casi todos conocen al grupo de mujeres hispanas de Hollywood que incluye las famosas Cameron Díaz, Salma Hayek, Jennifer López y Rita Moreno. En la televisión se puede mencionar María Elena Salinas y Cristina Saralegui. Y en el mundo de la música y la danza están Gloria Estefan y Chita Rivera. Pero hoy en día también hay empresarias, publicistas, políticas, científicas y artistas que son un ejemplo de talento y tenacidad, por haber logrado el triunfo en los EE.UU. venciendo todos los obstáculos. A continuación se presentan las historias de algunas de estas mujeres en un homenaje al triunfo de la mujer hispana.

Linda Alvarado

*L*inda Alvarado cree en «el sueño americano». Se trata, explica, de un sueño que «no tiene género ni raza. Espero que llegue el día en que la gente sea juzgada no por sus orígenes, sino por sus capacidades. Éste es un sueño al que no podemos renunciar y los hispanos debemos *compartirlo°*, porque, somos una pieza clave en el futuro de los EE.UU.»

Linda Alvarado sabe lo que dice. Hoy es presidenta de Alvarado Construction, una empresa constructora en Denver, Colorado, que se especializa en el campo de ingeniería industrial, comercial, telecomunicaciones y ambiente. En la empresa trabajan 2.000 empleados en quince estados.

Linda nació en Albuquerque, Nuevo México, y es la única mujer de seis hijos. Criada en una familia competitiva, «se esperaba un alto *rendimiento°* escolar de parte de nosotros».

Asistió a la Universidad de Pomona, en California, donde estudió economía. «Como mucha gente, yo necesitaba un trabajo. Entré en una empresa de *paisajismo°*, que había participado en la construcción de un jardín botánico. Empecé como una obrera, regando plantas. Pero me gustaba. Trabajaba como un montón de hombres».

Cuando terminó la universidad, no podía conseguir empleo. Finalmente, la contrató una empresa constructora en California. Comenzó a tomar cursos de inspección de terreno en California State University, para adquirir destrezas, pero «no fui muy bien *acogida°*. Era la única mujer en la clase».

En terreno, la situación no era muy distinta. «De nuevo era la única mujer en el sitio de construcción. Comenzaron a aparecer dibujos míos en las paredes, con más o menos ropa. Estaba claro que no era bienvenida. El ser mujer e hispana representaba un doble *desafío°*».

Con el tiempo comenzó a soñar con «empezar mi compañía constructora». Y recurrió a seis bancos en busca de financiamiento. Los seis la *rechazaron°*. «Finalmente, mis padres hipotecaron su casa por la cantidad de 2.500 dólares para ayudarme con los comienzos».

Además de triunfar en su compañía, Linda hizo historia al ser la primera mujer hispana propietaria y socia de la franquicia de un equipo de béisbol de liga mayor: los Rockies de Colorado.

Buscadora incansable de desafíos, ha recibido numerososos premios y distinciones de su comunidad en su calidad de hispana y empresaria exitosa.

Daisy Expósito

*D*aisy Expósito es una mujer de trato amable y buen humor, dos de las claves de su éxito como profesional, según dice ella, que ha desarrollado una carrera extraordinaria.

Cubana de nacimiento, Daisy trabaja en The Bravo Group, *filial°* hispana de la multinacional Young & Rubicam, la agencia de publicidad en español con mayores ingresos en los EE.UU. Comenzó en 1981 como directora creativa y llegó a presidenta en 1990. Bajo su dirección, el capital de facturación de la agencia creció desde menos de 5 millones de dólares en 1985, hasta cerca de los 300 millones de dólares a fines de 2002.

(margin glosses)
share it
performance
landscaping
welcomed
challenge
turned her down
subsidiary

Como en la mayoría de las historias de éxito, su camino estuvo lleno de grandes sacrificios y experiencias difíciles de olvidar. «Tenía 10 años cuando abandoné mi hogar en Cuba. Para mí fue un tremendo choque emocional. Viajamos a España, a casa de unos familiares. Mientras yo lloraba, mi padre, que lo había perdido todo, repetía: —Bueno, hay que empezar de nuevo... no hay otro camino», recuerda Daisy, que de esta forma recogió su más valiosa experiencia, que la marcó para el resto de sus días: no mirar atrás, no entregarse° nunca, comenzar de cero, una y otra vez, si es necesario.

give up

Después de un año en España, la familia Expósito llegó a Nueva York. «Sabía algunas palabras en inglés, pero me sentía perdida en una ciudad tan grande».

Mientras estudiaba sicología y comunicaciones, dio sus primeros pasos como productora de anuncios para radio, TV y prensa, en Connell Advertising. Hace poco más de 20 años ingresó en una agencia de publicidad dedicada al mercado hispano. «Todos los empresarios eran escépticos en relación a la publicidad en español. Yo, en cambio, era optimista. Y los resultados saltan a la vista... hace 10 años, había menos de 10 agencias de publicidad orientadas al mercado hispano en los EE.UU; hoy ese número ha crecido a casi 60».

Daisy ha sido reconocida dentro del grupo de los «100 Mejores Ejecutivos» de los EE.UU. Ha ganado numerosas distinciones y acaba de ser seleccionada para el Premio Matrix como una de las «mujeres que cambian el mundo».

Ellen Ochoa

Ellen Ochoa es la primera astronauta de la NASA con raíces hispanas. Fue su inclinación especial por las matemáticas en la escuela secundaria que la puso en la ruta del espacio. Después, se interesó por la física y tiene una maestría en ciencias y un doctorado en ingeniería eléctrica.

Ellen es la tercera de cinco hijos. Nació en California de madre estadounidense y padre mexicano. «Él ya murió, pero mis padres se divorciaron cuando yo era pequeña, así que fue mi madre quien me educó y siempre me animó a estudiar», dice.

Ellen ha recibido varios premios, como Ingeniera Hispana del Año y Liderazgo de la Herencia Hispana, y es co-inventora de tres patentes relacionadas con la ingeniería óptica. También ha obtenido medallas por los vuelos espaciales que ha realizado. En abril de 2002, fue en la misión del 13th Shuttle a visitar la Estación Espacial Internacional.

«Por mi carrera he hecho grandes sacrificios, como no haberle podido dedicar el tiempo que hubiese querido° a mi primer hijo». Pero, por suerte, su esposo Coe Fullner Miles, a quien conoció dentro de la misma NASA, la apoya incondicionalmente.

I would have liked

Jovita Carranza

Cuando se presentó, hace 24 años, en la oficina de UPS de Los Ángeles para llenar una solicitud de empleo, Jovita estaba nerviosa, pero con deseos de trabajar medio tiempo como oficinista para pagar sus estudios universitarios. Y no sólo se quedó con el puesto, sino que a los pocos meses, recibía su primer ascenso dentro de la empresa: supervisora de los demás empleados de media jornada. Ese fue sólo uno de los ascensos. UPS, la empresa de mensajería° más grande del mundo, nombró por primera vez en su historia a una mujer

courier

para el cargo de presidenta de una de sus regionales: a Jovita Carranza. Y muy pronto asumirá el cargo de vice-presidenta de operaciones de UPS en Louisville, Kentucky.

Sus logros no fueron fáciles. «Tengo una hija, y mientras trabajaba tuve que educarla. Si no hubiera sido por el apoyo° de mi familia, tal vez hubiera tenido que escoger entre la profesión y una hija».

support

Con frecuencia su profesión la ha llevado a vivir en ciudades anglosajonas, pero ella jamás vio sus raíces hispanas como un obstáculo. «Mi origen latino es una gran ventaja, pues yo puedo aportar dos culturas, dos idiomas, dos mundos».

Casada por segunda vez, ha establecido con su esposo un «código». Fomentar una comunicación abierta, un sentido de entrega°, valores parecidos a los que uno sostiene en su profesión y que son los que deberían regir nuestra vida entera.

commitment

Elizabeth Lisboa-Farrow

A los 55 años, Elizabeth Lisboa-Farrow es presidenta de una empresa que genera 13 millones de dólares. Y nunca fue a la universidad. «Mis padres escasamente terminaron el cuarto grado y pensaban que yo había logrado bastante con haber terminado el colegio. Cuando empecé mi negocio fui a un banco y me negaron el primer préstamo. Tuve que poner mi tarjeta de crédito. Tienes que creer en ti misma, como sea».

Como presidenta ejecutiva de Lisboa, Inc., una empresa de relaciones públicas, publicidad y comunicaciones multimedia, conoce tanto el mercado hispano como el angloparlante°. Ha representado a varias empresas de Fortune 500, así como a pequeñas empresas e instituciones del sector privado. Ha dirigido campañas de publicidad y multimedia de millones de dólares para proyectos editoriales, cine, arte y espectáculos. Tiene clientes gubernamentales, lo que «no ha sido fácil, porque yo no era política. Mis clientes de antes eran del mundo del espectáculo, y las agencias de gobierno no estaban impresionadas con nombres como Paul Newman o Sean Connery».

English-speaking

Hoy que ha triunfado, recuerda una anécdota cuando trabajó en un banco como secretaria. Después que la pasaron por alto° en tres ocasiones para promoverla, llamó a un supervisor y le preguntó por qué. «Porque eres hispana y, probablemente, te casarás y tendrás hijos». Elizabeth renunció su puesto.

passed her by

Ileana Ros-Lehtinen

Ileana Ros-Lehtinen es la primera mujer hispana elegida al Congreso de los EE.UU., donde representa al Distrito 18, de la Florida. Es una luchadora incansable por la libertad y la democracia. Es la voz de los refugiados que vienen a este país huyendo de los suyos por situaciones políticas adversas y gestiona° para que les den un estatus legal en este país. Ileana dice, «Una de las causas más fuertes que están en mi corazón es crear fondos para ayudar a los refugiados a que puedan obtener su ciudadanía».

she strives

Ileana Ros-Lehtinen nació en La Habana, Cuba, y vino a los EE.UU. con su familia, cuando tenía siete años. «Mis padres son mis modelos. Ellos perdieron todo cuando salieron de Cuba, pero nunca miraron hacia atrás».

Sin hablar una palabra en inglés, se integró al sistema escolar norteamericano. Con el tiempo, obtuvo su *bachelor* y una maestría de la Florida International University. Ileana había empezado su carrera como educadora y fundó una escuela elemental privada en el sur de la Florida. Actualmente está trabajando en su disertación para el doctorado en Educación de la Universidad de Miami.

Desde 1982, Ileana ha demostrado su liderazgo legislativo. Sirvió cuatro años en la Casa de Representantes de la Florida y se convirtió después en senadora del estado. A ella se debe la creación del Florida Pre-Paid College Tuition Program, por el cual los padres empiezan a pagar la universidad desde que sus hijos están pequeños.

Esta representante ante el Congreso es muy conocida por defender los derechos humanos. Ha jugado un papel importante en el Acta para la Democracia de Cuba. También ha sido muy activa a nivel de la Florida, en temas relacionados con la educación, el ambiente, los niños, los ancianos, las mujeres y su salud.

Ella y su esposo, Dexter Lehtinen, en una época fueron senadores del estado. Juntos tienen cuatro hijos.

Después de leer

10.49 Mujeres hispanas. Identifique a estas mujeres hispanas poniendo enfrente de cada descripción la letra que corresponde a los nombres.

a. Linda Alvarado
b. Jovita Carranza
c. Gloria Estefan

d. Daisy Expósito
e. Elizabeth Lisboa-Farrow
f. Ellen Ochoa

g. Ileana Ros-Lehtinen
h. Cristina Saralegui

1. _____ Presidenta de The Bravo Group, una agencia de publicidad
2. _____ Primera mujer hispana elegida al Congreso de los EE.UU.
3. _____ Famosa cantante hispana
4. _____ Primera astronauta de la NASA
5. _____ Primera mujer hispana nombrada presidenta de una oficina regional de UPS
6. _____ Primera mujer hispana propietaria de un equipo de béisbol de liga mayor
7. _____ Famosa personalidad de la televisión hispana
8. _____ Presidenta de su propia empresa de relaciones públicas

10.50 La juventud. Complete la siguiente tabla para describir la juventud de las seis mujeres del artículo.

NOMBRE	LUGAR DE NACIMIENTO	ESPECIALIZACIONES ESCOLARES	PRIMER PUESTO
Linda Alvarado			
Daisy Expósito			
Ellen Ochoa			
Jovita Carranza			
Elizabeth Lisboa-Farrow			
Ileana Ros-Lehtinen			

10.51 Los sueños y los sacrificios. ¿Cuáles son algunos de los sueños de las mujeres hispanas que han triunfado? ¿Qué sacrificios han hecho para realizar sus sueños? ¿Quiénes las han ayudado?

10.52 En defensa de una opinión. ¿Qué evidencia hay en el artículo que confirma la siguiente idea? Algunas mujeres hispanas han triunfado en los EE.UU. por su talento y tenacidad y a pesar de obstáculos.

ASÍ SE ESCRIBE

Para escribir bien

Writing a Business Letter

The language used in Spanish business letters is quite different from that used in personal letters. There are certain standard phrases that must be used in the salutation, opening, pre-closing, and closing. In the past Spanish business letters were often quite lengthy because of the use of many formulaic courtesy expressions and very "flowery" language. Today, however, most Spanish business letters reflect the concise, clear style typical of business letters in the international market.

Salutations

Estimado(-a) señor(-a) + apellido:
Muy estimado(-a) señor(-a) + apellido:
Distinguido(-a) señor(-a) + apellido

Dear Mr. (Mrs.) + last name

Muy señor(-es) mío(-s):
Muy señor(-es) nuestro(-s):

Dear Sir(-s):

Pre-closings

En espera de sus gratas noticias — *Awaiting your (kind) reply*
Le reiteramos nuestro agradecimiento y quedamos de Ud. — *We thank you again and we remain*

Su afmo. (afectísimo) amigo y S. S. (seguro servidor) — *Your devoted friend and servant* (This pre-closing is passing from use.)

Closings

(Muy) Atentamente, — *Sincerely yours,*
(Muy) Respetuosamente, — *Respectfully yours,*
Cordialmente, — *Cordially yours,*

Other Expressions

acusar recibo — *to acknowledge receipt*
a la mayor brevedad posible — *as soon as possible*
a vuelta de correo — *by return mail*
adjuntar — *to enclose*
me es grato + *infinitive* — *I am happy* + inf.

Abbreviations

Hnos. (Hermanos) — *Brothers*
S.A. (Sociedad Anónima) — *Inc. (Incorporated)*
Cía. (Compañía) — *Co. (Company)*

Shortened Phrases

el corriente	el mes en corriente	*this month*
el pasado	el mes pasado	*last month*
atenta	la atenta carta	*letter*
grata	la grata carta	*letter*
la presente	la carta presente	*this letter*
el p. pdo	el mes próximo pasado	*last month*

Antes de escribir

Lea las descripciones de las tres composiciones dadas a continuación y escoja una según sus intereses y habilidades.

10.53 Cree el formato para una carta comercial incluyendo las frases para el saludo, el espacio para el texto, la pre-despedida y la despedida. Trate de incorporar frases nuevas.

10.54 La presentación. Escriba la primera oración de su carta comercial en la cual Ud. presenta su explicación para escribir la carta.

A escribir

10.55: *Grammar:* interrogatives; *Phrases/Functions:* asking information, asking the price, writing a letter (formal); *Vocabulary:* media: newsprint, numbers **10.56:** *Grammar:* adjective agreement, comparisons: adjectives, verbs: compound tenses, verbs: compound tenses usage; *Phrases/Functions:* describing people, writing a letter (formal); *Vocabulary:* office, personality, professions **10.57:** *Grammar:* Verbs: compound tenses, verbs: compound tenses usage; *Phrases/Functions:* asking for information, denying, persuading; *Vocabulary:* banking, numbers

Escriba su composición utilizando el formato para la carta comercial creado en la **Practica 10.53** y la primera oración creada en **10.54**.

10.55 *People en español.* Ud. quiere subscribirse a la revista *People en español.* Escríbale una carta a la compañía preguntando cuántos números anuales hay y lo que cuesta una subscripción anual. Pida una solicitud de subscripción. *People en español;* P.O. Box 30652; Tampa, FL 33630-0652.

10.56 Un nuevo puesto. Ud. acaba de obtener un puesto como gerente general de una empresa multinacional en Los Ángeles. Su jefe quiere saber qué tipo de personal Ud. necesita para su departamento. Escríbale una carta al jefe describiendo el personal que necesita. Explíquele también las responsabilidades para cada puesto.

10.57 El Banco Madrileño. Ud. es un estudiante de intercambio en Madrid y acaba de recibir el estado de cuenta mensual *(monthly statement)* de su banco. Pero hay un error muy grave. Según el banco Ud. tiene sólo 19,79 euros en su cuenta corriente pero Ud. está seguro(-a) de que tiene 1.979 euros. Escríbale al banco y trate de resolver el problema. Banco Madrileño; Gran Vía 38; 28032 Madrid, España.

Después de escribir

Antes de entregarle su composición a su profesor(-a), Ud. debe leerla de nuevo y corregir los errores. Preste atención al formato y a las frases para una carta comercial. ¿Contiene su carta todas las secciones de una carta comercial? ¿Está en orden lógico toda la información? También revise el vocabulario y los verbos de su composición.

INTERACCIONES

10.58 Compañía Meléndez, S.A. You are the secretary for Claudio Meléndez, the president of Compañía Meléndez, S.A., a large clothing firm; you must handle all incoming phone calls. With your classmates, play the following roles.

Sr. Soto: Sales manager who wants to talk to the president about slow sales of the new winter suits. The president doesn't want to talk to Sr. Soto. Offer to take a message.

Dra. Guzmán: Designer of women's dresses. She wants to talk to the president about her designs for spring. Put her through to the president. She talks to the president about what she has done for her new collection.

Sra. Meléndez: Wants to talk to her husband about a dinner party he should attend tomorrow evening. Put her through to the president even though he doesn't want to talk with his wife.

10.59 En el Banco Nacional. A classmate will play the role of the teller in the bank where you have your account. You go to the window with your monthly paycheck. Get cash for the weekend and deposit the rest into your checking account. Explain that you're about to buy a new car. You want some information on an auto loan including the necessary down payment, interest rate, and monthly payment on the car of your choice. Then withdraw the amount for the down payment from your savings account.

10.60 Una reunión de la junta directiva. You are the president of a large multinational firm based in San Antonio, Texas. The firm deals with the importation of coffee and fruit from Central and South America. You hold a meeting with three members of the Board of Directors, played by your classmates. Find out how various departments are doing in terms of sales. Explain what you hope the other members of the firm have done to obtain better quality products and sales. Use specific numbers.

10.61 En la ocasión de su jubilación. You are retiring after many years as president of a firm that sells imported furniture and accessories. Explain your history with the firm and how long you have worked in various areas. Explain what you have done to help make the firm what it is today.

Para saber más: http://interacciones.heinle.com

Herencia cultural V: La comunidad

Personalidades

De ayer

Por su trabajo para mejorar la vida de los obreros migratorios, **César Chávez** (1927–1993) llegó a ser uno de los líderes chicanos más respetados. Con la influencia del sindicato *(union)* United Farm Workers que Chávez fundó en 1962, los campesinos recibieron contratos y mejores condiciones de trabajo.

La cantante **Celia Cruz** (1924–2003), conocida como «la Reina de la Salsa», nació en La Habana, Cuba. Después de una larga carrera en Cuba y los EE.UU., ha dejado un legado *(legacy)* que incluye 70 discos, dos Grammy, tres Grammy Latinos, una estrella en el Paseo de la Fama de Hollywood y una medalla de National Endowment for the Arts; también apareció en varias películas. Para muchos hispanoamericanos siempre ha sido una inspiración.

De hoy

La puertorriqueña **Rita Moreno** (1931–) ha tenido una carrera espectacular como cantante, bailarina y actriz durante cinco décadas. Es la única persona que ha ganado los cuatro grandes premios: Emmy, Grammy, Oscar y Tony. Ha aparecido en películas como *West Side Story* y en las series *The Rockford Files* y *B. L. Stryker* en la televisión.

Bill Richardson (1947–), hijo de madre mexicana y padre estadounidense, nació en California, pero fue educado en México. Durante su vida política ha ocupado varios puestos importantes incluyendo el de congresista, embajador de los EE.UU. ante la Organización de las Naciones Unidas y el de Secretario de Energía. Fue elegido Gobernador de Nuevo México en 2002 y es el único gobernador hispano de los EE.UU.

Alex Rodríguez (1975–), superestrella del béisbol, juega con los Yanquis de Nueva York. «A-Rod» es conocido por su talento versátil; ha tenido mucho éxito como bateador, torpedero *(short stop)* y en la posición de tercera base. Ha ganado numerosos premios como el Jugador Más Valioso de la Liga Americana, el Jugador del Año y el jugador más joven en conseguir 300 jonrones.

La escritora **Julia Álvarez** (1950–) emigró de la República Dominicana a los EE.UU. a la edad de diez años. Empezó su carrera literaria como poeta pero ganó la fama con sus novelas *How the García Girls Lost Their Accents (De cómo las hermanas García perdieron su acento)* y *In the Time of the Butterflies (En el tiempo de las mariposas)*. Álvarez ha recibido varios premios por sus obras que reflejan una visión multicultural.

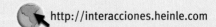
http://interacciones.heinle.com

hispana en los EE.UU.
Arte y arquitectura

La Florida: San Agustín

El legado hispano dentro de los EE.UU.

Hay una larga tradición hispana dentro de los EE.UU. Cuarenta y dos años antes que los ingleses fundaron Jamestown y cincuenta y cinco años antes de la llegada de los *Pilgrims*, los españoles fundaron el primer pueblo en los EE.UU.: San Agustín, en la Florida. Algunos de los edificios de San Agustín todavía existen en forma preservada o restaurada.

En el oeste de nuestra nación los españoles exploraron y poblaron otros lugares. Les dieron nombres españoles a los estados de California, Colorado, Nevada y Nuevo México y a las ciudades de Amarillo, El Paso, Las Vegas, Los Ángeles, San Francisco y Santa Fe, entre otras. En todos estos sitios construyeron casas, escuelas, iglesias y edificios municipales de estilo «español». Este estilo se caracteriza por el uso de paredes gruesas de adobe, techos de tejas *(tiles)* y vigas *(beams)* de madera. Además, estos edificios suelen tener un patio interior y un decorado sencillo.

San Antonio, Texas: El Álamo

En California se puede ver buenos ejemplos de esta arquitectura típica en las misiones. En el siglo XVIII el rey español Carlos III mandó que los franciscanos fueran a California para evangelizar y educar a los indígenas. Bajo la dirección de Fray Junípero Serra los franciscanos fundaron una serie de misiones a lo largo de la costa del Pacífico. Las misiones incluían una iglesia, un campanario *(bell tower)*, la residencia de los frailes y un patio grande con un jardín. La mayoría de ellas ha sobrevivido los desastres naturales y el desarrollo moderno. Muchas de las ciudades importantes de California son una extensión de esas antiguas misiones.

California: Misión San Carlos Borromeo de Carmelo

Comprensión

 A Nombres españoles. Con un(-a) compañero(-a) de clase, preparen una lista de los estados y las ciudades de los EE.UU. que tienen nombre español. Incluyan también nombres de ríos, montañas y otros rasgos geográficos.

B Ciudades españolas. Complete el siguiente gráfico con información acerca de las ciudades estadounidenses que fueron fundadas por los españoles.

Nombre de la ciudad	Estado	Ejemplos de arquitectura española

C La arquitectura. ¿Cuáles son las características de la arquitectura española? ¿Qué características se puede ver en la foto de San Antonio y de la misión? ¿Dónde se puede ver buenos ejemplos de la arquitectura española en los EE.UU.? ¿Hay ejemplos de este estilo en su ciudad o estado? ¿Dónde?

Para saber más: http://interacciones.heinle.com

LECTURA LITERARIA

Para leer bien
Identifying Point of View in Literature

You have learned to identify the point of view by locating the main theme and by obtaining information about the author and his / her beliefs and background. The point of view of a literary work is often presented more subtly than in journalistic articles; nonetheless, it is an important key to understanding the work.

The following work is written by a Hispanic living in the U.S. The point of view represented by immigrants is different from that of native U.S. citizens and it is no longer the view point of a native of a Hispanic country.

La literatura de los hispanos en los EE.UU.

Durante las últimas décadas el número de hispanos que viven en los EE.UU. ha crecido rápidamente. Ya representan una fuerza importante económica y políticamente. Pero su cultura también es importante y rica. Ya existe una literatura de los hispanos de los EE.UU.

Es una literatura escrita en español (o a veces traducida al español) pero con temas distintos —temas de la situación particular de los inmigrantes: la pobreza, el aislamiento *(isolation)*, la nostalgia por la patria. Aquí les presentamos un buen ejemplo de esta literatura que ilustra muchos de los temas de los inmigrantes.

Antes de leer

Esmeralda Santiago es escritora de cuentos, memorias y ensayos. Nació en el campo de Puerto Rico, pero en 1961 vino a vivir en Nueva York con sus seis hermanos y hermanas, su abuela y su madre. Se graduó del prestigioso Performing Arts High School de Nueva York y más tarde de la Universidad de Harvard. También tiene una maestría de Sarah Lawrence College. Ganó la fama con su libro *Cuando era puertorriqueña,* publicado en 1993. En su reciente memoria, *Casi una mujer,* Santiago sigue describiendo sus experiencias como inmigrante en los barrios de Brooklyn. En la siguiente selección de *Casi una mujer,* Santiago nos habla de las dificultades de ser inmigrante y el deseo de hablar bien el inglés.

D La autora y sus obras. Con un(-a) compañero(-a) de clase, contesten las siguientes preguntas acerca de la autora de *Casi una mujer.*

1. ¿Quién es la autora de *Casi una mujer* y dónde nació? ¿Cuándo y con quiénes vino a los EE.UU.?
2. ¿De qué escuelas y universidades se graduó?
3. ¿Cuáles son los títulos de sus dos libros? ¿Cuáles son sus temas literarios?
4. Utilizando la información sobre Esmeralda Santiago y el dibujo que acompaña la selección de *Casi una mujer,* en su opinión, ¿cuál será la idea principal de la selección que sigue?

E Punto de vista. ¿Cuáles son las ideas y los pensamientos de los inmigrantes acerca de los EE.UU.? ¿Qué punto de vista cree Ud. que van a presentar en sus obras literarias?

F El aislamiento *(isolation).* Con un(-a) compañero(-a) de clase, discutan y describan una experiencia o situación en la cual Ud. no conocía a nadie. ¿Cómo se sentía? ¿Qué hacía? ¿Qué pensaba?

G La lectura. Con un(-a) compañero(-a) de clase, describan cómo Uds. aprendieron a leer en inglés. ¿Cuántos años tenían? ¿Qué libros o materiales usaban? ¿Era fácil o difícil? ¿Iban Uds. a la biblioteca?

H La biblioteca. Utilizando el dibujo al principio de la siguiente lectura, describa a la chica y la biblioteca. ¿Por qué está ella en la biblioteca? ¿Qué va a leer?

Casi una mujer

Yo no hablaba inglés, así es que el orientador escolar° me ubicó° en una clase para estudiantes que habían obtenido puntuaciones° bajas en los exámenes de inteligencia, que tenían problemas de disciplina o que estaban matando el tiempo en lo que cumplían dieciséis años° y podían salirse de la escuela. La maestra, una linda mujer un par de años mayor que sus estudiantes, me señaló° un asiento en el medio del salón. No me atreví° a mirar a nadie a los ojos. Unos gruñidos° y murmullos° me seguían y aunque yo no tenía idea de lo que significaban, no me sonaron nada amistosos°.

director of orientation

placed

scores

became sixteen years old

pointed out

I didn't dare

grunts / murmurs

friendly

Me apreté° las manos debajo de la mesa para controlar el temblor y me puse a examinar las líneas sobre el pupitre. Me concentré en la voz de la maestra, en las ondas de sonidos extraños que pululaban° sobre mi cabeza. Hubiera querido salir flotando de ese salón, alejarme° de ese ambiente hostil que permeaba cada rincón, cada grieta°. Pero mientras más trataba de desaparecer más presente me sentía hasta que, exhausta, me dejé ir, y floté con las palabras, convencida de que si no lo hacía me ahogaría° en ellas.

I clenched my hands together

swarmed

to go far away / crack

I would drown

En la escuela, me hice amiga de Yolanda, una nena que hablaba bien el inglés pero que conmigo hablaba español. Yolanda era la única puertorriqueña que yo conocía que era hija única°. A ella le daba curiosidad saber cómo era eso de tener seis hermanos y hermanas y yo a ella le preguntaba qué hacía todo el día sin tener a nadie con quién jugar o pelear.

only child

Un día Yolanda me pidió que la acompañara a la biblioteca. Le dije que no podía porque Mami nos tenía prohibido que nos quedáramos en ningún sitio, sin permiso, de regreso a casa. «Pídele permiso y vamos mañana. Si traes un papel que diga dónde vives, te pueden dar una tarjeta», me sugirió Yolanda, «y puedes sacar libros prestados. Gratis°», añadió cuando titubeé°.

Sin pagar / I hesitated

Yo había pasado por la Biblioteca Pública de Bushwick muchas veces y me habían llamado la atención sus pesadas puertas de entrada enmarcadas por columnas y las anchas ventanas que miraban desde lo alto al vecindario°. Alejada de la calle, detrás de un cantito de grama seca°, la estructura de ladrillos rojos parecía estar fuera de lugar en una calle de edificios de apartamentos en ruinas, y enormes e intimidantes proyectos de viviendas. Adentro, los techos eran altos con lámparas colgantes° sobre largas mesas marrón, colocadas° en el centro del salón y cerca de las ventanas. Los estantes alrededor del área estaban llenos de libros cubiertos de plástico. Cogí° uno, de una de las tablillas° de arriba, lo hojeé° y lo devolví a su sitio. Caminé todos los pasillos° de arriba a abajo. Todos los libros eran en inglés. Frustrada, busqué a Yolanda, me despedí en voz baja y me dirigí a la salida. Cuando iba saliendo, pasé por el Salón de los Niños, en donde una bibliotecaria estaba leyéndole a un grupo de niños y niñas. Leía despacio y con expresividad, y después de leer cada página, viraba° el libro hacia nosotros para que pudiéramos verlo. Cada página tenía sólo unas pocas palabras y una ilustración que clarificaba su sentido. Si los americanitos podían aprender inglés con esos libros, yo también podría.

neighborhood

a border of dry grass

hanging

arranged

I took / small shelves

I glanced through / aisles

she turned

Después de la sesión de lectura, busqué en los anaqueles° los libros ilustrados que contenían las palabras que necesitaría para mi nueva vida en Brooklyn. Escogí libros del alfabeto, de páginas coloridas donde encontré: *car, dog, house, mailman*. No podía admitirle a la biliotecaria que esos libros tan elementales eran para mí. *«For leettle seesters»*, le dije, y ella asintió°, me sonrió y estampó la fecha de entrega° en la parte de atrás del libro.

estantes

agreed / return date

Paraba en la biblioteca todos los días después de clase y en casa me memorizaba las palabras que iban con las ilustraciones en las enormes páginas.

Mis hermanas y hermanos también estudiaban los libros y nos leíamos en voz alta las palabras tratando de adivinar° la pronunciación.

to guess

«Ehr-rahs-ser», decíamos en lugar de *«eraser»*. *«Keh-neef-eh»*, por *«knife»*. *«Dees»*, por *«this»* y *«dem»* por *«them»* y *«dunt»* por *«don't»*.

En la escuela, escuchaba con cuidado y trataba de reconocer° aquellas palabras que sonaban como las que habíamos leído la noche anterior. Pero el inglés hablado, a diferencia del español, no se pronuncia como se escribe. *«Water»* se convertía en *«waddah»*, *«work»* en *«woik»* y las palabraschocabanunasconotras° en un torrente° de sonidos confusos que no guardaban ninguna relación con las letras cuidadosamente organizadas en las páginas de los libros. En clase, casi nunca levantaba la mano porque mi acento provocaba burlas° en el salón cada vez que abría la boca.

to recognize

words ran together / stream

jeers, laughter

Delsa°, que tenía el mismo problema, sugirió que habláramos inglés en casa. Al principio nos destornillábamos de la risa° cada vez que nos hablábamos en inglés. Las caras se nos contorsionaban en muecas°, nuestras voces cambiaban y las lenguas° se nos trababan° al tratar de reproducir los sonidos. Pero, según los demás, se nos fueron uniendo y practicábamos entre nosotros, se nos fue haciendo más fácil y ya no nos reíamos tanto. Si no sabíamos la traducción para lo que estábamos tratando de decir, nos inventábamos la palabra, hasta que formábamos nuestro propio idioma, ni español ni inglés, sino ambos en la misma oración, y a veces, en la misma palabra.

nombre de una hermana

we laughed like crazy

grimaces / tongues

got twisted

«Pasa mí esa sabaneichon», le decía Héctor° a Edna° para pedirle que le pasara una sábana°.

nombre de un hermano / nombre de una hermana / sheet

«No molestándomi», le soplaba° Edna a Norma° cuando ésta la molestaba.

whispered / nombre de una hermana / su abuela

Veíamos la televisión con el volumen bien alto aunque Tata° se quejaba de que oír tanto inglés le daba dolor de cabeza. Poco a poco, según aumentaba° nuestro vocabulario, se fue convirtiendo en un vínculo° entre nosotras, uno que nos separaba de Tata y de Mami que nos observaba perpleja°, mientras su expresión pasaba del orgullo°, a la envidia°, a la preocupación.

increased

bond

perplexed / pride / envy

Después de leer

▎ **Los personajes.** Identifique los siguientes personajes que aparecen en la selección de *Casi una mujer*.

Nombre	Descripción	Relación con Esmeralda
Mami		
Tata		
Yolanda		
la maestra		
Delsa, Edna, Héctor y Norma		

J El primer día de clases. Describa el primer día de clases de Esmeralda en los EE.UU. ¿Cómo se sentía? ¿Qué hacía? ¿Qué pensaba? Compare la experiencia de Esmeralda con su propia experiencia en una situación nueva.

K Varios puntos de vista. Describa la reacción de la madre, la abuela y los hijos al uso del inglés. ¿Por qué dice Esmeralda al final «Mami... nos observaba perpleja, mientras su expresión pasaba del orgullo, a la envidia, a la preocupación»? ¿Qué cambios suceden en la familia a causa del inglés?

L Comparaciones. Compare sus experiencias como estudiante de español con las experiencias de Esmeralda y su deseo de aprender inglés.

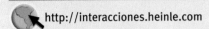 http://interacciones.heinle.com

Bienvenidos al Cono Sur: Argentina,

Introducción geográfica

Conteste las siguientes preguntas usando mapas de la Argentina, Chile, del Paraguay y el Uruguay.

1. ¿Cuáles son las capitales y otras ciudades importantes de la Argentina, Chile, el Paraguay y el Uruguay?

2. ¿Qué rasgos geográficos tienen en común estos cuatro países? ¿Cuáles son otros rasgos geográficos importantes en cada país?

Las cataratas de Iguazú

3. ¿Qué ventajas y desventajas ofrece la geografía de estos países?

Chile, Paraguay y Uruguay

Geografía y clima

La Argentina: Segundo país más grande de Sudamérica. Grandes variaciones geográficas. Parte central: la pampa *(grasslands);* norte: El Chaco, con ríos y árboles; sur: Patagonia, con lagos y glaciares.

Chile: País largo y angosto entre el Pacífico y los Andes. Casi 3.000 kilómetros de costa. Norte: desierto de Atacama, la región más seca del mundo; valle central: tierras fértiles y clima templado como en California; montañas: centros de esquí.

El Paraguay: Uno de los dos países de Sudamérica sin salida directa al mar. El río Paraguay divide el país en dos regiones distintas. Este: tierra fértil donde vive la mayoría de la población; oeste: el Gran Chaco, una región infértil y árida que ocupa 60% del territorio del país.

El Uruguay: El más pequeño de los países de habla española de Sudamérica. Terreno llano con muchas estancias de ganado (ovejas y vacas).

Una vista panorámica de Santiago, Chile

Población

La Argentina: 38.750.000 habitantes: 97% blancos europeos principalmente de España e Italia, 3% mestizos y amerindios

Chile: 15.700.000 habitantes: 95% blancos europeos y mestizos, 5% otros. En el sur la población es de origen inglés, irlandés, alemán o yugoeslavo.

El Paraguay: 6.000.000 habitantes: 95% mestizos, 5% otros

El Uruguay: 3.400.000 habitantes: 88% blancos europeos, 8% mestizos, 4% africanos

Lenguas

La Argentina: el español (oficial); alemán, francés, inglés, italiano

Chile: el español

El Paraguay: el español y el guaraní (dos lenguas oficiales)

El Uruguay: el español (oficial) y portuñol o brasilero (una mezcla de portugués y español hablada en la frontera con el Brasil)

Moneda

La Argentina: el peso (argentino)
Chile: el peso (chileno)
El Paraguay: el guaraní
El Uruguay: el peso (uruguayo)

Economía

La Argentina: productos agrícolas como carne, trigo, lana; automóviles; textiles

Chile: cobre, productos agrícolas como trigo, fruta y vino, pescado y mariscos

El Paraguay: carne, algodón, azúcar, madera

El Uruguay: carne, lana, pieles, artículos de cuero

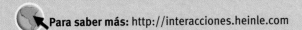

Para saber más: http://interacciones.heinle.com

Capítulo 11

De viaje

Viña del Mar, Chile

CULTURAL THEMES

Chile

Travel in the Hispanic World

COMMUNICATIVE GOALS

Buying a ticket and boarding a plane

Explaining previous wants, advice, and doubts

Making polite requests

Discussing contrary-to-fact situations

Getting a hotel room

Explaining when actions will occur

Describing future actions that will take place before other future actions

PRIMERA SITUACIÓN

PRESENTACIÓN

En el aeropuerto

Práctica y conversación

11.1 Definiciones. Explíquele las siguientes palabras a un(-a) compañero(-a) de clase.

la pista / la etiqueta / el boleto de ida y vuelta / el despegue / la azafata /
la tarjeta de embarque / un vuelo sin escalas

11.2 ¡Buen viaje! ¿Qué hace Ud. cuando viaja en avión? Ordene las oraciones en forma lógica.

_____ Sube al avión.   _____ Confirma la reservación.
_____ Reclama el equipaje.   _____ Factura el equipaje.
_____ Compra un boleto.   _____ Desembarca.
_____ Se abrocha el cinturón.

11.3 Datos prácticos. Ud. hace un viaje de negocios a Santiago de Chile y necesita información sobre la ciudad. Conteste las siguientes preguntas utilizando la información a continuación.

SANTIAGO
DATOS PRÁCTICOS

INFORMACION GENERAL

— Santiago está ubicado a 543 mts. sobre el nivel del mar, en la zona central de Chile, a 2.051 kms. al sur de Arica, la ciudad más septentrional del país y a 3.141 kms. al norte de Punta Arenas, la ciudad más austral. Cien kms. la separan de la costa del Océano Pacífico y 40 kms. de la Cordillera de Los Andes.

Clima
— La capital del país presenta clima templado con una temperatura media anual de 14.5° (21°C en enero, verano y 8.4°C en julio, invierno), con una pluviosidad promedio anual de 346 mm.

Población
— El país tiene más de 13 millones de habitantes, de los cuales 5 millones viven en Santiago.

Idioma
— El idioma oficial es el español. En los establecimientos y empresas turísticas el personal superior habla inglés y/o francés.

Hora
— Invierno: —4 horas GMT
— Verano: —3 horas GMT

Aeropuerto Internacional Comodoro Arturo Merino Benítez.

Está a 17 km. del centro de la ciudad. El transporte a Santiago es efectuado por buses (US$ 1.3 aproximadamente) y taxis (US$ 18 aproximadamente) (*).

TRANSPORTES

En el transporte urbano destaca el **METRO** que cruza la ciudad de oriente a poniente y de norte a sur. Buses, colectivos y taxis recorren la ciudad.

(*) US$ 1 = $ 350 (al mes de Mayo de 1992).

La ciudad está conectada al resto del país a través de:

— **Aviones:** dos líneas aéreas nacionales Ladeco y Lan Chile cubren diariamente rutas nacionales con vuelos regulares. Se encuentran disponibles empresas de taxis aéreos.

— **Buses:** Recorren todo el territorio con servicios a bordo de comida, bar, video y teléfono, entre otros. Existen terminales en: Buses Norte: Amunátegui 920 (Tel. 671.21.41); Los Héroes: Roberto Pretot 21 (Tel. 696.92.50); Santiago: Av. L. Bernardo O'Higgins 3800 (Tel. 779.13.85) Alameda: Av. L. Bernardo O'Higgins 3794 (Tel. 776.10.23).

— **Trenes:** Corren desde Santiago hacia el sur con estación terminal en Puerto Montt. La Estación Central de Ferrocarriles se ubica en Av. L. Bernardo O'Higgins 3322 (Tel. 689.51.99).

CAMBIO DE MONEDA Y USO DE TARJETA DE CRÉDITO

Se puede realizar en bancos, casas de cambio y principales hoteles. La mayoría de las tarjetas de crédito son aceptadas en tiendas, hoteles y agencias de viaje.

Bancos
El horario de los bancos es: lunes a viernes de 9:00 a 14:00 hrs.

Casas de cambio
Horario de casas de cambio: similar a horario de comercio.

COMERCIO

Los locales comerciales están abiertos de 10:00 a 20:00 hrs. de lunes a viernes y de 10:00 a 14:00 hrs. los sábados. Los grandes centros comerciales permanecen abiertos de lunes a domingo de 10:00 a 21:00 hrs.

COMUNICACIONES

Código telefónico para Chile (56). Código telefónico para Santiago (2). Centros públicos de telefonía y fax en distintos sectores de la ciudad. Consultar Entel-Chile.

INFORMACION TURISTICA
SERNATUR (Servicio Nacional de Turismo)
— Oficina en Aeropuerto Internacional y en Providencia 1550, Tel. 236.05.31. Horario: 8:30 a 18:30 hrs. de lunes a viernes y sábado de 9:00 a 13:00 hrs.

FESTIVOS

1 enero / viernes y sábado Santo (variable: marzo-abril) / 1 mayo / Corpus Christi (variable: mayo-junio) / 29 junio / 15 agosto / 18-19 septiembre / 12 octubre / 1 noviembre / 8 diciembre / 25 diciembre /

HOTELES

Valores referenciales, habitación doble
5☆ desde US$ 180
4☆ desde US$ 100
3☆ desde US$ 40.

ALIMENTACION

Valores referenciales:
Almuerzo, desde US$ 5
Snack o refrigerio, desde US$ 3

DIRECCIONES UTILES
— **Aeropuerto Internacional**
Informaciones: Tel. 601.97.09 / 601.90.01 / 601.96.54
Ladeco, Tel. 601.94.45
Lan Chile, Tel. 601.91.65

— **Estación Central de Ferrocarriles**
Av. L. Bernardo O'Higgins 3322. Reservas e Informaciones, Tel. 689.51.99 / 689.54.01 / 689.57.18.

Ventas de Pasajes
— Av. L. Bernardo O'Higgins 853, L. 21
tel. 39.82.47.
— Metro Escuela Militar, L. 25
Tel. 228.29.83.
Lunes a viernes de 8:30 a 13:00 hrs.
Sábado de: 9:00 a 13:00 hrs.

— **Compañía de Teléfonos de Chile (C.T.C.)**
Llamadas Nacionales e Internacionales
Moneda 1151

— **Empresa Nacional de Telecomunicaciones, ENTEL**
Huérfanos 1133
Tel. 690.26.12.

— **Télex Chile**
Llamadas Nacionales e Internacionales y Facsímil
Morande 147
Tel. 696.88.07

— **Servicio de Extranjería**
Por pérdida de Tarjeta de Turismo Policía Internacional, Depto. Fronteras
General Borgoño 1052, Tel. 37.12.92 / 698.22.11.
Lunes a viernes de 8:30 a 12:15 hrs. y de 15:00 a 18:30 hrs.

— Prórroga Tarjeta de Turismo Intendencia Región Metropolitana
Moneda 1342, Tel. 672.53.20
Lunes a viernes de 9:00 a 13:00 hrs.

EMERGENCIAS

Ambulancia: Tel. 224.44.22
Asistencia Pública: Tel. 34.22.91.
Bomberos: Tel. 132
Carabineros: Tel. 133

1. ¿Cómo se llama el aeropuerto internacional? ¿Dónde está?
2. ¿Qué formas de transporte se usan para viajar dentro de la ciudad? ¿Y de Santiago al resto de Chile?
3. ¿Qué idiomas se hablan en los establecimientos turísticos?
4. ¿Cuál es la diferencia entre la hora local en Santiago y la hora local en su región de los EE.UU.? (Cuando son las ocho en Nueva York, son las siete en Santiago.)
5. ¿Cuánto cuesta una habitación doble en un hotel de cinco estrellas?
6. ¿Dónde se puede conseguir información turística?
7. ¿Dónde se puede cambiar dinero?
8. ¿Cuándo están abiertos los grandes centros comerciales?
9. ¿A qué agencia se debe llamar si se pierde la Tarjeta de Turismo?

11.4 Entrevista personal. Hágale preguntas a su compañero(-a) de clase.

Pregúntele...

1. si le gusta viajar en avión. ¿Por qué?
2. qué línea aérea prefiere.
3. si prefiere un vuelo directo. ¿Por qué?
4. dónde prefiere sentarse en el avión.
5. si lleva mucho equipaje cuando viaja. ¿Por qué?
6. qué hace si pierde el avión.

11.5 Creación. En una narración cuente lo que pasa en el dibujo de la **Presentación.**

VOCABULARIO

En el aeropuerto	At the airport		
el (la) aduanero(-a)	customs agent	perder el avión	to miss the plane
el billete	ticket	reclamar el equipaje	to claim luggage
el boleto de ida y vuelta	round-trip ticket	**A bordo**	**On board**
el control de seguridad	security check	el (la) aeromozo(-a) (A)	flight attendant
la etiqueta	luggage tag	el (la) azafata (E)	
la línea aérea	airline	el (la) camarero(-a)	
la maleta	suitcase	el asiento al lado de la ventanilla	window seat
el maletero	porter	en el pasillo	aisle seat
el maletín	briefcase	el aterrizaje	landing
el pasaje (A)	fare	el despegue	take off
el (la) pasajero(-a)	passenger	el equipaje de mano	carry-on luggage
la pista	runway	la fila	row
la puerta	gate	la sección de (no) fumar	(no) smoking section
la sala de reclamación de equipaje	baggage claim area	la tarjeta de embarque	boarding pass
el talón	baggage claim check	un vuelo directo sin escalas	direct flight
la tarifa (E)	fare	abordar el avión	to board
el terminal	terminal	abrocharse el cinturón de seguridad	to fasten the seatbelt
el vuelo internacional	flight / international flight	aterrizar	to land
nacional	domestic flight	bajar del avión desembarcar	to get off of the plane
confirmar una reservación	to confirm a reservation	caber debajo del asiento	to fit under the seat
facturar el equipaje	to check luggage	desabrocharse	to unfasten
hacer una reservación	to make a reservation	despegar	to take off
pasar por la aduana	to go through customs	hacer escala	to stop over
		subir al avión	to get on the plane
		volar (ue)	to fly

ASÍ SE HABLA

Buying a Ticket and Boarding a Plane

MIREYA: Señor, tengo una emergencia personal y quisiera saber si podría comprar un pasaje para el vuelo de esta tarde o de esta noche a Valparaíso.

EMPLEADO: A ver, déjeme ver.

MIREYA: Gracias, señor. Ojalá que tenga suerte porque en realidad...

EMPLEADO: Sí, sí tiene suerte, no se preocupe. Aquí hay un asiento disponible en el vuelo de esta mañana, el de las doce. ¿Le conviene o prefiere más tarde?

MIREYA: No, no, está bien, mejor aún.

EMPLEADO: Muy bien, entonces, ¿tiene sus maletas para facturárselas?

MIREYA: Un momentito, por favor. Anabela, si fueras tan amable, ¿me podrías pasar mis maletas? Me voy en el vuelo de las doce.

ANABELA: ¡Qué suerte! Aquí están. ¿Las pongo aquí?

EMPLEADO: Sí, gracias. Muy bien... ya está todo listo. Su vuelo sale a las doce por la puerta 8A. Aquí tiene su tarjeta de embarque. No se olvide que tiene que pasar por Seguridad primero.

MIREYA: Sí, no se preocupe. Gracias, señor.

When you are traveling by plane, you can use the following expressions.

Quiero un pasaje de ida y vuelta a...	*I want a round-trip ticket to . . .*
Quiero sentarme al lado de la ventanilla / del pasillo / en el medio.	*I want to sit by the window / aisle / in the middle.*
¿A qué hora sale el vuelo?	*At what time does the flight leave?*
¿A qué hora empiezan a abordar?	*At what time do you start boarding?*
El vuelo está retrasado / sale a la hora.	*The flight is late / is leaving on time.*
El vuelo número... sale por la puerta número...	*Flight number . . . leaves through gate number . . .*

Facture su equipaje.	*Check your luggage.*
Muestre su tarjeta de embarque.	*Show your boarding pass.*
Cargue su equipaje de mano.	*Take your hand luggage.*
Ponga su equipaje de mano	*Put your hand luggage under the seat in*
debajo del asiento delantero.	*front (of you).*
Abróchese el cinturón.	*Fasten your seatbelt.*
Observe el aviso de no fumar.	*Observe the no-smoking sign.*
Ubique las salidas de emergencia.	*Find the emergency exits.*

Práctica y conversación

11.6 De viaje. ¿Qué dice Ud. si está en un aeropuerto y necesita lo siguiente?

1. Quiere comprar un pasaje de Nueva York a Valparaíso.
2. Necesita un pasaje de Nueva York a Santiago con regreso a Nueva York.
3. Prefiere un asiento que le permita mirar por la ventana durante el vuelo.
4. Tiene que llevar dos maletas.
5. No sabe por qué puerta sale su avión.
6. Quiere hacer algunas compras pero no sabe si tiene tiempo antes de que salga su avión.

11.7 ¡Voy a Santiago! Con un(-a) compañero(-a), completen el siguiente diálogo.

Viajero(-a): Buenos días, necesito comprar un pasaje para Santiago de Chile para salir el día de hoy.

Empleado(-a): Muy bien... Déjeme ver... Sólo tenemos espacio en primera clase. ¿Le parece bien?

Viajero(-a): Sí, no hay problema, pero ¿cuánto me va a costar más o menos?

Empleado(-a): Bueno, depende. ¿Quiere de _____ o sólo de _____?

Viajero(-a): No, de _____ porque tengo que regresar aquí a los Estados Unidos.

Empleado(-a): Y, ¿cuándo desea regresar?

Viajero(-a): _____.

Empleado(-a): En ese caso le va a costar $2.500.

Viajero(-a): Está bien. ¡Qué se va a hacer!

Empleado(-a): Bueno, yo le puedo arreglar todo ahora mismo. ¿Dónde quisiera sentarse? ¿Prefiere _____ o _____?

Viajero(-a): Preferiría _____, si fuera posible.

Empleado(-a): Muy bien. Aquí tiene su _____ y su _____. ¡Que tenga buen viaje!

ESTRUCTURAS

Explaining Previous Wants, Advice, and Doubts

Imperfect Subjunctive

The imperfect subjunctive is used to express the same functions as the present subjunctive; the main difference is that the situations requiring the use of the imperfect subjunctive occurred in the past.

Imperfect Subjunctive of Regular Verbs		
volar	perder	subir
volara	perdiera	subiera
volaras	perdieras	subieras
volara	perdiera	subiera
voláramos	perdiéramos	subiéramos
volarais	perdierais	subierais
volaran	perdieran	subieran

a. To obtain the stem for the imperfect subjunctive, drop the **-ron** ending from the third-person plural form of the preterite: **volaron → vola-; perdieron → perdie-; subieron → subie-.** To this stem, add the endings that correspond to the subject: **-ra, -ras, -ra, -ramos, -rais, -ran.** Note the written accent on the first-person plural form.

b. There are no exceptions to this method of formation of the imperfect subjunctive. Thus, the imperfect subjunctive will show the same irregularities as the preterite.

Imperfect Subjunctive of Irregular Verbs			
-i- Stem		*-j-* Stem	
hacer	**hiciera**	decir	**dijera**
querer	**quisiera**	traer	**trajera**
venir	**viniera**		
-u- Stem		*-y-* Stem	
andar	**anduviera**	caer	**cayera**
estar	**estuviera**	creer	**creyera**
poder	**pudiera**	leer	**leyera**
poner	**pusiera**	oír	**oyera**
saber	**supiera**		
tener	**tuviera**		
-cir Verbs		*-uir* Verbs	
traducir	**tradujera**	construir	**construyera**

Other Irregular Stems			
dar	**diera**	ir	**fuera**
haber	**hubiera**	ser	**fuera**

The imperfect subjunctive of **hay** (**haber**) is **hubiera**.

Stem-Changing Verbs			
e → i		o → u	
pedir	**pidiera**	dormir	**durmiera**

c. The same expressions that require the use of the present subjunctive also require the use of the imperfect subjunctive. The present subjunctive is used when the verb in the main clause is in the present tense. When the verb in the main clause is in a past tense, then the imperfect subjunctive is used.

Dudan que despeguemos a tiempo. **Dudaban** que **despegáramos** a tiempo.	*They doubt that we will take off on time. They doubted that we would take off on time.*
La azafata les dice a todos los pasajeros que se abrochen el cinturón.	*The stewardess tells all the passengers to fasten their seatbelts.*
La azafata les **dijo** a todos los pasajeros que **se abrocharan** el cinturón.	*The stewardess told all the passengers to fasten their seatbelts.*

d. In Spain and in certain other Spanish dialects, an alternate set of endings for the imperfect subjunctive is commonly used: **-se, -ses, -se, -semos, -seis, -sen.** You will see these forms frequently in reading selections and will need to recognize them.

Práctica y conversación

11.8 Mi primer viaje. ¿Recuerda su primer viaje en avión? Explique lo que era necesario hacer.

> **Modelo**   comprar los boletos dos semanas antes del viaje
> **Era necesario que yo comprara los boletos dos semanas antes del viaje.**

1. hacer una reservación
2. estar en el aeropuerto con una hora de anticipación
3. ir al terminal internacional
4. tener el pasaporte
5. saber el número del vuelo
6. oír el anuncio del vuelo
7. poner el equipaje de mano debajo del asiento

11.9 En el terminal. Explique lo que un empleado de la línea aérea les aconsejó a los pasajeros.

Les aconsejó que...
poner las etiquetas en las maletas / facturar todo el equipaje / pasar por el control de seguridad / averiguar el número del vuelo / tener lista la tarjeta de embarque / abordar el avión a tiempo

 11.10 A bordo. Ud. acaba de regresar de un viaje por la América del Sur. Cuéntele a un(-a) compañero(-a) qué fue necesario hacer antes de salir de viaje y qué consejos le dieron sus familiares.

Making Polite Requests

Other Uses of the Imperfect Subjunctive

In addition to expressing past wants, advice, and doubts, the imperfect subjunctive has other uses.

a. The imperfect subjunctive forms of **deber, poder,** and **querer** are often used to soften a statement or request so that it is more polite. In such cases, the imperfect subjunctive is the main verb of the sentence. Compare the translations of the following sentences.

El aduanero brusco

Quiero revisar su equipaje. Pase por aquí. Abra sus maletas.	*I want to look through your luggage. Come through here. Open your suitcases.*

El aduanero cortés

Quisiera revisar su equipaje. ¿**Pudiera** Ud. pasar por aquí y abrir sus maletas?	*I would like to look through your luggage. Could you step through here and open your suitcases?*

b. The imperfect subjunctive is always used after the expression **como si** meaning *as if.*

Esa mujer se comporta **como si pasara** algo de contrabando.	*That woman behaves as if she were smuggling something.*

Práctica y conversación

11.11 El aduanero brusco. Ayude a este aduanero a ser más cortés. Dígale otra manera de expresar las siguientes frases.

1. Ud. debe pasar por aquí.
2. Quiero ver su declaración de aduana.
3. Ud. debe abrir su equipaje.
4. Quiero revisar sus maletas.
5. ¿Puede Ud. cerrar sus maletas?

11.12 Como si... Complete las siguientes oraciones de una manera lógica.

1. Siempre trabajo como si _____.
2. Mi novio(-a) maneja como si _____.
3. Mi mejor amigo(-a) gasta dinero como si _____.
4. Mi profesor(-a) nos da tarea como si _____.
5. Mis padres me tratan como si yo _____.

11.13 Quisiera... Ud. es un(-a) estudiante de intercambio en Chile y quiere invitar a su padre o madre chileno(-a) a cenar en un restaurante muy elegante. Invítelo(-la); él (ella) acepta. Luego, en el restaurante, pregúntele qué quisiera comer y beber; pida la comida. Mientras están comiendo, agradézcale toda su generosidad y hospitalidad. El (Ella) responde.

Discussing Contrary-to-Fact Situations
If Clauses with the Imperfect Subjunctive and the Conditional

Contrary-to-fact ideas are often joined with another idea expressing what would or would not be done if a certain situation were true. *If I had the money, I would go to Chile.*

When a clause introduced by **si** *(if)* expresses a contrary-to-fact situation or an improbable idea, the verb in the **si** clause must be in the imperfect subjunctive. The verb in the main or result clause must be in the conditional.

Contrary-to-fact situation

Si tuviera tiempo, te **llevaría** al aeropuerto.

If I had time (which I don't), *I would take you to the airport.*

Improbable situation

Si abordáramos ahora mismo, no **llegaríamos** a Santiago sino hasta las 10.

If we were to board right now (which is unlikely), *we wouldn't arrive in Santiago until 10:00.*

Reminder. When the verb of the **si** clause is in the present tense, the verb of the result clause is often in the future tense. Compare the verbs of the following examples: **Si tengo dinero, iré a Chile. Si tuviera dinero, iría a Chile.**

Gramática suplementaria. The **si** clause can be the first or second clause of the sentence. **Si tuviera dinero, iría a Chile. Iría a Chile si tuviera dinero.**

Práctica y conversación

11.14 Si yo fuera aeromozo(-a)... Si Ud. fuera aeromozo(-a), ¿qué haría?

Si yo fuera aeromozo(-a)...
recoger las tarjetas de embarque / ayudar a los pasajeros / servir refrescos / hablar con los pilotos / contestar las preguntas de los pasajeros / prepararles las comidas a los pasajeros / viajar mucho

11.15 Un viaje a Latinoamérica. Explique bajo qué condiciones Ud. iría a Latinoamérica.

Iría a Latinoamérica si...
hablar mejor el español / ganar mucho dinero en la lotería / no preocuparme por los estudios / tener más tiempo / conocer a alguien que quisiera viajar conmigo / no conseguir trabajo / ¿?

11.16 ¿Qué haría Ud.? Complete las siguientes oraciones de una manera lógica.

1. Si pudiera viajar a un lugar, <u>fuera a Europa</u>.
2. <u>Compraría una carro nueva</u> si tuviera mucho dinero.
3. Si pudiera ser otra persona, <u>~~fuera~~ Christina Rossetti (quisiera ser la</u>
4. Me gustaría <u>comer</u> si <u>saliría</u>.
5. Si tuviera mucho tiempo libre, <u>yo ~~leyera~~ leería Harry Potter</u>.

 11.17 ¿Qué harían Uds.? En grupos, dos estudiantes hablan de lo que harían si pudieran viajar a un país extranjero. El (La) tercer(-a) estudiante toma apuntes y después informa a la clase lo discutido.

 Interacciones CD-ROM: **Capítulo 11, Primera situación**

Para saber más: http://interacciones.heinle.com

PRESENTACIÓN

Una habitación doble, por favor

Práctica y conversación

11.18 ¿Quién lo ayuda? ¿Qué empleado del hotel lo (la) ayuda a Ud. en las siguientes situaciones?

1. Ud. tiene muchas maletas pesadas.
2. Quiere un plano de la ciudad.
3. Necesita cobrar cheques de viajero.
4. Los huéspedes de una habitación vecina hacen mucho ruido.
5. Necesita un taxi.
6. Le faltan toallas y jabón.
7. Quiere reservaciones en un restaurante de lujo.

11.19 Quejas. Ud. y su compañero(-a) de clase están ayudando a su amigo(-a), un(-a) recepcionista en el Hotel Alay. Las hojas que contienen las quejas y el nombre de los huéspedes que las pusieron están en desorden. ¿Pueden Uds. juntar cada queja con el nombre del huésped que la puso? A continuación está su hoja; la de su compañero(-a) está en el **Apéndice A.**

> Se necesita limpiar la habitación 223.
> El señor Sánchez quiere ducharse pero no puede.
> Los enchufes en la habitación 418 no funcionan.
> Hace mucho frío en la habitación de la señora Cirre.
> En la habitación 614 el aire acondicionado está descompuesto.

11.20 La reunión anual. Ud. trabaja en Santiago de Chile para una compañía multinacional con oficinas en España y en las capitales de la América del Sur. Ud. está encargado(-a) de organizar su próxima reunión y pidió información en varios hoteles. Con un(-a) compañero(-a) de clase, discutan los servicios de estos dos hoteles y decidan cuál es el mejor para la reunión de los 300 empleados de su compañía. Justifique su decisión.

Situado al borde del mar, sobre el Puerto Deportivo y junto al Paseo Marítimo de Benalmádena-Costa, a 7 Kms. del aeropuerto y a 15 Kms. del centro de Málaga Capital, a 2 Kms. del Golf Torrequebrada. 245 habitaciones y 10 suites con vistas al mar, totalmente climatizadas y con teléfono directo, TV vía satélite, terraza y baño completo. Restaurante, salones sociales, de banquetes, seminarios y congresos, salón de juego y TV, piano bar, peluquería, sauna y gimnasio, pista de tenis, 2 piscinas, una de ellas climatizada. Servicio de lavandería y limpieza en seco.

Disfrute de nuestros restaurantes «Alay» y «Mar de Alborán» y deguste la gran variedad de exquisitos platos.

Para cocktails, cenas, almuerzos de trabajo y banquetes, el Hotel Alay le ofrece cómodas facilidades y un servicio muy esmerado.

Bar americano: Lugar favorito de encuentro para tomar una copa y gozar de una buena música en vivo.

Gran selección de salones para reuniones y banquetes.

HOTEL ALAY
★ ★ ★ ★

Avda. del Alay, s/n
BENALMADENA-COSTA
Costa del Sol - MALAGA - SPAIN
Phone 95 - 224 14 40
Fax 95 - 244 63 80
Telex 77034

Un sistema organizado por un eficiente equipo de profesionales para brindar una excelente atención y servicio.

Amplias habitaciones que incluyen baños con «jacuzzi» y sauna privada, TV color y minibar; restaurantes, bar, cafetería, discoteca, salas de conferencias para ejecutivos, telex y servicio de mensajería.

Ubicación excelente cerca de playas, área comercial y zona artística, y a sólo 25 minutos del Aeropuerto Internacional.

11.21 Creación. En una narración cuente lo que pasa en el dibujo de la **Presentación.**

VOCABULARIO

Los hoteles	**Hotels**	una manta	*a blanket*
el albergue juvenil	*youth hostel*	una toalla de baño	*a bath towel*
el hotel de lujo con	*luxury hotel with*	unos ganchos (A)	*some hangers*
piscina	*swimming pool*	unas perchas de	
salón de cóctel	*cocktail lounge*	colgar (E)	
terraza	*terrace*	tener	*to have*
el motel	*motel*	aire acondicionado	*air conditioning*
el parador	*government-run*	balcón	*a balcony*
	historic inn	baño	*a bathroom*
la pensión	*boarding house*	calefacción	*heat*
alojarse	*to stay*	ducha	*a shower*
Registrarse	**To check in**	tener problemas	*to have problems*
la caja de seguridad	*safety box*	con el enchufe	*with the electric outlet*
la estancia	*stay*		
la habitación	*(hotel) room*	el grifo	*the faucet*
doble	*double room*	el inodoro	*the toilet*
sencilla	*single room*	el lavabo	*the sink*
el (la) huésped	*guest*	el voltaje	*the voltage*
la pensión completa	*full board*	cómodo(-a)	*comfortable*
la recepción	*registration desk*	incómodo(-a)	*uncomfortable*
el salón de entrada	*lobby*	**Los empleados**	**Employees**
el vestíbulo		el botones	*bellhop*
bajar el equipaje	*to bring down the luggage*	la camarera	*chambermaid*
cargar	*to carry*	la criada	
hacer	*to make a*	el (la) conserje	*concierge*
una reserva (E)	*reservation*	el portero	*doorman*
una reservación (A)		el (la) recepcionista	*desk clerk*
llenar la tarjeta de	*to fill out the*	**La cuenta**	**The bill**
recepción	*registration form*	el recargo por	*additional charge for*
completo(-a) (E)	*full*	las llamadas	*telephone calls*
lleno(-a) (A)		telefónicas	
disponible	*available*	el servicio de	*room service*
La habitación	**Room**	habitación	
necesitar	*to need*	el servicio de	*laundry service*
jabón	*soap*	lavandería	
papel higiénico	*toilet paper*	desocupar la	*to vacate the room*
una almohada	*a pillow*	habitación	

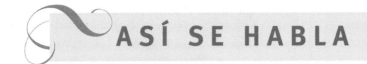

ASÍ SE HABLA

Getting a Hotel Room

SRA. MENÉNDEZ:	¿No te habrás olvidado lo que te pedí, Juan?
SR. MENÉNDEZ:	¿Qué me pediste, querida?
SRA. MENÉNDEZ:	Que reservaras una habitación doble de lujo. ¡No me digas que te olvidaste!
SR. MENÉNDEZ:	¿Doble? Este... por supuesto que no, querida.
SRA. MENÉNDEZ:	Y en un piso alto, supongo.
SR. MENÉNDEZ:	Este... sí, sí, sí... por supuesto...
SRA. MENÉNDEZ:	A menos que te hayas olvidado...
SR. MENÉNDEZ:	No, no querida, ¿cómo se me iba a olvidar?... Este... mira... este... ¿Por qué no esperas mejor en el saloncito mientras yo... este... lleno la tarjeta de recepción?
SRA. MENÉNDEZ:	¿Esperar? ¿En el saloncito? ¿Por qué?
SR. MENÉNDEZ:	Este... para que... para que no te canses, mi amor, por supuesto.

The following expressions are used when you want to get a hotel room.

Quisiera una habitación doble / sencilla con baño.	*I would like a double / single room with a bath(room).*
Prefiero una habitación que dé a la calle / atrás / al patio.	*I prefer a room facing the street / the back part / the patio.*
¿Acepta tarjetas de crédito / cheques de viajero / dinero en efectivo?	*Do you accept credit cards / traveler's checks / cash?*
Por favor, llene la tarjeta de recepción.	*Please fill out the registration form.*
Tengo que registrarme.	*I have to check in.*
¿A qué hora tengo que pagar la cuenta?	*At what time do I have to check out?*

Necesito un recibo, por favor.	*I need a receipt, please.*
¿Me podría enviar el equipaje a la habitación?	*Could you send my luggage to my room?*

Práctica y conversación

11.22 En el hotel. Un(-a) estudiante hace el papel de viajero(-a) y otro(-a) el de recepcionista. ¿Qué dicen en la siguiente situación?

VIAJERO(-A):	Necesita una habitación.
RECEPCIONISTA:	Quiere saber si el (la) viajero(-a) tiene reservación.
VIAJERO(-A):	Contesta negativamente.
RECEPCIONISTA:	Tiene habitaciones, pero quiere saber qué tipo de habitación necesita el (la) viajero(-a).
VIAJERO(-A):	Responde.
RECEPCIONISTA:	Quiere saber en qué sección del hotel prefiere la habitación.
VIAJERO(-A):	Responde.
RECEPCIONISTA:	Le da la información necesaria: número de habitación, piso, precio por día, hora de salida.
VIAJERO(-A):	Quiere saber qué facilidades hay: aire acondicionado, televisor con cable o satélite, servicio de habitación, restaurantes, etc.
RECEPCIONISTA:	Le da la información.
VIAJERO(-A):	Decide quedarse en ese hotel.
RECEPCIONISTA:	Le da la tarjeta de recepción.
VIAJERO(-A):	Quiere que le lleven el equipaje a la habitación.
RECEPCIONISTA:	Responde. Le desea al (a la) viajero(-a) una buena estadía en la ciudad.
VIAJERO(-A):	Responde.

11.23 Necesito una habitación. Con un(-a) compañero(-a), dramaticen la siguiente situación. Ud. acaba de llegar a Santiago de Chile. Son las doce de la noche y está muy cansado(-a) y no tiene reservación en ningún hotel. Del aeropuerto Ud. llama a un hotel y pide la información que necesita. El (La) otro(-a) estudiante es el (la) recepcionista del hotel.

ESTRUCTURAS

Explaining When Future Actions Will Take Place
Subjunctive in Adverbial Clauses

In Spanish the subjunctive is used in clauses when it is not certain when or if an action will take place: *We will spend our vacation in Viña del Mar provided that we can get a room in a good hotel.*

a. The subjunctive is always used in adverbial clauses introduced by the following phrases:

a menos que	*unless*	en caso que	*in case that*
antes que	*before*	para que	*so that*
con tal que	*provided that*	sin que	*without*

Nos alojaremos en un hotel con piscina **con tal que tengan** una habitación disponible.

We will stay in a hotel with a pool provided that they have an available room.

Note that the future activity (**nos alojaremos**) is dependent upon the outcome of another uncertain action (**tengan**).

b. The subjunctive is used with the following adverbs of time when a future and uncertain action is implied.

así que		cuando	*when*
en cuanto	*as soon as*	después que	*after*
luego que		hasta que	*until*
tan pronto como		mientras	*while*

Subirán el equipaje **después que Uds. llenen** la tarjeta de recepción.

They will take your luggage up after you fill out the registration form.

When these adverbs of time express a completed action in the past or habitual action in the present, they are followed by verbs in the indicative. Compare the following examples.

Future action

Saldremos para el aeropuerto **tan pronto como llegue** tu papá.

We will leave for the airport as soon as your dad arrives.

Past action

Salimos para el aeropuerto **tan pronto como llegó** tu papá.

We left for the airport as soon as your dad arrived.

Habitual action

Siempre salimos para el aeropuerto **tan pronto como llega** tu papá.

We always leave for the airport as soon as your dad arrives.

c. The subjunctive is used with the following expressions of purpose if they point to an event that is still in the future or uncertain.

a pesar de que	*in spite of*	aunque	*although / even if*
aun cuando	*even when*	de manera que de modo que }	*so that*

Nos alojaremos en el Hotel Pacífico **aunque no tenga** aire acondicionado.

We will stay in the Hotel Pacífico even if it doesn't have air conditioning.

When these adverbs express a certainty, the indicative is used.

Nos alojamos en el Hotel Pacífico **aunque no tenía** aire acondicionado.

We stayed in the Hotel Pacífico although it didn't have air conditioning.

Práctica y conversación

11.24 Vacaciones en Chile. Un(-a) compañero(-a) de clase le hace preguntas a Ud. sobre unas vacaciones que Uds. piensan pasar en Chile. Conteste según el modelo.

> **Modelo** pasar por El Arrayán: cuando / ir a Farellones para esquiar
>
> USTED: **¿Pasaremos por El Arrayán?**
>
> COMPAÑERO(-A): **Pasaremos por El Arrayán cuando vayamos a Farellones para esquiar.**

1. visitar Viña del Mar: cuando / ir a Valparaíso
2. ir a Portillo: a menos que / no querer esquiar
3. hacer una excursión a La Serena: mientras / estar en ruta a Antofagasta
4. pasar por Concepción: a menos que / ser la época de la lluvia
5. viajar a Puntas Arenas: sin que / olvidar que es la ciudad más al sur del continente
6. volar a la isla de Pascua: con tal que / tener suficiente tiempo

11.25 Los viajeros. Combine las dos oraciones que se presentan a continuación, usando las frases adverbiales que correspondan.

a menos que	hasta que	cuando	tan pronto como
en cuanto	aun cuando	aunque	luego que

> **Modelo** Los viajeros generalmente facturan su equipaje. Sólo llevan una maleta pequeña.
>
> **Los viajeros generalmente facturan su equipaje a menos que sólo lleven una maleta pequeña.**

1. Generalmente las personas pagan su pasaje al extranjero. Han sido enviadas por su compañía o lugar de trabajo.
2. Saben que tendrán que volver a trabajar. Regresan a la oficina.
3. Saben también que tendrán que administrar su dinero muy bien. Regresan a su país.
4. Los estudiantes prefieren los albergues juveniles. Tienen muchísimo dinero.
5. Muchas veces los viajeros piensan en quedarse a vivir en el extranjero. Saben que sólo se trata de un sueño.

11.26 ¿Cómo podemos ayudarlo(-la)? Un(-a) estudiante hace el papel de un(-a) empleado(-a) de un hotel y otro(-a) el de un(-a) viajero(-a) que tiene muchos problemas en su habitación (la calefacción no funciona, necesita toallas, ganchos, jabón, no han subido su equipaje, la habitación no está limpia, el teléfono no funciona, etc.). El (La) tercer(-a) estudiante toma apuntes de la conversación y luego informa a la clase.

Describing Future Actions That Will Take Place Before Other Future Actions

Future Perfect Tense

The future perfect tense expresses an action that will be completed by some future time or before another future action. *We will have checked into the hotel before our friends do.*

Future Perfect Tense			
habré		*I will have*	
habrás	**-AR**	*you will have*	
	viajado		*traveled*
habrá		*he, she, you will have*	
	-ER		
	aprendido		*learned*
habremos		*we will have*	
habréis	**-IR**	*you will have*	
	decidido		*decided*
habrán		*they, you will have*	

Reminder. The past participle does not change form: **Marta habrá salido para las 7. Ramón habrá salido para las 7.**

a. The future perfect tense is formed with the future tense of the auxiliary verb **haber** + *past participle* of the main verb.

b. The future perfect tense expresses actions that will be completed before an anticipated time in the future.

Habré salido cuando Uds. lleguen.	*I will have gone when you arrive.*
Habré salido para las 5.	*I will have gone by 5:00.*

c. As is the case with the other perfect tenses, reflexive and object pronouns precede the conjugated forms of **haber.**

Me habré graduado para el año 2010.	*I will have graduated by 2010.*

Práctica y conversación

11.27 El futuro perfecto. Lea la siguiente tira cómica y conteste las preguntas.

¿Quiénes son los personajes en la tira cómica y dónde están? ¿Qué estudian en la clase? ¿Cómo es la maestra? ¿Cuál es el futuro perfecto de *amar*?

11.28 Para el año 2025. Explique lo que las siguientes personas habrán hecho para el año 2025.

> **Modelo**   Tomás / terminar sus estudios
> **Tomás habrá terminado sus estudios.**

1. Alberto / viajar a Chile
2. Bárbara y Bernardo / casarse
3. tú / conseguir un buen trabajo
4. Elena / escribir una novela
5. nosotros / aprender a hablar español
6. Ángela / hacerse médica
7. mis amigos y yo / graduarse de la universidad

11.29 Para este fin de semana. Explique lo que Ud. habrá hecho para este fin de semana. Mencione por lo menos cinco actividades.

11.30 Planes personales. Con un(-a) compañero(-a) de clase, dramaticen la siguiente situación. Ud. es un(-a) empleado(-a) de un hotel y hoy llegó a trabajar muy tarde. Su jefe le explica que todo está muy atrasado y le dice todo lo que tiene que hacer. Ud. le da un plan detallado de lo que piensa haber terminado para el mediodía, para las cuatro de la tarde y para las ocho de la noche. Él (Ella) se muestra muy sorprendido(-a).

¿QUÉ OYÓ UD.?

Identifying the Main Topic

En el aeropuerto de Santiago

After you listen to a conversation, you are sometimes required to answer questions about what happened. You might be asked to explain how you perceive the situation: fair or unfair, expected or unexpected. You might also be asked about the attitude of the people involved: calm or nervous, selfish or generous, upfront or dubious, arrogant or humble. To make these judgments, you rely on the factual information you hear, the words and expressions the speaker uses, and your own personal background information concerning the topic or situation.

Ahora, escuche el diálogo entre una pasajera y una empleada de la línea LanChile en el aeropuerto de Santiago y tome los apuntes que considere necesarios. Antes de escuchar la conversación, lea los siguientes ejercicios. Después, conteste.

Antes de escuchar

 11.31 La fotografía. Con un(-a) compañero(-a) de clase, miren la fotografía que se presenta en esta página y hagan las siguientes actividades.

1. Describan el lugar, las personas y las cosas que se ven en la fotografía.
2. ¿Qué creen Uds. que están haciendo las personas en la fotografía? Justifiquen su respuesta.

A escuchar

11.32 Los apuntes. Escuche la conversación entre Pilar y la empleada de la línea LanChile en el aeropuerto de Santiago. Tome los apuntes que considere necesarios y complete las siguientes oraciones.

1. Pilar lleva _____ de equipaje.
2. Antes de ir a su puerta de salida, Pilar tiene que llevar sus maletas a _____ .
3. Prefiere sentarse en la parte _____ del avión y prefiere un asiento _____ .
4. Pilar quisiera tener tiempo para poder _____ .
5. La empleada le dice que después de pasar por Inmigración, hay _____ donde ella _____ .

Después de escuchar

11.33 Resumen. Con un(-a) compañero(-a) de clase, resuman la conversación entre Pilar y la empleada de LanChile.

11.34 Algunos detalles. Escoja entre las alternativas que se presentan a continuación las que mejor reflejen lo que ocurrió.

1. La conversación se trata de...

   a. lo que tiene que hacer Pilar antes de subir al avión.
   b. los nuevos reglamentos del aeropuerto.
   c. las compras que se pueden hacer en el aeropuerto.

2. Pilar está fastidiada porque...

   a. hay mucha gente haciendo cola en Seguridad.
   b. no hay asientos disponibles al lado de la ventana.
   c. su vuelo sale dentro de cincuenta y cinco minutos.

3. Lo primero que tiene que hacer Pilar es...

   a. comprar regalos para sus familiares.
   b. pasar por Inmigración.
   c. ir a la puerta de embarque.

4. Podemos pensar que después de que Pilar pase por Inmigración ella...

   a. subirá al avión inmediatamente.
   b. irá a tomar un café.
   c. comprará muchos regalos.

Interacciones CD-ROM: **Capítulo 11, Segunda situación**

Para saber más: http://interacciones.heinle.com

PERSPECTIVAS

El transporte en el mundo hispano

Hay una gran variedad de medios de transporte en el mundo hispano y cada uno tiene sus ventajas y desventajas. El uso de un medio en vez de otro depende de las características geográficas del lugar y de su situación económica.

El autobús es un medio de transporte muy común en todo el mundo hispano pero especialmente en Hispanoamérica. Los autobuses tienen nombres distintos según el país o la región. En México lo llaman «el camión»; en la Argentina, «el colectivo»; en Cuba y Puerto Rico, «la guagua»; y en Chile, «el bus». Generalmente los autobuses interurbanos son grandes y muy cómodos; a veces tienen televisores y servicio de comida.

En la mayoría de las ciudades del mundo hispano, el transporte público está bien desarrollado y generalmente es mucho más eficaz utilizarlo que manejar y tratar de encontrar un lugar para estacionar el coche. En las ciudades de Barcelona, Buenos Aires, Caracas, Madrid, México, D.F. y Santiago los habitantes y los turistas pueden utilizar el sistema de trenes subterráneos, llamado el metro, para ir de un lugar a otro.

Pero a pesar de tener buenos sistemas de transporte público, muchas personas prefieren la conveniencia de manejar su propia motocicleta o su propio coche.

En muchos países hay sistemas nacionales de aviones o de trenes. En España RENFE, la Red Nacional de Ferrocarriles Españoles, mantiene un sistema de trenes de muchas categorías, entre ellos el AVE, el tren de Alta Velocidad Española, que transporta pasajeros entre Madrid y Sevilla y a otros lugares.

En Hispanoamérica la naturaleza dificulta el transporte. En Centroamérica y México las montañas separan los países y las regiones dentro de los países. En Sudamérica los Andes forman una barrera natural entre las regiones de la costa del Pacífico y el interior del continente. A causa de las montañas es difícil construir carreteras o vías ferroviarias; por eso dependen del transporte aéreo. No debe ser sorprendente saber que la primera línea aérea nacional fue Avianca de Colombia ni que hay más aeropuertos que estaciones de tren en Bolivia.

Además del transporte público anteriormente mencionado, también existen taxis o la posibilidad de alquilar un coche para viajar dentro y fuera de las ciudades.

Práctica y conversación

11.35 Los medios de transporte. Explique qué medio de transporte van a utilizar las siguientes personas.

1. Un turista en Madrid quiere ir de su hotel al otro lado de la ciudad.
2. Una familia mexicana quiere viajar en autobús de Guadalajara a la capital.
3. Un argentino quiere viajar en autobús de Buenos Aires a Córdoba.
4. Una colombiana quiere ir de Bogotá a Cali.
5. Un turista en Santiago no quiere usar el transporte público para trasladarse dentro de la ciudad.

11.36 Un viaje en Chile. Ud. y un(-a) compañero(-a) quieren ir de Santiago a Viña del Mar. Discutan los medios de transporte disponibles para ir de una ciudad a otra. ¿Cuáles son las ventajas o desventajas de cada uno? ¿Cómo van a viajar de su hotel a la estación de autobuses o de tren o al aeropuerto? ¿Qué medio de transporte van a utilizar para viajar entre las dos ciudades? Justifiquen su respuesta.

El metro de México

Antes de mirar

11.37 Un programa cultural. Durante la construcción del metro los obreros encontraron objetos de la civilización azteca que ahora forman parte de las galerías y exhibiciones culturales del metro. Utilice la siguiente foto y describa lo que se ve. En su opinión, ¿qué es esto?

11.38 La vida cotidiana. Se dice que el metro de México es como la universidad donde se puede ver y aprender muchísimo. Con un(-a) compañero(-a) de clase, hagan una lista de las actividades y cosas que Uds. piensan ver dentro del metro de México.

A mirar

11.39 El metro de México. Con un(-a) compañero(-a) de clase, hagan una descripción del metro de México. Incluyan información sobre las estaciones, los trenes y las actividades de los pasajeros que Uds. han visto en el vídeo. Después, comparen su descripción con la lista de actividades y cosas creada en la **Práctica 11.38;** digan cuáles de las cosas y actividades en su lista original Uds. han visto en el vídeo.

11.40 El programa cultural. Complete las siguientes oraciones con información acerca del programa cultural del metro de México.

1. Los otros metros del _____ tienen un ambiente de decoraciones en sus _____.

2. Por otro lado, el metro _____ tiene un _____ de disfrute cultural _____.

3. Se llevan a cabo más de _____ o _____ exposiciones _____ todo el año.

4. En la _____ del metro hay más de unas _____ o _____ galerías dedicadas totalmente a hacer un _____.

11.41 Los hijos del metro. Con un(-a) compañero(-a) de clase, expliquen por qué se dice que el metro de México tiene hijos. Describan lo que tienen y hacen en el metro para ayudar con los nacimientos de los bebés.

Después de mirar

11.42 Semejanzas y diferencias. En grupos de tres o cuatro, comparen el metro de México con el sistema de transporte de una ciudad de los EE.UU. que Uds. conocen. ¿Cuáles son algunas de las ventajas de cada sistema?

11.43 En defensa de una opinión. ¿Qué evidencia oral y/o visual hay en el vídeo que confirma la siguiente idea? La mejor universidad de la ciudad es el metro.

Para leer bien

Cross-Referencing

Authors generally use synonyms in order to avoid the repetition of the same word within a sentence or paragraph as well as within the entire article or work. This use of synonyms or symbols to refer to frequently mentioned things or people is called cross-referencing. In the following sentence about Santiago, Chile, there are two sets of cross-references.

> *Hay quienes piensan que el conquistador español don Pedro de Valdivia se equivocó de lugar cuando en 1541 decidió fundar la ciudad que más tarde sería la capital de Chile: Santiago de la Nueva Extremadura.*

In the first cross-reference the word **el conquistador** is used in place of **Pedro de Valdivia.** This reference provides additional information about the man who founded Santiago by explaining he was also a Spanish conquistador. In the second cross-reference the words **el lugar / la ciudad / la capital / Santiago** are used to refer to the place where Valdivia located the city and to provide further information about it.

Sometimes this avoidance of repetition is accomplished by using pronouns and possessives that also form cross-references.

> *La playa de Reñaca es la favorita de la juventud; su arena blanca invita a tenderse sobre ella.*

The first step in making cross-references is to recognize the synonyms for the already mentioned nouns in a reading. After recognizing synonyms, it is the job of the reader to make the connections among the synonyms, pronouns, and possessives.

Antes de leer

11.44 Palabras parecidas. Identifique en la columna a la derecha las palabras que tienen algo en común con los tres lugares nombrados a la izquierda.

	la ruta
	las olas
la playa de Reñaca	el mar
los Andes	la vía
la Carretera Panamericana	los sitios elevados
	la arena
	el camino
	el sol
	las montañas

11.45 Las contrarreferencias *(cross-references)*. Identifique las contrarreferencias en las siguientes oraciones.

1. Uno de los principales atractivos turísticos de Santiago es el llamado Parque Metropolitano, situado en el cerro San Cristóbal, mole de piedra y tierra...
2. La playa de Reñaca, con dos kilómetros de extensión, es la playa favorita de la juventud y el más importante centro de actividades del verano.

3. La cordillera de los Andes se sumerge en el mar de Drake y reaparece más tarde en el Continente Blanco —la Antártida— donde todo es nieve pura, eterna y blanca.

4. Santiago, o mejor dicho, la Región Metropolitana, reúne las mejores condiciones para el desarrollo de la producción nacional: gran concentración de población, personal calificado, recursos naturales suficientes, buenas vías de acceso y suficiente agua y energía.

A leer

11.46 Las contrarreferencias. Mientras que Ud. lee la siguiente lectura, «Chile: Un mundo de contrastes sorprendentes», utilice la nueva estrategia para comprender las contrarreferencias. Esta estrategia lo (la) ayudará a comprender mejor las ideas principales de la selección.

Chile: Un mundo de contrastes sorprendentes

Santiago: La ciudad-jardín

Santiago de Chile: El Parque Metropolitano

is renewed
becomes accentuated

hills / surround
backdrop

Hay quienes piensan que el conquistador Pedro de Valdivia se equivocó de lugar cuando en 1541 decidió fundar la ciudad que más tarde sería la capital de Chile: Santiago de la Nueva Extremadura. Esta opinión se renueva° cada año cuando llega el otoño y se acentúa° en el invierno. En ambas estaciones Santiago, que está situado en un valle, sufre los efectos del progreso urbano que se traduce en una contaminación atmosférica. Esta contaminación dificulta que los turistas puedan visualizar lo que casi siempre es evidente en la primavera y el verano: el cielo azul, los verdes cerros° que rodean° Santiago y el enorme y blanco telón de fondo° que constituye la cordillera de los Andes.

Fundada el 12 de febrero de 1541 por el ya mencionado capitán de Valdivia, Santiago se caracteriza por ser la ciudad más poblada de Chile. Concentra casi el 40 por ciento de los habitantes del país, al ser un constante foco de atracción de migraciones rurales. Miles de trabajadores del campo y de las ciudades más pequeñas emigran anualmente a Santiago en busca de trabajo.

Santiago, o mejor dicho, la Región Metropolitana, reúne las mejores condiciones para el desarrollo° industrial: gran concentración de población, personal calificado, recursos naturales° suficientes, buenas vías de acceso y suficiente agua y energía. *development / natural resources*

Es aquí donde se elabora° prácticamente el 50 por ciento de toda la producción nacional. Las principales industrias manufactureras son las textiles, las de prendas de vestir°, industria del cuero, fábricas de productos metálicos, maquinarias° y equipos, productos alimenticios, bebidas y tabacos, industrias de madera y sus productos derivados. *is manufactured / articles of clothing / machinery*

Santiago tiene modernos sistemas de transporte y comunicaciones. Desde el centro de la ciudad, se desprende° la Carretera Panamericana. Una ruta internacional conecta la capital con la Argentina y hay también otras carreteras y vías que la unen con todo el país. Paralela a los caminos se extiende una red° ferroviaria°; el aeropuerto internacional recibe pasajeros y carga del exterior. *issues forth / network / railway*

Uno de los principales atractivos turísticos de Santiago es el llamado Parque Metropolitano situado en el cerro San Cristóbal, mole° de piedra y tierra de más de 300 metros de altura. Allí se encuentran sitios para picnic, un jardín zoológico°, piscinas al aire libre y salas de concierto. *mass, pile / zoo*

En la ciudad misma se conservan aún casonas y mansiones coloniales, las que junto con museos históricos, militares, aeronaúticos, de ciencias naturales y precolombinos, ayudan al visitante a conocer no sólo lo que fue y es Chile sino toda Hispanoamérica.

Para los amantes° de la naturaleza y los paseos° hay muchas posibilidades, desde las canchas de esquí hasta las aguas termales, los ríos para hacer canotaje°, valles y bosques° para acampar sin más temor que el silencio y sin más ruido que el de los riachuelos° y los pájaros. *lovers / strolls / boating / forests / streams*

Viña del Mar, Chile

Viña del Mar

summer resort / to jog
sea-side walkways / coast

*L*a vida se inicia tarde en Viña del Mar. La gente comienza a salir de sus casas hacia las once y media de la mañana, pero antes los más deportistas, como en todo centro de veraneo°, han salido a trotar°, a andar en bicicleta o, simplemente, a caminar por las costaneras° o por la gran avenida que accede a todas las playas del litoral°. Reñaca, con dos kilómetros de extensión, es la playa favorita de la juventud y el más importante centro de actividades del verano.

lugar donde se venden y se come pescado y mariscos / recreation
slot machines

Las vacaciones invitan a comer fuera de casa, jugar, bailar. Viña del Mar lo ofrece todo. Las marisquerías° alternan con los restaurantes en los treinta kilómetros del camino costero. El Casino Municipal es el centro de esparcimiento° más completo de la ciudad. Sus salas atraen a jugadores de ruleta y de tragamonedas°; en su café concert durante todo el año se presentan figuras internacionales de la canción y del espectáculo. La juventud tiene otras preferencias. Los últimos ritmos europeos se unen al rock latino en las discotecas de la región. Viña del Mar también ofrece una intensa vida cultural con teatro, conciertos, exposiciones y concursos° de pintura y escultura.

competitions
area

Magallanes

*L*a geografía y el clima de Chile ofrecen grandes y sorprendentes contrastes. En el norte está el desierto de Atacama, el territorio más seco del mundo, mientras al otro extremo del país todo es nieve.

La región de Magallanes y la Antártida chilena están situadas en el sur entre la Argentina y el océano Pacífico. Aunque Magallanes es la región de mayor superficie° del país es la menos poblada, con solamente 130.000 habitantes. Este territorio extenso y variado es sumamente hermoso. El paisaje° casi siempre incluye glaciares, icebergs, fiordos o islas con canales° sinuosos. Allí la cordillera de los Andes está sumergida en el mar de Drake, pero reaparece más al sur en la Antártida.

landscape
channels

La Antártida chilena

Además de ser una de las regiones más bellas del país, también es una de las más ricas en recursos naturales. La economía depende de la industrialización de los recursos mineros, ganaderos°, marinos y forestales.

livestock

Magallanes también ofrece muchas atracciones turísticas; los visitantes pueden gozar de una gastronomía sabrosa, la práctica° deportiva y las costumbres tradicionales, al mismo tiempo que viajan por una región vasta e impresionante.

participation

Después de leer

11.47 Tres regiones distintas. Complete las oraciones con información del artículo.

Santiago

1. La ciudad de Santiago fue fundada por _____ en _____.
2. En el otoño y en el invierno Santiago sufre _____.
3. _____ es la ciudad más poblada del país; allá se concentra casi _____.
4. Santiago reúne las mejores condiciones para el desarrollo industrial: _____.
5. Las principales industrias de Santiago son _____.
6. El Parque Metropolitano es _____; allí se encuentran _____.
7. Dentro de la ciudad algunas de las atracciones turísticas son _____.

Viña del Mar

8. Viña del Mar es _____ que se encuentra en _____.
9. El Casino Municipal es _____.
10. Otras atracciones turísticas de Viña del Mar son _____.

La región de Magallanes

11. La región de Magallanes se encuentra _____.
12. Es la región de mayor _____ y la menos _____.
13. Entre la belleza escénica de esta región se destacan _____, _____ y _____.

11.48 Descripciones geográficas. Describa Santiago, Viña del Mar y Magallanes. ¿Cuáles son las características geográficas? ¿Cómo es el clima? ¿Cuáles son las ventajas y desventajas de cada región? ¿Se puede comparar estas regiones con algunas regiones en los EE.UU.? ¿Cuáles?

11.49 En defensa de una opinión. ¿Qué evidencia hay en el artículo que confirma la idea siguiente? Chile es un mundo de sorprendentes contrastes.

Para escribir bien

Explaining and Hypothesizing

When supporting an opinion in a memo, letter, essay, or term paper, it is frequently necessary to explain and hypothesize. Hypothesizing involves expressing improbabilities and explaining under what conditions certain events would take place. Hypothesizing often involves the use of contrary-to-fact *if* clauses. Study the examples of explaining and hypothesizing found in the following letter.

Explanation

Thank you for inviting me to spend time with you in Chile this summer. However, I don't think that I can come because I have to work.

Hypothesis

I have applied for a scholarship this semester. If I receive it, then I would quit my job. Under these circumstances, I would be able to visit you. Even if I were to receive a full tuition scholarship, I would not be able to spend the entire summer with you since I also need to take one course in order to graduate on time.

The following phrases used to express cause and conditions will help you explain and hypothesize.

Expressions of Condition

Si yo tuviera la oportunidad / más tiempo / más dinero...	*If I had the opportunity / more time / more money . . .*
Si yo fuera + *adjective:* Si yo fuera (más) rico(-a) / joven / viejo(-a)...	*If I were + adjective: If I were rich(-er) young(-er) / old(-er) . . .*
Si yo fuera + *noun:* Si yo fuera el (la) presidente(-a) / el (la) jefe(-a) / el (la) dueño(-a)...	*If I were + noun: If I were the president / the boss / the owner . . .*
En su (tu) posición...	*In your position . . .*
Bajo otras / mejores condiciones...	*Under other / better conditions . . .*

Expressions of Cause

a causa de / por + *noun* No viajaría allá a causa del / por el calor.	*because of* + noun *I wouldn't travel there because of the heat.*
porque + *clause* No viajaría allí porque siempre hace mucho calor.	*because* + clause *I wouldn't travel there because it's always very hot.*

puesto que	since (used at the beginning of a sentence)
Puesto que no pagan bien, no trabajaría allí.	Since they don't pay well, I wouldn't work there.
como consecuencia	consequently
por eso / por consiguiente / por lo tanto	therefore

Antes de escribir

Lea las descripciones de las tres composiciones dadas a continuación y escoja una según sus intereses y habilidades.

11.50 Las condiciones. Para aprender a apoyar una opinión y expresar condiciones, escriba una lista de las condiciones bajo las cuales Ud. puede hacer un viaje al extrajero este verano. Utilice la frase dada a continuación para empezar su lista y ponga los verbos de la segunda cláusula en el imperfecto del subjuntivo.

Viajaría al extranjero este verano si...

11.51 Las condiciones de empleo. Para aprender a apoyar una opinión y expresar condiciones, escriba una lista de las condiciones necesarias para aceptar un empleo en otro país. Utilice la frase dada a continuación para empezar su lista y ponga los verbos de la segunda cláusula en el imperfecto del subjuntivo.

Aceptaría un empleo en otro país si...

11.52 Un año sin vacaciones. Escriba una lista de acciones explicando lo que pasaría si la universidad eliminara las vacaciones. Utilice la frase dada a continuación para empezar su lista; ponga los verbos de la segunda cláusula en el condicional.

Si la universidad eliminara las vacaciones...

A escribir

Escriba su composición utilizando las frases para expresar condiciones y causas y una de las listas creadas en **11.50, 11.51** o **11.52.**

11.53 Un viaje a Santiago. Un(-a) amigo(-a) suyo(-a) estudia en Santiago, Chile, este año y lo (la) invita a Ud. a pasar el mes de junio con él (ella). Escríbale una carta explicándole bajo qué condiciones podría visitarlo(-la).

11.54 Un puesto en Valparaíso. Hace muchos años que Ud. vive y trabaja en Santiago y le gustan su trabajo y su casa. Ayer recibió una carta de la Compañía Valdez ofreciéndole un puesto excelente en Valparaíso. Escríbales una carta, diciéndoles que aceptará el puesto con tal que ellos hagan ciertas cosas. Explique las condiciones bajo las cuales Ud. aceptaría su oferta.

Atajo

All compositions: Grammar: verbs: conditional, verbs; *If*-clauses; **Phrases/Functions:** expressing conditions, hypothesizing; **11.53 Phrases/Functions:** writing a letter (formal); **Vocabulary:** leisure, traveling; **11.54 Phrases/Functions:** writing a letter (informal); **Vocabulary:** office, professions, working conditions **11.55 Phrases/Functions:** expressing an opinion, **Vocabulary:** leisure, planning a vacation

11.55 Las vacaciones de primavera. El presidente de la universidad piensa que los estudiantes no son serios y deben estudiar más. Por eso quiere eliminar las vacaciones de primavera este año y dice que todos los alumnos tienen que pasar ese tiempo en la biblioteca o en los laboratorios. Ud. tiene que hablar en nombre de *(on behalf of)* los estudiantes en una reunión con el presidente. Escriba su discurso *(speech)* describiendo su posición, explicándole al presidente lo que pasaría si él eliminara las vacaciones. También explique lo que los estudiantes querrían que el presidente hiciera.

Después de escribir

Antes de entregarle su composición a su profesor(-a), Ud. debe leerla de nuevo y corregir los errores. Preste atención a las cláusulas con **si**. ¿Están todos los verbos en la cláusula empezando con **si** en el imperfecto del subjuntivo? ¿Están todos los verbos en la cláusula principal en el condicional? También revise las frases para expresar condiciones y causas.

INTERACCIONES

11.56 En el aeropuerto de Santiago. You are in the airport in Santiago waiting for your return flight to the U.S. Role-play the following situation with a classmate, who is the ticket agent in the airport. You go to the LanChile check-in counter. Confirm that your ticket is correct and check in two suitcases. Obtain the seat of your choice; find out when the plane leaves and the gate number; then get your boarding pass. Ask if you have time to do some shopping before departure. Find out when and where to go through customs.

11.57 Una reservación. You and your family are going to spend a week's vacation in Viña del Mar. Call the Hotel Solimar to obtain a room reservation. Talk with the reservation clerk (played by a classmate). Find out if there are rooms available when you want to arrive and the price for the type of room(-s) you want. Describe any special room items or characteristics you need. Arrange a payment method and confirm your reservation.

11.58 Para el año 2015. Interview at least five classmates to find out three things they will have done by the year 2015. Compile the results and explain what the majority of the class will have done by that date.

11.59 El viaje de sus sueños. You are a contestant on the TV quiz show *El viaje de sus sueños*. In order to win the trip of your dreams, you must explain in three minutes or less where and with whom you would go and what you would do if you were to win the trip. You also need to explain under what conditions you would travel or engage in certain activities. After listening to all the contestants, the class should decide on the winner.

Para saber más: http://interacciones.heinle.com

Capítulo 12

Los deportes

El polo es un deporte muy popular en la Argentina.

CULTURAL THEMES

Argentina, Paraguay, and Uruguay
Sports in the Hispanic World

COMMUNICATIVE GOALS

Discussing sports and games

Explaining what you would have
done under certain conditions

Discussing what you hoped would
have happened

Discussing contrary-to-fact situations

Describing illnesses

Expressing sympathy and good
wishes

Discussing unexpected events

Linking ideas

PRESENTACIÓN

¿Fuiste al partido del domingo?

Práctica y conversación

12.1 El equipo deportivo. ¿Qué equipo deportivo necesita Ud. para practicar los siguientes deportes?

el golf / el béisbol / el básquetbol / el tenis / el fútbol / el volibol / el hockey

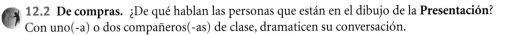

12.2 De compras. ¿De qué hablan las personas que están en el dibujo de la **Presentación**? Con uno(-a) o dos compañeros(-as) de clase, dramaticen su conversación.

12.3 Creación. En una narración cuente lo que pasa en el dibujo de la **Presentación**.

12.4 Póngase en forma. Según el anuncio a continuación, ¿qué servicios ofrece el gimnasio Mister Muscle para que Ud. se ponga en forma? ¿Qué piensa Ud. de estos servicios?

VOCABULARIO

En el estadio	At the stadium	En el gimnasio	In the gym
el (la) árbitro(-a)	referee, umpire	entrenarse	to train
el (la) campeón(-ona)	champion	hacer ejercicios	to exercise
el (la) entrenador(-a)	coach	ejercicios aeróbicos	to do aerobic exercises
el equipo	team	ejercicios de calentamiento	to do warm-up exercises
el puntaje	score		
batear	to bat	ponerse en forma	to get in shape
coger la pelota	to catch the ball	practicar	
dar una patada	to kick	el boxeo	to box
patear		la gimnasia	to do gymnastics
entrenar	to coach	la lucha libre	to wrestle
ganar el campeonato	to win the championship	sudar	to sweat
jugar(ue)	to play	**El equipo deportivo**	**Sports equipment**
al baloncesto (E)	basketball	el bate	bat
al básquetbol (A)		la canasta	basket
al fútbol	soccer	el casco	helmet
al volibol	volleyball	el disco	hockey puck
lanzar	to throw	el marcador	scoreboard
tirar		el palo	
En el campo deportivo	**On the field**	de golf	golf club
la cancha	playing area	de hockey	hockey stick
la pista	track	los patines de hielo	ice skates
correr	to run		
hacer jogging	to jog	la pelota	ball
jugar al béisbol	to play baseball	la raqueta	tennis racquet
al golf	golf	la red	net
al hockey	hockey		
al tenis	tennis		
saltar	to jump		

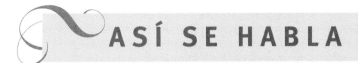

Discussing Sports and Games

ADA:	Y, ¿qué tal tu partido de tenis, Felipe?
FELIPE:	Hubiera podido ser mejor.
ADA:	Pero, ¿qué pasó?
FELIPE:	Nada, sino que al final me cansé y no pude jugar tan bien.
ADA:	¿Quién ganó?
FELIPE:	Javier.
ADA:	¡Qué lástima! Lo siento.
FELIPE:	Está bien, no te preocupes. Si hubiera practicado más y me hubiera mantenido en forma, no habría perdido.
ADA:	Pero si practicaste bastante, mi amor. Todos los días ibas al Club.
FELIPE:	Evidentemente no fue suficiente.
ADA:	Bueno, ojalá que ganes la próxima semana para que te sientas mejor.

When you want to discuss sports, you can use the following expressions:

Para informarse:

¿Qué tal el partido?	*How was the game?*
¿Quién ganó?	*Who won?*

Comentarios negativos:

Perdimos.	*We lost.*
Nos derrotaron.	*They defeated us.*
¡Qué desastre!	*What a disaster!*
¡Qué horrible / terrible / espantoso!	*How horrible / terrible / dreadful!*
¡Ni me cuentes!	*Don't tell me!*
No quiero oír nada más.	*I don't want to hear any more.*
Lo siento.	*I'm sorry.*

Comentarios positivos:

Increíble.	*Incredible.*
Buenísimo.	*Very good.*
Fantástico.	*Fantastic.*
¡Qué bien!	*Great!*

Práctica y conversación

12.5 ¡Qué partido! ¿Cómo reacciona Ud. en las siguientes situaciones?

1. Su equipo favorito de fútbol ganó el último partido.
2. Su equipo favorito de hockey perdió.
3. Ud. quiere saber el puntaje final.
4. Ud. no quiere oír nada más.
5. Ud. espera que la situación mejore en el futuro.

12.6 Un partido de fútbol. El equipo de fútbol / básquetbol de su universidad jugó hoy contra uno de los más fuertes rivales. Ud. no pudo ir. Pregúntele a un(-a) compañero(-a) qué pasó.

ESTRUCTURAS

Explaining What You Would Have Done Under Certain Circumstances

Conditional Perfect

In English the conditional perfect tense is expressed with *would have + the past participle* of the main verb. It is used to express what you would have done under certain conditions or circumstances. *With your height and athletic abilities, I would have been a professional basketball player.*

Conditional Perfect Tense		
haber	+	*past participle*
habría		**-AR**
habrías		jugado
habría		**-ER**
habríamos		corrido
habríais		**-IR**
habrían		asistido

a. The conditional perfect tense is formed with the conditional of the auxiliary verb **haber** + *past participle* of the main verb.

b. The conditional perfect is used to express something that would have or might have happened if certain other conditions had been met.

Con más tiempo **habría asistido** al campeonato en Buenos Aires.

With more time I would have attended the championship in Buenos Aires.

> **Reminder.** The formation of the conditional perfect is consistent with the formation of other perfect tenses: auxiliary verb **haber** + *the past participle.*
>
> **Reminder.** The past participle does not change form: **Marta habrá jugado su partido para las 10. Los tenistas habrán jugado su partido para las 10.**

Práctica y conversación

12.7 Con más tiempo. Forme por lo menos seis oraciones describiendo lo que habrían hecho las siguientes personas con más tiempo.

yo	ponerse en forma
mi novio(-a)	entrenarse
el equipo de la universidad	ganar el campeonato
mis amigos	hacer ejercicios aeróbicos
tú	practicar la lucha libre
nosotros	jugar al golf

12.8 Entrevista personal. Pregúntele a su compañero(-a) de clase lo que habría hecho con más tiempo y bajo condiciones ideales.

Pregúntele...

1. qué deportes habría practicado. ¿Por qué?
2. cómo se habría puesto en forma.
3. cuándo se habría entrenado.
4. dónde se habría entrenado.
5. qué equipo deportivo habría necesitado.
6. ¿?

 12.9 Yo creo que... Su equipo favorito perdió un partido importantísimo ayer. Con un(-a) compañero(-a), hablen de lo que Uds. habrían hecho para ganar.

Discussing What You Hoped Would Have Happened
Past Perfect Subjunctive

When you explain what you hoped or doubted had already happened, you use the past perfect subjunctive.

Past Perfect Subjunctive		
haber	**+**	***past participle***
hubiera		**-AR**
hubieras		practicado
hubiera		**-ER**
hubiéramos		corrido
hubierais		**-IR**
hubieran		salido

Repaso. To review the expressions that require the use of the subjunctive in noun clauses, see the following: **Capítulo 5, Segunda situación:** expressions of wishing, hoping, commanding, and requesting; **Capítulo 6, Segunda situación:** expressions of emotion, judgment, and doubt.

Gramática suplementaria. There is a great deal of variation in the way that the past perfect subjunctive will translate into English.

a. The past perfect subjunctive (sometimes called the pluperfect subjunctive) is formed with the imperfect subjunctive of the auxiliary verb **haber** + *past participle* of the main verb.

b. The same expressions that require the use of the other subjunctive forms can also require the use of the past perfect subjunctive.

Esperaba / Dudaba / Era mejor
  que ya **hubieran terminado**
el partido.

I hoped / I doubted / It was better that
they had already finished the game.

Note that the phrases requiring the use of the past perfect subjunctive are also in a past tense.

c. The past perfect subjunctive is used instead of the imperfect subjunctive when the action of the subjunctive clause occurred before the action of the main clause. Compare the following examples.

Esperaba que los Tigres **ganaran**
  el campeonato.

I hoped that the Tigers would win the
championship.

Esperaba que los Tigres ya **hubieran**
  ganado el campeonato.

I hoped that the Tigers had already won
the championship.

Práctica y conversación

12.10 ¡No ganamos! El equipo de béisbol ha perdido el campeonato. Explique lo que Ud. dudaba que el equipo hubiera hecho antes de llegar a los partidos finales.

Dudaba que el equipo...

entrenarse bien / mantenerse en forma / escuchar al entrenador / querer ganar / correr bastante

12.11 Para tener éxito. Su compañero(-a) no salió bien en su programa deportivo. Explíquele lo que era necesario que hubiera hecho antes del fin del programa.

Modelo   hacer ejercicios
    COMPAÑERO(-A):   **No hice ejercicios.**
      USTED: **Era necesario que hubieras hecho ejercicios.**

ponerse en forma / hacer ejercicios de calentamiento / llegar al gimnasio a tiempo / sudar mucho / hacer jogging / entrenarse todos los días

12.12 Entrevista personal. Converse con su compañero(-a) de clase acerca de todo lo que Ud. y él (ella) esperaban que sus padres / amigos / profesores / jefes hubieran hecho el año pasado.

Discussing Contrary-to-Fact Situations
If Clauses With the Conditional Perfect and the Past Perfect Subjunctive

Contrary-to-fact ideas, such as *If I had been more careful,* are often joined with another idea expressing what would have or would not have been done. *If I had been more careful, I would not have broken my arm.*

a. When a clause introduced by **si** *(if)* expresses a contrary-to-fact situation that occurred in the past, the verb in the **si** clause must be in the past perfect subjunctive. The verb in the main or result clause is in the conditional perfect tense.

> Si **nos hubiéramos entrenado** más, **habríamos ganado** el campeonato.

> *If we had trained more* (but we didn't), *we would have won the championship.*

b. The following will help clarify the sequence of tenses in *if* clauses.

1. **Si** + *present indicative* + *present indicative* or *future*

> Si **haces** ejercicios, **te pondrás** en forma.

> *If you exercise, you will get in shape.*

2. **Si** + *imperfect subjunctive* + *conditional*

> Si **hicieras** ejercicios, **te pondrías** en forma.

> *If you exercised, you would get in shape.*

3. **Si** + *past perfect subjunctive* + *conditional perfect*

> Si **hubieras hecho** ejercicios, **te habrías puesto** en forma.

> *If you had exercised, you would have gotten in shape.*

> **Reminder.** The **si** clause can be the first or the second clause of the sentence. **Si tuviera más tiempo, jugaría al tenis todos los días. Jugaría al tenis todos los días si tuviera más tiempo.**

Práctica y conversación

12.13 Mejor entrenado(-a). Explique lo que no habría ocurrido si Ud. hubiera podido evitarlo *(avoid it)*.

> Si yo hubiera podido evitarlo,...

> los jugadores no estar en mala forma / las prácticas no ser tan cortas / los jugadores no llegar tarde al gimnasio / el equipo no perder / ¿?

12.14 Más consejos. Explíquele a su compañero(-a) que él (ella) habría ganado la competencia si hubiera escuchado sus consejos.

> Habrías ganado la competencia si...

> dormir más / comer comidas más nutritivas / tomar tus vitaminas / prestar atención / practicar más horas / ¿?

 12.15 ¡Te lo dije! Su amigo(-a) es capitán(-ana) de un equipo deportivo de su universidad y está muy triste porque su equipo perdió el campeonato nacional. Ud. cree que es porque el equipo no practicó, no descansó, no se alimentó lo suficiente, etc. Dígale que no habría perdido si hubiera seguido sus consejos.

Interacciones CD-ROM: **Capítulo 12, Primera situación**

Para saber más: http://interacciones.heinle.com

SEGUNDA SITUACIÓN

PRESENTACIÓN

En el consultorio del médico

Práctica y conversación

12.16 Los síntomas. Describa los síntomas de las siguientes enfermedades.

la gripe / la mononucleosis / el catarro / la bronquitis / la pulmonía

12.17 Los consejos. ¿Qué consejos le da Ud. a su compañero(-a) de clase en las siguientes situaciones?

1. No puede dormirse.
2. Tiene dolor de estómago.
3. Se ha fracturado el brazo.
4. Tiene el tobillo hinchado.

5. Sufre de dolores musculares.
6. Tiene escalofríos.
7. Le duele la garganta.

12.18 Entrevista personal. Pregúntele a su compañero(-a) de clase sobre su salud.

Pregúntele...

1. qué hace cuando tiene dolor de cabeza.
2. si sufre de alergias.
3. qué hace si se siente deprimido(-a).
4. qué toma para una tos fuerte.
5. qué hace si sufre de insomnio.
6. qué hace cuando tiene fiebre.

12.19 Herbalife. Según el anuncio a continuación, ¿qué ventajas ofrece el programa Herbalife para controlar el peso? ¿Hay desventajas? ¿Cuáles?

12.20 Creación. En una narración cuente lo que pasa en el dibujo de la **Presentación.**

VOCABULARIO

Los síntomas	Symptoms
desmayarse	*to faint*
estar deprimido(-a)	*to feel depressed*
estar mal	*to feel sick*
no estar bien	
sentirse (ie) mal	
estornudar	*to sneeze*
marearse	*to feel dizzy, seasick*
mejorarse	*to get better*
padecer de	*to suffer from*
alergia	*an allergy*
dolores musculares	*muscular aches*
insomnio	*insomnia*
mareos	*dizziness*
sonarse (ue) la nariz	*to blow one's nose*
sufrir	*to suffer*
tener dolor de	*to have a*
cabeza	*headache*
estómago	*stomach ache*
garganta	*sore throat*
tener escalofríos	*to have chills*
fiebre	*a fever*
toser	*to cough*
vomitar	*to vomit*

Las enfermedades	Diseases
el catarro	*cold*
el resfriado	
la gripe	*flu*
la pulmonía	*pneumonia*

Los remedios	Medicines
los antibióticos	*antibiotics*
la aspirina	*aspirin*
las gotas	*drops*
el jarabe para la tos	*cough syrup*
las pastillas	*tablets*
la penicilina	*penicillin*
las píldoras	*pills*
la receta	*prescription*
las vitaminas	*vitamins*
operar a alguien	*to operate on someone*
ponerse una inyección	*to get a shot*
recetar un remedio	*to prescribe a medicine*

Las heridas	Injuries
la curita	*band-aid*
las muletas	*crutches*
la venda	*bandage*
el yeso	*cast*
cortarse el dedo	*to cut one's finger*
enyesar el brazo	*to put one's arm in a cast*
fracturarse la muñeca	*to fracture one's wrist*
golpearse la rodilla	*to hit one's knee*
herirse (ie, i)	*to hurt oneself*
lastimarse el hombro	*to hurt one's shoulder*
dar puntos en la mano	*to get stitches in one's hand*
romperse la pierna	*to break one's leg*
tener una contusión	*to be bruised*
torcerse (ue) el tobillo	*to sprain one's ankle*
vendar el dedo del pie	*to bandage one's toe*

ASÍ SE HABLA

Expressing Sympathy and Good Wishes

ANA MARÍA:	Carmencita, cuánto lamento la muerte de tu padre. Mi sentido pésame.
CARMENCITA:	Gracias, Ana María. En realidad ha sido horrible. Tan inesperado.
ANA MARÍA:	Sí, ha sido una cosa tan violenta. Francamente ha sido una impresión muy fuerte para todos.
CARMENCITA:	Un hombre tan fuerte, tan lleno de vida y entusiasmo, se muere de un momento para el otro. Si hubiera estado enfermo o si lo hubiéramos visto deteriorarse poco a poco, quizás el choque no habría sido tan fuerte. ¿Pero morirse así? Es espantoso. No se lo deseo a nadie.
ANA MARÍA:	Mira, aquí estamos, ya sabes. Si necesitas cualquier cosa, por favor, avísanos, que para eso somos las amigas.
CARMENCITA:	Sí, claro. Muchas gracias por venir, Ana María. Muchas gracias por todo. De repente te tomo la palabra y te llamo un día de éstos.
ANA MARÍA:	Por favor, hazlo.

The phrase **Mi (más) sentido pésame** is reserved for expressing sorrow to someone who has just lost a loved one. The other phrases such as **¡Cuánto lo siento!** or **Lo siento mucho** can be used in other more general situations.

When you want to express sympathy or good wishes, you can use the following expressions.

Expressing sympathy:

¡Cuánto lo siento!	*I'm so sorry!*
Lo siento mucho.	*I'm very sorry!*
Mi (más) sentido pésame.	*Receive my (deepest) sympathies.*

Expressing good wishes:

Que se (te) mejore(-s).	*I hope you get better.*
Que Dios le (te) bendiga.	*May God bless you.*
Le (Te) deseo lo mejor.	*I wish you the best.*
Feliz cumpleaños.	*Happy birthday.*
Feliz Navidad / Año Nuevo.	*Merry Christmas. / Happy New Year.*
¡Felices vacaciones!	*Enjoy your vacation!*

Práctica y conversación

12.21 ¡Qué vida ésta! ¿Qué dice Ud. en las siguientes situaciones?

1. Su compañero(-a) de cuarto está muy triste porque su abuelo está muy enfermo.
2. Su novio(-a) está muy contento(-a) porque consiguió el trabajo que quería.
3. Su padre recibió un ascenso.
4. Su mejor amigo(-a) se va de vacaciones al Caribe.
5. Su compañero(-a) de clase cumple veintiún años.
6. Su vecino(-a) se siente muy enfermo(-a).

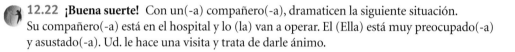 **12.22 ¡Buena suerte!** Con un(-a) compañero(-a), dramaticen la siguiente situación. Su compañero(-a) está en el hospital y lo (la) van a operar. El (Ella) está muy preocupado(-a) y asustado(-a). Ud. le hace una visita y trata de darle ánimo.

ESTRUCTURAS

Discussing Unexpected Events
Reflexive for Unplanned Occurrences

In English we often describe accidents, unintentional actions, and unexpected events with the words *slipped* or *got*. For example: *The pills slipped out of my hands; The prescription got lost.* Spanish uses a very different construction to convey these ideas.

a. To express when something happens to someone accidentally or unexpectedly, Spanish uses **se** + *indirect object pronoun* + *verb* in the third person.

Se me perdió la receta.	*My prescription got lost.*
Se me perdieron las píldoras.	*My pills got lost.*

b. In these constructions the subject normally follows the verb. When the subject is singular, the verb is third-person singular; when the subject is plural, the verb is third-person plural.

Se le cayó la botella de aspirinas.	*The aspirin bottle slipped out of his hands.*

c. The indirect object pronoun refers to the person who experienced the action. The indirect object pronoun can be clarified with the phrase **a** + *noun* or *pronoun*.

A Eduardo se le cayó la botella de aspirinas.	*The aspirin bottle slipped out of Eduardo's hands.*

d. Verbs frequently used in this construction are

acabar	*to finish, run out of*	ocurrir	*to occur*
caer	*to fall, slip away*	olvidar	*to forget, slip one's mind*
escapar	*to escape*	perder	*to lose*
ir	*to go, run away*	quedar	*to remain, have left*
morir	*to die*	romper	*to break*

> **Gramática suplementaria.** The indirect object pronoun can be translated as the subject of the sentence or even as a possessive: **Se me olvidó la receta.** = *I forgot the prescription.* Here the indirect object pronoun **me** = the subject *I* in the English sentence. **Se le olvidaron las llaves.** = *He forgot his keys* or *His keys slipped his mind.* Here the indirect object **le** = the subject *He* in the English sentence as well as the possessive *his*.

Práctica y conversación

12.23 Me falta. ¿Qué se les acabó a las siguientes personas?

Modelo   el Dr. Flores / las pastillas
   Al Dr. Flores se le acabaron las pastillas.

1. yo / la aspirina
2. el Dr. Maura / los antibióticos
3. nosotros / el jarabe para la tos
4. la Dra. Valle / la penicilina
5. tú / las vitaminas
6. las enfermeras / las gotas

12.24 ¡Qué mala suerte! Forme por lo menos seis oraciones explicando lo que les pasó a las siguientes personas.

yo	caer	la botella de jarabe
tú	romper	las gafas
mi mejor amigo(-a)	perder	las recetas
nosotros	olvidar	la pierna
mi compañero(-a)	acabar	el dinero
		las píldoras

12.25 ¡Se me cayó! Con un(-a) compañero(-a), dramaticen la siguiente situación. Ud. no sabe dónde está la receta que el (la) médico(-a) le había dado y ya no tiene más pastillas. Explíquele al (a la) médico(-a) que no es culpa suya.

Linking Ideas

Relative Pronouns: *Que* and *quien*

Relative pronouns are used to link short sentences and clauses together in order to provide smooth transitions from one idea to another. The most common English relative pronouns, *that, which, who,* and *whom,* are often expressed in Spanish with **que** and **quien(-es)**.

a. Que = *that, which, who*

1. **Que** is the most commonly used relative pronoun; it may be used as a subject or object of a verb and may refer to a person or thing.

   Primero debes tomar la penicilina, **que** es un remedio común para la pulmonía. El médico **que** conocí esta mañana me dijo **que** no vas a sufrir mucho más.

   First you should take penicillin, which is a common medicine for pneumonia. The doctor that I met this morning told me that you're not going to suffer much longer.

2. **Que** may also be used after short prepositions such as **a, con, de,** or **en** to refer to a place or thing.

   El dolor **de que** te hablé se desapareció.

   The pain I talked to you about disappeared.

b. Quien(-es) = *who, whom*

1. The relative pronoun **quien(-es)** is used after prepositions to refer to people.

   Las dos enfermeras **con quienes** hablabas son mis primas.

   The two nurses with whom you were talking are my cousins.

2. **Quien(-es)** may also be used to introduce a nonrestrictive clause, that is, a clause set off by commas that is almost an aside and not essential to the meaning of the sentence.

   El Dr. Rivas, **quien** es nuestro médico, dijo que vas a mejorarte pronto.

   Dr. Rivas, who is our doctor, said that you will get better soon.

   In spoken language, **que** is generally used in these nonrestrictive clauses; **quien(-es)** is more normally used in written language.

c. The relative pronoun is often omitted in English. In Spanish the relative pronoun must be used to join two clauses.

   Esos edificios **que** ves a la derecha son los hospitales de la universidad.

   Those buildings (that) you see on the right are the university hospitals.

   ¿Conoces a todas las personas **con quienes** trabajas en la clínica?

   Do you know all the people (that) you work with in the clinic?

Gramática suplementaria. In most cases, the English word *who* will not translate as **quien(-es)**. Generally *who* = **que**: *The doctor who gave me these pills* . . . = **El doctor que me dio estas píldoras...** The English word *whom* will generally translate as **quien(-es)**; *whom* is an object and will often follow a preposition, as in *for whom, by whom, to whom, from whom.*

Gramática suplementaria. In Spanish the relative pronoun always follows the preposition, as in **con quienes.** The word order in spoken English is often quite different from the Spanish equivalent. *The doctor I talked with* . . . = **El doctor con quien hablé...**

Práctica y conversación

12.26 ¿Quiénes son? Explique quiénes son las siguientes personas.

> **Modelo**   José / el médico / recetarnos un remedio
> **José es el médico que nos recetó un remedio.**

1. Paco / el chico / estar deprimido
2. Susana / la chica / estornudar todo el tiempo
3. la Sra. Blanca / la profesora / tener dolor de estómago
4. el Sr. Gómez / el trabajador / cortarse el dedo
5. María / la enfermera / poner inyecciones

12.27 Enfermeros y pacientes. Explique quiénes son estas personas. Siga el modelo.

> **Modelo**   El Dr. Ochoa es el médico. Hablé con el Dr. Ochoa ayer.
> **El Dr. Ochoa es el médico con quien hablé ayer.**

1. Julio es un muchacho muy activo. Le enyesé la pierna a Julio.
2. Susana es una enfermera muy eficiente. Yo trabajé con Susana.
3. Mario es un estudiante. Le operé la mano a Mario.
4. La Sra. Blanca es la enfermera. Compré un regalo para la Sra. Blanca.
5. Mariano es el jugador de fútbol. Le di puntos en la cabeza a Mariano.

12.28 ¿Quién es? Complete las siguientes oraciones, utilizando pronombres relativos.

1. Mi mejor amigo(-a) es la persona...
2. El capitán del equipo de fútbol es la persona...
3. Los enfermos son las personas...
4. El entrenador es la persona...
5. El campeón de boxeo es la persona...

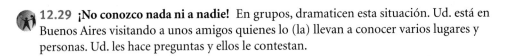 **12.29 ¡No conozco nada ni a nadie!** En grupos, dramaticen esta situación. Ud. está en Buenos Aires visitando a unos amigos quienes lo (la) llevan a conocer varios lugares y personas. Ud. les hace preguntas y ellos le contestan.

Linking Ideas

Relative Pronouns: Forms of *el que*, *el cual*, and *cuyo*

The relative pronouns **que** and **quien(-es)** are most often used in the spoken language. In more formal written and spoken Spanish other relative pronouns are often used.

> **a. el que, la que, los que, las que** = *who, whom, that, which*
> Forms of **el que** agree in gender and number with their antecedent, that is, the person or thing they refer back to.
>
> **b. el cual, la cual, los cuales, las cuales** = *who, whom, that, which*
> Forms of **el cual** also agree in number and gender with their antecedent.

c. Forms of **el que** and **el cual** are used only after a preposition or after a comma. When there is no preposition or comma, the relative **que** is used. The choice between forms of **el que** or **el cual** is often just a matter of personal preference similar to *that* or *which* in most cases in English.

1. Forms of **el que** or **el cual** are used to avoid confusion when there are two possible antecedents.

El primo de mi mamá, **el que** (**el cual**) vive en Buenos Aires, es un cirujano famoso.	*The cousin of my mother, who (the cousin) lives in Buenos Aires, is a famous surgeon.*

2. Forms of **el que** are generally used after short prepositions such as **a, con, de, en.**

La alergia **de la que** sufre Amalia produce síntomas terribles.	*The allergy from which Amalia suffers produces terrible symptoms.*

3. Forms of **el cual** are preferred after prepositions of more than one syllable and after the short prepositions **por, para,** and **sin.**

El remedio **por el cual** pagué muchísimo me dio dolores por todas partes.	*The medicine for which I paid a lot made me ache all over.*

d. Forms of **el que** are also used as the equivalent of *the one(-s) that.*

Estas pastillas son buenas, pero **las que** el médico me recetó el mes pasado eran mejores.	*These pills are good, but the ones that the doctor prescribed for me last month were better.*

e. **lo que** and **lo cual** = *what, that, which*
Lo que / lo cual refers back to a situation, a previously stated idea or sentence, or something that hasn't yet been mentioned.

El tobillo roto me duele un poco, pero **lo que** me molesta más es el yeso.	*My broken ankle hurts me a little, but what bothers me most is the cast.*

f. **cuyo** = *whose*
Cuyo is a relative adjective; it agrees in number and gender with the item possessed.

Eduardo, **cuya madre** es médica, piensa hacerse médico también.	*Eduardo, whose mother is a doctor, plans to become a doctor also.*

Práctica y conversación

12.30 ¿Qué es esto? Explique qué son las siguientes cosas. Combine las dos oraciones en una nueva oración, usando una preposición y una forma de **el que** o **el cual.**

Modelo Éste es el consultorio. El doctor Milagros trabaja en este consultorio.
Éste es el consultorio en el que (el cual) trabaja el doctor Milagros.

1. Éstos son los antibióticos. Curan la infección con estos antibióticos.
2. Ésta es la receta. El doctor escribe las instrucciones en esta receta.
3. Éstas son las vitaminas. La enfermera me habló de estas vitaminas.
4. Éste es el jarabe para la tos. Paco se puso mejor con este jarabe para la tos.
5. Éstas son las píldoras. Perdí mucho peso con estas píldoras.

12.31 Reacciones. Describa la reacción del paciente en las siguientes situaciones.

Modelo   No le dio puntos. Esto le gustó.
Lo que le gustó fue que no le dio puntos.

1. Se torció el tobillo. Esto lo enojó.
2. No se rompió la pierna. Esto le pareció increíble.
3. Padeció de alergias. Esto no le importó.
4. Se cortó el dedo. Esto le molestó.
5. Le puso una inyección. Esto lo puso furioso.

12.32 Más reacciones. Complete las siguientes oraciones de una manera lógica.

1. Lo que me gusta más es...
2. Lo que necesito es...
3. Lo que no me gusta es...
4. Lo que me enoja es...
5. Lo que me parece ridículo es...

12.33 ¡Qué suerte! Forme por lo menos cinco oraciones usando una frase de cada columna para describir cómo se sienten estas personas.

Este chico	cuyo	hermanos tienen gripe	está contento(-a)
Aquella señora	cuya	herida no sana	está triste
Ese hombre	cuyos	píldoras se perdieron	está frustrado(-a)
Ese médico	cuyas	pacientes vinieron ayer	está furioso(-a)

¿QUÉ OYÓ UD.?

Identifying Levels of Politeness

Un partido de fútbol

You have probably heard the expression, "It is not what he said, but the way he said it."
Sometimes the way people say something, that is, the intonation of the voice and grammatical
structures they use, affects the way you respond to them. In English, for example, you would
respond differently to each of the following: "Come here!"; "Could you please come here?;"
"Do you mind coming here?"; *and* "Do you think you could come here, please?" *The same*
phenomenon occurs in Spanish where different levels of politeness are used in different
circumstances and with different people. Note the difference between the following: **"Ven acá"**;
"¿Puedes venir acá, por favor?"; **"¿Podrías venir acá, por favor?"**; *and* **"¿Serías tan amable**
de venir acá, por favor?"

Antes de escuchar

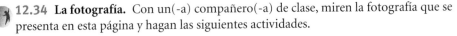

12.34 La fotografía. Con un(-a) compañero(-a) de clase, miren la fotografía que se
presenta en esta página y hagan las siguientes actividades.

1. Describan el lugar, las personas y las cosas que se ven en la fotografía.
2. ¿Qué están haciendo las personas en la fotografía?

A escuchar

12.35 Los apuntes. Escuche la conversación entre Ricardo y el Dr. Velásquez. Tome los apuntes que considere necesarios y complete las siguientes oraciones.

1. Ricardo va a ver al Dr. Velásquez porque _____.
2. El doctor le había dicho que no _____.
3. Ricardo cree que _____.
4. El doctor no cree que _____
   sino que solamente _____.
5. El doctor está _____ con Ricardo porque él no le hizo caso.

Después de escuchar

12.36 Resumen. Con un(-a) compañero(-a) de clase, resuman la conversación entre Ricardo y el Dr. Velásquez.

12.37 Algunos detalles. Escoja entre las alternativas que se presentan a continuación las que mejor recuenten lo que ocurrió

1. Sabemos que el doctor Velásquez está molesto con Ricardo porque le dice...

   a. «¿Qué pasó? ¿Se te olvidó?»
   b. «¡Que te mejores!»
   c. «¡Qué mala suerte!»

2. Sabemos que Ricardo es amable con el Dr. Velásquez porque dice:

   a. «Aquí me tiene otra vez.»
   b. «¡Gracias, doctor!»
   c. «Se lo prometo.»

3. Cuando el doctor Velásquez le dice a Ricardo: «Y ya sabes, que no se te vuelva a olvidar, porque a mí se me va a acabar la paciencia», sabemos que él está...

   a. molesto.
   b. impaciente.
   c. decepcionado.

4. Podemos suponer que después de ver al Dr. Velásquez, Ricardo...

   a. se irá con sus amigos.
   b. va a jugar al fútbol y al básquetbol.
   c. se va a cuidar mucho.

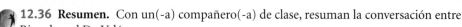

Interacciones CD-ROM: **Capítulo 12, Segunda situación**

Para saber más: http://interacciones.heinle.com

TERCERA SITUACIÓN

PERSPECTIVAS

Las farmacias hispanas

En España y los países latinoamericanos, cuando una persona necesita adquirir remedios o artículos de tocador como colonias, jabones, talcos, desodorantes o cremas, por ejemplo, va a la farmacia, donde generalmente hay un(-a) farmacéutico(-a) y varios empleados que la atienden. En las farmacias hay una gran variedad de remedios que se pueden adquirir sin necesidad de tener receta médica.

Además de poder adquirir remedios y artículos de tocador también es posible recibir inyecciones o vacunas que el médico receta. Como el (la) farmacéutico(-a) es una persona de confianza en el vecindario *(neighborhood)*, muchas veces las personas le preguntan qué remedio deben tomar para aliviar un malestar o una enfermedad leve.

Las farmacias generalmente están abiertas de lunes a viernes a las mismas horas que los otros establecimientos comerciales. Los fines de semana y en horas de la noche las farmacias se turnan para abrir y atender al público. Es decir, unas abren un fin de semana, otras otro fin de semana; unas abren ciertas noches, otras abren otras noches. De esta manera uno siempre puede encontrar una «farmacia de turno» para adquirir un remedio durante la noche, un fin de semana o un feriado. Los periódicos de la ciudad o la guía telefónica ofrecen información acerca de las farmacias que están de turno en los diferentes vecindarios.

Práctica y conversación

12.38 ¡Que te mejores! Con un(-a) compañero(-a), dramaticen la siguiente situación. Ud. se siente mal. Le duele todo el cuerpo y se siente muy cansado(-a). Vaya a la farmacia y hable con el (la) farmacéutico(-a) quien le recomendará algunos remedios para que se mejore.

12.39 Comparaciones. Compare una farmacia de su vecindario o ciudad con la farmacia de la foto y descrita en la lectura de **Perspectivas.** ¿Qué diferencias hay entre una farmacia del mundo hispano y las de su vecindario?

La charreada

Antes de mirar

12.40 La charreada. Lea la siguiente descripción de la charreada y después conteste las preguntas con un(-a) compañero(-a) de clase.

En México la charreada es más popular que la corrida de toros. Hay varias actividades asociadas con la charreada incluyendo el montar a toro, el paso de la muerte (un hombre salta de un caballo a otro mientras los caballos siguen corriendo) y concursos entre los hombres y las mujeres que montan a caballo. En los concursos los jinetes reciben puntos por su estilo y no por su rapidez. Los charros llevan trajes muy elegantes y cambian de traje hasta seis veces durante una charreada. Las charras llevan hermosas camisas y faldas de muchos colores.

1. ¿En qué país se originó la charreada? ¿Es popular todavía?
2. ¿Qué es un charro? ¿Y una charra?
3. ¿Cuáles son algunas actividades asociadas con la charreada?
4. ¿Qué llevan los charros? ¿Cómo sabemos que el traje que llevan tiene importancia?
5. ¿Qué llevan las charras?

12.41 Un charro. Con un(-a) compañero(-a) de clase, estudien la foto a continuación. Describan al joven y su ropa. En su opinión, ¿qué va a hacer él? ¿En qué deporte va a participar?

Un charro típico de México

A mirar

12.42 La historia de la charreada. Complete las siguientes oraciones con información acerca de la charreada.

1. La palabra «_____» es lo que se usa en _____ para decir: «Vamos a rodear o a traer o a juntar _____ el ganado *(livestock)*.» Eso empezó en las haciendas o los _____ de México.
2. Luego eso se vuelve _____ y empieza _____ a crecer con una gran afición en _____ y en _____.
3. Dentro de las _____ mexicanas, las _____ de los señores, pues también querían _____ diciendo: «¿Por qué mi hermano sí y yo no?»

12.43 Las charras. Con un(-a) compañero(-a) de clase, describan a las charras y su ropa.

12.44 La charreada. Utilizando la información del vídeo, complete las siguientes oraciones para describir a varios charros y charras.

1. Charro 1: Yo soy socio de la Asociación _____ de _____ desde el año _____. Toda mi _____ ha pertenecido a esta _____.
2. Charra 1: A veces durante los entrenamientos muchas de nosotras nos hemos _____, nos ha pasado el _____ por encima. Inclusive a mí me han roto las costillas. Me prohibieron montar por _____ meses pero yo no pude; me monté al _____.
3. Charra 2: _____ son algo muy especial para uno, para mí. Es algo difícil manejarlos pero tienes que perder _____. Tienes que ser _____ también.

Después de mirar

12.45 Semejanzas y diferencias. En grupos de tres o cuatro, comparen la charreada mexicana con un rodeo de los EE.UU. u otro deporte que Uds. conocen. ¿Cuáles son las semejanzas y diferencias?

12.46 La defensa de una opinión. ¿Qué evidencia oral y/o visual hay en el vídeo que confirma la siguiente idea? La charreada es un deporte para toda la familia.

Para leer bien

Responding to a Reading

The comprehension of a reading selection involves collaboration between the reader and the author in order to produce a shared meaning. Many reading selections are designed to elicit a response from the reader. That response can be emotional and / or intellectual. Emotional responses range from laughter to tears, and from pleasure to fear or anger. Intellectual responses include agreeing or disagreeing with the point of view and making inferences, that is, drawing a conclusion or making a judgment about ideas presented in the reading. Making inferences can also involve "reading between the lines" in order to ascertain an author's total point of view.

By taking advantage of the decoding and comprehension techniques you have learned, you will learn to respond appropriately to a reading selection. The following are some useful guidelines.

1. Predict the content by scanning the title and opening sentences. Also use accompanying charts, photos, and art work.
2. Assign meaning to individual words and phrases by using context, cognate recognition, knowledge of prefixes and suffixes, and identification of the core of a sentence.
3. Identify the main ideas and supporting elements of the reading.
4. Use your background knowledge to help decode individual words and phrases and to comprehend the entire reading.
5. Identify the point of view expressed by the author.
6. Draw conclusions and make inferences about the author's point of view or main ideas. Agree or disagree with the ideas expressed.
7. The emotional response to the reading will occur automatically if you comprehend the passage. You must comprehend what the author is saying before laughter can occur; likewise, you must understand the tragic or unjust elements of a situation before you are moved to tears or anger.

Antes de leer

12.47 Los géneros literarios. Generalmente se asocia una determinada emoción con un género literario o una clase de lectura. Esta asociación va a ayudarlo(-la) a Ud. a reaccionar al leer. ¿Con qué emociones se asocian las siguientes clases de lectura?

la poesía romántica / una tira cómica *(comic strip)* / un drama trágico / una novela policíaca / las noticias en la primera página de un periódico / su revista favorita

12.48 Unas reacciones. A veces se puede reaccionar intelectual y emocionalmente. Lea la tira de Garfield que sigue y después conteste las preguntas.

1. ¿De qué se queja Garfield al principio de la tira? Al final, ¿se queja de la misma cosa?
2. ¿Cuál es el punto de vista del autor? ¿Le gusta o no la televisión? Según el autor, ¿para qué sirve la televisión?
3. ¿Cómo reaccionó Ud. emocionalmente al leer esta tira? ¿Cómo reaccionó Ud. intelectualmente? ¿Está Ud. de acuerdo con Garfield?

12.49 El tema principal. Dé un vistazo al título, a la foto y a los primeros párrafos de la lectura que sigue para determinar el tema principal del artículo.

A leer

12.50 La comprensión total. Mientras que Ud. lee la siguiente lectura, «La Argentina deportiva», utilice la lista de técnicas de **Para leer bien,** para comprender la selección. Si Ud. puede identificar el punto de vista del autor y las ideas principales, Ud. va a responder automáticamente con la emoción apropiada.

La Argentina deportiva

*P*ara muchas personas lo atractivo de la Argentina es la capital, con su música, su teatro, sus restaurantes y sus barrios étnicos. Para otras personas lo que atrae es la belleza natural del país, desde las cataratas de Iguazú a la magnífica desolación de Patagonia y desde su desértico norte hasta la cordillera andina. Pero los aficionados al deporte conocen otra Argentina que ofrece excelentes oportunidades para la aventura deportiva.

San Carlos de Bariloche es una ciudad de 77.600 habitantes que se levanta a orillas del lago Nahuel Huapi a unos 2.000 kilómetros de Buenos Aires. Tiene un parecido con las ciudades y aldeas° alpinas de Suiza. Hay construcciones de piedra y madera con todo el sabor° alpino que uno pueda imaginar. Los hoteles son auténticos refugios para los aficionados a la nieve. Alrededor están las montañas, que son como grandes gigantes tocados por la nieve°.

Bariloche, Argentina: Practicando la escalada

La ciudad está dedicada por completo al turismo de la nieve. Muchas personas, sobre todo los amantes del esquí, pasan allí las vacaciones en busca del manto° blanco donde no van a perder la forma física.

La estación de esquí° más importante de San Carlos de Bariloche es Cerro Catedral, que comparte° su nombre con la montaña de 2.388 metros que la rodea. Es la estación más grande del hemisferio sur. En sus pistas se puede practicar tanto esquí alpino como nórdico. Dedicada en exclusiva a este deporte, Cerro Catedral cuenta con una pequeña villa al más puro estilo suizo. Chalés° de estilizada figura combinan paredes de piedra y tejados de pizarra°.

En los primeros días del verano argentino, San Carlos de Bariloche se convierte en punto de encuentro de los practicantes de los deportes acuáticos. A pocos kilómetros al norte de Bariloche está la ruta de los siete lagos y hacia el sur hay otros dos lagos grandes.

La pesca de trucha° en Argentina está localizada en esta región. Comenzando en Bariloche, se puede proceder a la ciudad de Esquel o a Junín de los Andes. Son los mejores centros para la pesca en la nación, particularmente desde febrero hasta mediados de abril, cuando abundan las enormes truchas en sus lagos.

También se puede practicar la escalada° alrededor de Bariloche. Además del Cerro Catedral, existe el monte Tronador, que con sus 3.554 metros es el pico más alto de esta zona de los Andes. Acceder a este punto es una hermosa y dura excursión y una maravilla para los que buscan aventura. Los primeros hombres que conquistaron la cima° del Tronador fueron Germán Claussen (1934) y Otto Meiling (1937). Meiling fue un veterano guía que ascendió este monte más de sesenta veces. El último refugio antes de llegar a la cima del Tronador lleva su nombre; el cerro Otto que está cerca también homenajea° a este hombre que enseñó a cientos de personas las técnicas de escalada.

La Argentina también ofrece otras aventuras en algunos de los más espectaculares paisajes del mundo, como los del parque nacional Torres del Paine en Patagonia, al sur del

villages

flavor

topped off with snow

mantle, cloak

ski resort

shares

Chalets

slate roofs

trout

mountain climbing

peak

pays tribute

Una estancia en la pampa argentina

país. Allá se puede hacer paseos de largo kilometraje acampando a lo largo del camino. En el parque el impacto visual es impresionante por los afilados° pilares de granito que ascienden más de una milla hasta romper° las nubes.

Alrededor de la capital de la Argentina se extienden las pampas°, que son tierras dedicadas a la cría° del ganado°. Las pampas argentinas están repletas° de estancias o ranchos grandes donde viven los gauchos que cuidan el ganado. También en las estancias entrenan a los famosos jugadores de polo, el orgullo de la Argentina. Actualmente muchas de estas estancias se han convertido en lugares de turismo y ofrecen vacaciones para los que quieren escaparse de la vida urbana y el estrés. En la estancia se puede pescar, montar a caballo y recorrer las pampas, pasear en bicicleta, kayak o canoa o aprender a jugar al polo. Pero también se puede nadar en la piscina y después sentarse a leer un buen libro.

Además de la acción y aventura de los deportes argentinos se puede gozar de otra tradición nacional: la comida. La gastronomía argentina está basada en la famosa carne de las pampas pero con influencia italiana, española, francesa, alemana y suiza. Para los argentinos la comida es un ritual para ser disfrutado con amigos y familiares. Para muchos no hay nada mejor en el mundo.

pointed
break through
grassy lands, prairies
raising / cattle / filled

Después de leer

12.51 Los deportes. Complete el gráfico con los deportes que se practican en cada lugar mencionado.

Bariloche	
las pampas	
Esquel y Junín de los Andes	
el parque nacional Torres del Paine	

12.52 Unos detalles. Identifique los siguientes lugares y personas mencionados en el artículo.

Cerro Catedral / Tronador / Germán Claussen / Otto Meiling / Torres del Paine / Nahuel Huapi

12.53 En defensa de una opinión. ¿Qué evidencia hay en el artículo que confirma la siguiente idea? La Argentina ofrece muchas oportunidades para el deporte y la aventura.

12.54 Las reacciones. ¿Cómo reaccionó Ud. intelectualmente a la información del artículo? ¿Cómo reaccionó Ud. emocionalmente a la información?

ASÍ SE ESCRIBE

Para escribir bien

Writing Personal Notes and Messages

You frequently need to write brief notes on a card or in an e-mail message to family, friends, neighbors, and co-workers to wish them well or to express sympathy. Such notes are a more courteous and lasting way of expressing personal sentiments.

In reality, a note is a brief personal letter and, thus, consists of a salutation, brief body, and closing.

When expressing good wishes or sympathy in person, you have the opportunity to react to facial expressions, tone of voice, and the person's responses. However, in a personal note you need to include all the information you want the person to receive since there is no conversational give and take. In the body of the note you will need to explain why you are writing (i.e., you have just heard the good / bad news; you know it is the person's birthday; etc.). Then express your personal feelings and reactions.

The oral expressions taught in the **Así se habla** for the **Segunda situación** of this chapter are also appropriate for written notes. Other ways of expressing good wishes and sympathy include the following.

Indirect Commands

Que tenga(-s) un buen viaje.	*Have a good trip.*
Que se (te) mejore(-s) pronto.	*Get well soon.*

Subjunctive Phrases

Me alegro que + *subjunctive*	*I'm very happy that . . .*
Siento que + *subjunctive*	*I'm sorry that . . .*

Exclamatory Phrases with *qué*

Qué + *noun*	
¡Qué suerte / lástima!	*What luck / a pity!*
Qué + *adjective*	
¡Qué bueno / terrible!	*How nice / terrible!*
Qué + *noun* and *adjective*	
¡Qué noticias más buenas!	*What good news!*

Antes de escribir

Lea las descripciones de las tres composiciones dadas a continuación y escoja una según sus intereses y habilidades.

12.55 Un mensaje de conmiseración *(sympathy)*. Cree el formato para un mensaje personal a un(-a) amigo(-a) incluyendo el saludo, el espacio para el texto, la pre-despedida y la despedida. Después, cree una lista de frases para expresar conmiseración.

12.56 Un mensaje para dar ánimo *(encouragement)*. Cree una lista de frases para darle ánimo a la persona mencionada en la composición que Ud. escogió: (**12.57**) una persona enferma; (**12.58**) un atleta herido; (**12.59**) un(-a) estudiante con malas notas.

A escribir

Escriba su composición utilizando su lista de frases de conmiseración de **12.55** y su lista de frases para dar ánimo de **12.56**.

Atajo **All compositions: Grammar:** verbs: compound tenses, verbs: compound tenses usage, verbs: *if* clauses; **Phrases/Functions:** describing health, encouraging, writing a letter (informal); **12.57: Vocabulary:** body, leisure, sickness; **12.58 Vocabulary:** body, sickness, sports; **12.59 Vocabulary:** studies, university

12.57 Su mejor amigo(-a). Su mejor amigo(-a) asiste a otra universidad e iba a venir a vistarlo(-la) este fin de semana. Desgraciadamente, Ud. acaba de hablar por teléfono con su compañero(-a) de cuarto y él (ella) le dijo que su amigo(-a) tiene una gripe y no puede venir. Escríbale un mensaje por correo electrónico a su amigo(-a) expresando su conmiseración y dándole ánimo. Explíquele que puede venir otro fin de semana y déle información sobre lo que pueden hacer.

12.58 Un partido de fútbol. Su hermano juega al fútbol norteamericano en el equipo de otra universidad. Durante el partido del sábado pasado, él se torció el tobillo y ahora no puede jugar; es más, no puede caminar. Escríbale un mensaje por correo electrónico expresando su conmiseración y dándole ánimo. Explíquele lo que Ud. habría esperado que hubiera pasado.

12.59 Un examen de química. Suspendieron a un(-a) amigo(-a) de otra universidad en un importante examen de química y ahora no quiere estudiar más. Escríbale a su amigo(-a) expresando su conmiseración y dándole ánimo. Explíquele como lo (la) habría ayudado si hubiera estudiado con él (ella).

Después de escribir

Antes de entregarle su composición a su profesor(-a), Ud. debe leerla de nuevo y corregir los errores. Preste atención al tono de su mensaje personal. ¿Contiene su mensaje frases para expresar conmiseración y también para darle ánimo a la otra persona? Revise el vocabulario acerca del cuerpo, la salud y/o la universidad. También revise los verbos en las cláusulas con **si.**

INTERACCIONES

12.60 Una llamada al doctor. You aren't feeling well. You probably have the flu—you have a fever and a sore throat, you ache all over, and you've been coughing a lot. You call your doctor and speak briefly with the receptionist (played by a classmate). You ask him / her to let you speak with the doctor (played by another classmate). Describe your symptoms to the doctor. Find out if you need to come in to the office. Ask the doctor to prescribe something for your cough.

12.61 ¡Si lo hubiera sabido! Take a survey of at least five of your classmates. Find out two things from each of them that they would have done differently in their university career if they had only known as beginning students what they know now. After completing the survey, report back to your classmates. As a group, you should draw up a list of the most important ideas that come from the surveys.

12.62 Unos accidentes de tenis. You and three friends (played by classmates) decided to play tennis for the first time since last summer. Since you were all out of shape, you suffered some minor injuries. One person fell and hurt an ankle, another cut a hand on some broken glass on the court, a third sprained a wrist, and you bruised your leg rather badly. You go to the university clinic. A doctor (played by a classmate) will talk to each of you and help you individually.

12.63 Un jugador importante. You are the sports reporter for the school newspaper. You must interview the star basketball player of your school and ask him / her about his / her basketball career. Discuss his / her best and worst games. Find out about his / her injuries and when and how they occurred. Ask him / her what he / she would have done differently if he had had the opportunity. Express good wishes and sympathy where appropriate.

 **Para saber más:** http://interacciones.heinle.com

Herencia cultural VI: El Cono Sur:

Personalidades

De ayer

Domingo Faustino Sarmiento (1811–1888) fue un respetado político, educador y escritor argentino. Es considerado una de las personalidades suramericanas más ilustres del siglo XIX. Como el primer presidente civil de su país apoyó el desarrollo de la educación, el comercio, la agricultura, la inmigración y el transporte. Escribió cincuenta y dos libros, muchos sobre temas educativos. Una de sus obras más importantes es *Civilización y barbarie: Vida de Juan Facundo Quiroga.*

Carlos Gardel (1890–1935) es un legendario cantante argentino conocido como «el Rey del Tango». Su popularidad como compositor, intérprete y artista de cine se consolidó en los años 1920 y 1930 y su fama se extendió por toda América Latina, Europa y los EE.UU. Murió trágicamente en un accidente de aviación y su funeral fue seguido por miles de argentinos. A pesar de haber muerto, la fama de Gardel continúa.

De hoy

La actriz y cantante **Natalia Oreiro** (1977–) nació en Montevideo, Uruguay, y empezó su carrera a los doce años, filmando comerciales. A los 17 años se trasladó a la Argentina y en poco tiempo ganó el papel principal de *Un argentino en Nueva York,* película de gran éxito mundial. Al mismo tiempo lanzó su primer disco que pronto se convirtió en disco de platino. Actualmente es la estrella de «Muñeca brava», una telenovela muy popular en Sudamérica.

El paraguayo **Augusto Roa Bastos** (1917–) es considerado uno de los grandes escritores latinoamericanos del siglo XX y ha ganado muchos premios prestigiosos por su obra literaria incluyendo el Premio Cervantes de 1989. Su literatura ha tenido gran influencia en otros autores de su época. Entre sus obras de teatro, poesía y ficción, destacan la novela premiada *Hijo de hombre* y su obra maestra *Yo el supremo.*

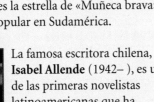

La famosa escritora chilena, **Isabel Allende** (1942–), es una de las primeras novelistas latinoamericanas que ha alcanzado fama mundial. Su primera novela, *La casa de los espíritus,* es una crónica familiar que trata de los problemas políticos y económicos de su país natal. Con la traducción de sus novelas *Hija de la fortuna* y *Retrato en sepia* al inglés, Allende llegó a ser uno de los escritores más leídos en los EE.UU.

El famoso futbolista argentino **Gabriel Batistuta** (1969–), llamado «Batigol» por su habilidad para meter goles, ha jugado con varios clubes profesionales en la Argentina. En 1991 ayudó a su país a ganar la Copa América. Posteriormente se fue a jugar con el equipo Fiorentina de Italia. Ha ganado varios premios como el Balón de Oro por ser el mejor jugador de América. En 1998 llegó a ser el máximo goleador de todos los tiempos de la selección argentina.

Argentina, Chile, Paraguay y Uruguay
Arte y arquitectura

Buenos Aires: La Avenida 9 de Julio

Buenos Aires: Una ciudad cosmopolita y artística

Buenos Aires, la capital de la Argentina con once millones de habitantes, es una de las ciudades más grandes del mundo. Fue fundada en 1536, destruida poco después por los indígenas de la región y fundada otra vez. Llegó a ser una ciudad importante en el siglo XVIII por tener un puerto para la importación y exportación de mercancías de Europa y otros países de la América del Sur. Hoy en día es un gran centro comercial e industrial cuyo puerto tiene las dársenas *(wharves)* más grandes de Latinoamérica. A los habitantes de Buenos Aires se les llama «porteños» por la proximidad de Buenos Aires al puerto.

Además de su importancia como centro comercial, Buenos Aires es conocida como una de las ciudades más hermosas y elegantes del mundo. Al final del siglo XIX empezaron a agrandar las calles para el uso de los automóviles; así destruyeron muchas partes antiguas de la ciudad y construyeron nuevos edificios modernos a lo largo de calles y paseos abiertos y amplios. La Avenida 9 de Julio en el centro de Buenos Aires es una de las avenidas más grandes del mundo, con más de 150 metros de ancho. En el centro de la Plaza de la República en esta avenida hay un alto obelisco que conmemora la fundación de Buenos Aires hace cuatrocientos años.

El corazón de la ciudad es la Plaza de Mayo, rodeada de históricos edificios coloniales como el Cabildo *(town hall),* donde se hicieron los planes para el movimiento de independencia; la Catedral, que contiene la tumba de San Martín, el padre de la independencia argentina; y la Casa Rosada, la residencia oficial del presidente de la República. Muy cerca de la Plaza de Mayo se encuentran la iglesia de Nuestra Señora de la Merced, la Biblioteca Nacional, el centro comercial de la ciudad y museos de arte e historia.

Buenos Aires: La Plaza de Mayo

También cerca de la Plaza de Mayo está la Calle Florida con quioscos, boutiques y tiendas. Como es un lugar popular para reunirse con amigos a tomar una copa, la calle está reservada para el uso exclusivo de peatones.

El teatro es muy importante en la vida cultural de la ciudad. El Teatro Colón es un centro internacional de música y danza, y uno de los grandes teatros de ópera del mundo entero. El teatro tiene capacidad para 4.000 personas en un interior lujoso.

Buenos Aires: El interior del Teatro Colón

En los últimos años la Argentina ha llegado a ser un centro de producción de cine. Así, hay numerosos cines por todas partes de la ciudad y la selección de películas es tan buena como en cualquier ciudad del mundo.

Durante el siglo XIX Buenos Aires estimuló la inmigración europea. Miles de inmigrantes alemanes, franceses, ingleses e italianos llegaron a la ciudad y fundaron sus barrios étnicos. Esta inmigración ayudó a establecer el sentido cosmopolita de la ciudad. Todavía se puede ver los barrios donde mantienen la lengua, la comida y otras costumbres de su país de origen. Uno de los barrios más antiguos de la ciudad se llama San Telmo, con casas coloniales restauradas donde viven artistas y artesanos. Dentro de este ambiente artístico hay numerosos cafés, restaurantes y tanguerías donde se puede escuchar tango y bailar. Cada domingo hay una Feria de Antigüedades en la Plaza Dorrego en San Telmo.

Buenos Aires: El barrio de San Telmo

Por todas partes de Buenos Aires hay confiterías donde sirven pasteles, helados, postres y bebidas de todo tipo. Además hay muchísimos cafés, incluyendo cafés literarios como el Tortoni, el más antiguo de la ciudad donde se puede escuchar tango y jazz por la noche.

Es evidente que Buenos Aires es una ciudad de estructura moderna y dinámica. La ciudad ha conservado sus viejas tradiciones artísticas, literarias y musicales dentro de un ambiente de arquitectura hermosa e interesante.

Comprensión

A **Lugares de interés.** Complete el siguiente gráfico con información acerca de los lugares de interés en Buenos Aires.

LUGAR	CARACTERÍSTICAS / DESCRIPCIÓN / OTRAS COSAS DE INTERÉS
el puerto	
la Avenida 9 de Julio y la Plaza de la República	
la Plaza de Mayo	
la calle Florida	
el Teatro Colón	
el barrio San Telmo	

B **La historia.** Utilizando información de la lectura, conteste las siguientes preguntas acerca de la historia de Buenos Aires.

1. ¿Cuándo fue fundada la ciudad de Buenos Aires? ¿Qué le pasó poco después? ¿Cuándo llegó a ser importante?
2. ¿Qué tipo de inmigración tuvo Buenos Aires en el siglo XIX? ¿Qué evidencia de esta inmigración se nota todavía? ¿Qué característica le dio a Buenos Aires la inmigración?

C **En defensa de una opinión.** ¿Qué evidencia hay en la lectura que confirma la siguiente idea? «Buenos Aires es una ciudad cosmopolita y artística.»

D **Comparaciones.** Compare Buenos Aires con Nueva York, Washington, D.C., Chicago, San Francisco u otra ciudad de los EE.UU.

 Para saber más: http://interacciones.heinle.com

LECTURA LITERARIA

Para leer bien
Elements of Poetry

Many of the techniques that you have already learned to apply to works of fiction, such as short stories, can also be applied to the reading of poetry. In poetry, just as in fiction, you will need to identify the literary themes, the point of view of the author, and the setting and tone of the work. In addition, you will need to look for and understand the symbols used.

Generally, poetry employs fewer words to express an idea than does narrative fiction. Poets choose each word with great care in order to provide a great many ideas and evoke a maximum amount of feeling. As readers of poetry, we need to study each word and phrase carefully in order to capture all the possible meanings and emotions conveyed. Even though poems contain fewer words than a short story, it may take longer to read a poem because of the multiple meanings of each word and phrase.

Poetry is written and printed in a different format than prose. Each line of poetry is called **un verso** in Spanish, and **una estrofa** (*strophe*) is a grouping or block of lines of poetry. The length of each line of poetry and of each strophe contributes to the overall rhythm (**el ritmo**) of the poem as does the length of individual words. Some poetry contains rhyme (**la rima**) although modern poetry tends not to use this poetic device. Another important characteristic of poetry is repetition, including the repetition of certain words or phrases as well as the repetition of certain vowels or consonants.

Antes de leer

El chileno **Pablo Neruda** (1904–1973) fue tal vez el poeta más prestigioso de Hispanoamérica en el siglo XX. Trabajó como diplomático y viajó a muchos países de Latinoamérica, Europa y Asia. Durante sus viajes empezó a identificarse con las víctimas de la guerra, la injusticia social y la tiranía. Más tarde estas ideas aparecieron como temas de su poesía. Otros temas suyos incluyen el amor y la existencia humana. Ganó el premio Nóbel de Literatura en 1971.

El primero de los poemas de la **Lectura literaria** es el «Poema 20». Es una de las primeras obras de Neruda y forma parte de la colección *Veinte poemas de amor y una canción desesperada,* publicada en 1924. En el poema Neruda describe las emociones confusas de un amor perdido. El segundo poema, «Oda a unas flores amarillas», es de una colección llamada *Odas elementales* (1954) que se caracteriza por el lenguaje sencillo con temas dirigidos al pueblo.

E El autor y sus obras. Conteste las siguientes preguntas acerca del autor de «Poema 20» y «Oda a unas flores amarillas».

1. ¿Quién es el autor de «Poema 20» y «Oda a unas flores amarillas» y de dónde es? ¿Qué premio ganó?
2. ¿Qué puesto ocupó y qué hizo en este puesto?
3. ¿Con quiénes empezó a identificarse durante sus muchos viajes?
4. ¿Qué pasó con sus ideas sobre las víctimas?
5. ¿Cuáles son otros de sus temas poéticos?

F El escenario y el tono. Dé un vistazo a los cuatro primeros versos de «Poema 20» y al dibujo presentado al principio del poema. Después, describa el escenario y el tono general del poema.

G El punto de vista. Lea la información sobre Pablo Neruda para comprender su punto de vista general y el tema del «Poema 20». ¿Cuáles son las cosas que le importan a Neruda?

H El formato. Estudie el formato del «Poema 20» y conteste las siguientes preguntas. ¿Son largos o cortos los versos del poema? ¿Son largas o cortas las estrofas? ¿Hay versos que se repiten? ¿Cuáles?

Poema 20

Puedo escribir los versos más tristes esta noche.

full of stars   Escribir, por ejemplo: «La noche está estrellada°,
shiver / stars   y tiritan°, azules, los astros°, a lo lejos.»

spins   El viento de la noche gira° en el cielo y canta.

Puedo escribir los versos más tristes esta noche.
Yo la quise, y a veces ella también me quiso.

En las noches como ésta la tuve entre mis brazos.
La besé tantas veces bajo el cielo infinito.

Ella me quiso, a veces yo también la quería.
¡Cómo no haber amado sus grandes ojos fijos!

Puedo escribir los versos más tristes esta noche.
Pensar que no la tengo. Sentir que la he perdido.

Oír la noche inmensa, más inmensa sin ella.
like dew on grass   Y el verso cae al alma como al pasto el rocío°.

Qué importa que mi amor no pudiera guardarla.
La noche está estrellada y ella no está conmigo.

Eso es todo. A lo lejos alguien canta. A lo lejos.
Mi alma no se contenta con haberla perdido.

to approach her   Como para acercarla° mi mirada la busca.
Mi corazón la busca, y ella no está conmigo.

to whiten   La misma noche que hace blanquear° los mismos árboles.
Nosotros, los de entonces, ya no somos los mismos.

Ya no la quiero, es cierto, pero cuánto la quise.
Mi voz buscaba el viento para tocar su oído.

De otro. Será de otro. Como antes de mis besos.
Su voz, su cuerpo claro. Sus ojos infinitos.

Ya no la quiero, es cierto, pero tal vez la quiero.
act of forgetting   Es tan corto el amor, y es tan largo el olvido°.

Porque en noches como ésta la tuve entre mis brazos,
mi alma no se contenta con haberla perdido.

Aunque éste sea el último dolor que ella me causa,
y éstos sean los últimos versos que yo le escribo.

Oda a unas flores amarillas

Contra el azul moviendo sus azules,
el mar, y contra el cielo,
unas flores amarillas.

Octubre llega.

Y aunque sea
tan importante el mar desarrollando
su mito, su misión, su levadura
estalla°   *bursts*
sobre la arena el oro
de una sola
planta amarilla
y se amarran°   *fasten*
tus ojos
a la tierra,
huyen del magno mar y sus latidos°.   *heartbeats*

Polvo° somos, seremos.   *Dust*

Ni aire, ni fuego, ni agua
sino
tierra,
sólo tierra
seremos
y tal vez
unas flores amarillas.

Después de leer

«Poema 20»

1. **La noche.** Aunque es una noche hermosa, Neruda está muy triste. ¿Cuál es el origen de la tristeza de Neruda? ¿Qué relación hay entre la noche y la tristeza de Neruda? Justifique su respuesta con palabras o versos del poema.
2. **La historia de su amor.** Con un(-a) compañero(-a) de clase, hagan una lista de los versos con verbos en un tiempo *(tense)* pasado. Después, hagan un resumen del amor de Neruda.
3. **Sentimientos confusos.** Parece que Neruda no está seguro de sus sentimientos hacia la amada. Dé ejemplos de esta confusión usando, palabras o versos del poema.

«Oda a unas flores amarillas»

1. **El escenario.** Describa el escenario, incluyendo la estación del año.
2. **El tema.** ¿Qué significa el verso «Polvo somos, seremos»? ¿Cuál es el tema central del poema?
3. **Los símbolos.** ¿Qué simbolizan las siguientes cosas en el poema?

   el otoño / el polvo / las flores amarillas

 Para saber más: http://interacciones.heinle.com

Appendix A

Information Gap Activities: Alternate Versions of Drawings

Capítulo 1   Primera situación; Práctica 1.3; Página 22

Capítulo 3 Primera situación; Práctica 3.12; Página 101

Capítulo 6 Primera situación; Práctica 6.11; Página 214

> pasar la aspiradora por
> la alfombra de la sala
> limpiar la bañera y el
> lavabo
> sacar la mala hierba
> planchar la ropa

Capítulo 7 Primera situación; Práctica 7.1; Página 253

El Corte Inglés   un collar de esmeraldas

La Zapatería Toledo   un lavaplatos

Grandes Liquidaciones   un regalo de boda

                              unas botas

Capítulo 9 Primera situación; Práctica 9.4; Página 336–337

1. Publicista
2. Abogado
3. Especialista en computadoras
4. Representante de ventas
   - Tiene buen sentido para los negocios y mucha experiencia en manejar diversas empresas.
   - Se lleva bien con otras personas y nunca falta al trabajo.
   - Trabaja bien con los números.

Capítulo 11 Segunda situación; Práctica 11.19; Página 423

Se necesita llevar toallas a la habitación 508.

La habitación de la señora Garza está muy sucia.

La calefacción en la habitación 324 está descompuesta.

Hace mucho calor en la habitación de la señorita Pardo.

La tele no funciona en la habitación del señor Bose.

Vocabulary at a Glance

The following lists of common vocabulary items are provided to aid you in describing the art and photo scenes in the textbook. For further vocabulary lists or explanations of vocabulary use, see the index under the appropriate topic heading.

Terms to Describe a Picture

el cuadro	*painting*	a la derecha	*on the right*
el dibujo	*drawing*	a la izquierda	*on the left*
la escena	*scene*	en el centro	*in the middle*
la foto(grafía)	*photo(graph)*	en el fondo	*in the background*
el animal	*animal*	en primer plano	*in the foreground*
el árbol	*tree*	la gente	*people*
el edificio	*building*	la persona	*person*

Cardinal Numbers

0	cero	19	diecinueve	90	noventa
1	uno	20	veinte	100	cien, ciento
2	dos	21	veintiuno	110	ciento diez
3	tres	22	veintidós	160	ciento sesenta
4	cuatro	23	veintitrés	200	doscientos
5	cinco	24	veinticuatro	300	trescientos
6	seis	25	veinticinco	400	cuatrocientos
7	siete	26	veintiséis	500	quinientos
8	ocho	27	veintisiete	600	seiscientos
9	nueve	28	veintiocho	700	setecientos
10	diez	29	veintinueve	800	ochocientos
11	once	30	treinta	900	novecientos
12	doce	31	treinta y uno	1.000	mil
13	trece	32	treinta y dos	2.000	dos mil
14	catorce	40	cuarenta	100.000	cien mil
15	quince	50	cincuenta	200.000	doscientos mil
16	dieciséis	60	sesenta	1.000.000	un millón
17	diecisiete	70	setenta	2.000.000	dos millones
18	dieciocho	80	ochenta	1.000.000.000	mil millones

Ordinal Numbers

primer(-o)	*first*	sexto	*sixth*
segundo	*second*	séptimo	*seventh*
tercer(-o)	*third*	octavo	*eighth*
cuarto	*fourth*	noveno	*ninth*
quinto	*fifth*	décimo	*tenth*

Colors

amarillo	*yellow*	gris	*gray*
anaranjado	*orange*	morado	*purple*
azul	*blue*	negro	*black*
blanco	*white*	pardo	*brown*
de color café	*coffee-colored*	rojo	*red*
de color fresa	*strawberry-colored*	rosado	*pink*
de color melón	*melon-colored*	verde	*green*

Articles of Clothing

la blusa	*blouse*	los pantalones	*pants, slacks*
los calcetines	*socks*	el sombrero	*hat*
la camisa	*shirt*	el suéter	*sweater*
la chaqueta	*jacket*	el traje	*suit*
la corbata	*tie*	el vestido	*dress*
la falda	*skirt*	los zapatos	*shoes*

Days of the Week

lunes	*Monday*	viernes	*Friday*
martes	*Tuesday*	sábado	*Saturday*
miércoles	*Wednesday*	domingo	*Sunday*
jueves	*Thursday*		

Months of the Year

enero	*January*	julio	*July*
febrero	*February*	agosto	*August*
marzo	*March*	se(p)tiembre	*September*
abril	*April*	octubre	*October*
mayo	*May*	noviembre	*November*
junio	*June*	diciembre	*December*

Seasons

la primavera	*spring*	el otoño	*autumn*
el verano	*summer*	el invierno	*winter*

Geography

el este	*east*	el oeste	*west*
el norte	*north*	el sur	*south*
el lago	*lake*	el océano	*ocean*
el mar	*sea*	el río	*river*
el bosque	*forest*	la selva	*jungle*
la montaña	*mountain*	el valle	*valley*

Appendix C

Metric Units of Measurement

Measurement of Length and Distance

1 centímetro	=	.3937 inch (less than 1/2 inch)
1 metro	=	39.37 inches (about 1 yard, 3 inches)
1 kilómetro (1.000 metros)	=	.6213 mile (about 5/8 mile)

Measurement of Weight

1 gramo	=	.03527 ounce
100 gramos	=	3.527 ounces (less than 1/4 pound)
1 kilogramo (1.000 gramos)	=	35.27 ounces (2.2 pounds)

Measurement of Liquid

1 litro	=	1.0567 quarts (slightly more than a quart)

Measurement of Land Area

1 hectárea	=	2.471 acres

Measurement of Temperature

C = centígrado o Celsius; F = Fahrenheit

0° C	=	32° F (freezing point of water)
37° C	=	98.6° F (normal body temperature)
100° C	=	212° F (boiling point of water)

Conversion of Fahrenheit to Celsius

$$C = \frac{5}{9}(F - 32) \quad OR \quad (F - 32) \div 1.8$$

Conversion of Celsius to Fahrenheit

$$F = \frac{9}{5}(C + 32) \quad OR \quad (C \times 1.8) + 32$$

Appendix D
The Writing and Spelling System

The Alphabet

Letter	Name	Letter	Name	Letter	Name
a	a	k	ka	s	ese
b	be	l	ele	t	te
c	ce	m	eme	u	u
d	de	n	ene	v	ve, ve corta, uve
e	e	ñ	eñe	w	doble ve, uve doble
f	efe	o	o	x	equis
g	ge	p	pe	y	i griega
h	hache	q	cu	z	zeta
i	i	r	ere		
j	jota	rr	erre		

Some Guidelines for Spelling

Spanish has a more phonetic spelling system than English; in general most Spanish sounds correspond to just one written symbol.

1. There are a few sounds that can be spelled with more than one letter. The spelling of individual words containing these sounds must be memorized since there are no rules for the sound-letter correspondence.

Sound	Spelling	Example
/ b /	b, v	bolsa, verano
/ y /	ll, y, i + vowel	calle, leyes, bien
/ s /	s, z, ce, ci	salsa, zapato, cena, cinco
/ x /	j, ge, gi	jardín, gente, gitano

2. When an unstressed **i** occurs between vowels, then **i → y**. This is a frequent change in verb forms: **creyó; trayendo; leyeron.**

3. The letter **z** generally changes to **c** before **e: lápiz / lápices; vez / veces; empieza / empiece.**

4. The sound / g / is spelled with the letter **g** before **a, o, u,** and all consonants. Before **e** and **i** the / g / sound is spelled **gu.**

garaje   gordo   gusto   Gloria   grande
guerra   guía

5. The sound / k / is spelled with the letter **c** before **a, o, u,** and all consonants. Before **e** and **i** the / k / sound is spelled **qu.**

carta   cosa   curso   clase   criado
que   quien

6. The sound / gw / is spelled with the letters **gu** before **a** and **o.** Before **e** and **i** the / gw / sound is spelled **gü.**

guapo   antiguo   vergüenza   pingüino

Syllabication

In dividing a word at the end of a written line, you must follow rules for syllabication. Spanish speakers generally pronounce consonants with the syllable that follows. English speakers generally pronounce consonants with the preceding syllable.

English: A mer i ca   English: pho tog ra phy
Spanish: A mé ri ca   Spanish: fo to gra fí a

The stress of a Spanish word is governed by rules that involve syllables. Unless you know how to divide a word into syllables, you cannot be certain where to place the spoken stress or written accent mark.

The following rules determine the division of Spanish words into syllables.

1. Most syllables in Spanish end with a vowel.

me-sa   to-ma   li-bro

2. A single consonant between two vowels begins a syllable.

u-na   pe-ro   ca-mi-sa

3. Generally two consonants are separated so that one ends a syllable and the second begins the next syllable. The consonants clusters **ch, ll,** and **rr** do not separate and will begin a syllable. Double **c** and double **n** will separate.

par-que   tam-bién   gran-de   cul-tu-ra
mu-cho   ca-lle   pe-rro
lec-ción   in-nato

4. When any consonant except **s** is followed by **l** or **r,** both consonants form a cluster that will begin a syllable.

ha-blar   si-glo   a-brir   ma-dre   o-tro   is-la

5. Combinations of three or four consonants will divide according to the above rules. The letter **s** will end the preceding syllable.

cen-tral   san-grí-a   siem-pre   ex-tra-ño
in-dus-trial   ins-truc-ción   es-cri-bir

6. A combination of two strong vowels (**a, e, o**) will form two separate syllables.

mu-se-o   cre-e   ma-es-tro

7. A combination of a strong vowel (**a, e, o**) and a weak vowel (**i, u**) or two weak vowels is called a diphthong. A diphthong forms one syllable.

cui-dad   cau-sa   bue-no   pien-sa

NOTE: A written accent mark over a weak vowel in combination with another vowel will divide a diphthong into two syllables.

rí-o   dí-a   Ra-úl

Written accent marks on other vowels will not affect syllabication: lec-ción.

Accentuation

Two basic rules of stress determine how to pronounce individual Spanish words.

1. For words ending in a consonant other than **n** or **s,** the stress falls on the last syllable.

to**mar**   invi**tar**   pa**pel**   re**loj**   universi**dad**

2. For words ending in a vowel, **-n,** or **-s,** the stress falls on the next-to-last syllable.

clase   **to**man   **ca**sas
to**ma**mos   cor**ba**ta   som**bre**ro

3. A written accent mark is used to indicate an exception to the ordinary rules of stress.

sábado   to**mé**   lec**ción**   **fá**cil

NOTE: Words stressed on any syllable except the last or next-to-last will always carry a written accent mark. Verb forms with attached pronouns are frequently found in this category.

ex**plí**quemelo   levan**tán**dose   prepa**rár**noslas

4. A diphthong is any combination of a weak vowel (**i, u**) and a strong vowel (**a, e, o**) or two weak vowels. In a diphthong the two vowels are pronounced as a single sound with the strong vowel (or the second of the two weak vowels) receiving slightly more emphasis than the other.

piensa   al**mue**rzo   **ciu**dad   **fui**mos

A written accent mark can be used to eliminate the natural diphthong so that two separate vowel sounds will be heard.

cafetería   tío   continúe

5. Written accent marks can also be used to distinguish two words with similar spelling and pronunciation but with different meanings.

a. Interrogative and exclamatory words have a written accent

cómo	*how*	por qué	*why*
cuándo	*when*	qué	*what, how*
dónde	*where*	quién(-es)	*who, whom*

b. Note the use of written accent marks on all but the neuter forms of demonstrative pronouns. There is a recent tendency to discontinue use of written accents marks on demonstrative pronouns. As a result you may see examples of these pronouns without the accent marks. However, the *Interacciones* program will continue to use them.

esta mesa	*this table*	ésta	*this one*
ese chico	*that boy*	ése	*that one*
aquellas montañas	*those mountains*	aquéllas	*those*

c. In ten common word pairs, the written accent mark is the only distinction between the two words.

aun	*even*	aún	*still, yet*
de	*of, from*	dé	*give*
el	*the*	él	*he*
mas	*but*	más	*more*
mi	*my*	mí	*me*
se	*himself*	sé	*I know*
si	*if*	sí	*yes*
solo	*alone*	sólo	*only*
te	*you*	té	*tea*
tu	*your*	tú	*you*

Capitalization

In Spanish, capital letters are used less frequently than in English. Small letters are used in the following instances where English uses capitals.

1. yo (*I*) except when it begins a sentence

Manolo y **yo** vamos a España.	*Manolo and I are going to Spain.*

2. names of the days of the week and months of the year

Saldremos el **martes** 26 de **abril.**	*We will leave on Tuesday, April 26.*

3. nouns or adjectives of nationality and names of languages

Susana es **argentina;** habla **español** y estudia **inglés.**	*Susan is Argentinian; she speaks Spanish and is studying English.*

4. words in the title of a book except for the first word and proper nouns

Cien años de soledad	*One Hundred Years of Solitude*
La casa de Bernarda Alba	*The House of Bernarda Alba*

5. titles of address except when abbreviated: **don, doña, usted, ustedes, señor, señora, señorita, doctor,** but **Ud., Uds., Sr., Sra., Srta., Dr., Dra.**

Aquí viene el **doctor** Robles con **doña** Mercedes y la **Srta.** Guzmán.	*Here comes Doctor Robles with Doña Mercedes and Miss Guzmán.*

Verb Conjugations
LOS VERBOS REGULARES

Infinitive	Present Indicative	Imperfect	Preterite	Future	Conditional	Present Subjunctive	Imperfect Subjunctive	Commands Familiar/ Formal
hablar *to speak*	hablo	hablaba	hablé	hablaré	hablaría	hable	hablara	habla
	hablas	hablabas	hablaste	hablarás	hablarías	hables	hablaras	(no hables)
	habla	hablaba	habló	hablará	hablaría	hable	hablara	hable
	hablamos	hablábamos	hablamos	hablaremos	hablaríamos	hablemos	habláramos	hablad
	habláis	hablabais	hablásteis	hablaréis	hablaríais	habléis	hablarais	(no habléis)
	hablan	hablaban	hablaron	hablarán	hablarían	hablen	hablaran	hablen
aprender *to learn*	aprendo	aprendía	aprendí	aprenderé	aprendería	aprenda	aprendiera	aprende
	aprendes	aprendías	aprendiste	aprenderás	aprenderías	aprendas	aprendieras	(no aprendas)
	aprende	aprendía	aprendió	aprenderá	aprendería	aprenda	aprendiera	aprenda
	aprendemos	aprendíamos	aprendimos	aprenderemos	aprenderíamos	aprendamos	aprendiéramos	aprended
	aprendéis	aprendíais	aprendisteis	aprenderéis	aprenderíais	aprendáis	aprendierais	(no aprendáis)
	aprenden	aprendían	aprendieron	aprenderán	aprenderían	aprendan	aprendieran	aprendan
vivir *to live*	vivo	vivía	viví	viviré	viviría	viva	viviera	vive
	vives	vivías	viviste	vivirás	vivirías	vivas	vivieras	(no vivas)
	vive	vivía	vivió	vivirá	viviría	viva	viviera	viva
	vivimos	vivíamos	vivimos	viviremos	viviríamos	vivamos	viviéramos	vivid
	vivís	vivíais	vivisteis	viviréis	viviríais	viváis	vivierais	(no viváis)
	viven	vivían	vivieron	vivirán	vivirían	vivan	vivieran	vivan

LOS VERBOS REGULARES

(continued)

Compound tenses

			hablar	aprender	vivir
Present progressive	estoy	estamos	hablando	aprendiendo	viviendo
	estás	estáis			
	está	están			
Present perfect	he	hemos	hablado	aprendido	vivido
	has	habéis			
	ha	han			
Past perfect	había	habíamos	hablado	aprendido	vivido
	habías	habíais			
	había	habían			
Future perfect	habré	habremos	hablado	aprendido	vivido
	habrás	habréis			
	habrá	habrán			
Conditional perfect	habría	habríamos	hablado	aprendido	vivido
	habrías	habríais			
	habría	habrían			
Present perfect subjunctive	haya	hayamos	hablado	aprendido	vivido
	hayas	hayáis			
	haya	hayan			
Past perfect subjunctive	hubiera	hubiéramos	hablado	aprendido	vivido
	hubieras	hubierais			
	hubiera	hubieran			

LOS VERBOS CON CAMBIOS EN LA RAÍZ

Infinitive Present Participle/ Past Participle	Present Indicative	Imperfect	Preterite	Future	Conditional	Present Subjunctive	Imperfect Subjunctive	Commands Familiar/ Formal
pensar *to think* e → ie pensando pensado	pienso piensas piensa pensamos pensáis piensan	pensaba pensabas pensaba pensábamos pensabais pensaban	pensé pensaste pensó pensamos pensasteis pensaron	pensaré pensarás pensará pensaremos pensaréis pensarán	pensaría pensarías pensaría pensaríamos pensaríais pensarían	piense pienses piense pensemos penséis piensen	pensara pensaras pensara pensáramos pensarais pensaran	piensa (no pienses) piense pensad (no penséis) piensen
acostarse *to go to bed* o → ue acostándose acostado	me acuesto te acuestas se acuesta nos acostamos os acostáis se acuestan	me acostaba te acostabas se acostaba nos acostábamos os acostabais se acostaban	me acosté te acostaste se acostó nos acostamos os acostasteis se acostaron	me acostaré te acostarás se acostará nos acostaremos os acostaréis se acostarán	me acostaría te acostarías se acostaría nos acostaríamos os acostaríais se acostarían	me acueste te acuestes se acueste nos acostemos os acostéis se acuesten	me acostara te acostaras se acostara nos acostáramos os acostarais se acostaran	acuéstate (no te acuestes) acuéstese acostaos (no os acostéis) acuéstense
sentir *to be sorry* e → ie, i sintiendo sentido	siento sientes siente sentimos sentís sienten	sentía sentías sentía sentíamos sentíais sentían	sentí sentiste sintió sentimos sentisteis sintieron	sentiré sentirás sentirá sentiremos sentiréis sentirán	sentiría sentirías sentiría sentiríamos sentiríais sentirían	sienta sientas sienta sintamos sintáis sientan	sintiera sintieras sintiera sintiéramos sintierais sintieran	siente (no sientas) sienta sentaos (no sintáis) sientan
pedir *to ask for* e → i, i pidiendo pedido	pido pides pide pedimos pedís piden	pedía pedías pedía pedíamos pedíais pedían	pedí pediste pidió pedimos pedisteis pidieron	pediré pedirás pedirá pediremos pediréis pedirán	pediría pedirías pediría pediríamos pediríais pedirían	pida pidas pida pidamos pidáis pidan	pidiera pidieras pidiera pidiéramos pidierais pidieran	pide (no pidas) pida pedid (no pidáis) pidan
dormir *to sleep* o → ue, u durmiendo dormido	duermo duermes duerme dormimos dormís duermen	dormía dormías dormía dormíamos dormíais dormían	dormí dormiste durmió dormimos dormisteis durmieron	dormiré dormirás dormirá dormiremos dormiréis dormirán	dormiría dormirías dormiría dormiríamos dormiríais dormirían	duerma duermas duerma durmamos durmáis duerman	durmiera durmieras durmiera durmiéramos durmierais durmieran	duerme (no duermas) duerma dormid (no durmáis) duerman

LOS VERBOS CON CAMBIOS DE ORTOGRAFÍA

Infinitive Present Participle/ Past Participle	Present Indicative	Imperfect	Preterite	Future	Conditional	Present Subjunctive	Imperfect Subjunctive	Commands Familiar/ Formal
comenzar (e → ie) *to begin* z → c before e comenzando comenzado	comienzo comienzas comienza comenzamos comenzáis comienzan	comenzaba comenzabas comenzaba comenzábamos comenzabais comenzaban	comencé comenzaste comenzó comenzamos comenzasteis comenzaron	comenzaré comenzarás comenzará comenzaremos comenzaréis comenzarán	comenzaría comenzarías comenzaría comenzaríamos comenzaríais comenzarían	comience comiences comience comencemos comencéis comiencen	comenzara comenzaras comenzara comenzáramos comenzarais comenzaran	comienza (no comiences) comience comenzad (no comencéis) comiencen
conocer *to know* c → zc before a, o conociendo conocido	conozco conoces conoce conocemos conocéis conocen	conocía conocías conocía conocíamos conocíais conocían	conocí conociste conoció conocimos conocisteis conocieron	conoceré conocerás conocerá conoceremos conoceréis conocerán	conocería conocerías conocería conoceríamos conoceríais conocerían	conozca conozcas conozca conozcamos conozcáis conozcan	conociera conocieras conociera conociéramos conocierais conocieran	conoce (no conozcas) conozca conoced (no conozcáis) conozcan
construir *to build* i → y; y inserted before a, e, o construyendo construido	construyo construyes construye construimos construís construyen	construía construías construía construíamos construíais construían	construí construiste construyó construimos construisteis construyeron	construiré construirás construirá construiremos construiréis construirán	construiría construirías construiría construiríamos construiríais construirían	construya construyas construya construyamos construyáis construyan	construyera construyeras construyera construyéramos construyerais construyeran	construye (no construyas) construya construid (no construyáis) construyan
leer *to read* i → y; stressed i → í leyendo leído	leo lees lee leemos leéis leen	leía leías leía leíamos leíais leían	leí leíste leyó leímos leísteis leyeron	leeré leerás leerá leeremos leeréis leerán	leería leerías leería leeríamos leeríais leerían	lea leas lea leamos leáis lean	leyera leyeras leyera leyéramos leyerais leyeran	lee (no leas) lea leed (no leáis) lean

Infinitive / Present Participle / Past Participle	Present Indicative	Imperfect	Preterite	Future	Conditional	Present Subjunctive	Imperfect Subjunctive	Commands Familiar/ Formal
pagar *to pay* g → gu before e pagando pagado	pago pagas paga pagamos pagáis pagan	pagaba pagabas pagaba pagábamos pagabais pagaban	pagué pagaste pagó pagamos pagasteis pagaron	pagaré pagarás pagará pagaremos pagaréis pagarán	pagaría pagarías pagaría pagaríamos pagaríais pagarían	pague pagues pague paguemos paguéis paguen	pagara pagaras pagara pagáramos pagarais pagaran	paga (no pagues) pague pagad (no paguéis) paguen
seguir (e → i, i) *to follow* gu → g before a, o siguiendo seguido	sigo sigues sigue seguimos seguís siguen	seguía seguías seguía seguíamos seguíais seguían	seguí seguiste siguió seguimos seguisteis siguieron	seguiré seguirás seguirá seguiremos seguiréis seguirán	seguiría seguirías seguiría seguiríamos seguiríais seguirían	siga sigas siga sigamos sigáis sigan	siguiera siguieras siguiera siguiéramos siguierais siguieran	sigue (no sigas) siga seguid (no sigáis) sigan
tocar *to play, to touch* c → qu before e tocando tocado	toco tocas toca tocamos tocáis tocan	tocaba tocabas tocaba tocábamos tocabais tocaban	toqué tocaste tocó tocamos tocasteis tocaron	tocaré tocará tocarás tocaremos tocaréis tocarán	tocaría tocarías tocaría tocaríamos tocaríais tocarían	toque toques toque toquemos toquéis toquen	tocara tocaras tocara tocáramos tocarais tocaran	toca (no toques) toque tocad (no toquéis) toquen

LOS VERBOS IRREGULARES

Infinitive Present Participle/ Past Participle	Present Indicative	Imperfect	Preterite	Future	Conditional	Present Subjunctive	Imperfect Subjunctive	Commands Familiar/ Formal
andar *to walk* andando andado	ando andas anda andamos andáis andan	andaba andabas andaba andábamos andabais andaban	anduve anduviste anduvo anduvimos anduvisteis anduvieron	andaré andarás andará andaremos andaréis andarán	andaría andarías andaría andaríamos andaríais andarían	ande andes ande andemos andéis anden	anduviera anduvieras anduviera anduviéramos anduvierais anduvieran	anda (no andes) ande andad (no andéis) anden
caer *to fall* cayendo caído	caigo caes cae caemos caéis caen	caía caías caía caíamos caíais caían	caí caiste cayó caímos caísteis cayeron	caeré caerás caerá caeremos caeréis caerán	caería caerías caería caeríamos caeríais caerían	caiga caigas caiga caigamos caigáis caigan	cayera cayeras cayera cayéramos cayerais cayeran	cae (no caigas) caiga caed (no caigáis) caigan
dar *to give* dando dado	doy das da damos dais dan	daba dabas daba dábamos dabais daban	di diste dio dimos disteis dieron	daré darás dará daremos daréis darán	daría darías daría daríamos daríais darían	dé des dé demos deis den	diera dieras diera diéramos dierais dieran	da (no des) dé dad (no deis) den
decir *to say; tell* diciendo dicho	digo dices dice decimos decís dicen	decía decías decía decíamos decíais decían	dije dijiste dijo dijimos dijisteis dijeron	diré dirás dirá diremos diréis dirán	diría dirías diría diríamos diríais dirían	diga digas diga digamos digáis digan	dijera dijeras dijera dijéramos dijerais dijeran	di (no digas) diga decid (no digáis) digan
estar *to be* estando estado	estoy estás está estamos estáis están	estaba estabas estaba estábamos estabais estaban	estuve estuviste estuvo estuvimos estuvisteis estuvieron	estaré estarás estará estaremos estaréis estarán	estaría estarías estaría estaríamos estaríais estarían	esté estés esté estemos estéis estén	estuviera estuvieras estuviera estuviéramos estuvierais estuvieran	está (no estés) esté estad (no estéis) estén

LOS VERBOS IRREGULARES

Infinitive Present Participle/ Past Participle	Present Indicative	Imperfect	Preterite	Future	Conditional	Present Subjunctive	Imperfect Subjunctive	Commands Familiar/ Formal
haber to have habiendo habido	he has ha [hay] hemos habéis han	había habías había habíamos habíais habían	hube hubiste hubo hubimos hubisteis hubieron	habré habrás habrá habremos habréis habrán	habría habrías habría habríamos habríais habrían	haya hayas haya hayamos hayáis hayan	hubiera hubieras hubiera hubiéramos hubierais hubieran	
hacer to make, do haciendo hecho	hago haces hace hacemos hacéis hacen	hacía hacías hacía hacíamos hacíais hacían	hice hiciste hizo hicimos hicisteis hicieron	haré harás hará haremos haréis harán	haría harías haría haríamos haríais harían	haga hagas haga hagamos hagáis hagan	hiciera hicieras hiciera hiciéramos hiciérais hicieran	haz (no hagas) haga haced (no hagáis) hagan
ir to go yendo ido	voy vas va vamos vais van	iba ibas iba íbamos ibais iban	fui fuiste fue fuimos fuisteis fueron	iré irás irá iremos iréis irán	iría irías iría iríamos iríais irían	vaya vayas vaya vayamos vayáis vayan	fuera fueras fuera fuéramos fuerais fueran	ve (no vayas) vaya id (no vayáis) vayan
oír to hear oyendo oído	oigo oyes oye oímos oías oyen	oía oías oía oíamos oíais oían	oí oíste oyó oímos oísteis oyeron	oiré oirás oirá oiremos oiréis oirán	oiría oirías oiría oiríamos oiríais oirían	oiga oigas oiga oigamos oigáis oigan	oyera oyeras oyera oyéramos oyerais oyeran	oye (no oigas) oiga oíd (no oigáis) oigan

LOS VERBOS IRREGULARES

Infinitive Present Participle/ Past Participle	Present Indicative	Imperfect	Preterite	Future	Conditional	Present Subjunctive	Imperfect Subjunctive	Commands Familiar/ Formal
poder (o → ue) *can, to be able* pudiendo podido	puedo puedes puede podemos podéis pueden	podía podías podía podíamos podíais podían	pude pudiste pudo pudimos pudisteis pudieron	podré podrás podrá podremos podréis podrán	podría podrías podría podríamos podríais podrían	pueda puedas pueda podamos podáis puedan	pudiera pudieras pudiera pudiéramos pudierais pudieran	puede (no puedas) pueda poded (no podáis) puedan
poner *to place, put* poniendo puesto	pongo pones pone ponemos ponéis ponen	ponía ponías ponía poníamos poníais ponían	puse pusiste puso pusimos pusisteis pusieron	pondré pondrás pondrá pondremos pondréis pondrán	pondría pondrías pondría pondríamos pondríais pondrían	ponga pongas ponga pongamos pongáis pongan	pusiera pusieras pusiera pusiéramos pusierais pusieran	pon (no pongas) ponga poned (no pongáis) pongan
querer (e → ie) *to want, wish* queriendo querido	quiero quieres quiere queremos queréis quieren	quería querías quería queríamos queríais querían	quise quisiste quiso quisimos quisisteis quisieron	querré querrás querrá querremos querréis querrán	querría querrías querría querríamos querríais querrían	quiera quieras quiera queramos queráis quieran	quisiera quisieras quisiera quisiéramos quisierais quisieran	quiere (no quieras) quiera quered (no queráis) quieran
reír *to laugh* riendo reído	río ríes ríe reímos reís ríen	reía reías reía reíamos reíais reían	reí reíste rió reímos reísteis rieron	reiré reirás reirá reiremos reiréis reirán	reiría reirías reiría reiríamos reiríais reirían	ría rías ría riamos riáis rían	riera rieras riera riéramos rierais rieran	ríe (no rías) ría reíd (no riáis) rían

LOS VERBOS IRREGULARES

Infinitive Present Participle/ Past Participle	Present Indicative	Imperfect	Preterite	Future	Conditional	Present Subjunctive	Imperfect Subjunctive	Commands Familiar/ Formal
saber *to know* sabiendo sabido	sé sabes sabe sabemos sabéis saben	sabía sabías sabía sabíamos sabíais sabían	supe supiste supo supimos supisteis supieron	sabré sabrás sabrá sabremos sabréis sabrán	sabría sabrías sabría sabríamos sabríais sabrían	sepa sepas sepa sepamos sepáis sepan	supiera supieras supiera supiéramos supierais supieran	sabe (no sepas) sepa sabed (no sepáis) sepan
salir *to go out* saliendo salido	salgo sales sale salimos salís salen	salía salías salía salíamos salíais salían	salí saliste salió salimos salisteis salieron	saldré saldrás saldrá saldremos saldréis saldrán	saldría saldrías saldría saldríamos saldríais saldrían	salga salgas salga salgamos salgáis salgan	saliera salieras saliera saliéramos salierais salieran	sal (no salgas) salga salid (no salgáis) salgan
ser *to be* siendo sido	soy eres es somos sois son	era eras era éramos erais eran	fui fuiste fue fuimos fuisteis fueron	seré serás será seremos seréis serán	sería serías sería seríamos seríais serían	sea seas sea seamos seáis sean	fuera fueras fuera fuéramos fuerais fueran	sé (no seas) sea sed (no seáis) sean
tener *to have* teniendo tenido	tengo tienes tiene tenemos tenéis tienen	tenía tenías tenía teníamos teníais tenían	tuve tuviste tuvo tuvimos tuvisteis tuvieron	tendré tendrás tendrá tendremos tendréis tendrán	tendría tendrías tendría tendríamos tendríais tendrían	tenga tengas tenga tengamos tengáis tengan	tuviera tuvieras tuviera tuviéramos tuvierais tuvieran	ten (no tengas) tenga tened (no tengáis) tengan

Infinitive Present Participle/ Past Participle	Present Indicative	Imperfect	Preterite	Future	Conditional	Present Subjunctive	Imperfect Subjunctive	Commands Familiar/ Formal
traer *to bring* trayendo traído	traigo traes trae traemos traéis traen	traía traías traía traíamos traíais traían	traje trajiste trajo trajimos trajisteis trajeron	traeré traerás traerá traeremos traeréis traerán	traería traerías traería traeríamos traeríais traerían	traiga traigas traiga traigamos traigáis traigan	trajera trajeras trajera trajéramos trajerais trajeran	trae (no traigas) traiga traed (no traigáis) traigan
venir *to come* viniendo venido	vengo vienes viene venimos venís vienen	venía venías venía veníamos veníais venían	vine viniste vino vinimos vinisteis vinieron	vendré vendrás vendrá vendremos vendréis vendrán	vendría vendrías vendría vendríamos vendríais vendrían	venga vengas venga vengamos vengáis vengan	viniera vinieras viniera viniéramos vinierais vinieran	ven (no vengas) venga venid (no vengáis) vengan
ver *to see* viendo visto	veo ves ve vemos veis ven	veía veías veía veíamos veíais veían	vi viste vio vimos visteis vieron	veré verás verá veremos veréis verán	vería verías vería veríamos veríais verían	vea veas vea veamos veáis vean	viera vieras viera viéramos vierais vieran	ve (no veas) vea ved (no veáis) vean

Spanish-English Vocabulary

This vocabulary includes the meanings of all Spanish words and expressions which have been glossed or listed as active vocabulary in this textbook. Most proper nouns, conjugated verb forms, and cognates used as passive vocabulary are not included here.

The Spanish style of alphabetization has been followed: **n** precedes **ñ**. A word without a written accent mark appears before the form with a written accent: i.e., **si** precedes **sí.** Stem-changing verbs appear with the change in parentheses following the infinitive: (**ie**), (**ue**), or (**i**). A second vowel in parentheses (**ie, i**) indicates a preterite stem change.

The number following the English meaning refers to the chapter in which the vocabulary item was first introduced actively; the letters **CP** stand for **Capítulo preliminar.**

The following abbreviations are used:

A	Americas	*m*	masculine
abb	abbreviation	*n*	noun
adv	adverb	*obj*	object
adj	adjective	*pl*	plural
art	article	*pp*	past participle
conj	conjunction	*poss*	possessive
dir obj	direct object	*prep*	preposition
E	Spain	*pron*	pronoun
f	feminine	*refl*	reflexive
fam	familiar	*rel*	relative
form	formal	*s*	singular
indir obj	indirect object	*subj*	subject
inf	infinitive		

A

a   to, at, toward; **a bordo**   on board 11; **a casa**   home; **a causa de**   because of, as a consequence of; **a continuación**   following; **a cuadros**   plaid, checkered 7; **a la derecha**   to (on) the right; **a la izquierda**   to (on) the left; **a menos que**   unless 11; **a menudo**   often; **a rayas**   striped 7; **a tiempo**   on time; **a través de**   through, across; **a veces**   sometimes

abierto   *pp* opened

abogado(-a)   lawyer 10

abonar   to pay in installments

abordar   to board 11

abrazar   to hug, embrace

abrazo   hug

abrigo   coat 7

abril   *m* April

abrir   to open

abrocharse   to fasten 11

absurdo   absurd

abuelo(-a)   grandfather (-mother) 3; **abuelos**   grandparents 3

aburrido   bored, boring

aburrir   to bore; **aburrirse**   to get bored

acá   here

acabar   to finish; *refl* run out of; **acabar de** + *inf*   to have just (done something)

acantilado   cliff

acaso   perhaps

acceso   access

accidente   *m* accident

acción   *f* stock 9

accionista   *m/f* stockbroker 10

aceite   *m* oil 1; salad oil

aceituna   olive

acento   accent

acentuar   to accent

aceptar   to accept

acera   sidewalk 8

acerca de   about, concerning

acercarse a   to approach

acero   steel

acetona   nail polish remover

aclarar   to clear up

acomodar   to accommodate

aconsejable   advisable

aconsejar   to advise 3

acontecimiento   event

acordarse (ue) de   to remember

acortar   to shorten 7

acostarse (ue)   to go to bed

acostumbrarse   to become accustomed, get used to

actitud   *f* attitude

actividad   *f* activity

activo   active

actual   *adj* current, present-day

actualmente   nowadays, at the present time

actuar   to act

acuerdo   agreement; **de acuerdo**   I agree; **estar de acuerdo**   to agree, be in agreement; **llegar a un acuerdo**   to reach an agreement

acusado(-a)   accused person 6

adelantado   early

adelante   forward; come in

adelanto   advance, advancement

además   besides, furthermore

adentro   inside

adiós   good-bye

adivinanza   riddle

adivinar   to guess

adjetivo   adjective

administración   *f* management 9; **administración de empresas**   business administration 5

admirar   to admire 8

adolescente   *m/f* teenager 3

¿adónde?   where? (used with verbs of motion)

adornar   to decorate, adorn

adorno   decoration, ornament

aduana   customs 10; **derechos de aduana**   duty taxes 10; **pasar por la aduana**   to go through customs 11

aduanero(-a)   customs agent 11

adverbio   adverb

advertir (ie, i)   to warn

aéreo   *adj* air 11

aeróbico   aerobic 12

aeromozo(-a)   *(A)* flight attendant 11

aeropuerto   airport 11

afeitadora   shaver 1

afeitarse   to shave 1

aficionado(-a)   fan, sports fan

afuera   outside 4; **afueras**   outskirts, suburbs

agarrar   to take

agencia   agency 1; **agencia de empleos**   employment agency 10; **agencia de viajes**   travel agency

agente   *m/f* agent

agosto   August

agradable   pleasant

agradecer   to appreciate, thank

agrado   pleasure

agresivo   agressive

agrícola   agricultural

agrio   sour

agua   water 1; **agua mineral**   mineral water, bottled water

aguacate   *m* avocado 4

aguacero   heavy shower, downpour

ahí   there (near person addressed)

ahijado(-a)   godson (-daughter) 3; **ahijados**   godchildren 3

ahogarse   to drown 6

ahora   now

ahorrar   to save money 10

ahorros   *pl* savings 10; **cuenta** *f* **de ahorros**   savings account 10

aire   *m* air; **aire acondicionado**   *m* air conditioning 11; **al aire libre**   outdoor 2

aislado   isolated

aislamiento   isolation

ajedrez   *m* chess 3

al   (**a** + **el**) to the + ms *noun*; **al día**   per day; **al** + *inf*   on, upon; **al lado de**   beside, next to; **al principio**   in the beginning

albergue   *m* hostel 11; **albergue juvenil**   *m* youth hostel 11

albóndigas   meatballs 4

alcalde   *m* mayor

alcance   *m* reach; **estar al alcance**   to be within reach

alcanzar   to gain, obtain

alcohólico   alcoholic

alegrarse   to be happy

alegre   happy, cheerful 3

alegría   happiness

alemán(-ana)   German

alergia   allergy 12

alérgico allergic; **ser alérgico a** to be allergic to

alfabetización *f* literacy

alfombra rug, carpet 6

algarabía hustle-bustle

algo something

algodón *m* cotton 7; **algodón de azúcar** cotton candy 8

alguien someone

algunas veces sometimes

alguno, algún, alguna any, some, someone; *pl* a few

alimentarse to feed oneself

alimento food, nourishment

alivio relief

allá there

allí there

almacén *m* department store 1; **(grandes) almacenes** *(E) m pl* department store 1

almeja clam 4

almohada pillow 11

almorzar (ue) to have lunch 3

almuerzo lunch 4

alojarse to stay in a hotel 11

alquilar to rent 10

alquiler *m* rent

alrededor de around

altavoz *m* loud-speaker

alternativa alternative

altiplano high plateau

altitud *f* altitude

alto tall, high **CP**

altura altitude

alumno(-a) student

alzar to raise, lift

ama de casa housewife

amabilidad *f* kindness

amable nice, kind

amanecer *m* dawn; **del amanecer al anochecer** from dawn to dusk

amar to love 3

amargo bitter

amarillo yellow

amatista amethyst

ambiente *m* environment, atmosphere

amigable friendly

amigo(-a) friend **CP**

ampliar to extend

amplio extensive

amoblar (ue); amueblar to furnish

amor *m* love

análisis *m* analysis

anaranjado *adj* orange

ancho wide 7

andar to walk

anécdota anecdote

anfitrión(-ona) host (hostess)

ángel *m* angel

angosto narrow

anillo ring 3; **anillo de boda** wedding ring 3; **anillo de compromiso** engagement ring 3

anoche last night

anochecer *m* dusk

ansioso anxious

ante *m* suede ; *prep* before, in the presence of

anteayer day before yesterday

anteojos *pl* eyeglasses **CP**

anterior before

antes de *prep* before

antes que *conj* before

antibiótico antibiotics 12

anticipar to anticipate; **con anticipación** in advance

antiguo former, ancient

anunciar to announce 6

anuncio advertisement; **anuncio clasificado** classified ad 9; **anuncio comercial** commercial 6

añadir to add

año year; **tener...años** to be … years old

aparato appliance

aparcar to park

aparecer to appear

apartamento apartment

apellido last name **CP**

apenas hardly

aperitivo appetizer 4

apertura de clases beginning of the term 5

apetecer to have an appetite for

apetito appetite 4

aplaudir to applaud 8

aplicado studious 5

apogeo peak; **en pleno apogeo** at the height of

aprender to learn 5; **aprender de memoria** to memorize 5

apretado tight 7

apretar (ie) to pinch, be too tight 7

aprobar (ue) to pass (an exam) 5

apropiado appropriate

aprovechar to take advantage of

aptitud *f* aptitude, skill 9

apuntes notes, classnotes 1; **tomar apuntes** to take notes 1

apurado in a hurry

apurarse to hurry

aquel, aquella *adj* that (distant); **aquellos, aquellas** *adj* those (distant); **aquél, aquélla** *pron* that (one), former; **aquéllos, aquéllas** *pron* those, former **aquello** *neuter pron* that

aquí here

árbitro referee, umpire 12

árbol *m* tree 6

arco arch

archivar to file 10

archivo file cabinet 9

arena sand 2

arete *m* earring 7

argentino *adj* Argentinian

arquitecto(-a) arquitect

arquitectura architecture 5

arreglar to arrange, to repair, to straighten up 6; **arreglarse** to get ready 1

arreglo care 1; arrangement, repair

arrepentirse (ie, i) to repent

arrestar to arrest 6

arroz rice 4

arrugado wrinkled

arte *m* art 5; **bellas artes** fine arts 5

artesanía craftsmanship

artículo article, item

artista *m/f* artist

artístico artistic 9

asado roast(-ed)

ascenso promotion 9

ascensor elevator

asegurar to assure, to insure 7

asesinar to murder

asesinato murder 6

asesino(-a) murderer 6

así in this way, thus; **así que** as soon as 11

asiduo frequent

asiento seat 8

asignatura subject 5

asistencia attendance

asistente social *m/f* social worker

asistir a to attend 5

asociarse to associate

asombrar to astonish

aspecto aspect

áspero rough

aspiradora vacuum cleaner 6; **pasar la aspiradora** to vacuum 6

aspirante *m/f* applicant 9

aspirina aspirin 12

asunto subject matter

asustadizo easily scared

asustado scared 8

asustarse to get scared

atacar to attack

atar to tie

atender (ie) to take care of 10

atento attentive

aterrizaje *m* landing 11

aterrizar to land 11

atleta *m/f* athlete

atlético athletic CP

atracción *f* amusement park ride, attraction 8; **parque** *m* **de atracciones** amusement park 8

atraer to attract

atrás *adv* back; **de atrás** behind

atrasarse to be late

atravesar (ie) to cross

atribuir to attribute to

atún *m* tuna 4

aumento raise

aun even; **aun cuando** even when

aún still, yet

aunque although

ausente absent

austral *m* previous currency of Argentina

autobús *m* bus 8

automóvil *m* automobile

autopista highway; **autopista de la información** information superhighway 9

autoridad *f* authority

autorretrato self-portrait

avance *m* advance

avanzado avanced 10

avanzar to advance, move forward

ave *f* bird

avenida avenue 8

aventura adventure 2; **de aventura** *adj* adventure 2

averiguar to verify, find out

avión *m* airplane 11

avisar to advise, to inform

aviso notice, sign

ayer yesterday

ayuda help

ayudar to help

ayuntamiento city hall 8

azafata *(E)* flight attendant, stewardess 11

azúcar sugar

azul blue CP

B

bacalao cod

bachillerato high-school diploma 5

bailar to dance CP

bailarín(-ina) dancer

baile *m* dance

bajar to lower, to get off 11; **bajar el equipaje** to take the luggage down 11; **bajarse** to get off

bajo short CP

balanza balance; **balanza de pagos** balance of payments 10

balcón *m* balcony 11

baloncesto *(E)* basketball 12

bancario *adj* banking 10

banco bank 1

banquero banker

bañarse to bathe 1

bañera bathtub 6

baño bathroom 11; **cuarto de baño** bathroom 6

bar *m* bar 2

barato inexpensive, cheap

barba beard CP

barco boat

barrer to sweep 6

barrio neighborhood 8

básquetbol *m (A)* basketball 12

¡basta! enough

bastante *adj* enough; **bastante** *adv* rather

basura garbage, trash 6; **sacar la basura** to take out the garbage 6

bata robe 7

bate *m* bat 12

batear to bat 12

batido milk shake

batir to beat

bautismo baptism

bebé *m* baby 3

beber to drink

bebida beverage 4

beca scholarship 5

béisbol *m* baseball 12

bellas artes fine arts 5

belleza beauty

beneficiar to benefit

beneficio benefit; **beneficio social** fringe benefit 9

besar to kiss

biblioteca library 5

bicicleta bicycle; **montar (en) bicicleta** to ride a bicycle 2

bien well, very

bienvenido welcome

bigote *m* moustache CP

billete *m* ticket 8; bill; **billete de ida y vuelta** round-trip ticket

billetera wallet

biología biology 5

bisabuelo(-a) great-grandfather (-mother) 3; **bisabuelos** great-grandparents 3

bistec *m* steak

blanco white

blando soft

blusa blouse

boca mouth

bocacalle *f* intersection 8

bocadillo sandwich

boda wedding, wedding ceremony 3; **regalo de boda** wedding gift 3; **torta de boda** wedding cake 3

boletería ticket office

boleto ticket 8; **boleto de ida y vuelta** round-trip ticket 11

bolígrafo pen, ballpoint pen

bolívar *m* currency of Venezuela

bolsa *(E)* purse 7; **bolsa (de acciones) (de valores)** stock market 9

bombero(-a) firefighter 8

bonito nice, pretty

bono bond 9

borracho drunk 2

borrador *m* rough draft

bosque *m* forest, woods

bota boot 7

botones *m s* bellman 11
boutique *f* boutique 7
boxeo boxing 12; **practicar el boxeo** to box 12
brazo arm 12
brillante *m* diamond 7
brillar to shine
bromear to joke
bronceado suntan, suntanned
broncearse to tan
bruja witch
bueno, buen, buena *adj* good; **bueno** *adv* well, all right; **buena suerte** good luck; **lo bueno** the good thing **buenos días** good morning **buenas noches** good evening; **buenas tardes** good afternoon
bufanda scarf 7
buscar to look for; **en busca de** in search of

C
caballero gentleman 7
caballitos *m pl* carousel 8
caballo horse; **montar a caballo** to ride horseback 2
caber to fit 11
cabeza head 12
cada *m/f adj* each, every; **cada dos días** every other day
cadena chain 7; network 6
cadera hip
caer to fall, slip away; **caer bien (mal)** to suit (not to suit); to get along well (poorly); **caer un aguacero** to rain cats and dogs
café *m* café, coffee 4; coffee shop; **café al aire libre** outdoor café 2; **café con leche** coffee with warmed milk; **café solo** black coffee
caja box, cash register; **caja de seguridad** safety-deposit box 10
cajero(-a) cashier 7
cajón *m* drawer
calamar *m* squid
calcetín *m* sock 7
calculadora calculator 9
calcular to calculate
cálculo calculus

caldo soup, broth 4; **caldo de pollo con fideos** chicken noodle soup
calefacción *f* heating system 11
calendario calendar
calentador *m (A)* jogging suit 7
calentar (ie) to heat
calidad *(f)* quality
cálido warm
caliente hot 1
calificación *(f)* qualification (skill)
callado quiet
callarse to be quiet
calle *f* street 8
calmar to calm, ease
calor *m* heat; **hace calor** it's hot; **tener calor** to be hot
calvo bald CP
calzar to wear shoes 7
cama bed 6
camarero(-a) *(A)* flight attendant 11; *(E)* waiter (waitress) 4; chambermaid 11
camarones *m pl (A)* shrimp 4
cambiar to change; **cambiar dinero** to exchange currency 10; **cambiarse de ropa** to change clothes 1
cambio change; **en cambio** on the other hand
caminar to walk
camino road; **en camino** on the way to
camión *m* truck; **camión de juguete** toy truck 3
camisa shirt 1; **camisa de noche** nightgown 7
camiseta tee-shirt 7
campaña electoral electoral campaign 6
campeón(-ona) *m* champion 12
campeonato championship 12
campesino(-a) rural person
campo country, rural area, field 3; **campo de estudio** field of study 5; **campo de golf** golf course 2; **campo deportivo** sports field 5
canadiense *m/f adj* Canadian 3
canal *m* channel 6
canasta basket 12
cancha playing area, court, field 12; **cancha de tenis** tennis court 2

canoso *adj* gray hair CP
cansado tired
cantante *m/f* singer 8
cantar to sing
cantidad *f* quantity
caña de pescar fishing rod
capital *f* capital (city); *m* capital (money)
capítulo chapter
cara face
caracol *m* snail
característica characteristic
caramelo caramel
cárcel *f* jail 6
carecer to be in need of, lack
cargar to carry 11
cariño affection 3; **tener cariño a** to be fond of 3
cariñoso affectionate 3
carne *f* meat 4; **carne de cerdo** pork 4; **carne de res** beef
carnet estudiantil *m* student I.D. card CP
caro expensive 4
carpeta file folder 9
carpintero(-a) carpenter
carrera career 9; race
carro *(A)* car
carta letter CP; **carta de recomendación** letter of recommendation 9; **cartas** *(A)* playing cards 2
cartel *(m)* poster, sign
cartera wallet, *(A)* purse
cartero(-a) mail carrier
casa house; **a casa** home; **en casa** at home; **casa de espejos** house of mirrors 8; **casa de fantasmas** house of horrors 8; **casa de muñecas** dollhouse 3
casado married CP
casamiento wedding, wedding ceremony 3
casarse to get married 3; **casarse con** to marry 3
casco helmet 12
casi almost
castaño chestnut CP
castellano Spanish
castillo castle 2
catalán(-ana) Catalan
catarata waterfall
catarro cold 12
catedral *f* cathedral 8

catedrático(-a) university professor 5

católico Catholic

catorce fourteen

causar to cause

cazar to hunt

cebolla onion

celebración celebration

célebre famous

celos *m* jealousy; **tener celos** to be jealous 3

celular cellular 9

cemento cement 8

cena dinner 4; wedding reception 3

cenar to eat dinner 3

centígrado centigrade

centro center, downtown 8; **centro comercial** shopping center, mall 1; **centro cultural** cultural center 8; **centro estudiantil** student center 5

cepillarse to brush (one's teeth, hair) 1

cepillo brush 1; **cepillo de dientes** toothbrush 1

cerca *adv* next to, near, close

cerca de *prep* near

cercano *adj* near, close

cerdo pig 4

ceremonia de enlace wedding ceremony 3

cero zero

cerrar (ie) to close

cerveza beer 4

césped *m* lawn, grass 6

ceviche *m* marinated fish and seafood 4

chaleco vest 7

chamaco(-a) *(A)* kid, youngster 3

champú *m* shampoo 1

chandal *m (E)* jogging suit 7

chaqueta jacket

charlar to chat CP

chau good-bye

chaval(-a) *(E)* kid, youngster 3

cheque *m* check; **cheque de viajero** traveler's check; **cobrar un cheque** to cash a check

chequear to check

chequera *(A)* checkbook 10

chévere wonderful

chicano(-a) Mexican-American

chicle *m* chewing gum

chico(-a) kid, youngster 3; **chico** *adj* small 7

chiflar to boo, hiss 8

chile *m* chili pepper 4; **chiles rellenos** stuffed peppers

chimenea chimney

chino(-a) Chinese

chip *m* microchip 9

chisme *m* gossip

chismear to gossip 2

chiste *m* joke CP

chistoso funny, amusing

chocolate *m* chocolate, hot chocolate 4

choque *m* shock

chorizo hard sausage

cibernauta *m/f* person who uses the Internet 9

cicatriz *m* scar CP

ciclismo biking, cycling

cien, ciento hundred

ciencia science; **ciencias de educación** education (course of study) 5; **ciencias económicas** economics 5; **ciencias exactas** natural science 5; **ciencias políticas** political science 5; **ciencias sociales** social sciences 5

científico(-a) scientist; *adj* scientific

cierto certain, definite, right, true

cigarrillo cigarette

cinco five

cincuenta fifty

cine *m* movie theater 2

cinta tape; **cinta adhesiva** utility tape 9

cinturón *m* belt; **cinturón *m* de seguridad** seatbelt 11; **(des-) abrocharse el cinturón de seguridad** to (un-)fasten the seatbelt 11

cita appointment, date

ciudad *f* city; **ciudad universitaria** campus 5

claro light (in color), clear; of course

clase *f* class 5; **clase alta** upper class; **clase económica** economy class (travel); **primera clase** first class (travel)

clásico classical 2

clavel *m* carnation

cliente *m/f* customer 1

clima *m* climate

clínica private hospital 8

club *m* club 2

cobrar to charge, collect money; **cobrar un cheque** to cash a check 10

cobre *m* copper

cocina kitchen 6

cocinar to cook

cocinero(-a) cook, chef

cóctel *m* cocktail; **cóctel de camarones** shrimp cocktail; **cóctel de mariscos** seafood cocktail

coche *m* car

código code; **código postal** zip code

coger to take, seize; to catch 12

coincidir to coincide

cola line; **hacer cola** to stand in line

colaborar to collaborate

colchón neumático *m* air mattress 2

colegio elementary school, boarding school, college preparatory high school

colgar (ue) to hang, to hang up 6

colina hill

colocar to place, put

colombiano(-a) Colombian

colonial colonial 8

color *m* color; **de color café** brown CP; **de color melón** melon-colored; **de un solo color** solid color 7

collar *m* necklace 7; **collar de brillantes** diamond necklace 7

combinar to match, combine 7

comedia comedy 2

comedor *m* dining room 6

comentar to comment 8

comenzar (ie) to begin

comer to eat

comercio trade 10; **comercio de exportación** export trade 10; **comercio de importación** import trade 10

comestibles *m* food, foodstuffs, unprepared food; **tienda de comestibles** grocery store

cometa *m* comet; kite

cómico funny 2

comida food, meal, main meal 4; **comida completa** complete meal 4; **comida criolla** native or regional food 4; **comida ligera** light meal 4; **comida rápida** fast food; **comida típica** typical meal 4

comisaría police station 8

comité *m* committee

como as, like, since; **¡Cómo no!** Of course!; **como si** as if; **tan** + *adj* or *adv* + **como** as + *adj* or *adv* + as; **tanto como** as much as

¿cómo? how?

comodidad *f* comfort

cómodo comfortable 11

compañero(-a) companion; **compañero(-a) de clase** classmate; **compañero(-a) de cuarto** roommate; **compañero(-a) de juegos** playmate 3

compañía (Cía.) company (Co.) 1

comparar to compare

compartir to share, divide

competir (i, i) to compete

complacer to please

complacerse to take pleasure

complejo turístico tourist resort 2

completamente completely

completar to complete

completo full 11

complicado complicated

complicarse to become complicated

comportamiento behavior

comportarse to behave 3

compra purchase; **hacer compras** to shop, purchase 1; **ir de compras** to go shopping CP

comprador(-a) buyer, shopper

comprar to buy 1

comprender to understand

comprensivo understanding

comprometerse con to become engaged to 3

compromiso engagement, commitment 3

compuesto *pp* composed

computadora *(A)* computer 1

comunicarse to communicate

comunidad *f* community

con with; **con tal que** provided that; **conmigo** with me; **contigo** with you *fam s*

concierto concert CP

conciliatorio conciliatory

conciso concise

concluir to conclude

concha shell 2

condimentado spicy

condimento dressing, condiment

conducir to drive

conductor(-a) driver 8

conectar to connect

conferencia lecture 5; **dar una conferencia** to give a lecture 5

confesar (ie) to confess

confianza trust, confidence 9; **ser de confianza** to be close friends

confiar en to confide in, trust 3

confirmar to confirm 11

confitería sweetshop, tea shop

conflictivo conflictive

confundirse to be confused

confusión *f* confusion

conjunto band, musical group 2

conocer to know, to meet, to make an acquaintance of, to recognize

conocido(-a) acquaintance; *adj* familiar, well-known

conocimiento knowledge 9

conquistador *m* conqueror

consciente aware

conseguir (i, i) to get, obtain 9

consejero(-a) advisor, counselor

consejo advice 3; **consejo financiero** financial advice 10

conserje *m* concierge 11

consentir (ie, i) to consent to, agree

conservar to keep, preserve

considerar to consider

consistir en to consist of

constituir to constitute

construcción *f* construction

construir to construct 9

consultorio doctor's or dentist's office 1

consumo consumption 10

contabilidad *f* accounting 5

contador(-a) accountant 10

contaminación *f* pollution; **contaminación del aire** air pollution

contar (ue) to count, tell CP

contenido content

contento content, happy

contestar answer

continuar to continue; **a continuación** following

contra against

contratar to hire

contrato contract

contribuir to contribute

control *m* control; **control de seguridad** *m* security check 11; **control remoto** *m* remote control 6

controlar to control

contusión *f* bruise 12; **tener una contusión** to be bruised 12

convencer to convince

conveniente convenient

convenir to agree, be suitable

conversación *f* conversation

conversar to converse, talk

convertir (ie, i) to convert; to become

cooperación *f* cooperation

cooperador cooperative

cooperar to cooperate

coordinación *f* coordination

copa drink 2; goblet, glass with a stem 4

coqueta flirt, flirtatious

corazón *m* heart

corbata tie

cordero lamb

cordillera mountain range

correcto correct, right

corregir (i, i) to correct

correo post office, mail 1; **correo electrónico** e-mail 1

correr to run 2

correspondencia mail

corresponder to correspond

corrida de toros bullfight 8

cortacésped *m* lawnmower **6;** **carro cortacésped** m riding lawnmower **6;** **cortacésped de motor** *m* power lawnmower **6**

cortar to cut **6; cortar el césped** to cut the grass **6**

cortarse to cut oneself **12**

corte *f* court; *m* cut

cortés courteous, polite

cortesía courtesy, politeness

corto short **CP**

cosa thing

cosmopolita cosmopolitan

costa coast

costar (ue) to cost

costo cost **10; costo de vida** cost of living **10**

costumbre *f* custom **3; de costumbre** usual

creación *f* creation

crear to create

crecer to grow

crédito credit **10; tarjeta de crédito** credit card **10**

creer to believe

crema de afeitar shaving cream **1**

crema dental *(A)* toothpaste **1**

criada maid, chambermaid **11**

criar to bring up (children), raise (animals); to look after

crimen *m* crime **6**

crisis *f* crisis

crisol *m* melting pot

criticar to criticize **8**

cruce *m* intersection **8**

crucero cruise

crucigrama *m* crossword puzzle **CP; hacer crucigramas** solve crossword puzzles **CP**

cruzar to cross

cuaderno notebook

cuadra *(A)* (street) block **8**

cuadrado square

cuadro painting **8**

¿cuál(-es)? which one(-s)?

cualidad *f* quality

cualquier(-a) any

cuando *conj* when

¿cuándo? when?

¿cuánto? how much? *pl* how many?

cuarenta forty

cuartel *m* **de policía** police station **8**

cuarto room, quarter; *adj* fourth; **cuarto de baño** bathroom **6**

cuatro four

cuatrocientos four hundred

cubano(-a) Cuban

cubierto place setting **4;** *pp* covered

cubo bucket, pail; **cubos de letras** blocks

cubrir to cover

cuchara soup spoon **4**

cucharita teaspoon **4**

cuchillo knife **4**

cuello neck

cuenta account, bill, check **11; cuenta a plazo fijo** fixed account; **cuenta corriente** checking account **10; cuenta de ahorros** savings account **10; cuenta mancomunada** joint account

cuento story, tale

cuero leather **7**

cuerpo body

cuidado care; **con cuidado** carefully; **tener cuidado** be careful

cuidadoso careful **9**

cuidar to look after, to care for

cuidarse to take care of oneself

culpable guilty **6**

cultivar to grow plants

cultura culture; **centro cultural** cultural center **8**

cumpleaños *m* birthday

cumplir to carry out, to fulfill, execute **5; cumplir...años** to turn … years old

cuñado(-a) brother-in-law (sister–) **3**

cura *m* priest **3;** *f* cure

curandero(-a) healer

curar to cure

curita band-aid **12**

curriculum vitae *m* résumé **9**

cursar to take courses

curso course **5; curso electivo** elective class **5; curso obligatorio** required class **5**

cuyo whose **12**

D

dama de honor bridesmaid **3**

damas checkers **3**

dar to give; **dar a** to face; **dar a luz** to give birth **3; dar ánimo** to encourage; **dar consejos** to give advice **3; dar puntos** to get stitches **12; dar un paseo** to take a walk **CP; dar una patada** to kick **12; dar vueltas** to turn around and around; **darse cuenta de** to realize, become aware; **darse por vencido** to give up, acknowledge defeat

dato fact, a piece of information

de of, from, about **CP; de acuerdo** I agree; **de alguna manera** some way; **de algún modo** some how; **de atrás** behind; **de casualidad** by chance; **de flores** flowered **7; de la mañana** A.M.; **de la noche** P.M.; **de la tarde** P.M.; **de lujo** luxurious; **de lunares** polka dot **7; de nada** you are welcome; **de ninguna manera** no way; **de ningún modo** by no means; **de película** out of the ordinary, incredible; **de repente** suddenly; **de retraso** delayed; **de talla media** of average height **CP; de un solo color** solid color **7; de vez en cuando** from time to time

debajo de under, underneath

deber to have to do something, must

débil weak, soft (sound) **CP**

decidir to decide

décimo tenth

decir to say, to tell

decisión *f* decision; **tomar una decisión** to make a decision **9**

declaración *f* declaration

decorar to decorate

dedicarse a to devote oneself to **1**

dedo finger **12; dedo de pie** toe **12**

defender (ie) to defend

dejar to leave, let, allow, to leave something; **dejar una clase** to drop a class **5**

del **(de + el)** of the + *ms noun*

delante de in front of

delgado slender **CP**

delicado delicate

delicioso delicious

delito crime, offense **6**

demás *adj* rest (of a quantity)

demasiado too much **9**

demora delay

demorarse to delay

demostrar (ue) to demonstrate

dentífrico *(E)* toothpaste **1**

dentista *m/f* dentist

dentro de in, inside of

departamento department

depender de to depend on

dependiente(-a) salesclerk **7**

deporte *m* sport **CP**

deportivo *adj* sport **12**

depositar to deposit **10**

deprimente depressing

deprimido depressed **12**

derecha right; **a la derecha** to the right

derecho law (course of study) **5**; *adv* straight; **derechos de aduana** duty taxes **10**; **seguir (i, i) derecho** to go straight

derrotar to defeat

desabrocharse to unfasten **11**

desafortunado unfortunate

desagradable unpleasant

desaparecer to disappear **9**

desarrollar to develop **9**

desarrollo development **10**

desastre *m* disaster **6**

desatar to untie

desayunar to have breakfast

desayuno breakfast **4**

descansar to relax, rest **1**

desconocido unknown

descontar (ue) to discount

descortés discourteous, impolite

describir to describe

descripción *f* description **CP**

descubierto *pp* discovered

descubrir to discover

descuento discount

desde from, since

desdén *m* scorn

desear to want, desire

desembarcar to get off **11**

desempleo unemployment **9**

desfile *m* parade

desierto desert

desinfectante *m* disinfectant **6**

desmayarse to faint **12**

desmoralizado demoralized

desocupado unoccupied

desocupar to vacate **11**

desodorante *m* deodorante **1**

desorden *m* disorder

desorganizado unorganized

despacio slowly

despedida farewell

despedir (i, i) to fire, to dismiss **9**; to see someone off; **despedirse (i, i)** to say goodbye

despegar to take off **11**

despegue *m* takeoff **11**

despejarse to clear up (weather)

despertador *m* alarm clock **1**

despertarse (ie) to wake up **1**

después *adv* afterwards, later; **después de** *prep* after; **después que** *conj* after

destacar to stand out

destreza skill **9**

destruir to destroy

desventaja disadvantage

desvestirse (i, i) to get undressed **1**

detalle *m* detail

detener to detain

detergente *m* detergent **6**

deteriorarse to deteriorate

detrás de behind, in back of

deuda debt

devolución *f* return (of something)

devolver (ue) to return something **7**

día *m* day; **día de la boda** wedding day **3**; **al día** per day; up to date; **día feriado** holiday

diamante *m* diamond

diálogo dialogue

diario daily

dibujo drawing, sketch **8**; **dibujo animado** cartoon

diciembre *m* December

dictar una conferencia to give a lecture

dicho *pp* said

diecinueve nineteen

dieciocho eighteen

dieciséis sixteen

diecisiete seventeen

diente *m* tooth **1**; **cepillo de dientes** toothbrush **1**

dieta diet **4**; **estar a dieta** to be on a diet **4**

diez ten

diferente different

difícil difficult

dificultad *f* difficulty

diligencia errand **1**; **hacer diligencias** run errands **1**

dinero money **10**; **dinero en efectivo** cash **10**; **cambiar dinero** to exchange currency **10**

diputado(-a) representative **6**

dirección *f* direction, address **CP**

directo direct **11**

director(–a) de personal director of personnel

dirigir to direct

discar to dial (a telephone)

disco record, computer disk **9**; hockey puck **12**; **disco compacto** CD; **disco duro** hard drive **9**

discoteca discotheque **2**

disculpar to excuse

discurso speech **6**

discusión *f* discussion

discutir to discuss **8**

diseño design **7**

disfraz *m* costume; **fiesta de disfraces** costume party

disfrutar de to enjoy, to make the best out of something, to have **2**

disgustar to displease

disminuir to diminish

disponible available **11**

distinguir to distinguish

distracción *f* distraction

distraído distracted

distribuir to distribute

distrito district; **distrito postal** zip code

diversión *f* hobby, amusement, recreation

diverso diverse; **diversos** various

divertido fun, amusing

divertirse (ie, i) to enjoy oneself, to have fun **2**

dividirse to be divided

divorciado divorced **CP**

doblar to turn

doce twelve

doctorado doctorate **5**

documento document, official paper **CP**; computer file **9**

dólar *m* dollar

doler (ue) to ache, feel pain (emotional or physical) 12

dolor *m* ache, pain 12; **dolor muscular** muscular ache 12

doméstico domestic 6

domicilio residence CP

domingo Sunday

dominó dominoes 3

don sir, male title of respect

¿dónde? where?

doña lady, female title of respect

dormilón(-ona) heavy sleeper 1

dormir (ue, u) to sleep 1; **dormirse (ue, u)** to fall asleep

dormitorio bedroom 6

dos two; **dos veces** twice

doscientos two hundred

drama *m* drama 2

dramatizar to dramatize

ducha shower 11

ducharse to shower 1

duda doubt

dudar to doubt

dudoso doubtful

dueño(-a) owner

dulce *adj* sweet; *n m pl* candy

durante during

durar to last

duro hard

E

e and (replaces **y** before words beginning with **i-** and **hi-**)

economía economy 9

económico inexpensive 4; **ciencias económicas** economics 5

echar: echar de menos to miss someone; **echar una carta** to mail a letter; **echar una siesta** to take a nap 1; **echarles flores y arroz** to throw flowers and rice 3

edad *f* age CP

edificio building 8

educación *f* education; **ciencias de educación** education (course of study) 5

efectivo *n* cash

efecto effect; **efectos personales** personal effects

eficaz efficient

egoísta selfish

ejecutar to fill, execute

ejecutivo(-a) executive 10

ejemplo example; **por ejemplo** for example

ejercer to exercise

ejercicio exercise; **ejercicio aeróbico** aerobic exercise 12; **ejercicio de calentamiento** warm-up exercise 12; **hacer ejercicios** to exercise CP

el the

él *subj pron* he; *prep pron* him

elecciones *f pl* election 6

electricista *m/f* electrician

eléctrico electric 1

electrodoméstico appliance

elegante dressy, elegant 7

elegir (i, i) to choose, elect 5

ella *subj pron* she; *prep pron* her

ellos(-as) *subj pron* they; *prep pron* them

embajada embassy

embarazada pregnant 3

embarcar to board

emborracharse to get drunk 2

embotellamiento traffic jam 8

emitir to broadcast 6

empanada turnover 4

empeorar to make worse

empezar (ie) to begin

empleado(-a) employee 11

emplear to employ, hire 9

empleo employment, job 1; **agencia de empleos** employment agency

empresa company; **administración f de empresas** business administration 5

en in, on, at; **en casa** at home; **en caso que** in case that; **en cuanto** as soon as; **en grupo** in a group; **en parejas** in pairs; **en punto** on the dot, exactly; **en vez de** instead of

enamorarse de to fall in love with 3

encaje *m* lace 7

encantador charming

encantar to adore, love, delight

encanto charm

encargado in charge of

encargarse de to be in charge of 9

encargo message

encender (ie) to light

enciclopedia encyclopedia

encima de on top of, over

encontrar (ue) to find, meet; **encontrarse (ue) con** to meet

enchilada cheese or meat filled tortilla 4

enchufe *m* electric outlet 11

enérgico energetic

enero January

enfadarse to get angry

enfatizar to emphasize

enfermarse to get sick

enfermedad *f* disease, illness 12

enfermero(-a) nurse

enfermizo sickly

enfermo sick

enfrentarse to face

enfrente de in front of

engordar to gain weight 4

engrapadora stapler 9

enlace *m* link 9

enojado angry 3

enojarse to get angry

enriquecer to enrich

ensalada salad 4

enseñanza teaching 5

enseñar to teach, show

entender (ie) to understand 10

enterarse de to find out about 9

entero entire

entidad *f* entity

entonces then, at that time

entrada *(E)* entrée, main course; *(A)* first course; ticket 8; entrance; **salón** *m* **de entrada** lobby 11

entrar (en) to enter

entre between, among

entregar to hand in, deliver 5

entremés *m (E)* appetizer; hors d'oeuvre

entrenador(-a) coach 12

entrenar to coach 12; **entrenarse** to train 12

entrevista interview 9

entrevistar to interview 6

entusiasmado enthusiastic

enviar to mail, send 1

envolver (ue) to wrap 7

envuelto *pp* wrapped

enyesar to put a cast on 12

equipaje *m* baggage, luggage 11; **equipaje de mano** carry-on luggage, hand luggage 11; **bajar el equipaje** to bring the luggage down 11; **subir el equipaje** to bring the luggage up

equipo team, equipment 12

equivocado mistaken

equivocarse to be mistaken

error *m* mistake, error

esbelto slender **CP**

escala stop(over); **hacer una escala** to make a stop(over) 11

escalofrío chill 12

escáner *m* scanner 1

escaparate *m* store window (E), display case (A) 7

escaparse to escape

escaso scarce

escena scene

escoba broom 6

escocés(–esa) Scottish

escoger to choose

escribir to write **CP; escribir a máquina** to type 1

escrito *pp* written

escuchar to listen to 2

escuela school 1; **escuela primaria** elementary school; **escuela secundaria** high school

ese, esa *adj* that; **esos, esas** *adj* those

ése, ésa *pron* that (one); **ésos, ésas** *pron* those; **eso** *neuter pron* that

esforzarse (ue) to make an effort 5

esfuerzo effort

esmeralda emerald 7

espacio space

espada sword 8

espalda back

espantoso awful

España Spain

español(-a) Spanish

espárragos *m pl* asparagus

especial special

especialidad *f* specialty; **especialidad de la casa** restaurant specialty; **especialidad del día** today's special

especialista *m/f* specialista **especialista en computadoras** computer specialist 10

especialización *f* major area of study

especializarse en to major in 5

específico specific

espectáculo show, floorshow, variety show 2; **espectáculo de variedades** variety show 8

espejo mirror 1; **casa de espejos** house of mirrors 8

esperanza hope

esperar to hope, wait for, expect

espiar to spy

esponja sponge 6

esponsales *m* engagement announcement 3

esposo(-a) husband (wife) 3

esquema *m* chart

esquí *m* ski; **esquí acuático** *m* water-skiing 2; **practicar el esquí acuático** to waterski 2

esquiar to ski

esquina corner 8

establecer to establish

establecerse to settle

estación *f* season, station 8; **estación de servicio** gas station 1; **estación de taxi** taxi stand 8; **estación de trenes** train station 8

estacionamiento parking 8

estadio stadium 5

estado state; **estado civil** marital status **CP; estado de cuenta** bank statement

Estados Unidos (EE.UU.) United States

estadounidense *m/f adj* of or from the United States

estampado printed (fabric) 7

estampilla *(A)* stamp 1

estancia stay 11

estar to be **CP; estar a dieta** to be on a diet 4; **estar al alcance** to be within reach; **estar bien (mal) educado** to be well (poorly) brought up 3; **estar de** + profession to work as; **estar de acuerdo** to be in agreement; **estar de huelga** to be on strike; **estar de moda** to be in style 7; **estar de pie** to stand; **estar de vacaciones** to be on vacation 2; **estar embarazada** to be pregnant 3; **estar en liquidación** to be on sale 7; **estar en oferta** to be on sale; **estar loco por** to be crazy about 4; **estar mal** to feel sick 12; **estar pendiente** to be hanging

estatura height

este *m* east

este, esta *adj* this; **estos, estas** *adj* these

éste, ésta *pron* this (one), latter; **éstos, éstas** *pron* these (ones), latter; **esto** *neuter pron* this

estómago stomach 12

estornudar to sneeze 12

estrecho narrow 7

estricto strict

estuche *m* box

estudiante *m/f* student; **estudiante de intercambio** exchange student

estudiantil *adj* student **CP**

estudiar to study 1

estudio study

estudioso studious

estupendo terrific, marvelous

etiqueta label 7; luggage tag 11

étnico ethnic

europeo European

evasión fiscal *f* tax evasion 10

evento event

evidente evident

evitar to avoid 6

evocar to evoke

exacto exact; **ciencias exactas** natural sciences 5

examen *m* exam 1; **examen de ingreso** entrance exam 5

examinar to examine, give a test

excluir to exclude

excursión *f* outing 3

excusa excuse

exhausto exhausted

exhibición *f* display

exhibir to exhibit, display

exigente demanding

exigir to demand

existir to exist

éxito success; **tener éxito** to be successful

exótico exotic

experiencia experience **9**

experimentar to experience, undergo

explicar to explain

exportar to export **10**

exposición *f* exhibit **8**

expresar to express

extrañar to miss someone, something, or some place

extranjero(-a) *adj.* foreign; n. foreigner; **al extranjero** abroad **10**

F

fábrica factory **1**

fabricación *f* manufacturing

fabuloso fabulous

fácil easy

factura bill, receipt

facturar to check (luggage) **11**

facultad *f* school, college **5**

falda skirt

falso false

falta lack

faltar to be missing, lacking; to need; **faltar a** to miss, be absent from **5**

familia family **3**

familiar *adj* family **3**; n relative

famoso famous

fantasma *m* ghost **8**

fantasía fantasy

fantástico fantastic

farmacéutico(-a) pharmacist

farmacia pharmacy (course of study) **5**; pharmacy, drugstore **8**

fascinar to fascinate

favor *m* favor; **por favor** please

favorito favorite

febrero February

fecha date; **fecha de nacimiento** date of birth **CP**; **fecha de vencimiento** due date **10**

felicidades *f* congratulations

felicitaciones *f* congratulations

felicitar to congratulate

feliz happy **3**

feo ugly **7**

feria festival, holiday

fértil fertile

fideo noodle **4**

fiebre *f* fever **12**

figura figure

fijarse en to notice, pay attention to

fijo fixed, steady

fila row **11**

filosofía y letras liberal arts **5**

fin *m* end; **fin de semana** weekend

final final

finalmente finally

financiero financial **10**; **consejo financiero** financial advice **10**

financista *m/f* financier **10**

finanzas *f pl* finance **9**

fingir to pretend

fino of good quality

firmar to sign

física physics **5**

físico physical **CP**

flaco skinny **CP**

flan *m* caramel custard **4**

flexible flexible

flojo lax, weak **5**; loose fitting **7**

flor *f* flower **6**

folklórico folkloric **2**

folleto brochure

fondo background; bottom; fund

forma form, shape

formidable splendid

formulario form

forzar (ue) to force

foto *f* photo

(foto)copia (photo)copy

(foto)copiadora copying machine **1**

fotocopiar to photocopy

foto(grafía) photo(graph)

fracturarse to fracture **12**

francamente frankly

francés(-esa) *adj* French

frase *f* sentence, phrase

frecuencia frequency

frecuentemente frequently

fregadero sink **6**

fregar (ie) to clean, scrub, wash **6**

fregona mop **6**; **pasarle la fregona al suelo** to mop **6**

fresa strawberry

fresco coolness, cool temperature; **hace fresco** it's cool

frijol *m* bean

frío cold; **hace frío** it's cold; **tener frío** to be cold

frito *pp* fried

frontera border

fruta fruit **4**; **fruta del tiempo** fruit in season

fuego fire; **fuegos artificiales** fireworks

fuente *f* fountain **8**; source

fuera de outside of

fuerte strong **CP**

fuerza force

fumar to smoke

funcionar to work, operate, function

funcionario(-a) official

fundar to found, establish

furioso furious

fútbol *m* soccer **CP**

G

gafas *f pl* eyeglasses **CP**; **gafas de sol** sunglasses **2**

galería art gallery **8**

gallego(-a) Galician

gambas *pl* (E) shrimp **4**

gana desire, wish, longing; **tener ganas de** + inf to feel like (doing something)

ganar to win **12**

gancho (A) clothes hanger **11**

ganga bargain **7**

garganta throat **12**

gaseosa mineral (soda) water **2**

gasolina gasoline

gasolinera gas station **8**

gastar to spend (money)

gato cat

gazpacho chilled vegetable soup **4**

gemelos(-as) twins **3**

generalmente generally

gente *f* people

gentil nice, kind

gentileza kindness

geográfico geographical

geografía geography

gerente *m/f* manager **10**

gimnasia gymnastics **12**; **practicar la gimnasia** do gymnastics **12**

gimnasio gymnasium **2**

giro bank draft 10; **giro postal** money order

gitano gypsy

glaciar *m* glacier

globo balloon 8

gobierno government

golf *m* golf CP; **campo de golf** course golf 2; **palos de golf** golf clubs 12

golpear to hit

golpearse to hit oneself 12

gordo fat CP

gota drop 12

gozar de to enjoy, to make the best out of something, to have 2

gozoso enjoyable

gracia grace, wit; **tener gracia** to be witty

gracias thanks

gracioso funny, amusing

graduación graduation

graduado(-a) graduate

graduarse to graduate 5

gran (before *s n*) great; **grande** big, large 7; **gran rueda** Ferris wheel 8

granate *m* garnet

grande big, large

grapa staple 9

grapadora stapler

gratis free (of charge)

grifo faucet 11

gripe *f* flu 12

gris gray

gritar to shout

grupo group 8; **en grupo** in a group

guacamole *m* avocado dip 4

guante *m* glove 7

guapo handsome

guardar to keep, save, put away

guerra war 6

guía *m/f* guide; **guía de televisión** *f* TV guide 6

guitarra guitar CP

gustar to like, to be pleasing

gusto pleasure, taste; **de buen (mal) gusto** in good (bad) taste 7

H

haber there to be; **hay** there is, there are; **hubo** there was, there were; **haber** to have (auxiliary verb)

habilidad *f* skill 1

habitación *f* room 11; **habitación doble** double room 11; **habitación sencilla** single room 11

habitante *m/f* inhabitant

hablador talkative

hablar to talk

hacer to do, make 1; **hacer +** unit of time + preterite ago; **hacer clic** to click 9; **hacer cola** to stand in line; **hacer compras** to purchase 1; **hacer daño** to harm, injure; **hacer de niñero(-a)** to babysit 3; **hacer diligencias** to run errands 1; **hacer ejercicios** to exercise CP; **hacer el favor** to do the favor; **hacer el papel** to play the part; **hacer escala** to make a stop(-over); **hacer jogging** to jog 12; **hacer juego con** to match 7; **hacer la cama** to make the bed 6; **hacer la sobremesa** to have after-dinner conversation 3; **hacer las maletas** to pack; **hacer un brindis** to propose a toast; **hacer un picnic** to go on a picnic; **hacer un viaje** to take a trip

hacerse to become 9

hacha hatchet

hambre hunger 4; **tener hambre** to be hungry 4; **morirse de hambre** to be starving 4

hardware *m* hardware 9

harina flour

hasta *prep* until, as far as, even; **hasta luego** good-bye; **hasta pronto** good-bye

hasta que *conj* until

hay there is, there are; **hay que + *inf*** it is necessary + *inf*; **no hay de qué** you are welcome

hecho *pp* done, made

helado ice cream 4

herida injury, wound

herido *pp* wounded 12

herir (ie, i) to hurt

herirse (ie, i) to get hurt 12

hermanastro(-a) stepbrother (-sister) 3

hermano(-a) brother (sister) 3

hermoso beautiful, pretty

hervir (ie, i) to boil

hielo ice

hijastro(-a) stepson (-daughter) 3

hijo(-a) son (daughter) 3; *pl* children

hinchado swollen 12

hipoteca mortgage 10

historia history 5

histórico historic 8

hockey *m* hockey 12; **disco de hockey** hockey puck; **palo de hockey** hockey stick 12

hoja de papel sheet of paper

¡hola! hi!

holandés(–esa) Dutch

hombre *m* man; **hombre de negocios** businessman 10

hombro shoulder 12

honrado honorable, honest

hora hour, time of day; **horas extras** overtime 1; **horas pico** *(A)*, **horas punta** *(E)* rush hours; **media hora** half hour

horario schedule 5

horno oven 6

hospedarse to stay as a guest

hospital *m* hospital 8

hotel *m* hotel 2

hoy today; **hoy (en) día** nowadays, at the present time

huachinango red snapper 4

hubo there was, there were

huelga strike 6

huésped *m/f* guest 11

hueso bone

huevo egg

huir to run away

humedad *f* humidity

húmedo humid, damp

I

idea idea

ideal ideal

identidad *f* identity CP

identificar to identify

idioma *m* language used by a cultural group; **idioma extranjero** foreign language 5

iglesia church 3

igual equal

ilustrar to illustrate
imaginación *f* imagination
imaginarse to imagine
impaciente impatient
impedir (i, i) to impede, obstruct, prevent
importante important
impermeable *m* raincoat **7**; **impermeable** *adj* waterproof
importar to be important, to matter; to import **10**
imposible impossible
impresión *f* impression
impresora printer **1**
impuesto tax
incendio fire **6**
incluir to include
incómodo uncomfortable **11**
increíble incredible
independencia independence
indicar to indicate
indiferencia indifference
indiferente indifferent
indígena indigenous
indio(-a) Indian
individuo individual
industria industry
inesperado unexpected
infeliz unhappy **3**
inferior inferior
inferir (ie, i) to infer
inflación *f* inflation **10**
influir to influence
información *f* information
informar to inform **6**
informática computer science, information technology **9**
informe *m* report **9**
ingeniería engineering **5**
ingeniero(-a) engineer
inglés(–esa) English
ingresar to enter; to deposit **10**
ingreso admission **5**; income; **examen de ingreso** entrance exam **5**
inicial initial; **pago inicial** down payment **10**
iniciativa initiative **9**
inicio beginning
injusticia injustice
inmediato immediate
inocencia innocence
inodoro toilet **6**
inolvidable unforgettable
insatisfecho unsatisfied

inscribirse to enroll in a class **5**
inscripción *f* registration
insistir en to insist on
insomnio insomnia **12**
insoportable intolerable
instalar to install
interno internal
instituto high school
instruir to instruct
intentar to try, make an attempt
interacción *f* interaction
intercambiar to exchange
intercambio exchange; **estudiante de intercambio** exchange student
interés *m* interest; **tasa de interés** interest rate **10**
interesante interesting
interesar to be interesting, to interest
internacional international **6**
Internet (used without an article) Internet **9**
interrumpir to interrupt
íntimo close, intimate **3**
intranquilo uneasy
inundación *f* flood **6**
inútil useless
invertir (ie, i) to invest **10**
investigación *f* research **5**
invierno winter
invitación *f* invitation
invitado(-a) guest **3**
invitar to invite
inyección *f* injection **12**
ir to go **CP**; **ir de compras** to go shopping **CP**; **ir a misa** to attend Mass **3**
irlandés(-esa) Irish
irse to go away, leave, run away
isla island
-ísimo very, extremely
italiano(-a) Italian
izquierda left; **a la izquierda** to (on) the left

J
jabón *m* soap **1**
jamás never
jamón *m* ham
japonés(-esa) Japanese
jarabe *m* syrup **12; jarabe para la tos** cough syrup **12**

jardín *m* yard **6; jardín zoológico** zoo **8**
jefe(-a) boss **10; jefe(-a) de ventas** sales manager
jícama jicama **4**
jornada work day
jornal *m* day´s work
joven *m/f adj* young **3**
joya jewel; *pl* jewels, jewelry **7; joyas de fantasía** costume jewelry
joyería jewelry shop **7**
juego game; **hacer juego con** to match **7; juego de suerte** game of chance **8**
jueves *m* Thursday
juez(-a) *m/f* judge **6**
jugar (ue) to play (a sport, game) **CP; jugar a la casita, jugar a la mamá** to play house **3; jugar a ladrones y policías** to play cops and robbers **3; jugar al escondite** to play hide and seek **3; jugar a las visitas** to have a tea party **3**
jugo *(A)* juice
juguete *m* toy **3; de juguete** *adj* toy **3**
julio July
junio June
junto together; **junto a** next to
justificar to justify
justo *adj* fair, just; *adv* coincidentally
juventud *f* youth
juzgar to judge

L
la the; *dir obj pron* it, her, you *(form s)*
labio lip
labor *f* work
laboratorio laboratory; **laboratorio de lenguas** language lab **5**
laca hair spray **1**
lado side; **al lado de** next to, beside; **por otro lado** on the other hand
ladrillo brick **8**
ladrón(-ona) thief **6**
lago lake
lamentar to be sorry
lámpara lamp

lana wool 7
lancha motorboat, launch 2
langosta lobster
lanzar to throw 12
lápiz *m* pencil; **lápiz de labios** lipstick 1
largo long CP
las the; *dir obj pron* them, you (*form pl*)
lástima pity; **¡Qué lástima!** That's too bad!
lastimar to injure, hurt, offend
lastimarse to get hurt 12
lavabo sink 6
lavadora washing machine 6
lavandería laundry room 6
lavaplatos dishwasher 6
lavar to wash
lavarse to wash oneself 1; **lavarse los dientes** to brush one's teeth 1
le *indir obj pron* (to, for) him, her, you (*form s*)
lección *f* lesson
leche *f* milk
lechón *m* **asado** roast suckling pig
lechuga lettuce
lector(-a) reader; **lector de discos** disk drive 9; **lector de CD-ROM** CD-ROM drive 9
lectura reading
leer to read CP
legal legal
legumbre *f* vegetable
lejos *adv* far
lejos de *prep* far from
lema *m* slogan
lengua language, tongue
lenguado sole 4
lenguaje *m* specialized language
lentes (*A*) *m* eyeglasses CP; **lentes de contacto** *m pl* contact lenses CP
les *indir obj pron* (to, for) them, you (*form pl*)
letrero sign, billboard 8
levantar to raise, lift; **levantar pesas** to lift weights 2
levantarse to get up 1
ley *f* law 6
libertad *f* freedom
libre free; **libre de derechos de aduana** duty free
librería bookstore 5

libreta (de ahorros) savings book
libro book
licenciado having a university degree 5
licenciarse en to receive a bachelor's degree
licenciatura bachelor's degree 5
liceo high school
licor *m* liquor
ligero light in weight
limón *m* lemon
limonada lemonade
limpiar to clean 6
limpieza cleaning, cleanliness 6; **productos de limpieza** cleaning products 6
limpio clean 1
lindar to border
lindo nice, pretty 7
línea line; **línea aérea** airline 11
lingüística linguistics
lino linen 7
liquidación *f* sale 7; **estar en liquidación** to be on sale 7; **tienda de liquidaciones** discount store 7
líquido liquid
liso smooth CP
lista list; **lista de vinos** wine list 4
listo ready (with **estar**), clever, smart (with **ser**)
liviano light
llamada call 11
llamar to call
llamarse to be called
llano plain
llave *f* key
llegar to arrive; **llegar a ser** to become; **llegar de visita** to visit; **llegar tarde** to arrive late, be tardy
llenar to fill, fill out 1
lleno full 11
llevar to carry, take, to wear 1; **llevar a cabo** to carry out, accomplish; **llevar una vida feliz** to lead a happy life 3; **llevarse bien** to get along well 1
llorar to cry 3
llover (ue) to rain; **llover a cántaros** to rain heavily, to pour

lluvia rain
lo *dir obj pron* it, him, you (*form s*) 2; **lo** *neuter def art* the; **lo mejor** the best thing; **lo mismo** the same thing; **lo peor** the worst thing; **lo que** what, that which
local local 6; *m* place, quarters
loción *f* lotion 2; **loción solar** sunscreen 2
loco crazy; **estar loco por** to be crazy about 4
locura craziness
locutor(-a) announcer 6
lógico logical
lograr to achieve, obtain
lomo loin 4
los the; *dir obj pron* them, you (*form pl*)
lotería lottery
lucir traje de novia y velo to wear a wedding gown and veil 3
lucha libre wrestling 12; **practicar la lucha libre** to wrestle 12
luego later, then, afterwards; **luego que** as soon as
lugar *m* place; **lugar de nacimiento** birthplace CP
lujo luxury 4; **de lujo** luxurious, deluxe 4; **tienda de lujo** expensive store 7
luna de miel honeymoon 3
lunar *m* beauty mark CP
lunes *m* Monday
luz *f* light

M
macanudo wonderful
madera wood 8
madrastra stepmother 3
madre *f* mother 3
madrina maid of honor; godmother 3
madrugada dawn
madrugador(-a) early riser 1
madrugar to get up early
maduro mature 9
maestría master's degree 5
maestro(-a) teacher
magnífico wonderful
mal *adv* bad, sick 12; *adj* before *m s* noun bad, evil; **mal educado** bad-mannered

mala hierba   weeds **6**
maleta   suitcase **11; hacer las maletas**   to pack
maletero   porter **11**
maletín   *m* briefcase **11**
malhumorado   bad humored
malo   *adj* sick (with **estar**), bad, evil (with **ser**); **lo malo**   the bad thing
mancha   stain
mandar   to mail, send **1; ¿mande?**   what?
mando a distancia   *(E)* remoto control **6**
manejar   to drive
manera   manner; **de alguna manera**   somehow, some way; **de manera que**   so that; **de ninguna manera**   by no means, no way; **de todas maneras**   at any rate
manguera   hose **6**
manifestación   *f* demonstration **6**
mano   *f* hand **12**
manta   blanket **11**
mantener   to maintain **6**
manzana   apple; *(E)* (street) block **8**
mañana   *f* morning; **de la mañana**   A.M.; **pasado mañana**   day after tomorrow; **por la mañana**   in the morning; *adv* tomorrow
mapa   *m* map
maquillaje   *m* make-up **1**
maquillarse   to put on make-up **1**
máquina   machine; **máquina de escribir**   typewriter; **máquina de fax**   fax machine **1; escribir a máquina**   to type **1**
maquinaria   machinery; computer hardware
mar   *m* sea **2**
maravilloso   wonderful
marca   brand **7**
marcador   *m* scoreboard **12**
marearse   to feel dizzy, seasick **12**
mareo   dizziness **12**
marido   husband **3**
mariscos   seafood **4; cóctel de mariscos**   seafood cocktail
marítimo   maritime, marine

martes   *m* Tuesday
marzo   March
más   more; **más o menos**   more or less; **más tarde**   later
masticar   to chew
matador   *m* bullfighter **8**
matématicas   *f* mathematics **5**
materia   material; subject **5; materia prima**   raw material
materno   maternal
matrícula   tuition **5**
matricularse   to register **5**
matrimonio   married couple
maya   Mayan
mayo   May
mayor   older; **la mayor parte**   most
me   *dir obj pron* me; *indir obj pron* (to, for) me; *refl pron* myself
medianoche   *f* midnight
medias   *f pl* stockings **7**
medicina   medicine (course of study) **5**
médico(-a)   doctor
medio   middle, average **CP; media hora**   half hour; **medio tiempo**   half-time, part-time **1**
mediodía   *m* noon
medir (i, i)   to measure
mejillón   *m* mussel **4**
mejor   better, best; **lo mejor**   the best thing
mejorar   to improve
mejorarse   to get better, improve **12**
memoria   memory; **aprender de memoria**   to memorize **5**
mencionar   to mention
menor   younger
menos   less, except; **a menos que**   unless; **menos mal**   thank goodness
mensaje   *m* message
mensajero(-a)   messenger
mensual   monthly **10; pago mensual**   monthly payment **10**
mentir (ie, i)   to lie
mentira   lie
menú   *m* menu **4; menú del día**   special menu of the day **4; menú turístico**   tourist menu **4**
menudo   tripe soup **4; a menudo**   often

mercadeo   marketing **9**
mercado   market
mercancía   merchandise **7**
merecer   to merit, deserve
merienda   snack **4**
mes   *m* month
mesa   table **4**
mesero(-a)   *(A)*   waiter, wait-ress **4**
meta   goal
metal   *m* metal
meter   to put, place
metro   subway **8**
mexicano(-a)   Mexican
mi   *poss adj* my
mí   *prep pron* me
microondas   *m* microwave oven **6**
miedo   fear; **dar miedo a**   to scare; **tener miedo de**   to be scared of
miembro   member
mientras   while
miércoles   *m* Wednesday
mil   thousand
milagro   miracle, surprise
millón   *m* million
mimado   spoiled **3**
mineral   *m* mineral; **agua mineral**   mineral water
minero   *adj* mining
mínimo   minimum
minuto   minute
mío   *poss adj* and *pron* my, mine
mirar   to watch, look at **CP**
misa   Mass **3**
mismo   same; **lo mismo**   the same thing
mitad   *f* half
mixto   mixed, tossed; **ensalada mixta**   tossed salad
mochila   backpack
moda   style **7;** fashion; **estar de moda**   to be in style **7; estar pasado de moda**   out of style **7**
moderado   moderate
moderno   modern
modo   manner, way; **de algún modo**   some way, somehow; **de modo que**   so that; **de ningún modo**   by no means; **de todos modos**   at any rate
molestar   to annoy, to bother

molestia bother, nuisance

molesto annoyed **3**

monarquía monarchy

moneda coin, currency **10**

monitor *m* monitor **9**

mono cute **3**

monótono monotonous

montaña mountain; **montaña rusa** roller coaster **8**

montañoso mountainous

montar to ride **2**; **montar a caballo** to ride horseback **2**; **montar (en) bicicleta** to ride a bicycle **2**

morado purple

moreno brunette **CP**

morir (ue, u) to die; **morirse de hambre** to be starving **4**

mostrador *m* counter

mostrar (ue) to show **7**

motel *m* motel **11**

moto(cicleta) motorcycle

mover (ue) to move

movimiento movement

mozo(-a) *(A)* waiter, waitress **4**

muchacho(-a) boy (girl) **3**

mucho *adv* much, a lot; *adj* much, *pl* many, a lot

mudarse to move (change residence)

mueble *m* piece of furniture; *pl* furniture **6**

muerto *pp* dead

mujer *f* woman; **mujer de negocios** businesswoman **10**

muleta crutch **12**

multimedia *m/f adj* multimedia **9**

multinacional international

mundial *adj* worldwide

muñeca doll **3**; wrist **12**

museo museum **3**

música music **2**; **música clásica** classical music **2**; **música jazz** jazz **2**; **tienda de música** music store **7**

musical musical **8**

músico(-a) musician **8**

muy very

N

nacer to be born

nacimiento birth **CP**

nacional national **6**

nacionalidad *f* nationality **CP**

nada nothing; **de nada** you are welcome

nadar to swim **2**

nadie no one, nobody

naipe *m* playing card **2**

naranja *n* orange

nariz *f* nose **12**; **sonarse (ue) la nariz** to blow one's nose **12**

narración *f* narration

narrar to narrate

natación *f* swimming

navegar to sail **2**; **navegar Internet / la red** to surf the Internet **9**

Navidad *f* Christmas

neblina fog

necesario necessary

necesitar to need **11**

negar (ie) to deny

negocio transaction, deal; *pl* business **9**; **hombre (mujer) de negocios** businessman (-woman) **10**

negro black **CP**

nervioso nervous

nevar (ie) to snow

ni nor; **ni...ni** neither … nor; **ni siquiera** not even

nieto(-a) grandson (-daughter); *pl* grandchildren **3**

nieve snow

ninguno, ningún, ninguna no, none, no one, (not) … any

niñero(-a) babysitter **3**

niño(-a) child; boy (girl); *pl* children

no no, not

noche *f* night, evening; **camisa de noche** nightgown **7**; **de la noche** P.M.; **esta noche** tonight; **Nochebuena** Christmas Eve; **Nochevieja** New Year´s Eve; **por la noche** in the evening

nombrar to name

nombre *m* first name **CP**; **a nombre de** in the name of **4**

noreste *m* northeast

noroeste *m* northwest

norte *m* north

nos *dir obj pron* us; *indir obj pron* (to, for) us; *refl pron* ourselves

nosotros *subj pron* we; *prep pron* us

nostalgia nostalgia

nota grade, note **5**

noticia news item **6**; *pl* news **1**

noticiero news program **6**

novecientos nine hundred

novedad *f* novelty

novela novel **CP**

noveno ninth

noventa ninety

noviazgo engagement period **3**

noviembre *m* November

novio(-a) boyfriend (girl–), fiancé(–e) **3**; *pl* engaged couple, bride and groom **3**

nublado cloudy

nuera daughter-in-law **3**

nuestro *poss adj* our; *poss pron* our, ours

nueve nine

nuevo new

nuez *f* nut

número number; size (clothing) **7**

numerosos numerous

nunca never

O

o or; **o...o** either … or

obedecer to obey

obligación *f* obligation

obligar to oblige, force

obligatorio obligatory

objeto object

obra (literary, artistic or charitable) work **8**

obrero(-a) worker

observar to observe

obtener to obtain

obvio obvious

ocasión occasion

ocasionar to cause

océano ocean

ochenta eighty

ocho eight

ochocientos eight hundred

octavo eighth

octubre *m* October

ocupación *f* occupation

ocupado busy

ocupar to occupy

ocurrencia occurrence, idea; **¡Qué ocurrencia!** What a crazy idea!

ocurrir to occur

oeste *m* west

ofender to offend

oferta offer, sale item; **estar en oferta** to be on sale
oficina office **1**; **oficina administrativa** administrative office; **oficina comercial** business office **9**; **oficina de correos** post office; **oficina de turismo** tourist bureau **8**
oficinista *m/f* office worker **10**
ofrecer to offer **9**
oír to hear, listen to **1**
ojalá (que) I hope that
ojo eye **CP**; **¡ojo!** be careful!
ola wave **2**
oler (ue) to smell
olor *m* aroma, smell
olvidar to forget
ómnibus *m* bus
once eleven
ondulado wavy **CP**
ópalo opal
ópera opera **2**
operador(-a) operator **10**; **operador(-a) de computadoras** computer operator **10**
operarle a uno to operate on someone **12**
opinar to have an opinion
oponerse to be opposed
oportunidad *f* chance
oración *f* sentence
orden *f* order
ordenador *m (E)* computer **1**
ordenar to order
organizar to organize, arrange
orgullo pride **1**
orgulloso proud
oro gold **7**
orquesta orchestra **2**
orquídea orchid
os *dir obj pron* you (*fam pl*); *indir obj pron* (to, for) you (*fam pl*); *refl pron* yourselves (*fam pl*)
otoño autumn
otro other, another
oyente *m/f* listener; **ser oyente** to audit **5**

P

paciencia patience
paciente *adj* patient; *m/f* patient

padecer to suffer **12**
padrastro stepfather **3**
padre *m* father, priest **3**; *pl* parents **3**
padrino best man, godfather, *pl* godparents **3**
paella seafood, meat and rice casserole
pagar to pay **10**; **pagar a plazos** to pay in installments **10**; **pagar al contado** to pay in cash
página page; **página base** Home Page **9**
pago payment **10**; **balanza de pagos** balance of payments **10**; **pago inicial** down payment **10**; **pago mensual** monthly payment **10**
país *m* country
pájaro bird
palabra word
palacio palace **8**
palo stick, club; **palo de golf** golf club **12**; **palo de hockey** hockey stick **12**
palomitas *f pl* popcorn **8**
palta *(A)* avocado **4**
pampa grassy plain in Argentina
pan *m* bread
pantalones *m pl* pants **1**
pantalla screen **9**
pantufla slipper **7**
papa potato
papá *m* father
papel *m* paper, role; **hacer el papel** to play the role; **papel higiénico** toilet paper **11**
papelera wastebasket **6**
paquete *m* package **1**
par *m* pair **7**
para *prep* for, in order to; **para que** *conj* so that
parada de autobús bus stop **8**
parador *m* government-run historic inn **11**
parafrasear to paraphrase
paraguas *m s* umbrella **7**
parar to stop
pardo brown
parecer to seem; **parecerse a** to look like
parecido similar
pareja *f* couple **3**; **en parejas** in pairs

pariente *m* relative **3**; **parientes políticos** in-laws **3**
parque *m* park **8**; **parque de atracciones** amusement park **8**
parte *f* part; *m* report; **¿de parte de quién?** who is calling? **la mayor parte** the greater part; **parte** *m* **de las carreteras** traffic report; **todas partes** everywhere
participar en to participate
particular particular
partido game, match
partir to leave, depart, set off
párrafo paragraph
pasado *pp* last, past; **pasado de moda** out of style; **pasado mañana** day after tomorrow
pasaje *m (A)* fare **11**
pasajero(-a) passenger **11**
pasaporte *m* passport **CP**
pasar to come in, pass; to happen; to spend time; **pasar la aspiradora** to vacuum **6**; **pasar lista** to take attendance **5**; **pasar por la aduana** to go through customs **11**; **pasarle la fregona al suelo** to mop **6**; **pasarlo bien** to have a good time **2**
pasatiempo *m* leisure-time activity **CP**
Pascua Easter
pasearse to take a walk **2**
paseo walk, outing; **dar un paseo** to take a walk **CP**
pasillo aisle **11**
pasta de dientes toothpaste **1**; **pasta dental** *(A)* toothpaste **1**; **pasta dentífrica** *(E)* toothpaste **1**
pastel *m* pastry
pastilla tablet **12**
patada kick **12**
patata *(E)* potato
patear to kick **12**
paterno paternal
patín *m* skates **12**; **patines de hielo** ice skates **12**
patinaje *m* skating
patinar to skate
patio patio **4**
patria native country
patriótico patriotic

paz *f* peace **6**

peatón(-ona) pedestrian **8**

peca freckle **CP**

pecho chest

pedazo piece

pedido order **10**

pedir (i, i) to ask for something, to request, to order **4**; **pedir prestado** to borrow **10**

peinarse to comb one's hair **1**

peine *m* comb **1**

pelear to fight

película movie, film **2**; **película de acción** action movie **2**; **película documental** documentary **2**; **película de terror** horror movie **2**; **película de vaqueros** western **2**

peligroso dangerous **8**

pelirrojo red-haired **CP**

pelo hair **CP**

pelota ball **12**

peluquería beauty shop, barber shop **1**

pena shame

penicilina penicillin **12**

península peninsula

pensar (ie) to think; **pensar + ** *inf* to plan; **pensar de** to think of, think about; **pensar en** to think of, think about someone or something

pensión *f* boarding house **11**; **pensión completa** full board **11**

peor worse; **lo peor** the worst thing

pequeñito(-a) toddler **3**

pequeño small in size; young

percha *(E)* clothes hanger **11**

perder (ie) to lose; to waste; to miss something, to fail to get something

perderse to get lost

perdido lost

perezoso lazy **5**

perfumarse to put on perfume **1**

periódico newspaper **CP**

periodismo journalism **5**

periodista *m/f* journalist

perla pearl **7**

permiso permission; **permiso de conducir** driver's license **CP**

permitir to permit, allow

pero but

perro(-a) dog

persecución *f* persecution

perseguir (i, i) to pursue

persona person

personaje *m* character (in literary work)

personal *adj* personal **1**; *m n* personnel **9**

personalidad *f* personality

pertenecer to belong

pesa weight; **levantar pesas** to lift weights **2**

pesado heavy; **ser pesado** to be boring, to be unpleasant

pésame condolence

pesar to weigh; **a pesar de que** in spite of

pesca fishing

pescado fish (as food) **4**

pescar to fish **2**; **caña de pescar** fishing rod

peseta currency of Spain

peso weight; currency in Mexico and several Latin-American countries

petición *f* **de mano** marriage proposal **3**

petróleo oil

pez *m* fish

piano piano **CP**

picante spicy

picar to snack

picnic *m* picnic; **hacer un picnic** to go on a picnic

pie *m* foot; **a pie** on foot; **dedo del pie** toe **12**; **estar de pie** to stand

piedra stone **8**; **piedra preciosa** precious stone **7**

piel *f* fur **7**; skin

pierna leg **12**

pieza piece

pijama pajamas **7**

píldora pill **12**

pimentero pepper shaker **4**

pimienta pepper

pintura painting **8**

piña pineapple

piscina swimming pool **2**

piso floor **6**

pista runway **11**; track **12**

pistola de juguete toy gun **3**

placer *m* pleasure

plan *m* plan

plancha iron **6**

planchar to iron **6**

planear to plan

planificación *f* planning

planificar to plan

plano map

plantar to plant **6**

plata silver

platillo saucer **4**

plato plate, course **4**; **plato de la casa** restaurant's specialty; **plato del día** today's specialty; **plato principal** entrée, main course **4**

playa beach **2**

plaza square **8**; **plaza de toros** bullring **8**; **plaza mayor** main square **8**

plazo installment **10**

plomero(-a) plumber

plomo lead

población *f* population

pobre poor; (precedes noun) unfortunate

pobreza poverty

poco *adj* little, small (quantity), slight; *pl* few; *adv* little, not much; **un poco de** a little, a little bit of

poder *m* power; **poder (ue)** to be able, can

política politics **6**; **ciencias políticas** political science **5**

político(-a) politician **6**

policía *m* policeman; *f* police; **mujer policía** policewoman

policíaca *adj* mystery **2**

pollo chicken **4**

polvo dust

poner to put, place; **poner el despertador** to set the alarm clock **1**; **poner fin** to end; **poner la mesa** to set the table **6**; **poner la tele** to turn on the TV; **poner una inyección** to get a shot **12**

ponerse to put on **1**; to become **10**; **ponerse en forma** to get in shape **12**

popular popular **2**

por for, by, in, through; **por aquí / allí** around here / there; **por ciento** percent; **por desgracia** unfortunately; **por ejemplo** for example; **por eso** therefore, for that reason; **por favor** please **5**; **por fin** finally; **por la mañana / noche / tarde** in the morning / evening / afternoon; **por lo general** generally; **por lo menos** at least; **por medio** through, by means of; **por otro lado** on the other hand; **¿por qué?** why?; **por supuesto** of course **5**; **por último** finally

porque because
portal de la Web *m* Web site **9**
portarse to behave
portero doorman **11**
portugués(–esa) Portuguese
poseer to own, to possess
posgrado post graduate
posteriormente finally
postre *m* dessert **4**
practicar to practice, participate in (sports) **CP**
préstamo loan **10**
precio price **7**
precioso lovely, precious **7**; **piedra preciosa** precious stone **7**
preciso necessary
predecir to predict **9**
preferencia preference **4**
preferentemente preferably
preferir (ie, i) to prefer
pregunta question; **hacer preguntas** to ask questions
preguntar to ask a question; **preguntar por** to ask about
premio prize
prenda de vestir article of clothing
preocupado preoccupied, worried
preocuparse (por) to worry (about)
preparar to prepare; **prepararse** to prepare oneself **1**
preparativo preparation
presentador(-a) show host **6**
presentación *f* presentation

presentar to introduce, present; **presentarse** to appear
presente present
presidencial presidential **8**
presidente *m/f* president
préstamo loan **10**
prestar to lend; **prestar atención** to pay attention **5**
presupuesto budget **10**
pretender to claim, pretend
pretexto pretext
previo previous
primavera spring
primero, primer, primera *adj* first
primo(-a) cousin **3**; **primo (-a) hermano(-a)** first cousin **3**; **primo(-a) segundo (-a)** second cousin **3**
principio beginning; **al principio** in the beginning
probar (ue) to prove, to try, taste, test something; **probarse (ue)** to try on **7**
problema *m* problem **10**; **¡Ningún problema!** No problem!
procedimiento procedure
procesador *m* **de textos** word processor
producir to produce
producto product **10**
profesional professional **1**
profesión *f* profession, job **CP**
profesor(-a) teacher in secondary school, professor
profesorado faculty **5**
programa *m* program **9**; **programa de concursos** game show **6**
programación *f* **de computadoras** computer programming **5**
programador(-a) programmer **10**
progreso progress **9**
prohibir to prohibit
prometer to promise
prometido(-a) fiancé(-e) **3**
pronóstico forecast
pronto soon
propiedad *f* property
proponer to propose
proteger to protect
protestar to protest **6**

provisional temporary
provocar to tempt
próximo next
proyecto plan, project
prueba test, quiz
publicidad *f* advertising **9**; **hacer publicidad** to advertise **10**
publicista *m/f* advertising person **10**
público audience, public **10**
pueblo town; people
puente *m* bridge **8**
puerta door, gate **11**
puertorriqueño(-a) Puerto Rican
pues well. . .
puesto booth, stand **8**; position, job **9**; *pp* put, placed; **puesto que** because, since
pulmonía pneumonia **12**
pulpo octopus
pulsera bracelet **7**
puntaje *m* score **12**
punto point; stitch **12**; **dar puntos** to get stitches **12**; **en punto** exactly, on the dot

Q

que *rel pron* that, which, who
¡qué! how! what (a)!; **¡qué barbaridad!** how awful! **¡qué va!** no way! **¿qué?** what?, which?; **¿qué hay de nuevo?** what's new?; **¿qué tal?** how are things?; **¿qué tiempo hace?** what's the weather like?
quedar to be located, be left, be remaining; to fit **7**; **quedar viudo(-a)** to be widowed **CP**; **quedarse** to remain, stay; **quedarse con** to keep for oneself
quehacer *m* **doméstico** task, chore, *pl* housework **6**
quejarse (de) to complain (about)
quemar to burn **6**; **quemarse** to burn oneself **2**
querer (ie) to want, wish **1**; to love **3**; **querer decir** to mean
querido dear (greeting for a personal letter)
queso cheese

¿**quién(-es)?** who?
química chemistry 5
químico chemist
quince fifteen **CP**
quinientos five hundred
quinto fifth
quiosco newsstand 8
quitagrapas *m s* staple
  remover 9
quitarse to take off
  (clothing) 1
quizás perhaps, maybe

R
radio *f* radio (sound from); *m*
  radio (set)
ramo bouquet
rápido rapid
raqueta racquet 12
raro strange, rare
rascacielos *m* skyscraper 8
rastrillo rake 6
rato short time, while 2; **ratos**
  libres free time
ratón mouse
raza race
razón *f* reason; **tener razón**
  to be right
reacción *f* reaction
reaccionar to react
reajuste *m* adjustment 10
real actual, true
realidad *f* reality; **en realidad**
  actually, as a matter of fact
realidad *f* **virtual** virtual
  reality 9
rebaja reduction, sale 7; **en**
  rebaja on sale
rebajar to reduce, lower
recado message
recambio parts (of machinery)
recargo additional charge 11
recepción *f* reception 3;
  registration desk 11
recepcionista *m/f* receptionist
  10; desk clerk 11
receta prescription 12; recipe
recetar to prescribe a
  medicine 12
recibir to receive
recién recently; **recién casados**
  newlyweds 3
recientemente recently
reclamar el equipaje to claim
  luggage 11

recoger to pick up, put
  away 1
recomendación
  f recommendation
recomendar (ie) to
  recommend 4
reconocer to recognize 1
recontar (ue) to recount, tell
recordar (ue) to remember
recuento recount; inventory
recurso resource
red *f* net 12; network 9
redactar to write, draft
redondo round
referirse (ie, i) to refer
reforma fiscal tax reform 10
refresco soft drink 2
refrigerador *m* refrigerator 6
refugio shelter
regalar to give (a present) 7
regalo gift, present; **regalo de**
  bodas wedding gift; **tienda**
  de regalos gift store 7
regañar to scold 3
regar (ie) to water 6
regadera watering can 6
regador giratorio *m* sprinkler 6
región *f* region
registrarse to check in 11
reglamento regulation 10
regresar to return; **de regreso**
  adj return
regular all right, so-so
reina queen; **reyes** king and
  queen
reintegrar to reimburse
reír (i, i) to laugh 3
relación *f* relationship;
  relaciones públicas public
  relations 9
relajado relaxed
religioso religious
reloj *m* watch, clock 7; **reloj de**
  pulsera wristwatch 7
remedio remedy, medicine 12
rendirse (i, i) to give oneself
  up 6
renta income 10
reñir (i, i) to quarrel 3
reparar to repair
repartir to deliver
repasar to review 5
repetir (i, i) to repeat
reportar to report
reportero(-a) reporter 6

representante *m/f* representative; **representante de ventas**
  m/f sales representative 10
república republic
requerido required
requerir (ie, i) to require 5
requisito requirement 5
res; carne *f* **de res** beef 4
rescatar to rescue 6
reserva *(E)* reservation 4
reservación *f (A)* reservation 4
reservar to reserve 8
resfriado *m* cold 12; **estar**
  resfriado to have a cold 12
residencia home, dormitory;
  lugar *m* **de residencia** city or
  area of residence; **residencia**
  estudiantil dormitory 5
resolver (ue) to resolve 9
respetar to respect 3
respetuoso respectful
responder to respond
responsabilidad
  f responsibility 10
responsable responsible 9
respuesta answer
restaurante restaurant 4
resto rest
resuelto *pp* resolved
resultado result
resumen *m* summary
retirar dinero to withdraw
  money 10
retrasado delayed
retrato portrait 8
reunión *f* meeting
reunirse to get together 1
revisar to check 1
revista magazine **CP**
rey *m* king; *pl* king and queen
rezar to pray
rico rich, delicious 4
ridículo ridiculous
rímel *m* mascara 1
rincón *m* corner 4
río river
risa laughter
rizado curly **CP**
rizar to curl 1
robar to rob 6
robo robbery 6
robot *m* robot 9
roca rock
rodeado surrounded
rodear to surround

rodilla   knee 12
rogar (ue)   to beg, to implore
rojizo   reddish CP
rojo   red
romántico   romantic 2
romper   to break 12
ron   *m* rum 2
ropa   clothing 1; cambiarse de ropa   to change clothing 1; ropa de hombres   men's clothing 7; ropa de mujeres   women's clothing 7
rosa   rose
rosado   pink
roto   *pp* broken, torn
rótulo   sign, billboard 8
rubí   *m* ruby
rubio   blond CP
ruido   noise
ruidoso   noisy
ruinas   *f pl* ruins
ruso(-a)   Russian; montaña rusa   roller coaster 8
ruta   route
rutina   routine

S

sábado   Saturday
saber   to know; (to taste); saber + *inf*   to know how to
sabor   *m* flavor, taste
sabroso   delicious 4
sacapuntas   *m s* pencil sharpener 9
sacar   to take out, to get, to withdraw 6; sacar buenas (malas) notas   to get good (bad) grades 5; sacar fotos   to take pictures; sacar la basura   to take out the garbage 6; sacar la mala hierba   to weed 6; sacar prestado un libro   to check out a book 5
sacudir   to dust 6
sal   *f* salt
sala   living room 6; sala de reclamación de equipaje   baggage claim area 11
salado   salty
salario   salary 10
salchicha   sausage
salchichón   *m* salami
saldo de la cuenta bancaria   bank account balance 10

salero   salt shaker 4
salida   departure; exit
salir (de)   to leave; to turn out to be, to come out; salir con   to date, go out with 3; salir mal   fail 5
salón   *m* large room; salón de cóctel   cocktail lounge 11; salón de entrada   lobby 11
salsa   sauce
saltar   to jump 12
salud   *f* cheers, health
saludable   healthy
saludar   to greet
saludo   greeting
salvar   to rescue something or someone
sandalias   sandals 2
sandwich, sándwich   *m* sandwich
sangre   *f* blood
sangría   wine punch
santo   saint; santo patrón   patron saint
satisfacer   to satisfy
satisfecho   *pp* satisfied
se   *refl pron* himself, herself, itself, yourself(-ves), themselves
secador   *m* hair dryer 1
secadora   clothes dryer 6
secar   to dry; secarse   to dry off 1
sección   *f* department; section 9
secretario(-a)   secretary 10
secuestrar   to kidnap, hijack
sed   *f* thirst; tener sed   to be thirsty
seda   silk 7
seguido   often
seguir (i, i)   to follow, pursue; seguir derecho   to go straight; seguir un curso   to take a course 5
según   according to
segundo   second
seguridad   *f* security; caja de seguridad   safety deposit box 10; cinturón *m* de seguridad   seatbelt 11; control *m* de seguridad   security check
seguro   certain, sure
seis   six
seiscientos   six hundred

seleccionar   to choose
selva   jungle
sello *(E)*   stamp 1; seal
semáforo   traffic light 8
semana   week; fin de semana   weekend
semejante   similar
semejanza   similarity
semestre   *m* semester 5
sencillo   *adj* simple, plain; *n* loose change 10
sentarse (ie)   to sit down
sentido   sense 9; sentido de humor   sense of humor; tener sentido   to make sense
sentir (ie, i)   to be sorry, regret, feel; sentirse a gusto   to feel at ease; sentirse mal   to feel sick 12
señal *f* de tráfico   traffic sign 8
señalar   indicate
señor   *m* Mr., sir, gentleman, abb Sr.
señora   Mrs., lady, abb Sra.
señorita   Miss, young lady, unmarried lady, abb Srta.
separado   separated CP
separar   to separate
septiembre, setiembre   *m* September
séptimo   seventh
ser   to be CP
serie   *f* series
serio   serious
servicio   service 10; servicio de habitación   room service 11; servicio de lavandería   laundry service 11
servilleta   napkin 4
servir (i, i)   to serve
sesenta   sixty
setecientos   seven hundred
setenta   seventy
sexto   sixth
si   if
sí   yes
sicología   psychology 5
sicológico   psychological
sicólogo(-a)   psycologist
sidra   cider
siempre   always
sierra   mountain range
siesta   nap 1
siete   seven

siglo century
significado meaning
siguiente following
silla chair
sillón armchair
símbolo symbol
similar similar
simpático nice
simplificado simplified
sin *prep* without; **sin embargo** however; **sin que** *conj* without
singular singular
sino but, but rather
síntoma *m* symptom **12**
sitio place
situación *f* situation
situar to put, place
sobre on top of, over
sobremesa after-dinner conversation **3**
sobresaliente outstanding **5**
sobresalir to excel **5**
sobretodo overcoat **7**
sobrino(-a) nephew (niece) **3**
sociable sociable
sociología sociology **5**
software *m* software **9**
sol *m* sun **2; hace sol** it's sunny; **el nuevo sol** Peruvian currency; **tomar el sol** to sunbathe **2**
soldadito de juguete toy soldier **3**
soler (ue) to be accustomed to
solicitar to apply **9**
solicitud *f* job application **9**
solo *adj* alone
sólo *adv* only
solomillo sirloin
soltero *adj* unmarried *n* bachelor **CP**
solución *f* solution
solucionar to solve
sombra de ojos eye shadow **1**
sombrero hat **2**
sombrilla beach umbrella **2**
sonar (ue) to sound; **sonarse (ue) la nariz** to blow one's nose **12**
sonreír (i, i) to smile **3**
sonriente smiling
soñar (ue) to dream
sopa soup **4**
soportar to tolerate **4**

sorprendente surprising
sorprender to surprise
sorpresa surprise
sortija ring
sospechoso suspect **6**
sótano basement
su *poss adj* his, her, its, your *(form s)*, their, your *(pl)*
suave smooth, soft
subdesarrollo underdevelopment **10**
subir to go up(stairs); **subir el equipaje** to take the luggage up
subscribirse to subscribe
suceder to follow or succeed (someone in a post), happen
sucio dirty **1**
sucre *m* currency in Ecuador
sudar to sweat **12**
suegro(-a) father(mother)-in-law **3**
sueldo salary **9**
suelo floor **6**
suelto *adj* light in consistency; *n* loose change **10**
sueño dream, sleep; **tener sueño** to be sleepy
suerte *f* luck; **buena (mala) suerte** good (bad) luck; **juego de suerte** game of chance; **tener suerte** to be lucky
suéter *m* sweater
sufrir to suffer **12**
sugerencia suggestion
sugerir (ie, i) to suggest **4**
supermercado supermarket **1**
supervisor(-a) supervisor **9**
suponer to suppose
supuesto *pp* supposed; **¡por supuesto!** of course!
sur *m* south
sureste *m* southeast
suroeste *m* southwest
sustituir to substitute
suyo *poss adj* and *pron* his, her, hers, its, your, yours *(form s and pl)*, their, theirs

T

tabla board; **tabla de planchar** ironing board **6; tabla de windsurf** windsurfing board **2**

taco crisp tortilla filled with meat, lettuce, tomatoes, cheese **4**
tacón *m* heel **7; zapatos de tacón** high–heel shoes **7**
tal such; **tal vez** maybe, perhaps
talento talent **9**
talón *m* baggage claim check **11**
talonario *(E)* checkbook
talla size **7; de talla media** of average height **CP**
taller *m* garage, repair shop, workshop **1**
también also, too
tampoco neither, not … either
tan so; **tan...como** as … as; **tan pronto como** as soon as
tanque *m* automobile gasoline tank **1**
tanto(-a) so much, as much; **tantos(-as)** so many, as many; **tanto...como** as… as
taquilla ticket window **8**
tapa *(E)* appetizer
tardar to take time
tarde late **1; más tarde** later
tarde *f* afternoon; **de la tarde** P.M.; **por la tarde** in the afternoon
tarea task; homework **1**
tarifa *(E)* fare **11**
tarjeta card **CP; tarjeta de crédito** credit card **10; tarjeta de embarque** boarding pass **11; tarjeta de identidad** I.D. card **CP; tarjeta de recepción** registration form **11; tarjeta postal** postcard
tasa rate; **tasa de cambio** rate of exchange **10; tasa de interés** interest rate **10**
tatarabuelo(-a) great-great-grandfather(–mother) **3;** *pl* great-great-grandparents **3**
tataranieto(-a) great-great-grandchild **3**
tauromaquia art of bullfighting **8**
taxi *m* taxi **8**
taza cup **4**
te *dir obj* you *(fam s); indir obj pron* (to, for) you *(fam s) refl pron* yourself *(fam s)*

té *m* tea **4**

teatro theater **2**

tecla key **9**

teclado keyboard **9**

técnico technical **9**

tecnología technology **9**

tecnológico technological

tela fabric, material **7**

tele *f* TV **6**

telefónico *adj* telephone

telefonista *m/f* telephone operator

teléfono telephone; **teléfono celular** cellular phone **9**

telegrama *m* telegram

telenovela soap opera **1**

telepromoción *f* informercial **6**

televidente *m/f* television viewer **6**

televisión *f* television **CP**

televisor *m* television set **6**

tema *m* topic, theme

temer to fear

temeroso fearful

temperatura temperature

templado moderate

temporada season, period **5**; **temporada de exámenes** examination period **5**

temprano early **1**

tenacillas de rizar *(E)* (hair) curler **1**

tender (ie) a + *inf* to have a tendency

tenedor *m* fork **4**

tener to have **CP**; **tener...años** to be... years old; **tener calor** to be hot; **tener celos** to be jealous **3**; **tener dolor de...** to have a ... ache, to have a pain in... **12**; **tener en cuenta** to take into account; **tener frío** to be cold; **tener ganas de** + *inf* to feel like (doing something); **tener hambre** to be hungry; **tener la bondad de** + *inf* to be so kind as to (do something); **tener miedo de** to be afraid of; **tener que** + *inf* to have to (do something); **tener razón** to be right; **tener sed** to be thirsty; **tener sueño** to be sleepy; **tener suerte** to be lucky

tenis *m* tennis **CP**; **zapatos de tenis** tennis shoes **7**

tercero, tercer, tercera third

terminar to finish

terminal *f* terminal **11**

termómetro thermometer

ternera veal

terraza terrace **11**

terremoto earthquake **6**

territorio territory

testigo *m/f* witness **6**

texto textbook **5**

ti *prep pron* you (*fam s*)

tiempo time, period of time, weather; **a tiempo** on time; **tiempo completo** full time **1**

tienda store, shop **1**; **la tienda de ropa de hombres** men's clothing store **7**; **la tienda de ropa de mujeres** women's clothing store **7**

tierra land; soil; earth

timbre *m (A)* stamp

tímido shy, timid **8**

tintorería dry cleaner **1**

tío(-a) uncle (aunt) **3**; *pl* uncle and aunt **3**; **tío(-a) abuelo(-a)** great uncle (aunt) **3**

tiovivo carousel **8**

típico typical

tipo type, kind

tira cómica comic strip

tirar to throw **12**

titular *m* headline **6**

título degree **5**; title

toalla towel **1**

tobillo ankle **12**

tocadiscos *m* disk player, record player

tocar to play (a musical instrument) **CP**; to knock; to be one's turn

todavía still, yet; **todavía no** not yet

todo all, every; **todos los días** every day; **todas partes** everywhere

tomar to take, eat, drink; **tomar el sol** to sunbathe **2**; **tomar un curso** take a course **5**; **tomar un examen** to take an exam **5**; **tomar una decisión** to make a decision **9**

tomate *m* tomato

topacio topaz

torcerse (ue) to sprain **12**

torero bullfighter

tormenta storm

toro bull **8**

torta cake

torturar to torture

tos *f* cough

toser to cough **12**

trabajador *adj* hard-working **5**; *n* worker

trabajar to work **1**

trabajo work, job **9**

traducir to translate

traer to bring, carry

tráfico traffic

trágico sad, tragic **2**

traje *m* suit; **traje de baño** bathing suit **2**; **traje de luces** bullfighter's suit **8**; **traje de novia** wedding gown **3**

tranquilizar to calm

tranquilo calm

transmitir to transmit

tranvía trolley **8**

trapeador *m* mop **6**; **trapear el suelo** to mop **6**

trapo rag **6**

tratar to handle or treat something or somebody; **tratar de** to try, make an attempt; **tratarse de** to be about, deal with

trato treatment, relation **3**

travieso naughty, mischievous **3**

trayecto route, way

trece thirteen

treinta thirty

tren *m* train **8**

tres three

trescientos three hundred

trigo wheat

trimestre *m* quarter

triste sad **3**

tristeza sadness

triunfar to triumph, win

tropical tropical

tu *poss adj* your (*fam s*)

tú *subject pron* you (*fam s*)

tumulto commotion

turismo tourism **8**

turista *m/f* tourist

turístico *adj* tourist **2**

turquesa   turquoise

tuyo   *poss adj and pron* your, yours (*fam s*)

U

u   or (replaces **o** in words beginning with **o-** or **ho-**)

ubicar   to locate

último   last; **por último** finally

un(-a)   a, an, one; **unos(-as)** some, a few, several

único   only, unique

unido   close-knit, united **3**

universidad   *f* college, university **5**

universitario   *adj* university **5**

uno   one **CP**

uña   fingernail

usar   to use **1; usar talla ___** to wear size ___ **7**

uso   use

usted   *subj pron* you (*form s*); *abb* **Ud.;** *prep pron* you (*form s*)

ustedes   *subj pron* you (*fam* and *form pl*); *abb* **Uds.;** *prep pron* you (*fam* and *form pl*)

útil   useful

utilizar   to use

uva   grape

¡uy!   Oh!

V

vacaciones   *f pl* vacation **2; estar de vacaciones** to be on vacation **2**

vaciar   to empty **6**

vacío   empty

valer   to be worth

valiente   brave, courageous **8**

valle   *m* valley

valor   *m* value; *pl* securities, assets **9**

valorar   to appraise **7**

variación   *f* variation

variado   assorted, varied

variar   to vary

variedad   *f* variety

varios   *pl* various

vasco(-a)   Basque

vascuense   *m* Basque language

vaso   (drinking) glass **4**

vecino(-a)   neighbor

vegetal   *m* vegetable

vehículo   vehicle

veinte   twenty

veinticinco   twenty-five

veinticuatro   twenty-four

veintidós   twenty-two

veintinueve   twenty-nine

veintiocho   twenty-eight

veintiséis   twenty-six

veintisiete   twenty-seven

veintitrés   twenty-three

veintiún, veintiuno(-a)   twenty-one

velero   sailboat **2**

velo   veil **3**

vencer   to defeat

venda   bandage **12**

vendar   to bandage **12**

vendedor(-a)   salesperson

vender   to sell

venezolano(–a)   Venezuelan

venir   to come

venta   sale **9**

ventaja   advantage

ventana   window **4**

ventanilla   small window, ticket window **11**

ver   to see **CP**

verano   summer

verdad   *f* truth; **¿verdad?** right?, true?

verdadero   actual, true

verde   green **CP; tarjeta verde** resident visa, green card

verduras   *f pl* vegetables

verificar   to verify **10**

vestíbulo   lobby **11**

vestido   dress **1**

vestirse (i, i)   to get dressed **1**

vez   *f* time (in a series), occasion, instance; **a veces** sometimes, at times; **algunas veces** sometimes; **de vez en cuando** from time to time; **dos veces** twice; **en vez de** instead of; **muchas veces** often; **otra vez** again; **una vez** once

viajar   to travel

viaje   *m* trip; **hacer un viaje** to take a trip

viajero   *adj* and *n* traveler; **cheque** *m* **de viajero** traveler's check

victoria   victory

vida   life

videocasetera   VCR **6**

videocinta   videotape **6**

vidrio   glass (material) **8**

viejo   old **3**

viento   wind; **hace viento** it's windy

viernes   *m* Friday

vino   wine **2; vino blanco** white wine; **vino tinto** red wine

violencia   violence

violento   violent

violín   *m* violin

visitar   to visit **3**

visto   *pp* seen

vistoso   bright, colorful, flashy **7**

vitamina   vitamin **12**

vitrina   (E) display case **7;** (A) store window **7**

viudo(-a)   widower (widow) **CP**

vivir   to live

vivo   alive (with **estar**), lively, alert (with **ser**)

vocabulario   vocabulary

volar (ue)   to fly **11**

volibol   *m* volleyball

voltaje   *m* voltage **11**

volumen   *m* volume

volver (ue)   to return; **volver** *a* + inf to do something again; **volverse** to become

vomitar   to vomit **12**

vos   *subj pron* you (*fam s*) in Argentina, Uruguay, and other parts of Hispanic America

vosotros(-as)   *subj pron* you (*fam pl, E*); *prep pron* you (*fam pl, E*)

voz   *f* voice; **en voz alta** out loud

vuelo   flight **11**

vuelto   *pp* returned; *n* money returned as change **10**

vuestro   *poss adj* your (*fam pl, E*); *poss adj and pron* your, yours (*fam pl, E*)

W

Web   *f* World Wide Web **9**

whisky   *m* whisky **2**

windsurf *m* windsuring; **tabla de windsurf** windsurfing board **2**

Y
y and
ya already; **ya no** not any more, no longer
yate *m* yacht **2**

yerno son-in-law **3**
yeso cast **12**
yo I
yugoslavo(-a) Yugoslavian

Z
zafiro sapphire
zapatería shoe store **7**

zapato shoe **7; zapatos bajos** low–heeled shoes **7; zapatos de tacón alto** high heels **7; zapatos de tenis** tennis shoes **7; zapatos deportivos** athletic shoes **7**
zona de ventas sales zone
zumo *(E)* juice

Index

u instead of **o** 273
Un día de éstos 247–249
university
    buildings 185
    campus 173
    courses 183 185
    departments, programs 174,
       185
    life 196
    subjects 183, 185
    vocabulary 175, 185
unplanned occurrences, reflexives
    with 462
Uruguay, general information
    410–411
using background knowledge 13
using the dictionary 392–393
using visual aids 71
usted(-es) *vs.* **tú** 15

vacations in España 51–53, 78–79
Vargas Llosa, Mario 324

Velázquez, Diego Rodríguez de
    Silva y 84
Venezuela 236–237, 242
Venezuelan food 149–150
verbs (*See* reflexive verbs,
    spelling-change verbs,
    stem-changing verbs,
    names of specific tenses.)
¿verdad? (tag question) 36
Viña del Mar (Chile) 441
Volkswagen de México 390
vos 15
vosotros(as) 15

weather expressions 186–187
wedding vocabulary 105
women in Hispanic world 233,
    393–397
word order
    of adjectives and nouns 101,
      111
    of indirect commands 350–351

of negative statements 12, 270,
    271
with object pronouns 35, 213,
    258, 272, 373
of questions 35, 36–37
writing
    business letters 399–400
    e-mail messages 47
    filling out an application 362
    improving accuracy 157
    invitations 47
    keeping a journal 322
    letters of complaint 285
    personal letters 47
    personal notes 477
    preparation for 239
    replies to invitations 47
    sequencing events 80
    summarizing 204

y changed to **e** 273
yes/no questions 36

Text Credits

This page constitutes an extension of the copyright page. We have made every effort to trace the ownership of all copyrighted material and to secure permission from copyright holders. In the event of any question arising as to the use of any material, we will be pleased to make the necessary corrections in future printings. Thanks are due to the following authors, publishers, and agents for permission to use the material indicated.

Page 4: AT&T ad, used by permission.

Page 7: Formulas reprinted by permission of Quintus Communications Group.

Page 31: Naturaleza y Vida ad used by permission.

Page 44: España esta de moda used by permission.

Page 45: Sylvia y Enrico used by permission.

Pages 86–87: "El niño al que se le murió el amigo" de la obra Los Niños Tontos, © Ana Maria Matute 1956. Used by permission of Agencia Literaria Carmen Balcells.

Page 100: Used by permission of Channing L. Bete Co., Inc.

Pages 118–119: Used by permission of *Americas* magazine, Sept.–Oct., 1986, pp. 2–7.

Page 122: Used by permission of Happy Holidays Travel.

Page 137: Used by permission of McDonald's Corporation.

Pages 154–155: "México y su riquea culinaria" used by permission.

Page 166: "El recado" used by permission of Elena Poniatowska.

Page 184: Used by permission of Fundación José Ortega y Gassett Estudios Internacionales.

Page 200–202: Used by permission of John Mitchell from *Americas* magazine, Sept. Oct. 2000, pp. 6–15.

Page 208: Used by permission.

Page 220: Used by permission of TV de la Semana, 2 de agosto de 2000, Num. 3.155, pp. 100–101.

Page 232: Used by permission of Quintus Communications Group.

Page 236: Reprinted by permission from *Americas* magazine, Sept. Oct. 1986.

Pages 247–249: "Un día de éstos" used by permission of Agencia Literaria Carmen Balcells.

Page 254: Used by permission.

Page 266: Used by permission of *Vanidades*.

Page 271: Used by permission of Universal Press Syndicate.

Pages 282–283: Reprinted by permission from *Americas* magazine, Jan./Feb. 1987, pp. 23–37.

Page 283: Used by permission of Quintus Communications Group.

Page 307: Reprinted by permission of United Media.

Pages 318–320: Reprinted by permission from *Americas* magazine, Sept./Oct. 2000, pp. 16–23.

Pages 359–361: Reprinted by permission from *Cambio* 16, Oct. 23, 2000, pp. 24–25.

Page 363: Reprinted by permission of American Express.

Page 364: Reprinted by permission of American Express.

Page 389: Used by permission of *La voz latina*, March 5, 2003.

Page 394: Reprinted by permission from *Vanidades*, May 25, 2003, pp. 113–128.

Page 406: Used by permission of Cantomedia.

Page 473: Used by permission of Universal Press Syndicate.

Pages 474–475: Reprinted by permission from *Vanidades*, April 11, 1995, pp. 124–125.

Page 486: "Poema 20" de *Viente Poemas de Amor y una Canción Desesperada*, © Fundación Pablo Neruda, 1924. Reprinted by permission.

Page 487: "Oda a unas flores amarillas" de *Odas Elementales*, © Fundación Pablo Neruda, 1954. Reprinted by permission.

Photo Credits

Page 13: ©Chip & Rosa Maria de la Cueva Peterson

Page 18: ©Digital Vision/Getty RF

Page 19: ©Frerck/Odyssey/Chicago

Page 50: ©Patrick Ward/Corbis

Page 54: ©Kevin Dodge/Masterfile

Page 65: ©Peter Menzel

Page 78: ©Frerck/Odyssey/Chicago

Page 82: (top left) Statue of El Cid in Burgos, Spain ©Frerck/Odyssey/Chicago; (top right) King Ferdinand and Queen Isabella ©Hulton Archive/Getty Images; (middle left) Spanish film director Pedro Almodovar, ©Sygma Corbis; (middle right) Antonio Banderas ©Landov; (bottom left) King Juan Carlos I and Queen Sofia of Spain ©AFP/Getty Images; (bottom right) Golfer Sergio Garcia

Page 83: ©Erich Lessing/Art Resource

Page 84: © Erich Lessing/Art Resource

Page 85: ©Scala/©Art Resource

Page 87: Courtesy of the Castilleja School

Page 88: ©Hulton Archive/Getty Images

Page 90: ©Randy Faris/Corbis

Page 91: Walter Bibikow/Index Stock Imagery

Page 92: RF/Corbis

Page 96: Frerck/Odyssey/Chicago

Page 106: ©David Young-Wolff/©Photo Edit

Page 118: Cathy Melloan Resources/Photo Edit

Page 126: (top left) Ceviche RF/Corbis; (bottom left) Gazpacho John James Wood/Index Stock Imagery

Page 128: Beryl Goldberg

Page 154: ©Monica Stevenson/PictureArts/FoodPix

Page 160: (top left) Aztec emperor Cuauhtemoc © Artist, A. Tirado/Art Archive/The Picture Desk; (top right) Sor Juana Ines de la Cruz ©Archivo Iconografico, S.A./Corbis; (middle left) Salma Hayak ©Akio Suga/EPA/Landov; (middle right) Gael Garcia Bernal ©Christine Chew/UPI/Landov; (bottom left) Carlos Fuentes ©Christopher Cormack/Corbis; (bottom right) singer Thalia ©Michael Bush/UPI/Landov

Page 161: Frerck/Odyssey/Chicago

Page 162: (top) Hidalgo by Orozco ©Comstock; (bottom) Mural by David Alfaro Siqueiros ©SuperStock

Page 163: ©Natasha Gelman Collection of Twentieth Century American Art. Courtesy of the Vergel Foundation, NY

Page 166: Courtesy of Alfaguara Publishing

Page 170: ©Larry Lee/Corbis

Page 172: ©Doug Bryant/DDB Stock Photo

Page 197: ©Ulrike Welsch

Page 200: ©Gregory G. Dimijian/Photo Researchers Inc.

Page 201: ©Zefa Visual Media/Index Stock Imagery

Page 206: ©Spencer Grant/PhotoEdit

Page 211: (left) House in Puerto Rico ©Dave G. Houser/Corbis; (right) People watching TV ©Michael Newman/PhotoEdit

Page 233: ©Kevin Schafer/Stone/Getty Images

Page 242: (top left) Simon Bolivar ©Christie's Images/Corbis; (top right) Ruben Dario Courtesy of OAS; (middle left) Carolina Herrera ©Getty Images; (middle right) Ernesto Cardenal ©Landov; (bottom left) Ruben Blades ©Reuters/Corbis; (bottom right) Shakira ©Landov

Page 243: ©The Museum of Modern Art, NY, ©Gift of Warren D. Benedek

Page 244: ©Sygma/Corbis

Page 246: Gabriel Garcia Marquez © Piero Pomponi/Liaison/Getty Images

Page 250: ©Yoshio Tomii/SuperStock

Page 251: ©Angelo Cavalli/SuperStock

Page 252: ©Pablo Corral/Corbis

Page 257: © MedioImages/SuperStock RF

Page 278: © Brian Vikander/CORBIS

Page 282: ©Ulrike Welsch

Page 288: ©Frerck/Odyssey/Chicago

Page 301: (top) Palacio Torre Tagle © Peter Menzel; (bottom) Street El Jiron de la Union in Lima, Peru ©Frerck/Odyssey/Chicago

Page 302: (top) Interior of Cathedral ©Ulrike Welsch; (bottom) Plaza San Martin ©Inga Spence/DDB Stock Photo

Page 318: ©Charles & Josette Lenars/Corbis

Page 324: (top left) Jose de San Martin ©Art Archive/The Picture Desk; (top right) Antonio Jose de Sucre ©Art Archive/The Picture Desk; (middle left) Susana Baca ©AFP/Getty Images; (middle right) Jaime Escalante ©Shelley Gazin/Corbis; (bottom left) Mario Vargas Llosa ©Andrea Comas/Reuters/Landov; (bottom right) Graciela Rodo Boulanger ©2003 David J. Cogswell

Page 325: ©Frerck/Odyssey/Chicago

Page 326: (top) Gilded alter, Cuzco, Peru ©Francesco Venturi/Kea Publishing Services Ltd./Corbis

Page 328: Courtesy of OAS

Page 332: (top right) Marc Anthony ©Kevin Winter/Getty Images; (middle right) Oscar de la Hoya ©AFP/Corbis; (middle left)

Cameron Díaz ©Hubert Boesi/dpa/Landov; (bottom left) George Lopez ©Landov

Page 333: (left) Gloria Estefan ©Corbis; (right) Ileana Ros-Lehtinen ©Getty Images

Page 334: ©Frank Herholdt/Stone/Getty Images

Page 360: ©John Sohm/Stock Connection/Picture Quest

Page 366: ©RF/Getty Images

Page 387: ©Jon Feingersh/Stock Market/Corbis

Page 393: ©RF/Corbis

Page 394: Courtesy of Linda G. Alvarado

Page 395: ©Getty Images

Page 402: (top left) Cesar Chavez ©Najlah Feanny/Corbis; (top right) Celia Cruz ©Adrees Lartif/Reuters/Landov; (middle left) Rita Moreno ©Mitchell Gerber/Corbis; (middle right) Bill Richardson ©EPA/Matt Campbell/Landov; (bottom left) Alex Rodriquez ©Peter Muhly/Reuters/Corbis; (bottom right) Julia Alvarez ©Bill Eichner

Page 403: ©John Neubauer

Page 404: (top) The Alamo ©James Blank/Stock Boston; (bottom) Mission of San Carlos Borromeo ©Peter Menzel

Page 406: Courtesy of the author

Page 410: ©Walter Bibikow/Index Stock Imagery

Page 411: ©Photo Edit

Page 412: ©Dave G. Houser/Corbis

Page 432: ©Beryl Goldberg

Page 440: ©Wolfgang Kaehler/Corbis

Page 441: ©Chip & Rosa Maria de la Cueva Peterson

Page 442: ©Gohier/Photo Researchers, Inc.

Page 448: ©EPA/Chris Ison/Landov

Page 467: ©AFP/Getty Images

Page 469: ©Ulrike Welsch

Page 474: ©Galen Rowell/Corbis

Page 475: ©Fulvio Roiter/Corbis

Page 480: (top left) Domingo Faustino Sarmiento ©Hulton Archive/Getty Images; (top right) Carlos Gardel ©Everett Collection; (middle left) Natalia Oreiro ©Bruno Lucca; (middle right) Agusto Roa Bastos ©EPA/Inacio Teixeira/Landov; (bottom left) Isabel Allende ©Ed Kashi/Corbis; (bottom right) Gabriel Batistuta ©Enrique Marcarian/Reuters/Landov

Page 482: (top) La Plaza Mayor ©Frerck/Odyssey/Chicago; (bottom) Teatro Colon ©Hubert Stadler/Corbis

Page 483: ©Frerck/Odyssey/Chicago

Page 485: ©Michel Lipchitz/AP Photo